湖南省第十三届优秀社会科学学术著作出版资助项目
长沙理工大学2009年度学术著作出版资助项目

穆旦与中国新诗的历史建构

易彬◎著

中国社会科学出版社

图书在版编目（CIP）数据

穆旦与中国新诗的历史建构/易彬著．—北京：中国社会科学出版社，2010.12

ISBN 978-7-5004-9111-8

Ⅰ.①穆…　Ⅱ.①易…　Ⅲ.①穆旦(1918～1977)-诗歌-文学研究②新诗-文学研究-中国　Ⅳ.①I207.25

中国版本图书馆CIP数据核字(2010)第179147号

策划编辑　郭晓鸿(guoxiaohong149@163.com)
责任编辑　夏　侠
责任校对　王俊超
封面设计　格子工作室
技术编辑　戴　宽

出版发行　中国社会科学出版社
社　　址　北京鼓楼西大街甲158号　　邮　编　100720
电　　话　010—84029453　　传　真　010—84017153
网　　址　http://www.csspw.cn
经　　销　新华书店
印　　刷　北京君升印刷有限公司　　装　订　广增装订厂
版　　次　2010年12月第1版　　印　次　2010年12月第1次印刷
开　　本　710×1000　1/16
印　　张　28.5
字　　数　493千字
定　　价　56.00元

序

作为一个诗人和翻译家，穆旦（查良铮）可谓生前并无盛名，身后终享殊荣的又一个显例。

从某种眼光看来，诗人穆旦的诗艺和诗名在其生前并没获得全部的展开，其中原因或有多种。客观方面的诸多条件限制，如战乱和不定的生活状态、1950年代起的“批判”运动等等，也有一些或许是主观上的，也就是他对自己生活位置、社会身份等的选择，导致了他如何处理自己的生活与诗歌的现实关系的方式。换言之，比如穆旦一生中有过的几次诗歌创作的“中断”，看上去既有社会乃至政治方面的原因，但应该也有私人缘由在里面吧。诗艺和诗名并无必然联系，但在大多数时候还是很有关系的。诗艺有限，那是无可奈何的事，任何人都急不得；如果一时得到了名不副实的荣誉，实在是应该为了侥幸而低调一些的。诗名不彰，如果是对一个诗艺出众的诗人而言那就是极不公平的悲剧了，有人甚至会因此抑郁至死。穆旦更多地会是近于哪种情况，很难断言。有一点是确凿的，在他生前，他只能算是被文学史遗忘或边缘化的一个并不重要的诗歌写作者。一如他的实际生活轨迹，他从未因诗歌而使人聚焦。诗人穆旦，活在一个很小的范围里，友人的些许褒奖当然是种肯定和安慰，但终于无法因此写定这位诗人的历史。关于穆旦的历史书写，还需要后来人。后来也真的出现了这样的人。对此遭遇，我好像是暗暗地有点不相信主要就是政治的屏蔽。

不管怎样，在穆旦身后并不太久，他的诗名已经攀上了最高峰。张爱玲爬得再高，终难将鲁迅、茅盾、老舍、沈从文等等理直气壮地踩于脚下；穆旦则几乎是要凌驾在徐志摩、艾青诸人之上俨然“第一诗人”了。一个生前没有完成的诗人，身后却被推向了巅峰。这样的戏剧虽有，但也不常见。或也因此，走上巅峰的穆旦也会遭遇高处不胜寒的处境，他会被质疑。易彬在总结穆旦研究历史时说，对于穆旦的“思想阐释过多，历史性研究明显不足”。这话说得当然有理，也是易彬自身研究的重点和倾向的说明。我想加上一句补充的是，有关穆旦诗艺的研究需要加强，如果他确实是个“巅峰”诗人或我们仍能期待更多发现的诗人的话。

我这样说主要并不是一种判断的暗示，还是对相关研究的某种感觉。易彬关于穆旦研究在“思想阐释”和“历史性研究”两方面的对比判断，其实也是对穆旦研究现状的一种批评。穆旦身后本来也很安稳，他绝想不到有朝一日会有“大师”诗人的殊荣吧。相对于同时代的许多诗人，穆旦现在已经算是最受关注的一位诗人了。就以易彬的相关著述来看，在作为博士论文的本书修订、完成的同时，他的另外一部穆旦研究专著《穆旦年谱》，也将由中国社会科学出版社出版。此外，《穆旦诗编年汇校》已初步编定，《穆旦评传》的写作也已近杀青。这不仅将奠定研究者的地位，而且也会进一步落实穆旦的文学史地位。研究者之于自己的研究对象，如果不是一见钟情，往往也难免日久生情。给穆旦写史立传，大概是一个学者对这份情的一种最好的交代了。所以，易彬说自己在这本书中对穆旦的研究，主要也就是在三个“历史”角度上展开，即“个人史、新诗史和传播史”。“个人史即穆旦个人的写作历史；新诗史即是将穆旦放到新诗发展的历史进程之中，结合具体现象与作者进行细致比照、考量；传播史即1940年代以来穆旦的传播历程。”如果注意到本书的书名《穆旦与中国新诗的历史建构》和内容结构的设计，就能更加体会作者的用心。本书不止是穆旦个人诗史的专论，也是以穆旦为中心的中国新诗史的一种理论研究，或者说是将穆旦置于中国新诗历史建构的脉络与逻辑中的一次研究实践。这样的研究形态和策略对于研究者的考验在于，在技术上他需要从诗人个人诗史的细节入手，充分阐释、揭示细节的意义，由此从个人诗史的生成、建构和流变中探求宏大诗史的叙述可能。因此，易彬的眼光着实不可不谓之深远。抽象而论，这样的研究预设似乎也很平常，但真要做到从细节看出历史、同时又能将大眼光落在细节处，实非轻易之举，它需要研究者经年积累的扎实功力。

回想起来，易彬的博士研究生毕业已经三年。当初他没有将博士学位论文立即付梓出版，而是一掷三载的光阴，不仅多次深入修订论文成稿，而且将相关研究的领域又作了进一步的拓展，成果也因之更加丰厚，从中可见出他对自己作为一个研究者的自我期许。当今的高校学界里不乏放言高论之辈，真能回首收心做一番实在功夫的人倒是并不多见。就此而言，易彬的治学态度和精神是更值得我们看重的。作为他在读时的指导教师，我一方面对易彬这部著作的出版要表示祝贺，另一方面内心也是很感骄傲的。希望我们都能用老老实实的态度来做事治学和做人。

吴　俊

2010 年 11 月 25 日写于南京大学

导论　从“历史”中寻求新诗研究的动力

一

一如近年来学界对于中国现当代文学史所进行的种种重新回顾、审视乃至重新定位，“新诗的发生”这样一个任何一部新文学史著作的开端部分必将描述的问题，现在看来也并非不证自明，“现代汉语的诗性空间”更是可堪深入探究。对于这些问题的质询，在我看来，姜涛的《“新诗集”与中国新诗的发生》与张桃洲的《现代汉语的诗性空间——新诗话语研究》[①] 尤为深入，尽管两者均非完整意义上的新诗史论著作，前者仅选取“新诗的发生”这样一个短暂而特定的历史阶段；后者虽着眼于新诗的整个历史发展历程，却侧重于若干专题而非新诗演进史，但是，由于这两部著作对于新诗发展的特定历史阶段与实际历史进程有着深入的探究与积极的体认，实际研究就非常富有启示意义。从某种意义上说，可能正是因为一种并非“完整意义上”的新诗考察，新的方法、原则乃至观念才得以贯彻实施。这样，质询虽尚处于初始阶段，新的研究前景却已被诱发：如果将两种研究思路共同贯彻到新诗的发展历史进程中，新诗本身无疑将呈现出一幅更为复杂的、立体化的景象——更为复杂的“发生机制”与更为丰赡的“诗性空间”。

这里想进一步指出的是，新的研究前景最终能否有效展开，一个关键性的因素在于，能否有效地发掘并提取新诗自身发展过程中的各种“历史”因素。文学史的研究经验表明，在处理新诗发展的历史进程一类命题的时候，既可做一种宏观考察，也可选取若干重要现象、问题或作者切入，所谓“以小见大”。这里选取了诗人穆旦。穆旦是近年来的研究热点，

① 两部著作均被列入洪子诚教授主编“新诗研究丛书”，北京大学出版社2005年版。笔者曾撰《新诗的“发生”与“诗性空间”的拓展——对于两部新诗研究著作的评介》做出了评论，参见《新诗评论》2007年第1辑。

被普遍认为是新诗史上最重要的诗人、最杰出的翻译家之一，自然是一个可以倚重的个案。

纵观穆旦研究，非常突出的一个现象是：思想阐释过多，历史性研究明显不足。这既极大地强化了穆旦的形象，却也使得穆旦研究逐步陷入了某种瓶颈状况，缺乏持续的动力。从穆旦这一个案所透现出的情状，比较典型地反映了当下新诗研究的状况。

强调研究的历史性，首先意味着将穆旦往回拉，拉回到穆旦个人的历史之中，拉回到他的时代及“后穆旦”时代，既对穆旦个人的写作历史进行深入透彻的分析，又通过不同时代的各种历史因素，包括教育背景与氛围、语言环境、具有时代意味的写作主题、不同个体的写作、各类传播类因素、各种时代政策以及各类批评文字、文学史、文学选本与文学教育，等等，既看取穆旦之于新诗历史的效应，也考察不同时代之于穆旦的反应。

在具体研究中，为了更好地凸显（实践）研究的历史性，我将思路进一步区格为三大历史角度：个人史、新诗史和传播史。个人史即穆旦个人的写作历史；新诗史即是将穆旦放到新诗发展的历史进程之中，结合具体现象与作者进行细致比照、考量；传播史即20世纪40年代以来穆旦作品的传播历程。由此所呈现的，无疑将是更为丰富、更为历史化，也更为真实的穆旦形象。

二

总体而言，尽管穆旦已是研究热点，但严格说来，其个人写作面貌并未得到非常清晰而全面的呈现。在穆旦“个人历史”这一话题中，我先提出一个学界尚未充分重视的问题：穆旦的社会文化身份。考察20世纪40年代穆旦的个人经历及相关因素，“小职员”是更为主要的身份，次要的才是文化人（诗人）身份。小职员身份意味着穆旦处于社会文化网络的边缘位置，这显然影响到了他的写作。

具体考察中，这里将穆旦的全部写作活动视为一个整体概念，除诗歌写作外，其他文类写作、翻译活动以及不大被系统关注的写作修改行为都被纳入其中，我努力揭示各种写作行为之间的内在关联，以共同呈现穆旦作为一名写作者的艺术品质。而在缕析这些实有因素的同时，想强调的另一点是：写作品质也由“无”所体现，即写作者所没有的东西。在穆旦这里，它尤其明显地表现为缺乏自我叙述，尽管这一现象由多种原因造成，但最终形成了一种效果：穆旦所依凭的是"写作"本身，而无意于通过自我叙述来成就自身形象。

以往研究多从诗歌写作切入，割裂乃至忽视了其他一些方面——这种"无"的品质尤其没有被提升为一个价值命题，对于穆旦个人历史这些侧面的忽视，不仅湮没了穆旦的写作冲动与精神诉求，也最终窄化了穆旦的"诗人形象"。

在对穆旦"个人的历史"进行了综合考量之后，我将其写作行为提升到"诗歌艺术精神"的高度，这既是为了肯定穆旦写作所具备的综合效果：个人性、时代性以及持续性的艺术品质；也是为了强调穆旦作为诗人的自觉意识：自觉的写作意识以及自觉推动新诗发展的意识。

三

个人历史固然深刻，但具有某种封闭性，并不能完全保证"历史"的有效性。换言之，所谓"诗歌艺术精神"，必须要放入整个新诗的历史进程之中，才能真正凝结为富有价值的命题。"历史进程"或"历史建构"一类复杂而庞大的话题自然是新诗研究的核心内容，这里试图从五个层面展开：西方诗学资源之于中国新诗、古典诗学资源之于中国新诗、新文学传统、新诗语言以及新诗的主题。这些话题自然也并不新鲜，但基于"穆旦"这一特定视阈，实际讨论将努力捕捉与穆旦那一代人紧密相关的若干新的写作流向与特质；同时，对于细节——历史的细节、文本的细节——又反复追究（强调细节意味着对"历史"的尊重），惯常的话题因此也就有了新的讨论意义。

问题的另一面在于，以穆旦为中心切入这些话题，倒并不是以穆旦为准尺，对于包含了丰富的精神内涵与精微的艺术诉求的写作活动而言，对于审美口味日益多元化的读者而言，提出"准尺型作者"的观点显然是危险的。这里想传达的观点是：重要作家、富有意味的历史细节等因素能够有效地激活文学史的话题，厘清文学史中一些纠缠不休的现象，扩大文学史的内涵。从问题的发生角度看，正是因为保有一种独特的诗歌艺术精神，穆旦与文学史之间形成了一种有效的互动关联：穆旦写作既有效地激活了新诗史上若干最为重要的命题，他以一种卓特的方式参与到新诗的历史建构之中；而通过文学史诸多命题的比照，穆旦诗歌艺术精神的命题进一步得到强化。他确实无愧于新诗史上最为优秀的诗人之一。

四

历史的图景还在于“历史”本身。穆旦与新诗史的重要关联被凸显，“历史”如何呈现穆旦则成为需要进一步追问的命题。

总体而言，穆旦的“历史形象”始终没有得到很好的透视，个中原因，最重要的一个被认为是穆旦自我阐释类材料稀少，生平传记材料偏弱。这一看法其实内蕴着某种预设，即将话题拘囿于“个人的历史”之中。事实上，“人”同时也是“历史中的人”，诸多细节要素均可透射出“个人”丰富的“历史”图景。“一件艺术品的全部意义，是不能仅仅以其作者和作者的同时代人的看法来界定的。它是一个累积过程的结果，亦即历代的无数读者对此作品批评过程的结果”；“它有一个可以描述的发展过程，这一过程不是别的，而是一件特定的艺术品在历史上一系列的具体化。我们可以在一定程度上根据有关批评家的判断、读者的经验以及一件特定艺术品对其他作品的影响重建这件艺术品的历史”。① 当下中国现代文学研究界对于“重建”工作其实已形成一种自觉，即对于传播媒介多有看重，各种被沉埋的史料得以大量发掘，具体到穆旦，期刊报纸、相关出版机制与出版行为、相关研究、文学选本、各类校史、年谱、回忆录以及各种时代因素等都是很好的切入点。事实上，在一些敏锐的研究者那里，史料的运用及其效应甚至已经被提升为文学史写作的一个新的增长点：“呈现在我们面前的百年中国文学是一个明了可辨、逻辑妥帖的文学面貌。这些文学史基本上都根据‘第一手资料’，提供了恒定的文学史线索，也试图给出自己的文学史解释。那么，能否进行一种新的文学史描述的尝试：不是从原始材料和作品文本的‘第一手资料’出发，而是从现当代文学研究的相关论文这一‘第二手资料’起步，对文学史进行重新编排与描述，这样的文学史撰写，不提供恒定的文学史线索，也不追寻最终的文学史解释，它注重的是对文学发展过程中具有典型意味的现象、作家和作品进行解析，呈现文学发展过程中必定存在过的具有关键意义的问题，并在对这些问题的解答中，求得对文学史的某种角度的说明。”②

对于各个时期的“重建”工作的梳理表明：穆旦这个具有丰富内涵的诗人激起了复杂的效应——落实到文学史的叙写之中，作为一名曾经被深埋的

---

① ［美］勒内·韦勒克、奥斯汀·沃伦：《文学理论》（修订版），刘象愚等译，江苏教育出版社2005年版，第36、172页。

② 刘俊等编著：《中国现当代文学研究导引》，南京大学出版社2006年版，第2—3页。

诗人，穆旦可谓见证了若干文学史书写原则的萌发与确立，文学史观念的更迭与蜕变，文学史叙述格局演变与文学史权力的消长。由此，“历史如何呈现穆旦”——传播图景的详细展开过程不仅具有微型文学史的效应，也是考量穆旦诗歌艺术精神之于新诗历史建构的另一条路径。

五

“历史”当然不是万能的。“历史”固然有它的效应，但“回到具体历史语境”也有其暧昧性，“返回历史现场，并不意味着纯客观的历史‘还原’，呈现复杂的细节，也并不等同于各种纷纭现象的杂陈。在进入历史的同时，研究者无法避免地会携带着自身的价值取向或理论预设，这也是独特的历史‘洞见’得以产生的前提。换言之，在‘历史’与‘价值’之间，某种叙述的张力难以避免”。[①] 正是为了尽可能地减少“叙述的张力”，这里选取了三大历史角度，单一角度可能会造成窄化，多个角度则将形成丰富的局面，并能在丰富中更接近“穆旦”这一研究对象。

换言之，“当下”并不比“历史”具有更多价值优先与精神优势，多重历史角度也意味着本书虽充分考虑到研究对象所处的实际历史条件，但核心价值体仍然是文学，即并不以“历史”来衡量穆旦诗歌的价值，而是借助各种历史因素来促成对于穆旦诗歌更深入的认识。

看重“历史”并非简单地看重考据，也非仅仅选取单一的历史因素，而是写作者个人的历史与各种历史因素的综合，历史的角度越多，所能获具的研究局面也就将更为扩大。从这个认识出发，本书的最终旨趣并不仅仅在于激活一个前所未有的、丰富的穆旦形象，更要激活一系列的文学史命题，以及多种时代因素。只有这样，不仅穆旦诗歌所具有的一种超乎历史之上的价值才得以彰显，而且，作为个体研究，穆旦研究与更为宏大的文学史研究所具有的某种同一性才得以确立。

---

① 姜涛：《开放问题空间之后：从“新诗”到“现代汉诗”——评王光明〈现代汉诗的百年演变〉》，《文艺研究》2005年第3期。此文认为《现代汉诗的百年演变》中关于新诗的发生期（“破坏时期”）的讨论忽略了历史中的“复杂‘纠葛’”。

目 录

第三编　穆旦的传播历程

第一编

穆旦诗歌艺术精神

概　述

本编为“个人史”，着眼于穆旦个人的社会身份与整体性的写作行为。

对20世纪40年代经历的分析表明，穆旦处于社会文化网络的边缘位置，小职员身份大于文化人身份。这沉结了穆旦的基本形象：一名非职业化的写作者，写作只是一种副业。这一社会文化身份与实际写作之间形成了一种微妙的循环关系：非职业化→写作较少、较慢→名声微薄→边缘化；边缘化→名声微薄→写作较少、较慢→非职业化。在这个基础之上，本编分五个层面对穆旦的写作行为进行了详细缕析：诗歌主题、诗歌艺术法则与抒情体式、翻译行为、修改行为以及非诗歌类型文字。

诗歌主题分析表明，穆旦所选择的艺术道路跟自身的生存体验紧密相关，穆旦的写作始终植根于个人经历之中，写作与生活之间始终具有一种深刻的互动关系。早期已有某种自觉，到了中期，在底层经验与生死经历的“教育”之下，“新的抒情”理念凸显。本书从抒情位置切入，《赞美》等诗篇一再地纳入非赞美形态的词汇和场景，表明穆旦着意将自己放置于“隐藏在生活表层之下”的位置，在加入民族大合唱发出“赞美”之辞的时候，着意保留了自己的声音——对于“历史的不公平”的持续警惕正是自我声音的浮现。20世纪40年代后期，穆旦的诗歌情绪变得强烈而愤慨，信仰（救赎）这个一直贯穿于穆旦写作中的主题进一步凸显；但细致考量，信仰并非一个宗教性的，而是一个和个体现实处境紧密相关的、精神性的命题。穆旦诗歌的内省风格由此凝结而成：“现实”与“个人”往往被处理成同一性的命题，那些向外投射的、充满愤慨情绪的诗篇同时也可以视为向内收缩的、省思个人境遇的诗篇。晚期写作则从另一个层面呈现了诗歌与个人生活的关联：晚年穆旦在“1976年3月”这一时间基点上重新开始写作，本书特别强调了这一非常私人化的起点，将其视为认识穆旦晚期诗歌最为恰切的逻辑起点：穆旦无意通过写作而对外在的权力社会发言，而是在为被“权力”不断“腐蚀”的自身生命而哀挽，这批诗歌使用了大量冷色、晦暗的词汇，呈现了一个处于黑暗的历史隧道中的生命的颜色。因此，这里更倾向于将晚年穆旦所迸发的所谓“写作高潮”看做是数曲哀伤而凄厉的挽歌，其中弥散着一股冷彻的寒意，一股挥之不去的死亡气息。

在强有力的诗歌主题不断推进的同时，穆旦也进行了较为广泛的诗艺探索，本书从抒情体式、修辞法则、词汇（造词法）与句法、诗行建构与整体效果等角度展开。《防空洞里的抒情诗》一类充满虚拟色调、由一个游移的“我”所引导的诗篇标示了诗人与现实之间的“距离”——不是拒斥现实，而是保持一种“反省的距离”。维系“距离”的是反讽手法的大量运用，所谓“《五月》式反讽”：反讽既宣谕了对于传统诗学的反叛，也隐喻了个人与历史之间的含混关系，个人并非置身时代与历史之外，而同样是被“控诉”的对象；诗歌既保有对一个时代普遍的现实状况与文化命运发言的姿态，又内蕴了对于这种姿态本身的省思，即对于自我处境的省思。这一结论与主题分析所得大致相当。诗剧体写作实践与戏剧化手法的运用显示了穆旦较为复杂的诗学构想，而词汇（造词法）、句法、诗行的建构、修辞、整体性的诗学效果以及人称等层面的分析则彰显了穆旦对于诗歌艺术的寻求，所谓“纯粹的抒情”。

在考量翻译行为时，本书主要着眼于诸多外部因素，包括翻译动机、翻译对象的类型分析，等等，以理解穆旦与时代语境之间的深刻关联。为了更好地说明其间的复杂关联，本书从注释与译介文字切入，“注释”既透现了穆旦在处理翻译对象时的微妙心理，它的效应本身也存在微妙歧异，即包含了解释作品与自我解释的双重效果；篇幅更大的译介文字也呈现出复杂语调，对翻译对象“历史局限性”的指陈与对其艺术特点的概括，两者往往有所冲突，可将其归结为对于诗歌艺术的强调与对于时代主流话语的顺应之间的冲突。翻译丘特切夫这一明显悖逆于时代审美思潮的诗人的作品，更多地显示了穆旦对于诗歌艺术的认可，对其形象的描述不仅构成了穆旦对于“诗人”的解释，也彰显穆旦本人的“诗人”形象：即便时代环境那么逼仄，依然没有放弃“诗人”的职责。之后所进行的大量翻译也是“职责”意识使然：即希望借此促成中国文艺的复兴。比照穆旦晚期的写作，还可发现潜心翻译使得写作获得了新的资源，因此，翻译乃是诗人身份的延续。

穆旦诗歌总量较少，其他文类写作也不多，有限的自叙类文字照现了穆旦“个人的生命”的痕迹：较早的如《谈“读书”》显示了穆旦对于“经验”与“兴趣”的看重；成年期文字则将“良心”置于更高位置，所谓“心中有物，良心所迫，不得不写”，诗人对于内在精神自我的体认轨迹由此呈现。

以报纸总编辑的身份写下的《撰稿和报人的良心——为本报一年言论作总答复》，核心话语也是“良心”与个性。作为一种文化实践，《新报》经历既内蕴着穆旦对于独立价值理念的主动追求，这些文字也就成为内在情感与写作境遇的自况性摹写。数篇标为“记游”或“还乡记”的文字，则显示了人生与现实问题在穆旦内心的纠结；同时，它们也显示了穆旦的非诗歌类文字与诗歌写作何以能保持精神上的关联性。而那些主要作于20世纪50年代末期之后的书信与日记，与写作、翻译共同构成了晚年穆旦的写作图景，细致缕析可以发现：即便是穆旦这般有着良好的艺术修为且历史负压较小的作者，这些文字也还是具有多重效应，或显或隐地浮现了个人与历史的复杂纠葛——一个渺小的个体在大时代里的矛盾境遇。

对总量较少的诗歌进行反复修改也是穆旦写作个性之所在，这里通过实例分析穆旦修改的主要类型。穆旦所做的多是局部性微调，而非全局性更动，诗艺层面的考虑是主要修改动因，即追求一种更为完善的诗学效果。经由修改，一些重要的词汇与场景（图景）得到了更多书写，穆旦显然有意通过复写，来传达相同或相异的效果，穆旦诗歌的内在谱系性——不同诗歌写作之间的内在关联得到加强。修改意味着重塑自我，凸显了穆旦写作背后的种种秘密，包括个人写作的特殊偏好、诗学构想的萌生与消退（如对于诗歌形式的处理）、诗歌经验的不断衍化（如对于人称的处理）、写作者的思想观念（如基督教思想背景、个人的历史观念等）、个人写作与同时代的文学语境及时代话语的关系等诸多层面。

从如上事实出发，本书最终将穆旦的写作行为视为一个整体性概念，这一概念既是多种实有因素的共同体现；也见之于较少自述这一虚有的品质，它表明穆旦所依凭的是写作本身，无意于通过自我叙述来成就自身形象。本书进一步强调了穆旦在写作上的自觉性：不仅仅是个人写作意识上的自觉，包括对于诗歌写作行为的有意控制，追求一种“少”的写作、“慢”的写作，以及个人经验提炼、诗艺追求、语言创制等方面；也体现为对于新诗发展进程自觉的、积极的体认，包括试图以翻译来促成中国文艺的复兴。在大时代面前，他也做出了积极反应，他的写作积极接纳了多重时代因素，同时又始终保持着“省思的距离”，秉持着个人品性。出于对穆旦写作所具备的综合品质与自觉意识的肯定，本书最终将穆旦的写作行为提升到“诗歌艺术精神”的高度。这种精神不仅仅指向穆旦本人，也将指向整个20世纪中国文学。

第一章　穆旦的社会文化身份

一　“个人的生命”历程

从一个小故事进入穆旦的“社会文化身份”这一话题吧。1945 年抗日战争结束后，战时西迁内地的高校陆续北迁。据说，穆旦原本有机会到北京大学外文系任教①，但他选择了去文化并不算发达的沈阳创办《新报》。《新报》存在时间不算长，约为 1946 年 4 月到 1947 年 8 月，这一经历不妨称之为“《新报》时期”。总体上说来，这一时期材料多零散，其中一个来自当事人的回忆：1946 年年底，《新报》发布了 1947 年元旦将以“东北一年来……”为主题的征文消息，当时年轻的朱磊（有笔名朱珍妮、亚珍等）和丈夫卢逊生（又名苏宾）正流落沈阳，找不到工作，生活非常困顿。看到消息后，朱磊将《一年来做妻的生活》寄给了《新报》。不想获得第一名。一天，穆旦带着流通券一万元奖金去了一个像“冰雪荒原”般寒冷的家里看望她。

这一故事或许会让人想起当年名作家郁达夫去看望刚刚开始写作、生活相当困窘的沈从文的情形。当然，情形并不完全类同。其时穆旦远没有郁达夫那样大的名声，而获奖的年轻作者后来虽也从事文艺事业，但并没有成为沈从文那样的大作家。郁达夫在随后写下的“公开状”中愤慨地谈到文人“去势”的现象，即便是大学生啊，博士啊，都找不到工作，更不用说像沈从文这样连国立大学之门还没有跨入的人了。当时的亚珍夫妇、此前及稍后的穆旦，也可说正是所谓找不到工作的“大学生”——但穆旦并没有如郁达夫那般愤慨地发出生活不下去就去当土匪或拉洋车的慨叹②；而是说：“没有

① 刘希武观点，转引自李方《穆旦（查良铮）年谱》，《穆旦诗文集》（2），人民文学出版社 2006 年版，第 360 页。

② 郁达夫：《给一个文学青年的公开状》，《郁达夫文集》（3），花城出版社、三联书店香港分店 1982 年版，第 116—121 页。

想到这次元旦征文中出现了你的《婚后一年》这么好的作品。我喜欢它的朴实、纯净……写出了你们洁身自爱的美好心灵，精神境界。”换言之，穆旦并没有将怒火洒向无法让有理想的年轻人生存下去的社会，而是赞扬了那种能够给困窘生活以慰藉的“美好心灵”。

因为这一事件，彼此有了交往，年轻的作者受到穆旦的鼓舞，将穆旦给她的一本美国作家萨洛扬的短篇小说集《四十六篇故事集》陆续译出并在《新报》刊出了数篇（译文经过穆旦校正）。1947年8月，《新报》遭查封；之后穆旦来和朱磊夫妇告别，将新近在沈阳自印的、“纸张粗糙”的《穆旦诗集》送给了他们。[①] 不多久，朱磊（亚珍）作《送穆旦离沈》，其中写道：

> 两年来，东北不知有多少来的人，有多少走的人，算不了什么，你无非是万万千千中的一个。两年之前和两年后的现在，你来，你走，这中间，你经历着兴衰样的变化，是你个人的，也是整个东北的，张大的说一说，也是中国的，也是世界的。你办成的报纸，它出现，它蓬勃，它消失，在人们的眼前，更在个人的生命上。[②]

不熟悉《新报》，不熟悉无名的作者与穆旦交往的读者，初看之下或许会觉得文章夸饰成分较多，而且，对于这样一个故事也远不如对郁达夫与沈从文的故事兴趣大。但这一事实放置到穆旦个人经历之中却是别有深意：无名的作者通过《新报》这样一个小小的岗位发见了诗人生存境遇中的某种特殊意义，《新报》不过是现代中国一份短命的、地方性小报，并非声名显赫的《大公报》或《益世报》，无名的诗人和无名的作者也更不是郁达夫和沈从文，但在这位读者眼里，这一切之于诗人却有着无可替代的切身意义，“更在个人的生命上”，这一评价在当时是独特的，时至今日，穆旦评论界却依然极少回应。

回应这一评价最基本的方法即是简单勾勒一下穆旦“个人的生命”历程。1940年夏，穆旦从西南联大毕业留校任外文系助教。其时，所从事的多半是日常性事务与公共基础课的教学，对于公共事务也有参与——曾作《抗战以来的西南联大》[③]，宣扬了“无日不在苦难中，折磨成长”的联大形象，

① 据《时光倒流在我们心上——朱磊日记》（1999）；转引自陈伯良《穆旦传》，世界知识出版社2006年版，第99—104页。按：结合《新报》相关信息，该回忆有些细节误差，这里已做出订正。

② 刊天津《益世报·文学周刊》第67期，1947年11月22日。

③ 此为穆旦佚文，署名查良铮，刊《教育杂志》第31卷第1号“抗战以来的高等教育”专辑，1941年1月。

在相当程度上，“查良铮”充当了联大代言人的角色。

20世纪40年代的中国，战事频繁，社会动荡，稳定的工作极为难找，在国立大学任教实为一份令人羡慕的安定工作——穆旦的生活道路原本是安稳的：随着年龄的增长，将逐步晋级，逐步成为有社会威望的大学教授，如前辈吴宓、朱自清那般。但这种相对平静而安稳的生活仅仅持续不到两年，1942年年初，穆旦作为翻译参加了中国远征军，赴缅甸与英军共同抗击日军。在当时昆明、重庆等地的大学，师生从军已很普遍。穆旦和众多从军者一样，以一种非常积极的姿态主动承担了一个中国人对于时代和民族的义务。不过，绝大多数学生回来后均复学了，作为教师的穆旦却没有“复职”：没有再回到安定的大学教席，而是在昆明、曲靖、重庆、贵阳等地短期任职，做英文秘书、教员、学员、小职员等，时而处于失业状态，生活较为困顿，压力不小。

抗战胜利后的“《新报》时期”可谓穆旦生活得相对稳定的另一个时期——换言之，是文化意味相对较强的一段经历。从对报纸的实际经营来看，穆旦似乎有做职业报人或职业文化人的打算，《新报》在规模、经费、传播范围等方面有意袭用《大公报》、《益世报》一类大报的操作模式，精心设置了报纸的栏目。除了国内外及东北新闻外，第2版社论（也包括来论、专论和星期文论），第3版“日日谈”等栏目都颇有特色，前者主要针对国内外重要政治事件以及东北本地政治、军事、社会、经济、文化方面的事件，为长篇大论；后者主要为东北特别是沈阳新闻时事的短评，篇幅短小，一事一议，一般仅一二百字。篇幅上虽有差异，但多是秉持独立见解的。第4版为副刊（按：扩充为6版之后，版式有所不同），先后有10余种，副刊包括“新地”、“欧美风”、“各地通讯”（“各地风光”）、“时代妇女”、“社会服务”、“文学”、“星期文艺”等，还出版了多种纪念专刊。这些都显示了编者对于报纸的经营。

《新报》发展势头一度非常好，创办不久，发行量即由三千份增至万余份，并在长春设立分社，被认为是东北四大报纸之一。① 但是，在持续了一年零四个月之后，《新报》即被国民党地方政府查封。这一段经历并不算长，实际展开的图景也并不算多么辉煌，穆旦的职业报人或职业文化人身份，也就并未能得到真正的落实。

① 另三种为《前进报》（国民党驻东北的新六军主办）、《中苏日报》（系东北行辕机关报，属《中央日报》分支）、《东北民报》（省参议院参议主办）。见李方《穆旦主持〈新报〉始末》，《新文学史料》2007年第2期。

《新报》被查封之后，穆旦离开沈阳，南下至上海、南京等地。期间，他的生活依然困顿，多次找工作碰壁，多次失业，实际所找到的工作也是技术性的，如在联合国粮农组织（FAO）、美国新闻处等地任英文文书，主要工作就是资料（如来往文件、剪报等）翻译一类杂事。这等工作需要有良好的英文知识，对曾任教国立大学外文系的穆旦来说自不是难事。

二 不安稳的生活局面的原因探析

纵观20世纪40年代穆旦的经历，西南联大、《新报》两段相对稳定的经历均为时较短——严格说来，所谓“稳定”，更多的是生活层面的，其文化人身份始终有并不稳定的一面[①]；在更长的时间内，他是凭借在大学里刻苦学习（最突出的例子莫过于背英文字典）而来的英文知识而谋生，他是一个不断找工作又不断失业的年轻人，生活平淡、工作枯燥——虽然各段均较为短暂，但累加起来的时间则较长，这样一来，在穆旦身上，“小职员”身份大于“职业文化人”身份。问题进一步生发：对于一个国立大学外文系正规毕业生而言，这种不安稳的生活局面是怎么形成的呢？

1944年11月穆旦致友人的一封短信有助于理解这一点。穆旦写道：“我的生活如常，每日工作不多，看看书，玩玩，很应了人们劝我‘安定一下’的话。”此话看似轻松，实则暗含调侃，因为他同时还谈到了糟糕的个人生存处境：“很大的苦闷压在人的心上。前后左右都悲观。”但即便如此，生活多年的昆明倒成为被讥讽对象：“昆明和贵阳一样，有点紧张，你若到那里，又是掉在老生活圈子了。”[②]

这里至少提供了几个信息：一是朋友们曾劝穆旦过一种“安定”的生活。这种劝告既揭示了穆旦当时“不安定”的实际生活情状，又表明穆旦并未听从朋友们善意的劝诫。一是生活“苦闷”。何谓“掉在老生活圈子”呢？这位友人后来解释：“自1941年国民党攻袭新四军的皖南事变以后，国民党

---

① 据南开大学档案馆馆藏人事档案查良铮卷（以下简称穆旦档案）之《历史思想自传》（1955年10月），《新报》时期，因所写文字不符合当局的政治要求，罗又伦甚至一度将穆旦调离沈阳，“去抚顺教他英文，但只教几次便未教了，只闲住在那儿，以后徐露放去找我，我才又去报馆工作”。按：这类文字产生于20世纪50年代中期这样的政治敏感时期，而穆旦本人又被列为“肃反对象”，未可全信，但应是在一定程度上体现了穆旦当初的想法。下文所引穆旦档案文字均作如是观。

② 穆旦：《致唐振湘》（1944年11月6日），《穆旦诗文集》（2），第127—128页。

控制区的知识分子受到更大的压抑，在昆明西南联大的学生中有部分暴露身份的共产党员和进步学生离开了学校，留在学校的大多数处于彷徨、苦闷和受压抑的气氛中。进步的学生团体停止了活动。同学之间的交往与议论只限于小圈子。有学生自嘲为‘死读书，读书死’。穆旦对这种生活显然是不满意的。”[①] 可以想象的是，虽然这种政治层面的因素并非唯一因素，但穆旦放弃相对安定的生活至少应是包含了对于生活本身的“不满意”。以此观照穆旦从军归来没有重回联大的事实，可能是没有合适岗位[②]，也可能是他自己不愿意再回去。[③] 也即，在一定程度上，不安稳生活局面的形成是一种自我放逐的结果。[④] 正如20世纪40年代后期与穆旦很亲近的友人在追忆中所指出的那样，穆旦当时频繁更换工作，既有社会原因，社会不能提供稳定而安适的工作，也有他自己的原因，即不安于那些工作：“除了饭碗问题外，他也要找自己比较合适的。不少工作他觉得不适应，觉得没意思”；“他本人是极希望安定，但实际上很难安定”。[⑤]

《新报》的实践则从另一个角度提供了解释：“很难安定”也与20世纪40年代的政治时局直接相关。办报、办刊是现代中国知识分子常见的一种文化实践活动，其中多寄寓开启民智的信念。穆旦放弃大学教席，到一个文化并不发达的地域来办报，前景难以预料，其内心图景也因为缺乏直接自述材料而难以查实，但从《新报》成立周年之际穆旦所写的《撰稿和报人的良心——为本报一年言论作总答复》（1947年4月22日）来看，穆旦可谓全心参与并且着力强调报人的“良心”、“个性”、“自己的尺度”与“独特风格”，置惹麻烦的危险于不顾，可见其中应是包含了文化实践的冲动，即通过现代媒介而将个人自由的理想转换为切实的文化实践活动，表达自由信念与民主诉求，倡扬社会公义。

---

① 唐振湘、易彬：《从穆旦的一封信想起……》，《新文学史料》2005年第2期。

② 据2004年11月17日笔者与杨苡的谈话，当时学生回来可以复学，但老师情形不一样。她举中央大学为例，有教员从军回来想找原单位，但学校不一定还有工作岗位。“有的话，是可以回去的。没有的话，就要重新找工作了。穆旦可能属于这一类。”

③ 穆旦档案之《历史思想自传》称1942年从军的动机是：“校中教英文无成绩，感觉不宜教书；想作诗人，学校生活太沉寂，没有刺激，不如去军队体验生活；想抗日。”

④ 穆旦档案之《历史思想自传》及《我的历史问题的交代》（1956年4月22日）提到，在1943年10月至次年1月或2月，在重庆新闻学院做学员，“觉得自己的能力和兴趣都没有，那种党化机关也是自己不喜欢的”，故未及期满而退学。1944年2月至次年5月，在中国航空公司工作，“待遇虽似不错，但感觉它是商业机关，没有‘前途’”。

⑤ 易彬：《“他非常渴望安定的生活”——同学四人谈穆旦》，《新诗评论》2006年第2期，主要为杨苡、江瑞熙观点。

《撰稿和报人的良心》是署名文章，除了谈到一般性的事情应秉持良心来处理外（“在社会上能发生相当的影响的事情”在报纸上“该有其应有的地位”，那种“无声无息”的“广大的人们的动态，生活，和严肃的工作”是“更应该注意的”），更是将主题意绪拓展到报纸“怎样才算是帮助政府”的问题（以一种诚实精神以“督促”政府改进工作；“报纸的言论不能也不必和政府的意见非常一致”；政府应该把报纸“看做是和自己并行的一种力量，而不是附存的东西”，只有这样，报纸才能发挥“制裁与平衡”的“助力”，“民主政治才能走上轨道”）。此外，身为《新报》总编辑的穆旦还写了两三篇社论，并以“金”为笔名发表了较多短评，园地即前述固定栏目“日日谈”，所针对的也是东北地域的民生、民情，以及与时局有关的种种吁求。[①] 通过这些文字来考察穆旦在《新报》期间的文化实践，往小处看，尽管《新报》本身是地方性小报，经济实力并不雄厚[②]，但穆旦显然并没有视其为“小报”——即如写作被称作是“良心所迫，不得不写”[③]，办报也是一种“良心”历练。《撰稿和报人的良心》从报人“良心”最终落实到“民主政治”，其内在思路的拓展即可视为穆旦本人精神视阈的拓展。言说《新报》在穆旦“个人的生命上”的意义，即在于此：不以大小论，而是以实际投入和所秉持的价值理念为据，以其所具有的切身意义为据。而放大来看，则《新报》也可说和《大公报》一类现代报纸共同推进了报纸（言论）民主化、独立化的进程。

但可以想见的是，正如《撰稿和报人的良心》援引的材料所显示，“个

---

① 社论已无从查实。“金”即取自“铮”的偏旁。这些文字并没有收入《穆旦诗文集》。原因似比较微妙：其一，署名“金”的文字虽被穆旦当年同事邵寄平及穆旦研究者如李方、张同道等人所确认，但家属对此似有所疑义；其二，其中的某些文字对于当时的政治力量（如对当时的共产党）做出了尖锐的评价，编者对此似有所犹豫。

② 关于《新报》的经济状况，仅有一些零散材料，综合视之，应较为困难：前引穆旦两份档案文字均提到，他和其他报纸创始者“不愿把它办成军报或党报，只要使它成为一个社会型的报纸”。在经济上则寻求“自立”，他和社长徐露放及其他自207师来的仍领军队月薪，“但报馆其他（大部分）人都是由报纸维持，报纸开办由军中借钱，以后又都偿还”。“遇到经济困难时，我因和罗又伦的私人关系，又和军需处长赵培尧有来往，往往代为解决。报纸是赔钱的，不易维持，必须兼做生意才行。徐露放曾到上海作大豆生意，我曾赴天津买报纸”。1947年4月22日的“周年纪念特刊”上有经理朱叔和的《我们为什么穷》和出纳伍翠娟的《当家才知柴米贵》，前者谈到报纸账面上并没有赔钱，但因为沈阳各报分销处的作祟，钱“收不回来”；后者则谈到报纸最初发行3000多份，收入三四万，付出五六万，赔了好几百万的现款；一年了，发行近1万份，收入每天平均约10万，“可是还要感到‘人不敷出’”。又，据邵寄平称《新报》被查封后，报社曾找到辽宁省省政府，省主席称，“办什么报呀，办也是赔钱。”见李方《穆旦（查良铮）年谱》，《穆旦诗文集》（2），第362页。这可能是一句“搪塞”之词，也可能从另一个方面表明《新报》的经济状况并不乐观。

③ 穆旦：《致唐振湘》（1944年11月6日），《穆旦诗文集》（2），第127—128页。

性”的价值依据乃是西方民主制度上的做法，在现代中国的文化语境之中，这必然会与现实政治之间产生摩擦——《新报》较多时候其实都处于政治旋涡当中。[①] 这也是为什么《新报》虽苦心经营且发展势头很好的，却终究难逃被查封的命运。但何以在 1947 年 8 月这样一个显然并非所谓文化转折阶段而被查封呢？除了披露辽宁省主席“有贪污嫌疑”这一直接触因外——警备厅公开查封的理由则是“替共军夸大四平战役”[②]，这即所谓“言论获罪”。但也很可能与此无关，而是权力斗争、派系排挤的牺牲品——是 1947 年 8 月陈诚到东北，“把《新报》看成杜聿明的势力而予以排挤的结果”。[③] 统言之，不管出于何种理由，均可视为书生办报遭到了现实政治的强力干扰，可见出政治对于当时人们生活的强势影响——正是现实政治放逐了穆旦一度安稳的生活。

此外，家庭负担也不能不考虑。穆旦的父亲“一生任小职员，工作断断续续，薪俸微薄，生活拮据，常靠变卖旧物维持”[④]；母亲为家庭妇女，姐姐（1914 年生）已远嫁广西，妹妹尚且年轻（1927 年生）。抗战前家里尚有“旧物”可变卖以勉强维持家用，但抗战中期之后，整个家庭生活则完全依赖穆旦收入来维持。[⑤] 联大教职虽然相对稳定，但也相对贫困；1941 年年初，穆旦本人即经历了一次集体签名要求学校加薪的事件；1942 年 4 月，穆旦从军之初，为提高生活补助费，还出现了外文系助教提出、中文系助教响应的罢教行为，为期一周余始得解决。事实上，由于通货膨胀影响，即便是知名教授如闻一多等人也不得不通过兼职以赚取足够的生活费。[⑥] 家庭负担——“须要为维持家中生计着想”，即赚更多的钱让家人过上安定的生活——也一直在相当程度上支配着穆旦的职业选择，从重庆新闻学院退学，

---

① 所谓政治旋涡可区分为两个层面，一是揭黑（如揭露国民党地方官员的腐败行径），将引起地方政府或权力机构的反感；一是言论不当，又会引起报纸实际主办者的“斥责”，据前引《历史思想自传》与《我的历史问题的交代》，所作社论“有一篇是说不要跟美国跑的，大受当局（杜聿明）斥责”，“副刊中也曾有反内战的讽刺文字，惹起罗又伦等的制止”。罗又伦一度将穆旦调离沈阳正是基于这个原因。

② 李方：《穆旦（查良铮）年谱》，《穆旦诗文集》（2），第 362 页。

③ 见穆旦档案之《历史思想自传》。

④ 查良铃：《怀念良铮哥哥》，杜运燮等编《一个民族已经起来》，江苏人民出版社 1987 年版，第 145—146 页。

⑤ 据穆旦档案之《干部履历表》（1965 年），其中“家庭经济状况”一栏“土改前”部分所填写的相关信息。

⑥ 这方面故事太多，但凡讲到西南联大掌故时必有这类故事。可参见北京大学等编《国立西南联合大学校史》（修订本），北京大学出版社 2006 年版。“罢教事件”见该书第 397 页。

进入航空公司工作都和生计有关[1]；去沈阳办报也被认为包含了谋求稳定职业以赡养居住在北平的父母的考虑[2]——这是听从了友人们过安定生活的"劝告"(1947 年春，穆旦曾托人将母亲和妹妹接到沈阳住了一段时间)；直到《新报》被查封，此种情状再次暴露无遗，其时穆旦虽以复员青年军的身份考取公费赴美留学资格，但几经周折，公费始终未能发放，赚取学费并预留给家人的一笔生活费成了 1948 年之后穆旦工作的重要动力，这就是为什么后来成为他妻子的周与良已先期于 1948 年 3 月留学美国，但他一直滞留国内，并如同前几年选择中国航空公司一样，又不得不一再地选择联合国粮农组织（FAO)、美国新闻处这类待遇不错但工作单调乏味的技术机构或政治机构。实际上，也唯有 FAO 持续时间较长，其他的都是短期的，期间经历了找工作碰壁、失业、生病诸种情况。

从一个更大范围来看，这乃是一种时代性症状，政治行将垮台、经济面临崩溃的国民政府已无力为青年人提供安稳的工作环境，即便是在首都南京或上海这种大都市，即便是穆旦这般经受过良好教育的青年，都不得不深深地陷入生活的物质压力之中。实际上，穆旦始终未能赚足留学费用，若不是家境不错的周与良出手相助，身为"小职员"的他很可能无法实现留学愿望。[3]

三 小职员：20 世纪 40 年代穆旦的现实身份

不管是有意追求还是无意为之，"小职员"最终成为了 20 世纪 40 年代穆旦更为基本的现实身份。这对穆旦本人来说意味着什么呢？意味着工作被拉低到"为了谋生、有口饭吃"这样非常现实的层面，正如亚珍所发见，"个人的生命"成为了一种突出于所有现实之上的事实。

写作则不得不成为一种副业。缕析 20 世纪 40 年代穆旦的年度写作量，1945 年比较突出，为 25 首，其余各年多则 10 多首，少则数首，着力创办《新报》的 1946 年为空白。他极少作评论类文字，仅有大学末期写下并发表

---

① 前引《我的历史问题的交代》称，从新闻学院退学的原因还包括"物质条件太差，身体不好，须要为维持家中生计着想"。进入中国航空公司则是"完全为了当时自己身体不好，需要较好的生活条件，并且可以得便往家中带钱（在北平)"。

② 李方：《穆旦主持〈新报〉始末》，《新文学史料》2007 年第 2 期。

③ 前引《历史思想自传》称：当时，须有两千美金才能留学，至 1949 年 8 月，穆旦积蓄约 1000 美金，加上周与良自美国寄来的 1000 美元支票，才得到美国领事馆签证。

了两篇诗歌评论①；翻译之作倒是有几种，时间在任助教期间或稍后，包括翻译路易·麦克尼斯的《诗的晦涩》、麦可·罗勃兹的《一个古典主义的死去》、台·路易士的《对死的密语》（有《译后记》）、泰戈尔的《献歌》等。②

写作量较小表明了写作本身在生活中所占实际比例较小；少有评论之作更可表明他根本无意通过诗歌之外的文字来扩大自己的影响，以更好地进入到社会文化网络之中。这样一种行为举措应和了英国现代诗人奥登所谈到的一种“时代的悲哀”：诗人写诗，养活不了自己。怎么办呢？要以谈诗、论诗来赚钱，而所谓谈论诗歌不过是应约演说、写前言、写书评。③ 因为这一层谈诗论道资格的存在，可以预想这样一个奥登终究还是一个文化潮流中人，且占有相对重要的文化地位。穆旦显然也无意于此，《新报》时期，身为总编辑的他所写下的不过是若干时评类文字，可见，其时穆旦关注更多的乃是公共性事务，而非文艺事业。

这样一种状况，也应与穆旦实际所处的位置有关，比照多位大学同学如王佐良、杨周翰，甚至联大外文系后期学生袁可嘉，可发现：出于专业兴趣，受大学里的研究氛围所激发，也为了晋级需要，这些年轻讲师或助教往往有着强烈的理论冲动，对于文艺问题多有关切，零散的文艺论文、评论姑且不论，王佐良曾有作艾略特评传的意念（曾在《大公报·星期文艺》等报刊发表评价艾略特的系列论文，不过最终并未完成）；袁可嘉对“新诗现代化”命题进行了反复阐释。穆旦的评论、翻译之作，恰恰作于大学及任教大学期间或稍后，正可见出实际文化位置的效应。再往后到《新报》，作为经济实力并不雄厚的新创报纸，关注现实公共事件显然是比关注文艺事业更为重要。

事实上，整个20世纪40年代，穆旦的诗名有限——尽管20世纪40年代后期，在以沈从文为核心的文化圈子内部具有较高诗名，但在整个社会文化网络之中不过是一个处于相对边缘位置上的无名诗人。1944—1945年间，在重庆中国航空公司任职期间，穆旦与巴金夫妇、杨刚、袁水拍等文艺界人士有往来，但长期以来，这一经历湮没无闻，不见闻于一般追忆文字（笔者也是借助穆旦档案中的自述文字方才知晓），可见当初所谓文化效应的微渺。

---

① 即《〈他死在第二次〉》，香港《大公报·文艺》第794期，1940年3月3日；《〈慰劳信集〉——从〈鱼目集〉说起》，香港《大公报·文艺》第826期，1940年4月28日。

② 分别刊于香港版《大公报》“文艺”、“学生界”副刊，1941年2月8日、10—15日、17—20日；香港版《大公报·文艺》1941年11月20日、22日、24日（亦刊桂林版《大公报·文艺》1941年12月12日、15日）；《文学报》第3号，1942年7月5日；《中南报》副刊《中南文艺》1943年5月14日。

③ 转引自黄灿然《前言》，《必要的角度》，辽宁教育出版社2001年版，第1页。

创办《新报》并仿照《大公报》等开办多种副刊可视为一种试图融入文化网络的努力，不过与《新报》其他主要栏目相比，副刊却大概只能说是苦心经营。以“新地”和“星期文艺”为例，从一开始就设立的“新地”可能袭用了1936年清华文学会一份题为《新地》的刊物之名，1947年2月23日创刊的“星期文艺”则直接袭用1946年10月13日创刊的《大公报》的同名副刊，穆旦也似乎有意通过文艺副刊来联络各路作家，以扩大其影响。先后在副刊上发表作品的包括君培（冯至）、沙汀、叶圣陶、俞平伯、马凡陀、方敬、袁可嘉等，并转发或摘录茅盾一类文化名人的观点，似乎是欲借重其名气以引起读者注意。[①] 但是，一方面，这些知名作者在《新报》的露面往往仅有一次；另一方面，一些作品甚至连首发权都不享有。[②] 而经常在副刊发表作品的李白黑、冯冷、张朝、路青、王文等人，显然又并不具备足够的市场号召力。这种情状不仅暴露了《新报》的文艺稿源并不稳定，也彰显了《新报》作为地方性报纸，并不具备重要的社会文化（学）性。

再往后，穆旦也还是做出了文化上的努力：创作上，在经历了1946年的沉寂之后，1947—1948年两年，穆旦的写作数量呈复苏之势，诗文也较多发表于《大公报·星期文艺》、《文学杂志》、《文艺复兴》这类具有较大影响的报刊杂志。文化交往上，1946—1947年间，与北平的沈从文、冯至、林徽因等人有较多交往，据说还曾替沈从文主编过《益世报·文学周刊》。[③] 1948年之后的一段时间内，随着生活地转移至上海、南京这样文化发达的地域，所交往的文化圈有扩大趋势，其中一个中心人物是巴金，穆旦第3部诗集《旗》即被列入巴金主持的《文学丛刊》第9辑，由文化生活出版社出版；穆旦也一度成为了霞飞坊59号巴金家的常客；其他人物，有靳以、汪曾祺、黄裳等。[④] 据此，穆旦似乎有了更多进入文化圈的条件，更有可能成为文化

① 如1947年2月12日，《新地》即有一篇《茅盾对于文坛的又一风气的看法》。

② 如君培（冯至）的《山中的墓碣》刊于《星期文艺》第5期，1947年3月23日；此前曾刊载于《经世日报·文艺周刊》第4期，1946年9月8日。

③ 沈从文的学生、1947年曾撰文评价穆旦的吴小如称，当时京、津、沪等地报纸的文艺副刊有不少由北大老师主编，他们又往往将工作交给年轻人，除穆旦外，还有袁可嘉、常风等。见《我又见到了沈从文先生》、《我和废名师的最后一面》、《读萧乾先生的〈梦之谷〉·附记》、《书廊信步》，辽宁教育出版社1995年版。不过，此一行为尚有待更充分求证：吴小如先生仅指出事实而未说明具体时限；而当事人如袁可嘉、常风等在相关回忆中均未提及穆旦参与编辑的事实。此外，翻阅当时多种副刊，仅《平明日报》副刊《星期艺文》从第34—50期（1947年12月15日—1948年6月3日）标明为沈从文、周定一合编。

④ 穆旦：《致杨苡》（1973年10月15日），《穆旦诗文集》（2），人民文学出版社2006年版，第141页。

潮流中人，但战乱时局以及残酷的政治环境很快就扼杀了这种可能。

基于此，可以说，在现代中国，穆旦乃是一名非职业性的写作者。“非职业性”自然是相对于“职业性”而言的，现代中国业已初步形成了职业化的写作者或文化工作者。粗略地说，职业性可以通过如下一些因素来衡量：一是为稻粱谋，写作是一种谋生的职业，能否发表，能否换来稿费（生活费），对他们而言至关重要。二是职业性的文化工作者，如刊物编辑等。三是政党的文艺工作者，政党为他们提供物质条件，写作者按照政党意图进行写作。

难以确切估定职业性对于写作的实际效应，但一些流弊还是可以察知的，比如写作难度被降低。第一类中，物质生活压力使得不少写作者不得不快速写作，写完往往来不及好好修改就拿去发表；甚至边写边发表。同时，由于发表常存在困难，写作者就会主动迎合某种写作潮流。第二类中，刊物编辑或主编，本身往往兼为作者或评论家，由于自己把持着刊物，发表难度大大降低，这往往也使得写作者有意无意地放弃了对于写作行为的苛求。第三类中，政党意志高悬于个人意志之上，迎合、图解政治的情形较多出现。在这样的情形里，职业化对于写作者的写作质量与实际成就产生了或深或浅的负面影响。

当然，这些都很可能只是一种预设，身份也很可能激发相反的效果，比如边写作边发表也可能激发出一种特殊的想象力与创造力；何况身份也并非对每一个个体都完全有效，因此更合理的表述是，没有将写作职业化的穆旦有效地规避了一些可能产生的流弊，所承受的外在压力相对较小——所承受的历史重负较轻，他可以慢速地写，这使得其写作量不大，而且往往可以见出他的个性、风格与“良心”；作品发表也较慢，这使得他有更多时间和机会审视自己的作品，对于自己作品的较多修改，正可从这一层面来理解。所有这些因素，最终构成一个循环：非职业化→写作较少、较慢→名声微薄→边缘化；边缘化→名声微薄→写作较少、较慢→非职业化。线索自然未必是如此清晰，但这样一种循环圈，最终使得20世纪40年代的穆旦游离于时代语境之外，如《诗四首》所写：

> 谁是最后的胜利者？是那集体杀人的人？
> 这是历史令人心碎的导演？①

① 因穆旦诗歌的修改情况较为复杂，本书虽设专章讨论，但显然无法全面顾及，因此，除特别说明外，所引穆旦诗歌均出自李方编选《穆旦诗文集》（1），人民文学出版社2006年版。

《诗四首》作于1948年8月，在这首目前所能查证的穆旦在旧中国所写下的最后一首诗里，穆旦为读者留下如此深长的一句历史慨叹——这是一位诗人，也是一位生活得并不舒心的小职员的慨叹。穆旦最终“忧愤出走”——在新中国即将成立之际，穆旦选择从曼谷赴美留学，而不是归国参与到新中国文化建设之中，这不能不说与他在旧中国的实际处境有着莫大关联。

余 论

正因为这样一种处于边缘位置的小职员身份，穆旦的写作行为，以及这种行为所内蕴的强炽的艺术精神也就成为了一个可堪深入探究的事实。

需提及的是，如上讨论仅仅将话题局限于20世纪40年代，而没有延伸到新中国，其中有这样一些考虑：一是新中国成立之后，随着国家体制转型，社会文化语境的变化，人民当家“做主人”，小职员这一身份或说法未必能很好地适用。一是20世纪40年代是穆旦诗歌创作的成长期，其诗歌风格，包括核心价值理念、诗歌写作方式等已经奠定；进入到新中国之后，穆旦诗歌发表量很小，其中也有“身份”的因素——作为无名诗人，他又一次承受了较小的历史重负，无须较多地发表作品。

而若以社会文化位置论，新中国的穆旦重新回到大学教席，讲授英语专业和文学专业课程（包括“词汇”、“翻译”、“（英）文学选读”、“英译中”、“中译英”、“文艺学引论”等）；且在很短的时间内就翻译出版大量著作，似乎已经占据文化中心位置，其实并不然：发表大量译著固然蕴涵了文化建设的理念，促进汉语诗歌发展的抱负，但是穆旦似乎仍然有意甘于边缘位置，他并没有积极发表言论以获取某种政治资本，以争取某种中心位置——更不用说占据了。反过来也是一样，正因为没有成为“名诗人”，没有占据中心位置，穆旦所承负的历史压力相对较小，无需频频发表言论以表明某种姿态。这样一种状况也就与20世纪40年代具有了相似性。而译著之所以能够快速、顺利出版，自然与新中国自身文化建设需要有关，实际操作则与巴金、萧珊夫妇有着莫大关系，而并非他的影响力有多么大。换言之，无论是40年代末期还是50年代，穆旦所交往的文化界人士主要都是巴金，与其说穆旦与文化界有了更多交往，倒不如说是与文化界个别人士的交往进一步加深，这本身也意味着穆旦与文化界的关系始终是相对单纯的。[①] 从这个意义上说，如上讨论对于20世纪50年代的穆旦也有很大的适用性。

到了晚年——更准确地说，是临终前数月，穆旦提到了一个概念，“小人物之歌”：“小人物不自高自大，目光平凡，不愿对事物吹嘘和美化。”[②] 这段话规约了“小人物”的内涵：不“吹嘘和美化”意味着诗人忠实于自身的艺术经验，在事物和现实面前坚持自身的独立评判，坚持自身的个人化态度。不妨说，这正是穆旦对于自己一生的艺术总结——一帧自我的画像。

① 再往后，“文化大革命”后期，穆旦虽身处困厄局势，但仍与巴金通信，对长辈表示了安慰与关切；期间，也不忘托人将沈从文一本早年的著作送给他。这些都是穆旦与长辈之间单纯友谊的见证。此外，在1957年“反右派”运动中，穆旦没有被打成“右派”，固然和他发言不多有关，相对单纯的人事关系也应是一个重要因素。

② 穆旦：《致郭保卫》（1976年11月7日），《穆旦诗文集》（2），人民文学出版社2006年版，第214页。

第二章　穆旦诗歌的主题

为了更好地缕析穆旦的创作历程，这里将穆旦的诗歌创作大致分为四个阶段：早期、中期、后期和晚期。“早期”指从最初写作到抗日战争爆发，这一段基本上可视为诗学探索期，其诗作虽被指认为“早熟”，但诗歌美学是相对简单的，写作题材、主旨等与前辈诗人及当时盛行的话语之间有较强的因袭性。“中期”指从抗日战争到1948年期间。将“抗战”视为穆旦诗歌划分的依据并非出于对重大历史事件的简单认同，而是“抗战”使得穆旦领受了深刻的“教育”。所谓“教育”，既指文学方面的教育，如课堂上英国诗人、理论家燕卜荪以及众多学养丰厚的教师的讲授与写作示范；也指现实的教育，在较短的时间内，穆旦随学校迁徙了大半个中国，从北到南，又从南到西，底层现实经验大大加强；缅甸战场战事爆发之后，穆旦更是直接走上前线，遭遇了异常惨烈的死亡经历，这些“教育”与穆旦的写作之间构成了非常深挚的对应。“后期”和“晚期”分别指20世纪50年代的写作和1975—1976两年间的写作。这实际上是一种自然化的划分，由穆旦的实际写作状况所决定，即由于政治因素的干扰，穆旦的写作极不正常，在长达20多年的时间内，仅仅有三四年的时间在写作——尽管如此，它们与早年的写作仍然具有某种一致性。

一　早期写作：初步自觉的艺术选择

与穆旦交往颇深的同辈诗人杜运燮在回顾穆旦的创作历程时曾指出（1986）他的“早熟”：“他很早就在诗中表现出他的感情的含蓄节制和具有较多的理性成分。不像许多十几二十几岁的年轻人，写诗一般直抒胸臆，表现出更多的奔放或感伤，穆旦在写诗时则像一个中年人，有时甚至还像一个饱经沧桑的老年人。”①

① 杜运燮：《穆旦著译的背后》，《一个民族已经起来》，江苏人民出版社1987年版，第111—112页。

这样一种品质的形成，跟查家（穆旦原名查良铮）极其深厚的文化底蕴应有着直接关联，明清两朝，查家出现了大批以诗文书法著称的文人士子，堪称江南望族。据称，到了穆旦的幼年时代，“在其大家庭中，查慎行的藏书”“仍极受尊重”。[①] 可以想象的是，查氏家族丰富的藏书、深远的家族文化积淀以及较早的文学阅读，再加上南开中学的良好教育，对穆旦的成长发生了良性影响，共同促成了他的“早熟”。

从实际写作看，所谓“早熟”，倒不在于较早发表作品（穆旦 6 岁时即曾发表作品，但仅为孤篇），而在于作品中所表现出来的一种少年持重的品质，比如作于 1935 年的《哀国难》，在宣泄“哀悼”情绪的同时，也注意用旧的和谐景象作了一种反衬，这对原本直露化的情感形成了节制，可见，充满青春热情的年轻诗人虽内心激愤，在处理过程中却相当冷静。

另一体现是对于题材的敏感。在早期写作中，《哀国难》式表达时代主题的作品并不多见，更多的，是着眼于对具体人生及人生形态的探索，也即：在时代大命题之外，他更着意于那些琐屑的个体命运。在他笔下，出现了多种“小人物”形象：流浪人、老木匠、更夫，以及以做工谋生的穷困母亲和她那三岁的孩子。这些诗篇，总体上说来，手法并不算高明，题材本身也有某种因袭性[②]，但《流浪人》、《一个老木匠》（1934）等诗歌都包含了静观或揣度意味，带有主观思索的品质。

还可注意的是形象或声音的延续性。在《夏夜》、《冬夜》（1934）等诗里，都出现了更夫或更声：“狗，更夫，都在远处响了”；“更声仿佛带来了夜的严肃”。这个声音和形象在诗人内心纠缠成结，最终提升为主题，化为《更夫》（1936）——年龄增长了，见识增长了，诗人的心智也更为成熟，更夫最终成为了“寻梦者”：

怀着寂寞，像山野里的幽灵，
他默默地从大街步进小巷；
生命在每一声里消失了，

---

① 杜运燮：《穆旦著译的背后》，《一个民族已经起来》，江苏人民出版社 1987 年版，第 110 页。按：据 2006 年 4 月 14 日晚笔者与穆旦外甥女刘慧的谈话，新中国成立后，杜运燮在新华社国际部工作，因为是华侨，“在北京没有亲戚，和我们家像亲戚一样往来。杜伯伯和他爱人经常带着小孩来家里串门，一起吃饭，聊天，很热闹”。因此，杜运燮对查家情况有较多了解，其观点应是可信的。

② 比如，闻一多《我是一个流囚》（1923）中的流浪汉形象可能启发了《流浪汉》；而穆旦的《两个世界》（1934）通过对照的手法来表现所谓“高贵”与“穷困”的两重天，与刘半农的名作《相隔一层纸》也有相似。

化成声音，向辽远的虚空飘荡；
……
期望日出如同期望无尽的路，
鸡鸣时他才能找寻着梦。

“更夫”是和时间作战的人，“更声”是和时间作战的声音，它们都负载着时间。选择此一题材显示了诗人对艺术题材的敏感：从渺小、细微的地方及事物和人物身上发掘诗意；因其渺小、细微，这种选择本身即是被看做诗人自身的身世体验及生存体验之延续，因为只有具备了某种独特的体验，那些渺小而细微的东西才可能进入写作的视野。而从《夏夜》到《更夫》，从意象到主题，这种敏感因题材累积而转化为艺术选择时，诗人的艺术选择已具备了较强的实存性。

值得注意的是，不管后人（包括穆旦友人及研究者）多么努力地强调穆旦写作的“早熟性”，穆旦本人却似乎并不这么认为。他后来编辑整理自己的诗作时（共有4次，3次出版，1次未出版），早期诗歌1首未录，这应可表明穆旦对于这些“少作”的摈弃态度。这一由穆旦本人所主导的行为无疑为研究者做出了提示：穆旦的早期写作标向并未完全明确，艺术观念依然较为含混，艺术手法也相对简单而无法达到更为复杂而深邃的诗学效果。从这个意义出发，穆旦早期写作的所谓“早熟性”，可能最终意味着这样一点：经过最初阶段的写作探索之后，诗人逐渐把住了艺术表现的方向，做出了初步自觉的、个人化的艺术选择：在表现人物、认知世界时，并不依傍于外在的、先验的价值观念，而是从自身深切的身世体验和生存体验出发。

所谓“自觉性”，可透过散文诗章《梦》来看，诗人试图用“梦”来设喻人生：“人生本来是波折的，你若顺着那波折一曲一弯地走下去，才能领略到人生的趣味……如果生活是需要些艺术化或兴趣的，那你最好便不要平凡地度过它。”这样一首诗，若单独来看，不过是一种“青春写作”，显示了一颗年少心灵的不安分性，未可深究。但若以穆旦后来的经历与写作反过来观照，那么，也可以说，它乃是一种诗谶——乃是诗人后来一生的“不安分性”及由此而来的种种“波折”的自我揭示。后续的写作为早期写作提供了佐证，证明它并非一种虚有，而是一种实存的写作。

这首诗的署名也昭示了这一点，此前穆旦的写作，一直署本名“查良铮”或“良铮”，这首诗第一次署置了笔名“穆旦”，“查”字上下拆开即是“木”、“旦”，“穆”与“木”谐音。这似乎意味着，当这个少年写下这首诗的时候，他的内心隐隐地感到了一丝不安，而需要用旁的方式来抑制，取用笔名即成为了自我抑制的方式——他肯定无法预料，“穆旦”这样一个笔名从此像根一样深深地长进了土里，替代他的本名而成为了一个极富魅力的称谓。

当然，即便认为“不安分”的生活是选择性的——为了“艺术化或兴趣的”生活而有意识趋向于一种“不安分”，但当一种艺术追求已经内化为一个人的内在性情或生命修为之后，有意识的人生道路的选择和艺术修为自身对于现实处境的抵触之间的界限就难以区分了——在更多的时候，后者显然是“不安分”更为内在的根源。

二 中期写作：“新的抒情”与“带血的歌”

1. 中期“教育”：底层经验与生死经历

考虑穆旦中期的写作行为时，从他所受到的文学教育以及实际接受状况切入是一条重要的考察思路。这一命题，后文将有深入讨论，这里先来看穆旦所获取的底层经验、生死经历与他的写作行为之间的内在关联。

是战争直接将年轻的诗人推向了现实的底层：1937 年后半段至 1938 年上半段，因抗日战争爆发，诗人随着学校进行了两次重要的迁徙，从北京（清华大学）到长沙（长沙临时大学），又从长沙到昆明（西南联合大学），在大半年的时间内，穿越了半个中国。① 后一次迁徙历时 68 天，给了人们更为深刻的印象，所谓“行年二十，步行三千”。② 沿途所见所闻可谓一种处于现代文明之外的“圈外生活”。③ 而大众所能做的不过是“流着汗挣扎，繁殖”。④

① 关于两次迁校行动，前一次记录较少。后一次则有详细记载，参见张寄谦编《中国教育史上的一次创举——西南联合大学湘黔滇旅行团记实》，北京大学出版社 1999 年版。当时参加了这两次迁徙的李为扬（1938 年毕业于文法学院），后来称前一次为“个人的行动”，后一次为“集体的行动”。参见李为扬《流亡随校迁滇札记》，蒙自师范高等专科学校等编《西南联大在蒙自》，云南民族出版社 1994 年版，第 88 页。

② 语出西南联大 1941 级学生高小文的同名文章，参见张寄谦编《中国教育史上的一次创举》，第 233—250 页。

③ 抗战爆发之后，后来成为西南联大教师的李广田率领学生从山东迁往内地，后来他以《圈外》（重庆国民图书出版社 1942 年版）为总题记录了途中见闻，该书序言（第 2 页）写道，“贫穷，贫穷，也许贫穷二字可以代表一切吧，而毒害，匪患，以及政治，教育，一般文化之不合理现象，每走一步都有令人踏入‘圈外’之感”。按：李广田所走的路线虽然和联大师生所走的不同，但此一说法极为形象地概括出沿途大众的实际生存境况。另可参见张寄谦编《中国教育史上的一次创举》。

④ 语出穆旦诗歌《出发——三千里步行之一》。

诗人对于苦难现实有着切身的感知，却并未对“三千里步行”进行专门的文字记载[①]；也并未将迁徙见闻即时地化为写作。第二次迁徙当年，诗人仅有两首无关于迁徙的诗歌；次年，诗人的作品也不多；《出发》、《原野上走路》这样两首副题明确标为“三千里步行”的诗歌的初刊时间为 1940 年 10 月。尽管其写作时间未有确切记载，但很可能即为之前数月。[②] 到了第三年，才呈现出爆发态势，《在寒冷的腊月的夜里》（1941 年 2 月）、《中国在哪里》（发表于 1941 年 4 月）、《小镇一日》（1941 年 7 月）、《赞美》（1941 年 12 月）等诗歌，均是以迁徙见闻为资源背景——可以认为，这些见闻一直沉积于诗人内心，不断地得到现实的磨炼以及写作的反复呈现，最终成为了一种风格。

更为惨烈的经历还在后面，1942 年 3 月，身为国立西南联合大学外文系教师的穆旦参加了中国远征军，任随军翻译，出征缅甸抗日战场。那是一次异常惨烈的战斗，不仅与日本人作战，更是与异常艰苦恶劣的自然环境作战。穆旦和数万名战士一起经历了令人“谈虎色变”的、长达 5 个月之久（从 5 月下旬到 10 月间）的雨季，异常活跃的食人蚊蚋与蚂蟥，迅猛传播的各种森林疾病（回归热、疟疾、破伤风、败血病等）、漫长的饥饿以及为数巨众的同伴的死亡。[③]

这样充满“英雄主义”色彩的历险故事经历（这里称之为“野人山经

① 在专门记载这次迁徙的《中国教育史上的一次创举》一书里，关于穆旦的相关记载仅有两三处，如蔡孝敏《旧来行处好追寻——湘黔滇步行杂忆》、洪朝生《洪朝生的来信》（1997 年 7 月 27 日）。

② 从穆旦当时的诗歌发表情况来看，此前《大公报》已刊登其诗歌数首，这表明他已有一定的发表渠道，因此，这样两首诗歌很可能为 1940 年中期所写。即便其写作时间稍早，诗人在此一时期拿出来发表，也表明它们和当时诗人的某种写作经验相关。

③ 据相关资料记载，当时作战的胡康河谷，“缅甸语意为‘魔鬼居住的地方’。它位于缅甸最北方，再北是冰雪皑皑的喜马拉雅山，东西皆为高耸入云的横断山脉所夹峙……远远望去，只见北方山峦重叠，林莽如海，绵延不断的沼泽为高山大壑平添几分险象。由于胡康河谷山大林密，瘴疠的横行，据说原来曾有野人出没，因此当地人将这片方圆百里的无人区笼统称为‘野人山’。”在这样的环境中，生存与战斗是同样艰巨的问题，特别是战事失利之后撤退途中的种种遭遇，漫长的雨季“使天地改变了模样，到处山洪暴发，道路断绝……雨季不仅使森林里的蚊蚋和蚂蟥异常活跃，而且使得各种森林疾病：回归热、疟疾、破伤风、败血病等等迅猛传播开来。”雨季、疾病，更难以忍受的是漫长的饥饿，据说，有一次是 7 天，另一次则更长，14 天：“白天，饥肠辘辘的士兵在山沟和森林里乱窜，寻找野果、菌类、植物块茎、野芭蕉；捕杀飞鸟、青蛙、老鼠、蛇；掏蜂窝、蚂蚁窝，还有饿极的人吞食动物粪便。总之，但凡能够下肚的东西都成为人们寻觅和争夺的对象。”由于环境过于残酷，以致“撤退途中损失的人数比正式作战死亡的大得很多”。参见杜聿明《中国远征军入缅作战述略》，中国人民政协文史资料研究委员会编《文史资料选辑》第 8 辑，中华书局 1960 年版，第 1—42 页；朱浤源等访问、记录《罗又伦先生访问记录》，中研院近代史研究所 1994 年版，第 33—38 页；邓贤《大国之魂》，人民文学出版社 1991 年版，第 41—152 页。

历”）给予了年轻诗人以兴奋，归来之初，他曾在极小的范围之内讲过自己的故事，比如1943年1月25日晚上，听众包括老师吴宓等为数不多的人，吴宓称“铮述从军所见闻经历之详情，惊心动魄，可泣可歌”；但更详细的情形，却无从察知。[①]几年之后，王佐良用文学笔法做出了非常形象的勾勒——这可能也是当事人（听众）所留下来的唯一记载：

> 这个瘦长的，外表脆弱的诗人却有意想不到的坚韧。他活了下来，来说他的故事……但是不！他并没有说……他本人对于这一切觉得淡漠而又随便，或者便连这样也觉得不好意思。只有一次，被朋友们逼得没有办法了，他才说了一点，而就是那次，他也只说到他对于大地的惧怕，原始的雨，森林里奇异的，看了使人害病的草木怒长，而在繁茂的绿叶之间却是那些走在他前面的人的骷髅，也许就是他的朋友们的。[②]

最初的兴奋最终止于“淡漠而又随便”，这与穆旦3年之后才在《森林之魅》里指涉这一经历的做法，可谓相映成趣——兴奋最终止于“恐惧”。

尽管只留下了一首直接指涉“野人山经历”的诗篇，精神上的压力却从各处泄露了出来。统观“野人山经历”之后的诗歌写作，有两个现象非常突出：一是，《阻滞的路》（1942年8月）、《祈神二章》（1943年3月）、《活下去》（1944年9月）这些流现了“野人山经历”背景的诗歌，均充满了强大的精神张力，《阻滞的路》很可能写于印度，其时，部分战败的军队可能已撤至印度，诗中有“即使你们歧视我来自一个陌生的远方”；“我要回去，回到我已迷失的故乡，/趁这次绝望给我引路”，“迷失的故乡”应是对已离别数月的故土的暗示——而既是以“绝望”引路，又可见生活的逼仄。《活下去》中也有类似的诗句：

> 希望，幻灭，希望[③]，再活下去

---

① 参见吴宓（吴学昭整理）《吴宓日记》(9)，生活·读书·新知三联书店1998年版，第16页。按：穆旦应是回国不久或者刚刚回国，当晚，吴、李到穆旦同学吕泳、张允宜夫妇家参加晚宴，宴会从晚上6点一直持续到12点，主要是为了“陪查良铮”。遗憾的是，吴宓这位对于所历之事常常不厌其烦地进行记述的人，在听了数小时的历险故事之后，却只发出了8字感叹，具体细节，“不及记述”。

② 王佐良：《一个中国新诗人》，《文学杂志》1947年7月第2卷第2期。

③ 此诗初刊《文哨》（第1卷第1期，1945年5月4日）时，“希望，幻灭，希望”作“屈辱，忧患，破灭”。

在无尽的波涛的淹没中，
谁知道时间的沉重的呻吟就要坠落在
于诅咒里成形的
日光闪耀的岸沿上；
孩子们呀，请看黑夜中的我们正怎样孕育
难产的圣洁的感情。

这些诗句泄露了诗人的内心：他是在一种强大的内心压力下进行写作的——唯有面临着强大的压力，才诞生了"趁这次绝望给我引路"这样异常艰涩奇崛的信念。其内心类同于另一位饱受生存现实挤压的、坚守"绝望的抗战"的人，鲁迅。

《祈神二章》（1943年3月）从另一个向度泄露了诗人内心的压力。这是一首宗教色彩非常浓厚的诗歌，它实际上是有名的《隐现》的一部分。[①]此前，诗人虽也写过《神魔之争》（1941年6月）之类包含宗教色彩的诗歌，但那不过借宗教故事来思考社会问题——借助西方神话来演绎荒诞的中国现实。真正宗教情怀的流露，这是第一次：

在我们的前面有一条道路
在这路的前面有一个目标
这条道路引导我们又隔离我们
走向那个目标，
在我们黑暗的孤独里有一线微光
这一线微光使我们留恋黑暗
这一线微光给我们幻象的骚扰
在黎明确定我们的虚无之前

如果我们能够看见他
如果我们能够看见……

---

① 一般研究均从《穆旦诗文集》里的标注，认为《隐现》的写作时间是1947年8月；实际上，《隐现》初作于1943年3月，并曾刊载于《华声》第1卷第5—6期，1945年1月。《祈神二章》即《隐现》第二章的两段"合唱队"的内容，两者的写作时间又相同，因此，可以认为《祈神二章》即是直接出自《隐现》。

诗人在祈求一个“上帝”，来解除内心的“惧怕”——可见，1942 年的生死经历，在诗人内心已然形成了巨大的死亡阴影。

另一个现象则是写作量的变化。1942 年之前，1940 年 15 首①、1941 年 16 首，这均是穆旦年度写作中较多的，但 1942 年陡然下降为 7 首，随后两年更少：1943 年 2 首、1944 年 4 首——以 1945 年的写作爆发来衡量，此前写作量的一再减少，并且在“野人山经历”之后两三年之内从来都没有正面涉及它，可以推断一点：诗人一直在酝酿到底如何来释放内心强大的压力，如何书写因大地和死亡而衍生的“惧怕”，如何以“良心”来见证自身和时代：所谓“不是先有文学兴趣而写作，而是内中有物，良心所迫，不得不写”。②

2. “新的抒情”：评论与自况

在展开讨论之前，还可看看 1940 年 3—4 月穆旦连续发表的关于艾青和卞之琳的评论，《〈他死在第二次〉》和《〈慰劳信集〉——从〈鱼目集〉说起》。评论往往被认为与创作有着或紧或松的关联：其中或多或少包含了作者个人的艺术经验，以及对于当时若干写作态势及诗歌观念的省察与反思。穆旦所作文学评论类文字相当稀少，这两篇可能是早年穆旦仅有的真正意义上的文学评论类文字，其观点自是可待深入探究。

两者所针对的均是成名诗人刚出版（发表）不多久的作品（集），带有一定的时评性质；而且，写作和发表的时间也相近，具体行文的内在理路也别有用心地带有互补性，既有正面阐释，也有反面的批评——在穆旦当时的视阈中，业已成名的前辈诗人的写作既是“可以凭藉的路子”，也可能是因抒情气质“贫乏”而需要批评的。

关于艾青诗歌的评论基本上为“正题”，带有强炽的肯定语气，认为这是“抗战以后新兴的诗坛上”的“珍贵的收获”，这种“收获”不仅仅是“中国的”内容，“全是茁生于我们本土上的一切呻吟，痛苦，斗争，和希望……这些诗行正是我们本土上的，而没有一个新诗人是比诗人艾青更‘中国的’了”；“读着艾青的诗有和读着惠特曼的诗一样的愉快。他的诗里充满着辽阔的阳光，和温暖，和生命的诱惑。如同惠特曼歌颂着新兴的美国一

① 这一数据已包括新发现的穆旦作于 1940 年的两首诗，新材料见陈越、解志熙《人与诗的成长——穆旦集外诗文校读札记》，《励耘学刊》（文学卷）第 7 辑，学苑出版社 2008 年版。

② 穆旦：《致唐振湘》（1944 年 11 月 16 日），《穆旦诗文集》（2），人民文学出版社 2006 年版，第 127 页。

样，他在歌颂新生的中国”。[1]

不难看出，这里并非随性的、简单的时评，其中蕴涵了穆旦对于新诗发展道路的思考。关于卞之琳的评论既沿着前文的思路对“新的抒情”做出了更明确的界定，也对《慰劳信集》提出了批评，所谓“反题”。

所谓“新的抒情”不是“‘牧歌情绪’加‘自然风景’”（文中援引徐迟在《抒情的放逐》中的观点），这一情调，卞之琳在《鱼目集》里即已“放逐”。它是一种在抗战时代条件下所需要的“朝着光明面的转进”的“新的抒情”：“为了表现社会或个人在历史一定发展下普遍地朝着光明面的转进，为了使诗和这时代成为一个感情的大谐和，我们需要‘新的抒情’！”[2]

一方面，抗战时代的到来使得“新的抒情”成为可能：“我们可以想见有许许多多疲弱的，病态的土地都随着抗战的到来而蓬勃起来了，它们正怎样拥挤着在诗人的头脑里，振奋他，推动他，使他不得不一次又一次地用粗大的线条把它们表现出来。”[3] 另一方面，这“新的抒情”又需要一种“理性”来支撑：“这新的抒情应该是，有理性地鼓舞着人们去争取那个光明的一种东西。我着重在‘有理性地’一词，因为在我们今日的诗坛上，有过多的热情的诗行，在理智深处没有任何基点，似乎只出于作者一时的歇斯底里，不但不能够在读者中间引起共鸣来，反而会使一般人觉得，诗人对事物的反应毕竟是合［和］他们相左的。”“‘新的抒情’应该遵守的，不是几个意象的范围，而是诗人生活所给的范围。他可以应用任何他所熟习的事物、田野、码头、机器、或者花草；而着重点在：从这些意象中，是否他充足地表现出了战斗的中国，充足地表现出了她在新生中的蓬勃、痛苦、和欢快的激动来了呢？对于每一首刻画了光明面的诗，我们所希冀的，正是这样一种‘新的抒情’。因为如果它不能带给我们以朝向光明的激动，它的价值是很容易趋向于相反一面去的。”

卞之琳的新作即是“趋向于相反一面去的”诗歌，“‘新的抒情’是比较太贫乏了”；“诗行是太平静了，它们缺乏伴着那内容所应有的情绪的节奏”。需要提及的是，当穆旦对卞之琳的新作做出这番指认的时候，艾略特所带来的“以机智（wit）来写诗的风气”成为了他的参照对象。“把同样的种子移植到中国来，第一个值得提起的”是卞之琳。但在这些新作里，“‘机智’仅仅停留在‘脑神经的运用’的范围里”，而没有“跳出来，再指向一

① 穆旦：《〈他死在第二次〉》，香港版《大公报·文艺》第794期，1940年3月3日。

② 穆旦：《〈慰劳信集〉——从〈鱼目集〉说起》，香港版《大公报·文艺》第826期，1940年4月28日。

③ 穆旦：《〈他死在第二次〉》，香港版《大公报·文艺》第794期，1940年3月3日。

条感情的洪流里，激荡起人们的血液来”。[①]

这样两篇评论与穆旦本人的写作是不是没有关联呢？并不然。穆旦所称许的“新的抒情”并非泛滥无边，而是植根于“诗人生活所给的范围”；而作为“反题”的卞之琳书评呢，一个细节也能透现它与穆旦写作的关联。穆旦在文中引用卞之琳《给山西某一处煤窑工人》中的两句诗，这两句诗是：

黑夜如果是母亲，这里是子宫，
我也替早晨来体验投生的痛苦。

这些诗行被指认为“太平静”。有意味的是，几个月后，穆旦本人在诗歌《我》（1940 年 11 月）的第一行就使用了“子宫”这个词：

从子宫割裂，失去了温暖

据说，“子宫”这个词“在英文诗里虽然常见，在中文诗里却不大有人用过”。穆旦不满意卞之琳以一种“太平静”的用法，反诸自己的写作，就赋予了它以强烈的主观兴味，“在一个诗人探问着子宫的秘密的时候，他实在是问着事物的黑暗的神秘，性同宗教在血统上是相联的”。[②] 可见，这篇“反题”式评论也与穆旦的写作有着不无深刻的关联。甚至可以说，正是这样一种“太平静”的诗行从反面激发了穆旦的写作——写作一种“不平静”的诗。

3. “一个真正敏锐的、具有丰富情感的诗人”

从 1939—1941 年间的写作来看，诗人加入民族大合唱行列的姿态非常明显——尤其是名篇《赞美》，诗题为“赞美”，每一节又均以“一个民族已经起来”收束（全诗四节），其情感的浓烈或许会令人想到美国诗人惠特曼[③]，套用穆旦本人的话说即是，“如同惠特曼歌颂着新兴的美国一样，他在

① 穆旦：《〈慰劳信集〉——从〈鱼目集〉说起》，香港版《大公报·文艺》第 826 期，1940 年 4 月 28 日。

② 王佐良：《一个中国新诗人》，《文学杂志》1947 年 7 月第 2 卷第 2 期。

③ 赵瑞蕻称穆旦“爱《草叶集》到了一种发疯的地步，时常念，时常大声朗诵”；“这个大力鼓吹‘自由土地，自由言论，自由劳动，自由人’，歌唱‘那里有泥土，那里有水，那里就长着青草’，赞美‘带电的肉体’，一生憎恨黑暗，追求光明，反抗强暴，同情人民，为自由和民主斗争到底的美国浪漫主义大诗人，他的新内容，新形式，新语言，对这时期的穆旦，甚至在以后的岁月中的影响是实实在在的，是深刻的”。见《南岳山中，蒙自湖畔》，《丰富和丰富的痛苦》，北京师范大学出版社 1997 年版，第 180 页。

歌颂着新生的中国”。[①] 但细细审读《赞美》却可发现一个多少令人讶异的事实：即便在引用频率极高的第一节里，在“一个民族已经起来”这一热切呼告发出之前，诗人却也铺列了一长串的“灾难”和“耻辱”：

说不尽的故事是说不尽的灾难，沉默的
是爱情，是在天空飞翔的鹰群，
是干枯的眼睛期待着泉涌的热泪，
当不移的灰色的行列在遥远的天际爬行；
我有太多的话语，太悠久的感情，
我要以荒凉的沙漠，坎坷的小路，骡子车，
我要以槽子船，漫山的野花，阴雨的天气，
我要以一切拥抱你，你，
我到处看见的人民呵，
在耻辱里生活的人民，佝偻的人民，
我要以带血的手和你们一一拥抱。
因为一个民族已经起来。

不同于当时及后来很长一段时间内盛行的“赞美”型诗歌的是，诗人的抒情姿态似乎并不高扬，他所选用的词语和意象并不是明朗型或“赞美型”的，而基本上是与生命力的张扬相反的词语，如“荒凉”、“坎坷”、“枯槁”、“踟蹰”、“耻辱”、“忧郁”、“干枯”、“灰色”、“饥饿”、“呻吟”、“寒冷”等；而其意象更是几乎无一例外的非歌颂型意象——贴伏于土地之上的意象，如“沙漠”、“骡子车”、“槽子船”、“茅屋”、“沼泽”等。

同样的写法，也出现在《合唱二章》、《出发》、《原野上走路》、《在寒冷的腊月的夜里》、《中国在哪里》、《小镇一日》等一批写于或发表于这一时期的诗篇里。较早的《合唱二章》，在发出“合唱”之辞时，也多有“痛哭”、“死难”一类词汇，这样一首诗并非经验型的，而是带有强烈的想象色彩，“并非牵强地说，‘嫩绿的树根’乃是对民族新生的冀望。国族危难的历史势态将一位青年的生命情调引向一种青春期的民族情绪，这一情绪试图以对广褒地域上山林河海之交铸的赞美来体现某种自信。但在这里，构成每一民族之民族性的真正经验，亦即那些日常而细小的劳作与艰辛并没有进入诗歌之中。《合唱》没有

① 穆旦：《〈他死在第二次〉》。按：原文中的“他”指诗人艾青。

出现任何一位具体个人的面孔”。[1]

随后的《出发》、《原野上走路》两首明确标明为“三千里步行”的诗歌里，“广大的中国的人民”作为一个群体的实际生存境遇进入了诗人的视阈当中：“他们流着汗挣扎，繁殖!”(《出发》)，但基调乃是年轻的欢欣。这与其说诗人忽视了“广大的中国的人民”的生存境遇，还不如说是有意张扬了年轻学子们(“我们”)身上的生命活力：迁徙之途不仅强壮了年轻学子们的身体，更赋予了他们某种不容抗拒的时代使命感——“等待着我们的野力来翻滚”所要表明即是以年轻的“野力”来“翻滚”“中国的道路”，实现“无数代祖先心中燃烧着的”但未曾实现的民族新生的希望。

这种“使命感”在《中国在哪里》中被进一步强化，“我们必需扶助母亲的生长”的声音[2]反复在回响：

希望，系住我们。希望
在没有希望，没有怀疑
的力量里，

在永远被蔑视的，沉冤的床上，
在隐藏了欲念的，枯瘪的乳房里，
我们必需扶助母亲的生长
我们必需扶助母亲的生长
我们必需扶助母亲的生长

---

① 一行：《穆旦的“根”》，《词的伦理》，上海书店2007年版，第110页。

② 《中国在哪里》发出了“扶助母亲”的主题，将它放置到“三千里步行”这一背景之下，却是一件富有意味的细节。在年轻学子们关于迁徙的相关记载中，很少有关于男子的记载，相反，妇女生活给了他们更深的印象。“街头肩挑肩负者尽系苗家妇女，她们负担之重，生活之苦，一般汉族妇女恐难想象”，她们可肩负两大麻袋白米，“举轻若重，面不红，气不喘”；或可用背篓背一百多斤重物。其境况却相当凄苦，如在贵州某地，因为鸦片的种植，很多男人终日躺在床上吸食鸦片，地里干农活的，街上出卖劳动力的，也大都是女人。而在云南某地，因为缺碘，当地人多患瘿瘤(俗称大脖子病)。而以妇女为多，因为它和生理有关，女子生产之后，体内滋养物需要分配给小孩，得不到应有的补给。此外，缠足这样一种严重伤害女子身心的陋习也时有出现。更多情况，参见张寄谦编《中国教育史上的一次创举——西南联合大学湘黔滇旅行团记实》一书所录文章(北京大学出版社1999年版)。女子在这样一种“圈外生活”中的生存境遇很可能是诗人以强炽的口气写下“我们必需扶助母亲的生长”这一诗句的隐秘根源。而在《小镇一日》、《赞美》等诗篇中的主人公都是男子，这可能表明了穆旦对于人物的互补设置：“扶助母亲”的主题在一些诗篇里被着意强调，而苦难中国的“男子”形象则被移植到这些诗篇里，两者共同构成了诗人对于现实人物的关注。

因为在史前，我们得不到永恒，
我们的痛苦永远地飞扬，
而我们的快乐
在她的母腹里，是继续着……

"扶助"之辞发出之时，诗人又一次施用了"被蔑视"、"沉冤"、"枯瘪"这样非赞美型的词汇，这又一次表明了写法的延续性。

在《赞美》中，占据核心位置的已是农夫这样一个"具体个人的面孔"：

一个农夫，他粗糙的身躯移动在田野中，
他是一个女人的孩子，许多孩子的父亲，
多少朝代在他的身边升起又降落了
而把希望和失望压在他身上
而他永远无言地跟在犁后旋转，
翻起同样的泥土溶解过他祖先的
是同样的受难的形象凝固在路旁。

——《赞美》（第二节）

一如《原野上走路》里有"祖先"的称语，《中国在哪里》里有"在史前，我们得不到永恒"的诗句，这里出现的"多少朝代"、"祖先"等词汇，共同揭寓了这批诗歌的基本写作视角：诗人并没有仅仅停留于现实层面，或者说，诗人的落脚点固然在现实，但这现实同时被放置到一个更大的历史境遇进行考察。① 据此，不妨认为在这首诗里，农夫乃是中国大众的象征，诗歌里的农业型空间和物象也可视为几千年农耕社会的表征或缩影——大众的受难，不仅仅由现实苦难所造设，更造源于传统中国的社会形态。前者包括辛劳、饥饿、战争和恐惧，等等；后者则揭寓出这些苦难数千年来一直在延续。

当诗人说"而他永远无言地跟在犁后旋转"时，《小镇一日》（1941 年 7 月）里那个笑着说话的男子无疑会浮现而出：从生活的喟叹到永远无言的旋转，意味着诗人对于大众的基本形象，对于其命运——一种"可怜的渺小"

① 事实上，穆旦诗歌中的若干重要概念，如"童年"（野性）、"不幸"等等，均是带有历史意味的概念。

(语出《小镇一日》)——有着持续的省察。① 换言之，对于大众命运状况的省察也是这批诗歌一个重要的生长点，混同着赞美之辞一并发出。而这，也意味着一个更为根本的事实，那就是诗人在加入民族大合唱发出“赞美”声音时并非是无条件的，诗人发现了蕴藏在“耻辱”中的“滞重”的希望，同时又在“希望”面前保留着知识者的矜持：他并非无条件地“拥抱大众”；对于“旋转在贫穷和无知中的人生”(《小镇一日》)，诗人也并非完全认同；而尽管《在寒冷的腊月的夜里》摹写了某种悠远的乡土中国的图景，但把“儿郎”的哭声放置在一种停滞衰败的生存背景之下，似乎又暗示了“儿郎”的命运不过就是“长大了”和他们的祖父一样，“一样地躺下，一样地打鼾”——一种庸碌的生命状态。

“永远无言地”所要揭寓的则是大众的命运以及这种命运所隶属的历史状态。声音的消逝——不仅仅是“笑”着说话的声音(《小镇一日》)的消逝，连“哭声”(《在寒冷的腊月的夜里》)也消逝了，“他是不能流泪的，/他没有流泪”(《赞美》第二节)——根源于现实对于诗人经验的改变乃至重构，诗人对于残酷的现实机制与历史机制有着清醒的窥破：

> 在大路上人们演说，叫嚣，欢快，
> 然而他没有，他只放下了古代的锄头，
> 再一次相信名词，溶进了大众的爱，
> 坚定地，他看着自己溶进死亡里
>
> ——《赞美》(第二节)

在历史长河之中，大众是无言的，是没有自己的声音的。一次又一次地“相信名词”所揭寓的乃是他们不过是被统治者所利用和使用的对象，或者，被知识者所蛊惑的对象。对于大众这样一种“历史地位”的警醒，改变了诗人的经验——而且，不妨认为这种改变同时也是指向诗人自身的，“在大路上人们演说，叫嚣，欢快”这样一种场景，未必不正是当初众多年轻学子们在迁徙途中所发生的场景，当初的诗人也未必不正是诸多“演说者”(知识者)中的一员。

① 《出发》中有：“在军山铺，孩子们坐在阴暗的高门槛上/晒着太阳，从来不想起他们的命运。”《小镇一日》中也将男子说话时指着的那个“煮饭的瘦小的姑娘”指认为：“一如她未来的憨笑的婴孩，/永远被围在百年前的/梦里，不能够出来!”

为了他我要拥抱每一个人，

为了他我失去了拥抱的安慰，

因为他，我们是不能给以幸福的，

痛哭吧，让我们在他的身上痛哭吧

——《赞美》（第三节）

沿着前述推断进一步深入，所谓“痛哭”也就带有了某种原罪的色彩：随着时间的推进，知识者自身也彰显出某种“历史错误”——知识者不仅不能给予大众以“幸福”，相反，大众的不幸与知识者也并非全无关联。[①]

当诗人说“坚定地，他看着自已溶进死亡里”，不妨认为是诗人在看着农夫“溶进死亡里”。统治阶级有用羊皮和纸张载记起来的、同时用比泥草筑成的“农舍”坚固一万倍的库房典藏起来的历史，生活在底层的大众所有的不过是“无言”的、由“贫困和无知”构筑起来的历史，有的是出生，受难，然后死亡。对于这样一种“历史的不公平”（语出《暴力》，1947年10月），诗人保持了持续性的警惕。以1942年缅甸抗日战场的经历为背景写下的《森林之魅》（1945年9月），也有“没有人知道历史曾在此走过”一类诗句。而长期战乱之后，当诗人目睹了农村的凋敝与都市的饥荒景状之后，更是写下了“历史已把他们用完”（《荒村》，1947年3月）以及“因为历史不肯饶恕他们”（《饥饿的中国》，1947年8月）一类的诗句。

大致上可说，诗人强烈的“历史愤慨”有着双重意蕴：既是对大众“愚昧”的命运状态的痛感，即大众对于这种命运并不自知；更是对维护这样一种景状的“历史统治者”的愤慨。后者毋庸多言。关于前者，这里想着意强调的是，放大到诗人当时的创作来看，诗人虽非“拥抱”，但也绝非蔑视大众。如前引，当诗人施用“可怜的渺小”这一称语的时候，所要揭寓的不仅是大众“渺小”的命运，更要彰显这一命运的“可怜”；而当诗人使用“愚昧”这一称语的时候，他其实同时在一个更大的范域、更长的时间跨度中反复使用了另一个富有悲悯意味的称语，“不幸的人们”（诗题，1940年9月）：生活在愚昧而不自知的生命状态中的大众是“不幸”的，无从逃避历史的奴役、无从被历史所“饶恕”的大众更是“不幸”的——很显然，这一“历史愤慨”愈是强烈，其悲悯情怀也就愈加强烈。

以这些后续性的写作反观赞美型诗歌，可以说，诗人滞重的情感、卓异

① 推而广之，类似场景在现代中国其实屡屡出现，知识者与大众的关系显然值得深入探究。

的心性得到了更为清晰的呈现，诗人一再地将非赞美形态的词汇和场景纳入诗歌，最终传达出这样的艺术观念：现实苦难是深重的，时代命题是艰巨的，“不可测知的希望”是比轻易就能达到的希望更为滞重的（《原野上走路》）；“隐藏了欲念的，枯瘪的乳房”是比年轻丰满的没有岁月伤痕的“乳房”更为滞重的（《中国在哪里》）；“佝偻”的、“在耻辱里生活的人民”是比欢唱歌舞升平的人民更为滞重的（《赞美》）。进一步说，也只有这种滞重的成分才是那样一个时代里最为真实的东西，也只有这种滞重的形象、意念与情感才能真正承担起时代与民族的苦难。

而回过头再看诗人在1940年所写的评论，“许许多多疲弱的，病态的土地都随着抗战的到来而蓬勃起来了，它们正怎样拥挤着在诗人的头脑里”这样的判断固然是针对艾青诗歌写的，其实也不妨说是诗人的一种自况，诗人所作的虽是书评文字，却并非轻飘飘的应景之作或偶发性的随感，而是对自身内在的情感与写作境遇的一种摹写。而经由那些后续写作，书评所着意强调的“有理性地”一词也有了更为坚实的意义：“赞美”这样一种主观意蕴充沛的声音，更多的是基于一种热切而强大的“理性”而衍生的一种希望，一种“必需”的信念——诗人以无以复加的肯定语气反复宣谕了苦难的战争年代里的人们所应具有的一种神圣的、不容置疑的职责：

我踟蹰着为了多年耻辱的历史
仍在这广大的山河中等待，
等待着，我们无言的痛苦是太多了，
然而一个民族已经起来，
然而一个民族已经起来。

——《赞美》（第四节）

《赞美》前三节均以“因为一个民族已经起来”收束，第四节却将“因为”变换为“然而”——因果句式变换为转折句式，而且有了着意的重复，这与其说具有语法学的意义，倒不如说诗人乃是试图通过宣谕和强调而给世人一种“朝向光明的激动”——与其说诗人在“歌颂着新生的中国”，不如说他在表达一种对于“新生的中国”的强炽希望：唯有人们（包括知识者）不断地“扶助”深陷苦难之中的民族，“耻辱的历史”局面才能改观，“无言的痛苦”才能获得解除，这一民族才能真正“起来”，大众也才能真正从“不幸”的牢笼中解救过来。

"这种悲痛、幸福与自觉、负疚交织在一起的复杂心情，使穆旦的诗显出了深度和厚度。他对祖国的赞歌，不是轻飘飘的，而是伴随着深沉的痛苦的，是'带血'的歌。"[①]"悲痛、幸福与自觉、负疚"这样的评语正对应着穆旦本人所说的"在新生中的蓬勃、痛苦和欢快的激动"。"带血的歌"也正对应了诗人以坚卓的"理性"写下的"赞美型诗歌"——这样一种"朝着光明面的转进"的"新的抒情"，熔铸着清醒的感知、沉痛的愤慨、强烈的悲悯以及无比热切的民族情怀。

但诗人一再地将非赞美形态的词汇和场景纳入诗歌，这表明他着意将自己放置于"隐藏在生活表层之下"的位置："他的隐藏在生活表层之下的深沉性格……在那里，他仿佛摆脱了一切顾虑、一切束缚，走出狭小的牢笼，和广大的世界共生活，同呼吸，于是我们才看到了一个真正敏锐的、具有丰富情感的诗人"。[②]

4. "在那被遗忘的山坡上"

1942—1945 年间的写作有所不同，"野人山"生死经历所造成的内心积压一直到 1945 年中段之后才有了直接而集中的宣泄机缘，个中原因，可能主要是因为诗人感同身受了 1945 年这样一个伟大时代本身的气息。抗日战争胜利，这对中华民族而言，是一个伟大的事件，穆旦先前热切希冀的"民族起来"的意念终于得到了某种程度的实现。而如《轰炸东京》（1945 年 7 月）开篇"我们漫长的梦魇，我们的混乱，/我们有毒的日子早该流去"所写，强烈的民族情绪[③]中也融合了深切的个人创伤记忆，"早该流去"暗示了那份由日本人入侵而导致的惨烈而隐秘的"野人山经历"终于到了可以归结的时候——1945 年中期的短短几个月里，他一连写下了《给战士》、《野外演习》、《七七》、《农民兵》、《先导》、《轰炸东京》等十几首锋芒直指战争的诗歌——借用其中一些发表时的总题，可称之为"抗战诗录"[④]；最终则在 9 月写下了第一次也是唯一一次正面野人山生死经历的诗篇：《森林之魅——祭

---

① 袁可嘉：《序》，《九叶集》，江苏人民出版社 1981 年版，第 6 页。

② 套用查良铮（穆旦）对于俄罗斯象征主义诗人丘特切夫的评语，见查良铮《译后记》，《丘特切夫诗选》，外国文学出版社 1985 年版，第 168—202 页。

③ 一个生动的例子：1945 年 8 月 15 日，日本天皇正式宣布无条件投降。"消息传到重庆，饱受日本大轰炸蹂躏的山城市民，纷纷涌向街头，彻夜欢腾。在纵情欢庆日本败降之际，重庆市民发明了一道大菜，名字叫'轰炸东京'：先在炒好的肉片下面，摆上炸脆的锅巴，然后兜头淋下一碗油汤，顿时引来噼哩叭啦的炸响，热气翻滚烟雾升腾。一时间，'轰炸东京'的吆喝声响彻大街小巷。"见李金荣、杨筱《烽火岁月重庆大轰炸》，重庆出版社 2005 年版，第 158 页。

④ 指《旗》、《给战士——欧战纪念日》等诗歌在天津《益世报·文学周刊》（1947 年 6 月 7 日）、（1947 年 8 月 16 日）发表时的总题。

胡康河上的白骨》。写作又一次揭寓了诗人的内心：在一次伟大的民族战争的胜利面前，诗人的内心一下子像决堤之水一样敞开了，他抵达了写作的高峰，年度存诗25首，仅次于1976年的27首。这对写作量一直不多的他来说可谓诗情勃发。

敞开内心的诗人，对战争——从战争本身到战争个体——发表了独特的看法：所谓“战争”是“一次人类的错误”；“退伍”是从“没有个性的兵，重新恢复了一个人”（《退伍》）；印度民族英雄甘地是一个“唯有勇敢地和上帝同行，使众人忏悔”的人（《甘地》）；“农民兵”是“最可爱的人”（《农民兵》）；对“先导”的态度则是：“你们唯一的遗嘱是我们，这醒来的一群，/穿着你们燃烧的衣服，向着地面降临。”（《先导》）《轰炸东京》的态度更为鲜明：“因为一个合理的世界就要投下来，/我们要把你们长期的罪恶提醒。”

凡此种种，诗人的观察视阈显示出相当程度的个人性——诗歌呈现出强烈的主观兴味。这种视阈或主观性或许会引起合理与否的争议，但真正的问题应不在此，因为不管在当时或事后，人们（包括民众、作家、史学家等）对于战争总会有不同的态度，对革命意义本身总会有不同的认识。由此，更可堪探讨的问题其实在于：战争到底给个体留下了怎样的感受？甚至，为什么同一个战争会给亲身经历过或并没有亲身经历过的个体带来反差那么明显的感受，有的“惧怕”，而有的高兴、兴奋？

战争留给穆旦最强烈的感受是“惧怕”。《森林之魅——祭胡康河上的白骨》即映证了王佐良所说的“被朋友们逼得没办法了”才说出的那种“对于大地的惧怕”（《一个中国新诗人》）。关于这首诗，有两个背景性的因素是值得细细剖析的，一是诗题，《森林之魅——祭胡康河上的白骨》是现在通行的题目，最初刊行时题为《森林之歌——祭野人山死难的兵士》。“歌”和“兵士”均是一般意义上的称语，“魅”和“白骨”则不然：“魅”是传说中的鬼怪，“白骨”是死亡的具象，是作战及撤退途中生命消亡最为切实的图景——一个鲜活的生命在短时间内即被蚁虫噬去皮肉，白骨也是生命消亡最为迅速的图景。从“歌”到“魅”，从“兵士”到“白骨”，措辞的深沉意蕴大大地加强了；可见，“野人山经历”一直像影子一样紧紧地缠绕着诗人——修改本身也附证了这一点。在另一面，诗人所说的“惧怕”源自“大地”，而非战争。这两者也有着程度级差，战争是直接的、具体的“惧怕”之源，而既能催生万事万物，同时又能毁灭万事万物的胡康河谷的“大地”则是更为本体化的、更具形而上意义上的“惧怕”源头。由此，“野人山经历”带给诗人的“惧怕”可谓深至骨髓。

具体到诗歌，全诗以“森林”与“人”的对话开始，以“祭歌”收束。“森林”以无形的手掌握一切，森林代表着“死亡”说话：

美丽的一切，由我无形的掌握，
全在这一边，等你枯萎后来临。
美丽的将是你无目的眼，
一个梦去了，另一个梦来代替，
无言的牙齿，它有更好听的声音。
从此我们一起，在空幻的世界游走，
空幻的所有你血液里的纷争，
一个长久的生命就要拥有你，
你的花你的叶你的幼虫。

诗人将“原是痛苦的死亡说为掌握美丽的一切；死是代替生的另一个梦；死不是一切的完结而是一个长久的生命的开始；把人对死亡的反应进一步来写，翻过来写，因其不同一般而更加有力”。由此，它具有了英国诗人济慈所谓“比起此时，死再也不能如此丰硕”的震撼效果。[①] 在这样的“森林”面前，“人”是异常渺小的：

是什么声音呼唤？有什么东西
忽然躲避我？在绿叶后面
它露出眼睛，向我注视，我移动
它轻轻跟随。黑夜带来它嫉妒的沉默
贴近我全身。而树和树织成的网
压住我的呼吸，隔去我享有的天空！
是饥饿的空间，低语又飞旋，
像多智的灵魂，使我渐渐明白
它的要求温柔而邪恶，它散布

① 周珏良：《穆旦的诗和译诗》，杜运燮等编《一个民族已经起来》，江苏人民出版社 1987 年版，第 22—23 页。

疾病和绝望，和憩静，要我依从。
在横倒的大树旁，在腐烂的叶上，
绿色的毒，你瘫痪了我的血肉和深心！

诗歌所写的乃是一个在死亡线上穿行的魅影，一个被窒息、饥饿、毒、黑暗、枯萎、痛楚、死亡等自然强力紧紧逼压着的生命，“祭歌”最终成为人的“祭歌”；在战争中死去的个体生命也不过是一个终将被湮没、被摧毁、被历史所“遗忘”的渺小生物：

静静的，在那被遗忘的山坡上，
还下着密雨，还吹着细风，
没有人知道历史曾在此走过，①
留下了英灵化入树干而滋生。

“幸存者”内心所存留的也不是英雄主义的慨叹，而是一个充满“惧怕”的自我。就这样，战争本身的残酷性，以及它对个体生命的深刻戕害，在一首艺术兴味充沛的诗中有效地传达开来——而这样一种异常深挚的“惧怕”，足以说明为什么穆旦很快即由兴奋而转向了沉默。

关于1939—1941年、1942—1945年这两个阶段的写作，还可注意的是，由于《赞美》和《森林之魅》本身即具有深厚的内蕴，它们均可视为两次重要事件的收束之作，《赞美》之后，穆旦笔下多有愤慨，而少有“赞美型诗歌”，据此，在有意无意之间，《赞美》这样一个复杂的抒情文本恰如其分地成为了这批诗歌的收束之作；《森林之魅》之后一年多的时间内，穆旦更是基本上停止了写作——之后的16个月里（1945年9月—1947年1月），仅有一首近似随想的《云》（1945年11月）。从1947年初诗人重新写下的诗歌来看，现实的严峻性更为加剧，可见诗人的生活本身和大西南的生活一样具有某种严峻性，而且这种生活又一次给他的写作带来了某种强烈的冲击。因此，《云》这首诗，与其说这是诗人生活闲适的表现，不如说是诗人内心对于闲适的渴求——这一后续写作行为映证了“野人山经历”给予个体的乃是深至骨髓的惨烈，《森林之魅》更是生命与

① 本诗刊载于《文学杂志》（第2卷第2期，1947年7月1日）时，本行作：“更有谁知道历史在此走过？”

死亡之歌，它不仅仅是诗人内心“惧怕”的展示，更是一次真正意义上的收束——不仅仅是写作年表上的时间序列，更是诗人内心的波折景状与安歇需求的呈现。

5.“他们太需要信仰”

从停止了一年有余之后重新写下的诗歌来看，穆旦诗歌的情感强度显得更为浓烈。当然，如前所述，其内在的血性关联并未消逝：这种关联不仅仅在于对于“历史的不公平”的愤慨，更在于“救赎”主题的书写。

(1)

在前一层面，需要指出的是，一如《时感四首》（1947 年 1 月）中一连串的“00000000”所示，“现实”问题被置于非常突出的位置：

去年我们活在寒冷的一串零上，
今年在零零零零零的下面我们汗喘，
像是撑着一只破了的船，我们
从湖水的去年驶向今年的深渊。

忽的一跳跳到七个零的宝座，
是金价？是食粮？我们幸运地晒晒太阳，
00000000 是我们的财富和希望，
又忽的滑下，大水淹没到我们的颈项。

（第三节）

这样的诗篇或许会令读者想到同时代的一些讽刺型诗歌，比如杜运燮所作《追物价的人》（1945），讽刺艺术可谓各有所长，但写作动因并不相同：杜运燮巧妙地构设了讽刺之境——而让读者去体味背后的荒谬现实，穆旦却进一步将自己写入其中——他显然无意止于现实愤慨，而是同时写下了他对于个人境遇的省思：

当多年的苦难以沉默的死结束，
我们期望的只是一句诺言，
然而只有虚空，我们才知道我们仍旧不过是
幸福到来前的人类的祖先，

还要在无名的黑暗里开辟起点，
而在这起点里却积压着多年的耻辱：
冷刺着死人的骨头，就要毁灭我们的一生，
我们只希望有一个希望当作报复。

（第四节）

在穆旦的写作中，“希望”是一个贯穿于全部写作之中的核心词汇①——“祖先”、“积压着多年的耻辱”等等词汇或短语也会让读者想起穆旦此前的一些写作，如《中国在哪里》、《赞美》（如“我踟蹰着为了多年耻辱的历史”）等等，因此，尽管单独来看，它近乎一种抽象思辨，“黑暗”、“报复”一类词汇无不带有强烈的内省性；但如《赞美》的写法（即便是发出“民族起来”的呼告时，也内蕴着内省与原罪的机制）所昭示，它最终和那些写实性的诗句一起又强化了穆旦的写作事实：即便是对外在现实发言，表达一种愤慨的现实情绪时，穆旦仍然将个人境遇熔铸其中，“现实”与“个人”在某种程度上乃是同一性的命题，“我们只希望有一个希望当作报复”，这既是向外投射的（现实愤慨的情绪），也是向内收缩的（个人境遇的省思）。

由此，也不难理解，在写作情绪非常愤慨的时刻，穆旦写作中仍然出现了《我歌颂肉体》（1947 年 10 月）这样看似纯粹省思个人境遇的作品——但“肉体”是“历史性”的：

但是我们害怕它，歪曲它，幽禁它；
因为我们还没有把它的生命认为我们的生命，
　　还没有把它的发展纳入我们的历史，
因为它的秘密还远在我们所有的语言之外。

① 穆旦各个时期的写作中都较多地出现了“希望”一词，包括有：《前夕》（1934 年）、《蛇的诱惑》（1940 年 2 月）、《玫瑰之歌》（1940 年 3 月）、《悲观论者的画像》（1940 年 9 月 5 日发表）、《原野上走路》（1940 年 10 月 25 日发表）、《中国在哪里》（1941 年 4 月 25 日发表）、《神魔之争》（1941 年 6 月）、《哀悼》（1941 年 7 月）、《赞美》（1941 年 12 月）、《出发》（1942 年 2 月）、《阻滞的路》（1942 年 8 月 23 日发表）、《裂纹》（1944 年 6 月）、《活下去》（1944 年 9 月）、《反攻基地》（1945 年 7 月）、《时感四首》（1947 年 1 月）、《荒村》（1947 年 3 月）、《饥饿的中国》（1947 年 8 月）、《感恩节——可耻的债》（1951 年）、《葬歌》（1957 年）、《我的叔父死了》（1957 年）、《九十九家争鸣记》（1957 年）、《理想》（1976 年 4 月）、《有别》（1976 年 6 月）、《老年的梦呓》（1976 年）、《问》（约作于 1976 年）。当然，词性有名词（较多）和动词（较少）之分，词义也肯定有所不同。

一如穆旦此前屡屡触及到大众的“历史”——没有“语言”，也没有“历史”（“永远无言地”/“我们无言的痛苦是太多了”），“肉体”的历史事实上也内蕴于大众（也包括“我”）的全部历史之中，对于“肉体”的歌颂，既传达了诗人对于个人境况的省思（在复杂的历史局面之中，个人如何自处），也内蕴了对于大众命运的忧思（“可怜的他们是死去了，/等不及投进上帝的痛切的孤独。”《他们死去了》，1947 年 2 月）：

> 我歌颂那被压迫的，和被蹂躏的，
> 有些人的吝啬和有些人的浪费：
> 那和神一样高，和蛆一样低的肉体。
> ……
> 我歌颂肉体：因为光明要从黑暗里站出来，
> 你沉默而丰富的刹那，美的真实，我的上帝。[①]

“我的上帝”这个处于最末位置的短语也浮现了这一时期穆旦写作的另一层重要主题——“救赎”。这并非一个新鲜话题，从 20 世纪 40 年代初期开始，穆旦写作中就屡屡出现了“信仰”主题。不难从这些写作中找到与基督教话语，特别是经典文本《圣经·传道书》之间的关联——甚至是对应。但就其发生而言，一如《玫瑰之歌》（1940 年 3 月）所呈示，所谓“信仰”，是被“鞭打”出来的。鞭打主体是“饥寒，残酷，绝望”这些个体肉身所能直接感知的事物和情绪（当然，若进一步区格，既有形而下的，也有形而上的）：“鞭打”施之于肉身（从形而下的表层直到形而上的内心），“信仰”由此是一个和个体的现实处境紧密相关的命题。[②] 换言之，与其说穆旦诗歌中的“信仰”是一个宗教性的命题，倒不如说是一个精神性的命题。

(2)

大致而言，从《出发》（1942 年 2 月）开始，穆旦诗歌中的“信仰”命题变得更为密集：

---

① 这样一首诗，与美国诗人惠特曼的《我歌颂带电的肉体》有着重要关联，穆旦应是从中吸取了若干核心词汇，如骄傲、侮蔑、卑下、奴隶、男人或女人（性别）（据楚南图译《草叶集选》，人民文学出版社 1955 年第 1 版，1978 年 7 印）。赵瑞蕻称穆旦在大学期间非常喜爱惠特曼（见前引），但迟至 20 世纪 40 年代后期才写下此诗，可见出“肉体”的命题在穆旦内心的蕴积。

② 《玫瑰之歌》中有：“虽然我还没有为饥寒，残酷，绝望，鞭打出过信仰来”。尽管是一个否定句式，却也揭寓了“信仰”的由来。

就把我们囚进现在，呵上帝！
在犬牙的甬道中让我们反复
行进，让我们相信你句句的紊乱
是一个真理。而我们是皈依的，
你给我们丰富，和丰富的痛苦。

“皈依”与“痛苦”构成了一种因果式的关系：因为是“皈依”的，所以不得不承受“丰富，和丰富的痛苦”；“现在”则提示之所以“皈依”，乃是因为异常逼仄的现实境遇（“现在”）——诗歌前3节铺陈了一连串的矛盾境遇（从修辞角度看，可称之为“矛盾修辞法”）：“告诉我们和平又必需杀戮”；“那可厌的我们先得去喜欢”；“知道了‘人’不够，我们再学习/蹂躏它的方法”；“新的美”/“失去了自由”；“接近未来”/“给我们失望和希望，给我们死”；“给我们善感的心灵又要它歌唱/僵硬的声音”；“个人的哀喜/被大量制造又该被蔑视/被否定，被僵化”。

若进一步区格，“和平”/“杀戮”是社会性命题，“善感的心灵”/“个人的哀喜”则是个人性的精神诉求命题，诗歌从外在的社会现实逐渐深入到个人的感官与心灵。因此，所谓“痛苦”，交织着社会与个人的双重意蕴——如果说在《赞美》一类诗篇之中，穆旦借由大众的历史境遇敏锐地省思到了自身作为知识者的原罪，那么，这里的所谓“痛苦”，从最根本的意义上也是一种个人的痛苦——社会性的痛苦被一颗“善感的心灵”所担当，惟其如此，“丰富，和丰富的痛苦”作为一个精神命题就具备了充分的合理性。

或可一提的是，《出发》的诗题也别有意味：初刊重庆版《大公报·战线》（1942年5月4日）时题为《诗》，以“诗”命名，是一种本体化的写法；而以“出发”为题，又暗合了发生在1942年3月初的穆旦从军的事实，从这个角度看，“出发”除了彰显穆旦热切的祖国情怀外，也内蕴了对于“人生的意义”的追寻——以解除或消抵那种“丰富，和丰富的痛苦”。换言之，“从军”既是一种民族救亡行动，也是一种自我救赎。

在极其惨烈的“野人山”生死经历之后，1943年3月，穆旦初作长诗《隐现》，到1947年8月，《新报》被查封前后，穆旦又对《隐现》作出了大量的修改，诗中的祈求语气可谓达到了无以复加的程度：

这是时候了，这里是我们被曲解的生命

请你舒平，这里是我们枯竭的众心
请你糅合，
主呵，生命的源泉，让我们听见你流动的声音。

但这与其说是一种虔敬的“皈依”，还不如说是一种精神痛苦的极端呈现：随着社会现实的不断急剧恶化——当然，也包括个人境遇的恶化（比如《新报》被查封，这对穆旦而言乃是一次非常重要的文化实践），“出发”式矛盾境遇被无限放大（《隐现》之第3章“祈神”全面涵盖了《出发》），社会性的痛苦以更大的强度扑压过来，“丰富，和丰富的痛苦”变得更为突出。事实上，其他诗歌，如《他们死去了》（1947年2月）所表明，“上帝”并没有给予死去的大众以慰安，相反——

……但可怜
他们是为无忧的上帝死去了，
他们死在那被遗忘的腐烂之中。

“被遗忘的腐烂”应会让人想起《森林之魅》对于“腐烂”和“遗忘”的书写——那施用于生死境遇之中的词汇也被移植到了日常性的场景之中，穆旦对于生命消亡事实的忧思情怀得到了更为诚挚的体现。而“无忧的上帝”泄露了穆旦的态度：“痛苦”的不仅仅是“他们死去了”这一事实，也在于“上帝”的“无忧”——“上帝”并没有应答诗人所发出的异常忧切的声音。以此反观“隐现”式的精神痛苦，它所呈现的不仅仅是诗人内心强烈的忧切，更在于他听不到上帝应答的声音。

但“应答”不过是一个虚拟的词汇而已，对于穆旦这样一位不断省思个人境遇的诗人而言，他显然无意于给世人提供一种虚假的终极慰安——在惨痛的现实面前，他显然无法闭上自己忧切的眼睛。由此，不难理解，在《诗四首》这一目前所能查证的穆旦在“旧中国”所写下的最后一首诗（1948年8月）里，穆旦还在吁叹：“他们太需要信仰。”一如《赞美》所特有的宣谕语气，“太需要信仰”也可说是一种宣谕，但诗歌最终依然落实到了一种内省之中：

……于是错误又错误，
相信暴力的种子会开出和平，

逃跑的成功！一时间就在终点失败，
还要被吸进时间无数的角度，因为
面包和自由正获得我们，却不被获得！

“被吸进时间无数的角度”非常形象地揭寓了个人在现代社会的境遇——又一次，穆旦并没有将自己排除在外，这首诗歌之后，穆旦不仅又一次停止了写作；而且不多久之后，他果真离开了这个充斥着“欺骗”与“罪恶”[①] 的“旧中国”（从某种意义上说，也可称之为“逃跑”，落荒而逃）。

三 后期写作：“平衡把我变成了一棵树”

和同时代的众多写作者一样，20 世纪 50 年代和 70 年代的穆旦，是在一种非正常的状态下进行诗歌创作的。

从穆旦 1953 年年初回国到 1957 年年初发表作品之前，其间有 4 年；而从 1948 年后半段中止创作到回国，也是 4 年左右，这两个“4 年”显然是大不相同的。身处美国期间，回国以及为“新中国”做准备在穆旦的生活中似乎占据了更为重要的位置；但对于新中国的具体文化语境，他无疑所知有限。回到“新中国”之后，面对“陌生”的环境，他并不急于发言表态，而是保持着观望的态度，当然，也努力去“适应”。[②]

不急于发言的态度显然符合 20 世纪 40 年代穆旦对于重要事件的处理方法，何况，外在事件的“重要影响力”很快就落到他自己的头上——他很快就遭遇“外文系事件”，并在随后的“肃反运动”中列为“肃反对象”。[③] 这可解释为什么从美国回来之后四年内一直没有发表诗作。

1957 年发表作品时的穆旦，借用此前讨论中使用的一个词，显然是处于某种“兴奋”的状态当中。“兴奋”显然是因为时代语境本身的变化——刊物自身的“革新”冲动则是这一“兴奋”语境中的一个小小的切面。

相比于 1957 年同期的诗作，穆旦诗歌之中“独特的节奏感和情绪强度”[④] 应是比较突出的。在题材上，“争鸣”（《九十九家争鸣记》）、“知识

① 这些词汇在 1947—1948 年的写作中多有出现，如《我想要走》、《时感四首》、《饥饿的中国》等。

② 周良沛：《穆旦漫议》，《文艺理论与批评》2001 年第 1 期。

③ 关于穆旦这一时期的境遇，可参见本人所作《穆旦年谱》1953 年之后数年的相关条目。

④ 胡续冬：《1957 年穆旦的短暂“重现”》，《新诗评论》2006 年第 1 辑。

分子思想改造”（《葬歌》）、“学习会”（《去学习会》）、“水利工程”（《三门峡水利工程有感》）等等，都是热衷一时的题材，但在具体展开上，穆旦却依然努力保持一些个人化的视角，蕴涵了较多的批判锋芒——不过，名之为“批判”，事实上将穆旦置于异端的位置，这一身份未必是穆旦所要追求的。穆旦是以一种主动的姿态写下了在“时代”这一大命题之下的感受。

但主动的姿态并不完全以个性的泯灭为代价，他并没有刻意替换自己的词汇表，如《我的叔父死了》所示：

> 我的叔父死了，我不敢哭，
> 我害怕封建主义的复辟；
> 我的心想笑，但我不敢笑：
> 是不是这里有一杯毒剂？

对于庄严的、审判意味浓郁的历史而言，这样一种“哭”与“笑”并存的诗歌，无疑是一杯充满讽喻色彩的“毒剂”。更“毒”的，却还在后面的诗行：

> 平衡把我变成了一棵树，
> 它的枝叶缓缓伸向春天，
> 从幽暗的根上升的汁液
> 在明亮的叶片不断回旋。

“幽暗的根”，或许会让熟悉穆旦的读者想起《诗八首》（1942 年 2 月）的最末一行：“在合一的老根里化为平静”。但对于那些新的读者而言，套用当时一位批判者的话说却是“简直叫人猜也无从猜起”。[①]

个性的触须虽然仍然存在，但穆旦内心的混乱是无所疑义的——这种混乱在诗歌形式上即有透现，比如《葬歌》。它的思想意义被研究者看重，认为它反映了知识分子改造的痛苦；但从诗歌艺术的处理来看，却不能不说是失败的，全诗分 3 节，单独来看，都是非常整齐的诗行，但合成为一首诗，则可发现各节之间很不平衡：第 1 节中，各行字数基本上为 10 个左右；第 2

① 安旗：《关于诗的含蓄》，《诗刊》1957 年第 12 期。

节有所下降，为 8 个左右；第 3 节又猛然增加到 17 个左右。从诗歌艺术的处理角度看，可说是相当混乱的、无序的。

这种混乱与无序或可得到一个解释，那就是，其他 8 首看起来整齐有序的诗歌，所涉及的均是外在的社会性事件，其视角均是一种远距离的审视；《葬歌》不同，其视角被“我”所规约，尽管这个“我”未必就是诗人本身，但必然包括“我”在内，而“我”，在大时代中不得不随着时代话语的变幻而飘来荡去，难以找到一个稳定的位置，因此，《葬歌》的混乱无序也就成为了一个力图保有个性的知识分子在应对残酷的时代语境时的艰难处境的表征——可以设想，较长一段时间内没有写作诗歌的穆旦在选择词汇时的游移不定。但这终究只是一种思想或意义的隐喻，而无法作为艺术失败的借口，虽然在未来一两年之后，穆旦的诗作也多次被当成了批判的靶子。

四 晚期写作：“我已走到了幻想底尽头”

约在 1975 年中期，穆旦写下了一首《苍蝇》，据说，与当时下放到山西临汾的友人杜运燮的诗歌《鸡的问题——农村生活杂写之一》的诱发有关。[①]《鸡的问题》所写的鸡是“乐观”的，同时也蕴涵了一种生活意义的追问：“有时它们还直勾勾地/用自信的眼睛瞅着我，/带点自豪的神气问道：/你们是否像我们/生活得一样有意义而快乐？”这样一种“鸡—人”对照的展开方式直接启发了《苍蝇》：鸡的“乐观”对应着“人”的精神压抑；苍蝇对于世界的“好奇”感也最终升华到意义追问的高度（“来承受猛烈的拍击”）。不过，这更像是一个偶然的写作，从现存诗歌末尾所标明的时间看，之后的诗歌全部写于腿伤之后（1976 年 1 月 19 日）[②]，似乎腿伤成为了一个更为重要的写作触因。

从表象看，腿被摔伤在穆旦晚年生活中是一个关键性的事件，它看似偶然，却根源于现实之痛。其时，穆旦长子查英传已下放到内蒙古，这是他晚年非常忧心的一件事，夜里骑车出门摔伤腿正是为了打听招工的事情。从这个角度说，腿被摔伤见证了穆旦与带有利益关系和功利目的的现实的紧密关联，这一关联将穆旦拉低到了最为现实的层面。而腿伤之后，由于没有及时

① 穆旦：《致杜运燮》（1975 年 6 月 28 日），《穆旦诗文集》（2），第 143 页。

② 部分诗作未注明写作年份，但被《穆旦诗文集》列入 1976 年的作品。

治疗，肉体的疼痛一直到穆旦去世也没有消失[①]——精神上的疼痛则是通过诗歌和其他文字呈现出来的——诗歌写作并非穆旦晚年唯一的写作行为，甚至可以说，穆旦晚期的诗歌写作是以较多的书信写作及翻译为背景的，在诗歌写作之前（1974年之后）、同时以及之后，它们均较多出现。

穆旦在书信中所涉及的个人诗歌包括有：《苍蝇》、《友谊》、《演出》、《退稿信》、《黑笔杆颂》以及《冬》。其中，关于《冬》的修改已为读者所熟知，且已有较多讨论。看起来涉及篇目并不少，但深究下去则可发现，《友谊》，特别是《冬》，透现了穆旦当时的内心境遇，杜运燮即认为《冬》第一章各节最后一行均为"人生本来是严酷的冬天"的复沓，未免太悲观；其他几首诗则是讽喻性的作品。更多的能够透现穆旦晚年心境的诗作并没有被提及，可见，在更多的时候，穆旦有意将诗歌写作视为一种私性行为，而无意于泄露更多的写作秘密与内心境况。

在生命的最后一年里，穆旦存诗27首（含片段），实际的写作量则可能更大。[②] 学界普遍视其为一个写作高潮，并从个人与外在社会的关系的角度对其进行了较多解读，但一个原初性的疑问却始终未曾触及：1976年，危险的政治时代依然沉沉地压在诗人心头[③]，这样一个已长久"沉默寡言"的、谨慎的人，为什么会突然置曾经屡屡伤害自己的政治风险于不顾而写下一大批诗作？

---

① 未能治疗的原因可能有三重：一是，不服老。在致董言声的信中（1976年1月25日），穆旦写道，"当我摔倒在街上时，一群人围着，七言八语说：'这位老大爷岁数可不小啦，摔得够重的'，我听着心里老大不舒服，心里想我怎么那么老？于是对他们说'同志们走吧，我自己会起来的'。可是怎样也起不来。这就是一个真的信号：的确年老不行了。快完蛋了。"回到家中后以为卧床休息即可，无须到医院治疗，这显然是高估了自己的身体机能。一是，由于个人的"历史反革命"身份，不愿意去就医（不愿承受政治歧视）；一是，由于当时整个社会陷入极度混乱之中，医疗制度还很混乱，医疗条件也很差。据穆旦子女称，父亲最后不得不动手术的时候，一位熟悉的医生曾告诉他，"一些手术工具好久未用过，还要整理，这些给父亲造成心理压力"，见英明瑗平《言传身教，永世难忘》，《丰富和丰富的痛苦》，北京师范大学出版社1997年版，第229页。

② 穆旦遗物中，有一份诗歌遗目，共录诗题59个，其中除了已收入《穆旦诗文集》的，仅见《父与女》一首。据周与良回忆，这些诗歌可能并没写，也可能是写了但被穆旦有意撕毁了，当年孩子们即曾看到他们的父亲"撕了好多稿纸"；在医院动手术前夕，更是"撕掉几纸篓文字，且极少言笑"。参见周与良《永恒的思念》，《丰富和丰富的痛苦》，第161页；李方《穆旦（查良铮）年谱》，《穆旦诗文集》（2），人民文学出版社2006年版，第385页。另，据2006年4月10日—12日笔者与穆旦儿子查英传、查明传的闲聊，穆旦遗物中可能还有类似诗题。

③ 1976年10月初，"四人帮"倒台，举国欢庆，但穆旦在给年轻朋友郭保卫等人的信中还是多有告诫："还是要小心。任何时候都要小心"；"凡是有点新鲜意见的东西，都会惹麻烦"；"不要太介入，现在言论纷纷，有点像五七年，要看一看再讲话"。见《穆旦致郭保卫》（1976年10月16日）、（1976年10月30日）、（1976年11月22日），《穆旦诗文集》（2），第210、211、218页。

这一问题也可换个角度来看，学界现在多以“潜在写作”称之[①]，但一个现象始终没有触及：与其他“潜在写作者”不同的是，穆旦的写作集中于1976年——更准确地说，是3月到12月初。这样的写作姿态本身不就足够引人深思了吗？

不妨就从写作起点切入。这一年1月19日，穆旦骑车摔伤了腿。检视这一时期书信可以看到，此前穆旦的情绪并不算低落，依然流现着某种理想信念——他甚至在鲁迅杂文集《热风》的扉页写下这等自我勉励的话：“有一分热，发一分光，就像萤火虫一般，也可以在黑暗里发一点光，不必等候炬火。”腿伤之后呢？1月25日，穆旦在给老同学董言声的信中即称“特别有人生就暮之感”。拖了半个月之后，2月4日，穆旦到医院检查，被告知为右股骨颈外面骨折，须三个月休养。2月17日，穆旦在给郭保卫的信中称，“日子是太单调了，心情也沉沉的”；并且答复了为什么写诗的问题：“‘性格决定命运’……一个人成为什么状态是性格决定的……写诗当然不是一条‘光明大道’，这一点望你警惕，能放弃就放弃为好。我觉得受害很大，很后悔弄这一行。”3月31日，又在给孙志鸣的信中谈及腿伤，“近两月因不能外出并需卧床而特别苦恼，整天昏昏沉沉，躺不是，坐也不是，抽空也看些书，读点旧诗。很爱陶潜的人生无常之叹。”再往后，穆旦书信之中更大面积地出现了一种忧伤、恐惧的情绪，死之将至、人生虚无、生命幻灭的感叹。[②]

《智慧之歌》这一极有可能是腿伤之后所写的第一首诗更是泄露了穆旦内心的秘密：“我已走到了幻想底尽头”，诗歌开篇第一行即说出了穆旦对于自身境遇的感知，这个“从幻想底航线卸下的乘客”，不仅“永远走上了错误的一站”（《幻想底乘客》，1942）；而且，终于走到了“幻想底尽头”。而这样一句诗，更是统领了穆旦晚年的全部写作。可见，“腿伤”这一至关重要的事件——一种“人生无常”的境遇从根本上改变了穆旦的生命图景，直接诱发了穆旦“最后的写作”。

在“1976年3月”这一时间基点上，穆旦重新开始了写作——正如“1976年3月”这一时间基点仅仅对穆旦本人有效，这批诗歌作品首先应看

---

① 关于“潜在写作”的详细情形，可参见刘志荣《潜在写作：1949—1976》，复旦大学出版社2007年版，第107—136页。

② 如下书信中的此等情绪尤为突出：《致董言声》（1976年5月25日）、（1977年1月4日）、（1977年1月19日），《致江瑞熙》（1976年7月19日）、（1977年1月1日），《致巫宁坤》（1977年1月5日），《致杜运燮》（1977年2月4日），《致郭保卫》（1976年8月13日）等。

做是穆旦个人内心的喃喃自语。作于这一年5月的《冥想》，乃是“突然面对着坟墓”：“过去”消失在一片亘古的荒漠，人生的“全部努力”，“不过完成了普通的生活”。

“坟墓”是死亡的住所——诗人怀着一种对于生命行将消亡的强烈预感，在短短的时间内以一种前所未有的方式将笔触全面铺开：日常性的生活细节、友谊、离别、爱情、人生、理想、爱好、艺术、“冥想”、“梦呓”、自己（“我”的形成）以及人的社会属性中最为核心的部分：公共性的“演出”、时间（季节）感、权力欲望，等等。诗人似乎急于为这一切做出总结，生命的弦丝在不停颤响：

> 呵，永远关闭了，叹息也不能打开它，
> 我的心灵投资的银行已经关闭，
> 留下贫穷的我，面对严厉的岁月，
> 独自回顾那已丧失的财富和自己。
>
> ——《友谊》（1976年6月）

> 爱憎、情谊、蛛网的劳作，
> 都曾使我坚强地生活于其中，
> 而这一切只搭造了死亡之宫；
>
> ——《沉没》

那些对于权力的省察，如《神的变形》所写，那些“兴奋”——1976年10月，“四人帮”被揪出，各地纷纷游行庆祝，可谓举国欢腾，全民兴奋，稍后，穆旦即以讽刺的笔调写下了《退稿信》、《黑笔杆颂——赠别“大批判组”》，最终都落到了“人生本来是一个严酷的冬天”（《冬》，1976年12月）的吁叹之中。

因此，与其说晚年的穆旦是要通过写作而对外在的权力社会发言，倒不如说是在为被“权力”不断“腐蚀”的自身生命而哀挽，“权力”不过是个体生存境遇之中无法规避的东西。在我看来，这乃是认识穆旦晚期诗歌最恰切的逻辑起点，而《冬》也是一首恰如其分的绝笔之作，“我爱在淡淡的太阳短命的日子，/临窗把喜爱的工作静静做完”，诗人在这批诗中使用了大量冷色、晦暗的词汇——即便是“太阳”也是“短命的”，这无比清晰地呈现了一个处于黑暗的历史隧道中的生命的颜色。这与其说是迸发了一个令人惊讶的写作高潮，倒不如说是写下了数曲哀伤而凄厉的挽歌，其中弥散着一股冷彻的寒意，一股挥之不去的死亡气息。

比照晚期写作与后期写作，可以发现，尽管时代都是“非正常”的，但穆旦的心境以及对于时代话语的应对方式都发生重要的变化。在后期写作阶段，依旧年轻[①]的穆旦，更多地流现了一种“知识分子”的习气，虽也有改造的痛苦，但在主要层面上，是一种介入时代的姿态。其诗歌处理方法虽与时代风格有所差异，其精神姿态却具有很强的时代性。而到了晚期写作阶段，在经历了漫长的折磨之后，穆旦看起来在不断地往里缩——往自己的内心、往“死亡之宫”（语出《沉没》）缩，这些退缩的、哀婉的、死亡的诗篇，成为了那个时代最动人的声音——而这恰恰体现了“个人”与“时代”更为深挚的关联。

结　语

通过如上对于穆旦各个阶段写作所作出的主题式缕析，可以发现，在最为普遍也最为核心的层面，穆旦的写作始终植根于个人的经历——写作成为了一种不断持续的事实。穆旦的写作与其生活（经历）之间，始终具有一种深刻的互动关系，正是这种互动从根本上决定了穆旦写作的面貌，使得他的写作获得了足够大的强度与力度。郑敏赞誉穆旦是“一个真正的诗人，真诚的诗人，痛苦的诗人，一个不懂得说谎的诗人，一个抹去了‘诗’和‘生命’的界线的诗人。”[②] 这一赞誉可谓恰切之至。

的确，为了他所生活的时代，穆旦写下了最为诚挚的诗篇。

① 1958年年底，穆旦刚进入“不惑”之年，就被打成“历史反革命分子”。对穆旦这样的“中国知识分子”而言，这一年龄阶段的遭遇，可能会令他生发更多的人生敏感。

② 郑敏：《诗人与矛盾》，《一个民族已经起来》，江苏人民出版社1987年版，第33页。

第三章 穆旦诗歌的艺术法则与抒情体式

在穆旦的写作谱系中，既有《赞美》一类主观抒情姿态非常明显的诗篇，也有《防空洞里的抒情诗》一类诗篇——陌生的读者或许并不会将它与《赞美》看做是同一个人的作品。在这些作品中，那个充满强烈精神痛苦（所谓“丰富，和丰富的痛苦”）的“我”似乎消失了，取而代之的，是一个游移的、不可靠的“我”。当然，在更多的作品里，区分并非如此明显，前面的那个“我”还是会跳出来，构成了穆旦诗歌的主观抒情性。

如下讨论将更多地着眼于穆旦诗歌的艺术法则与抒情体式。即如后文将指出的那样，在一种新的文学语境之下，以穆旦为代表的西南联大诗人群的写作出现了若干新态势，有研究称，“穆旦诗歌的生成法则相当程度上得益于在西南联大时他的英籍教师威廉·燕卜荪……在课堂上长达两年的对诗歌语言的精细分析”。[①] 这指出了穆旦诗歌写作的某种动因，也不妨说对于诗歌语言的精细追求乃是其写作的效果。这种诗学效果的获得，自然需从多个方面来看取，如占有突出地位的诗歌体式、重要的手法（诗歌语法）、具体文本分析等等，也即，需要经得起多个角度的验证，惟其如此，“诗”的命题方能在一个普遍的层面得以成立。

一 “防空洞里的抒情诗”：“反省的距离”

不妨就从作于 1939 年 4 月的《防空洞里的抒情诗》切入。严格说来，其时，穆旦的写作图景尚未真正展开。前面已经提到，穆旦强调“新的抒情”，这首诗倒正是以“抒情诗”直接命名，不妨先来细细品读一下其中所传达的“抒情”效果。

诗题由“防空洞”＋“抒情诗”这一偏正式结构组成，这是两个具有某

---

① 王毅：《细读穆旦〈诗八首〉》，《名作欣赏》1998 年第 2 期。

种自我提示效应的词。“防空洞”显然并非一处简单的地点标志，在现代中国，“防空洞”实在也可称得上是一处重要的文学表现场所，防空洞是战争的表征，而战争是当时中国民众所面临的最大现实①——事实上，在防空洞里，发生了太多的惨烈故事。② 而穆旦对于这样一个半封闭式的、条件简陋的场所也是有着直接感知。③ 因此，“防空洞”会让熟知历史的读者生发一种对于现实性写作的期待。“抒情诗”则提示了它所属的诗歌体式是“抒情”的，而不是“叙事”的，不过，有着现代诗阅读经验的读者会想到，“抒情诗”必然包含着某种情感要素，这些要素可能是确定的，也可能并不确定；可能是直抒胸臆，也可能是游移的、反讽的。

这种提示与最终意图是否相符呢？来看看诗作本身。从一开始，诗歌以一种戏谑的语调摹写了防空洞中的情境：

他笑着，你不应该放过这个消遣的时机，
这是上海的申报，唉这五光十色的新闻。

“五光十色的新闻”并无法消抵“洞”外的“死亡恫吓”——“让我们坐过去，那里有一线暗黄的光”，初意是要到有光的地方读一读消遣的报纸，却因为“光”的存在而想起了现实：“我想起大街上疯狂的跑着的人们，/那些个残酷的，为死亡恫吓的人们，/像是蜂拥的昆虫，向我们的洞里挤。”

① 在20世纪中国文学的语境之中，“防空洞”其实是一个重要的现实场所，20世纪三四十年代因日军飞机轰炸而产生了一个挖防空洞的高潮；20世纪六七十年代一度相当紧张的战备氛围则产生了另一个高潮。这对中国人的生活、心理产生了重要的影响，其文学内涵值得深入探究。

② 当时或稍后关于防空洞的惨烈故事很多，桂林、重庆等大城市中均多有发生，著名的事件有：桂林发生音乐家张曙被炸死的事件（1938年）；重庆则发生了“较场口大隧道窒息惨案”，2000多人窒息死亡（1941年6月5日）；相较之下，穆旦所在的昆明所发生的异常惨烈的事件倒是不多。但具体到联大，也有建筑被毁、工友被炸死的事件，“跑警报”在一段时间之内非常常见；不少老师，如冯至、沈从文等，也因空袭频频发生的缘故而迁至郊县。正是这一过程激发了特殊的创造力，比如冯至即写出了《十四行集》。

③ 抗战爆发后，日机轰炸，挖掘防空洞成了中国民众的一项重要任务与经历，1937年10月，长沙临时大学（西南联大前身）即掘有30个防空洞“专备本校员生使用”。1938年10月，已迁往昆明的西南联大颁布《西南联大员生分组挖掘小型防空洞办法》，共列五条，其中，第一条称“为避空袭计，本校员生，得自动组成六人至十人之小组，在本校各学院所在地之附近，挖掘一防空洞”，二至五条则列出了相关手续及操作过程。1939年2月17日，学校颁布《西南联大防空设备布告》。1939年4月8日，昆明发生空战，中国空军击落日机2架。以上资料见《国立西南联合大学史料》（经费、校舍、设备卷），云南教育出版社1998年版，第452—455页。

"上帝说：光！就有了光"[①]，借助"光"这一特殊中介（一个有意无意地染有宗教色彩的词汇），笔调骤然由戏谑转向庄严——可见，与其说穆旦回避了惨烈的现实（所谓在现实面前闭上眼睛），倒不如说他是着意选择了一个特殊的切入点，以避开那种因为过于激愤而容易生发的口号式写作。换言之，"现实"一直潜伏在戏谑的场景背后，在随后的诗行中，戏谑的场景（庸常化的日常对话）与怪诞的感觉（身体变成"黑色"）继续并置：

我正在高楼上睡觉，一个说，我在洗澡。
你想最近的市价会有变动吗？府上是？
哦哦，改日一定拜访，我最近很忙。
寂静。他们像觉到了氧气的缺乏，
虽然地下是安全的。互相观望着：
O 黑色的脸，黑色的身子，黑色的手！
这时候我听见大风在阳光里
附在每个人的耳边吹出细细的呼唤，
从他的屋檐，从他的书页，从他的血里。

九行诗，实际上是由三个内在段落构成，前三句是日常性的谈话；中间三句写到了意识与意识的跳跃——从庸常的现实跳到令人恐怖的黑色——人仿佛在一个缺乏氧气的容器里发霉变质（变"黑"）——人渴望生命的蜕变；后三句随即写到了变化，黑色→阳光，似乎进入了一个明亮的世界，"呼唤"似乎有些游移不定，难以琢磨——但从紧接而来的关于炼丹术士的诗段来看，不过是一个诡异的声音在"呼唤"。这样，三个诗段，语气由慢到快，由一种无聊的松散逐渐生成为由恐惧结成的紧凑，经由屋檐→书页→血（液）的递进与深入，"大风"钻进血液而流淌于周身，这暗寓现实给予了躲避于防空洞里的人们以深彻而沉重的压制——短短数行，就这样通过对峙性场景的构设传达了生活在现实恐慌之中的人们的处境。

在随后的诗行中，怪诞的感觉又与一种优雅、慵懒的生活场景形成了对峙："摘一朵洁白的丁香花挟在书里"，"在公园里摇一只手杖"，"在霓虹灯下飘过，听 LOVE PARADE 散播"，"用淡紫的墨水，在红茶里加一片柠

---

① 在穆旦的中期写作中，屡屡借助宗教原型。另，冯象曾仔细分析过《圣经》里的这句话的译法，参见《上帝说：光！就有了光》（《译经博客》之一），http：//www.ideobook.net/150/。

檬”。这里出现的“丁香”一类语汇，让读者联想起的多半并不是戴望舒《雨巷》中的“丁香”，也不是中国古典诗词里的“丁香”，如李璟《浣溪沙》中的“青鸟不传云外信，丁香空结雨中愁”，而是艾略特诗歌如《荒原》中的某些情境[①]——当然，也包括穆旦稍后的一些写作，如《从空虚到充实》(1939 年 9 月)。[②] 这样一枝丁香，借用新近研究中出现的一个用语，乃是一枝“荒原上的丁香”，而“荒原意识”曾经深深地纠缠着 20 世纪 30 年代的一群中国诗人。[③]

更强烈的对峙还在于，在两个相对独立的诗段里，诗人出乎意料地避开了全部“现实”，摹写了古代炼丹术士的鬼梦（阴魂）：

> 那个僵尸在痛苦的动转，
> 他轻轻地起来烧着炉丹，
> 在古代的森林漆黑的夜里，
> “毁灭，毁灭”一个声音喊，
> “你那枉然的古旧的炉丹。
> 死在梦里！坠入你的苦难！
> 听你极乐的嗓子多么洪亮！”

前面提及的对峙是在同一诗段完成的，属于内部对峙；而这里，已是结构性的对峙：不仅由于身份的悬差——炼丹术士的身份明显地与现代社会不相符合；更由于诗型的迥异，在这两个诗段中，诗行大致均齐，而不再参差。炼丹是为了寻求长生不老之道，贪恋生，畏惧死，对于这样一种古老祈望的荒诞模拟，不仅蕴涵了对于古代文化（主要是道教文化）无从应对惨烈

① 《荒原》开篇即写道：“四月最残忍，从死了的/土地滋生丁香，混杂着/回忆和欲望，让春雨/挑动着呆钝的根。”见查良铮译《英国现代诗选》，湖南人民出版社 1985 年版。当然，合理的联想至少还应包括惠特曼的《当紫丁香最近在庭院中开放的时候》，穆旦读大学期间，对于惠特曼非常喜欢（赵瑞蕻观点）。此外，在赵瑞蕻《昆明底一个画像——赠新诗人穆旦》（《中央日报·平明》第 225 期，1940 年 5 月 29 日）中，也将“丁香”与“轰炸”并置：“那时我伤感地读着拉马丁，罗色蒂/风拂过绿杨的墙头，四月杜鹃开/在明窗下读圣贤书，燃起一支香/紫丁香夹在书卷里，梦幻！/轰炸，轰炸，那些脆弱的诗句，轰炸……”

② 在穆旦的诗歌中，出现了“丁香”一词的还包括《春天和蜜蜂》(1945 年 4 月)：“你只有帮她喂养/那叮人的，有翅的小虫，/直到丁香和紫荆开花，/我的日子就这样断送。”

③ 参见张洁宇《荒原上的丁香——20 世纪 30 年代北平“前线诗人”诗歌研究》，中国人民大学出版社 2003 年版。按：穆旦于 1935 年秋进入清华大学，以当时他的文学感知能力，虽不足以清晰辩驳当时北平诗坛的种种状况，但对其中弥散的“荒原气”应有所感知。

现实的厌弃[1]；更流现了对于古典诗歌美学的背离。

穆旦显然很乐意这种通过不同语气节奏的诗句乃至性质完全不同的诗段的并置而生成的对峙效果——一种特殊的而不是常态的方法构成了穆旦诗歌的生成法则。这一法则在诗歌收束处仍然体现了出来：

我是独自走上了被炸毁的楼，
而发见我自己死在那儿
僵硬的，满脸上是欢笑，眼泪，和叹息。

这是一个奇异的结尾，一是“脸上”所呈现出来的怪异表情——从语法的角度看，这可称之为一种矛盾语法；一是，“发见”路径之不寻常：当“我”作为叙述者还在叙述的时候，“我”却已先行死去，这表明了所谓的“我”，不过是一个虚拟的称谓，它违背了一般意义上的对于“我”的真实性的要求——实际上，诗中第一人称“我”的不可靠从一开始就已流现，这是一个“现代的‘我’”，“既无英雄色彩，也不相信有能力改变世界，是受制于外在世界的”，与抗战时期许多作品中的“我”也有重要的差别。[2]

这个虚拟的“我”，最终标示了诗人与现实之间的“距离”——不是拒斥现实，躲避于象牙之塔，而是保持一种“反省的距离”[3]；以透过“距离”来摹写战争环境之下的芸芸众生相——以更为真实地抵达现实。

上述分析表明，穆旦的写作显然与读者的预设不相一致，无论是“防空洞”还是“抒情诗”，都违背了它的惯常意义。这样一种歧异，不妨化用王佐良的话来体会：“在别的中国诗人是模糊而像羽毛般轻的地方，他（按：

① 夏元明：《穆旦诗与传统文化》，《海南师范学院学报》2004年第4期。

② 香港学者梁秉钧曾借用艾荣·侯奥在《文艺中现代的观念》中的观点以及斯彭德在《现代文艺之抗争》中的观点，将穆旦诗中的“我”称之为“现代的‘我’”，它与“伏尔泰式的‘我’”有根本性的不同：“伏尔泰式的‘我’参与并属于前进的历史。当它批评、讽刺、攻击，它的目的是为了要影响、引导、反对、发动现有的力量。萧伯纳、威尔斯和其他人笔下的伏尔泰式的‘我’，有能力影响外在的事件。蓝波、乔哀思、普鲁斯特、艾略特的普鲁弗洛克式的现代的‘我’，却受外在影响。伏尔泰式的‘我’与它所欲影响的世界有一些共同的特征，比如理性主义和相信进步的政治观；现代的‘我’则透过感受、坚忍和消极的态度，来渐变它面对的世界。”梁秉钧还指出，穆旦等中国现代诗人，与战时其他一些诗人也有重要的不同：“许多抗战诗中的‘我’，往往是先知或是战士，呼吁、呐喊、咆哮，就其完全信赖理性及认为能改变外在事物的自信方面，比较接近伏尔泰式的‘我’，穆旦等诗人同样有理想和善良的愿望，但诗中表现的现代的‘我’，显示了比较复杂的反省”，见梁秉钧《穆旦与现代的“我”》，杜运燮等编《一个民族已经起来》，第43—48页。

③ 梁秉钧：《穆旦与现代的“我”》。

指穆旦）确实，而且几乎是拍着桌子说话。在普遍的单薄之中，他的组织和联想的丰富有点似乎要冒犯别人了。”[①] 穆旦避开“轻”，而选择了“重”；避开惯常的抒情姿态，而选择了反浪漫的抒情体式。这自然会形成“冒犯”：“冒犯”在惨烈的现实中挣扎的人，“冒犯”那些优雅的（沉湎于“荒原意识”的）人——当然，更“冒犯”古代的人，因为对于“古代”，穆旦的出击力度更大。

很多年以后，《防空洞里的抒情诗》被用作一部英译中国现代诗歌选本的标题[②]，似乎表明在一些研究者眼中，它体现了“中国现代诗”的重要特征。

二 《五月》式反讽：“在混乱的街上走”

《防空洞里的抒情诗》用两个独立的诗段来摹写“炼丹术士”的鬼梦（阴魂），这无疑会令读者想到《五月》对于流俗化的古典诗词的戏拟：

五月里来菜花香
布谷流连催人忙
万物滋长天明媚
浪子远游思家乡

勃朗宁，毛瑟，三号手提式，
或是爆进人肉去的左轮，
它们能给我绝望后的快乐，
对着漆黑的枪口，你就会看见
从历史的扭转的弹道里，
我是得到了二次的诞生。
无尽的阴谋；生产的痛楚是你们的，
是你们教了我鲁迅的杂文。

负心儿郎多情女

---

① 王佐良：《一个中国新诗人》，《文学杂志》1947年7月第2卷第2期。

② 叶维廉曾编选、翻译出版了 *Lyrics from Shelters: Modern Chinese Poetry*，1930—1950（《防空洞里的抒情诗：1930—1950中国现代诗选》，加兰出版社1992年版），选入穆旦诗歌7首。

荷花池旁订誓盟
　而今独自倚栏想
　落花飞絮满天空

而五月的黄昏是那样的朦胧！
在火炬的行列叫喊过去以后，
谁也不会看见的
被恭维的街道就把他们倾出，
在报上登过救济民生的谈话后，
谁也不会看见的
愚蠢的人们就扑进泥沼里，
而谋害者，凯歌着五月的自由，
紧握一切无形电力的总枢纽。①

如果说在《防空洞里的抒情诗》中，从防空洞里的众生相联想到炼丹术士的鬼梦，其间尚有着内在的关联——可视为（混乱的）意识的流动，终究不至于太突兀；那么，《五月》中的两种不同诗段之间从表象上并没有关联，穆旦有意将其并置在一起，可视为更为自觉地施用的一种反讽策略。所谓"反讽"，指的是"诗人有意赋予诗的词句一种适当的'扭曲'（而并没有造成损害），使诗的表面和意蕴之间构成某种张力关系，从而阅读时往往需要从反向上去理解诗的意义"。在《五月》中，"伸缩自如的长短句"和"自拟的旧体诗句"的并置，"形成了诗歌文本的一种'结构性反讽'"，诗人"以这种突兀的方式"强调了自身的生存焦虑以及对于传统（诗学）的反叛态度。②

有论者指出《五月》里的五首古典绝句仿作"居然没有一首平仄妥帖"，认为是缺乏古典诗词修养的表现。③ 现象是确凿的，推断则未必合理。这"不妥帖"本身也应是穆旦有意施用的一种反讽手法。被穆旦纳入反讽视阈的，不仅是"负心儿郎多情女/荷花池旁订誓盟"一类"风花雪月"式的写作俗套；更包括古典诗歌本身。

---

① 从结构上看，《五月》与袁水拍的《城中小调》很相似，《城中小调》共13节，6段旧诗穿插于7段新诗当中。不过，6段旧诗恰如诗题，为滥俗不堪的"小调"；且有清晰的线索，按时间序列1—6月逐一展开。新诗段落则与《五月》有很大差异。

② 张桃洲：《现代汉语的诗性空间——新诗话语研究》，北京大学出版社2005年版，第53—54页。

③ 江弱水：《伪奥登风与非中国性：重估穆旦》，《外国文学评论》2002年第3期。

值得注意的是，将《防空洞里的抒情诗》与《五月》并举，结构性反讽这一类同性的诗学法则得以凸显，但细细对照，也可发现两者事实上存在着重要的差别：诗歌背后有着不同的声音。《防空洞里的抒情诗》里的“我”是游移的，尽管最末3行揭示了“真相”，但诗歌中并不存在一个主体性的声音。《五月》则不同，其间激荡着一个非常愤慨的声音。这个声音由“我”发出，指向“你们”这一群体称谓。大致说来，“你们”意指一个腐朽、保守的“封建社会”，从前引诗行可以见出，穆旦有意通过并置手法，非常尖锐地“控诉”（借用同题诗名，1941年11月）了现实社会这个“古老的监狱”里的矛盾、不平与荒诞。当然，如前所述，“你们”也将“古老的”语言世界包括其中。

这个愤慨的声音一直贯穿于《五月》之中，但经过前三个诗段的蕴积之后（三次诗段的内在线索为：“二次的诞生”→“行列叫喊”→“沉到底”），再次发出的声音并没有重新爆发以致变得更为响亮，相反，却平添了几分含混（“混乱”）：

而我是来飨宴五月的晚餐，
在炮火映出的影子里，
在我交换着敌视，大声谈笑，
我要在你们之上，做一个主人，
直到提审的钟声敲过了十二点。
因为你们知道的，在我的怀里
藏着一个黑色小东西，
流氓，骗子，匪棍，我们一起，
在混乱的街上走——

“敌视”、“藏着一个黑色小东西”似乎难以透析，而当诗句以“流氓，骗子，匪棍，我们一起，/在混乱的街上走——”收束时，诗歌前半部分那种有力的并置（那个有力的声音）似乎也消失了，取而代之的，是一种由“我们”这一庞杂的全称性群体合围而成的“混乱”——“流氓，骗子，匪棍”，这些此前被“控诉”对象，和此前的控诉主体，共同合成了“我们”。而这正是“我要在你们之上，做一个主人”的条件。

略略检视穆旦20世纪40年代的写作即可发现，“混乱”是一个出现频率非常高的词汇，自《五月》首次出现之后，又见于《神魔之争》（1941年6月）、《诗八首》（1942年2月）、《通货膨胀》（1945年7月）、《轰炸东京》

(1945年7月)、《饥饿的中国》(1947年8月)、《甘地之死》(1948年2月4日)等诗歌。这些诗歌，除了《诗八首》之外，在词汇施用、语气把捏方面，与《五月》均多有相似，可见，“混乱”一词并非随意之作，它本身即包含了对于时代现实的看法与态度。它意味着“我沉到底”之后对于现实机制有了清醒的窥破，同时，也内蕴了对于自我处境的省思：“我”也在“我们”之内，“我”也是“我”所“控诉”的对象。

这样一来，作为诗歌收束的“在混乱的街上走”，在相当程度上即可视为个人与历史之间含混关系的隐喻——借用《控诉》中的语汇，或可称之为“历史的矛盾”：“街上”意指公共空间，敞开的，而非封闭的；现实的[①]，而非想象的；“走”意指一种主动的行为，虽然其目的性与方向性并不能确定；而“混乱”，与其说与那个带有强烈主体性的、愤慨的声音割裂开来，倒不如说是那个声音背后生长而出的别一种声音。这样一来，诗歌既保有对现实发言的姿态，却又内蕴了对于这种姿态本身的省思。

但如果直接将这样一个愤慨而含混的“我”的声音认定为穆旦本人，却又并不妥当。不妨借助与《五月》写作同期的《还原作用》(1940年11月)来看。这应是穆旦印象最深、也有很深好感[②]的作品之一，晚年在给朋友的信中多次谈及其主旨在于“表现旧社会中，青年人如陷入泥坑中的猪（而又自认为天鹅），必须忍住厌恶之感来谋生活，处处忍耐，把自己的理想都磨完了，由幻想是花园而变为一片荒原”。[③] 与《五月》不同，《还原作用》所使用的并非第一人称“我”，而是第三人称“他”。人称的差异造成了不同的审美间距。但非常微妙的是，“青年人”在另一处中被置换为“我”：“那是写我于旧社会里，感到陷入旧社会的泥坑中的失望心情”。[④]

原本大致可以认定“他”是泛指有“理想”的“青年人”，但由于穆旦的自我阐释的介入，到底是泛指，还是特指穆旦本人，成为了一个问题。因此，与其强辩，还不如这般认定：这个“我”既有穆旦本人的影子，熔铸了

---

① 如前引，《五月》与穆旦所参加的一次游行（1939年5月4日），以及由此写下的《一九三九年火炬行列在昆明》有关。见姚丹《“第三条抒情的路”——新发现的几篇穆旦诗文》，《中国现代文学研究丛刊》1999年第3期。

② 尽管穆旦在给郭保卫的信中（1975年9月19日）称“不见得是好诗”；但后来在给同辈友人董言声的信中（1976年4月29日）中，穆旦也举荐了《还原作用》一诗，语气则变为“写的很不错，请你也再欣赏一下”。这里倾向于认为，两相比照，给老同学的谈话更反映了穆旦对于这首诗的真实态度；前者因为谈话对象是年轻人，其中多少有某种谦虚的成分。见《穆旦诗文集》(2)，人民文学出版社2006年版，第165、190页。

③ 穆旦：《致郭保卫》(1975年9月19日)，《穆旦诗文集》(2)，第189页。

④ 穆旦：《致孙志鸣》(1976年10月9日)，《穆旦诗文集》(2)，第232页。

他个人切身的经验；同时也蕴涵了对于一些抽象的文化命题的思辨，也即，在省思自我处境的同时，也针对一个时代普遍的现实状况与文化命运而发言。这样一来，正如前一节所示，不仅在主题层面，通过对诗歌抒情因素本身的分析，也可得出大致相当的结论来。

因此，尽管《五月》与《防空洞里的抒情诗》在形式上有着重要的类同，差异却更为明显。据此也可以说，大致在 1940—1941 年间，穆旦的写作姿态发生了一种重要的变化。从 1940 年后半段一直到 1948 年，反讽语调的把捏一直是穆旦写作的重心之所在。

从实际效果看，《我》（1940 年 11 月）与《农民兵》（1945 年 7 月），一个是对于抽象的文化命题的省思，一个是对于现实个体的主观评判，看起来有很大不同，却也有着内在关联。在 1945 年这个时间点上，穆旦迸发出强烈的诗情，写下系列“抗战诗录”，究其原因，如前所述，既是民族性的，抗日战争胜利这一伟大事件的激发，先前热切希冀的“一个民族已经起来”的信念终于实现；却也是个人性的，与日本人作战过程中异常惨烈的失败经历（生死经历）郁积于胸，历经三年（在这三年间从未直接表达），终于有了可以尽情宣泄的机缘。由此，那些主观评判姿态非常明显的诗篇，未必纯然都是外向性的，其中，也有内省性的因子，“农民兵”的愚笨形象，可能也浮现着穆旦自己的影子。①

由于反讽语调的把捏需要睿智的才华和穿透现实与人心的能力，在一些较坏的例子里，穆旦诗歌也有因过于追求新奇的主观评判效果而失之于生硬与突兀。对于这一点，穆旦自己可能也有所察知，也试图有所改进和突破，

① 当时，以翻译身份参加中国远征军，看似庄严，富于爱国意义，在某些时候、某些环节中，却有荒诞不经之处。穆旦赴缅甸从军十几日后即给老师吴宓写过信，“言英军腐败”。而《吴宓日记》（1942 年 9 月 9 日）还记载过一位担任过翻译的学生的谈话：“入缅军皆以发洋财为志。第六军尤腐败。军官专务享乐，美衣服，盛容饰。乘汽车后军行。载咖啡可可西餐用品，网球拍、留声机片等以随。途中每日寻乐。至一城，则必欲入居最富丽之宅第，且搜求当地美妇女以自娱。”尽管并不能据此认定整个军队（当时，中英军队联合抗击日本）必然普遍存在类似问题，但这些丑陋的历史细节会在一定程度上消解年轻学子身上那种报效祖国的神圣感，玷污其生命尊严。而以当时的政治历史观之，另一层吊诡也可能存在：这场战争，对国民党政府而言，“是中国领袖一种压抑已久的大国冲动，它表明中国人不仅渴望获得更多的援助，而且更渴望恢复昔日在世界上的盟主地位”；但盟友英国人实际上并不想保卫乃至收复战略要地仰光（缅甸首都），在更多的时候，他们是想“利用中国军队来掩护它的安全撤退”，在实际作战途中，屡屡无视中方高级将领合理的作战策略，甚至，在危急情况之下，还出现过撇下中国“友军”而自行逃亡的情形。由此，尽管战争本身的意义毋庸置疑，但在某些细节、某些时刻，个别乃至数以万计的英勇的士兵被无情地充当了历史的炮灰。如上讨论综合了多种材料，兹不一一列举。参见易彬《从“野人山”到“森林之魅”——穆旦精神历程（1942—1945）考察》，《中国现代文学研究丛刊》2005 年第 3 期。

在 1947—1948 年间的写作中，“混乱”也有向“欺骗”[①]、“罪恶”[②] 等主观意味更为明显的词汇潜移的倾向，这也导致了诗歌风格的变化：一方面有了更为忧切的作品，如《隐形》；更为自觉地省思个体文化境遇的作品，如《我歌颂肉体》。另一方面，一些诗歌的风格也变得相当直露。这些现象前一章已有指涉，兹不赘述。

三　“诗剧体”的写作试验与戏剧化手法的运用

当穆旦逐渐有意识地确立反讽式写作姿态时，另一种写作试验冲动也在涌动，这就是诗剧体的写作；与此相应，戏剧化的手法在诗歌中也多有运用。

粗略地说，相比于一般的诗歌写作路数，诗剧体或戏剧化手法并不仅仅是一种诗歌形式的探索，而应包含了关于诗歌写作的更复杂的构想，其内涵可能包括诗的功能与边界的扩大化，诗之为诗的若干特质与要素，等等。也即，形式的背后是对于新诗发展道路的某种探索激情。

穆旦共写作了四部诗剧体作品，写作时间上有所间隔，分别为《神魔之争》（1941）、《森林之魅——祭胡康河上的白骨》（1945）、《隐现》（1947）与《神的变形》（1976）。学界对于这一类诗歌的命名方面显然还存在分歧，有“拟诗剧”[③]、“叙事诗”[④]、“史诗”[⑤] 等不同称谓——称谓不同，表明研究视阈与问题意识不尽相同。但从《神魔之争》的最初版本来看，穆旦本人却是实有一种创作“诗剧体”的冲动。《神魔之争》作于 1941 年 6 月，8 月 2 日至 5 日，即分四次刊载于重庆版《大公报·战线》。这个初版本远比现今看到的版本复杂，不仅明确标明为“诗剧体”，还着意凸显了表演性质，设定了“神”、“魔”、“林妖（男女各六）”、“东风”四个角色，并有“幕”、“（下）”、“（幕落）”等标识。很显然，穆旦有意借助诗剧这一带有较强戏剧化色调的诗歌体式，来表现一个大的命题，即对于人类不和谐生存状况的隐喻。

---

① 施用“欺骗”词汇的均是 1947—1948 年间的作品，有《甘地》、《一个战士需要温柔的时候》、《先导》、《时感四首》、《饥饿的中国》、《世界》、《城市的舞》等。

② 施用“罪恶”词汇的有两个集中的时间段，一是 1940 年 8 月—1942 年 1 月，有《在旷野上》、《我向自己说》、《神魔之争》、《春底降临》，等等；一是 1947—1948 年间，有《甘地》、《轰炸东京》、《饥饿的中国》、《隐现》、《我想要走》，等等。

③ 孙玉石：《中国现代主义诗潮史论》，北京大学出版社 1999 年版，第 437—438 页。

④ 王荣：《中国现代叙事诗史》，中国社会科学出版社 2004 年版，第 252—253 页。

⑤ 吴晓东：《抗战时期中国诗歌的历史流向》，《记忆的神话》，新世界出版社 2001 年版，第 319—327 页。

穆旦的这种写作行为可谓应和了时代的呼声，外文系出身的穆旦在大学课堂上即认识了17世纪英国诗剧[①]；也应知晓欧美诗坛“现代诗剧的崛起”的事实。据袁可嘉的观察：“一九三五年左右现代诗剧的崛起是一桩极为重要的事情。诗剧的突趋活跃完全基于技术上的理由。我们一再说过现代诗的主潮是追求一个现实、象征、玄学的综合传统，而诗剧正配合这个要求，一方面因为现代诗人的综合意识内涵强烈的社会意义，而诗剧形式给予作者在处理题材时，空间、时间、广度、深度诸方面的自由与弹性都远比其他诗的体裁为多，以诗剧为媒介，现代诗人的社会意识才可得到充分表现，而争取现实倾向的效果；另一方面诗剧又利用历史做背景，使作者面对现实时有一个不可或缺的透视或距离，使它有象征的功用，不至粘于现实世界，而产生过度的现实写法。”[②]

很难说是不是和欧美诗坛诗剧崛起的事实有关，自20世纪30年代中期以来，写作诗剧也可算是新诗界一种并不特别强势的时代呼声。穆旦的老师叶公超（1937）即称：“新诗应当多在诗剧方面努力……惟有在诗剧里我们才可以逐步探索活人说话的节奏，也惟有在诗剧里语言意态的转变最显明，最复杂。旧诗的情调那样单纯，当然有许多历史的根缘，但是它之不接近语言无疑地也是一个很重要的限制。建筑在语言节奏上的新诗是和生活一样的有变化的。诗剧是保持这种接近语言的方式之一。”[③] 其他的，稍早的时候，柯可等人也强调了这一点[④]；后延几年，1943年，正着手编选《现代诗钞》的闻一多判断文学变局的依据也是“文学的历史动向”，也将“诗得尽量采取小说戏剧的态度，利用小说戏剧的技巧”视为“新诗的前途”。[⑤]

---

① 王佐良曾谈到，当年在大学课堂上，在燕卜荪这样“一位知内情，有慧眼的向导的指引之下，总使我们对于英国现代派诗和现代派诗人所推崇的17世纪英国诗剧和玄学派诗等等有了新的认识”，见《怀燕卜荪先生》，《语言之间的恩怨》，天津人民出版社1998年版，第107—108页。

② 袁可嘉：《新诗戏剧化》，《诗创造》第12期，1948年6月。按：袁可嘉并没有提及当时诗坛所出现的诗剧作品。

③ 叶公超：《论新诗》，《文学杂志》1937年5月。按：叶公超将“诗剧”与“叙事诗”、“散文诗”对举，认为“现在的新诗颇有做成八股诗的危险，这就是说，诗做成一种文章了（rhetoric），无怪读起来我们感觉它僵化”。

④ 柯可在《论新诗的新途径》中提到：“散文诗，叙事诗，诗剧，是新诗形式方面的三大可能开展。”此文先于叶公超而写，刊载于《新诗》1937年1月第4期。叶公超在《论新诗》中表示不大同意柯可的观点。

⑤ 闻一多谈到：“新诗的前途”在于“放弃传统意识，完全洗心革面，重新做起”，“要把诗做得不像诗……而像小说，至少让它多像点小说戏剧，少像点诗。太多‘诗’的诗，和所谓‘纯诗’者，将来恐怕只能以一种类似解嘲与抱歉的姿态，为极少数人存在着。在一个小说戏剧的时代，诗得尽量采取小说戏剧的态度，利用小说戏剧的技巧，才能获得广大的读众”，见《文学的历史动向》，《闻一多全集》（10），湖北人民出版社1993年版，第19—20页。

此外，诗剧体的写作也可能包含了诗歌容量方面的考虑，穆旦 4 首诗剧的篇幅都相当长——《神魔之争》和《隐现》更是 20 世纪 40 年代穆旦诗歌中最长的两首。扩大诗歌容量，以容纳更为宽广的现实内容，这其实是横亘在部分诗人心头的一个结。卞之琳 20 世纪 40 年代放弃诗歌创作而作小说，即可能与他认为小说容量更大，而诗歌不足以承担起时代的观念有关。[①] 穆旦对此种风气也应有所感知。

具体而言，穆旦 20 世纪 40 年代所写下的 3 首诗剧体作品，针对的都是普遍性的状况，但取材、命意上有所区格。大致说来，《神魔之争》与《隐现》为重大而抽象的文化诗学命题，都关乎信仰：在《神魔之争》中，“神”与“魔”的争斗造成了人类不和谐的生存境况——从另一个角度说，呈现了信仰的困境；《隐现》则可说是将“林妖合唱”放大，呈现了深陷现实牢笼的个体渴望生命的救赎。《森林之魅——祭胡康河上的白骨》则是以诗人 1942 年参加中国远征军赴缅甸作战的亲身经历为背景，关乎“死亡”与“遗忘”一类本然性的命题。

从诗歌形式看，三首诗剧通过不同角色或不同章节的设置，来实现戏剧效果。《神魔之争》的角色设置前面已经提及，这里说一说其中所设置的“幕”，比如，诗歌行将结束时，“幕”又一次升起：

> 林中火起，树木的黑色，头发的显露，向上飘扬，红色的舌头也到处卷动。暗云还停留在半空，不能下来。我们听见倾倒的声音。林妖伏在地上，不能动转。当火焰把他们卷去以后，神出现在幕前。

不难看出，“幕”所传达的是一种类似于舞美的火热氛围。相较之下，其他几首则没有这方面的考虑。《森林之魅》的篇幅相对较短，设置了三类角色，“森林”、“人”与“祭歌”，先是“森林”与“人”的多重对话，最后化为“祭歌”。《神魔之争》中那般炽热与激情被有意压制下来，而改用一种冷静的语气来叙述，用“美丽”、“梦”、“空幻”、“长久”等语汇，将一场人类与自然的灾难“翻过来写”（周珏良语），从而使得“死亡”与“遗忘”命题的诠释更加生动有力。《隐现》虽也有角色设置（第二章），但更多的是通过“宣道”、“历程”、“祈神”三章的设置来实现。至于时隔 30 年之后再次写下的诗剧《神的变形》，也是别有意味的，角色仍为四个，“神”与“魔”

---

① 姜涛：《小大由之：谈卞之琳四十年代的文体选择》，《新诗评论》2005 年第 1 辑。

还在，“林妖”与“东风”则移化为“权力”和“人”，而其主旨，与《神魔之争》仍多有近似，篇幅却短了许多（基本上约为1/3）。从主旨的展开来看，它似乎并未完成，似乎表明穆旦已无力再铺陈推衍“神”、“魔”与“权力”一类话题。

还需特别指出的是，尽管可以认为，诗剧体的探索显示了穆旦的诗学构想，但对于诗剧体这一形式本身，他本人的态度却似乎有些含混，以《神魔之争》为例，穆旦后来多次做出了修改：1947年3月，《穆旦诗集（1939—1945）》出版之前，进行了“重订”；现在通行的版本，则是家属所提供的修订手稿。[①] 从初作到“重订”，其间有近6年的时间，很显然，此时的穆旦已经累积了丰富的写作经验，但正是这次修改，弃置了初版本中明确标识的诸种戏剧化的表演因素，尽管诗剧性质并未变更，形式因素却已大大减退。考虑到1947年前后，“现实”因素在穆旦的写作中占据了突出的位置，在某种程度上，也可以说，一种复杂而精微的诗学探索冲动被一种急峻的现实意识所修正。

不过，尽管穆旦本人对于诗剧体这一形式的看法较为含混，但戏剧化的手法（也包括一些小说化的手法）被适度地融入到诗歌当中却是无疑的。

总体而言，这类戏剧化的实践在20世纪40年代前期和中后期还是有所差异，20世纪40年代前期，在一些相对短小的诗歌中，比如《防空洞里的抒情诗》、《蛇的诱惑——小资产阶级的手势之一》（1940年8月）、《在寒冷的腊月的夜里》（1941年2月）、《夜晚的告别》（1941年3月）、《小镇一日》（1941年7月）等等，穆旦有意增加了一些对话，甚至穿插有场景与情节。有的是普鲁弗洛克式的自我纠结，有的则是一种现实景况的直陈，如《小镇一日》中有：

现在他笑着，他说，
（指着一个流鼻涕的孩子，
一个煮饭的瘦小的姑娘，
和吊在背上的憨笑的婴孩）
“咳，他们耗去了我整个的心！”

三个孩子的并陈以及一个由叹词＋陈述句组成的说话声，生动地呈现了

① 李方：《穆旦诗文集》(1)，人民文学出版社2006年版，第150页。

一种"旋转在贫穷和无知中的人生"境况。《在寒冷的腊月的夜里》也会让人联想到中国北方的乡土现实，但其中的声音却又不似这般实有：

> 火熄了么？红的炭火拨灭了么？一个声音说。

初看之下，似可理解为那躺在屋檐之下的某个人在说话，但紧接着而来的"我们的祖先是已经睡了，睡在离我们不远的地方"显然又有意虚化了这种实存的言语关系，而将声音置于乡土中国的广袤背景之中，诗歌也由此获得一种虚实相生的悠远的效果。

到了20世纪40年代中后期，穆旦诗歌写作的主观兴味日趋凸显，戏剧化手法的施用也呈现出一些新的特点，以"不知道自己是最可爱的人"起首的《农民兵》，以"多谢你们的谋士的智慧，先生"起首的《时感四首》（之一）等诗篇，反讽手法的运用造设了一种戏剧性的效果。《他们死去了》则别有意味地设置了充满戏剧化的两幅场景：一幅是冷漠的死相，另一幅则是温暖、美丽、和煦的梦境，初看之下，这种对照自然也具有反讽意味，但在更主要的层面上，它显示了穆旦对于中国古典文学的一个惯常模式的运用，即以虚拟想象之境（梦境）来缝合现实。

四 "纯粹的抒情"

如上所列反讽、戏剧化等手法以及诗剧体的诗歌形式，对于汉语诗歌而言，可能更多异质色彩。[①] 这在某种程度上也可视为穆旦诗歌整体状况的一种隐喻，即有意追求一种异质的效果，用他本人的话说，即有意规避"风花雪月"的写作俗套，而施用"一种冲破旧套的新表现方式"——"不用陈旧的形象或浪漫而模糊的意境来写"，"而是用了'非诗意的'辞句写成诗"。[②]

---

① 时至今日，反讽、戏剧化手法的运用在汉语诗歌界已是相当普遍；但诗剧仍较少尝试，而一些尝试之作，又很少得到评价。以西川为例，在当代诗人之中，他可能是戏剧意识最强的诗人之一，他写下了一批充满戏剧色彩的诗篇，但并没有得到应有的评价。他强调诗歌应是一种"综合创造"，"既然生活与历史、现在与过去、善与恶、美与丑、纯粹与污浊处于一种混生状态，为什么我们不能将诗歌的叙事性、歌唱性、戏剧性熔于一炉？一个灵感打开另一个灵感，一个幻象启动另一个幻象，一种形式向另一种形式渗透，一种语调与另一种语调并置。这不是为了展示诗歌的排场，而是为了达到创造力的合唱效果。偏于一端虽然可能有助于风格的建设，却不利于艺术向着复杂的世界敞开"，见西川《大意如此·序》，湖南文艺出版社1997年版，第3—4页。

② 穆旦：《致郭保卫》（1975年9月19日），《穆旦诗文集》（2），第189—190页。

无须将这段出自穆旦晚年的自我阐释看做是穆旦诗歌全部的生成机制——很显然，写作者的自我阐释（一种理性的认识）不过是在写作者的意识之中占据突出地位的那些因素的浮现，它与实际效果（一个更为扩大的世界）之间往往并不对等，但将这一表述视为穆旦对于诗艺的寻求无疑是恰当的。

诗歌艺术可从词汇（造词法）、句法、诗行的建构、修辞、整体性的诗学效果等角度来看，也可从人称等层面来看。学界对此已有较多讨论，而本书稍后对一些重要的艺术手法仍有深入讨论，因此，这里并不拟全面展开，而是择要述之。

从词汇的角度看，有几点是比较突出的：其一，穆旦所使用的词汇（语言），其实往往是日常性的，口语的成分也并不小。其二，词汇往往又多有生造，其动因，既是为了传达一种“非诗意”的效果，也有诗意凝练方面的考虑，即尽量免除口语化的、散文化的语言对于诗意的损害。其三，有一种较为普遍的情形，在同一诗行内部，词汇与词汇往往会形成对峙，从修辞的角度说，这可称之为“矛盾修辞法”，将意义相对的词汇并置，以造成反讽的效果，以揭寓现实之悖谬——传达个体尴尬的现实境遇；《出发》（1942年2月）等诗歌体现得尤为明显。当然，也不妨将这样的句法视为《五月》一类诗歌的缩略情形。其四，在同一首诗内部，词汇与词汇往往多有呼应，所谓“呼应”，既指意义相悖的词汇的对峙，也指意义相近的词汇的重复出现，如《诗八首》等诗作所示，词汇形成了一个密集的网，需要层层剥索，方能抵达诗歌的内核。其五，在穆旦的全部写作之中，有一些词汇出现的频率非常之高，如“智慧”、“希望”、“历史”、“混乱”、“根”等等，在不同情境之中，词汇的意义自然是有着或显或微的差异；而一些出现频率并不特别高的词汇，在不同作品之中也与之呼应。这样一来，如果说在一首诗的内部，词汇与词汇凝结成网以至于相互呈现，那么，穆旦的整体写作也可视为一张巨大的网，不同时期的作品也有相互揭示的效果。而这无疑从一个角度表明了一个更为重要的事实：在穆旦的诗歌中，有若干内核是一以贯之、持续不变的；而穆旦诗歌一直背负着“晦涩”之名，也是渊源有自。

人称问题也值得一说。《防空洞里的抒情诗》与《赞美》之间的“我”已然呈现出某种重要的差异——尽管也并不能完全将《赞美》中的“我”视作作者本人，而在中期写作之中，第三人称（“他”/“他们”）的写法也比较多；到了晚期，第一人称的写法固然也是主要的，但第二人称的写法骤然增加。前文曾提及有研究者讨论了“穆旦与现代的‘我’”的问题；也有研究通过对穆旦早年诗歌中的人称的分析，认为穆旦成为了“时代主流话语自身产生的一个异己形象”。[1] 这些都是精彩之论，这里想指出的是，施用不同的人称，首先意味着诗人在不同的“角色”间穿梭转换，不同的“角色”承负着不同的诗歌经验，也即，对于不同的诗歌经验，穆旦多有尝试。

其次，不同时期的“人称问题”也透现了不同的精神境遇。相较之下，年轻的穆旦有更多的尝试，这自然表明了其心智的旺盛与活力，对于诗学的创造充满热情；而一批以第三人称写就的诗篇，无不带有强烈主观评判的色彩，这无疑彰显并且强化了他的主体精神。到了晚期，诗歌的复杂性大大降低，探索的热情不再，取而代之的，是人生的回顾与心灵的哀婉。《春》、《友谊》、《有别》、《冬》（第3章）等第二人称诗篇的出现，即外化了心灵的境遇。[2] 而这样一种状况，与诗歌的“篇幅”问题也具有了一致性。

穆旦诗歌中的修辞也是别有意味的。前面通过具体的诗篇呈示了反讽与戏剧化的效应，铺陈手法也是比较突出的。《赞美》自然是最为经典的例子。《在寒冷的腊月的夜里》的篇幅微型得多，却也有相似的经验：

> 在寒冷的腊月的夜里，风扫着北方的平原，
> 北方的田野是枯干的，大麦和谷子已经推进了村庄，
> 岁月尽竭了，牲口憩息了，村外的小河冻结了，
>
> （第一节）

所引最末一行诗之中也有着微型的铺陈，“尽竭”、“憩息”、“冻结”三个词，在程度上虽有着些微差别，但表面上看，基本上可视为同义叠用，即一种“憩息状态”；但“岁月”→“牲口”→“小河”，却蕴涵着一种内在的层递：从一个宏大的指称转换到两种贴伏于土地之上的具体的自然物。同样的情形也出现在第2、3节之中：

> 风向东吹，风向南吹，风在低矮的小街上旋转，
>
> （第二节）
>
> 在我们没有安慰的梦里，在他们走来又走去以后，
> 　　在门口，那些用旧了的镰刀，

---

① 姜涛：《冯至、穆旦四十年代诗歌写作的人称分析》，《中国现代文学研究丛刊》1997年第4期。

② 当然，若进一步区格，《退稿信》中的“您”也是第二人称，按照一般的理解，“您”为尊称，较之于“你”更为正式、客套，但诗歌显然意在讽刺或戏拟，与那些以“你”行文的诗篇并不相同。

锄头，牛轭，石磨，大车，

静静地，正承接着雪花的飘落。

（第三节）

“风”不断地“吹”，“在……”句式的不断推衍，都使得一个宏大的或普泛性的场景非常自如地转换到一种实有的、个体性的场景之中，这与《赞美》由宏大的场景转换到个人（一个农夫）的写法是一致的。由此，铺陈手法的施用，既可见出诗人“血液的激荡”——那些“茁生于我们本土上的”意象与场景——土地与情感，“拥挤着在诗人的头脑里，振奋他，推动他”①；同时，也不妨说它是一种诗学策略，即通过内在层递模式的构设，实现抽象与具象的转换，从而在有效地摹写现实的同时，又形成了一种整体性的象征效果，描画出深深地植根于“土地”的现代中国的某种形象。

无论是反讽、戏剧化还是铺陈手法，均属于显性修辞，蕴涵着明显的修辞意图，而另一些诗作中的修辞就比较隐性了，却又有着出其不意的效果。不妨仍以《小镇一日》（1941 年 7 月）为例来看。

《小镇一日》主要笔触都在勾勒白日和黑夜所见到一个乡村小镇的众生相——一种“旋转在贫穷和无知的人生”：“荒山里有一条公路”，“谷外的小平原上”的场景（“有树，/有树荫下的茶摊，/在茶摊旁聚集的小孩”），“那幽暗屋檐下穿织的蝙蝠，/那染在水洼里的夕阳，/和那个杂货铺的老板”，小庙（其中有“韦护，韩湘子，黄三姑”的故事），“一个流鼻涕的孩子，/一个煮饭的瘦小的姑娘，/和吊在背上的憨笑的婴孩”，“蔚蓝的天空/和天空中升起的炊烟”，夜景（“在虫声里，田野，树林，/和石铺的村路有一个声音”；“郊野在诱唤/老婆婆的故事”，“歇晚的壮汉”等等）。从笔法看，有实述，也有想象，更夹杂了主观评判（“一如她未来的憨笑的婴孩，/永远被围在百年前的/梦里，不能够出来!”）；有静态白描，也有动态移景，还有话语声（“咳，他们耗去了我整个的心!”）。而夜深之后，“也许，一切的挣扎都休止了”：

只有鸡，狗，和拱嘴的小猪，

从它们白日获得的印象，

① 语出《〈慰劳信集〉——从〈鱼目集〉说起》（1940 年 3 月 23 日）、《〈他死在第二次〉》（1940 年 3 月 3 日）。

迸出了一些零碎的

鼾声和梦想。

这几行非常轻松的诗歌——甚至可以说类似于插入语——可谓神来之笔，它将“挣扎”的境况（《出发》中有：“他们流着汗挣扎，繁殖!”）推向了更深渊。古人为了说明那些琐碎而卑微的现象，发明了“鸡零狗碎”一类词汇——在中国文化中，“猪”也是十足的贬称（还特别用“拱嘴的”来形容），诗人却反过来写，赋予了它们以一种严肃的色彩，它们会迸出“鼾声和梦想”。将人、现实与这些卑微的俗物并置，说的是俗物也有其“梦想”（一个多么可笑的说法），而“人”却没有——“人”被拉低到比俗物更为卑贱的位置。可见，在这些看似轻松而明晰的诗句背后，隐藏着一个更大、更深的世界。

这样的诗句彰显了穆旦提取“现实”的能力，由此所获得的也就可堪寻味的抒情效果。在评价穆旦诗歌的时候，王佐良曾有一个判断，“我们的诗人以纯粹的抒情著称”。[①] 何谓“纯粹的抒情”？王佐良并没有给出确切的解释。从前一章和本章的讨论来看，不妨将“纯粹的抒情”这一命题统摄为穆旦对于诗艺的追求，前一章的讨论论及了穆旦的抒情位置问题，穆旦是一个敏锐的、具有丰富情感的诗人，但他着意将自己安放于一个“隐藏在生活表层之下”的位置；而本章的讨论则进一步显示了穆旦诗歌所具备的诗学效果。如果说，前一章主要凸显了穆旦对于个人经验的萃取与提升，那么，这一章则突出了穆旦对于诗歌的经营——诗歌作为一门艺术，也需要经营。两者可谓互为依存，互相激发，共同促生了一个丰富的诗歌世界。

结　语

当然，严格说来，从诗艺经营的角度说，穆旦其实并不算特别“精致”[②]的那种类型。这一点，可以通过诗歌形式见出。在多数情形之下，穆旦注意诗行的整齐与段落的划分，大致上有一种匀齐的效果，同时也适度注意了韵

① 王佐良：《一个中国新诗人》，《文学杂志》1947年7月第2卷第2期。

② 王毅指出：“穆旦与卞之琳在诗歌的精致方面极为类似。就此而言，穆旦诗歌甚至丝毫不让于卞之琳。同样是精致的打磨、锻炼的功夫，穆旦往往还显得更加得心应手而不露痕迹。”见《几位现代中国诗人的文学史意义》，《中国现代文学研究丛刊》2001年第2期，第46—59页。

律方面的问题——晚期诗作体现得更为明显。而《在寒冷的腊月的夜里》、《活下去》一类诗作，就各节而言，诗句非常参差，但合并起来看，则可以发现各节的参差是大致相当的，也即，在较小的情况之下，参差乃是有意而为之的，穆旦有意借助于诗行的参差来激发诗意。此外，穆旦对于句读、跨行等问题也有较多注意。

但从另外一个角度看，穆旦对于形式的处理显然并不够精细，特别是在那些篇幅稍长的诗中，中期诗歌如《赞美》与《五月》，后期的如《葬歌》，晚期的如《冬》，都是例证。[①] 其中固然有一些客观因素[②]，但总体上说来，则不能不说与对形式的把握有着重要关联，即穆旦并非一个形式感特别强的诗人。

不过，从形式整齐层面来强调“精致”，本身就是一个从中国古典诗学引申而出的命题。对每一位处于现代中国的语言环境与社会现实之中的汉语诗人而言，在语言混乱且又无既定形式可供参照的情势之下，“体认形式”与“创造形式”实际上是同一个命题的两面。所谓形式感不强也就未必是负面的，作为一个诗人，穆旦做出了非常积极的诗艺探索，这一探索本身也激发了若干特殊的创造力，因此，穆旦诗歌形式方面的经验与境况，包括其中所存在的某些“失误”，相当程度上，正构成了中国现代诗歌形象的隐喻。

---

① 《赞美》全诗分4节，每一节的结句都借助叠句来形成特殊的复沓效果，这自然表明了穆旦对于形式有思考，但是，节与节之间并不对称，各节行数分别为：19、16、14、12。而《五月》里，穆旦借助不同诗体的对峙以造成反讽效果的意图非常明显，段落上也有明确划分，但各节（新诗部分）分别为9、8、7、9，给人的感觉并不均衡。《冬》分4章，各章单独来看，形式上均非常讲究，但合在一起则却也是很不均衡：第一章4节，每节5行；第二章3节，每节4行；第3、4章则均为4节，每节4行。

② 有资料表明，《冬》各章并非写于一时，在《致杜运燮》（1976年12月9日）中，穆旦寄上了《冬》诗，其中，第1章是受杜运燮的信激发而新写的，第2章则是“以前的”。见《穆旦诗文集》(2)，第146页。或许可以说，《冬》各章之间的不均衡与各章并非同一时间完成有关系，但其他诗篇却并不能如是观之。

第四章　穆旦的翻译行为

引言　最初的与最后的：连贯的却未及展开的翻译图景

约在 1939 年，还在大学阶段的穆旦即有过翻译之举①，之后两三年内也有译作发表，如前述，包括翻译路易・麦克尼斯的《诗的晦涩》、译麦可・罗勃兹的《一个古典主义的死去》、译台・路易士的《对死的密语》（有《译后记》）、译泰戈尔的《献歌》等等。不过，长期以来，这些翻译行为似乎并不为人所知。

约在 1973 年，因得周珏良转赠的《西方当代诗选》，穆旦开始有选择地翻译英美现代派诗歌。它们后结集为《英国现代诗选》，1985 年由湖南人民出版社出版，收入 6 人诗歌，其中艾略特诗 11 首、奥登诗 19 首（诗组）、斯蒂芬・斯彭德诗 7 首、C. D. 刘易斯诗 3 首、路易・麦克尼斯诗 3 首、叶芝诗 2 首。各人选目数量不均衡，艾略特和奥登诗歌数量大，其他诗人翻译较少，这种情状，在周珏良看来，并非“不重视”，而是因为穆旦“不幸早逝，这本诗选还是未完成的杰作”。②

进一步看，两者均可算是未倾全力的翻译行为，较早的时候，以穆旦的英语训练、文学素养以及翻译长达 7 节 284 行的长诗能力来看，进行更多的翻译完全是可能的；而晚年，从 1973 年即开始翻译，最后仅得薄薄一册，显然也是并未倾注太多心力。而若将它们与后文将要论及的翻译行为对照，将更加明显地感受到这一点。

---

① 当时穆旦曾向闻一多出示译诗，据闻一多《致赵俪生（1940 年 5 月 26 日）》，《闻一多全集》（第 12 卷），湖北人民出版社 1993 年版，第 361—412 页。

② 周珏良：《序言》，查良铮译《英国现代诗钞》，湖南人民出版社 1985 年版，第 1 页。

但值得关注的是，这两类翻译中那种连贯的却未及全部展开的奇异图景。路易·麦克尼斯、台·路易士与奥登的同时代诗人，同在牛津大学受教育，并与斯蒂芬·斯本德等青年诗人被称作是“奥登一代”，或称英国“粉红色三十年代”诗人。[①] 而这几个人后来均出现在《英国现代诗选》之中（按：只是诗人的译名有所差异），不过，《对死的密语》并未被列入。[②]

穆旦在处理两者时一个重要的不同之处在于，早期翻译有一篇较长的《译后记》[③]，概括性地介绍了这首长诗的内容，并且评价了台·路易士的艺术手法，其中，附带性地指出了当时某些抗战诗歌的“不合谐之感”。最末写到：“我们还可以看到台·路易士点化现代事物的魔力。如同‘一个点向平静的圆周宣战’‘那抬棺人的帽子像黑色的菌放在草地上’‘他就拍卖了我们的荣誉’等等，新鲜如露珠，有一种力量，使读者永远受着它们的折磨。这是用熟见的死的形象无论如何所不能达到的效果。”

对于台·路易士诗歌的“点化现代事物的魔力”或者“新鲜”品性的感知无疑会令人想到穆旦此前此后一段时间之内的诗歌写法，以及晚年从奥登的写作所引申出的“诗应该写出‘发现底惊异’”的观点[④]——也包括对于奥登的较多讨论。不难发现它们与穆旦写作之间的内在关联[⑤]，且在相当程度上具备了前后的连贯性；但所看到的只能是这等谜一般的景象，其原因，粗略看来，20 世纪 40 年代，可能和穆旦实际的社会身份与文化位置有关；20 世纪 70 年代，则可能与他过早病逝有关。但是不是还有更为内在的原因呢？比如，晚年翻译的数量那么巨众，却撇下了这类“现代诗选”，那是不是和当时穆旦的翻译动机及诗学理念有关呢？是不是可以认为，拜伦、普希金一类古典诗学资源对“现代诗”产生了某种排斥作用？从翻译数量上的巨大反差看，似乎是如此，但晚年穆旦的书信又多次谈及了以奥登为代表的 20 世纪“西洋诗”的重要转变与诗学意义。

---

① 新时期以来，最先介绍这一群体的可能出自杜运燮《怀穆旦》，《读书》1981 年第 8 期。之后，在论及“九叶诗派”与西方现代诗歌的关系时，这一概念多被运用。

② 穆旦未将《对死的密语》列入，可能是当时手边没有相关资料（包括早年的译稿）；而周珏良在《序言》中并未提及穆旦早年翻译过此诗一事，可能是并不知情。

③ 从穆旦新中国成立后的诸多翻译来看，基本上都有相关《前言》或《译后记》，《英国现代诗选》却没有，应和译作本身并未完成有关。

④ 穆旦：《致郭保卫》（1975 年 9 月 6 日），《穆旦诗文集》（2），人民文学出版社 2006 年版，第 184 页。

⑤ 从《对死的密语》的诗歌形式来看，全诗 7 章，第 3 章未分节，诗行的参差程度更高；其余 6 节均为 4 行 1 节，诗行的参差程度较低。比照前一章所提到的穆旦的“形式感”问题，欧美诗歌的这类形式状况对穆旦的写作可能有潜在的影响。

不管怎么样，尽管可以粗略地认为，这类“现代诗”似乎更符合穆旦作为一名诗人的形象；但在更广泛的层面上，作为翻译家，穆旦所树立的形象——更准确地说是“查良铮”这一形象——更主要的是来自1953年回国后所进行的关于俄语和英语文学的大量翻译。新中国成立之后，由于政治话语不断变幻，现实语境异常残酷，个体不得不承受着严峻的压力，个人境遇变得相当尴尬且危险。但无论是有着公开出版机会的年代，还是被剥夺了出版权利之后，穆旦均有着强烈的翻译冲动。

那些数量庞大的翻译作品见证了穆旦对于复杂的时代语境的应对：他并没有——实际上也无法——从严密的时代主流话语的网络中逃逸而出，不少翻译蕴涵了“献礼”的热情，有着对于时代主流话语或显或微的应合；同时，也更有背离，有意欲拯救时代文艺之弊的“文艺复兴”梦想。而潜心的翻译不仅激发了穆旦的创作，也从更高的意义上见证了穆旦始终没有放弃自己作为一名“诗人”的职责——没有放弃对于时代和内心的关切。

这里将主要着眼于相关翻译活动的外部分析，即着眼于穆旦进行翻译活动时的诸多外部因素，如翻译动机、翻译对象的类型分析等等，通过对于这些因素的细致分析，而主要不是对于其翻译艺术及成败的讨论，来理解穆旦与时代语境之间的深刻关联。

一　“献礼”的热情

穆旦妻子和友人的追忆认为，穆旦滞留美国期间，就曾对归国后的情形有过务实的设想。比如尽管在西南联大时期已经学过俄语，他还是选修了*Intensive Russian*课程，以温习和强化俄语。当时，他已在翻译普希金诗歌，选修课可向老师请教自己读不通的字句，“译诗将是他贡献给中国的礼物”。[①]他还为《文学原理》“作了不少翻译笔记”；且有意识地关注新中国的现实，“就是在撰写学位论文的紧张阶段，还一次次阅读毛泽东的《新民主主义论》等文章”。而回到新中国之后，还在教育部招待所学习并等待分配工作时，就“开始夜以继日地翻译苏联季摩菲耶夫所著《文学原理》”。[②]

追忆内容还包括：较早的时候，穆旦就准备回国，并且动员妻子周与良

① 傅乐淑：《忆穆旦好学不倦的精神》，杜运燮等编《丰富和丰富的痛苦》，北京师范大学出版社1997年版，第221—222页。

② 周与良观点，转引自李方编《穆旦（查良铮）年谱》，《穆旦诗文集》（2），人民文学出版社2006年版，第364—367页。

博士学位“不必读了，回去算了”；这一想法没有得到妻子的同意。待到1952年夏周与良拿到博士学位，又遇到了来自美国政府的阻力：当时美国政府反华情绪高涨，对于理工科博士留学生回国多有限制——周与良为生物学博士，在被限制之列。这一事件拖延了穆旦和妻子回国的时间，他们多处求人疏通关系，辗转回国时，已是1953年年初。

因为这样一些因素，回国之后的穆旦最初所进行的翻译活动，被普遍认为蕴涵了顺应政治文化的意图——向新中国“献礼”的热情。放置到当时的语境当中，这样一种“献礼”心态同时也是当时相当多经历了“旧中国”的知识分子的心态，比如，在抵达新中国首都之前，穆旦就曾在上海受到萧珊的热情鼓励，萧珊谈到“解放后，各方面都在学习苏联”，并且希望他“为祖国的文化繁荣做贡献”，他即谈到了翻译俄国文学作品给中国读者的想法。萧珊很惊奇，也很高兴，鼓励他尽快多搞翻译。[①] 很显然，萧珊的热情鼓励也可在“献礼”层面来认识。

基于这样的背景，研究普遍认为对于苏联文艺理论家季摩菲耶夫的《文学原理》的翻译是一种“调整”，即“通过此书的翻译来调整自己，了解和熟悉现实主义的文学观念和创作方法，学习这一与新的文化环境相适应的文学话语方式”。与这样一个问题紧密相关的是，对《文学原理》的翻译，和对普希金、雪莱等人的文学作品的翻译，被区格为具有时间先后顺序的两种不同类型，文艺理论著作在前，文学作品在后。开始翻译普希金等人的文学作品被认为是一种“转变”或“回归”，即“翻译选择在现实文化需要和个人艺术兴趣两端之间，开始向后者倾斜”。[②]

这样的说法自是很有道理，调整自己的艺术趣味，努力适应新的文化环境，掌握新的文学话语方式，是新中国成立后作家、知识分子的普遍境遇。但是，一些细节做出了提示，这一选择并非绝对化的。归国初期，穆旦所选择的翻译对象有两类：文艺理论著作（季摩菲耶夫）和文学作品（普希金）。从出版时间的角度看，两者确有先后之别。但是，表象事实背后还有可堪推敲之处：一是，两者的翻译时间本身未必存在先后之别，如前引，滞留美国期间，穆旦在为翻译《文学原理》做笔记准备，普希金的诗则是已开始翻译。两者并不必然具备价值等级关系。[③] 回国之后，普希金诗集《波尔塔瓦》

---

① 周与良：《怀念良铮》，杜运燮等编《一个民族已经起来》，江苏人民出版社1987年版，第132页。

② 宋炳辉：《新中国的穆旦》，《当代作家评论》2000年第2期。

③ 值得注意的是，回忆存在着细微的差别：周与良没有提及普希金，傅乐淑则没有提及季摩菲耶夫。

在 1953 年 9 月已译好。[①] 一是，对穆旦而言，学习俄语虽有较长一段时间，但俄语毕竟是新语种，有一个适应过程，理论文字比诗歌的翻译难度较诗歌小。一是，从出版看，在当时的中国，苏联文艺思潮占据主流位置，季摩菲耶夫的《文学原理》是苏联最早的具有大学教材性质的文艺理论著作，新中国成立初期，教育部将它列为大学语言文学系及师范院校语言文学系的教科书。这样一种政治机制与实际需求无疑使得《文学原理》的出版周期更短。因此，综合考量之，两者出版的先后顺序并不一定具备“政治文化”选择的必然性。当然，如是推断并非要否认穆旦对于政治文化的选择，而是想强调问题的复杂性——个体在面对复杂的时代语境时所产生的复杂心境。

穆旦原本是带着“献礼”心态回国的，时间既然多有延迟，工作落实之后乃至在等待工作过程中所展开的积极工作可算作是一种争取时间的紧迫感的体现，时间已无谓丧失，工作应积极努力——也有其他心态，比如“想证明给没回来的人看，回来了是多么好”。[②] 从 1953 年到 1958 年被认为是穆旦译诗的“黄金时代”，他常常“全身心地投入到译诗的境界，平时少言寡语，实际是沉浸在译文的构思之中了”；他“在物质上无所求，饮食极简单，穿着极朴素，翻译中忘记吃饭，仅吃些花生米之类”；“当时他年富力强，精力过人，早起晚睡，白天上课，参加各种会议，晚上和所有业余时间都用于埋头译诗”，“从没有夜晚两点以前睡觉”。[③] 而翻译作品的顺利出版（得力于巴金、萧珊等人的大力帮助）则表明穆旦的热情并没有虚掷，新的体制正在不断构建途中的“新中国”以一种积极的姿态接纳了他。

二　从“注释”到“译介文字”：复杂历史语境的呈现

在最早出版的查译著作《文学概论》（《文学原理》第一部）中，附有《译者的话》，归结了该书的主旨：“作者想从文学的复杂的现象中，抽出文学作品和文学发展的规律，使文学的研究，可以和自然科学的研究一样的精

① 据 1953 年 9 月 20 日萧珊致巴金的信，此前，穆旦已译好这部普希金诗歌；10 月 5 日，萧珊致巴金的信中再次谈到请当时到上海的卞之琳看了一遍译稿，卞之琳认为“比得过一般译诗”，见李小林编《家书——巴金、萧珊书信集》，浙江文艺出版社 1994 年版，第 137、140 页。

② 易彬：《“他非常渴望安定的生活”——同学四人谈穆旦》（访谈），《新诗评论》2006 年第 2 期。为杨苡、江瑞熙两人观点。

③ 周与良：《怀念良铮》，杜运燮等编《一个民族已经起来》，江苏人民出版社 1987 年版，第 132—133 页；周与良谈话，转引自李方《穆旦（查良铮）年谱》，《穆旦诗文集》（2），人民文学出版社 2006 年版，第 368 页。

确化。"同时，又谈到该书在苏联面世五年来，"曾经一再地受到批评"（《译者的话》指出了两个"严重错误"，一个是"企图从典型性区别各种文学潮流，藉以建立各种文学潮流的概念化的公式"；一个是"对于典型性的看法和解释，在实质上和唯心论的美学相近似"），在苏联文艺界引起了"热烈讨论"。尽管如此，"译者认为仍然有介绍的价值"，即书中珍贵的意见可以为中国文艺界提供参考，而它的缺陷一经指出，"也可以帮助我们少走许多弯路"。为了让读者知晓该书的"缺陷"，穆旦"陆续从国内的译文和苏联的杂志上找出了一些对本书的评语"作为注释。对于注释，他是非常重视的，将其视为翻译者的一种"责任"，注释有助于读者进一步理解作品——具体到这部书，"必须把书中引起批评的地方，连同批评，一一注出，这才算对读者尽了责任"。[①]

看重注释是穆旦翻译的一个重要特点。为了给翻译找到适合的注释，他不惜"跑遍各大学图书馆和北京图书馆等处去查阅有关资料"。[②] 这么做，除了便于读者理解之外，也包含了审美的冲动：有些注释本身就是"优美的文字"。穆旦的子女曾这样回忆 20 世纪 70 年代初他从"牛棚"回来后处理译稿《唐璜》的情形：

> 似乎是要把被剥夺的时间补回来，他又争分夺秒地开始了修改和注释《唐璜》的译稿。那时父亲经常晚间下班后到图书馆的书库里查找有关注释《唐璜》的材料，很晚才回来，记得一次查到一个多月未能找到的注释材料，回家后马上对母亲讲，狂喜之情溢于言表。父亲曾说过，《唐璜》是他读过的诗中最优美的，有些《唐璜》注释本身就像一首诗。优美的文字经常使父亲陶醉，有时他还会朗读原文给我们听，然后又读出他的译文。这时是父亲最高兴的时候。父亲曾对朋友说，许多中国人读不到这样优美的诗，实在是一大憾事。[③]

如上所述穆旦对于注释的处理，看起来分散在不同的时间段落，实际上可统归到翻译活动本身：透过"注释"这样一个小小细节，可以察知穆旦在

---

① 查良铮：《译者的话》，[苏] 季摩菲耶夫：《文学概论》，平明出版社 1953 年版。

② 周与良：《怀念良铮》，杜运燮等编《一个民族已经起来》，江苏人民出版社 1987 年版，第 133 页。

③ 英明瑗平：《言传身教，永世不忘——再忆父亲》，《丰富和丰富的痛苦》，北京师范大学出版社 1997 年版，第 225—226 页。

处理翻译对象时的微妙心理，以及“注释”的效应本身所发生的微妙歧异。

一方面，“注释”被移用到诗歌写作当中，发表于《人民文学》1957年第7期的《感恩节——可耻的债》即通过一个注释来进一步彰显主题：“美国习俗，每年十一月的最后一个星期四为感恩节，家家吃火鸡来度过欢乐的节日。这节日源起于一六四二年，最初从欧洲到普来茅斯的移民们，生活极困苦，幸得当地红种人的帮助，得以安居并学得耕作的方法，因而感谢上帝。但此后的历史，成了白种人屠杀红种‘土人’的历史，以致今日，红种人快要绝灭了。美国资产阶级的这一套办法，现在岂非也在向世界的各民族开刀？”在解释感恩节的由来之外，注释还传达了一种在当时语境当中非常普遍的政治观念：社会主义制度是无比优越的，“美帝国主义”是“可耻”的，是需要揭露和痛斥的。[①] 这样的“注释”，其效应与其说是“尽责任”，倒不如说是对时代话语的顺应——从实际效果看，则起到了有限的保护作用。[②]

另一方面，如果说“注释”的基本要义是为了解释，以使意思更为明白，那么，译介文字就可以说是更大型的“注释”。从当时所出版的译著看，穆旦多半写下了篇幅较长的译介文字，评介对象包括雪莱、拜伦、济慈、普希金、朗费罗等人。正如“注释”所产生的复杂效应，这些译介文字也呈现出复杂的语调——大致区格，有两个声音：一个是对翻译对象的“历史局限性”的指陈，另一个则是对其艺术特点的概括。

以济慈评介为例，文章先指出济慈的“历史局限性”：“济慈不是革命的浪漫主义者（虽然，他也许是朝这个方向接近），他没有在诗中提出改造现实生活的课题，他的作品也不像拜伦及雪莱那样尖刻而多方面地反映现实。”但济慈的诗歌艺术又“有其相当健康的一面”：“他也和湖畔诗人们不同，即使只就‘描写美’这一点而言；因为他所追求的美和美感，不在于神秘主义的、缥缈的境界（如柯勒律治），不在过去或另一个世界里，而就在现实现象中。他不像华兹华斯似地引人向往于过去的封建社会。他从热爱现在、热爱生活出发，他所歌颂的美感是具体的、真实的，因此有其相当健康的一面。他善于从瞬息万变的现实世界掌握并突现其优美的一面，而他认为，正

① 目前学界对于这种“觉悟”以及它与《美国怎样教育下一代》这两首诗到底是如诗末所标明的作于1951年，还是作于稍后但将写作时间提前有所怀疑，见胡续冬《1957年穆旦的短暂“重现”》，《新诗评论》2006年第1辑。

② 从1957年9月开始，穆旦诗歌受到批判，矛头所指是《我的叔父死了》、《九十九家争鸣记》等诗歌，《感恩节——可耻的债》从未被提及。

因为这‘优美’的好景不长，它就更为优美，更值得人以感官去尽情宴飨——济慈的诗在探索这样一种生活感受上达到了艺术的高峰。”或许是觉得“优美”、“以感官去尽情宴飨”一类说法与当时的语境相悖，文章末尾处别有意味地抬出了“苏联读者”：济慈诗歌“在苏联读者中的声誉是很高的”，他诗歌呈现了“一个半幻想、半坚实、而又充满人间温暖与生活美感的世界”，“这样的作品在教育社会主义新人的明朗的性格方面，当然还是有所帮助的”。[①] 同样的行文逻辑也出现在朗费罗评介中。[②]

不难发现，后半段的介绍带有一种辩护式的语气。由此所形成的评介格局是：尽管此人有“局限”，但也有“健康”的、值得介绍的一面；而且，他们往往已经得到“苏联读者”或者马克思主义经典作家的认可——这一做法被认为是为了保证译著顺利出版而施用的一种策略[③]，即通过经典作家评价或“苏联”的观点与做法，来寻求乃至证明所研究（翻译）对象的政治合法性，这是当时及此前此后很长一段时间内的文学评介——特别是外国文学评介的普遍做法。

但这一做法也可待细分，比如，穆旦对于雪莱的评介就表现得更为强炽，评介更多地强调了雪莱作为“一个真正乐观的思想家”的一面，指出雪莱的抒情诗“给我们刻绘了一个崇高的人的形象”，对革命经历与革命激情给予了高度赞扬；同时，也指出其唯心思想、改良思想给诗带来的“不可否认的弱点”，“现实主义”、“阶级性”等标准被较多使用。显然是为了消抵这种“弱点”，文章援引了恩格斯一类经典马克思主义作家对于雪莱的赞美性评价。[④] 但与济慈评介相比，这篇评介文字中的阶级分析的色彩过于浓重，对于阶级的强调大大地超过了对于其艺术特点的肯定，因此，它也提示了穆旦与时代主流话语之间的某种程度的合拍——时代话语方式也在诗人身上打下了烙印。从另一个角度看，当时在翻译雪莱等人的作品时，“对时代熟语的接纳”、“革命话语的介入”、“宗教因素的过滤”等方面也体现了意识形态的影响。[⑤]

不过，如若过于强调意识形态所打下的这种“烙印”可能也并不恰当。在此后一份穆旦本人希望出版但未能如愿的、为象征主义诗人丘特切

① 查良铮：《译者序》，《济慈诗选》，人民文学出版社 1958 年版。此序作于 1957 年 10 月。

② 见查良铮所译朗费罗诗歌 10 首及《译后记》，刊《译文》1957 年第 2 期。

③ 宋炳辉：《新中国的穆旦》，《当代作家评论》2000 年第 2 期。

④ 查良铮：《序》，《雪莱抒情诗选》，人民文学出版社 1958 年版。

⑤ 见高秀芹、徐立钱《穆旦 苦难与忧思铸就的诗魂》，文津出版社 2007 年版，第 148 页。

夫所写的译介文字里，其中虽然也援引了列宁、托尔斯泰等经典作家的赞美性评价，对其诗歌艺术、人生经历及象征主义的现实意义的评价在总体上却较为精当，阶级话语似乎又消失了。[①] 以此反观之，问题呈现出一种复杂的、矛盾的景状，这样一种复杂性，在我看来，透现了严酷的时代在个体身上所施与的压力，以及个体为了应对这种压力所体现出来的复杂态度与立场。

此外，还可提及的是，在较长一段时间之内，穆旦所作“注释”或者译介文字所援引的权威说法基本上均来自俄语方面的资料，也包括从俄文转译匈牙利和印度作家的作品[②]；但到了 20 世纪 70 年代，情形已有所改变，为重译《唐璜》所作的大量注释，为《英国现代诗选》所作的细致注释，以及译介文字对于拜伦的评价等等，均是取自英文方面的文献。这样一种变化归根结底是因为翻译行为本身的变化，1958 年之前可以公开出版，20 世纪 70 年代则成为一种潜在性的翻译行为，这可能使得穆旦在实际处理中少了许多所谓历史的压力，即如周珏良在评价《英国现代诗选》时所言，在那个不知道译作“还有发表的可能”的年代里，为译作寻求注释“纯粹是一种真正爱好的产物”。[③]

三　丘特切夫的翻译：摆脱“影子”的纠缠

这样一种复杂境况到了 1958 年之后，进一步发生演变。1958 年，对中国文学的发展而言是一道重要关口，对穆旦的人生道路与写作（包括翻译）道路而言，更是如此。这一年年底，他正式被法院宣布为“历史反革命分子”，此后直到去世，公开发表和出版的权利被剥夺，身体又被各种繁重、肮脏的体力活所侵蚀，翻译的意念却执拗得如同地下熔岩般涌动。在白天的体力劳动和思想汇报之后，在下班后和休息日里，在学生宿舍楼一间紧挨水房的小房间里，在黑糊糊的饭桌上，在时常停电的昏暗的灯光下，在深夜，

---

① 1963 年，穆旦翻译了《丘特切夫诗选》，并作长篇《译后记》，一并寄给了人民文学出版社，这一举措显然蕴涵了希望出版的意念；但该书直到 1985 年才由外国文学出版社出版。

② 1955 年 4 月，《译文》刊出查良铮所译匈牙利班雅敏·拉斯罗的诗歌《匈牙利的春天》、印度阿里·沙尔特·霞弗利的小说《恰赫鲁队长》，并有《后记》。两者都是从俄译本转译而来的。

③ 1977 年春节前后，穆旦向来天津的周珏良谈到了阅读和翻译奥登诗歌的体会，周珏良后来有追忆：“那时他还不可能知道所译的奥登的诗还有发表的可能。所以这些译诗和附在后面代表他对原诗的见解的大量注释，纯粹是一种真正爱好的产物”，见周珏良《序言》，查良铮《英国现代诗选》，湖南人民出版社 1985 年版，第 2 页。

穆旦不知疲倦地工作着。摊在他面前的，是一长串镌刻在诗歌史上的动人的名字：丘特切夫、普希金、拜伦、雪莱、济慈、叶芝、艾略特、奥登……

最先完成的是俄国象征主义诗人丘特切夫的诗选[①]，一部在当时几乎不可能出版的译著。其时为 1963 年，他刚刚被解除管制之后不久。多少令人感到惊讶的是，他不仅翻译了，还撰写了译介文字，并且偷偷地将它寄给了出版社。是什么驱动他做出这般举动呢？据称，被宣布为“历史反革命分子”的穆旦“变得痛苦的沉默，一句话也不愿意说”。[②] 诗人本人既不愿意“说话”，其丰富的内心境况也就只能猜测，一种猜测是，他会不会觉得“冤枉”？在20 世纪 40 年代后期，在经历现实的种种强势压制和戕害的时候，穆旦在《我想要走》（1947 年 10 月）写下了“这么多罪恶我要洗消我的冤枉”。而现在，自己明明是满腔热情地回到祖国，实际工作又是那么勤奋，却落得这番遭遇！

另一种猜测是，当三年管制结束之后，穆旦有话要说——或者说，有必要为自己辩诬。这种猜测源于先前的一些征兆。1957 年 5—7 月，穆旦先后在《人民日报》、《诗刊》和《人民文学》发表数首诗歌，旋即被作为批判的靶子，以致不得不作检讨《我上了一课》，刊于作为国家喉舌的《人民日报》（1958 年 1 月 4 日）。细读下来却发现，它虽表态“该好好检查自己的思想”，却用了更多篇幅来谈论“讽刺诗”的写法，有些讽刺作品“是艺术夸张而非现实描绘”，如果没处理好，容易被“误解”。因此，检讨已然移换为辩解，而不是深挖自己的思想“病根”——为讽刺辩解在穆旦并非首次，1956 年中期，他曾撰文《不应有的标准》肯定了相声《买猴儿》的讽刺艺术，并对否定这种艺术的观点提出了批评。[③] 因此，《我上了一课》名为“检讨”，却仍然在隐隐地坚持自己的诗学原则，反对无视艺术类型的所谓“标准”。而如果注意到在《丘特切夫诗选》翻译同期，穆旦还写作并发表过一篇《谈译诗问题——并回答丁一英先生》[④]，对于自己的译诗原则做出了辩解，那么，《丘特切夫诗选》的出现也就并非一个单一的事件，其中也可能包含了某种

---

① 1963 年前后，即在翻译《丘特切夫诗选》前后，穆旦受历史系邀请，帮忙工作约三个月，翻译了一些俄文资料和美国史资料。前者是为了批判历史学领域中的修正主义观点，未结集出版；后者后来结集为《美国南北战争资料选辑》，上海人民出版社 1978 年版。

② 周与良观点，见李方《穆旦（查良铮）年谱》，《穆旦诗文集》（2），人民文学出版社 2006 年版，第 371 页。按：在《怀念良铮》里，周与良也说过类似的话，“沉默寡言，自己承受着极大的痛苦而不外露”，见《丰富和丰富的痛苦》，北京师范大学出版社 1997 年版，第 158 页。

③ 刊《文艺报》（半月刊）1956 年第 12 期。

④ 刊《郑州大学学报》1963 年第 1 期。

自我辩解的因素。

穆旦视阈中的丘特切夫到底又是一个什么样的形象呢？《译后记》这般描述：这个人生前基本上默默无闻，死后20余年才被“重新加以肯定”，被视为象征主义的鼻祖；为小人物：“终其一生，不过是沙皇政权的一名官吏，事迹很平凡”；“生活在巨大变革的时代中”，充满了矛盾性——或者说具有“双重性”：“既热烈地渴求生活的和谐与平静（这是由于他早年的教育的影响），也对历史的变革、对社会与生活的风暴有深刻的共感（这是新兴时代的精神给他的感染）。”他有一些政论文和政治诗表达了对于革命的保守态度，但他同时却有着“隐藏在生活表层之下的深沉性格”，“把另一个自己展现在他的抒情诗中，在那里，他仿佛摆脱了一切顾虑、一切束缚，走出狭小的牢笼，和广大的世界共生活，同呼吸，于是我们才看到了一个真正敏锐的、具有丰富情感的诗人”。在艺术手法上，“丘特切夫有着他自己独创的、特别为其他作家所喜爱的一种艺术手法——把自然现象和心灵状态完全对称或融合的写法”；这“并不是有意地模糊现实的轮廓，或拒绝描绘现实”，相反，“他在自己的许多描写自然和心灵的作品中，是和当代的现实主义潮流相呼应的。他的诗歌在一定程度上正面反映了时代的精神”。[①]

不难从这样一个形象中看出穆旦本人的影子：小人物——终其一生，穆旦都是一个处于社会文化网络边缘的小人物，从未占据显赫的文化位置或担任官职；才高却没有及时得到赞誉；内心丰富，有着“隐藏在生活表层之下的深沉性格”；深深地渴求“和谐与平静”却又不断地被残酷的时代现实所裹挟、所挤压而无从实现。

这样一个影子式的对象，在受管制的日子里，可能给过穆旦以精神慰藉，也移化为某种“诗”的资源，穆旦晚年所写《春》、《夏》、《秋》、《冬》系列诗歌以及一些并非以季节命名的诗歌，如《听说我老了》等等，正是“自然现象”与“心灵状态”相互融合的诗歌——但是，说不定，穆旦的感受正好相反，通过对这个影子的阅读和理解，他变得更为痛苦，因为在这个影子身上，他看到了“诗人”的命运、矛盾与痛苦。甚至于丘特切夫在最后一年所遭遇的身体残缺（患瘫痪症，“在病床上，他对生活的兴致不减，仍旧约人来谈政治和文学等问题，并写了不少诗和书信”）竟也成为谶言：在最后一年里，穆旦骑车摔伤了腿，一直未能治愈；而且，他也同样拖着残缺的身体工作（翻译、写诗、写信、和年轻人谈诗等等）直到最后一刻——丘

① 查良铮：《译后记》，《丘特切夫诗选》，外国文学出版社1985年版，第168—202页。

特切夫不仅直接对应了穆旦本人的现实命运，甚至还暗合了那些尚未呈现的生命图景。

穆旦所获得的既是一种慰藉与痛苦并存的感受，不难想象，当环境相对宽松，敏感的诗人重新拿起译笔的时候——与 1956—1957 年间短短的数月一样，1962—1963 年间也有一个文化语境相对宽松的时刻，他的心情定是既复杂又急切。对 20 世纪 50 年代政治风潮有着切身体验的穆旦不可能不知道丘特切夫诗歌在当时环境之下是不能出版的[①]，但翻译完毕即径直寄给出版社这一事件本身所彰显的应是穆旦在处理这一翻译对象时内心的急切：这种急切与其说是找到了一种精神投契，不如说是寻求一种精神的释放，他急切地需要一种表达，以摆脱这个沉沉地压在他内心之上的影子——如果说现实政治施与的是一种有形的压制的话；那么，这个影子就是一种无形的纠缠——他无力冲破有形的压制，冲破无形纠缠的渴望也就变得尤为强烈：与此前的一些译介文字对于雪莱等人的评价不同，这篇《译后记》不再顾及时兴的革命话语方式的禁忌，也不再依凭“阶级性”、“革命”一类语汇，而是旨在呈现一个从生活经历、思想矛盾、时代境遇以及艺术追求等多个层面来体察的、真正的“诗人形象”。

毫无疑问，这是一个和时代话语方式格格不入的诗人形象。但有理由相信，一如文章结尾部分认为丘特切夫的诗歌“正面反映了时代的精神”，这一形象描述不仅最终构成了穆旦对于“诗人”的解释，更达到了自我辩诬的效果：这种辩诬既指向他的时代，他告诉了他的时代，他所翻译的诗歌才是“诗歌”；同时，从后来者的立场看，人们也得以知晓，即便时代环境那么逼仄，他依然没有放弃自己作为“诗人”的职责。

译稿完成之后，穆旦并没有告诉家人就径直寄给出版社，出版社[②]虽没有给予任何答复却一直保存着译稿。译者和编者——一对陌生的人——在一个谎言和告密盛行的时代，在一个浮浅、拙劣的诗歌美学盛行的时代，共同保守着一个关于诗歌的秘密。

而穆旦显然也知道这个“秘密”的爆炸威力，他是一个女人的丈夫、四个孩子的父亲、两位老人的儿子，他必须给家人以平安——至少应给他们以平安的感觉。这在《丘特切夫诗选》翻译前后都有浮现，据妻子追忆，稍

① 1957—1958 年间，穆旦所遭受的批判中，“现代主义”与“资产阶级”反动思想画上了等号，被认为是脱离“社会主义时代”的生活的、反人民的东西。具体情形参见本书第三编第二章。

② 穆旦当时将《丘特切夫诗选》寄给人民文学出版社。后来出版该书的外国文学出版社是从人民文学出版社分支出来的。

早，穆旦尽量不让孩子和父母知道自己正在被“管制”，行动不自由。而到了 20 世纪 70 年代中期，国内形势好转，穆旦曾高兴地向妻子表达“希望不久又能写诗”、“相信手中这支笔，还会重新恢复青春”的意念。在听到妻子“咱们过些平安日子吧，你不要再写了”的答复之后，他照办了——他开始在家人看不到的地方，旧信札、小纸条、日记上写下他必须要写的诗歌——惟其隐秘，穆旦作为一名“诗人”所特有的责任感显露无遗。

四　“文艺复兴”的梦想冲动

《丘特切夫诗选》完成之后直到穆旦去世，有着十多年的时间间距。在考量穆旦这一阶段的翻译活动时，有几点事实值得注意：一是数量仍然巨众。一是翻译速度“出乎意料”地“快”，这主要指穆旦晚年对普希金的抒情诗、长诗《欧根·奥涅金》等浩繁著作的修改、补译和重抄。“原以为搞两年吧，不料至今才两个多月，就弄得差不多了，实在也出乎意料。”[①] 一是倾注心血之重：直到逝世前两天，穆旦还在做《欧根·奥涅金》修改稿的最后抄写工作。如果说归国之初是利用“晚上和业余时间”来翻译，那么，晚年（特别是腿伤之后）的翻译则可以说是在同命运、死神相搏斗，当时在穆旦家中住过数日的年轻友人郭保卫后来曾追忆过穆旦一天的工作情形：“每天清晨，洗漱后，他就吃力地架着拐，一步一步挪到书桌前，坐在自己的小床上，打开书，铺开纸，开始一天的工作。由于腿伤不能长时间固定在一个姿态上，坐久后，便要慢慢地先将自己的好腿放到床上，然后再用手将那条伤腿搬上床，靠着被子，回手从书桌上将刚译的稿子拿起，对照原著，认真琢磨，不时地修改着。晚上，孩子们各自分头看书，他又回到自己的小桌前，工作起来。到 11 点钟，简单地洗漱后，才吃力地躺下。虽已熄灯，但他并不能很快入睡。夜间，时而可以听到，他那因挪动自己身体而发出的细微但却很吃力的呻吟。夜，笼罩了一切，他入睡了——又结束了一天名不副实的‘病假’。”[②]

事实既如此之卓异，考察其背后的驱动力尤为必要。综合考察各方面因素，驱动力大致可分为三个层次。其一，精神慰藉，希望借助优美的文字来缓解残酷现实（包括现实政治环境、腿伤等多方面因素）的压力，“用普希

① 穆旦：《致孙志鸣》（1976 年 6 月 15 日），《穆旦诗文集》（2），第 236—237 页。

② 郭保卫：《书信今犹在　诗人何处寻》，杜运燮等编《一个民族已经起来》，第 174 页。

金解闷”；“这两个月里，我一头扎进了普希金，悠游于他的诗中，忘了世界似的”。[①]

其二，痛感当时文艺的“空白”状况，希望那些优美的文字能复兴中国文艺。穆旦晚年一再地慨叹，当时文艺界处于“空白”状态，中文白话诗没有什么可读的，当时流行的是“小靳庄”之类用快板、顺口溜形式所写的政治宣传韵文[②]，缺乏“事实如何”的现实主义作品。而外国诗歌能够改变这种状况：

> 我相信中国的新诗如不接受外国影响则弄不出有意思的结果。这种拜伦诗很有前途，可发挥相当影响。不只在形式，尤在内容，即诗思的深度上起作用。[③]

> 我相信他（按：指拜伦）的诗对我国新诗应发生影响。他有些很好的现实主义诗歌，可又是浪漫主义的大师，两者都兼，很有可学习之处，而且有进步的一面。[④]

> 我倒有个想法，文艺上要复兴，要从学外国入手，外国作品是可以译出变为中国作品而不致令人身败名裂的，同时又训练了读者，开了眼界，知道诗是可以这么写的……因为一般读者，只熟识小靳庄的诗，不知别的，欣赏力太低。[⑤]

---

① 穆旦：《致郭保卫》（1976年5月27日）、《致孙志鸣》（1976年6月15日），《穆旦诗文集》（2），第201、236—237页。

② 1974年6月22日，江青在视察了位于津郊宝坻县的小靳庄之后，将社员所写的诗歌树为“农业学大寨”、“批林批孔”的典型，作为“革命样板”在全国推广。《人民日报》、《光明日报》、《解放日报》、《文汇报》以及各省报刊都曾刊载、转载小靳庄社员诗歌选，并且刊发了大量评论文字及“学习体会”。天津人民出版社先后出版了《小靳庄诗歌选》等6本专集，总印数达170万册；人民文学出版社等机构也出版了小靳庄社员诗歌选。事实上，“小靳庄诗歌选”的盛行在当时的文化语境中是一个相对突出的事件，当时发表并出版了大量“工农兵诗选”、“公社社员诗选”、“批林批孔诗选”、“新民歌选”、“知青诗选”一类诗歌，“新诗要向革命样板戏学习”（尹在勤，《人民日报》1974年5月5日）一类论调非常普遍，它们共同构成了当时公开出版刊物最为基本也是最为核心的诗歌风貌。参见刘福春《中国当代诗歌编年史：1966—1976》中1974年之后的相关条目，河南大学出版社2005年版。

③ 穆旦：《致杜运燮》（1976年12月29日），《穆旦诗文集》（2），第148页。“这种拜伦诗”后来以《拜伦诗选》之名出版，上海译文出版社1982年版。

④ 穆旦：《致郭保卫》（1977年1月3日），《穆旦诗文集》（2），第223页。

⑤ 穆旦：《致郭保卫》（1977年1月28日），《穆旦诗文集》（2），第227—228页。

> 我认为中国诗的文艺复兴，要靠介绍外国诗。人家真有两手，把他们的诗变为中国白话诗，就是我努力的目标，使读者开开眼界，使写作者知所遵循。普希金和拜伦正好比我们现有的水平高而又接得上……①

当穆旦将“不致令人身败名裂”视为译作的现实际遇时，第三层动力——一个或许更具个人兴味的动力也浮现而出，那就是在当时写诗将“令人身败名裂”。这一称语可能有着两重含义：写现实如何的作品将有政治风险性；而迎合当时流行的“小靳庄式”写法或图解政治，又将为历史所唾弃。译诗则可以避开这一点，因而成为写作的替代品，更或者说，译诗成为了写作的另一种形式——这正是对“丘特切夫”翻译精神的承继。

若进一步缕析穆旦本人的文字及实际效应，可以发现，在对待不同的翻译对象时，穆旦的情感与理性似乎有所分歧：在情感上，似乎更偏重于普希金：“普希金的诗我有特别感情，英国诗念了那许多，不如普希金迷人，越读越有味，虽然是明白易懂的几句。”② 而读者对于普希金的喜好也给了他积极鼓励（见后文）。但在理性层面，英国诗人拜伦似乎又成为穆旦最为看重的诗人，“仅仅《恰尔德·哈洛尔德游记》、《审判的风景》、《唐璜》就足以使任何能感应的人相信：拜伦在其最好的作品中不但是一个伟大的诗人，而且是世界上总会需要的一种诗人，以嘲笑其较卑劣的、并鼓舞其较崇高的行动”。③ 正因为这种看重，穆旦倾注了大量心血来翻译拜伦诗歌，特别是皇皇巨作《唐璜》。

潜心翻译也使得穆旦的写作获得了新的资源，前文曾提到丘特切夫的激发，事实上，《冬》等已为读者所熟知的作品中也回响着俄罗斯诗歌的声音；而至今仍藏而不宣的长篇叙事诗《父与女》则应是受拜伦诗歌，特别是历十数年之功翻译的《唐璜》的激发。《冬》有着深挚而悲怆的情感，《父与女》则是冷峻的审视，两者仍然呈现出情感与理性的分途。

---

① 穆旦：《致巫宁坤》（1977年2月12日），《穆旦诗文集》（2），第180页。

② 穆旦：《致巴金》（1976年11月28日），《穆旦诗文集》（2），第137页。按：穆旦在信中还向前辈提到了一点顾虑：“还有普希金的传记，我也想译一本厚厚的。只是在和苏联处于如此关系中，这么介绍普希金未知合不合需要。”

③ 这是1972年版剑桥英国文学简史上对拜伦的评语，见查良铮《拜伦小传》，《拜伦诗选》，上海译文出版社1982年版，第10页。

由于《父与女》并不为读者所熟知，这里略作展开。从形式上看，该诗袭用了《唐璜》的体式，为“八行体”，共81节，每节均为8行，基本上为前6节隔行押韵，后2节互押。尽管“八行体”是外来诗歌体式，但穆旦对它的运用看起来非常娴熟，诗行的设计、韵律的展开以及词汇的施用均多有考究。诗歌所写的是一对父女在“文化大革命”期间的遭遇，女儿初中毕业上山下乡当知青后不明不白地死掉（疑被害死），父亲告状无门最终落得精神失常的下场，由人民教师沦落为学校传达室勤务。穆旦又一次书写了微渺个体的现实境遇——这一次，他们所遭遇的极端政治年代。但穆旦并没有将一个女死父疯的故事演化为一种血泪的控诉或哭号，而是如同《唐璜》一样，以一种“半庄半谐，夹叙夹议”、“奇突、轻松而讽刺的笔调”[①] 写出，残酷而荒唐的时代政治，以及被这种政治所牢牢统摄的人物行为、思想观念、社会生活图景、日常生活事件基本上被置于反面——即以反语的形式出现，置于讽刺的中心。

因为这样一首诗的写作，穆旦并没有止于喟叹，而是以写作实践为支撑——以具体文本实践完好地落实了对于拜伦的热切期待：不仅仅“在翻译《唐璜》的过程中，查良铮变成了一个更老练更能干的诗人”[②]，他是在翻译《唐璜》之外而成为了一个独立的诗人。而这种独立品格也表明，即便在生命的最终阶段，实践性仍然是穆旦的行动旨归。

非常微妙的是，同样是对于具有强烈的讽刺诗学力量的“拜伦精神”的推崇，译稿《唐璜》反复被修订，穆旦本人也反复和家人、朋友们谈起，并且急切地希望它能够早日出版[③]；诗歌创作《父与女》却和《丘特切夫诗选》一样，和晚年大部分诗歌写作一样，成为了一个隐而不宣、精心收存的“秘密”。[④] 可

---

① 查良铮：《拜伦小传》，《拜伦诗选》，第7—8页。

② 王佐良：《穆旦：由来与归宿》，杜运燮等编《一个民族已经起来》，第10页。

③ 1976年12月2日，穆旦致信郭保卫，请他去人民文学出版社打听《唐璜》的消息。9日，收到郭保卫的信，得悉《唐璜》译稿在出版社，可用。穆旦将这一信息写进了日记。考虑到穆旦日记中极少翻译和写作方面的记载，且随后给杜运燮、江瑞熙、董言声、巫宁坤、查良铃、孙志鸣等人的书信或谈话中，也多次谈及此事，可见这一其实并不确切的答复给了他极大鼓励，在他内心里激起了大的波动。

④ 据2010年5月12日查明传给笔者的邮件，《父与女》“工整写在几张8开白纸上，折叠成小方块放在一牛皮纸信封里，然后用图钉钉在一个50年代由周叔弢拿来的木质挂衣架的圆盘底座的下面”。80年代初，查明传准备将这个旧挂衣架送给一个中学同学，在搬运时才发现信封及里面的诗稿。这一精心收藏的举措表明，穆旦虽主动撕毁了晚期的一批诗歌，却有意要将这首长诗和其他20多首诗歌（即现今所能看到的晚年诗歌）一并存留下来。

见穆旦对于“身败名裂”有着异常深切的感知[①]，也可见晚年穆旦的写作活动呈现出复杂的图景。

再进一步说，《父与女》的写作、《唐璜》、《丘特切夫诗选》的翻译，以及其他翻译与写作，共同彰显了穆旦在回应一个逼仄的时代语境时，既痛苦、无助，却又异常执拗的境遇。而因为这些文字存在，在考量后期穆旦时，无须将“穆旦”和“查良铮”截然划分开来——无论是诗人身份，还是翻译家身份，均在一个更高层次上构成了这个人的精神形象：他始终没有放弃自己作为一名“诗人”的职责——没有放弃对于时代和内心的关切；而正是时代和内心之间存在着巨大的裂缝，“秘密”的写作是真实的，也是无奈的。

结　语

当穆旦对普希金、拜伦和奥登等英语和俄语世界的伟大诗人发表热烈赞辞的时候，对于中国大地（汉语读者）这个更广袤的世界——更隐秘的阅读空间与写作空间里的情形，他所知不多。20 世纪六七十年代，在文学读物严重匮乏的年代里，查译名著曾秘密流传，穆旦本人曾亲身遇见并受到鼓舞[②]；慕名登门拜访普希金诗歌的译者“查良铮”的也有一些。其他更多的情况，比如知青食指在当时的某些诗歌写作，他可能就无从察知。

食指现今已被塑造成 20 世纪六七十年代所谓“地下诗坛”的英雄人物[③]，但当年他的阅读情况，多半语焉不详。1967 年，他写有一首《书简

① “身败名裂”这样一个透现晚年穆旦心境的词，也出现在《父与女》当中，在第 80 节，也就是全诗行将结束之际：“敬爱的读者，您会有什么感想？/我知道您是满腔热情干革命，/但愿您像完整的细瓷，永不会/被社会碰破，那您将受到宠幸：/凭您的完整，成为稀见的英雄，/而不像王仑父女那样普普通通：/既想干革命，可惜命运差一些，/生死没没无闻，甚至身败名裂。”可以想象穆旦在写下这几行诗的时候，心里定会有一种莫可名状的痛感。当然，若将对于《丘特切夫诗选》的处理与翻译拜伦诗歌对照来看，那么，也可以说，即便是被认为可以避免“身败名裂”的译诗，也存在某种等级关系。不过，其间较大的时间差，不可同一视之。

② 据周与良回忆，20 世纪 70 年代初，当时穆旦在农场监督劳动，某日，在排队买饭时，看到一个在食堂工作的青年在看一本很破旧的《普希金抒情诗集》，“好几天兴奋不已”；“这件平凡的小事使得良铮决定修改和增译《普希金抒情诗集》”，见《地下如有知 诗人当欣慰——穆旦夫人的书面发言》，《诗探索》2001 年第 3—4 辑。

③ 参见廖亦武主编《沉沦的圣殿——20 世纪 70 年代中国地下诗歌遗照》，新疆青少年出版社 1999 年版，第 53—124 页。

(一)》，其中有这样 4 句：

我们应当永远牢记一条真理
无论在欢乐还在辛酸的日子里
我们的心啊，要永远向前憧憬
这样，才不会丧失生活的勇气①

很显然，这些诗句脱胎于当时读者非常熟悉的俄罗斯诗人普希金的《“假如生活欺骗了你”》② 或“民粹派”诗人纳德松的某些诗歌。③ 举食指为例，并非要指责《书简（二）》或《相信未来》（1968）等诗对于俄罗斯文学资源的倚重，而是想视其为一种隐喻，即“查译名著”（并没有必要将它仅仅局限于普希金）在特定年代里的特殊魅力：不仅让不同时代、不同国度却有着相似境遇的心灵相互应和，更直接衍生为写作实践。④

从新时期以来的情状看，穆旦关于中国文艺“复兴”的期待（“遗愿”）得到一定程度的落实是无疑的，查译名著大量出版，且印数往往非常庞大，动辄十数万、数十万。⑤ 这与当时文学语境自是有着密切关联，15 岁时读到查译普希金《青铜骑士》，并自认为终生受益的王小波（1952—1997）即深有感触：“我们年轻时都知道，想要读好文字就要去读译著，因为最好的作者在搞翻译。这是我们的不传之秘。”对于查良铮，桀骜的王小波表达了崇高的敬意：看了他们的译笔，“就算知道什么是现代中国的文学语言了”；“查先生和王先生（按：即翻译杜拉斯《情人》的王道乾）对我的帮助，比中国近代一切著作家对我帮助的总和还要大。现代文学的其他知识，可以很

① 食指：《食指的诗》，人民文学出版社 2000 年版，第 23 页。

② 查译普希金《“假如生活欺骗了你”》全诗为：“假如生活欺骗了你，/不要忧郁，也不要愤慨！/不顺心的时候暂且容忍：/相信吧，快乐的日子就会到来。//我们的心永远向前憧憬，/尽管活在阴沉的现在：/一切都是暂时的，转瞬即逝，/而那逝去的将变为可爱。”收入《普希金抒情诗一集》，新文艺出版社 1957 年版。按：该书从出版至 1958 年 7 月，3 印，累计印数 76000 册。

③ 诗人纳德松（1862—1887）在中国的传播情况不详，康·帕乌斯托夫斯基的《金蔷薇》中录有这样的诗句：“我的朋友，我的兄弟，疲惫的、受苦受难的兄弟，不管你落到什么样的境地，也不要灰心丧气。”此书在 20 世纪 50 年代即有译本，但笔者尚未找到，现据戴骢译本（译名改为《金玫瑰》），百花文艺出版社 1987 年版，第 347 页。

④ 食指熟知普希金以及俄罗斯诗歌，尽管普希金的中译本众多，并无直接证据表明他所阅读的即查良铮译本，但并不妨碍这一隐喻认识。

⑤ 以《普希金抒情诗选集》为例，该书 1982 年 1 月出版，初印 138500 册；1983 年 1 月，2 印至 248500 册。

容易学到。但假如没有像查先生和王先生这样的人，最好的中国文学语言就无处去学”；“我们已经有了一种字正腔圆的文学语言，用它可以写最好的诗和最好的小说，那就是道乾先生、穆旦先生所用的语言”。[①]

王小波将优秀译笔之于中国文学建设的作用推向了某种极致——“不传之秘”一词尤其显得富有深意，似乎真有那么一条秘密通道，让不同时代、不同境遇的心灵会合。这既是一种个人经验，也不妨说是一种隐喻：即文学（好的文字）之于内心的隐秘意义。如果说，奥登，当然，还包括惠特曼、艾略特等等，是穆旦写作背后的历史动力；那么，随着时间演进，穆旦及其翻译，也成为了后进写作者的“历史动力”。

当然，随着社会转型，普希金、拜伦这些“经典作家”似乎已逐渐退居后幕，奥登似乎获得越来越多的赞誉。[②] 这与其说是当初穆旦发生了误判，倒不如说是新诗的历史进程发生了令人难以预判的新变。[③]

① 王小波：《我的师承》、《用一生来学习艺术》、《沉默的大多数》，中国青年出版社1997年版，第314—317、318—321页。

② 从20世纪80年代末期以来，普希金、拜伦一类曾经在中国引起非常热烈反响的诗人逐渐受到冷遇；那些年代更近、更具“现代气息”的诗人受到了更多欢迎，奥登是其中一例。

③ 穆旦对于拜伦、普希金一类翻译对象的倚重，有时会令我想起傅雷译巴尔扎克。事实上，“傅雷—穆旦”可以列一专题，从多个方面展开讨论。

第五章　穆旦的其他文学创作

前面主要讨论了穆旦的诗歌写作和翻译行为，诗歌和译作之外，穆旦所作的其他文字非常之少，《穆旦诗文集》仅辑录薄薄一卷，为散文、日记、书信三类，其中几乎没有传统意义上的散文。而从新发现的若干材料看，在大学阶段及抗战结束后，穆旦其实也写过为数不多的散文，其中少有闲适的内容，而多着眼于人生与现实问题。可以说，穆旦是极少为文的，这与他的诗歌写作总量较小构成了对应。

前文已经涉及，穆旦仅有的两篇评论乃是一种自况性写作。而如下对于穆旦诗歌以外的其他文字的考察缕析也将呈示，它们也和穆旦的自身境况有着直接关联，也可将它们视为与穆旦的诗歌写作同等重要的部分。对于它们的考察，有助于加深对于穆旦心境的理解，从而最终有助于理解他的诗歌。

一　阅读与写作：从“兴趣”到“良心”

正如无名的作者亚珍通过《新报》发现了穆旦“个人的生命”的意义，在穆旦非常有限的自叙类文字里，也可以见出“个人的生命”的痕迹。

较早的时候，穆旦所写的几篇文章，“经验”、“人生底体味”就被放到了首要位置。高中毕业之际所写的《谈“读书”》[1] 即是着眼于个人的经验谈如何对读书发生兴趣。文章前半段为“宏论”，谈到社会上读书风尚的改变：“士大夫那种闲趣”消失、“科举制”被“取消”，那种“唯美式”的、“呆板式”、“盲目的”的读书被“换上一种新姿态”，“一种严悚的面孔”，读书已必须考虑“对于社会国家的责任的重大”。读书“正确的作用”，可用“学以致用”或“知行合一”来概括。但与“欧西各国”相比，中国少有“实用的科学书籍”，且中国文人自认为“精神文明”比人家的“物质文明”要“高

---

① 原刊《南开中学校毕业纪念册》(1935)。

得多”。这样，所读之书并不能“致用”。那些把读书视为“升官晋级”工具的人“最不忠实”，“他们没有真实地领略书中的价值”。至于教育当局的“读书救国”论，“又犯了‘读书是法力无边’的毛病”，“读过书的人尚不能御外侮以救国”，要求学生“一边拿六十分一边去抗敌”，是“破天荒的笑话”。后半段则谈到自己如何对读书发生兴趣。这是一种“硬性的，困难的”经验：最初是先生布置功课，读书是“还债似的”；然后，“渐渐地才把‘家里让我读书么’那种念头抛开”；然后，随着阅读一些小说并“扩展到一切软性的书籍”而产生了“更进一层的兴趣”，“使我知道了自身以外的许多事情。我渐渐欣赏起这些事物来了，脑中开始生出了各种幻想，各种幻想的综合在我心中也曾起了很大的欲望，可是这反而使我苦恼起来。一切美丽的幻想都是不能兑现的东西，人生简直是一个谜呀！”读书由此成为一种“追索”，“读书的确是可以解决自身的一部分问题的”；而且，由于书籍是人家“对宇宙万物幻想的结果”，也“使自己觉得详细观察每一件事物都是有意思的”。

早期的长篇评论文章《诗经六十篇之文学评鉴》(1934)[①] 也可堪一说。文章开篇即提出“文学何以发生?”这样一个“很有趣味的问题”，在综合了《毛诗大序》和朱熹的观点后，提出“先是有感于中，而后发之于情，把这种感觉写成文字，表现出来，就是文学的起始了”。随后提出了体现艺术旨趣的两个“要点”：一是，“文学是必须带有情感的。没有情感的东西就不是文学”，《诗经》“是不是每一篇诗里都有作者的感情在内？这是需我们去详细审定的。当认识准确以后，再去评鉴”。二是，“能对自己发生兴趣的诗，才去鉴赏”。对那些“平淡寡味”的抒情及“拙笨和板滞”的叙事，“要老实不客气地推它到一旁去了”——“与其说，这是它本身的好与坏，毋宁说，是自身的兴趣问题”。之后则从思想层面展开了评鉴（《诗经》“其所以能传诵至今者，则一部分不得不归功于这样的一贯思想”：即两千多年以来，中国人的道德观念，比如男女关系、家族观念、忠孝道德等，一直没有多大的变动。“六十篇”被具体分成七大类：“关于两性的诗”、“关于亲子的诗”、“悲于世乱的诗”、“祝贺诗”、“叙事诗”、“思友”、“劝兄弟友善之诗”）。

这等分类并无特别之处，但值得注意的是具体讨论之前预先设定的两个“要点”。《诗经》乃是中国文学的源头，其“历史”延绵到现代中国已相当厚实。穆旦没有拘泥于关于《诗经》的历史评价，而是取用了忠实于文本本

① 原刊《南开高中生》1935年秋季第3期。

身的历史态度，将“情感”与“兴趣”作为开门之匙，也还是具有某种独特性，可见出年轻的穆旦对于历史的更深层次的理解。此外，《事业与努力》[①]所谈的虽非文学问题，但同样强调了“经验”或“人生底体味”对于事业成功的重要性。

总之，这些较早的事实——对于“经验”的看重和对于“兴趣”的强调——表明，早期穆旦的阅读与写作已带有相当程度的自觉性——自觉地从个人兴趣出发，即自觉于自身作为生命个体的价值与意义。由于是多篇文章共同体现出这一倾向，不妨说，这种自觉性构成了认识穆旦全部写作行为的基本要点。

成年之后，穆旦所留下的非诗歌类文字也不多。大致区格，可分为两类，一类是自述类文字，另一类是在《新报》期间所写的文字。

自述类文字目前能够找的仅有两个非常短小的篇什，一个是此前已经提及的致友人唐振湘（1944 年 11 月 16 日）的信，另一个是为第一部诗集《探险队》（1945）所写的自述（实际上是一份广告词）。[②] 在信里边，穆旦指出写作乃是因为“良心”的驱动：“不是先有文学兴趣而写作，而是心中有物，良心所迫，不得不写一点东西的局势。”“兴趣”一词又一次出现了，不过含义已经发生了一种微妙的变化：“文学兴趣”让位于“良心”，“良心”成为了一个更高级的驱动力。这倒未必是对“兴趣”的舍弃，穆旦早年的文章从阅读感受出发，“阅读”构成了他的语境，阅读兴趣是相对广泛的——它很可能流于空泛化或成规化；而在这里，语境乃是针对“写作”而产生的，将写作归结为“良心”这种更加私性的、“狭窄的”的经验，多少表明诗人所信赖乃是一种“狭窄诗学”，正如前辈诗人冯至所指引，少即是多，“狭窄”之心也能容纳宇宙之大。[③]

相较之下，《关于〈探险队〉的自述》对于自我写作的评述是用一种非常形象化的方式展开的：诗歌是一颗“不甘变冷的心”在一种“虚妄的自信”中写成的；回顾自己过去的写作，“仿佛看见了那尚未灰灭的火焰，斑斑点点的灼炭，闪闪的、散播在吞蚀一切的黑暗中”。可以看出，诗人对于内在精神自我有一种强烈的体认：诗歌乃是一团被灰烬包裹着的火焰——只

① 原刊《南开高中生》1934 年春季第 1 期。

② 这段文字原刊《文聚》杂志第 2 卷第 2 期（1945 年 1 月）、第 2 卷第 3 期（1945 年 6 月），它由穆旦自撰的说法出自姚丹《大事记》，《西南联大历史情境中的文学活动》，广西师范大学出版社 2000 年版，第 428 页。

③ 在《十四行集·22》（1941）中，冯至写道：“给我狭窄的心/一个大的宇宙！”

有剥开灰烬，才能看得到它与“吞蚀一切的黑暗”相搏斗的痕迹。据此，不仅前述着重“私性经验”的态度得到了形象化的强调，穆旦诗歌“外冷内热”的品质也得到了自我揭示。

在《新报》期间所写的文字前文已经谈及，这里换个角度再略作展开。这一时期被确认的文字实际上也只有《撰稿和报人的良心——为本报一年言论年总答复》（1947 年 4 月 22 日）1 篇，从文章类型和笔法看，与上述文字不尽相同，是以报纸总编辑的身份写下的，所着眼的是公共事体，不过，其核心话语也是“良心”。

前文借助它考察了穆旦在《新报》期间的文化实践，实际上，它与穆旦这一时期的实际写作境况之间也有着重要的关联。之前，如《森林之魅》（1945 年 9 月）等诗所示，穆旦的写作已呈现出强烈的个人兴味，对“个人自由”的命题多有思辨[①]；办报则可通过现代媒介以将个人自由的理想转换为切实的文化实践活动，《撰稿和报人的良心》从报人的“良心”最终落实到“民主政治”，其内在思路的拓展即可视为穆旦本人精神视阈的拓展。

以《新报》为支点扩大来看，则可发现一个带有根本意味的事实，穆旦绝非沉湎于书斋的诗人——在若干重要的阶段，穆旦的行动其实均体现出强烈的实践性：此前，放弃联大教席而从军（1942 年），此后，在新中国即将成立之际赴美留学（1949 年），又在新中国亟待建设、亟须人才的时刻归来（1953 年），再往后，在文学创作极为匮乏且毫无出版机会的年代（20 世纪 60 年代初至 1977 年），翻译了为数巨众的作品。

对于这样一种敢于抉择并敢于担当的实践行为，仅有最后一种实践的动机得到了强调，其他几次则少有甚至没有表述。对于这一状况，穆旦友人普遍认为是性格内敛使然。这不错，一个著名的例子即是对于 1942 年的惨绝人寰的“野人山经历”（在作战及战败后的撤退途中，穆旦几乎死去），所保持的缄默，所谓毫无“英雄主义”的感叹（王佐良语），极少向友人讲述，其性格内敛可见一斑。在另一面，也可见出穆旦对于所谓英雄行为的“淡漠”，他显然无意于通过这样的人生传奇来成就自身形象。

但是，所谓“内敛”并不是简单的事实。在穆旦友人的追叙中，也有这样的细节，1935 年年底，身为清华大学一年级新生的穆旦参加了“一二·九”学生运动，之后，热情洋溢地给朋友写信谈及此事，据友人回忆：“良

① 参见易彬《穆旦的迁徙之途》，《长城》2006 年第 3 期。

铮的信不断从北平雪片似地飞来……良铮笔如游龙，绘声绘色地向我描述了这场运动的情景。”[①] 一个是“逼得没有办法了，他才说了一点”，一个是“绘声绘色”地“描述”，两相比照，可见穆旦的所谓内敛性格显然并非天然性的——与其强调穆旦性格的这一面，即“内敛”性，或者说不善于自我表述，倒不如强调其惯于从个人的“人生底体味”出发而注重实践的一面，支配着穆旦行动的乃是“良心历练”或者说对于“人生底体味”的追求，即如《新报》经历所示，实践背后往往都蕴涵了对于某种价值理念的主动追求，明显具有主体精神向外投射的印痕。这种主动性一经落实为文字则往往具有鲜明的立场和独到的见解，成为了对于自身内在的情感与写作境遇的自况性摹写。

二 “记游”与“还乡”：人生与现实问题的纠结

那些带有评论或论说意味的文字透现了穆旦的内在情感与写作境遇，从穆旦早年所写的为数不多的散文中，也可以看出人生与现实问题是如何纠结于穆旦的内心。有意味的是，这些文字均未见于《穆旦诗文集》，而是散佚在当年的刊物之上，近期才为学界发现。

在刚进入大学不久，穆旦即以“慕旦”之名，在《清华副刊》上发表了散文《山道上的夜——九月十日记游》和《生活的一页》[②]。前者记录了某日与两位同学一起夜游某山的经历与感受；后者则是由几天前收到的一位“江南的朋友”来信所引发。其基本文字风格，或如散文诗《梦》或同一时期的诗歌《更夫》所示，多是对人生意义的追寻。比如，《山道上的夜——九月十日记游》一文结尾处写道：

> 对面的山峰中有几十盏灯光上下罗列着，像是黑石板上钉的铜钉。在我们谈话时，有一阵当当的声音从山中嘹亮地振鸣起来，使我们不得不静静地倾听着。这是寺钟的音响。啊，悠然的，孤静而虔诚的灵魂，你们深深地潜入黑暗中而徘徊去吧！

《生活的一页》则是表达了试图挣脱一种“微温的生活”意念：

---

① 赵清华：《忆良铮》，杜运燮等编《丰富和丰富的痛苦》，第195页。

② 两文分别刊载于《清华副刊》第45卷第3期，1936年11月2日；第45卷第10期，1936年12月28日。

一种生活的景象燃烧在心里，为了这种缘故，我得到了不安。我用尽我的脑力使想我自己在现在的环境里得到一种有意义的生活方法；或者说：我要一种充实的兴奋的生活。我的周遭是太死寂了，人们所做的，大多无非是到图书馆去死读书而已。我鄙视分数，但我的活动无一不是受了分数的束缚。

我想到了一个活的青年的使命，那是多么重大啊！而我们却是整日地怎样子过活呢？

我是陷进浓厚的忧郁里了，我不能摆脱开境［环］境所加于我的窒闷；我愿意看到光明和黑暗交界的地方，我愿意时时张大我的视野，这种微温的生活是我所不能忍耐的。

这里关于“光明和黑暗交界”的说法，多半会让熟悉穆旦诗歌的读者想到他为诗集《探险队》所写的广告词，或者再往后，《三十诞辰有感》等诗歌中关于“黑暗”的摹写。因此可以说，在穆旦的写作中，其实始终有某种内在的线索贯联其中。

这里所提及的文字带有某种青春怀想的色彩，穆旦在抗战结束后，从云南返回北平途中所写的多篇“还乡记”，则更多对于现实问题的思考。

较早的时候，友人刘希武即透露了穆旦在北上途中曾作《回乡记》杂文，并且，它们还得到了沈从文、冯至等人的称赞。[①] 这里所说的《回乡记》应该即是刊载于云南《独立周报》1945 年 12 月至 1946 年 2 月间的多篇以“还乡记”为题的散文，署名“本报特派记者查良铮”。而其真面目，也是近期方才为读者所知晓。[②]

从传记的角度看，这些文字使得抗战胜利后，穆旦从云南前往北平一段的行踪变得清晰——北上之旅为期 40 多天，出发时间约在 1945 年 11 月 21 日。是日，穆旦与 207 师师长罗又伦同坐一辆吉普车，从昆明出发，途经普安、贵阳、芷江、安江、宝庆、湘潭、长沙、武汉等地。12 月 4 日，已到长沙的穆旦开始写作“还乡记”系列文章。1946 年 1 月 6 日，穆旦乘飞机抵达北平。

刘希武称这批文学约有 10 篇，但现今仅发现 4 篇。[③] 其基本写法是叙议

---

① 转引自李方《穆旦（查良铮）年谱》，《穆旦诗文集》（2），第 360 页。

② 据陈越辑校《〈还乡记〉——查良铮（穆旦）佚文四篇》（未刊稿，陈越提供）。

③ 相关讨论可参见陈越《再从军路上的〈还乡记〉——查良铮（穆旦）佚文四篇校读》（未刊稿，陈越提供）。

结合的体式，所叙是途中所见的各种战争遗景，议论与感慨则是据这些见闻而生发的。所谓归途，实际上是如赴战地，如《从昆明到长沙——还乡记》所写："我们一共有五部车子，后两部是卫护车，有冲锋枪十多支，前后接应而行，一如前赴战地然。"

沿途所见，也有"很活泼的印象"令穆旦感到鼓舞，比如在受降的小城芷江居住期间，去后方医院看望从华西大学和同济大学征调出来的女医生的时候，感觉她们是"怀着理想"的，"记得有一个记者曾说芷江象征着新中国的诞生。我可惜来迟了，没有赶上窥其全，但是见了尾巴，已可想见其生气勃勃之概。"

但破烂的街景，街上、酒馆里那些穿着破旧衣服的、无所归依的、失去了人的体面的日本兵，"荒凉"的文化局势，疯长的物价显然给穆旦留下了更为深刻的印象，"厌弃战争"情绪显得尤为突出：

> 我不知道战争有什么意义。自然，战争的意义很多，可是等你看到人们不言不语的回来在废墟上盖着茅草房子，而日本兵穿着破旧的衣服，也在街上拉着破碎砖瓦，扫清街道，修桥铺路；等你看到仇敌和朋友都一起来收拾这一场破烂，而大家的情形都更穷，更苦，更可怜，你就会想到既有今日，何必当初？何必大家要把好的破坏，而后再来共享坏的？……
>
> 我在长沙的街上走，在沿湘江岸上所见的一切，使我不由得厌弃战争，厌弃战争期间双方都有的那种 Bravado（按：可译为虚张声势）那种故意暴涨的精神。
>
> 我们都嚷着对待日本俘虏太嫌宽大了，到现在我还这么感觉。战争方结束时，我想，既然不能杀了，我一定要踢打几个日本军人。想想我个人所受的迫害，已就是十足的仇恨了！我要报复，即使是一点点泄愤。可是，在长沙，你看见这些日本人，这些矮鬼，有的皮鞋坏了，脚上是用他自己军装缝起的鞋子，全身脏污，有的站在小摊旁吃东西，有的在街上推着大车，在人群中走过，无所表情，有的蹲在墙下晒太阳，和中国士兵谈天，那种无所归依的样子，那种失去了人的体面的样子，你就希望"赶快走吧"，最好别再看见他，你希望他们赶快回国去，你不由得可怜，这种感情又似乎不对。因为我们自己的同胞就在沿江搭盖草屋，拼［胼］手砥足，准备忍受过这个严冬。于是你想，那么多不可一世的刽子手，全是日本军阀造出来的。现在你看见他们，你真愿意他

们是无辜的。[①]

穆旦所谓“个人所受的迫害”，指的无疑是1942年穆旦在缅甸战争的生死经历——“还乡”见闻就这样夹杂着个人记忆，一如那些明显带有外向性的诗歌里夹杂着个人省思。

令穆旦感到痛心还有“生活还是在那旧的轨道上转”的汉口人的生活状态——

这地方还是老样子，尽管旧日租界是全部炸毁了，沿江码头，旧英租界，也炸坏很多，可是汉口还是老汉口，还是高楼大厦，还是带铃的包月车在柏油路上飞驰，弄堂里二房东三房东的生活还是在那旧的轨道上转，他们七八年就始终没有离开过抽水马桶和后门的楼梯。我们去了又来了，日本人来了又去了，这在他们也许像是“出将”“入相”似的看了一出戏。这其间的血泪，痛苦，斗争，绝望和新生，在他们竟隔了一层，因为他们在“自私”的围墙里始终可以过得“很好”的缘故。[②]

及到回到多年未见的旧都北平，所见却又是一幅“冒险家的乐园”：

可是有谁想到这严寒的北平正是冒险家的乐园吗？投机商不再住在昆明，昆明的时代已经过去；他们去到长沙，摇摇头，没有什么“活头”；他们又来到汉口，汉口也场面太小；他们来到北平，北平正是怨声载道，洪水，猛兽得意的地方，这正是他们的温床！

对于北平人民，和平不是自由，而是加速死亡。在敌人的统治下，一个小公务员可以养活一家五六口人，虽然他们必须吃混合面，买配给煤。可是八年来他们“过得去”，没有日本人使他们面临如今他们面临的这种饥寒的深渊。三个月来的中央统治，已使物价升高了廿倍，而且还在继续飞跳中，北平人每日见面的谈资，不再是“今天天气…”，也不再是中央的消息，而是柴米油盐的价格。可怜的北平人，八年来习于安定的生活和正常谋生之道，只知道观望物价上升，怨声不止，由吃配给面而吃棒子面窝头，由吃肉而吃素菜而吃咸菜而吃盐巴。三个月的和

① 如上所引均据查良铮《从昆明到长沙——还乡记》，《独立周报》第5期，1945年12月24日。

② 查良铮：《岁暮的武汉》，《独立周报》第7期，1946年1月24日。

平日子对他们是一个不可相信的恶梦，是给他们八年坚强信念的一纪［记］耳光。①

不仅满心期待和平的民众领受到了残酷的现实打击，穆旦本人其实也曾遭遇找不到工作的窘境——在1955年所写的一份思想总结材料中，穆旦称“原拟离开军队另觅文职，但在北平只见军人‘有办法’”，因此，接受罗又伦的邀约到东北办报，所办即《新报》。② 这里所谓只有军人有办法和冒险家得志的现实图景，绘写出了现实给予穆旦的残酷教训，20世纪40年代后期，穆旦诗歌变得愤慨、粗砺，其实是有着强烈的现实动因的。

总体而言，检视穆旦的全部作品，散文文体始终少有写作——也不妨说，在穆旦的写作之中，多是严峻之作，多见人生与现实的纠结，而始终少有一种闲适性的文体，较早的《梦》表达了“不要平凡地度过”人生的意念，后来也有诸种“不安分”的行为，以此来看，这样一种文体的放弃或许是有意而为之的。若此，穆旦的非诗歌类文字与诗歌写作保持精神上的关联性，自然并不出人意外，但选择一种文体（风格）而放弃另一种文体（风格），终究是一个耐人寻味的事实。

三　书信写作：个人与历史的复杂关联（一）

现存穆旦书信共69封，其中，较早披露的有29封（1997）③，它们一经披露就成为了考察穆旦晚年生活、特别是诗学思想的主要依据。新近披露的有40封（2005，2006）。④

大致区格收信对象，可将穆旦书信分为三类：一类是给家人的信，对象包括妻子、妹妹、父亲以及外甥等人，所谈及的主要是日常性事件。一类是给同学、友人的信。收信人除巴金为年长一辈外，其他的基本上均年龄相仿，其中不少在文学、翻译方面都有所创造，如杜运燮、杨苡等人；其内容，一方面是谈及生活情形，其中既有对过去生活的回忆，也有对现实生活

① 查良铮：《回到北平，正是“冒险家的乐园”》，《独立周报》第8期，1946年2月1日。

② 据穆旦档案之《历史思想自传》（1955年10月）。

③ 曹元勇编《蛇的诱惑》（珠海出版社1997年版）首次收录了穆旦致郭保卫和孙志鸣的书信（未全部收录且有所删节），两者均是穆旦晚年所结交的年轻朋友。

④ 穆旦致唐振湘的信稍早披露，见唐振湘、易彬《由穆旦的一封信想起……》，《新文学史料》2005年第2期。《穆旦诗文集》则新增了39封；原先披露的书信中被删节的内容也被补充完整。

的摹写，还有对将来生活的展望；另一方面是谈论文学，主要有晚年的写作与翻译情况，对文学状况的认识以及诗学观点的表达等等。还有一类即是穆旦给晚年所结交的两位年轻朋友郭保卫和孙志鸣的信。两人与穆旦没有亲属关系，且年龄、学识差距很大，实际通信数量却很多，实存致郭保卫的信即多达 26 封。所谈内容与第二类相近，实际行文风格却有所不同，比如同样谈到文学方面的问题，第二类主要是谈论与交流，这一类则多指导与训诫，在某种程度上，穆旦充当了一种人生导师的角色，有研究将其比作里尔克的《致青年朋友的十二封信》。[①]

从写作时间上看，除了1944 年 1 封，20 世纪 50 年代 2 封，60 年代 2 封外，其他的均是写于 1970 年之后了，1975—1977 年间尤其多，可见，穆旦晚年书信写作相当频密。而这事实上还不过是被保存下来的数目而已，据日记，1970 年上半年以来，穆旦即开始与友人如杜运燮、萧珊等人通信；给家人的信更是相当频繁，但相当一部分并没有被保留下来。这里将首先通过这些书信来考察一下穆旦晚年的心境。

穆旦普遍被认为是一个性格内敛的人，被打成“历史反革命分子”之后，周与良称他有着较长时间的精神压抑，“变得痛苦的沉默，一句话也不愿意说”。[②] 但这么多书信无疑表明晚年穆旦有话要说，渴望与人交流。那么，是什么力量驱动穆旦“开口说话”呢？换言之，是什么因素促成了晚期穆旦和时代的深入关联呢？结合全部书信以及相关材料看，可大致归纳为三点：

首先是日常性因素。通过书信向家人、友人陈述家事、报送平安，同时也了解对方的生活情状及打听相关信息。这是最惯常的情形，无须多言，可特别提出的一点是，某些时候，通信与收信人的身份有关。比如致信孙志鸣就和他的知青身份有关。其时，穆旦长子查英传已下放到内蒙古，其间认识了孙志鸣。儿子的前途是穆旦晚年非常忧心的一件事，据查英传回忆，“父亲有我们公社管知识青年的干部的地址，对跟我有关系的全部的人都感兴趣，包括跟知识青年聊天，就是想了解我当时的情况。就是因为我们家有这么个知识青年，结果所有跟知识青年有关的事情，他都打听”。[③] 1976 年 1 月 19 日夜里，穆旦骑自行车摔伤了腿也是为了给儿子打听招工的事——一

① 参见子张《不合时宜的诗学——以“致郭保卫书”索解穆旦“文革”后期的诗学思考》，《文艺理论研究》2006 年第 2 期。

② 见李方《穆旦（查良铮）年谱》，《穆旦诗文集》（2），人民文学出版社 2006 年版，第 371 页。

③ 据 2006 年 4 月 12 日笔者与查英传、查明传的谈话。

种带有利益关系和功利目的的现实将穆旦拉到了最为俗世的层面。穆旦最终正是被这次缺乏及时治疗的摔伤而夺去生命，其中所透现的乃是一种强烈的现实之痛。

其次是心灵沟通的需要。这一点，与穆旦年龄、学识差距都很大的郭保卫的观点非常贴切："他需要的也许并非有资格的诗歌与翻译评论家，而迫切需要和久久渴望的，应是心灵的理解与沟通。"[①] 从晚年书信来看，一种忧伤情绪紧紧地压在诗人心上，它尤其明显地呈现为对于生命消逝、年华不再的喟叹，比如，1972 年萧珊去世之后，穆旦给友人杨苡写道："究竟每个人的终生好友是不多的，死了一个，便少一个，终于使自己变成一个谜，没有人能够了解你。我感到少了这样一个友人，便是死了自己的一部分（拜伦语）；而且也少了许多生之乐趣，因为人活着总有许多新鲜感觉愿意向知己谈一谈，没有这种可谈之人，那生趣自然也减色。"[②] 又比如，1976 年穆旦与老同学董言声的通信，这是晚年穆旦书信中最动情的篇章，其中多次谈及早逝的同学董庶，"人生很不圆满，有头无尾，令人莫名其妙，谁写这种剧本该打屁股"。"咱们一混想不到就是六十岁了，这个可怕的岁数从没有和自己联系起来过。好像还没有准备好，便要让你来扮演老人；以后又是不等你准备好，就让你下台。想到此，很有点自怜之感。"[③] 在这等心绪之下，古典诗歌成为了情感的载体，书信多次抄录，比如《归田园居・二》，称"很爱陶潜的人生无常之叹"。[④] 又比如，当年中学时即学过的杜甫诗歌、辜鸿铭英译的《赠卫八处士》，"我奇怪的是，人在年青时，就感慨人生无常，咱们十七八岁喜读它，现在添上四十多年经历，更该如何深有感触吧！"[⑤]"谁也想不到"《赠卫八处士》竟成为"文化大革命"末期老同学"通讯的主题之一"。[⑥] 因为这样一种特殊的境遇，不仅穆旦血液中的传统文学因子被激活，这样一种人生无常类型的古典诗歌更是契合了穆旦和同学们当时的心境，沟通成为必要。

再次是对于现实环境的感知。总体而言，穆旦对现实的察知方式基本上是从文学切入的，即针对文学创作和文艺界的现实境况而发言，其中最重要

① 郭保卫：《穆旦，假如……——忆诗人给我的 29 封书信》，杜运燮等编《丰富和丰富的痛苦》，第 210 页。

② 穆旦：《致杨苡》(1972 年 11 月 27 日)，《穆旦诗文集》(2)，第 139 页。

③ 穆旦：《致董言声》(1976 年 5 月 25 日)，《穆旦诗文集》(2)，第 168 页。

④ 穆旦：《致孙志鸣》(1976 年 3 月 31 日)，《穆旦诗文集》(2)，第 235 页。

⑤ 穆旦：《致董言声》(1976 年 3 月 17 日)，《穆旦诗文集》(2)，第 165 页。

⑥ 赵清华：《忆良铮》，杜运燮等编《丰富和丰富的痛苦》，第 193 页。

的有两点。一点是对于文学现状的察知，多次谈及当时文学界处于“空白”状态，流行的不过是“小靳庄诗歌”，缺乏“事实如何”的现实主义作品。与此有关，反复陈述诗歌翻译行动，其中最为核心的部分是希冀所译外国诗歌能够促成中国文艺的“复兴”。奇妙的是，这种察知却生发了两种相反的精神图景：一方面，他以肯定语气强调了“自我”与“时代”的关系：“我是特别主张要写出有时代意义的内容……首先要把自我扩充到时代那么大，然后再写自我，这样写出的作品就成了时代的作品。”[①] 另一方面，怀疑精神又时时透现，“诗在目前的处境是一条沉船，早离开它早得救”。[②] 透过这种看似自信却又充满自我怀疑色彩的表达，不难发现残酷的、变幻莫测的时代语境在诗人内心的投影：正如“沉船”一词所寓示的，诗人正在“下沉”，他的脚下已没有一块稳定的基石，已无法清晰地判断自我（个人）与时代的关系。

另一点是，针对文艺界“取消”与“恢复”情形，即“旧的一切并不能全取消，以前以为是取消了，现在恢复得好厉害”一类情形，穆旦省察到了“历史重演”的命题：“历史重演，个人的历史也是多次重演。”[③] 与此相关，针对某些文艺界人士，特别是当时一度荣任文化部副部长又很快“倒台”的袁水拍，穆旦多有感触。袁水拍是穆旦交往的诸多个案中重要的一个[④]，袁水拍及相关事件让穆旦很受“教育”，促成他从另一个角度来省察“个人”与“时代”的关系：“灵魂和利益的冲突，出卖灵魂而就飞黄腾达，这够发人深省……我以前曾坚持的一些看法，现在看来是对的，尽管当时是格格不入，被认为‘跟不上时代呀’等等。许多‘跟上时代’者往往今日都傻了眼。”[⑤] 穆旦将对于文艺界一些“反复”现象的思考和那些与自身有着较深交往的个体生命浮沉的思考结合在一起，表明其思考向度乃是从自身境况延伸而出的。这一思考集中于穆旦去世前夕，无疑又为其早逝增添了几分悲怆色彩。

---

① 穆旦：《致郭保卫》（1975 年 9 月 9 日），《穆旦诗文集》（2），第 188 页。

② 穆旦：《致郭保卫》（1976 年 8 月 27 日），《穆旦诗文集》（2），第 206 页。

③ 穆旦：《致江瑞熙》（1977 年 2 月 16 日）、《致巫宁坤》（1977 年 2 月 12 日），《穆旦诗文集》（2），第 160、180 页。

④ 能查到的零星线索是：1943—1944 年间，穆旦替《文聚》拉来了当时在解放区的袁水拍的稿子；1946 年，袁水拍给穆旦主编的《新报》写过稿；穆旦回国后，袁水拍多次将著作和译作题签赠给穆旦（据穆旦藏书，按常理推断，穆旦也应回赠译著，但目前缺乏资料证明），1957 年，袁以《人民日报》文艺部主任身份向穆旦约稿。穆旦晚年在与郭保卫等人的信中多次问及文化部与袁水拍的情况，且有所评论。

⑤ 穆旦：《致郭保卫》（1976 年 12 月 9 日），《穆旦诗文集》（2），第 221 页。

至于写作时间较早的书信，也是别有意味。早年致唐振湘的信已如前述。致萧珊的信原本非常多，但基本上都毁于“文化大革命”期间，仅存1953—1954年间的两封。所谈话题，既有文学和翻译方面的，其中包含了翻译《文学原理》和普希金诗歌方面的信息；与此有关，还谈了对私营出版社要归并到公营一事的看法。同时，也谈及了个人境遇以及对于时代的感触：“我们的忧郁感许是太浓厚了一点”；“这是一个沉闷的时期”，“朋友们都这么彼此多疑”。“同学乱提意见，开会又要检讨个人主义，一个礼拜要开三四个下午的会。每到学期之末，反倒是特别难受的时候，很没有意思，心在想：人生如此，快快结束算了”。[①] 穆旦与萧珊、巴金夫妇的纯真友谊从1940年代初期就已开始[②]，20世纪40年代中期在重庆，1948年在上海，穆旦都与他们有较多交往。1953年穆旦回国后，与萧珊通信频繁，多次互赠译作，穆旦译著的大量出版，与萧珊、巴金夫妇是分不开的。[③] 1972年，萧珊去世之后，穆旦还在致杨苡的信中谈到两人共同的好友萧珊（见前引），并且写下了悼念萧珊之作《友谊》（1976年6月）。在这样的好友面前，穆旦完全袒露，无所顾忌。总体而言，这些书信也能见出穆旦的心志与现实境遇，只是相较于晚年书信，其中所纠结的个人与历史的关联要相对清晰化、简单化一些。

关于穆旦书信，“毁弃”与“存留”的话题也值得一说。不仅较多书信均被毁弃，穆旦也曾将自己的去信归入该毁弃之列，他一再告诫对方：“不要留我的信，看后就扔，这是最重要的先决条件，如是咱们可以随便（也不太随便）谈谈，而无后顾之忧。”[④] 在得到“信已焚”一类答复之后，通信才得以继续——“信已焚”乃是一些朋友在他面前撒的一个善意的谎，一种违背诗人初衷的事件由此不得不称之为幸运，穆旦晚年资料得以保存。朋友们来信多半实实在在地被毁弃了，以郭保卫为例，据说他和穆旦通信的比例约为2∶1或3∶1，他“爱发问”，说话也很“坦率”，穆旦看了“也有很多想法”；但穆旦妻子“担心这些都是祸根”，就把它们“捡在一起烧

① 穆旦：《致萧珊》（1953年×月18日）、（1954年6月19日），《穆旦诗文集》，第129—133页。

② 参见李方《友谊的永恒鉴证——穆旦致巴金夫妇四封佚函勾沉》，《文汇读书周报》，2005年12月2日。

③ 在1953年之后数年，萧珊、巴金夫妇的通信中，也有不少提及穆旦的地方，这能增加读者对于这一时期的穆旦的了解，参见李小林编《家书——巴金、萧珊书信集》，浙江文艺出版社1994年版。

④ 穆旦：《致郭保卫》（1975年9月6日），《穆旦诗文集》（2），第183页。

毁”了。[①]

由于穆旦本人对去信持毁弃态度，来信由谁来毁弃已经不再重要——只是后设读者难免会有所假设：如果来信有幸能存留下来的话，那么，将会有一个更为真实的语境来呈现晚年穆旦的各类观念、话语、感叹究竟是如何生发出来的，对穆旦的理解无疑也能更为深入。但所能看到的终究只是目前这样一种状况。如昆德拉所言，那些背叛穆旦“遗嘱”的友人，那些生活在惶恐之下的穆旦家人，都是包围着穆旦的“雾”，在那样一个极端严酷的历史时刻，“他们既不了解历史的意义，也不知道它未来的进程，甚至不知道他们自己的行动（通过它们，他们无意识参与那些其‘意义脱离他们自己’的事件）的客观意义，他们在自己的生活中前行犹如人在雾中前行”。[②] 这些“雾”正见证了穆旦与历史的复杂关联。

四　日记写作：个人与历史的复杂关联（二）

较早的时候，细心的读者应就能得知穆旦记日记的信息，1987 年，穆旦的子女曾透露：1976 年 12 月，穆旦经朋友打听，得知《唐璜》译稿仍留在出版社，很受鼓舞，“他在很少写的日记本上写道：76.12.9，得悉《唐璜》译稿在出版社，可用”。[③] 之后近 20 年里，穆旦家属对相关信息不再提及，直到《穆旦诗文集》出版。不过，如前述，情形倒并不完全如子女所言“很少写”，实际数量可算较多，时间也并不算短。

如果说书信写作是出于某种交流的目的，尽管这种交流也很私性；那么，日记写作则是完全私性的。是什么驱使穆旦记下自己的行为、心情以及外在的社会事件呢？可以想见，穆旦当时应不曾想到它日后将面世；而它能历经抄家、搬家而存留下来，本身已近于奇迹。没有资料表明它当时的遭遇：来抄家、逼穆旦一家搬家的年轻的红卫兵有没有发现它？发现了是什么态度？穆旦又如何精心保存而使它不致被抄走或遗失？都不得而知，那么，只能从文字本身着手考察。

日记起于 1959 年 1 月 1 日，这是一个饶有意味的时间点，1958 年年底，

---

① 郭保卫：《再忆穆旦》，《新文学史料》2007 年第 2 期。按：可能仅有少数来信被保留下来，如巴金来信，收入《巴金书信集》，人民文学出版社 1991 年版。

② ［捷克］米兰·昆德拉著，孟湄译：《被背叛的遗嘱》，牛津大学出版社、上海人民出版社 1995 年版，第 221—222 页。

③ 英明瑗平：《忆父亲》，杜运燮等编《一个民族已经起来》，第 142 页。

穆旦被南开大学宣布为“历史反革命分子”，被逐出讲堂，到图书馆监督劳动。1959年1月9日，被天津市中级人民法院正式判处管制三年。在失去人身自由、文学创作与翻译都被中止的时刻，穆旦开始记日记。这显然不能视为一种巧合，文字背后也应有某种冲动。

穆旦将日记内容归为三类：“①思想斗争的过程，反省到的自身错误，自勉的决心及计划。②公开的发言。公务及私务。③值得记下的感情（而非自然主义地把一切琐屑都记下来）。”① 但粗略翻阅即可发现，以1970年2月16日为界，日记呈现出截然不同的两种记法。之前，大段抄录各种讲话、文件、毛泽东诗词，即所谓“公开的发言”，字数往往在数百字以上。自我反省和思想斗争的内容也不少，如1959年1月19日的日记称：“我的好与人争吵，必须改掉。杀气腾腾，这是我过去的作风的大毛病。若不如此，则不会犯种种错误。必须谦虚而谦和。”这一类篇幅稍短，一般为百余字。

之后呢，完全是“自然主义”式的流水账：上午做什么，下午做什么，晚上做什么。内容为各式各样的体力劳动与日常事件，最长不过三四十字，一般为十余字，最少仅有两个字。相关背景几乎完全隐去，比如，1970年5月5—6日（下放完县期间）的日记为：“下午开校动员大会，连动员大会，4·18反革案。”初看之下，仿佛是密语。查阅相关材料才能得知，原来在1970年4月18日这天，南开大学校园内出现了反革命标语。标语是剪贴报纸上的铅字拼成的。5月4日这天，全校师生从完县返回，追查这一案件。② 但更多情况下，比如1970年5月11日“开市内落实3个文件大会”，1971年3月15日下午“开展‘四大’大会”，4月8日晚“大会批黑电台”，1972年1月26日晚“讨论公开信”等等，尽管能推断出穆旦被卷入到政治旋涡之中，但因缺乏背景材料，无从察知其确切含义。

据说，在类似环境之中，记日记无疑是一件危险的事情，实际存留下来的日记非常之少。有两种写法最为典型：一种是“流水账”，另一种则是时代主流话语塑造而成的“套话”。前者“用词谨慎，四平八稳”，因为“日记中的材料，流露的思想和感情可以被解释或穿凿附会为置人死地的罪名”；后者呢，“绝大多数人没法在这种语言之外形成和表述思想，而这种语言中的思想和感情则可以自动地与统治权力的意志保持一致”。③ 表面来看，穆旦这一时期的日记即是如此。1970年2月16日之前那些抄录讲话、文件，有

---

① 李方编选：《穆旦诗文集》(2)，第255页。

② 魏宏运：《魏宏运自订年谱》，社会科学文献出版社2004年版，第74页。

③ 徐贲：《邂逅口述史，发掘口述史：苏联的人民记忆》，《读书》2009年第1期。

着较多自我反省与思想斗争的内容看起来就像是主流话语塑造而成的“套话”；之后关于日常生活的流水账，则看不到他的内心世界，很显然，穆旦违背了记录“值得记下的感情（而非自然主义地把一切琐屑都记下来）”的初衷，他有意识将自己隐藏在文字背后——也可说从一开始就是这样，那些能够充分而深刻地体现穆旦当时实际境况的事件以及穆旦所持情感态度在日记里基本上从未出现，日记发生之初的被正式宣布为“历史反革命分子”这一重要事件即没有写进日记。

果真如此吗？站在后设立场往回看，事实就这样充满着吊诡色彩：一方面，阅读经验总会提示此一时期的文字——即便是“潜在”的——往往是靠不住的；但另一方面，究竟应该用什么准尺来衡量“靠不住”呢？是作者后设性的文字陈述与解释？还是作者当时的其他文字？

不妨先从当时穆旦的其他文字来看，在1959年9月底的日记里，穆旦抄录了恩格斯《反杜林论》中关于“自由”的观点；稍早公开出版的、为译著《雪莱抒情诗选》所写序言里，穆旦也评价了雪莱的“自由观”：“‘自由’不能是一个抽象概念，而是有阶级性的；这一阶级的自由就意味着另一阶级的不自由。同时，自由作为一种精神状态，也必须有其物质基础，贫困的人们是谈不上自由的，因此，他号召无产阶级”“起来”，“摇落你们身上的锁链”，“所以恩格斯赞誉雪莱是‘天才的预言家’实非偶然”。[①] 可见穆旦对于经典马克思主义作家的阅读较早就已开始，援引经典马克思主义作家的赞美性评价来寻求所研究（翻译）对象的政治合法性，乃是当时及此前此后很长一段时间内的普遍做法，一种为保证译著顺利出版而施用的译介策略。

但以复杂的眼光来打量这些文字是必要的，前一章的分析已经指出，这份评介雪莱的序言阶级分析色彩非常重，其中固然包含了策略性因素，但似乎也可说是时代主流话语方式在诗人身上打下了某种烙印。但《丘特切夫诗选》的翻译以及长篇《译后记》的写作又表明过于强调这种“烙印”并不恰当，这次也带有“公开”性质的译介行为虽然也援引列宁、托尔斯泰等经典作家的赞美性评价，总体评价却较为精当，阶级话语似乎又基本消失了。在我看来，这样一种复杂的、矛盾的景状透现了严酷的时代在渺小的个体身上所施与的压力，不同的历史语境给写作者造成了不同的压力，个体为了应对这种压力似乎将无可避免地呈现出复杂的态度与立场：落实到写作，良好的艺术修为固然能够保证穆旦写作行为的品质，但历史的负压却总是透过其作

---

① 查良铮：《译者序》，《雪莱抒情诗选》，人民文学出版社1958年版，1982年3印，第14—15页。

品或显或微地呈现出来，所谓认识的拘囿——对于时代话语的顺应，既可能是有意的策略使然，却也可能是一种切实的认识。

这种复杂性或许正可比照穆旦日记，特别是1970年2月16日之前的日记：它很可能只是一种策略，不是为了出版，而是设若有朝一日被抄家受审查的时候，有一份证明自己与时代主流话语合拍态度的材料？但是，也可能就是一种“套话”，即便是一种私性材料，也渗透着时代话语的影响；在那些记录思想斗争、充满反省色彩的内容里，也未必没有非常真诚的情感在里边。总之，不妨以一种复杂的眼光打量这些日记——或许，正是这种含混的复杂性构成了穆旦写作日记的动力，造设了日记文字的多重语调。

反观穆旦本人所规定的三条原则——尤其是“值得记下的感情”一条，以当下的认识来理解，它确乎是可疑的；但若结合如上背景，那也可说它在一定程度上透现了穆旦在特定时代环境之下对于“值得记下的感情”的含混理解，这里边既不乏热切的投入，也有冷静的防备——1970年2月16日之后日记笔法的骤然变化，很可能即是防备心理最终完全占据了上风：简约文字足可记录一个诗人“劳动改造”的情形，文字一多就可能会“出了谨慎的范围”。[①] 这一相对单一的防备姿态，无疑更彰显了此前那种含混而复杂的姿态。

从现存日记与书信的写作时间来看，两者基本上并不重叠，恰巧具有一种互补性或连续性，20世纪60年代后期到70年代前期，有较多日记，书信却基本上没有存留下来；之后日记记得非常稀疏，但较多书信存留下来。虽然实际情形并非如此，但读者终究能够较为连续地了解穆旦这一时期的生活状况与精神境遇。

将两种写作放置在一起，可发现一个富有意味的现象：尽管穆旦要求一些友人看信之后即扔掉，但写信本身毕竟是一种主动的行为，袒露心迹、与人交流在相当程度上乃是主动的。在更为私性、封闭的日记写作中，穆旦却极少——几乎没有——袒露心迹。而其实际效果，书信所透现的作者形象是清晰的，日记则不得不以一种复杂的眼光来打量，这样两种近乎背反的行动及效果无疑进一步外化了穆旦与历史之间的复杂关联。

书信和日记对于传记研究的作用毋庸置疑，但它们终究是相对驳杂的文学类型，就其功能而言，相较之下，书信除了能呈现穆旦的基本信息之外，

---

① 在致郭保卫的信中（1976年10月30日），穆旦写道，“你嫌我写信最多不过两页，但我觉得已经够多了，出了谨慎的范围了”，见《穆旦诗文集》（2），第213页。

还有助于解释穆旦晚年的写作。穆旦书信较早披露是在 1997 年，旋即受到学界推重，成为考察穆旦晚年生活、诗歌写作、翻译行为的重要依据；但严格说来，其中所呈现的穆旦，有谨慎、悲观或愤慨的方面；内心脆弱（更为动情）的一面却并没有很好地浮现。[①] 也即，它们既较早披露了穆旦晚年形象，却也遮蔽了穆旦形象的某些侧面，妨碍了对于穆旦晚年写作图景——包括一些写作与修改动因的认识。事实上，家属对于穆旦日记的冷处理也在某种程度上遮蔽了穆旦形象。

前面已经梳理过晚年穆旦诗歌写作和翻译的情况，不难从中看出这些写作行为与书信之间的深刻关联。今人多以“潜在写作”来研究 1949—1976 年间那些没有公开发表的写作现象，穆旦晚年的写作，书信、日记以及诗歌写作、翻译这四个文类，基本上都具有“潜在”性质。如上缕析表明，即便是穆旦这般有着良好的艺术修为且历史负压较小的作者，这些“潜在作品”也还是具有多重效应，或显或隐地浮现了个人与历史的复杂纠葛——一个渺小的个体在大时代里的矛盾境遇。

当然，放到 20 世纪六七十年代的大语境当中，穆旦写作的特色依然非常卓特：相当多的“潜在作品”构设了个人受难的图景或者个人与时代对抗的线索，其中内蕴着一种向外张扬的品质，一种主体精神，写作者或者作品主人公往往被塑造成一个拥有强大精神力量的主体，时代或世界则成为被质疑、被否定的对象。而在经历了漫长的折磨之后，晚年文字（特别是诗歌和书信）里的穆旦看起来在不断地往里缩——往自己的内心、往“死亡之宫”（语出《沉没》）缩，这些退缩的、哀婉的、死亡的诗篇，这些有意规避了“权力（外在社会）→个人”这一“时代视角”的诗篇，在我看来，乃是那个时代里最动人的声音——而这，恰恰体现了“个人”与“时代”更为深挚的关联。

结　语

通过如上缕析，不难发现，穆旦所作各类文字，与其内心境遇始终息息相关。而这，又不难解释为什么穆旦所作的总体数量是如此之少——它与诗歌写作总量较少之间的对应不是一种表象，而是分享了共同的生发机制。一

① 见曹元勇编选《蛇的诱惑》，珠海出版社 1997 年版。

如穆旦无意通过传奇行为的宣扬来成就自身形象，他也无意于通过各类文字的写作来完成自身的形象。

从另一个角度看，穆旦晚年的书信与日记，均出现在非常私性的场合；早年的文章虽较多，但时年尚幼，且均为校园刊物，流传面极为有限。仅《新报》时期公开发表的文字较多，但《新报》终究不过是一种地方性报纸，而且，署名又是本名或“金”，一般的读者根本无法将它与“穆旦”直接对应上。因此，影响终究也有限。这样一来，“穆旦”的名声长期被湮没也就可谓一种“历史的必然”。

第六章　穆旦的诗歌修改行为

一　基本情况说明

穆旦是一个对写作不断进行修改的人。细细检索穆旦诗歌发表刊物、诗集以及为数不多的手稿，即可发现多有版本歧异现象。[①] 综观之，其修改，有的仅仅是标点符号、语法使用或个别字的改动与更变（如“的”、“地”、“底”以及“那”、“哪”的不同写法等）；有的则是词语、诗行、章节乃至诗歌形式的改变。粗略地说，前种情形尚不足以带来诗歌理解上的误差；后者则很可能见出诗人的美学立场或人生经验的某些重要的变化轨迹。但从文献学的角度看，诸种情形均需纳入版本考察的视野之中。据统计，存在版本歧异现象的诗歌共约100首，占到穆旦全部诗歌总数153首[②]的2/3。穆旦诗作修改的力度之大、范围之广可见一斑。

从目前的研究情况来看，尽管学界对于穆旦诗歌的修改行为以及不同版本所产生的不同效果有所讨论，但相当零碎；而目前所出版的多部穆旦诗集均未对版本变更情况做出足够详尽说明，即便是目前收录穆旦诗歌最为齐全的《穆旦诗文集》(2006，以下简称《诗文集》版)，虽然对少量非常重要的修改行为做出了说明，如《从空虚到充实》、《冬》等诗篇的修改情况，并且指出“诗歌，凡独立结集出版者，均按历史原貌重排再现”；“同一诗作在不同的诗集被重复收入者，以最早版本所发表的文本收录”。但是，也明确表

---

① 除诗歌写作之外，翻译也多有修改，其中所涉情况也较为复杂，部分讨论可参见高秀芹、徐立钱《穆旦　苦难与忧思铸就的诗魂》之“第七章　雪莱抒情诗的翻译”、“第八章　《拜伦抒情诗选》的诗译修改”，文津出版社2006年版，第143—179页。

② 《穆旦诗文集》实录诗146首，其中《法律像爱情》是误收，为奥登诗歌的翻译；又，散文诗《梦》、1948年发表于《中国新诗》的《绅士与淑女》以及1976年的残诗《面包》收入了《穆旦诗全集》，但未收入《穆旦诗文集》，这里仍计入穆旦诗歌；此外，另有5首佚诗。各项数据综合起来，合为153首。

示：诗人对作品的修改"始终没有停止"，收入文集的，"尽量以诗人手稿、包括修改稿为依据"。[①] 事实上意味着，穆旦诗歌的修改情状与版本问题基本上被悬置，这无疑将会在很大程度上妨碍对于穆旦写作行为的更深入的透视。

关注穆旦的诗歌修改行为，其动因还可包括这样两重因素：其一，穆旦的写作量一直并不大，这意味着穆旦是在一个相对较小的基数之上进行修改的，这无疑强化了修改的力度，也凸显了穆旦对于写作行为的重视——而这，也不妨从反面来看，那就是正因为对于写作行为非常重视，写作本身得到了有效的控制，修改也是自我控制的一种方式。

其二，有一个关于修改的细节。据称，在西南联大读书期间，学生组织成立了"南湖诗社"，穆旦为成员之一。当时主事的同学后来有回忆，"每次出刊，穆旦都带头交稿"，"他的作品，是高质量的，多次受到社友和指导教师的赞许"。他们有时也请穆旦"帮忙审稿，他水平高，鉴赏能力强，但他很虚心，不愿动笔修改，对于不该入选的作品，他常常说：'请您再看看，这篇这段是否有问题。'"[②]"不愿动笔修改"表明年轻的穆旦不愿将个人的判断与审美趣味凌驾于他人之上，并不愿去改动他人的作品。

比照他自己的写作，情形恰恰相反。一如穆旦对于自己的创作极少阐释的兴趣，对于修改的行为，也是同样缺乏阐释，这一点，与一些重要诗人如卞之琳、冯至等形成了差别。[③] 但修改所涉面积既如此之广，有理由相信，对于穆旦而言，编订即是对于自我写作行为的一种重新审视。因此，在某种程度上，缕析穆旦的修改行为，也即是缕析他的写作本身。

而对穆旦诗歌各时期的修改情况做进一步缕析，又可提出这样一些现象：

其一，早期写作几乎没有改动。原因似乎也并不复杂，对于早期诗歌（所谓"少作"），穆旦本人未必有足够多的认同，甚至可能是在有意摈弃之列，在由穆旦本人所编订的 4 部诗集（3 部出版，1 部未能出版）中，早期

---

① 李方：《编后记》，《穆旦诗文集》(2)，第 392 页。

② 刘兆吉：《穆旦其人其诗》，杜运燮等编《丰富和丰富的痛苦》，第 128—135 页；刘兆吉致闻黎明等人的信（1988 年 7 月 21 日），收入闻黎明、侯菊坤《闻一多年谱长编》，湖北人民出版社 1994 年版，第 550—551 页。

③ 在这一点上，冯至、卞之琳等人的处理方式不同。可参冯至《诗文自选琐记》，原刊《新文学史料》1983 年第 2 期，收入《冯至全集》，河北教育出版社 1999 年版；卞之琳：《十年诗草（1930—1939）增订本・重印弁言》（1988 年 10 月 12 日），江弱水、青乔编《卞之琳文集》（上），安徽教育出版社 2002 年版，第 3—7 页。

诗作一律未录。不对其进行修改实属正常。后期诗歌仅有几处标点的差别。晚期诗歌的修改不算多，但也个非常有名的例子，即被反复讨论的关于《冬》的修改。

其二，与此相反的是，穆旦中期写作中的大部分作品都有所修改，可谓相当频密，只是修改程度有所不同而已。总体而言，除了《神魔之争》、《隐现》等少数几篇可算是重写之外，在主要层面上，穆旦只是对写作进行了一种局部或细部的微调，而非全局性的更动。针对大量的修改现象，势必将生发进一步的问题：修改行为到底发生在什么时候呢？《穆旦诗文集》并没有做出明确说明。大致推断，3 部公开出版的诗集均存在大面积的版本歧异，可见每一次出版诗集之前，穆旦显然都是仔细校订过自己的诗作。1948 年年底前后，似乎是带着总结此前创作的意图，穆旦又编订了一部诗集，写有《序》，收录了 1937—1948 年间的绝大部分诗歌（此前几部诗集均至 1945 年为止）；该诗集现已出版[①]，它对各首诗都进行了修订，现今所看到的《穆旦诗文集》中的所谓定稿可能就是这个时候改定的，但这一点暂时还只能猜测。

其三，在 20 世纪 40 年代的穆旦批评中，有一些文章明确指出了穆旦诗歌的缺点，比如少若（吴小如）在《读〈穆旦诗集〉》（1947 年 8 月 21 日）中谈到："我愿为天才奔逸的人说句耸听的话，即浪费了天才真是件可惜的事。这本诗集中所收的诗篇真不算少，却未必篇篇是精品，恐怕作者自己未加一番选择，至少是选择得不够。我说的写作，并非指印成书的篇幅而言，而是指在写成一首诗时，是否有舍得割爱的勇气。往小处说，一首长诗是否经过删汰与提炼，使篇幅更见紧缩一些；一个长句，是否曾把句中的赘词冗字勾掉抹掉——这就是旧日所谓锤炼的说法。作者的诗集里有些首真是无可再精的精品（如《甘地》）；可是另有一些，就显得累赘、烦琐、重复、枝蔓，成了白圭之玷。谈到天才诗人，我们最容易想到李白。李白才气纵横，但比起杜甫来则缺少熔裁的功力。然而李白真正的好诗，依旧是无赘言、无赘字，甚至无拖沓的章法结构。作者的天才，老实说，真不比有新诗以来的老辈弱；加之他精力饱满，虽仅短短的几年中，已写下不算太少的篇什。他并非不懂锤炼，却未能篇篇锤炼，句句锤炼。"[②] 穆旦与吴小如当时未必有交往，但吴小如已与沈从文有较多交往，而沈从文对当时穆旦的影响较大。这里较多地引述了吴小如当时的批评，意在强调一点，这样的批评可能对穆旦

① 穆旦著，查明传等编：《穆旦自选诗集》，天津人民出版社 2010 年版。

② 刊天津《民国日报·文艺》第 93 期，1947 年 9 月 8 日。

形成了影响，促成他对写作进行修改。

二　主要修改类型分析

这里作为参照的仍是《穆旦诗文集》（在实际例子中，相关版本列前，《穆旦诗文集》版列后），尽管这一版本本身也存在若干错漏，但这部由《穆旦诗全集》衍变过来的集子在对穆旦诗歌的传播过程中起到了至关重要的作用，具有无可替代的权威性。为了更好地透析穆旦诗歌的修改行为，如下将从修改类型着手，所谓类型，包括从标题、形式、诗段、诗行、重要词句、结尾等等。

（一）标题的修改

例：《祭》

初刊香港版《大公报·文艺》（1940 年 9 月 12 日）时，题为《有钱出钱，有力出力》，收入《探险队》时，改为现题。原题比较直露，取用这一标题，一个可能的原因是：诗人袁水拍的早年诗歌《中国劳动者》中有“有钱出钱，有力出力”的句子，考虑到穆旦后来与袁水拍保持了较长时间的友谊，可能是穆旦阅读了袁水拍的诗歌，有认同感；当然，这一话语未必是袁水拍原创，穆旦也未必从袁水拍诗歌中看到，而是出于对时代流行话语的认同。而所作修改，有意抹去了时代话语的痕迹，也加强了某种悲悯的色彩。其他的标题修改例子还不少，列出一些重要的修改如下：

现题	曾用题	发表刊物或收录诗集
《合唱二章》	《Chorus 二章》	香港版《大公报·文艺》第 724 期，1939/10/27；《探险队》，1945
	《合唱》	《穆旦诗集》，1947
《童年》	《怀念》	杨苡所存手稿①
	《写在郁闷的时候》	《今日评论》第 3 卷第 24 期，1940/6/16
《控诉》	《给后方的朋友》	《自由中国》新 2 卷第 1—2 合期，1942/5/1
《摇篮歌——赠阿咪》	《催眠曲》	《文学报》第 1 号，1942/6/20
《诗八首》	《诗》	《文聚》第 1 卷第 3 期，1942/6/10
	《诗八章》	《穆旦诗集》，1947
《出发》	《诗》	重庆版《大公报·战线》第 919 号，1942/5/4

① 2002 年 6 月，笔者到北京采访过穆旦当年的几位友人，其时，杨苡先生向我出示了几份穆旦抄送给她的手稿，包括《怀念》（即《童年》）、《自然底梦》、《智慧的来临》、《冬》（第 1 章）等。这些手稿与《穆旦诗文集》版存在若干歧异。

续表

现题	曾用题	发表刊物或收录诗集
《祈神二章》	《合唱二章》	《文聚》第 2 卷第 2 期，1945/1/1
《裂纹》	《成熟（一）、（二）》	天津版《大公报·星期文艺》第 23 期，1947/3/16
	《成熟（一）》、《成熟（二）》	《穆旦诗集》，1947
	《成熟》	《穆旦自选诗集》，2010
《流吧，长江的水》	《重庆居》	《诗地》，1947/1/1
《森林之魅——祭胡康河上的白骨》	《森林之歌——祭野人山上的兵士》	《文艺复兴》第 1 卷第 6 期，1946/7/1；《文学杂志》第 2 卷第 2 期，1947/7/1
《三十诞辰有感》	《诞辰有作》	天津版《大公报·星期文艺》第 38 期，1947/6/29
《良心颂》	《心颂》	《穆旦自选诗集》，2010
《停电之后》	《停电之夜》	致郭保卫的信（1976/10/30），收入《蛇的诱惑》、《穆旦诗文集》

（二）形式的修改

例：《神魔之争》

前文已经谈到，重庆版《大公报·战线》（分 4 次刊出，1941 年 8 月 2—5 日，副刊第 803—807 号）《神魔之争》，远比《穆旦诗文集》版复杂，不仅明确标明为“诗剧体”，还着意凸显了表演性质，设定了“神”、“魔”、“林妖（男女各六）”、“东风”四个角色，诗中另设“幕”、“（下）”、“（幕落）”等标识。很显然，穆旦有意借助诗剧这一带有较强戏剧化色调的诗歌体式，来实现一个大的命题，即对于人类不和谐生存状况的隐喻。

之后，穆旦对它做了多次修改：1947 年 3 月，《穆旦诗集（1939—1945）》出版之前，进行了“重订”——也可说是“重写”，不仅弃置了初版本中明确标识的诸种戏剧化的表演因素，诗歌段落也有大量增删与修改。而现在通行的版本，则是家属所提供的修订手稿。

比照两种修改情状，更令笔者感兴趣的还在于形式，现在看来，尽管诗剧性质并未变更，形式因素却已大大减退——关于诗歌写作的复杂构想也在相当程度上被消抵。

（三）诗段的增删与调整

例 1《诗八首》

《诗八首》是穆旦诗歌中被阐释程度最高的，已被视为穆旦作品中的

“经典”。而被穆旦研究界反复征引的王毅的《细读穆旦〈诗八首〉》(1998)①，从其中两处修改引出了穆旦的精神背景的话题，讨论非常精当，这里摘录其主要观点：

一处修改是“我却爱了一个被并合的你”一句中，“被并合”被修改为“暂时”，“‘被并合’究竟是想传达诗人的什么意思？答案就在《圣经》中……《圣经》记述上帝创造了亚当，然后又取下他的一条肋骨造成一个女人。因此，人要离开父母，与妻子连合，二人成为一体。这种连合，事实上就是诗人笔下的‘并合’，这也就是为什么穆旦诗歌中写到男女爱情时，总是喜用‘残缺’、‘残缺的部分’、‘部分’、‘变形’、‘并合’这类字汇的宗教来源。虽然诗人后来将‘被并合’改为‘暂时’，但诗人构思创作时潜伏着基督教文化背景，这一点当无异议。”

另一处是结构的调整，即2、3两章的调换，尽管“无论哪一章排在前面都能与上下各章衔接而并不影响组诗的阅读”，但“将宗教神学原因排列前面。这种调整可以说明穆旦的基督教色彩。因为，在这种信仰中人看来，万物之中上帝是第一推动力。一切都是上帝的造物，没有上帝就没有人，也就无所谓爱情的自然本能。那么，宗教神学原因应该先于自然本能原因。恰恰也是这种调整可以让我们看到两方面的问题：一方面，穆旦显然没有成为一个真正具有基督教信仰的人。调整以前的排列方式可以说明这一点。这种排列顺序所呈现出来的思维方式与我们并无不同。也就是说，在对爱情起因的思考上，我们首先容易想到的是自然的生理本能，然后也许才想到上帝，想到在宗教神学中寻求解释。而一个真正已经具有虔诚信仰的基督徒，恐怕他更容易首先想到上帝，而不是自然生理本能。另一方面，穆旦的这个修改、调整，说明他正努力。宗教信仰必须是绝对的甘心情愿，凡有强迫的地方，就一定不会有真正的信仰。穆旦的痛苦很大程度就在于他对自己的强迫。他的这种强迫自己努力接近上帝，用基督教信仰阐释一切的做法，显示出传统价值信仰崩溃以及精神世界的空白与慌乱。这也就是何以穆旦创作中所援引、借用的《圣经》，大多集中在‘创世纪’部分，他所关心的焦点最后都落到那些有关人的存在的根本性问题：人从哪里来？向哪里去？为什么如此存在？‘创世纪’正是集中地回答这些本源性问题。所以，穆

① 刊《名作欣赏》1998年第2期。

旦与西方基督教文化的关系，事实上就是他的信仰重构过程。”[①]

例 2《给战士——欧战胜利日》

这首诗的修改实际上关涉到几个方面：标题、词汇和诗行、诗段的整体删除以及诗末所署写作时间的修改。如下 8 处修改尤为突出：

① 副题“欧战胜利日”缺

② 这样的日子，这样才叫生活，
再不必做牛，做马，坐办公室，
大家的身子都已直立，

再不必给压制者挤出一切，
累得半死，得到酬劳还要感激，
终不过给快乐的人们垫底，

再不必辗转在既定的制度中，
不平的制度，可是呼喊没有用，
转而投靠，也仍得费尽了心机，

还有你，几乎已经牺牲，
为了社会里大言不惭的爱情，
现在由危险渡入安全的和平，

还有你，从来得不到准许
这样充分的表现你自己，
社会只要你平庸，一直到死，

③“再不必给压制者挤出油来”→“再不必给压制者挤出一切”

④“这样充分的使用你自己”→“这样充分的表现你自己”

⑤“这么久了我们没有这机会”→“这么久了我们只是在梦想”

---

① 《细读穆旦〈诗八首〉》所提及的版本是《现代诗钞》版（《闻一多全集》，开明书店 1948 年版）。除此之外，该诗另有《文聚》版（第 1 卷第 3 期，1942 年 6 月 10 日）和《穆旦诗集（1939—1945）》版，其中前者是初版本，歧异较多，但基本无关宏旨。

⑥“有这么一天，什么都算洗净”→“有这么一天，不必再乞求”

⑦“大家的血里都唱着反抗的歌声”→“大家的血里复旋起古代的英灵”

⑧ 诗末所署“一九四五，五月”→“1945 年 5 月 9 日　欧战胜利日”[①]

分析：①、⑧两例，关涉到标题和写作时间的重置，增加“欧战胜利日”这样一个应景的标识，应是为了凸显触发写作的特殊机缘——凸显“胜利”之于战士在“生”的层面的意义，如诗歌最末一行所写：“看看我们，这样的今天才是生”。

② 为了更好地说明，所列为《旗》版前 5 节，第 3 节即在修改中被整体性地删除。在这个初版本中，从第 2 节到第 3 节，所使用的是一种铺陈式的方法，这在穆旦诗歌中是比较常见的。从措辞命意看，第 2 节是对一种普遍状况的描摹，第 3 节则可视为一种深化，它的核心是“制度”，“再不必辗转在既定的制度中”，所凸显的是此前那种“辗转在既定的制度中”的境遇。宽泛地说，第 2 节是结果，第 3 节是原因所在，也即一种现实的机制。以此来看，第 2、3 两节并非重复，相反，笔法、命意有变化，删除似乎并无必要。

删除的原因自是难以确断，可能跟“投靠”这个词比较生硬扎眼有关，既“辗转”于“制度”之中，又“投靠制度”，诗思比较倔拗，不大符合汉语表达习惯（思维方式）。在重新面对自己的写作时，穆旦可能有意清理了这种痕迹。

但从另一个角度看，第 4 行以“还有你”起首，从诗行展开的角度看，它是一个承接性的起句，即承接前面的诗句而来的。前两节以“大家”这一群体性的称谓来统称，表明是对一种普遍状况的摹写。“还有你”，则是将笔法从普遍转向具体的个人。这样的写法，《赞美》即是很好的先例，第一节为强度非常大的铺陈，第二节直接用“一个农夫”起首，“一个农夫，他粗糙的身躯移动在田野中”，笔法转换非常自然，却又能激发一种特殊的诗学效果。具体到《给战士》，单独来看，《穆旦诗文集》本中第 2、3 两节的效果很不错，写作图景的切换自然而有力。但延展到第 5 节，则暴露了一个问题，这一节仍然以“还有你”起首，从笔法上看，也是铺陈排比，这样一来，初版本中，2、3→4、5，在结构上具有一种对称性，将 3 抽掉，2→4、5，则多少有点结构失衡。

---

① ①、⑧两例出自天津《益世报》（《文学周刊》第 44 期，1947 年 6 月 7 日）；其他各例出自《旗》版（文化生活出版社 1948 年版）。

③“油”是一种具体性的指称，“挤出油来”，强调了一种被压制的状态，所谓“榨油”；“一切”是一个全面涵盖性的指称。从具体到“一切”，程度和力度大大加强。

④《出发》(1942 年 2 月) 中有：“知道了‘人’不够，我们再学习/蹂躏它的方法，排成机械的阵式，/智力体力蠕动着像一群野兽。”“使用自己”这一表述也内蕴着将“自己”拉低到了物（动物或者机器）的层次，“表现”是一个中性词。从实际效果看，“使用”可能要更好。

⑤“我们没有这机会”是一个惯常而随意性的说法。而标举“梦想”，凸显了个人的心灵——“心灵”在穆旦的写作中是一个出现频率较高的词。再一个，“在梦想”与下一句中的“终于”（“如今一切终于在我们手中”）构成了对应，化为最简单的话即是，“梦想终于实现”。

⑥“不必再乞求”明晰地标出过去的生活境况：在乞求里讨生活。不过，“什么都算洗净”其实也有很好的效果。这个“算”字是关键性的。从表面上看，是什么都“洗净”了，但“算”表明了“洗净”的限度——也可暗示表象现实与真相之间的差异，即，真相（比如个人真实的生存状况）并没有发生改变，但在“胜利”面前，一切都被表象化了，一切残酷的，都被表象的胜利喜悦所冲淡。穆旦的修改意图明晰了，也失却了一种微妙的诗学效果。

⑦“血”→“唱着”与“血”→“复旋”，从词汇搭配的角度看，后者显得更为贴切，有一种“血液的激荡”的效果。而且，“古代的英灵”在穆旦的写作中有着“前呼”与“后应”：《赞美》中有“多少朝代在他的身边升起又降落了”[①]；《森林之魅》中有“静静的，在那被遗忘的山坡上，/还下着密雨，还吹着细风，/没有人知道历史曾在此走过，/留下了英灵化入树干而滋生”。因此，“大家的血里复旋起古代的英灵”，可能并非一个实写，或者说，并非仅仅着眼于现实层面的蕴涵，而是有意拓展；相反，“大家的血里都唱着反抗的歌声”，仅仅是一个现实的说法。

例 3《停电之后》

这是穆旦 1976 年的作品，这一时期的作品都是在穆旦逝世之后面世的。其中，部分曾以遗作形式发表，多数则是直接由手稿而收录入集。由于穆旦本人已先行去世，这一时期出现的不同版本虽仍能反映穆旦的修改事实，但

① 从随后诗行看，“这是真正的力，为我们取得，/不可屈辱的，如今得到证明，/在坦途前进，每一步都是欢欣”，也与《赞美》构成对应，“我踟蹰着为了多年耻辱的历史/仍在这广大的山河中等待，/等待着，我们无言的痛苦是太多了，/然而一个民族已经起来，/然而一个民族已经起来”。

严格说来，穆旦本人的意志已显得暧昧不明。《停电之后》的例子更是提示了它的复杂性。

它曾多次“出现”，读者最先看到是在郭保卫的回忆文章之中（1981），题为《停电之夜》[①]；随后又在《穆旦诗选》（1986）中读到；更全面的版本则是随《蛇的诱惑》（1997）而首次披露的穆旦致郭保卫的信中（1976 年 10 月 30 日）——直到此时，读者才知道有所修改。问题倒不在于有没有对修改做出说明，而在于被删去的两行诗令人疑惑。如下为书信版第 2 节第 3—10 行：

我细看它，不但耗尽了油，
而且残流的泪挂在两旁：
那是一滴又一滴的晶体，
重重叠叠，好似花簇一样。
这时我才想起，原来一夜间，
有许多阵风都要它抵挡。
于是我感激地把它拿开，
默念这可敬的小小坟场。

从这几行诗来看，第 4 行末尾为冒号，第 5、6 两行诗为描述性的文字，生动地描述了蜡烛残留的情形，与冒号正好符合。删去这两行，第 4 行末尾的冒号不变，所对应的内容则变成了第 7 行——由一个描述性的内容变成了一种心理活动。从冒号本身所具有的语法功能来看，这种改动使得上下文意思衔接不当。而从诗意生成（诗歌经验）的角度看，“花簇”一词，与全诗最末一行的“坟场”构成了恰好的对应。蜡烛燃尽而剩余些许烛油（“残留的泪”），这不过是一个日常事件，而“坟”是一个富有精神内涵的镜像（或可称之为“心象”），将日常事件提升，这是一种常见的诗歌经验——穆旦在这一方面的能力是非常突出的。而从实际效果看，只有对日常事件（事物）有所铺垫，“诗意提升”才会显得自然而不至于很突兀，从这个角度说，“那是一滴又一滴的晶体，/重重叠叠，好似花簇一样”这一实写式的描述，却也恰似坟头上点缀着的花簇。也即，经由“花簇”这一中介意象，从“燃尽的蜡烛”到“小小的坟场”的提升显得更为生动、形象，更有诗意韵味。此

① 樊帆（郭保卫）：《忆穆旦晚年二三事》，《新港》1981 年第 12 期。

外，穆旦晚年诗作多整齐，从诗行对称的角度考虑，第 1 节既是 10 行，那么，第 2 节也为 10 行显然要更为合理。

综合来看，《穆旦诗文集》版将这两行删节并不合理，可能是一个误差。但这个误差是由谁造成的呢？是穆旦本人修改的结果？还是传抄过程中（比如说家属的抄录）产生的？从晚年穆旦的诗歌形式看，前者似乎不大可能；但若指认为后者，又缺乏证据。这样一个问题，看起来是这么微小，却也表明了穆旦诗歌修改的复杂性。

（四）重要诗行或词句的修改

例 1《春》

这首诗已被视为穆旦诗歌的经典之作，全诗并不算长，仅两节 12 行，但也多次作出修改，版本情况较为复杂，其中，第 1 节第 5—6 行、第 2 节第 1—2 行的情况尤为突出，如下为 3 个不同的版本：

	《贵州日报·革命军诗刊》第 9 期，1942 年 5 月 26 日	天津版《大公报·星期文艺》第 22 期，1947 年 3 月 12 日	《穆旦诗集》，1947 年
第一节	如果你是女郎，把脸仰起， 看你鲜红的欲望多么美丽。	如果你寂寞了，推开窗子， 看这满园的欲望多么美丽。	如果你是醒了，推开窗子， 看这满园的欲望多么美丽。
第二节	蓝天下，为关紧的世界迷惑着的 是一株廿岁的燃烧的肉体，	蓝天下，为永远的谜迷惑着的 是人们二十岁的紧闭的肉体，	蓝天下，为永远的谜迷惑着的 是我们二十岁的紧闭的肉体，

研究者对此有过精彩的讨论，照录：3 个版本

都围绕着“花朵”—“肉体”—“欲望”这样的隐喻关系而展开，但经作者的几次修改，这个隐喻的诗性力量有了很大的改变。在第一个版本里，作者将“你”（花朵）比作“肉体”，但仍然作为“一株”（植物）被描述，作为一个客观对象被观照；在第二个版本中，“花朵”幻化为“人们”，“肉体”不仅是“花朵”的，也是“人们”的，但诗句依然采用旁观者的视角叙述；在第三个版本中，作者作了一个令人惊叹的修改：把“人们”改为“我们”，这样，骤然拉近了作者、读者与诗句的距离：被迷惑着的“花朵”不是别人，而是“我们”自己——“花朵”、“肉体”、“我们”交织在了一起，不仅“花朵”被彻底的拟人化，而且读者也被卷了进来，诗句的叙述角度与

读者的阅读视角得到了很大的改变。这三个修改版本的演变痕迹依稀可循，为我们研究穆旦诗歌中人称代词的运用提供了钥匙。[①]

例2《活下去》

有5处词句的修改更为突出：

①“无奈地留在最后的芬芳里”→“弥留在生的烦扰里”

②“那里已奔来了即将治疗我们一切的”→“那里已奔来了即将解救我们一切的”

③“屈辱，忧患，破灭，再活下去”→“希望，幻灭，希望，再活下去”

④“迅速地，时间的长久呻吟就要坠落在”→“谁知道时间的沉重的呻吟就要坠落在”

⑤“请看我们在怎样地孕育”→“孩子们呀，请看黑夜中的我们正怎样孕育”[②]

分析：①“弥留”，从词汇表达的层面看，更为精练——原本累赘的诗行也变得简洁。“在最后的芬芳里”意思很含糊，“在生的烦扰里”，将“生”放在突出的位置上，主题更加凸显。

②“解救”这个词可能给穆旦留下了深的印象，在《不幸的人们》（1940年9月）中有：“而海，这解救我们的猖狂的母亲。”“治疗”，所强调的是某种病态；“解救”，既凸显了某种被围困的生存状态（前一行中“包围”一词，随后更是有《被围者》一诗）；也关涉到信仰的命题，陷入生存困境之中，面临着某种精神危机，祈求某种拯救。

③ 这里涉及穆旦诗歌中最为频密也最为重要的几个词之一——“希望”。比较突出的例子，如在《中国在哪里》（1941年4月25日发表）中有：“希望，系住我们。希望/在没有希望，没有怀疑/的力量里//……”《时感四首》（1947年1月）中有：“我们只希望有一个希望当作报复。”在穆旦诗歌中，“希望”一词有时有具体所指，有时则被有意抽象化，如上两例即是如此。在“希望，幻灭，希望”的表述中，内蕴着情感的激荡；而且，“幻灭”还与“幻想底乘客”（1942年12月）构成了对应。

“屈辱，忧患，破灭”，虽然3个词本身都很有分量，但3个词并置，却并不具备内在的序列，不能激起足够大的张力。实际上，从整首诗的上下文

---

① 李章斌：《现行几种穆旦作品集的出处与版本问题》，《中山大学学报》2009年第5期。

② 所依版本为《文哨》1945年5月号。

环境看，“忧患”一词尤其不宜。

④ 句式发生了变化，“谁知道……”，一个疑问句。穆旦诗歌较多施用了“谁”这个不确指的疑问代词，不确指意味着某种不确定性，在某些时候，这种不确定性又往往带有超验色彩，即对于自身并不能把握的东西的追寻，《野兽》（1937 年 11 月）的开头即写道：“黑夜里叫出了野性的呼喊，/是谁，谁噬咬它受了创伤？”当然，也有例外，《森林之魅》中的“更有谁知道历史在此走过”一句后改为“没有人知道历史曾在此走过”。在这里，“谁知道……”这一疑问句将“我们”悬置（隐藏）于“时间”之后，“我们”“弥留在生的烦扰里”，不知道“时间”将要“坠落”——时间是一股“永恒的”“力量”（化用此前诗行中的词汇），“时间坠落”意味着“时间”对于“我们”的压制，将使“我们”的现实基点变得更为脆弱、不稳定——却也将更加激发“活下去”的信念。

原版本中“迅速地……”，大致可以视为一个肯定句式，它外化了“我们”对于现实的感知能力（意识到“时间”将“迅速地”坠落），从个体境遇的传达看，效果要逊色不少。

⑤“黑夜中的”这个修饰语，既呼应了“而那无声的黑影已在苏醒和等待/午夜里的牺牲”，更凸显了自己的境遇。而插入“孩子们呀”这个称呼（即插入语），“孩子们”成为了这个祈使句的对象，“牺牲”的意蕴进一步被强化。

例 3《反攻基地》

有 4 处词句的修改更为突出：

①“是为了命令也为了爱情”→“历史的这一步必须要踏出”

②“这一个城市：拱卫在高原的风中”→“这一个城市：拱卫在行动的中心”

③“‘现在’却垄断如一场传染病”→“‘现在’却袭击如一场传染病”

④“商人和掮客欢快如美军”→“商人和毛虫欢快如美军”[①]

分析：①“是为了命令也为了爱情”将“命令”与“爱情”并置，可能蕴涵了某种轻浮的讽喻，在中国文学的语境之中，与“冲冠一怒为红颜”的说法相类。“高原”应和穆旦当时生活在云贵高原一带有关。但这样两句，从词义的角度看，显得很随意，含义模糊，也缺乏力度。力度并不是诗歌的必然要素，但在这样一首带有主观评判意味的诗里，却是必要的。“历史的

---

① 所依版本为《旗》版。

这一步必须要踏出"，这样一个概括式的诗句，听起来充满了历史的正义，在1945年7月这样的时代背景之下（在抗战胜利的这一时间点上，穆旦一连写下了12首诗歌，属于穆旦写作最为频密的时刻），似乎尤其如此。

但穆旦所要传达的恰恰相反，"历史"并不是正义的——在"历史的这一步"踏出之后的现实图景是："过去的还想在这里停留，/'现在'却垄断如一场传染病，/各种饥渴全都要满足，/商人和掮客欢快如美军。"而"将军们正聚起眺望着远方，/这里不过是朝'未来'的跳板"——"反攻"之后，"将军们"必将享有"历史"的荣耀。因此，将"历史"突出，恰是一种有力的反讽。

在20世纪40年代中期与后期穆旦的诗歌中，都较多地出现了"历史"一词，但20世纪40年代中期诗歌中的"历史"，即如《森林之魅》所示，"更有谁知道历史在此走过"（后改为"没有人知道历史曾在此走过"），情绪虽绝望但并不失从容，并不比后来那么愤慨；1947—1948年间穆旦的诗歌中，不仅词频加大，历史的愤慨愈加强烈，因此，也可以说，后续的观念改造了此前的写作。

② 诗歌第一节所描摹的既是"历史"动作（"飞机起来和降落"，"汽车穿流着如夏日的河谷"），"行动"一词，显然也更贴合于整首诗的情境。而且，"行动的中心"也比"在高原的风中"的说法要明晰得多。

③ 从词汇搭配的角度看，"传染病"——"袭击"而来，更为贴切。

④"掮客"意指替人做买卖，从中间赚取佣金的人。穆旦的老师沈从文在当时一篇文章中有"文学掮客"的说法："如果文学运动的意义，是要用作品燃烧起这个民族更年轻一辈的情感，增加他在忧患中的抵抗力，增加一点活力，据我私意，若照当前一些文学掮客抢群众的方法，是不会有真正成就的。他得有好作品，方可望办到！"[①] 可见，这样一个词，在当时具有一定程度的普适性。将"掮客"改为"毛虫"，不知道具体出于何种考虑，看起来意思倒不是那么突出了；而且，也带有某种油滑的色彩。

例4《冬》

在穆旦所有的修改行为中，绝笔之作《冬》的修改最为突出，关注度也最高。实际修改情形倒是相对简单。初稿第1章每节最末为复沓句式，即均以"人生本来是一个严酷的冬天"，后改为4个不同的诗行："多么快，人生

---

① 沈从文：《给一个军人》，该文写作和发表的时间不详，但其中涉及《战国策》，至少应是1942年之后了，现收入《沈从文全集》(17)，北岳文艺出版社2002年版，第328页。

已到严酷的冬天。”“呵，生命也跳动在严酷的冬天。”“人生的乐趣也在严酷的冬天。”“来温暖人生的这严酷的冬天。”较早披露修改信息时，编者仅仅指出是因为友人杜运燮看了之后，“认为如此复沓似乎‘太悲观’，故改为不同的四行”。[①] 在没有更多信息的情况下，学界多有猜测。而随着穆旦致杜运燮信的披露，情况才较为明了：

> 我给你抄寄的那诗，大概由于说理上谬误而使人不服；可是有形象在，形象多少动人，尽管那形象也是很陈词滥调的，像听熟了的不动脑筋的歌曲。我并不喜欢，但我想在诗歌变得味同嚼蜡时，弄一些老调调反倒“翻旧变新”了。你反对最后的迭句，我想了多时，改订如下：将每一迭句改为①多么快，人生已到严酷的冬天②呵，生命也跳动在严酷的冬天（前一句关于小河，也改为“不知低语着什么，只是听不见。”）③人生的乐趣也在严酷的冬天④来温暖人生的这严酷的冬天。这样你看是不是减小了“悲”调？其实我原意是要写冬之乐趣，你当然也看出这点。不过乐趣是画在严酷的背景上。所以如此，也表明越是冬，越看到生命可珍之美。不想被你结论为太悲。这当然不太公平。现在改以上四句，也许更使原意明显些。若无迭句，我觉全诗更俗气了。这是叶慈的写法，一堆平凡的诗句，结尾一句画龙点睛，使前面的散文活跃为诗。[②]

此前的修改都是由穆旦本人完成的，而这一次不同，不仅友人参与到这首诗的修改之中，穆旦本人更是明确给出了修改的理由。这段文字中，有几处地方值得注意：

其一，“其实我原意是要写冬之乐趣……不过乐趣是画在严酷的背景上。所以如此，也表明越是冬，越看到生命可珍之美。不想被你结论为太悲，这当然不太公平。”穆旦自己强调“越是冬，越看到生命可珍之美”，但从《冬》整首诗所透现的诗情看，实是有一种寒彻心扉的冷。第 1 章中所有关于“温暖”的诗句，要么被接踵而至的冷意扑灭，要么是以一种虚拟语气写成。第 2 章寒意尤重，第 3 章也是寒意，第 4 章甚至用“又迎面扑进寒冷的空气”收结。据此，穆旦的写作在主观意愿和客观效果上存在着反差：在主观意愿上，穆旦想“要写冬之乐趣”，实际写成的诗句所传达的客观效果，

① 李方编：《穆旦诗全集》，中国文学出版社 1996 年版，第 362 页。

② 李方编：《穆旦诗文集》（2），人民文学出版社 2006 年版，第 147 页。

却是冷到了极致，“太悲观”。也即，尽管解释意味着穆旦试图用文字来遮掩内心，但诗歌恰恰违背他的意志——泄露了他的内心。越解释，越可反衬出他内心之悲、之寒。

其二，这段话最末的文字：“若无迭句，我觉全诗更俗气了。”穆旦开始的时候即强调了所写不过是“陈词滥调”；现在又重新强调，可能暗示了一点：他其实并不愿意修改；修改“也许更使原意明显些”（请注意这里的“也许”一词），但是，将以诗艺损害为代价，即“更俗气”。他似乎并不愿意看到这一点。

其三，再回过头来看“我想了多时”。巫宁坤后来有过解释（2004）：“运燮是穆旦的老朋友，他的意见无疑是出于对老朋友的关心和爱护。当时‘四人帮’被揪出不久，政治形势并不十分明朗，多少人还心有余悸。运燮素来谨言慎行，何况良铮的‘历史问题’还没有平反，‘太悲观’的调子不符合‘时代精神’，不仅不能发表，没准儿还会给作者招来新的‘言祸’。良铮也是过来人，为了不辜负老朋友的关爱，‘想了多时’才做出了改订。”[①] 巫宁坤、杜运燮和穆旦都是交往数十年的老朋友，巫宁坤当年的境遇比穆旦更为糟糕[②]，“为了不辜负老朋友的关爱”应非随意性的断语，而是基于他那一代（群）人特定的历史遭遇而生发的，这道出了穆旦的内心所虑：为了给朋友们以慰藉，避免朋友们为他担心，他最终做出了修改——而诗艺，则不得不被牺牲。这也是为什么会“想了多时”的原因所在。

综合考虑之，修改行为固然由穆旦自己做出，却可也说加入了友人的意志。如上所列4个结句，在诗艺层面，穆旦自认为“更俗气”；从第1章的实际效果看，每一节前4行与后1行总不大相贴合，这样一种局势，究其根本，应是“乐趣”与穆旦本人的心境相违背有关。而这又从另一个角度彰显了晚年穆旦写作境遇的复杂性。

（五）结尾的修改

例1《从空虚到充实》

在穆旦诗歌修改中，这是比较特殊的一个例子，香港版《大公报》（《文艺》，1940年3月27日）的结尾原有两节共17行诗，后被完全被删去，仿佛一条尾巴，被直接切断，这样的修改行为，自然是非常突出的。

---

① 巫宁坤：《人生本来是一个严酷的冬天——穆旦逝世二十八周年祭》，《文汇读书周报》2005年2月25日。

② 参见巫宁坤回忆录《一滴泪》中的相关章节，远景出版事业有限公司2002年版。

在《穆旦与现代的“我”》(1987)[①] 中，梁秉钧较早就注意到了这个问题，并对《从空虚到充实》的3个版本进行分析：“最后的第三稿较容易为习惯的标准接受，然而最初第一稿反而更能显出穆旦的创意，结尾原来有17行诗（二、三稿都删去了），其中刻画的‘我’比较复杂，好像一方面向往抗日战争的理想，一方面向内退缩，有软弱、恐惧和矛盾。”言下之意是，修改后的版本，降低了这种复杂性。[②]

例2《被围者》

此诗在最终定稿前，有3个版本，即《诗文学》版（第2辑，1945年5月）、《穆旦诗集（1939—1945）》版和《旗》版。所关涉的版本情况较复杂，但主要还是《穆旦诗集（1939—1945）》版对于结尾的不同处理：

闪电和雨，新的气温和希望
才会来灌注，推倒一切的尊敬：
因为我们已经是被围的一群，
我们翻转，才有新的土地觉醒。

——《穆旦诗集》版

闪电和雨，新的气温和泥土
才会来骚扰，也许更寒冷，
因为我们已经是被围的一群，
我们消失，乃有一片“无人地带”

——《穆旦诗文集》版

对一首诗而言，结尾部分作为结构的顶点，往往意味着某种归结或提升。从前面的诗行来看，诗歌的基本含义在于省思个人境遇，“被围”也即“突围”。但比较明显地，这两个结尾所内蕴的情绪近乎相反。《穆旦诗集》版有一种乐观：“翻转”对应着“土地”，而“我们翻转，才有新的土地觉醒”这样一个条件句式（“只有……才……”）将“我们”置于“先行者”或者说“牺牲者”的行列。在“我们”之后，将有“新的土地觉醒”。

在《穆旦诗文集》版中，先是“骚扰”这个贬义词改变了“新的气温和

① 收入杜运燮等编《一个民族已经起来》，第46—47页。

② 在《探险队》版中，此诗也有修改，但无关宏旨。

泥土”的性质——这些因素之于“我们”的关系不再是肯定性的，不再具备积极的、“灌注”的效力——也许，正好相反，“更寒冷”。这意味着，“我们”的境遇变得更为严峻——这最终引致了一种悲观的情绪：“我们消失，乃有一片‘无人地带’”。

从另一个角度看，比照《从空虚到充实》，同为结尾的修改，动因还是不尽相同：前者更多涉及“时代话语”的处理问题，这里更多的是个人与现实时代之间关系的思考。当然，都关涉到“时代”，这也是两者的相同之处。

三 大致结论

不妨将修改视为写作行为背后的那种看不见的构成要素，尽管读者所看到的、作者所认可的多半是“最终定稿”，但正是这种“看不见的要素”，更为清晰地凸显了穆旦写作背后的种种秘密，结合前面的主要类型分析看，所谓“秘密”应包括个人写作的特殊偏好，诗学构想的萌生与消退（如对于诗歌形式的处理），诗歌经验的不断衍化（如对于人称的处理），写作者的思想观念（如基督教思想背景、个人的历史观念等），个人写作与同时代的文学语境及时代话语的关系等诸多层面。当然，如《停电之后》所示，也包括某种难以确断的复杂因子。

穆旦诗歌修改的实际效果呢，很难一概而论，总体上说来，效果更为完善，但也有诗艺削弱的情形。如前述，修改对象主要是20世纪40年代的诗歌，修改也主要发生于20世纪40年代，因此，对穆旦而言，他并没有如后世写作者那般承受着强大的历史压力①，其修改动因，应是诗艺层面的考虑更多，即追求一种更为完善的诗学效果，削改或者删除一些过于粗糙的诗行即非常明显地体现了这一点。简言之，在穆旦的修改轨迹之中，以下态势比较明显：

其一，更为明晰有力。在多数修改情形之中，词汇、诗行所内蕴的意思往往变得更加明确，诗歌情绪得到了加强；一些随意性的、缺乏力度的诗句则被替换、取消。

其二，更加讲究对应。“对应”可从两个层面看，一是，一首诗本身，“对应”意味着前后呼应加强，这是诗艺的加强。一是，就写作全局而言，经由修改，一些重要的词汇与场景（图景）得到了更多的书写，穆旦显然有

① 这一点，可以对照20世纪50年代冯至等人对于诗歌的修改以及诗集的编订行为。

意通过复写，来传达相同或相异的效果。这样一来，经过修改，穆旦诗歌（主要指 20 世纪 40 年代）获得了一种内在的谱系性，不同诗歌写作之间的内在关联得到了加强。这两层对应，后一个显然更为突出，穆旦的考虑无疑更多。

其三，在少数情形之下，穆旦也做出了抹去“时代话语”的努力——有意挣脱意识形态的束缚。

总之，这些修改，多半透现了穆旦 20 世纪 40 年代末期的诗学观点与现实态度，从这个意义上说，穆旦在 20 世纪 40 年代末期对于写作所进行的大面积的修改，并非随性而为，而是包含了用 20 世纪 40 年代末期来统摄之前全部写作的意图——也可说是一种重塑自我的意图；退一步说，至少表明了穆旦对于自我形象的看重，或者对于某种完美的追求。但对于一个身陷具体历史语境之中的写作者而言，历史的压力总是无从挣脱的：穆旦对于写作的修改，正是个人与历史时代的复杂关系的外化，对于穆旦这样一个极少自我阐释的人而言，修改，可能正是一条可堪深入的路径。

第七章　穆旦诗歌艺术精神

一　实有的核心要素

前面从6个方面，社会文化位置、诗歌写作行为（主题）、诗歌艺术法则与抒情体式、文学翻译活动、其他类文字的写作以及写作修改行为，对穆旦及其写作进行了较为深入的考察，现在，可大致提出穆旦全部写作活动中的一些核心要素：

1. 个人经验

“经验”始终是穆旦写作的源泉，恰如郑敏所言，穆旦是“一个抹去了‘诗’和‘生命’的界线的诗人”。穆旦一生的创作，不仅深深地植根于“生活所给的范围”[①]；更植根于个人的内心世界。

穆旦的特殊之处还在于：对于写作行为，他始终有所控制，讲究诗情的充分酝酿——在经历了重要事件之后，穆旦往往并不急于书写内心的感受，而是有意无意地放慢写作速度，控制写作量，历经两三年，结果形成了大的爆发。在较少的情形下，比如抗战胜利，穆旦非常兴奋而急切地写下了数首诗歌，却又通过较迟发表来控制。换言之，穆旦所追求的是一种“少”的写作，一种“慢”的写作——对于写作的反复修改，所秉持的乃是“慢工出细活”的古训与艺术苛求的精神。当然，不能排除发表方面的因素，即1947年之前，穆旦尚未获得非常顺畅的发表渠道，发表延迟恰恰为进一步修改提供了条件——对于那些已发表的诗作，穆旦多有修改，以求完美；有理由相信，对于那些放在抽屉里尚未发表的诗作，穆旦也应是多有斟酌。这样一来，穆旦的所谓“经验”，并不仅仅是个人经历的简单复合，而是经过反复磨砺之后——通过时间的筛孔反复筛选之后所凝结而成的那些因素，很显

① 语出穆旦《〈他死在第二次〉》。

然，《一九三九年火炬行列在昆明》等早期诗作的失败教训[①]从一开始就让穆旦深刻铭记。

还不能忽视的是穆旦的社会文化身份，它最终也形成了一种独特的经验，在多数情况下，身为小职员或类似的小人物，没有进入社会文化网络的主流位置，写作不能不成为一种副业，在当时及之后较长一段时间内，这注定将在相当程度上湮息穆旦的影响，却与穆旦的实际写作状况构成了完好的对应——也使得穆旦写作的自觉意识得到完好的彰显。何谓"自觉"，不简单地臣服于主流话语或所谓历史的压力，坚持写作的个人品性，有意识地展开对诗歌艺术的追求。

2. 时代性因素

强调个人经验并不意味着摈弃时代性的因素，穆旦其实始终以一种积极的姿态投入到时代洪流之中，这不仅仅体现在行动中，比如从军、办报等等；更体现在写作主题之中，他发出了"一个民族已经起来"这样热切的呼告，表达了非常愤慨的现实情绪，写下了对于祖国和人民的"带血的赞歌"。如果说，强调个人经验、直面内心世界意味着写作对于个人内心的担当，那么，这多少意味着个人对于时代"痛苦"的担当。

但是，在"时代"面前——在个人与现实的关系上，穆旦始终保持着"省思的距离"——"距离"在穆旦的诗学观念中是一个较为复杂的语汇，穆旦晚年曾以奥登的写作为例谈道："别找那种十年以后看来会过时的内容"；但也结合"穿制服"、"非常正确合格，但不动人"的苏联文学指出："总之一和生活有距离，作品就毁了。"[②] 综合视之，在穆旦这里，"距离"的前提是投入现实，唐湜称穆旦为"搏求者"[③]，这实际上也可套用胡风的著名观点，其创作"是从对于血肉的现实人生的搏斗开始的"[④]；也即，不是逃避现实以形成"距离"，而是在深深地投入到现实之后，反躬自身以形成距离。以"经验"视之，穆旦着意保留了个人的经验，个人的声音。由此也不难理

---

① 1939年5月4日，西南联大学生参加了云南省青年"五四"纪念活动，夜间举行火炬游行。大约据此经历，穆旦作长诗《一九三九年火炬行列在昆明》；本月26日，该诗刊载于昆明《中央日报·平明》副刊第9期。但它后来一直未收录进穆旦自行编订的诗集，主要原因即是此诗在兴奋之中仓促写成，导致"诗的资格"不够，"整体诗情的混乱芜杂，写作方式的简单直白，诗行的参差冗长"。参见姚丹《"第三条抒情的路"——新发现的几篇穆旦诗文》，《中国现代文学研究丛刊》1999年第3期。

② 穆旦：《致郭保卫》（1975年9月6日），《穆旦诗文集》（2），人民文学出版社2006年版，第184页。

③ 唐湜：《搏求者穆旦》，《新意度集》，生活·读书·新知三联书店1990年版。

④ 胡风：《置身在为民主的斗争里面》，《胡风全集》（3），湖北人民出版社1999年版，第186页。

解，即便是在“时代性话语”变得非常可疑的年代里（特别是“文化大革命”末期），穆旦那颗“善感的心灵”[①] 依然唱出了自己的声音：这些深深地回到个人心灵世界的诗歌，成为了那个时代最动人的声音之一——而这些声音，恰恰体现了“个人”与“时代”更为深挚的关联。

人们以“丰富，和丰富的痛苦”来描摹穆旦的精神境遇，无须仅仅将它视为一个个人性的命题，它同时也是一个时代性的命题——个人的“痛苦”得到了“时代”的反复衡量，它也就不再是个人的“小痛苦”，而是时代的“大痛苦”。

3. 艺术的实践（诗艺的探索）

作为一名诗人，穆旦对于诗歌艺术一直保有探索的激情：他对于现代诗歌艺术手法有着多重实践，在《赞美》一类抒情姿态非常明显的诗篇中设置了独特的抒情位置。同时，反讽、矛盾修辞一类手法又得到了较大面积的实施，诗剧体形式与戏剧化手法多有尝试与运用，在词汇（造词法）、句法、诗行的建构、修辞、整体性的诗学效果等方面也是多有创想。这些对于中国新诗而言具有异质色彩的写作（也有研究称其为“陌生化”手法）丰富了新诗发展的格局。

后文的讨论将更有助于呈示这一点，即穆旦的诗艺探索历程体现了中国新诗发展到 20 世纪 30 年代后期所具有的若干新特点与新局势，以“自觉性”来衡量，穆旦有意识地吸取了他所属的那个时代的诗学资源与诗歌写作实践中的诸种富有意味的因素，从而构建了富有个人特色的、经得起文学史家反复检验、也经得起一般读者反复研读的诗歌艺术格局。

4. 翻译：一个更大的抱负

严格说来，迄今为止，翻译行为所蕴涵或构设的穆旦形象并没有得到很好的呈现。穆旦的翻译活动可从两个层面来看待，一是数量与对象，大家都已很熟悉，包括俄语和英语两个语种，数量可谓巨众。由此引申，这一行为被认为内蕴着穆旦的激情与抱负，即促进中国文化的建设，希冀所翻译的诗歌能够带来中国文艺的复兴。一是实际的效果，很显然，穆旦本人的愿望得到相当程度的实现，促进了文化的建设，滋润了中国读者的心灵，对 20 世纪 50 年代后期到 80 年代中前期处于精神饥渴状态的读者而言，尤其如此。

不难发现，穆旦的翻译与写作之间的相互促进关系，同时，也可见出，和写作一样，在相当程度上，翻译也是由一种相当自觉的意识所引导，内蕴

① 语出穆旦诗歌《出发》，1942 年 2 月。

着穆旦对于中国新诗发展进程的积极体认，对于未来走向的某种构想。言说写作行为与翻译行为的融合，或者说，翻译延续了穆旦的诗人形象，这应是最根本意义上的延续。

但一直悬而未决的问题是，如何从一个更长的历史语境之中来衡定查译著作的效果。从观念层面上，能够很容易达到一种粗泛的认识，即如王小波的感叹，看了查良铮的译笔，"就算知道什么是现代中国的文学语言了"。但这种译笔，或者说这种"现代中国的文学语言"到底具有怎样的特质？对于现代汉语，特别是诗歌语言的发展产生了怎样的积极的净化效应？做不到这一步，那就意味着查译著作的"效果"还没有得到最好的估量。

二　虚有的品质

如上所述均由实有的写作引申而出，实际上，通过虚有的因素（品质）来看取这一问题也别有意味。虚有，即没有的东西。每一位写作者都有他所没有的东西，与同时代作家相比，穆旦所没有的那一种东西其实非常明显，那就是他缺少自我陈述。

目前关于穆旦生平的主要信息，多半来自穆旦家人和友人之手的追忆文章。在穆旦的若干转折意味的阶段，比如，1942 年的从军经历，1946—1947 年间的"《新报》时期"，1948—1952 年间的经历，均缺乏自我论述。

从表象看，这一局面与他于 1977 年年初过早去世有关（不到 60 岁），比他年长的诗人，如艾青、冯至、卞之琳，与他同时代的诗人，如杜运燮、郑敏（也包括王佐良、袁可嘉等等），均顺利活过了 1977 年，并且写下了较多评论文字与自我阐释类文字，其中也包括对于穆旦的追忆与阐释。可以说，在"文化大革命"结束之后相对开明的文化语境中，一大批写作者通过自述完成了一种自我建构——甚至是重构。

这自然并非一个简单的问题，考虑到 20 世纪中叶中国政治风云变幻对于作家所产生的难以估量的影响，这种建构或重构中既会有真诚的回忆或悔悟，也难免有刻意的伪饰与辩解，这对文学史写作正面与负面作用都有待进一步深究。由于主题所限，这里不拟展开，仅略举卞之琳与穆旦相对照的一例。新时期之后，卞之琳即出版了《人与诗：忆旧说新》[①]，后又写作了一系列追忆文章，刊载于《新文学史料》等刊物——成为了重要的"新文学史

---

① 卞之琳：《人与诗：忆旧说新》，生活·读书·新知三联书店 1984 年版。

料”。这些文字既追忆自我历史，也品评历史人物，它们一经问世即成为了卞之琳研究的重要参照。其中，20 世纪 40 年代末期是一个与穆旦相对照的重要时刻，其时卞之琳从英国归来。半个世纪之后，其行为、动机（包括受解放战争的感召，也包括焚毁创作历时 8 年之久的《山山水水》等）得到了自我追认①；其自我历史的发展线索——个人成长史附和着国家历史的发展潮流——借此清晰地建构而出，学界也获得一个清晰的印象，在相关讨论时显得清晰而从容。而同一时刻的穆旦“出走”，因为穆旦本人没有任何自我说明，学界多半置之不顾而不做任何解释。这对文学史的写作会有怎样的影响呢？在一部研究讨论具有“转折”意味的 20 世纪 40—50 年代的文学的著作里，作者强调了新中国成立之初穆旦“非常积极”地选择回国，并将这种选择与沈从文、萧乾等人在新中国成立前夕选择留下来的举措相比照，认为他们代表了当时知识分子选择的“三种类型”，对穆旦“出走”事件却未置一言。② 似乎可以认为，正因为缺乏穆旦本人的解释，又缺乏相关的背景材料，以致在相关历史的认知中不得不以盲点状态出现。

再回到穆旦缺少自述的话题，似乎也可以说，放到一个更长的历史视阈当中来看，过早的逝世使得穆旦失去了一个塑造自我历史的机会。而这也可转化为一个疑问：如果穆旦活了过来，他会不会也写下一些自我阐释类的文字或追忆文字？从穆旦晚年写下了较多书信看，这一假设有一定的可能性。在晚年所写的一些书信中，穆旦的心境、写作与翻译行为、对于当时文艺的看法等等，得到了较多说明，1975—1977 年间的穆旦形象得以较为清晰地呈现。这些材料中，也有对于历史的整体式判断，如对于白话诗和旧诗的态度；也不乏对于过往历史的自我阐释，如对于 20 世纪 40 年代的《还原作用》一诗的多次阐释（基本上也仅仅限于此），但总体上说来，均相当片断而零碎。在某种程度上可以说，正如书信本身是相对随意性的文体，晚年穆旦的自述，其笔调基本上是即时性的，而仅在少数情况之下才是回忆性的，因此，既可以说，穆旦本人的晚年自述根本就无法勾勒出他的早年形象，也可以说，穆旦本无意于自身形象的建构。如果可以这么认定的话，那么，前者是结果，而后者则是原因所在。

若作更细致的辩诘，又可发现穆旦的晚年书信中，较多地透现了他当时的心境和翻译活动，但他同时也在进行的诗歌写作却较少提及。这意味着，

---

① 见卞之琳《山山水水·卷头赘语》，《卞之琳文集》上卷，安徽教育出版社 2002 年版，第 263—272 页。

② 见贺桂梅《转折的时代——40—50 年代作家研究》，山东教育出版社 2003 年版，第 29—34 页。

在更多的时候，穆旦有意将诗歌写作视为一种私性行为，而无意于泄露更多的写作秘密。由此，固然这些书信有助于理解穆旦的晚年写作，穆旦的初意却并非以它们来阐释自己的写作。这样一来，大致上可以说，从 20 世纪 40 年代到 70 年代，穆旦是一以贯之的，对于自己的写作有意保持缄默，无意于通过诗歌之外的其他文字来完成自己。

当然，也可指出一个事实，前文在讨论穆旦的经历时，曾援引南开大学档案馆馆藏穆旦档案，其中共有 8 份履历表格或思想总结类文字材料（有 3 篇字数较多），时间从 1953 年回国之初到 1965 年“文化大革命”前夕。借助这类材料，穆旦的生平线索得到了清晰而深入的呈现，但这与前述“自述类文字较少”并非同一层面的事实，此类文字中包含着强烈的政治文化信息，其时，穆旦本人又遭受了种种磨难，因此它本身乃是个人所承受的历史压力的一种最直接的体现。①

总之，不管怎么样，历史已无法变更，能够看到的只能是目前这样的情形——“个人”和“时代”共同造设了一个“内敛”的穆旦形象。遗憾已是难免，研究也更多难度。但从另一个方面看，这也又使得穆旦研究获具了特殊的魅力：一个缺少自我阐释的穆旦为世人留下了更多的空间，他通过较少的写作、较少的自我建构所树立起来的自身形象——一个穿行于黑暗之境的诗人，恰如一首艺术兴味浓郁的诗，经得起反复研读。而这也可以说，将是穆旦研究能够持续进行下去的根本动力。

三　穆旦诗歌艺术精神

在穆旦研究之中，那些实有的品质得到了反复阐释，而“无”的品质则基本上并未被强化。如果说实有的写作是自觉的，那么，“无”也是一种自觉——自觉于自身的“诗人”身份，通过“诗歌”本身来发言。

在“有”和“无”之上，这里试图以“穆旦诗歌艺术精神”来统领，即穆旦全部写作中的这些核心要素最终凝结为一种“诗歌艺术精神”。

这一精神的内核在于个人性、时代性与艺术性的融合。从中国新诗并不算长的发展历程来看，在某一方面非常突出的诗人并不在少数，且往往也能生成一个自足的空间。而一首短诗，比如说戴望舒的 4 行诗《萧红墓

① 相关材料已编入笔者所著《穆旦年谱》，此书即将与本书同时出版。

畔口占》[1]，或者一位无名诗人的诗歌，比如杨吉甫与杨华的诗歌[2]，也能够慰藉心灵。但是，综合视之，穆旦的写作，既担当了个人与时代，也强化了诗之为“诗”的品质。

而在此之上，是一种自觉性与持续性。综合前文的讨论，“自觉性”可见之于两个层面，一个是指个人写作意识与诗艺追求上的自觉，另一个则是指对于新诗发展进程的自觉体认。“持续性”的话题，是基于这样的事实：纵观 20 世纪中国文学的发展进程，“变脸”现象非常普遍，艺术品质能够持续地保持较高水准的写作者非常之少。从表面上看，穆旦在不同时期的写作风格不尽相同，水准上也有差异，但它的内核却基本上可说是持续不变的。本书后面的一些篇章将要揭示这样一个观点：在部分情况下，写作者后来发生蜕变，可以在较早的时候找到线索；而能够持续保持自己的艺术品格的，也可通过各个阶段来相互说明。[3] 因此，这里有意将穆旦的诗歌写作提升到“诗歌艺术精神”的高度。归根结底，穆旦为新诗人、也为新诗的未来走向提出了这样一个严肃的诗学命题：个人写作如何以诗的方式承担时代。

当然，这里所提出的“诗歌艺术精神”并不是一个封闭的概念——并不仅仅关乎穆旦个人的写作，对于整个 20 世纪中国文学而言，也将具有某种典范意义。如下篇章即是试图将“穆旦诗歌艺术精神”放置到中国新诗的历史建构之中：不仅仅在穆旦所经历的时代，也放置到后穆旦时代。它们既将揭示出穆旦之于“新诗”命题的促进，也将进一步凸显、强化穆旦诗歌的内在品质。

---

① 对于这首诗有一篇很好的解读文章，臧棣的《一首伟大的诗，可以有多短》，《读书》2001 年第 12 期。

② 瑞典汉学家马悦然以《坐在同一块云上——杨吉甫与杨华》为题写到了在四川和台湾的两位无名“小诗人”。见马悦然《另一种乡愁》，生活·读书·新知三联书店 2004 年版。

③ 2005 年，我曾与诗人彭燕郊谈及“潜在写作”的话题，其中涉及近年来学界较多关注的这类作品的修改问题，彭认为，“可以把这个人的全部作品整个放在一起来看，通过比较来鉴定”；“之前是这个人，之后也还是这个人”。坦白地说，我原本认为这一“比较”不大可行，因为在 20 世纪中国文学史上能够持续地保持“这个人”品质的实在是太少，比较无从展开；但通过后文艾青与穆旦的比较，我倾向于认同这一点。

第二编

穆旦诗歌艺术精神与中国新诗的历史建构

概 述

所谓“诗歌艺术精神”，只有得到实际的历史进程的切实检验之后，才能真正凝结为一个有效的命题；因此，尽管“中国新诗的历史进程”已是一个被反复剥索的陈旧话题，但这里仍然尝试着选取若干具有核心意味的基点，包括古典诗学资源、西方诗学资源、新文学的传统、新诗语言以及新诗的核心主题等层面，以考量穆旦之于中国新诗的历史建构作用。

在“西方诗学资源”与“古典诗学资源”两个部分，本书试图突出这样的观点：一方面，中国发展到20世纪30年代后期以来，在诗学资源的命题上呈现出若干新特点或新局势。另一方面，依凭这一时期以来，日益提升的中国现代文学整体氛围以及个人良好的文学素养与写作实践，以穆旦为代表的新一代人创造了新的文学实绩。具体而言：

“西方诗学资源”部分，这里将以穆旦及西南联大诗人群为讨论中心，检视他们所接受的大学教育，首先分析的是被学生们置于高位的“燕卜荪”，提出的观点是：一如“朦胧”并非一个关于“现代诗”的理论，艾略特、奥登一类新潮诗人只是燕卜荪整体思路的一个“现代”延伸，其意义未必比莎士比亚、堂·吉诃德或布莱克更为突出，惯常意义上被区格的“古典”与“现代”，与其说是一组相对立概念，还不如说是同一价值理念观照下的不同对象。进一步看，在西南联大文学教育这一整体语境之中，“燕卜荪”身影背后那一大批学养丰厚的学者的课堂训诫与写作示范，对于学生心智的成长起到了非常重要的作用，促进了他们对于古典精神的体认。这并非无视西方现代主义诗学资源的强势影响，而是想强调，经由大学课堂以及教师写作实践所提供的经典的教育与训练，也经历“现代中国”这一特殊历史语境的磨炼，在将日常事件、个人经历转换为写作经验的过程中，西方诗学资源更多地起到了一种触媒剂式的作用，即让新一代中国诗人学会了如何去发现“新的题材和技巧”，如何进入现实。而对于“传统的重要和意义”的认识也调和了一度兴盛的现代主义冲动。在最终意义上，奥登等人之于西南联大诗人群，并非“西方冲击——中国回应”式的产物，这种状况加强了这群年轻诗人的创作个性与“中国品质”，而不是削弱。

“古典诗学资源”部分，本书以与穆旦年龄相当且分享了大致相同的教育背景的一代人为对象，对其中学教育背景分析表明：随着时代变化，“新兴知识”的教育占据了更重要的位置，“传统教育”则逐渐退居次席，这最终激发了一种特定的历史意识，所谓“新”或“非中国化”——对于“传统”的有意规避，都是个人历史境遇的外化；但穆旦的写作表明，在词汇运用、场景设置乃至内在精神上，“传统”一直在骨子里流淌，有时引而不发，有时则表现得非常强势，而有时，即便是在穆旦刻意规避的诗篇里，“传统”依然在发挥着它的效力。由此引申，到了20世纪40年代，在穆旦这一代人身上，“古典诗学资源”传承命题出现了新的局势，即随着时代生活的新变，个人成长的总体背景的潜移，古典文学资源之于写作的效应不再是直接的施与，而是沉潜为某种精神性的背景。用卞之琳的观点即“保持传统，主要是精神上的问题”。

“新文学的传统”部分，本书借助鲁迅展开。在中国现代文学研究中，鲁迅精神谱系的建构一直具有核心价值地位，在“鲁迅—穆旦”这一命题上，研究者往往强调《五月》中出现的“鲁迅的杂文”这一称语，而忽视了在早年穆旦视阈之中，所谓“鲁迅的杂文”并非最为核心的价值命题；也忽视了“鲁迅—穆旦”阐释所循“原点”并不相称的症结，即自我阐释上的极大差异。因此，本书从“诗”的层面切入，主要依凭《野草》与穆旦诗歌。具体讨论提取了两个概念，“黑暗心境”与“冰火世界”。穆旦那些关于黑暗的诗篇与《野草》多有相通，不同的是，穆旦写作中并没有一个虚无的“影”，其内心始终有一种强炽的精神冲突，而未能获具一种调解机制，以一种激昂姿态进行写作的穆旦最终陷入一种无从遣除的“痛苦”与“绝望”之中。而经历了“回心时期”的鲁迅，复杂的人生经验、深邃的传统文化修为最终使他获得了自我调解的机能，“肩住了黑暗的闸门”。进一步看，《野草》风格可用“死火”来概括：初看之下一副冰冷情状，仿佛绝无热情，冷彻至骨；但内里是温暖的，有“火”在燃烧。穆旦诗歌也呈现为外冷内热的态势，但晚年写作已弥散着强烈的死亡气息，那曾经在内里熊熊燃烧的“火”已经渐渐熄灭——直到晚年，穆旦内心仍然没有一个调解机制，而绝望已移换为死亡情绪，情绪不断叠加蔓延，终至无可挽回。将鲁迅与穆旦这样精神强炽的写作者的写作提升到“新文学的传统”的高度，本书的观点是：在强调宏大的、社会性、谱系性的一面之外，也应强调那些隐秘的、细微的因素，惟其如此，所谓“传统”，才是一个富有精神张力、充满精神活力的传统。

“新诗语言”方面，新近研究强调新诗所使用的是“现代汉语”，比照古典汉语，现代汉语“从语汇到表达方式”均发生了“质变”，口语化和散文化不可避免，这使得诗歌美感方式的获得乃至诗人的思维方式均发生了根本性变化。也即，随着“现代生活”的到来，诗歌面临着新的历史境遇，呈现出新的历史形象。借此，本书从两个层面展开：一是取两个（组）形式相对整齐、有形式可循的作品，冯至《十四行集》和穆旦《诗八首》，以辨析“散”的命题；一是将穆旦与语言质感同样突出的后代诗人昌耀进行比较，以进一步呈现新诗人的语言经验。前者着眼于穆旦所生活的时代；后者则有意寻求“穆旦”与“当代”的对话。前一层面归结了两位置身于“散化”的诗歌语境当中的诗人如何有意采取若干手段以避免诗行不致沦落为“实际是分行的语体散文”；又怎样或多或少地利用了“韵文”规则。后一层面则强调在语言创制和语言质感上，昌耀与穆旦分享了某些类似经验：尽管两人所处的历史语境与自身境遇大不相同，诗学动机不大一致，但却有相似效果：词汇充满力度，诗歌语言具有一种独特的血肉质感。简言之，如冯至、穆旦、昌耀以及艾青这些强力的现代汉语诗人写作所昭示：如何协调“散化”与“齐整”的关系，一直是新诗人的一个心结；如何赋予诗歌语言以更大强度，如何创制出更加符合自己写作个性的语言的冲动也一直未曾停止。

“新诗主题”方面，本书选取了“土地”这一在现代中国占据核心位置的主题。特别标举“土地”，既是对20世纪中国苦难现实的体认，又是强调诗歌植根于现实（“土地”）之中。在新诗发展图景当中，“土地诗人”艾青是一位真正具有强势而广泛影响的诗人。但从1942年左右开始，艾青的写作行为、词汇表、人物设置、写作时态等方面均发生了重要变化，“土地”图景随之蜕变：对于“土地”本身的深挚情感蜕化为对于“土地”的主人及其领导者的歌颂。本书试图表明：艾青的蜕变是历史负压的结果，却也可以在诗歌文本之中找到线索，即在尚未承受大的历史压力的情境之下，艾青的写作就已经内蕴了歧路；那么，在不同历史情势之下，哪一种声音最终占据上风都有其内在的合理性。穆旦所承负的历史压力要小得多。在穆旦的写作中，土地经验也占据核心位置，20世纪40年代后期，他笔下的“土地图景”也发生重要形变：蕴藏在“土地”深处的滞重希望被眼前“一片土地的灰烬”所击溃，“历史”（“现实”）对于“土地”本身的“遗弃”与毁压这一命题被放大——原本杂糅在“赞美”之中的省思现实的因子被放大，对于“历史的不公平”的省思占据了突出位置。新中国成立之后的写作，比照艾青《官厅水库》(1956)与穆旦《三门峡水利工程有感》(1957)，前者在措辞、时态与场景构设上完全是时代政治话语的演绎，后者则写出一颗敏感心灵在时代话语面前的不安感受。再比照新时期之初艾青的写作与穆旦的晚期写作，漫长的波折与流徙的生活经历并没有使艾青重新接近“土地”；穆旦则写出了一个深陷历史泥淖之中的渺小的、普通的、生命即将逝去的个人形象。总之，透过“土地”这一新诗史上最为重要的主题，透过漫长的人生写作历程，不同诗人精神世界的差异得到清晰呈现——这种差异同时也是新诗自身内在图景的层级与区格。

统言之，正因为保有一种独特的诗歌艺术精神，穆旦的写作才能够有效地激起新诗史上若干最为重要的命题，有效地参与到新诗的历史建构之中。而通过与重要现象与重要作家的比照，穆旦诗歌艺术精神无疑得到了进一步加强。

第一章　大学教育、西学资源与本土经验

——以穆旦与西南联大诗人群为中心的讨论

引言　“穆旦之谜”：问题的发生

将穆旦放置到20世纪40年代，就可以发现其实有一个“真正的谜”始终未能得到有效解答，即王佐良所提出的一个近乎夸张的判断：穆旦“一方面最善于表达中国智识分子的受折磨而又折磨人的心情，另一方面他的最好品质却全然是非中国的”；“穆旦的胜利却在于他对于古代经典的彻底的无知”。在此之前，王佐良还提到了“模仿”的问题：“最好的英国诗人就在穆旦的手指尖上，但他没有模仿，而且从来不借别人的声音歌唱。”① 这个“谜”有双重谜底需要索解：其一，“中国智识分子的受折磨而又折磨人”到底该如何理解？其二，“非中国的”（“非中国化”）又何以成为一种“最好品质”？

在相当长一段时间内，王佐良的观点统摄着穆旦研究，学界但凡涉及“穆旦之谜”的前一层面时，多语焉不详；后一层面则被大量复制。这意味着，对于谜底本身，学界一直少有正面评价。回应也是有的，如下所举两位论者即是从不同层面展开：一个是王毅的《细读穆旦〈诗八首〉》（1998），一个是江弱水的《伪奥登风与非中国性：重估穆旦》（2002，以下简称《重估》）。前者其实并非直接回应之作，但通过对《诗八首》的细读指出，诗歌“极隐秘而巧妙地暗藏着中西方文化的巨大背景”，穆旦对于经典并非“彻底的无知”，相反，对于传统，穆旦有着“巧妙的吸收和借用”。②《重估》则为直接回应之作。文章措辞非常严厉，着意强调了穆旦写作“明显地来自西方

---

① 文章原题《一个中国诗人》（*A Chinese Poet*），初刊伦敦 *Life and Letters* 杂志 1946 年 6 月号；后刊 1947 年 7 月的《文学杂志》第 2 卷第 2 期，改题为《一个中国新诗人》。现据《文学杂志》本。

② 刊《名作欣赏》1998 年第 2 期。

诗歌”的问题，它通过实证分析指出穆旦诗中“充斥着”对“众多的对西方现代诗人尤其是奥登的文学青年式的模仿之作”，穆旦诗歌的两大主题“现实世界的灾难与罪恶以及这个世界中的个人的成长”，以及穆旦诗歌的构词法（词汇）、修辞法，多出自奥登等诗人；最终结论为：穆旦“过于倚重奥登的写法”，“过于仰赖外来的资源”，“未能借助本民族的文化传统以构筑起自身的主体”。在涉及“本民族的文化传统”方面，《重估》指出穆旦的“无知”：不通平仄与音律，有时候甚至连字也念错，因此，与王佐良的“胜利”观点“正好相反”，文章认为“正是这种‘彻底的无知’造成了穆旦的失败”。①

分而视之都有理，但一旦将两篇文章并置到一起，则又可以发现一个似乎无法调和的尖锐矛盾：同样一个对象，甚至可以说是同一个问题，即中国新诗的写作和西方诗学资源的关系问题，最终却被纳入两种近乎截然相反的评价体系当中去了。这样一种矛盾，无疑表明了学界对于穆旦 20 世纪 40 年代诗歌的评价存在着重大分歧。本书即打算从这个“谜”以及分歧切入。具体讨论拟分两个层面展开，一是梳理 20 世纪 40 年代西方诗学资源如何潜入穆旦。二是对“非中国化”命题做出辩诘。本章先进入第一个层面。

一 “大学教育”与西方诗学资源的潜入

问题既由“20 世纪 40 年代”而生发，不妨先回到当时语境。1929 年秋，穆旦入天津南开学校；1935 年秋入清华大学外文系，1940 年夏毕业留校任助教，教授英文基础课。1942 年 3 月因从军之故离开西南联大，在大学的时间累计达六年半。无论是南开还是清华与联大，都是当时最好也最为开放的学校之一。这无疑在相当程度上规约了穆旦的成长。就普泛层面而言，通过学习，穆旦既获得了良好的英语技能，较为全面地接受了“西洋文学”的教育②，对欧美现代主义诗歌更是有着直接感知。技能的学习使得日后穆

① 刊《外国文学评论》2002 年第 3 期。

② 以清华大学外文系学程（1936—1937）为例，该系“课程之目的，为使学生得能：（甲）成为博雅之士；（乙）了解西洋文明之精神；（丙）造就国内所需要之精通外国语文之才；（丁）创造今世之中国文学；（戊）汇通东西之精神思想而互为介绍传布”；“课程之编制，本于二种原则，同时并用：其一则研究西洋文学之全体，以求一贯之博通；其二则专治一国之语言文字及文学，而为局部之深造。课程表中，如西洋文学概要及各时代文学史，皆属全体之研究，包含所有西洋各国而为本系学生所必修者；但每一学生并须于英德法三国中，择定一国语言文字及文学为精深之研究，庶同时可免狭隘及空泛之病”；“普通课程皆以英文讲授”。见清华大学校史研究室编《清华大学史料选编》（二·上），清华大学出版社 1991 年版，第 315—316 页。

旦获得了谋生手段，文学教育则使得他的写作获得了重要参照对象[①]，并从根本上激发了他的创作潜能。

从目前研究实际进展看，直接对应式研究已有较多出现，即梳理穆旦成长过程中所遭遇到的西方诗学资源，特别是与艾略特、奥登等人及英国诗人的“对应”。细陈已无必要，这里考虑到穆旦以及一批年轻的联大学子分享了大致相当的现实环境与教育背景，其间虽有些个人差异，但总体上可视为一个群体来看待，即“西南联大诗人群”。因此，如下首先将打算从穆旦及“西南联大诗人群”所经历的“大学教育”切入。对穆旦的相关情况自然指涉更多，这既是因为主题缘故，也是试图借助穆旦的相对复杂局面来表明这种“大学教育”所具有的“整体效应”。

1. 大学氛围与课程传授

早在20世纪80年代中期，历史当事人郑敏就曾指出：“40年代由于大学教育在中国与世界文化交流方面起了重要的桥梁作用，大学里的诗歌课、翻译课、诗人、教授们的创作实践对不少诗歌爱好者起了好作用，使他们渴望将中国新诗的发展向20世纪中期推进，而不是停留在19世纪的传统里。”[②] 但真正引起学界关注却是近年来的事：一方面是对于“二十世纪中国文学与大学文化”命题的较多关注[③]；另一方面，也有研究明确指出：“学院讲授的文学——主要是近现代的西洋文学——对创作界产生了相当大的影响，推动新文学发生了深刻的变化”也成为新文学发展过程中的“新现象”。[④] 这类研究所要强调的基本事实是：到了20世纪40年代，西方资源对于写作者的影响更为切近，在某些时刻，甚至可说是平行影响。

具体到西南联大，也还是有可待进一步辩驳之处。如下将从几个层面来看取。首先是外文系的整体氛围。无论是清华还是西南联大，普通课程均要求用英文讲授，受制于教师队伍的实际状况，外文系课程以英语和英国文学为主，其他语种课程有限。课程本身则绝大部分为古典文学，讲究经典

---

① 穆旦后来将诗歌自译为英文（《穆旦诗文集》共录12首），被认为是蕴涵了一种比肩世界诗歌的自我期待。在现代中国诗人中，这种意识在卞之琳、穆旦两位诗人身上体现得尤为明显，据西川在南开大学“穆旦诗歌创作学术研讨会”（2006年4月8—9日）上的发言。

② 郑敏：《诗人与矛盾》，杜运燮等编《一个民族已经起来》，第41页。

③ 钱理群主编“二十世纪中国文学与大学文化丛书”于2000年由广西师范大学出版社出版，其中，姚丹《西南联大历史情境中的文学活动》非常生动地描述了当时联大校园的诸种景象，并强调了校园环境对于穆旦等人创作的影响。

④ 张新颖：《20世纪上半叶中国文学的现代意识》，生活·读书·新知三联书店2001年版，第194页。

（“名著”）训练，比如三四年级学生开设了一门“欧洲名著选读”课，“这门课程从全部西方文学史上，上起希腊，下迄近代，选出十部名著，每个外国文学的学生一定要读的，西方两千年遗留下来的辉煌的文艺经典”，由 9 位教授分担讲解，再由学生自己在课外精读，“或作读书报告，或写论文”。10 部“经典”，仅两种较为切近。① 而纵览之，极少以“现代”命名的课程。②

外文系这样一种状况，跟整个西南联大，特别是中文系的整体氛围具有一致性。中文系的实际师资配置以及所开设课程，绝大多数课程也都是古典文学方面的，现代文学方面的课程每年仅有 1—2 种。正因为“古典”（经典）训练始终占据核心位置，构成了一种不可动摇的整体氛围，在讨论西南联大时期的文学教育与文学活动时，“语体文”（即白话文）教育甚至成为了一个问题，尽管当时距离“五四”已有 20 余年历史，“但新文学远未像今人所设想的那样具有崇高的地位”——尽管它“占领了一定的文学市场，在青年中影响广泛，但在官方文化机构与高等学府中，‘语体文’始终被视为不登大雅之堂的作品”。作为“高等学府”的西南联大中文系，并未给予新文学以“崇高的地位”即是这一现象最基本的表征之一。③ 与此一语境有关，稍后甚至产生了一个新话题，“中外文系与新文学创造的关系”：中文系和新文艺的创造没有多大关系，而外文系对新文学人才的养成更有助益。④ 这样的讨论事实上强调了新文学实际发展进程中的一个现象：西方文学资源比中国古典文学资源对于新文学的建设发展有更多助益。

其次是课程选修与课外阅读。从实际选修课程切入，原本是一条很好的途径，可以见出学生的大致阅读与接受情况——以更为细致地呈现出这群年轻诗人的成长因素，但实际上并无多少翔实材料可堪查阅。就穆旦个人情况

① 10 部名著包括钱锺书《荷马史诗》、吴宓《对话集》（柏拉图）、莫泮芹《圣经》、吴可读（Pollard Urquhart）《神曲》、陈福田《十日谈》、燕卜荪《堂·吉诃德》、陈铨《浮士德》、闻家驷《忏悔录》以及叶公超《战争与和平》和《卡拉马佐夫兄弟》。参见赵瑞蕻《回忆剑桥诗人燕卜荪先生》，《时与潮文艺》第 1 卷第 2 期，1943 年 5 月 15 日；后收入《离乱弦歌忆旧游》（文汇出版社 2000 年版），改题为《怀念英国现代派诗人燕卜荪先生》，作《后记》并补充了燕卜荪离开昆明之后的情况。现据此版，第 32 页。

② 综合 1937—1942 年间西南联大外文系历年专修、必修课程表，仅有柳无忌《现代英国文学》、燕卜荪《现代诗》、陈铨《现代戏剧》、钱锺书《现代小说》、潘家洵《现代戏剧》等少数几门课程以“现代”命名。据北京大学等编《国立西南联合大学史料》（3），第 117—239 页。

③ 姚丹：《西南联大历史情境中的文学活动》，第 134—149 页。

④ 丁易（非联大教师）、王了一（王力）、李广田以及闻一多、朱自清等人参与了讨论，较详细情形参见姚丹《西南联大历史情境中的文学活动》（第五章《中文系、外文系的课程设置与目标》），第 126—133 页。

而言，仅知道在长沙临时大学南岳分校期间，旁听或选修了叶公超“大二英文”、冯友兰《中国哲学史》、吴宓《欧洲文学史》以及燕卜荪等人的课程。[①]据说，几乎所有外文系学生都选修了燕卜荪的课程，后来，赵瑞蕻、杨周翰、王佐良、周珏良等人都有回忆——燕卜荪及其所授课程（包括《英国诗》、《莎士比亚》、《现代诗》以及与其他老师合开的“欧洲名著选读”课）几乎全被置于所有教师和课程之上。

老师的课堂教授无疑对学生的阅读产生了相当大的引导作用。能够从老师手上借到书籍自然是非常幸运的——很显然，由于战争环境，老师手头上的书并不多，穆旦与周珏良即曾幸运地从燕卜荪那里借到了两本书，即威尔逊（Edmund Wilson）的《爱克斯尔的城堡》和艾略特的文集《圣木》（*The Sacred Wood*）。更多的，学生就不得不去泡图书馆了——极其“贪婪”地阅读着图书馆藏书，“在战争的初期，图书馆比后来的更小，然而仅有的几本书，尤其是从外国刚运来的珍宝似的新书，是用着一种无礼貌的饥饿吞下了的……最后，纸边都卷起如狗耳，到处都绉折了，而且往往失去了封面”。[②]“仅有的几本书”的说法虽难免有所夸张，但原版图书数量之少以及学生的“贪婪”应是实情。

不少材料表明，到了20世纪40年代，西方原版著作流入中国的速度其实是较快的，直接接触西方现代诗歌艺术的机会并不少。燕卜荪所谈到的奥登、狄兰·托马斯[③]等年青一代诗人即是在这种背景之下出现的——当然，奥登的情形更不一样，1938年，他曾亲自来到中国，并写下了《战时在中国

① 赵瑞蕻：《南岳山中，蒙自湖畔——记穆旦，并忆西南联大》，杜运燮等编《丰富和丰富的痛苦》，第164—184页。

② 王佐良：《一个中国新诗人》，《文学杂志》第2卷第2期，1947年7月。

③ 英国诗人狄兰·托马斯（Dylan Thomas，1914—1953）与穆旦诸位几乎是同时代人，穆旦所译路易·麦克尼斯的《诗的晦涩》对他有评论：“他是非常晦涩而不连贯的，可是比那些官方的超现实主义者至少要近乎人情得多。有时候我们能够了解他。他像是一个酒鬼漫天胡扯，可是有节奏地，说出了一串无意义的形象，而其所起的效果常常是有力的，甚至于有时候像是带来了什么福音——这福音是青年时代，对于性和一切自然变化所发见的力和恐惧。”周珏良与王佐良的回忆文字都提到了他，但没有任何展开。而如徐立钱《穆旦与英国现代主义诗歌》（博士学位论文，北京语言大学，2006年）对此未有讨论。据介绍，20世纪30年代，“英国诗坛及知识界陶醉于T.S.艾略特和W.H.奥登的理性世界。狄兰·托马斯一反英国现代诗那种苛刻的理性色彩而着力表现普通人潜在的人性感受，他的诗赋有强烈的节奏和密集的意象，冲击着惯于分析思维的英国诗歌传统”。“其非凡的诗艺掀开了英美诗歌史上新的篇章。他的诗歌围绕生、欲、死三大主题……诗风粗犷而热烈，音韵充满活力而不失严谨；其肆意设置的密集意象相互撞击，相互制约，表现自然的生长力和人性的律动。”见海岸《译序》，海岸等译《狄兰·托马斯诗选》，河北教育出版社2002年版，第1—3页。似乎可以认定，在粗浅的层面上，穆旦诗歌与狄兰·托马斯之间还是有一定的相似性。

作》。老师（如燕卜荪）的引导、“左”派立场以及实际诗歌写作，使得奥登博得了联大师生的较多喜爱。联大老师卞之琳，学生杜运燮、杨周翰、袁可嘉等人对于奥登有译介或阐释，这些行为共同促成了20世纪40年代奥登在中国较为广泛传播。[①] 与其他诸位不同，袁可嘉显然有着理论家的自觉，阐释的背景乃是中国现代主义诗歌，而穆旦乃是他最为倚重的阐释对象。

不过，尽管在“西南联大诗人群”的成长过程中，奥登可能占据非常突出的位置，但考虑到他首先可能是燕卜荪在课堂教学中引进介绍的——是燕卜荪在“课堂”上所讲授的诸多内容中的一种，因此，这里先来说说被学生们置于高位的燕卜荪。

2. 学生视阈中的燕卜荪

燕卜荪（William Empson，1906—1984）兼有批评家和诗人的双重身份，他是新批评学派的创立者瑞恰兹（Ivor Armstrong Richards）在剑桥大学时的学生，1930年出版成名作《朦胧的七种类型》（*Seven Types of Ambiguity*[②]），被认为是新批评的重要人物；曾两度在中国任教（分别为1937—1940年，1947—1952年）；作为诗人，燕卜荪的诗名也是较早就引起注意，M. 罗伯兹[③]编选《新歌手》（*New Signatures*，1932）、叶芝编选《牛津现代诗选》（1935）等重要选集都曾选入其诗作。[④] 这样一个人，王佐良称其为“奇才”：“有数学头脑的现代诗人，锐利的批评家，英国大学的最好产物，然而没有学院气。”这样一个神奇人物在“学生们”心目中是什么印象呢？这里较详细地列举学生们的相关文字，以复现“课堂上的燕卜荪”。实际讨论则有意将当时评论与数十年之后的追忆区格开来：在当时和后来，赵瑞蕻、杨周翰等人有专文回忆。而王作良、周珏良等人著文回忆已是20世纪80年代了。

在赵瑞蕻的视阈之中，最初的“燕卜荪”非常生动，充满了日常生活细节，但他在课堂上所讲授的内容几乎只有《堂·吉诃德》存留了下来（顺带提及了他对于约翰·邓恩、布莱克、勃朗宁以及波德莱尔等人的喜欢——多

---

① 详细情形参见张松建《现代诗的再出发——中国四十年代现代主义诗潮新探》，北京大学出版社2009年版，第49—64页。

② 周邦宪、王作虹、邓鹏译：《朦胧的七种类型》，中国美术学院出版社1996年版。该书另有译名《含混七型》。

③ 穆旦曾翻译此人的《一个古典主义的死去》，刊香港版《大公报·文艺》第1230—1231期、1233期，1941年11月20日、22日、24日。

④ 参见赵瑞蕻《回忆剑桥诗人燕卜荪先生》，《时与潮文艺》第1卷第2期，1943年5月15日。

半为一种概说，而非学术性的阐释）；对燕卜荪的诗歌、相关选集及《朦胧的七种类型》（按：赵译为《七种朦胧论》），赵也有较为详细的介绍。[①] 至于今人津津乐道的燕卜荪课堂讲授内容之于新诗的意义，则显然还没有来得及凝结为一个问题。"穆旦"也并没有出现，这固然跟话题本身有关，却也可见出"穆旦"并没有突出于一般诗人之上而成为一个非常有力的形象。

在后来一篇追忆主题确定为"记穆旦，并忆西南联大"的文章中（1998），赵瑞蕻的叙述视点发生了潜移，"堂·吉诃德"被"威廉·布莱克"所取代：南岳期间燕卜荪非常欣赏、推崇布莱克，称其为莎士比亚和弥尔顿之后英国最伟大的诗人，不仅在课堂上朗诵了他的《老虎》、《伦敦》等诗歌，还推荐艾略特的评论文章。而穆旦当时除了喜欢拜伦、雪莱、济慈外，也特别喜欢布莱克，课后多次跟老师讨论。[②] 此外，穆旦还十分喜欢惠特曼。在此基础上，赵瑞蕻画出了一条线索：布莱克—惠特曼—叶慈（按：现通译为叶芝）—艾略特—穆旦。[③]

杨周翰早年在燕卜荪评论中宣称"T. S. Eliot 的时代已经过去了"，"他的诗已经完成了他的历史任务"；"一代新兴诗人"取代了他，包括 W. H. Auden、Cecil Day Lewis、Stepen Spender 与 William Empson 等，即艾略特之后的"奥登一代"。不过，杨周翰无意描述、评判这一历史转变，而是用绝大部分篇幅来细读燕卜荪的诗作；也即，其关注点并不在于西方诗学的历史进程，不在于"课堂上的燕卜荪"。[④] 杨后来也有追忆与评判，"对我收获最大、对我以后的工作影响最深的是燕卜荪先生（William Empson）的现代英诗。他从史文朋、霍普金斯、叶慈、艾略特一直讲到 30 年代新诗人

---

① 参见赵瑞蕻《回忆剑桥诗人燕卜荪先生》，《时与潮文艺》第 1 卷第 2 期，1943 年 5 月 15 日。

② 文章大致描摹穆旦到云南之后的阅读状况：将美国人佩其（Page）编选的一部很厚的《十九世纪英国诗人》的影印本视为珍品，时常翻阅，反复吟诵，能背熟雪莱哀悼济慈（Keats）的长诗《阿童尼》（*Adonais*）等作品；非常喜欢华盛顿·欧文（W. lrving）的《见闻录》（*The Sketch Book*），尤其醉心于《威士敏斯特教堂》。见《南岳山中，蒙自湖畔——记穆旦，并忆西南联大》，《离乱弦歌忆旧游》，第 133—134 页。

③ 赵瑞蕻曾引述艾略特评价布莱克的话："这是一种独特的真诚，在一个过分害怕真诚的世界中这便是使人特别惊讶的了。这是整个世界都暗暗反对的真诚，因为它使人不快。布莱克的诗就是有着所有伟大诗篇所共有的那种不快之感。……而这种真诚如果没有了不起的技巧，成就也决不会存在。……他是袒露的，看人也是袒露的，而且从他自己的水晶球中心看出去。他怀着一颗未被世俗偏见所蒙蔽的心灵来接近一切事物。"不过，他又明确写道：自己当时所欣赏的是雪莱和济慈，"不大了解布莱克"。见《南岳山中，蒙自湖畔——记穆旦，并忆西南联大》，《离乱弦歌忆旧游》，第 126 页。

④ 杨周翰：《现代的"玄学诗人"燕卜荪》，《明日文艺》第 2 期，1943 年 11 月。

如奥登”；“他的批评有人把它归入新批评派，在主张‘精读’（close reading）这点上，他们是相同的，但燕卜荪并不无视文学和社会的关系，作品和作者的关系”；“他不同于新批评派还在于他认为应当追问作者的意图，评判作品应当有道德标准”；“他的方法归根结底还是实证主义的，和推理的演绎法相反”。①

与赵、杨等人不同，20 世纪 40 年代中后期，“穆旦”就已从王佐良、周珏良等人的视线中凸显而出，两人都有专文讨论，燕卜荪则被排除在外——《一个中国新诗人》强调的是艾略特和奥登，1947 年前后，王佐良还有撰写艾略特评传的打算，撰写了多篇艾略特评论，惜未终篇。及到 20 世纪 80 年代，“燕卜荪”才进入到二人的视阈之中，可见，时间在塑造观点。

王佐良称，听了燕卜荪“足足两年的课”之后“才对他有点了解”。燕卜荪的讲课方式“只是阐释词句，就诗论诗，而很少像一些学院派大师那样溯源流，论影响，几乎完全不征引任何第二手的批评见解”；“是书上找不到的内情、实况，加上他对于语言的精细分析”，这迫使学生们“不得不集中精力阅读原诗。许多诗很不好懂，但是认真阅读原诗，而且是在那样一位知内情，有慧眼的向导的指引之下，总使我们对于英国现代派诗和现代派诗人所推崇的 17 世纪英国诗剧和玄学派诗等等有了新的认识”。《现代诗》这门课：“内容充实，选材新颖，从霍甫金斯一直讲到奥登，前者是以‘跳跃节奏’出名的宗教诗人，后者刚刚写出了充满斗争激情的《西班牙，1937》。”虽然“对他所讲的不甚了然”，但“对于沉浸于浪漫主义诗歌中的年轻人，倒是一副对症的良药”，“当时新月派诗的盛时已过，他们也不喜欢那种缺乏生气的后浪漫主义诗风”，燕卜荪让“正苦于缺乏学习的榜样”的学生们“慢慢学会了如何去体会当代敏感”。具体到穆旦——王佐良首先从一个普泛层面来谈论，最终的联结则通过了“奥登”这一中介：燕卜荪让大家“第一次”读到奥登的《西班牙，1937》，“穆旦的诗里有明显的奥登的影响”；穆旦诗歌如《五月》“也显出燕卜荪所教的英国现代派诗的影响，已经深入到中国青年诗人的技巧和语言中去了”。② 可注意的是，王佐良的追忆之中，既

① 杨周翰：《饮水思源：我学习外语和外国文学的经历》，季羡林等著：《外语教育往事谈——教授们的回忆》，上海外语教育出版社 1988 年版，第 218—219 页。按：此书另有许国璋等清华（西南联大）学子撰文回忆燕卜荪。

② 综合王佐良《怀燕卜荪先生》，《语言之间的恩怨》，天津人民出版社 1998 年版，第 107—108 页；《穆旦：由来与归宿》，杜运燮等编《一个民族已经起来》，第 1—3 页；《论穆旦的诗》，李方编《穆旦诗全集》，中国文学出版社 1996 年版，第 4 页。

有"有了新的认识"，也有"才有点了解"、"不甚了然"一类暧昧的说法。

周珏良的基本视角与王佐良相同，他明确点出了燕卜荪对于他们的阅读趣味的影响：外文系学生原先接触的是英国浪漫派诗人，因为燕卜荪"教导"而"接触到现代派的诗人如叶芝、艾略特、奥登乃至更年轻的狄兰·托马斯等人的作品和近代西方的文论"。他与穆旦"都喜欢叶芝的诗"，在阅读威尔逊的《爱克斯尔的城堡》和艾略特的《圣木》之后，"才知道什么叫现代派，大开眼界，时常一起讨论"；穆旦"特别对艾略特著名文章《传统与个人才能》有兴趣，很推崇里面表现的思想"。①

综合视之，个人观点之间有较大歧异：赵的观点虽有潜移，但基本上是在"浪漫"的空间展开；杨细读了燕卜荪诗歌，分析并评判了其理论，强调了燕卜荪之于他本人的意义，但并未有提升。而尽管王佐良称燕卜荪在课堂上"绝口不谈"自己的诗②，但从赵、杨二人的当时文章看，学生们对于燕卜荪的诗歌写作还是有较多了解。王、周二人所勾勒的燕卜荪形象已有大的变更：不是燕卜荪本人的诗，而是他所讲授的文学、对文学作品的分析，给学生以深刻印象；而且，不仅日常生活细节被剥离，"燕卜荪"本身已在相当程度上被"现代化"了，似乎表明，"听了足足两年"的"燕卜荪"最终只剩下了"英国现代派诗"一项。二人追忆的基本视点也一致，燕卜荪是中国新诗发展史上的一个关键点，是中国新诗发生转折的关键性人物，经由他的"教导"，原本"沉浸于浪漫主义诗歌中的年轻人"找到了"学习的榜样"，兴趣转移到现代主义文学。也即，经由王、周二人勾勒，燕卜荪个人的力量得到了非常充分的强调——凭他个人一己之力，就改变了中国新诗的发展路向。③

通过"学生们"的不断回忆、阐释与建构，"燕卜荪"成为一个非常突出的、有着强势影响的形象。很显然，由于他的"学生们"后来都成为了著名学者、外国文学研究专家，其话语分量自然显得更重。从文学史写作的角度看，这可见出在文学史线索成型过程中，什么样的因素起到了重要作用，这一话题姑且不论，从如上多人勾勒的燕卜荪形象出发，如下两重追问是必

① 周珏良：《穆旦的诗和译诗》，杜运燮等编《一个民族已经起来》，第19—20页。

② 王佐良：《穆旦：由来与归宿》，杜运燮等编《一个民族已经起来》，第1—2页。

③ 杜运燮追忆，他入西南联大时，燕卜荪已离开，"但他的影响仍能明显感受到"；"后来的事实证明，他在联大课堂内外介绍的英国现代诗给联大学生留下深远的影响，包括像我这样没有机会亲聆他授课的学生"，见《在外国诗影响下学写诗》、《我和英国诗》、《海城路上的求索》，中国文学出版社1998年版，第266、272页。

要的：

其一，各人追忆之中，侧重点与细节处多有不同，“形象”本身内蕴着某种歧异，这既表明了因为各人经历、性格、文学旨趣多有不同，所吸纳的也就是燕卜荪的不同侧面；也从另一个层面表明了“燕卜荪”的丰富性。这样的歧异无疑是文学史书写与建构过程中非常有趣的现象。

其二，从目前研究看，王佐良或周珏良所建构的更为现代的“形象”被放大——“奥登”既黏附于这一侧面之上，同样被放大。赵瑞蕻所勾勒的“形象”（更为古典）则被忽视，附带地，布莱克一类线索也被压了下去。经验表明，文学接受是一个非常复杂的过程，各种因素都可能发生作用，如果研究仅仅从某一“侧面”出发来展开讨论，无疑非常危险。因此，这样的研究局面又做出了新的提示：在燕卜荪的不同“侧面”里，穆旦与西南联大学子们抓住的到底是哪一面呢？

二 教师的课堂训诫与写作示范

燕卜荪一个非常重要的批评理念是“朦胧”（“含混”/“晦涩”）。“朦胧”即语言本身所具有的复杂意义，是诗歌的一种强有力的表现手段。这并非一个从现代诗歌中提取出来的概念，《朦胧的七种类型》一书“仔细分析了三十九位诗人、五位剧作家、五位散文作家的两百多段作品。这些人几乎全是古典诗人，尤以文艺复兴时代为多”。这样一种学术选择被认为“是有意为之的，人们总以为只有现代派诗作才是充满含混，而古典诗人是清晰的，他们没有想到耳熟能详的古典名作中竟充满‘含混’”。而作为新批评家，燕卜荪被认为自第二部著作《牧歌的几种变体》（1935）之后便“越出了新批评的轨道”，“离开了新批评派的文本中心形式主义”，在理论上转而“采取马克思主义和原型批评”。①

抛开其时燕卜荪的批评理念的某种含混性不论，有理由相信，奥登乃至狄兰·托马斯一类新潮人物事实上只是燕卜荪整体思路的一个“现代”延伸，在他的全部讲授中并不占据核心位置，与其说其意义比莎士比亚、堂·吉诃德或布莱克更为突出，还不如说他们是在同等意义上被衡量：惯常意义上被区格的“古典”与“现代”，与其说是一组相对立的概念，还不如说是同一价值理念所观照的不同对象。

① 赵毅衡：《序言》，《新批评文集》，百花文艺出版社 2001 年版，第 103—104、110 页。

换言之，研究认为，“现代主义诗歌”的一个重要特点是“观点支配素材”①，循此，沿着王佐良等人的逻辑还可进一步追问：燕卜荪是如何以“现代主义”的观点来讲解莎士比亚、英诗传统或《堂·吉诃德》，这种讲授与外文系其他老师，如吴宓、叶公超等人的讲授相比②，甚至与以现代观点重新阐释17世纪玄学派诗人的艾略特，有着怎样的重要区别。也即，燕卜荪引进奥登乃至狄兰·托马斯固然是一种重要事实，给了学生非常新颖的刺激，打开了学生们的“眼睛”。但是，只有进入一个更大的视阈，才能真正理解这样一种讲授，才能真正打开“眼界”，并获得稳定的诗学视阈——惟其如此，“新颖”才能获得坚实的根基，而不仅仅是一时之效（眼前一亮）。

在这样的视阈之下，在西南联大，燕卜荪身后那一大群学养丰厚的老师就将或浓或淡地浮现而出了。这些老师中，被讨论最多的是冯至和闻一多，其他的则有吴宓、叶公超、朱自清、沈从文、卞之琳、李广田等。其中多位有着留学背景，多半更是新文学的创造者——直至20世纪40年代，多位仍持续有创作出现。他们居留联大时间更长，与学生交往更多。前文提到了联大文学院（包括中、外文系）的“整体氛围”，他们（从更深层次看，也可包括一些哲学教师如冯友兰、贺麟等）其实才是最为核心的构成要素，其课堂呈教、文学活动与写作实践势必将对学生产生重要的影响。

从观念层面看，这些年届中年的教师身上所散发的是一种近乎古典的精神气质。被普遍提及的、社会威望甚高的闻一多，所授课程均为古典文学领域，他甚至曾被同事戏称为“何妨一下楼主人”——可见其沉迷于“古典世界”的程度以及可以设想的对于新文学的隔膜。在1941年写下《十四行集》之前，冯至首先是一位诗人光环日益黯淡的、留洋归来的学者，讲授古典德语方面的课程，他所心仪的也都是古典诗人，汉语诗人是杜甫，德语诗人方面，歌德是古典大师，里尔克（1875—1926）作品到了20世纪30年代也正在逐渐“经典化”。《十四行集》的写作，虽是因为现实的偶然激发，诗歌形式却是“十四行”这一古典诗体。很显然，古典诗歌准则暗中起着支配性作用。而因为《十四行集》的写作，冯至的诗人身份得到了新的确认，不再是

① G.M.海德：《城市诗歌》，［英］马·布雷德伯里、詹·麦克法兰编，胡家峦等译《现代主义》，上海外语教育出版社1992年版，第311—312页。

② 穆旦就读及任助教期间（1937—1942），外文系开设的英国文学课程主要有：吴宓《英汉对译》（与叶公超合开）、《中西诗之比较》，叶公超《英国十八世纪文学》，柳无忌《英国文学史》、《现代英国文学》、《英国文学选读》，莫泮芹《英国十九世纪文学》、《浪漫诗人》，陈福田《米尔顿》，谢文通《英文诗》，陈嘉《莎士比亚》，温德《维多利亚诗》等，据北京大学等编《国立西南联合大学史料》（3），第117—239页。

早年诗歌中所透现的“抒情诗人”，而是一个“沉思型”诗人。叶公超的姿态也非常突出，推崇艾略特，不仅让学生赵萝蕤和卞之琳翻译艾略特诗文，即有名的《荒原》和《传统与个人才能》；且两次撰文介绍艾略特的观点。《论新诗》（1937）等文对于新诗的种种判断也非常精当：无论对于中国新诗，还是欧美新诗人，叶公超都保有一种积极体认的姿态，同时又强调“格律”之于新诗的重要性，强调新诗人“必须明了他本国的心灵”。[①] 吴宓往往是被忽视的，其教学以谨严著称，这与他所秉持的古典诗学准则无疑是一致的。可特别值得一提的是，吴宓一些课堂讲授出现在学生的追忆文章中，比如关于柏拉图的课程，“对柏拉图哲学思想及其对后世的影响作了全面深入的介绍，着重讲解什么是‘理念’”，特别嘱咐“一定要用心阅读”《理想国》、《伊安》、《会饮》这三篇，“并要写读书心得”；在讲《伊安篇》中“关于‘狂述状态’、‘灵感’、‘诗神’时”，“举了许多有趣的实例，反复阐明”；而且，还联系这三篇“大讲‘真善美’意义”，“还由此讲到拜伦、雪莱、济慈、阿诺德、C. 罗色蒂，随时举出这几位诗人有关的诗篇为例”。这类讲授产生了怎样的效果呢？至少穆旦极有可能选修了吴宓讲授的涉及“英国浪漫诗人”的课程，且对雪莱等人的诗歌很有兴趣，还能“特别举例谈到吴先生是怎样讲解读本所选的雪莱哀悼济慈的杰作《阿童尼》（*Adonais*）这首长诗的”。[②] 考虑到穆旦终其一生对于拜伦、雪莱等英国诗人都非常亲近，因此，教师们的精神气质对于学生所产生的塑造作用是可待估量的。

课堂之外，文学活动无疑也值得考虑。从相关追忆文字来看，闻一多、朱自清、沈从文、李广田等人对于学生文学活动的指导与实际参与程度较高。而且，在理论层面也应有某种导引作用，后文将提及叶公超的《谈新诗》对于学生创作的规约。闻一多被谈论得最多，自 1943 年开始——其时，已进入联大后期，闻一多以一种积极姿态参与了新诗史的建构，开始编选一部“作为二千五百年全部文学名著选中一部分”的“新诗选”，即《现代诗钞》；受此激发，又写下了一系列新诗论文，如《时代的鼓手》（1943）、《艾青与田间》（1945）等，并将新诗的激情注入到“唐诗”课堂之中。[③] 朱自清的姿态也是一种复杂的综合：所授课程全是中国古典文学领域的，但从 20

① 叶公超：《论新诗》，《文学杂志》创刊号，1937 年 5 月。

② 赵瑞蕻：《我是吴宓教授，给我开灯！》，见《离乱弦歌忆旧游》，第 65—66 页。

③ 史集回忆，闻一多在朱自清的推荐下读到田间的《给战斗者》，“先是惊诧地说，‘这也是诗吗？’但他很快就满怀激情地在一堂唐诗课上高声朗诵、介绍了这一描绘解放区军民英勇抗日斗争的诗篇”，见《闻一多先生和新诗社》，《云南师范学院学报》1987 年第 2 期。

世纪40年代初期开始，陆续撰写了《新诗杂话》系列论文，对新诗的发展进程以及一些突出现象进行了积极命名与阐释，其中如“新诗现代化”、“中年写作”的观点更是直接都以联大师生为例[①]，这对联大创作氛围的培育或规约作用是可以想见的。

除了课堂讲授、日常文学活动中观念的传达外，还有更生动的方式，那就是文学上的实践。在考量这一实践时，需略提及联大的环境，包括战争的现实、动荡的时局以及物质的贫困等，这些因素将原本生活相对优裕的写作者推向了现实的底层，这一方面促成其生命体验朝着“民间”方向的深化，它“直接关系到临大（联大）师生对现实的认识，关系到他们的现实观和人生观，影响到他们对自己和他人的认识，对个人与群体关系的认识，在文学创造中，体验的深度和想象背景的宽度，悲悯博大的情怀，都与他们对民间的深度体认有关”。[②] 另一方面，也激发了教师们独特的创作欲望，这一点，冯至的境遇可谓一个最好的隐喻。学界非常乐于谈及的是，在几乎要停止创作之时，去昆明乡下逃避日军飞机袭击的现实环境激发了他写作《十四行集》的灵感；事实上，名作《伍子胥》也是被此时的现实最终催生而出的：这个一直藏在冯至内心的故事是“在内地的几个城市流离转徙”之后才写出的，以致“伍子胥在我意象中渐渐脱去了浪漫的衣裳，而成为一个在现实中真实地被磨炼着的人”[③] ——“古典题材”在“现实磨炼”中最终成型。

此外，联大相对自由的话语空间也为写作提供了某种保护。这一点不妨通过后续的时间刻度来考察，即一旦这一“院墙”坍塌，无可“保护”的状态就显露无遗：屡屡与人争执且从不泄气的湘人沈从文起初对于郭沫若（1948年年初）的大骂（实际上是一种政治定性）[④] 并不以为意，照例进行文学活动，甚至还参与“今日文学的方向”一类充满自由主义色彩的、悖逆于时代潮流的讨论。[⑤] 但随后当这一责骂以大字报的形式张贴到校园（北京大学）之后，他随即陷入疯呓状态之中。新中国成立之初的卞之琳更是将熔铸其八年心血的《山山水水》一焚了之。两者的意蕴虽不相同，前者是新环境对于个体直接的精神打击，后者则意味着新环境已将个体同化，

---

① 分别为杜运燮《滇缅公路》、冯至《十四行集》，见朱自清《诗与建国》、《诗与哲理》，《新诗杂话》，作家书屋1947年版。

② 姚丹：《西南联大历史情境中的文学活动》，第29—54页。

③ 冯至：《伍子胥·后记》，《冯至全集》(3)，河北教育出版社1999年版，第425—427页。

④ 郭沫若：《斥反动文艺》，《大众文艺丛刊》第1辑，1948年3月。

⑤ 同题文章刊天津版《大公报·星期文艺》1948年11月14日，参与者还包括朱光潜、冯至、废名、陈占元、袁可嘉、汪曾祺等人。

自己的过去由自己来毁灭，但均昭示一点：因为环境变化，他们已失去自我保护的能力。

具体到写作，这些学养丰厚、写作经验丰富的写作者往往将自身的文化目标寄寓写作之中，无论是冯至《十四行集》、《山水》、《伍子胥》，卞之琳《山山水水》，沈从文的小说、散文和批评文章，如《看虹录》、《长河》、《昆明冬景》等，还是李广田的小说构想与写作，不仅具有充沛的艺术品质，从价值理念角度看，更是带有强烈的反思性，如冯至思考“如何在纷纭的时代安排个人的有价值的生存”①、卞之琳思考“挽救世道人心”②、沈从文关注“若干人情的冲突”并试图实现“人和人关系的重造”③，以及李广田以“人的改造”为主题的写作④等等。而从艺术层面看，探索仍在持续，冯至的多重文学实践，沈从文的文体试验，卞之琳放弃诗歌而作小说，李广田的长篇小说构建，都体现了一种不懈的艺术探索精神。

这样的写作实践，从西南联大的角度看，促成了一种精神传统的生成。⑤放到新文学发展历程中，则是新文学经验的有效累积。上述诸位写作者，均诞生于20世纪初期，其写作起点，并非始于狂飙突进的“五四”时代，而是20世纪20年代中后期到30年代初期；其实际写作境遇一直相对从容，“五四”时代给予他们的，与其说是激进，不如说是激进之后个体心灵的动荡状态；发展到西南联大时期，已有十数年之功。在他们身上，既有古典文学的修养风范，对于新的文学形式，新的时代现实，又有着良好的感受力、沉淀能力与表现能力。这些年届“中年”的写作者使得新文学呈现出某种“中年气质”。所谓“中年”⑥，对写作者而言，“并非某一年龄或时段，而是某种心境和态度”，它“意味着沉稳和成熟，它是经过了青春期的浪漫和狂

① 贺桂梅：《转折的时代——40—50年代作家研究》，山东教育出版社2003年版，第159页。

② 卞之琳：《山山水水（小说片断）·卷头赘语》，《卞之琳文集》（上），第267页。

③ 沈从文：《〈长河〉题记》，《沈从文全集》（10），第7页。

④ 李岫：《李广田和他的作品》，《中国现代作家选集·李广田》，人民文学出版社1984年版，第271页。

⑤ 笔者曾将西南联大精神传统分为两个向度：一是保持“超然的政治兴趣”（语出贺麟《政治与修养》，1946），一是“学术自由之规模”（语出冯友兰《国立西南联合大学纪念碑碑文》，1946）。这并非反对或背离政治，而是试图以学术的态度来寻求一种与政治的平等对话关系，将自身看做是一种独立的、实存的力量，无论参与或批评政治，均主要以自身知识修为和理性思考为依据。同时，借由这种学术自由精神，他们通过不绝的著述，进行了坚卓的文化创造，对时代现实、传统文化等命题做出了某种反思。参见《略论西南联大的精神传统》，《上海文化》2006年第2期。

⑥ 在《诗与哲理》中，朱自清以冯至《十四行集》为标志，新诗不再是如闻一多所说“尽是些青年”，而“可以算是中年了”。见《新诗杂话》，作家书屋1947年版，第40页。

热后，迈向更高境界的自然过渡，这种成熟的获得必定经受了艰辛的锤炼”。[①] 这既意味着其文化反思具有非常坚实的基础；放大到新文学发展历程，则意味着新文学传统的丰富：经过二三十年的发展，在某些方面，已然呈现出较为充沛的艺术气息和生命关怀精神。

在这等写作实践的“示范”之下，可以想见的是，学生创作势必将获具较高的起点——但从一个更大视阈来看，联大教师的写作实践既构成了20世纪30年代后期以来中国文学的重要收获，那么，归结为教师“示范”，莫若归结为这一时期中国现代文学日益提升的整体氛围。

三　西南联大诗人群的“创制”

这样一大群老师，不妨以灯喻之，姑且称燕卜荪为亮度较高的那一盏（事实上，这很可能只是一种预设），那么，他背后所活动着那一大群教师，也各自发散着光亮——簇成一个大的灯群，照亮着年轻的心灵。那一盏更亮的灯，两年之后将离去，留下影子继续发亮；而那一灯群，还一直亮着……

“一己之力”固然强盛，但灯与灯，亮的，暗的，最终所构成的乃是一股历史的合力——一股强大的经典教育的势力，那些被照亮的年轻心灵，也将感受到有形或无形的规约。

并不用多长时间就可见出这种“历史的合力”的效应。“新月派诗的盛时已过”，而同学们“也不喜欢那种缺乏生气的后浪漫主义诗风”（王佐良语），课堂上所讲授的现代主义诗风自然一下子就有了难以拒斥的引力，现代主义成为一种“时尚”，一时之间，不仅“一写就觉得非写艾略特和奥登那路的诗不可”，而且，相约着不去听一位教授所讲的关于司格特的课（就因为反感浪漫主义诗歌），甚至还撰文品评中国的浪漫主义诗人。但没几年，这些年轻学生就有了“新的觉悟”：“人不能永远停顿在大学四年级的阶段。新的作家的倾慕成为一种势利之后，又逐渐为一种超越时间的透视所盖过。人回过头来弄莎士比亚，弄莫里哀和拉辛，弄李白和杜甫，人成为一个古典主义者。这些名词自然毫无意义，有意义的是一新的觉悟：文学或者作品如果不朽，则此不朽的成分是无时间性的。传统的重要和意义便是由此产生。”而对于艾略特，开始有反思。再往后，到了晚年，对于自己年轻时追求“时

---

① 张桃洲：《论新诗在40年代和90年代的对应性特征》，《现代汉语的诗性空间——新诗话语研究》，北京大学出版社2005年版。

尚”的“无知”举动，也有所悔悟。[①]

这么说，自然无意取消西南联大这批年轻诗人们写作中的“现代主义”因素，而是想强调一点：正因为中、外教师们的讲授（训诫）与“示范”在前，西方诗学资源进入到中国——特别是西南联大也就不是简单的事实，势必将发生一种“奇妙的混合”。

1. 写作主题的掘进

西南联大将原本生活相对优裕的教师拉低到现实底层的现实环境——一个特定的历史语境，也使得来自全国各地的学生所栖身的并非象牙之塔（事实上，对于多数学生而言，历经艰辛辗转到达昆明的遭遇就足以让其体察底层现实的艰辛以及底层生命的卑微），迁徙中的校园环境、校园文学活动[②]、紧张的现实、战争体验、外来文化资源影响等等，都是衡量其文学实践活动时无可规避的背景性因素。在《一个中国新诗人》中，王佐良曾用非常生动的笔调勾勒了当年的学习生活情形：

> 联大的屋顶是低的，学者们的外表褴褛，有些人形同流民，然而却一直有着那点对于心智上事物的兴奋……在许多下午，饮着普通的中国茶，置身于乡下来的农民和小商人的嘈杂之中，这些年青作家迫切地热烈地讨论着技术的细节。高声的辩论有时伸入夜晚：那时候，他们离开小茶馆，而围着校园一圈又一圈地激动地不知休止地走着。但是对于他们，生活并不容易。学生时代，他们活在微薄的政府公费上。毕了业，作为大学和中学的低级教员，银行小职员，科员，实习记者，或仅仅是一个游荡的闲人，他们同物价作着不断的，灰心的抗争。他们之中有人结婚，于是从头就负债度日。他们洗衣，买菜，烧饭，同人还价，吵嘴，在市场上和房东之前受辱。他们之间并未发展起一个排他的，贵族性的小团体。他们陷在污泥之中。但是，总有那么些次，当事情的重压比较松了一下，当一年又转到春天了，他们从日常琐碎的折磨里偷出时

① 参见姚丹《西南联大历史情境中的文学活动》，广西师范大学出版社 2000 年版，第 239—252 页。所涉观点见王佐良《序》，《英国浪漫主义诗歌史》，人民文学出版社 1991 年版；杜运燮：《寻路》，昆明《中央日报·平明》，第 226 期（1940 年 5 月 30 日）；王佐良：《由〈飘〉想起的》，昆明《生活导报》，第 53 期（1944 年 1 月 30 日）；穆旦：《〈慰劳信集〉——从〈鱼目集〉说起》；杨周翰：《现代的“玄学诗人”燕卜荪》等。

② 不论是清华大学还是西南联大，校园文学活动均很活跃，这对学生成长无疑起到了积极作用，但往往缺少具体材料可供深入讨论。具体到穆旦，他也比较热心参与，但并非组织者、核心成员或最为活跃的分子。

间和心思来——来写。

可以想见的是，这些背景因素沉潜为写作主题，占据突出位置的是对于个人的现实境遇的思考与对于“中国现实”的认知与传达。①

不妨就从上面这段文字切入。它与王佐良本人的一首诗恰好构成了对应，这就是《诗抄》（按：即《异体十四行八首》）。② 王佐良的诗人身份一直少有提及（或者说，他的学者名声湮没了诗人名声），他的诗歌并不多，但显然曾用心经营。

从诗歌内在理路看，《诗抄》与穆旦《诗八首》有相通之处，即对于个体的爱情境遇的探究。但与穆旦的玄思不同，《诗抄》加入了非常多的日常生活场景——爱情被放置到现实的熔炉之中加以历练，恰如上面的文字所写：“他们之中有人结婚，于是从头就负债度日，他们洗衣，买菜、烧饭，同人还价，吵嘴，在市场上和房东之前受辱”。而第1首中果真有：“我们上菜市去/任受同样的欺凌。”不难发现，诗人有意将“爱情”视作个人境遇省思中非常重要的一种。

《诗抄》共分8首，这与《诗八首》也相应合。《诗八首》的结尾，巧妙地嵌入了“不仁”、“老根”、“平静”等词汇，从而使全诗由“一个人人都经历过或将要经历的小小爱情事件”，提升到“对芸芸万物、东西天下的观照，在全诗闭合之时升腾起博大无边的玄思”。③《诗抄》的第8首也是别有深意：

我们的爱情决不纯洁。天和地，
草木和雨露，在迷人的抒情过后，
就是那泥土的根。你如水的眼睛，
我却是鱼，流入了你生物学的课本。

---

① 除特别说明外，所引均据杜运燮、张同道编《西南联大现代诗钞》，中国文学出版社1997年版。另，由于毕业及工作变动等原因，部分作品的写作时间和地域已在联大之外（如1942年3月从军之后，穆旦就已不在联大），但为使讨论主题更为凸显，这里将进行适度的模糊处理，即将部分在联大之外的作品纳入考察范围之中。

② 初刊《时与潮文艺》第4卷第1期，1944年9月；后改题。关于王佐良诗歌的讨论参见陈彦《“迷人的抒情”与“泥土的根”——西南联大时期王佐良的诗歌实践》，《江汉大学学报》2008年第1期。

③ 王毅：《细读穆旦〈诗八首〉》，《名作欣赏》1998年第2期。

但孩子并不算是惩罚。一种胜利，
我们在感伤的哭泣里忽然亮了闪了。
过去的，要求的，交会在产床上，
但拒绝了不朽，我们拥抱在烦腻里。

"我们的爱情决不纯洁"不仅几乎化约了前7首诗的全部内涵："不纯洁"更是标出了个人与现实之间的关系：爱情的花朵不是生长在真空里的，而是在现实的污泥里。现实是恶意的，却也会生成它的调节机制："天和地，/草木和雨露，在迷人的抒情过后，/就是那泥土的根。"

正因为体察到了现实之中一种"迷人的抒情"，所以，当现实更大的恶意——"交会在产床上"——袭来的时候，诗人却发出了"为什么不……"的询问：

为什么用手遮住脸，为什么不看
我那皱眉的忧郁，我那踌躇？
你的腰身拯救了我，我的无神的心。

然而你做着山山水水的梦！
让我们坐上马车，走出东郭的门，
看无尽无尽的绿草，而流下眼泪。

"山山水水"或许会令细心的读者联想到联大老师卞之琳在20世纪40年代前期完成的同名小说："小说叫《山山水水》。我也曾想叫它《水远山长》，带点抒情气息。表明也不过是'如此江山'的意思，深一层、两层，也就含有山水相隔涵盖相接的矛盾统一意味。"[①] 从某种意义上，也可以说，《诗抄》乃是这批更年轻的诗人的"山山水水"（甚至不妨设想王佐良即是这部小说中的一个人物），王佐良并无意于过分凸显个人与现实的紧张关系——即便是"拥抱在烦腻里"，也享受着潜流于现实之中的"迷人的抒情"——套用他自己评价穆旦的话，或可称之为一种"至善之乐"。

同样是有着"抒情诗"的名分，穆旦的《摇篮歌——赠阿咪》（1941年10月）又是另一种路数。其实，两首诗有着隐秘的关联，它是穆旦为王佐良

① 卞之琳：《山山水水·卷头赘语》，《卞之琳文集》（上），第264页。

夫妇（阿咪即王的妻子）的第一个孩子出生而写的。全诗6节，第1节是馨香流溢（有“馨香的体温”），从第2节开始，“成人的世界”的罪恶就扑压而来（“等你长大了你就要戴着罪名”）：

睡呵，睡呵，我心的化身，
恶意的命运已和你同行，
它就要和我一起抚养
你的一生，你的纯净。
　　去吧，去吧，
为了幸福，
　宝宝，先不要苏醒。

如果说“爱情”是个人境遇之中非常特殊的一种，那么，一个幼小的生命，更是个人境遇极端化的呈现：“纯净”的小生命多么令人羡慕（第2节有：“我们多么羡慕你/柔和的声带”）；却又令人滋生更多的“敏锐的感觉”——对于自身作为“成人”的“罪恶”的更多省思（第5节有：“在你的隔离的世界里，/别让任何敏锐的感觉/使你迷惑，使你苦痛”）。[①]

大致而言，王、穆二人在处理个人与现实关系上有相通之处：在最基本的层面上，两人都保有一种省思姿态，诗歌中的“我”往往有敏感、忧郁、犹疑的一面，而诗歌往往也有着内省的品质。歧异也非常明显：在王佐良这里，“孩子并不算是惩罚”，“至善之乐”调节着自我焦虑。而在穆旦这里，连“摇篮歌”也指向了“成人的世界”，可见自我敏感程度更强——内省强度更大。“宝宝，先不要苏醒”这个结句更像是一种祈求：上帝啊，赐予一个与现实相隔离的世界吧，让“恶意的命运”远离孩子！

这样一个无力的祈求表明，穆旦并没有从现实之中找到一个调节的机制，而是在寻求某种超验的慰安——而这正应了王佐良在《一个中国新诗人》中的“抗议”：“就眼前说，我们必须抗议穆旦的宗教是消极的。他懂得受难，却不知至善之乐。”

不过，这里倒无意于强调题材区分，也无意将穆旦那种内省强烈的诗歌置于所有联大诗人之上——从文学表现的效果看，情感强度显然并非绝对的

① 类似表达也出现在《在寒冷的腊月的夜里》之中，半夜那个被吓哭的“谁家的儿郎”——“他就要长大了渐渐和我们一样地躺下，一样地打鼾”。

标准，而是想强调一点：那就是“现实”之于联大诗人的意义，不是一个反射镜，而更像是一个大的搅拌器，诗人们将自己放入其中，搅拌之后再提取而出，由此所获得的不妨称之为一种“中国经验”。个人经历（经验）不同，性情也总有差异，由此而生发的，则是一个较为丰赡的文学局面。

比如关于战争的诗篇。这一类主题也是非常突出的。一股不可抗拒的力量将中国人推向了战争的前端——实际上，昆明并非绝对意义上的“后方”，联大这批年轻诗人的实际生活就是置身于战争的环境之中，联大（昆明）上空的飞机轰鸣、地上的战争残迹，再往后，从军乃至前线的经历，都给予了他们直接的战争体验。从个人经验的角度看，穆旦既在死亡线上穿行过，他所获得的经验自然是最惨烈而深刻的，所写下的《森林之魅》，乃是非常深挚的死亡诗篇。

其他的人，如杜运燮虽也曾作为翻译踏上过前线，生死体验相对较浅，但这并不妨碍他从多个层面来表现战争：对于现实中那些卑微的生命多有悲悯，对于不公平的现实多有讽喻，而对于历史的正义，则多有热烈颂扬。因此，杜运燮所传达的战争文化心理与生活图景也是别有意味，比如《追物价的人》(1945)：

物价已是抗战的红人。
从前同我一样，用腿走，
现在不但有汽车，坐飞机，
还结识了不少要人，阔人，
他们都捧他，搂他，提拔他，
他的身体便如灰一般轻，
飞。但我得赶上他，不能落伍，
抗战是伟大的时代，不能落伍。
虽然我已经把温暖的家丢掉，
把好衣服厚衣服，把心爱的书丢掉，
还把妻子儿女的嫩肉丢掉，
但我还是太重，太重，走不动，
……
即使是轻如鸿毛的死，
也不要计较，就是不要落伍。

所有的话语都被置于反面，其效果则是双面性的，既指向自身，也指向了一个“伟大”而虚空的时代。有意味的是，在这首诗里，“我已经把温暖的家丢掉”是一句反语，俞铭传的《压路机》（1944）所写，则是一种乡愁：

铁轮碾着石子，
石子压着白骨。
剪去了锋芒和棱角；
它们也许有翻身的日子，
再也不能望见自己的老家——
　　有阳光访问的老家，
　　有岩鹰守护的老家。

这“白骨”虽不如“胡康河上的白骨”壮烈，却也是一个伟大时代的渺小生命的化身。不妨设想，这样一台压路机压在“滇缅公路”之上，这条路，穆旦走过，杜运燮走过，更多的人走过——大家共同见证了一个大的时代。而其笔调，或深挚，或轻谑，或平实，构成了一幅斑驳的战争文学图景。

既然从联大诗人们的写作，无论是针对日常生活事件（包括爱情），还是战争图景，都能或强或弱地升华起某种哲意的观照，那么，不妨将郑敏的诗歌视作这群年轻的写作者精神境界的相通。这种境界，或许可用“宁静”来涵括——“宁静”，一种古典的品质，如《树》所写：

我从来没有真正感觉过宁静
像我从树的姿态里
所感受到的那样深
无论自哪一个思想里醒来
我的眼睛遇见它
屹立在那同一的姿态里。
在它的手臂间星斗转移
在它的注视下溪水慢慢流去，
在它的胸怀里小鸟来去
而它永远那么祈祷，沉思
仿佛生长在永恒宁静的土地上。

和“人”一样，“树”也是宇宙之中最常见的事物。从“树的姿态”里感受到了最深的“宁静”，如同发见宇宙的秘密——也可以反过来说，正因为将自身置于宇宙的秩序之中，杜运燮的笔下会不时流现出悲悯之情，而穆旦笔下会有“信仰”，还有郑敏本人也会有“祈祷”，而他们都并不是宗教的信徒。

总之，一如那些年届中年的写作者将自身看做是一股独立的民间力量与精神主体，以对现实人生与实际政治做出深刻的关切与独立的评判，这群年轻的写作者也深深地植入现实之中：既对个人的处境提出了省思，又绘写下了时代性的大图景，又将芸芸众生置于宇宙的序列之中——这最终使得他们的写作具有了一种沉潜的、带有古典意味的品质。换过来说也是一样，正因为充满古典品质的教师的训诫与示范，学生们的写作也以此为基点，展开了对于个人、现实时代与宇宙命题的思考。

2. 诗艺层面的探索

从诗艺层面来看取，也可获得一个较新认识。联大教师叶公超、燕卜荪等都提出过训诫，叶公超强调新诗必须要有一定格律的观点已通过《论新诗》(1937) 得到传布；而据说燕卜荪在与学生们聊天时，学生曾向他问起对于 free verse（自由诗）的看法，“他笑着说：‘Yes，free，but not verse.’(是的，自由，可不是诗了。)”[①] 联大诗人应是记取了这种训诫，从诗歌形式看，他们所写无疑是非常自由的新诗，但对于“自由”，他们显然又保持着足够多的警惕，从实际写作来看，他们往往有着较为强烈的形式感，对于诗形多有讲究。

在普遍的层面上，不妨将杜运燮的写作视为一个典型。对于诗歌内部要素的构设，杜运燮一直多有讲究，特别是诗段的大致划分和诗行的大致均齐，《滇缅公路》、《林中鬼夜哭》、《一个有名字的兵》、《给永远留在野人山的战士》等即是典型代表。这一做法，或可用闻一多《诗的格律》中的话来说，即讲究一种“节的匀称和句的均齐”。而对于“十四行体”这样来自欧洲大陆的古老诗歌体式，他也有较多尝试，如《草鞋兵》、《盲人》等。

杜运燮是一个具有强烈诗歌情绪的人，取用相对整齐的诗形，应是包含了以形式来节制情感的诗学意图。这一做法依然会令人想起提出并践行“新格律体”的闻一多。有趣的是，其时的闻一多，年龄与杜运燮、穆旦这批年

① 赵瑞蕻声称，“这些场合，我和穆旦和许多同学都参加了”，见《南岳山中，蒙自湖畔》，杜运燮等编《丰富和丰富的痛苦》，第 174 页。

轻诗人的年龄正相当，而他的情感，无论是现实的，还是诗歌本身，亦是相当热烈充沛；但情感服从于诗歌理念，即一种“艺术节制精神”，格律成为了“表现的利器”。

杜运燮曾向当时依然活跃在诗坛的前辈诗人——自己的老师，闻一多、冯至、卞之琳等人表达过敬意[1]，但他显然并没有闻一多那样的理论自觉，而且，与前辈诗人意欲创制一种相对严密而齐整的新诗形式的做法[2]又形成了差别：杜运燮无意于形式的严密，相反，对于差异倒是多有讲究，所谓“整齐”，在不同情绪之中却又呈现出不同情态，比如《草鞋兵》、《滇缅公路》、《林中鬼夜哭》一类情感更为深挚的，句式相对较长，用语更庄严；《一个有名字的兵》一类带有讽喻意味的（看似轻松），句式则相对短促，且非常口语化。不同的情绪沉结为不同的诗形，可见形式感对于杜运燮而言，已不是一个表象性、单一性、程式化的东西——不是对于前辈诗人的简单呼应，而是已经形坠为一种诗歌理念。

这种理念应与对于奥登诗歌中那种“成熟的古典地抑制”的领悟有关。杜运燮曾评价奥登诗歌“文字比较明白，诗更醇了……他语汇的丰富，比喻的适当，形象化的程度，以及那么近于生活，富于‘人味’，处处都可发见使我们惊奇的诗行，我们将喜欢它有如喜欢 *Journal to a War*（在中国写的）中的几十首十四行以及《新年书信》中的一部分。这里是成熟的古典地抑制，是真正深沉的经过锤炼的情绪，而字面的技巧更没有什么可说的”。[3] 杜运燮的视线并没有仅仅止于“惊奇”，而是“惊奇”背后那种“成熟的古典地抑制”、“真正深沉的经过锤炼的情绪”。经验决定视阈的宽窄、深浅，奥登能成为杜运燮诗学视阈之中具有持续性影响的诗人，而不仅仅是一时之效，显然并非偶然。

杜运燮之外，其他联大诗人对于诗形也是多有讲究，穆旦一直有较多讲究。较少被提及的罗寄一的诗歌，如《诗六首》等等，对于诗形也非常注意。在其他形式的探索中，可另外提及的是“十四行体”的写作。郑敏写作较多，如《歌德》、《献给悲多芬》、《荷花》、《树林》、《最后的晚祷》等；王佐良写下《诗抄》（1941—1944）；袁可嘉、林蒲等人也有少量尝试。当然，“十四行”只是一个大致说法，林蒲曾将《待题》称为“准十四行”，王佐良

---

① 参见杜运燮《在外国诗影响下学写诗》，《海城路上的求索》，第269页。

② 就新诗各自发展阶段而言，闻一多《诗的格律》、冯至《十四行集·序》（1948年2月5日）都包含了为诗辩护因子。

③ 杜运燮：《海外文讯》，《明日文艺》第1期，1943年5月。

也曾将以“异体十四行”名之，这些情形都表明一点：他们不是形式主义者，无意于严格遵循“十四行诗”的格律体式。而之所以取用这一形式，其诗学考虑应还是跟艺术节制精神有关。不妨以郑敏写作为例略作说明。

总体而言，郑敏诗歌①，稍早的如《金黄的稻束》，参差度较高；但看起来写作实践逐渐做出了修正，如《生的美：痛苦，斗争，忍受》等诗所示，诗形逐渐回拢。《诗集 1942—1947》最后的作品，大致即《Renoir 少女的画像》以下 10 首，有着非常强烈的情绪，大致区格，可分为“爱”（“颂”）与“恨”（“愤怒”）两种，即对于生命、爱情、母校的爱与颂扬，对于暴力泛滥、人性黑暗、信仰缺失等精神层面问题的愤怒（而如“晚祷”所示，也有悲悯情绪）。而且，很明显地，强烈的情绪也沉现在诗行上，诗行非常长，最长的甚至达 26 字。在情绪与表达之间，郑敏应是有所考虑，实际处理中仍比较注意收拢诗形：它们多为“十四行”，少数则以四行为一诗段推进；而诗段内部，也做到了大致的齐整。这样一来，诗形节制了情绪，诗意得以一种蕴藉的方式传达出来。这样一种转变，在某种程度上，也可说是一种“新的觉悟”。

这批年轻诗人对于诗歌形式的这种讲究，不妨称之为内敛诗型，他们并非要创造一种格律谨严的诗歌体式，而是试图收拢诗行，节制诗思。这样一来，新一代诗人与前辈诗人闻一多等人在诗歌形式理念上的差别也就不仅仅是谨严与否的差别，而可视为一种时代性的差别：即随着时代语境与诗歌写作的实际知识的不断递增或嬗变，到了 20 世纪 40 年代这样的新时代，年轻诗人们对于诗歌文体与形式，少了所谓理论创新的热情，而多了实践层面的反复磨炼。

放到同时代文学语境中来看，其写作实践与其他地域的诗群，如艾青、田间，以及受到两者强势影响的“七月派”诗人群，看起来在诗歌风格、诗型等方面都存在着显著差异，实际上却仍可说分享着某种相似的历史冲动：即如艾青“诗的散文美”这样非常宽泛的说法亦能引起相当一部分诗人的热烈共鸣，他们实际上都是“为将来的诗人创设一种……传统”② 的诗人，如何为情绪寻找合适的诗歌形式乃是其所必须面对的一个至关重要的诗学命题。因此，这些诗学（型）探索有着充分的合理性。对联大的年轻诗人而

---

① 郑敏诗歌均没有明确表明写作时间，这里以《诗集 1942—1947》（文化生活出版社 1949 年版）的编排先后为序。所引郑敏诗歌亦据此。

② 套用叶公超《论新诗》语意。另，晚年穆旦也提到“白话诗找不到祖先，也许它自己该作未来的祖先”，见《致郭保卫》（1975 年 9 月 6 日），《穆旦诗文集》（2），人民出版社 2006 年版，第 183 页。

言，其内敛诗型无疑与内省姿态、古典品质正相适应。

3. 小结

总之，无论是写作主题，还是诗歌形式，“西南联大诗人群”都从老师们的“训诫”与“示范”之中汲取了足够强大的力量——经由大学教育、西学资源与本土经验的融汇，这批年轻诗人的写作最终呈现出一种内敛的、节制的，甚至可说是近乎古典的品质。这种品质内化为血脉，一直到很多年之后仍在发生效力，穆旦 1976 年的写作，杜运燮新时期的一些写作，郑敏新时期之后的一批写作，都是非常优秀的作品。

若仍需回到燕卜荪的问题，与其过分强调其“现代”面孔——即将燕卜荪置于所有资源或现象之上，倒不如适度后退，强调“古典”的一面，强调联大教师、联大整体的氛围施予学生诗人群体的一种整体性影响，一种整体性的古典效应。

四　从“穆旦”到“新诗”

关于“西南联大诗人群”，还有一个始终无法也无须规避的话题，即西方文学资源的强势影响。一如前引《重估》对于穆旦的严厉指责，这些年轻的写作者的写作观念与实际文本自然也不乏对于欧美诗人艾略特、奥登、里尔克、燕卜荪等的模仿。从发生学角度看，这倒并不令人诧异，按照哈罗德·布鲁姆的观点，影响是合理而且必需的，“没有文学影响的过程，即一种令人烦恼并难以理解的过程，就不会有感染力强烈的经典作品出现”。[①] 当然，他同时也强调，只有少数“以坚忍不拔的毅力向威名显赫的前代巨擘进行至死不休的挑战”的“诗人中的强者”才能真正摆脱“影响的焦虑”。[②]

如前述，“老师们”的训诫与示范所提供的那样一种古典品质，对于这些年轻诗人心智的成长起到了重要作用；而经由“现代中国”这一特殊历史语境的磨炼，在诗歌主题以及实际展开上，都已经获得了较强的艺术自足性。也即，在将日常事件、个人经历转换为经验并且落实为写作过程中，西方诗学资源更多地起到了一种积极的触媒剂的作用，王佐良曾言，在燕卜荪的讲授及欧美现代主义诗歌的启发下，联大年轻的诗人们不仅“慢慢学会了

① ［美］哈罗德·布鲁姆著，江宁康译：《序言与开篇》，《西方正典》，译林出版社 2005 年版，第 6 页。

② ［美］哈罗德·布鲁姆著，徐文博译：《绪论 对优先权之反思·术语说明》，《影响的焦虑》，生活·读书·新知三联书店 1989 年版，第 3—15 页。

如何去体会当代敏感”，且“发现”了“新的题材和技巧”。[①] 正因为西方诗学资源的积极触发，“中国现实”得到了较大程度的容纳，且获得了崭新的表现方式，杜运燮的《被遗弃在路旁的死老总》即是非常突出的例子，它不是“朱门酒肉臭，路有冻死骨”一类古老主题的复写，它没有直接写“死老总”的惨状（事实上，死去的不过是一个兵而已），也没有写下自己的愤慨，而是继续从“死老总”的视角展开，模拟了他的害怕和要求——怕狗、各种野兽、黑鸟，来舔他、咬他、喝他的血、嚼他骨头，为争他的骨头而打架；要求也是最低的：“给我一个墓，/ 随便几颗土。/随便几颗土。”透过这样的视角，不仅写出了死的惨状，更是把人类降低到了“狗”的程度，这样的诗，不仅讽刺了现实社会，更是写出了“死”的形状，读来令人唏嘘不已。

因此，总体而言，与其说以奥登等人为代表的西方诗学资源削弱了这群年轻诗人的创作个性与“中国品质”，倒不如说是一种加强——套用晚年王佐良的话说即是，“最终是他们的中国品质占了上风”[②]；而从“西方”到“中国”，起着关键性作用的乃是现实机制。[③]

进一步落实到穆旦，也有不少可待辩驳之处。从观念层面看，在穆旦与西方诗学资源这一命题上，此前占据显赫位置的材料均来自穆旦晚年书信，较多地涉及奥登，较少地涉及中国古典诗词。总体而言，是推崇前者而贬低后者。对于古典诗词的贬低无疑进一步突出了王佐良早年的看法，即穆旦“对于古代经典的彻底的无知”。这中间其实多有误会，下一章将揭示，王佐良所说的并非一个自明的问题，中国古典文学传统一直在穆旦的血液里流淌，通过掩息穆旦的“中国传统”而夸大“西方传统”影响的做法，并不具备足够的合理性。事实上，晚年穆旦固然很推崇奥登，他对于普希金、拜伦等人也同样推崇，逝世前十余日写给老友巫宁坤的信中，他甚至将后两者置于奥登之上。[④] 因此，

---

① 王佐良：《论穆旦的诗》，《穆旦诗全集》，第 4 页。

② 王佐良：《新诗中的现代主义——一个回顾》，《文艺研究》1983 年第 4 期。按：在此，王佐良修正了早年的“非中国化”观点。

③ 在回顾早年写作时，杜运燮、王佐良等人都特别强调了“现实”问题，“诗与现实的关系，对我们那个时代的学生，从开始写诗就不曾成其为问题”（见《在外国诗影响下学写诗》，《海城路上的求索》，第 266 页）；“与中国现实的紧密结合，正是 40 年代昆明现代派的一大特色”（王佐良：《谈穆旦的诗》，杜运燮等编《丰富和丰富的痛苦》，第 4 页）。这类说法今日看来似乎多余，对于曾经受到较多压制的他们而言，却是对于自身历史境遇的一种辩护。

④ 穆旦写道：“我认为中国诗的文艺复兴，要靠介绍外国诗。人家真有两手，把他们的诗变为中国白话诗，就是我努力的目标，使读者开开眼界，使写作者知所遵循。普希金和拜伦正好比我们现有的水平高而又接得上，奥登则接不上。虽然奥登低于前两位大师。”见《致巫宁坤》（1977 年 2 月 12 日），《穆旦诗文集》（2），第 180 页。

仅仅突出“奥登”显然并不恰当，穆旦本人从未表现出唯奥登独尊的态度，过于强调“奥登”，在某种程度上乃是一种“历史的误会”。而若放到早年的写作情境之中，更可发现“穆旦接受和借鉴的西方诗歌文化资源其实相当丰富”，而不仅仅是“奥登和艾略特等少数几个现代主义诗人的影响”。这类话题，学界已多有讨论[①]，后文仍将涉及，兹不赘述。

想提出的是，随着穆旦早年翻译资料的发掘与披露，即翻译路易·麦克尼斯的《诗的晦涩》、麦可·罗勃兹的《一个古典主义的死去》、台·路易士的《对死的密语》（有《译后记》）等，之后一段时间内，学界应会较多地提及这类翻译中所透现的穆旦形象——由于路易·麦克尼斯和台·路易士被称作是“奥登一代诗人”，麦可·罗勃兹又是当时重要的诗歌批评家，学界多半会强化对穆旦与奥登及其同时代写作者——也可说是穆旦同时代的西方诗学资源之间的关联，事实上，正如《重估》所指出的，部分问题也属实，并非空穴来风，穆旦写作与西方诗学资源之间，在某些方面，确实也或轻或重地存在着一些问题，但衡量一个写作者的准尺还是应着眼于一个更大的写作范域。一般而言，一种后起的写作与先在的资源之间，无外乎存在着三重境况：抄袭、模仿与圆融（创造）。能不能将先在的资源（当然，这是一个更大的概念，而不仅仅是西方诗学资源，对待中国古典诗学资源同样如此）圆融于心，并做出新的创造，这才是最终衡量一个写作者的准尺。从实践层面看，前面已大致梳理了个人经验与时代因素如何在穆旦诗歌中交激成一个丰富的写作局势。《重估》过于强调前两者而忽略了第三者，恰如用放大镜来扫视，问题自然会显得非常严重且突兀。

回到“穆旦之谜”，从大学教育以及西方诗学资源的传入角度所展开的梳理，大致解决了一个前提，即在吸纳西方诗学资源的过程中——也可以说是在“非中国化”的过程中，“穆旦们”的本土经验起到了重要的作用，但“穆旦之谜”并未真正解开，中国传统诗学资源之于“穆旦们”的写作效应，“非中国化”到底是一种姿态还是别有所求，被赞誉的“最好品质”是否还可作进一步的细分等等，这些都将留待下一章继续剥索。

---

① 可参见段从学《回到穆旦的丰富性与复杂性》，《新诗评论》2006 年第 1 期；王家新《穆旦与“去中国化”》，《诗探索》（理论卷）2006 年第 3 辑。

第二章 “主要是精神上的问题”:古典诗学资源传承的新局势

——以穆旦为中心的讨论

引言 “旧诗人”与“新诗人”:历史的纠葛

前一章提到，当年穆旦不仅在课堂上聆听了英籍教师燕卜荪的“教导”，接触到了西方现代派诗人；而且还从燕卜荪那借到了艾略特文集《圣木》(*The Sacred Wood*)，此后“才知道什么叫现代派，大开眼界，时常一起讨论。他特别对艾略特的著名文章《传统与个人才能》有兴趣，很推崇里面表现的思想”。[①]

艾略特的这篇论文中有一个著名的判断：“传统是具有广泛得多的意义的东西……对于任何人想在二十五岁以上还要继续作诗人的差不多是不可缺少的。”[②] 而其中对于“新与旧的适应”命题的思考也别有意味：

> 诗人，任何艺术的艺术家，谁也不能单独的具有他完全的意义。他的重要以及我们对他的赏鉴就是我们对他与已往诗人及艺术家的关系的赏鉴；你得把他放在前人之间来对照，来比较。我认为这是一个批评的原理，美学的，不仅是历史的。他之必须适应，必须一致，并不是一方面的；一种新艺术作品之产生同时就是以前所有一切的艺术作品之变态的复生。现存种种伟大的成绩所组成的理想的规模，遇到新的（真是新的）作品出现，当然就要起变化。这个已成的规模在新作品未来时本是

---

① 周珏良：《穆旦的诗和译诗》。另外，赵瑞蕻也谈到穆旦对此文“很佩服”，见《南岳山中，蒙自湖畔——记穆旦，并忆西南联大》，《离乱弦歌忆旧游》，第135页。

② 此文最初由叶公超授意学生卞之琳译出，初刊《学文》第1卷第1期（1934年5月1日）。现据《卞之琳译文集》（中），安徽教育出版社2000年版，第276页。

完全的，为的要在加添新奇的东西以后继续保持完全的状态，整个的规模多少总得改变一下；因此每件艺术品对于全体的关系，比例和价值又经过一番配合了；这就是新与旧的适应。①

可以预想的是，穆旦既熟悉且“很推崇”这样的思想，“传统”——特别是他所置身的中国古典文学传统——之于他而言，并不是一个简单的事实。

在20世纪30年代中期，当穆旦还是一个摸索期诗人的时候，其写作与前辈诗人（特别是闻一多和卞之琳）之间具有一定的因袭性，这表明他对于新诗有较多阅读；所作长篇评论《诗经六十篇之文学评鉴》（1934）综合《毛诗大序》和朱熹的观点而提出“先是有感于中，而后发之于情，把这种感觉写成文字，表现出来，就是文学的起始了”，又将“情感”与“兴趣”视为开门之匙，这又表明了他对传统不无独特的理解。

穆旦大概并不知道，在南开中学小小校园之外——在一个更大的诗歌写作与理论探讨范域之中，“新”与“旧”话题正引起热烈讨论。症因也并不复杂，“新诗运动的起来，侧重白话一方面，而未曾注意到诗的艺术和原理一方面”② ——在经历了“诗体解放”的大破坏之后，“诗”在寻求自身的艺术精神，如戴望舒、卞之琳等人的写作所示，“古典传统”被摆在相对突出的位置。③ 而在稍后的一些讨论中，“旧诗人”与“新诗人”往往是同一话题的两面。李健吾（1936年4月）曾将两者并举：“我敢说，旧诗人不了解新诗人，便是新诗人也不见其了解这少数的前线诗人。我更敢说，新诗人了解旧诗人，或将甚于了解这批应运而生的青年。”④ “少数的前线诗人”意指卞之琳、何其芳、李广田等人，为了突出其诗学实绩⑤，李健吾不仅区格了“新”、“旧”诗人，而且还着意标榜了两派诗人之间的“不了解”——同时被区格的也包括“新诗人”本身：“少数”诗人对于之前“已成的规模”形

① 这里特从叶公超《论新诗》（《文学杂志》创刊号，1937年5月）中引述摘出，意在强调当时此文即已与中国新诗的理论建构发生直接关联——已内化为中国新诗理论的资源。

② 梁实秋：《新诗的格调及其他》，《诗刊》创刊号，1931年1月。

③ 李怡曾讨论李金发、戴望舒、卞之琳等现代主义诗歌中的“晦涩”观念，认为“西方外壳底下其实都包含着中国式的含蓄的内核”，见《论穆旦与中国新诗的现代特征》，《文学评论》1997年版，第148—157页。

④ 刘西渭（李健吾）：《〈鱼目集〉——卞之琳先生作》，原刊《大公报·文艺》第122期，1936年4月12日，现据《李健吾批评文集》，珠海出版社1998年版，第108页。

⑤ 今日学者将“少数的前线诗人”抽出，单独列为一个文学史命题，见张洁宇《荒原上的丁香——20世纪30年代北平“前线诗人”诗歌研究》，中国人民大学出版社2003年版。

成了新的冲击，“新与旧的适应”成为了问题。李健吾又曾举卞之琳《朋友和烟卷》为例谈道：“胡适先生反对旧诗，苦于摆脱不开旧诗；现在，一群年轻诗人不反对旧诗，却轻轻松松甩掉旧诗。”[①]

后来成为穆旦老师的叶公超在《论新诗》中以更大篇幅、更为具体地谈到了“旧诗的势力”问题。“旧诗的势力”的蔓延不能“禁止”，这令许多关心新诗的人感觉茫然：“他们仿佛感觉面前有了困难，却还不十分明白这困难是怎么一回事。在这不能辨别事实的时候，有人[②]，因为酷爱‘新’的热情高于一切，竟对于旧诗产生一种类乎仇恨的态度，至少是认为新诗应当极力避免旧诗的一切”；甚至不敢多看旧诗，“因为旧诗词的文字与节奏都是那样精练纯熟的，看多了不由你不羡慕，从羡慕到摹仿乃是自然的发展”。“历史”（“旧”）与“事实”（“新”）似乎难以调和。

要调和这一矛盾，叶公超认为需要做两方面工作：一方面，需要打破“新诗是从旧诗的镣铐里解放出来的”这一牢不可破的观念，“认清新诗与旧诗的根本差别”主要体现于“语言”和“节奏”上[③]；另一方面，需要认清“格律的意义”，“格律是任何诗的必需条件，惟有在适合的格律里我们的情绪才能得到一种最有力量的传达形式”；“假使诗人有自由的话，那必然就是探索适应于内在的要求的格律的自由”。这一点，庞德（Ezra Pound）在“自由诗最风行于美国”时所发表的《内在形式的必要》即是很好的训诫。对中国新诗而言，格律既要“根据我们说话的节奏”，又要“切近我们的情绪的性质”，由此，西洋的格律和传统诗词都不能运用，新诗人因而负有“为将来的诗人创设一种格律的传统”这样一项“特别重要的责任”。在“认清了途径”之后，“新诗人不妨大胆的读旧诗”——

> 我并且感觉新诗人应当多看文言的诗文，就是现在人所写的也应当看。我的理由是：一、我们希望新诗人的意识扩大，能包括传统文化的认识和现阶段的知觉；二、旧诗文里有许多写新诗的材料。关于第一点，我们可以用爱略特在《传统与个人的才能》的几句话来解释……这

---

① 刘西渭（李健吾）：《〈鱼目集〉——卞之琳先生作》，《李健吾批评文集》，第 110 页。

② 文章举柯可观点为例，在《论中国新诗的途径》中，柯可谈道：“一切见景生情感时伤事寄托唱和酬答等诗即使做出也不能算是新诗了”，见《新诗》第 1 卷第 4 期（1937 年 1 月）。

③ 叶公超写道：“新诗是用最美、最有力量的语言写的，旧诗是用最美、最有力量的文言写的，也可以说是用一种惯例化的意像文字写的。新诗的节奏从各种说话的语调里产生的，旧诗的节奏是根据一种乐谱式的文字的排比作成的。新诗是为说的、读的，旧诗是为吟的、哼的。”

种适应代表人类最高的理想，用于文学里可以算是最进步的，最有意义的。虽然新诗与旧诗有显然的差别，但是我们最后的希望还是要在以往整个中国诗之外加上一点我们这个时代的声音，使以往的一切又非从新配合一次不可。假使文学里也要有一个真正的民族主义，这就是。诗人必须深刻地感觉以往主要的潮流，必须明了他本国的心灵。如果他是有觉悟的人，他一定会感到这个心灵比他自己私人的更重要几倍……①

在叶公超的批评理念中，“意识扩大”是非常重要的一个：诗人应该“把他们知觉的天线树立起来”，接收时代中的“一切”。②“新诗人”如何以一种积极开放而非封闭（敌视）的心态看取“旧诗”——既包括传统的旧诗，也包括当下的旧诗，并将其转化为新诗写作的资源（“材料”），这一行为本身被视为一个重要的诗学命题。

这种“新”与“旧”的历史纠葛，也不妨说是穆旦成长的重要背景（比如，1935年之后，穆旦在北平学习生活，对卞之琳等人的文学活动及相关批评文字可能有所耳闻），不过从表象看，年轻的穆旦似乎并未领会老师的教诲，据非常熟知穆旦成长背景的周珏良追忆，当年他自己“醉心于学作旧诗词，对新诗不大关心，穆旦有新作给我看时，往往不能赞一词”；“我有一个印象，穆旦当时有个想法，认为受旧诗词的影响大了对创作新诗不利，我不同意，常常辩论。当时我一心想做学者，不搞创作，所以这个问题也没有怎么深谈下去”。③ 好朋友不能给予“新作”“赞一词”，意味着穆旦的期待（给友人看这一行为本身即蕴涵了赞同或交流的冲动）遭到冷遇，这可能会使他产生某种落寞心理；而“没有怎么深谈下去”的关于“旧诗词”的讨论，表明话题并不投合（交流不充分或受阻），这也可能又会对穆旦构成刺激或生发逆反。还不妨从周珏良的角度来看取，“作旧诗词”表明他处于“旧”的一端，“醉心于”乃是程度的修饰；但“旧诗人”这一头衔显然并不能施与他，一个“学”字泄露了他的根底：20岁左右的人在“学”作旧诗，这多少揭寓了童蒙时期缺少旧学——特别是诗学——方面的训练，以致到了青年时

① 叶公超：《论新诗》，《文学杂志》创刊号，1937年5月。按：引文中省略的文字见本章开头部分所引艾略特的文字。

② 叶公超：《文艺与经验》，《今日评论》第1卷第1期，1939年；另参阅叶公超《从印象到评价》，《学文》第1卷第2期，1934年6月。

③ 周珏良：《穆旦的诗和译诗》，杜运燮等编《一个民族已经起来》，第20页。按：周珏良于20世纪40年代初离开昆明，他的回忆应指学生生涯末期和助教生涯初期，也即穆旦写作的初期阶段。

期想要亲近于它时却只能“学着做”。这样的情状，从周珏良家世以及他本人自述来看[①]似乎难以理解，却也表明了一种普泛的阅读与写作实践并不同一。考虑到穆旦与周珏良从中学起即是同学，成长背景多有相通，周珏良的境况在某种程度上也就是穆旦的境况——只是穆旦并无意于“学作旧诗词”。

当然，所有这些因素均难确断。这些混沌不明的历史因子，彰显了所谓历史动力的个人复杂性。[②]

一 一个中国“新诗人”

透过周珏良来看穆旦，所昭示的问题实是别有深意：在穆旦这一代写作者这里，成长背景逐渐被置换，“传统”教育开始成为一个日趋突出的问题。

20世纪20年代末期到30年代前期，“新”与“旧”有着复杂纠葛，从写作者的成长背景看，这一情状的产生其实有几分必然，即他们所领受的传统教育与现实生活之间构成了一种似乎无法调解的矛盾。但到了20世纪30年代中期，穆旦这一代的境况却已发生重要改观。所谓“穆旦一代”，大致指出生于20世纪一二十年代之交，20世纪20年代中期开始小学教育，20世纪20年代末期至30年代前期开始中学教育，30年代中后期开始进入大学。穆旦本人自然是最典型的案例，成长经历可谓非常顺畅，小学（1924—1929）→中学（1929—1935）→大学（1935—1940），中间没有任何道坎，非常顺利。

这一代人能够顺利完成大学学业的，家庭出身往往并不差，所谓“不差”，既是一个经济概念，即有钱上学（事实上，南开学校的学费比一般学校更高[③]）；也是一个文化概念，以穆旦为例，在他幼年时代，先祖藏书在其

① 周珏良的父亲周叔弢（1891—1984）为著名实业家、藏书家。据其长子周一良记载：“父亲藏书非常丰富，不少善本，又喜欢搜集文物字画等等。这种嗜好与修养，使子女无形中耳濡目染，提高了文化素质。”见《毕竟是书生》，北京十月文艺出版社1998年版，第5页。而周珏良也自陈，十三四岁之前“一直在家塾里读四书五经古文唐诗”，见《“却顾所来径，苍苍横翠微”——学习英语五十年》，季羡林等著《外语教育往事谈》，上海外语教育出版社1988年版，第229页。

② 据周珏良的相关表述来看，“新”与“旧”显然是一个对立的世界。他后来作《读穆旦的诗》时（《益世报·文学周刊》，1947年7月12日），已转向了“新诗”。见《穆旦的诗和译诗》，杜运燮等编《一个民族已经起来》，第20—21页。

③ 参见王锡章《忆南开（1931—1936）》，杨志行等编《解放前南开中学的教育》，天津教育出版社1989年版，第123页。曾就读于南开中学的历史学家何炳棣也称：“南中极大多数的学生源于当时的中产之家”，见《读史阅世六十年》，广西师范大学出版社2005年版，第46页。按：尽管各种材料均表明穆旦的家族在晚清即已没落，但其实际经济状况，仍可能好过一般人家，惟其如此，上学——上好的学校，以谋求出路才成其为可能。

大家庭中仍极受尊重。[①] 可以设想，家族文化或显或微地熏染了穆旦的成长。穆旦胞妹与堂弟的零星回忆表明，年幼的穆旦对于"古典文学名著"有较多了解，熟知《三国演义》等古典文学名著中的故事，经常讲给弟妹听；有时也引领弟弟读唐诗、宋词或《古文观止》中的文章，甚至曾拆解杜牧的《清明》诗，用新的节奏念出。[②]

但"传统"却并未在穆旦的早期写作显形。穆旦早期写作鲜有旧诗词气息。评鉴《诗经》、拆解《清明》等行为自然表明了穆旦对于旧诗词的"兴趣"（借用"诗经评鉴"中的语汇），但这"兴趣"似乎并不意味着沉潜阅读，而是一种解剖式姿态，即按自己的兴趣去阅读领会"传统"，有时甚至做出合理拆解。至于《事业与努力》（1933）对于欧美著名人士言行的引述，《亚洲弱小民族及其独立运动》（1934）对于世界性话题的讨论，则彰显了少年穆旦对于新兴的公共知识的兴趣。这些知识显然是家族文化教养之外的，可见在穆旦的成长过程中，校园文学教育（既包括课程设置，也包括当下读物的阅读）对其心智施予了重要影响。

查"南开教育之要旨及实验之趋向"，其中写道："南开学校成立之日，正当甲午败衄之后，设学主旨，在'教育救国'"，应"造成具有'现代能力'之青年，使负建设新中国之责任"；"在学校中造成环境，使学生多得'开辟经验'的锻炼，以养成其'现代能力'"。国文教材选用了大量当时作家的作品，如梁启超、胡适、马君武、鲁迅、周作人、蔡元培、郭沫若、朱自清、郁达夫、冰心、俞平伯、朱光潜、戴季陶等人的作品，编者显然希望借此来培养学生"明了历史背景 察识现代趋势"的能力（国文科教学纲要说明中的"教学旨趣"）。[③]

放大到当时中学语文课程标准设置来看，这一状况的产生其实也并不突兀。1929 年秋，穆旦进入中学，正值教育部颁布新的中小学课程《暂行标准》（1929 年 8 月）。其中，语文科目标的培养与过去相比发生了重要变化，"首先，它确认中学语文科无论初中还是高中，都以提高用语体文来叙事说理、表情达意的能力为主要目的；至于文言文作文的能力，不作普通要求，

---

① 杜运燮：《穆旦著译的背后》，杜运燮等编《一个民族已经起来》，第 110 页。

② 参见查良铃《怀念良铮哥哥》，杜运燮等编《一个民族已经起来》，第 145—146 页；查良锐《忆铮兄》，杜运燮编《丰富和丰富的痛苦》，第 217—219 页。

③ 参见天津市南开中学编《天津市南开中学》之《第四编 1924—1929 年》，人民教育出版社 1998 年版，第 105—115 页。闫苹、段建宏主编《中国现代中学语文教材研究》，文心出版社 2007 年版，第 118—126 页。

只依学生的资性及兴趣，酌情予以培养……其次，它把‘语言’能力（即口语表达能力）的训练、培养和提高，首次明确列入了中学语文科的教学目的……再次，它在阅读方面提出了‘了解平易的文言书报’和‘养成阅读书报的习惯’的要求，把范围从1923年《纲要》的拘囿于‘古书’扩大到一般书报，重心移到了实用方面，而且把目标从过去局限于‘能力’发展到‘养成习惯’，注意了学生智能的培养”。[①]

学生素质的“目标培养”既发生新变，成长背景即便并不必然立即发生置换，潜移却不可避免——随着“目标新变”与“背景置换”，“中学生的国文程度”很快就成为了一个问题。它在20世纪30年代初期曾引起讨论（可以设想，在一个较短的时间内，问题尚不至于太过突出），更大范围、也更长时间跨度的讨论发生在20世纪30年代末期到20世纪40年代，历时近10年——“抢救国文”运动成为了一个时代性的大命题。[②] 站在后设立场上，并不难理解讨论背后隐藏着的一个具有时代意味的逻辑，那就是“国文”高于“白话文”（语体文）。因此，国文需要“抢救”一类问题必然会发生：并不在于新兴的语文教育有没有产生积极效果，而在于一个具有数千年漫长历史的语言传统势必会有意无意地压制一个新兴的语言形式。从这个意义上说，历史情势本身必然会将穆旦这一代人推向了一种尴尬的境遇之中。

穆旦的“国文程度”到底如何呢？这一点并不能确断，但从实存穆旦早期诗作和文章本身来看，穆旦的语言运用能力当在一般水平线之上。初中二年级的时候，一位张姓国文老师很喜欢他的诗作，“每当上作文评选课时，他时时朗诵出来，读得抑扬顿挫，铿锵和谐，节奏感很强，诗意盎然”。[③] 可以设想，在“评选”中脱颖而出且在课堂上“范读”，这给了少年穆旦以鼓励，使他产生了进一步写作练笔的热情。进入高中后，穆旦给校刊写了较多稿子，甚至担任校刊主编即是合乎情理的发展。白话文的运用即已较为顺畅，对于“传统”又有较强的理解力，套用前引观点：穆旦“读书的习惯，使用文字的基本功，可以说全是六年来南开教给”的。还或可一提的是，由巴金三哥李尧林讲授的英语课也很受同学们喜欢，他所教杜甫诗歌《赠卫八

① 李杏保、顾黄初：《中国现代语文教育史》，四川教育出版社1997年版，第161—172页。

② 李杏保、顾黄初：《中国现代语文教育史》，第238—252页。西南联大的多位教师，如杨振声、朱自清、浦江清、李广田、余冠英、沈从文等等，依凭《国文月刊》（1940年创刊）等刊物以及所掌握的出版资源，对后一个问题进行了相当热烈的讨论。

③ 赵清华：《忆良铮》，杜运燮等编《丰富和丰富的痛苦》，第193页。

处士》英译（辜鸿铭翻译）给学生的印象尤其深刻[①]——《赠卫八处士》（传统）进入穆旦身上的方式并非童蒙教育，而是中学阶段的英文课本。它是否暗示了“传统”命题在穆旦这一代人身上注定会呈现出一种复杂景状呢？

当然，正如“国文”对于“白话文”的潜在优势，“白话文”顺畅并不能如实反映“国文”的程度；而且，尽管手法并不多么高明，但较多地写作并发表白话诗文[②]也表明在主观意识上对“白话文”的更多认可。因此，还不能不回到前面的话题，即随着成长背景的置换与潜移，传统的教育逐渐退居次要位置，以白话文为主要形式的新兴语文教育占据了更为重要的位置，“书报”之中所蕴涵的新兴的公共知识更多地进入视线之中（在穆旦堂弟的回忆中即有穆旦指点他阅读新文学方面书籍的内容[③]）。而穆旦的这样一个特殊性还在于，中学毕业之后，他进入了大学外文系，系统地接受了西方文学的熏染，这无疑从某一方面加固了中学阶段所接受的知识与教育。与此前几代新诗人相比，这不能不说是一种新的“代际特征”。

在这一背景之下，周珏良关于穆旦不喜“旧诗词”的追忆显得合情合理，而且还为王佐良的观点提供了一个注脚：《一个中国新诗人》特别标举了穆旦的“新诗人”身份，为此，他不惜施用了一种夸饰的文风——对于“旧诗词”的不喜衍化为“彻底的无知”：

> 但是穆旦的真正的谜却是：他一方面最善于表达中国智识分子的受折磨而又折磨人的心情，另一方面他的最好的品质却全然是非中国的……在普遍的单薄之中，他的组织和联想的丰富有点近乎冒犯别人了……然而他的在这里的成就也是属于文字的。现代中国作家所遭遇的困难主要是表达方式的选择。旧的文体是废弃了，但是它的词藻却逃了过来压在新的作品之上。穆旦的胜利却在他对于古代经典的彻底的无知。甚至于他的奇幻都是新式的。那些不灵活的中国字在他的手里给揉着，操纵着；它们给暴露在新的严厉和新的天候之前。他有许多人家所想不到的排列和组合。

---

① 参见赵清华《忆良铮》，杜运燮等编《丰富和丰富的痛苦》，第 193 页；《怀念南开》，杨志行等编《解放前南开中学的教育》，第 109 页。

② 据目前所能查到的材料，穆旦在校刊《南开高中生》共发表诗歌 8 首，文章 2 篇；《毕业纪念册》(1935) 也刊有 1 篇文章。

③ 查良锐谈到，穆旦曾指点他阅读鲁迅、茅盾、郭沫若、巴金等人的著作，见《忆铮兄》，杜运燮等编《丰富和丰富的痛苦》，第 218 页。

在某种程度上，王佐良重复了李健吾的修辞法："新"与"旧"的对照；"新诗人"不被理解（"很少读者"、"无人赞誉"）。不过，尽管王佐良意识到"新"与"旧"之间存在着纠葛（"旧"的辞藻压来"新"的作品上），却似乎并未领会艾略特的训诫，在他看来，"新与旧的适应"已不复成其为命题，"新"成为了一个单向的命题，"新"本身成为了一种价值认定——穆旦成为了那个时代最"新"的诗人！穆旦的"胜利"在于对"旧"（古代经典）的"彻底的无知"。

还可一辩的是这篇文章的标题本身，初刊 *Life and Letters*（1946 年 6 月）时，题为 *A Chinese Poet*；在《文学杂志》第 2 卷第 2 期（1947 年 7 月）发表时，题目中增加了一个"新"字，变成了《一个中国新诗人》。一个是"诗人"（Poet），一个是"新诗人"，措辞上一字之差，这可能造因于不同的语境：在英语语境之中，所有的中国诗人都可以用 Poet 来称谓；而一经回到中国文学语境，"新"的身份特征就有了特别标举的必要。

如下事实无疑更加强化了这一点。《防空洞里的抒情诗》、《五月》等诗歌着意将新体诗与旧体诗并置在一起以形成一种反讽诗学效果。而《五月》中滥俗的爱情小调，"负心儿郎多情女/荷花池旁订誓盟"，与《诗八首》也构成了对照，这种对照既是主题学意义上的，也是形式主义意义上的——作为一首爱情诗，《诗八首》无疑是"新"的写法，充满了思辨意味，而有意规避"风花雪月"式的写作套数。

"风花雪月"作为一个诗学话题，晚年穆旦曾有所谈论；对于"风花雪月"式写法的摈弃，造因于"现代生活"这一语境，即这一写法不适应于"现代生活"："写诗，重要的当然是内容，而内容又来自对生活的体会深刻（不一般化）。但深刻的生活体会，不能总用风花雪月这类形象表现出来。"① 中国诗与西洋诗的"一个主要的分歧点是：是否要以风花雪月为诗？现代生活能否成为诗歌形象的来源？西洋诗在二十世纪来一个大转变，就是使诗的形象现代生活化，这在中国诗里还是看不到的（即使写的是现代生活，也是奉风花雪月为诗之必有的色彩）"；奥登的写作被作为例证："奥登说他要写他那一代人的历史经验，就是前人所未遇到过的独特经验。"穆旦进一步引申道："诗应该写出'发现底惊喜'"，"在搜求诗的内容时，必须追究自己的生活，看其中有什么特别尖锐的感觉，一吐为快的。然后还得给它以适当的形象，不能抽象说出来"。② 早年诗作《还原作用》，"其中没有'风花雪月'，

① 穆旦：《致郭保卫》（1975 年 8 月 22 日），《穆旦诗文集》（2），第 182 页。

② 穆旦：《致郭保卫》（1975 年 9 月 6 日），《穆旦诗文集》（2），第 183—184 页。

不用陈旧的形象或浪漫而模糊的意境来写它，而是用了‘非诗意的’辞句写成诗。这种诗的难处，就是它没有现成的材料使用，每一首诗的思想，都得要作者去现找一种形象来表达：这样表达出的思想，比较新鲜而刺人”。《还原作用》即有“一种冲破旧套的新表现方式”。[①]

如上观点都是穆旦针对当时新结识的一位年轻诗友所提出的诗学训诫：“风花雪月”与“现代生活”相抵触被视为一种诗学准则。“旧诗”显然也与这种准则相违背：“我有时想从旧诗获得点什么，抱着这目的去读它，但总是失望而罢。它在使用文字上有魅力，可是陷在文言中，白话利用不上，或可能性不大。至于它的那些形象，我认为已太陈旧了”。[②] 与“旧诗”构成对峙的，是“现代”，是“奥登”，是他自己早年的创作实践。由于举自己作品为例，这种追加性的自我阐释的可信度非常之高——穆旦对于自己的作品极少自我阐释，却在短短一个月之内对这一命题进行反复阐释，这也可见直到晚年，穆旦对此仍耿然在心。返诸早年穆旦，除了写作本身有明显昭示之外，稍早的“新的抒情”观念的提出，也是依据当时情势所作出的判断[③]；稍后对于“时感”的强调（如《时感四首》，1947 年 1 月），所突出的也是“现在”。

类似思想，也如《一个中国新诗人》所评论：“在《五月》这类的诗里，他故意地将新的和旧的风格相比，来表示‘一切都在脱节之中’，而结果是，有一种猝然，一种剃刀片似的锋利”；“穆旦之得着一个文字，正由于他弃绝了一个文字。他的风格完全适合他的敏感”。“一切都在脱节之中”是一个典型的现代主义命题，由此，与其说王佐良没有意识到穆旦诗歌中的传统问题（“新”与“旧”的纠葛），倒不如说他着意标举“新”，使“新”本身成为一个与现代社会相适应的价值理念。也即，王佐良的夸饰文风并非无所由来，而是受自身隶属的一种急峻的历史意识所激发，在一种“中国式极为平衡的”、“缺乏大的精神上的起伏”的现实气候之中，在新诗尚未有效地确立自身传统的时刻[④]，唯有“新”（文中与“新”相类的词汇还有“奇幻”、“好奇”等等）才能彰显他们这一代人独特的历史处境——或者说，才能寻求到

① 穆旦：《致郭保卫》（1975 年 9 月 19 日），《穆旦诗文集》（2），第 189—190 页。

② 同上书，第 190 页。

③ 参见姜涛《从“抒情的放逐”谈起》，《扬子江诗刊》2005 年第 2 期。

④ 与王佐良、穆旦较为亲近的诗人、理论家，如陈敬容、袁可嘉等人在 20 世纪 40 年代后期对于新诗传统的批评以及对于“新诗现代化”命题不遗余力的阐释，所表达的均是对于新诗实际境遇的强烈省思。这种省思，套用叶公超在《论新诗》中的判断，是在“为将来的诗人创设一种……传统”。

一种独特的历史境遇。

正是在这个意义上，“新”本身（“非中国的”、“彻底的无知”）即意味着“胜利”，而不是历史的耻辱——“平衡”（“平庸”）才是耻辱，如《被围者》（《诗文学》版，1945年2月）所写：

一个圆，多少年的人工，
我们的绝望将使它完整。
毁坏它，朋友！让我们自己
就是它的残缺，比平庸更坏：
闪电和雨，新的气温和希望
才会来灌注，推倒一切的尊敬：
因为我们已经是被围的一群，
我们翻转，才有新的土地觉醒。

《被围者》传达了诗人对于自身历史境况的省察——“我们翻转，才有新的土地觉醒”后改为“我们消失，乃有一片‘无人地带’”。修改既平添了几分悲壮，又彰显了个人在发出历史吁求时的复杂神态：“新的……觉醒”与“消失”/“无人”相互对峙，暗示了随着时间的推进，穆旦对于个人处境更为敏感。而“朋友！让我们自己”这一带有强烈祈使语气的吁求则成为了一种悲壮而骄傲的历史声音。当然，这等境遇并非王佐良、穆旦及其同时代人所独有，而是新诗发生之初就曾由胡适等人所激发①——对于“现代生活”进行积极体认并使之成为一个诗学命题，也是同样意义上的“新诗经验”。因此，穆旦这一代人可谓重蹈了先行者的足迹，分享了类似的历史冲动。而随着吁求所勃发的，是一股推动新诗发展的新鲜活力——在“新”与“旧”的纠葛中，新诗获得了别有意味的历史动力。

由此，“穆旦们”对于传统的“无知”，首先乃是一种有意取用的姿态：既缺少“幼学”，青年时期又接受了新兴的教育，及到成年，又在理智层面极力规避，穆旦的写作由此近乎必然地呈现出非常明显的“非中国化”特征。“非中国化”的观点之所以能够在较长一段时间内统摄着穆旦研究，以致穆旦写作与中国古典诗学之间的关联被有意无意地排除在外，避（略）而

① 姜涛在《“新诗集”与中国新诗的发生》（北京大学出版社2005年版）一书中有很好讨论，可参。

不谈，同时却又将他置于新诗写作的高位，无疑也与学界对于“新”（“现代化”）的信仰有着莫大关联。

二　“赠卫八处士”与“归园田居”：内心图景的潜现

“传统”真的就完全遁形而去吗？穆旦果真是“对于古代经典的彻底的无知”吗？事实显然并非如此。已有研究指出，《诗八首》“极隐秘而巧妙地暗藏着中西方文化的巨大背景”。西方背景主要体现在诗学背景（“诗歌生成法则”）和“极为浓重的基督教神学背景”；中国背景体现在对“以老子为代表的中国传统文化”的巧妙引入，“诗人从一个人人都经历过或将要经历的小小爱情事件中，在全诗结尾处突然而又自然地把它提升到对芸芸万物、东西天下的观照，在全诗闭合之时升腾起博大无边的玄思”（从结尾处的“不仁”、“老根”、“平静”等词汇引申而出）。后一层面显然关联起王佐良的观点：“这就是穆旦巧妙过人之处，以至于他的同学王佐良还得出这样的认识：‘穆旦的胜利却在他对于古代经典的彻底的无知’。现在，这正‘彻底’映照出穆旦的优秀——对于中国传统以及西方文化巧妙的吸收和借用。”① 因此，尽管有意规避，那流淌于血液之中的“传统”却还是不时流现出来——如那些最好的例子所呈示，穆旦不仅不是对于中国古代经典“彻底的无知”，相反，（中西）古代文化已融入他的血脉，使得他能化用自如，不着痕迹。

经验往往提示，一个人的理智与情感之间，有意识与无意识之间，未必是截然对应的。这一点，“五四”一代对于传统的态度即是最好的例子，只不过，可以想见的是，历史语境不同，程度级差也将非常巨大。

写作《诗八首》的穆旦时年 24 岁，与艾略特所标举的经典年龄“25 岁”大致相当。这似乎可以反证穆旦确实是“很推崇”（“很佩服”）《传统与个人才能》里的思想。但王佐良的命题仍未结束。作为一个“谜”，“最好的品质却全然是非中国的”其实只是一面，它还有一个前提：穆旦“最善于表达中国智识分子的受折磨而又折磨人的心情”。这一命题看似复杂，实际上，经由如上分析，可以替换或简化为：穆旦最善于表达中国知识分子（按：王佐良笔下的“智识分子”与现今“知识分子”的含义大致相同）的心情或中国的现实，但是他有意用一种“非中国化”的方式表达出来。一如“非中国”是一个笼统概念，“中国智识分子”也并没有被限定为一个现代命题——在

---

① 王毅：《细读穆旦〈诗八首〉》，《名作欣赏》1998 年第 2 期。

现代中国语境之中，完全可以认定这也是一个“传统”命题。

穆旦笔下的传统知识分子形象的直接浮现，依然出自于晚年文字，其中有两位形象非常突出，一位是陶渊明，一位是杜甫。晚年穆旦遭遇了精神与肉体的双重折磨：政治压制本已长达十余年，内心异常抑郁，“变得痛苦的沉默，一句话也不愿意说”[①]；1976 年年初又因骑自行车摔伤，肉体也遭遇了难以忍受的疼痛。这一创伤发生在夜晚，看似意外，实与现实政治有着紧密关联，其中透现着一种强烈的现实之痛——更不用说这一场未能及时医治的病痛最终过早地夺去他的生命。

“真仿佛心灵有知似的”，穆旦骑车摔伤前后，中学同学董言声来信（1976 年 1 月 25 日）问及了当年中学英文课上李尧林先生教过的《赠卫八处士》：

> 人生不相见，动如参与商。
> 今夕复何夕，共此灯烛光。
> 少壮能几时？鬓发各已苍！
> 访旧半为鬼[②]，惊呼热中肠。
> ……
> 十觞亦不醉：感子故意长。
> 明日隔山岳，世事两茫茫。

从某种意义上说，董言声之于穆旦恰如卫八处士之于杜甫：卫八处士是杜甫少年时代的友人，杜甫作此诗时正是遭贬之际，与旧友会面激发了一种人生离多聚少、世事沧桑的感叹[③]；经受了下放与劳动改造之苦的穆旦，其人生也正处于遭贬谪之际，与少年时代友人音讯阻隔多年之后的首次“会面”（只是会面方式有所不同而已）[④] 也深深地击痛了穆旦，令其油然而生“人生就暮之感”：“人生的变化是频仍而意料不及的……人生太短，二十年

---

① 周与良：《怀念良铮》，杜运燮等编《一个民族已经起来》，第 134 页。

② “访旧半为鬼”对穆旦而言乃是一种切身经验。在稍后给董言声的信中（1976 年 5 月 25 日），穆旦提到早已去世的老同学董庶，称“人生很不圆满，有头无尾，令人莫名其妙，谁写这种剧本该打屁股”；“很有点自怜之感”。

③ 此诗约作于 759 年。按萧涤非先生的说法，其时，杜甫正处于“陷安史叛军中、为官时期”（756—759），见萧涤非选注《杜甫诗选注》，人民文学出版社 1998 年版。按：“处士”，辞官不做或隐居不仕的人。

④ 现存穆旦致董言声的信共 8 封，上引为第 1 封。其时，董言声居于上海。时代风气紧凑，穆旦又摔伤了腿，何日能与老友会面，似乎是一件遥不可及的事情。

一闪而过，再这么一闪，咱们就都没有了。”[①]

在穆旦晚年的书信中，致董言声的信最为动情，在老同学面前，穆旦内心的创伤与隐忧几乎毫无遮拦地流现而出。现实之痛显然也激活了蛰伏数十年的内心图景。稍后再与董言声谈及腿伤之事时（1976 年 3 月 17 日），穆旦仍然谈到了《赠卫八处士》，“我奇怪的是，人在年青时，就感慨人生无常，咱们十七八岁喜读它，现在添上四十多年经历，更该如何深有感触吧！”经由“人生无常”，话题又过渡到了陶渊明——在同一信中，穆旦提到在翻阅陶渊明的诗歌，并且随信抄录了“几首人生无常的诗”。[②]

如果说“杜甫”的出现是因为故友提出，带有偶然性；那么“陶渊明”的出现却是主动搜寻的结果——深陷于人生困厄之局的穆旦渴望寻求一种精神的慰藉。穆旦不是声称旧诗“太陈旧”，不爱读吗？现在情形发生了改变，稍后（1976 年 3 月 31 日）给另一位友人的信中，穆旦声称不仅在读旧诗，而且“很爱陶潜的人生无常之叹”，随信还抄录了陶渊明的《归园田居·二》：“……我麻日已长，我土日已广，常恐霜霰至，零落同草莽。”[③]

需注意的是，和先前在较短时间内频密地讨论“旧诗—奥登”一样，关于“赠卫八处士”与“归园田居”的话题，在腿伤之后数月里所出现的密度也相当大。两相比照，可以发现话题发生潜移，问题旨向本身也有微妙变化：穆旦曾声称（1976 年 11 月 7 日）“风花雪月”不再无足轻重，而是“比较永久的题材”[④]；而“旧诗”也激发了一种矛盾与怀疑的心理：

> 你（按：指杜运燮）提到我该多看看旧诗，这一点我接受。的确我在这方面缺少接触，可是马上拿些旧诗来读，却又觉得吸收不了什么。总的说来，我写的东西，自己觉得不够诗意。即传统的诗意很少，这在自己心中有时产生了怀疑。有时觉得抽象而枯燥。有时又觉得这正是我所要的：要排除传统的陈词滥调和模糊不清的浪漫诗意，给诗以 hard and clear front（按：杜译为“严肃而清晰的形象感觉”），这些话也是老话，不说你也知道了。不过最近考虑诗的问题，又想一遍罢了。[⑤]

---

① 穆旦：《致董言声》（1976 年 1 月 25 日），《穆旦诗文集》（2），第 162 页。

② 穆旦：《致董言声》（1976 年 3 月 17 日），《穆旦诗文集》（2），第 165 页。按：信中并没有具体的陶诗，但提到了“谈朋友之间素心往还之乐”的《迁居》。

③ 穆旦：《致孙志鸣》（1976 年 3 月 31 日），《穆旦诗文集》（2），第 235 页。

④ 穆旦：《致郭保卫》（1976 年 11 月 7 日），《穆旦诗文集》（2），第 215 页。

⑤ 穆旦：《致杜运燮》，《穆旦诗文集》（2），第 145 页；杜运燮：《后记》，《穆旦诗选》，人民文学出版社 1986 年版，第 151 页。

很显然，“又想一遍”表明晚年穆旦对于“诗的问题”进行了较多思考。而这与其说是穆旦对于“风花雪月”与“旧诗”的看法变动不定，倒不如说是写作实践与现实境遇修正了固有的文学观念。“风花雪月”与“现代生活”相抵触以及不喜好旧诗的话题出现之时，“1976年”尚未到来，穆旦尚未遭遇肉体创伤，写作“高潮”也尚未迸发——而恰恰是肉体的创伤最终诱发了穆旦的写作。这样一来，一个不大被注意的事实是，随着现实境遇的恶化，新的写作图景的展开，固有观念也逐渐得到修正。因此，如果将对于“旧诗—奥登”的讨论视为穆旦的基本观点的话；那么，“赠卫八处士”与“归园田居”同样也可视为穆旦在阅读旧诗时所“获得”的东西。

实际上，从阅读发生学的角度看，“杜甫”与“陶渊明”的阅读之于穆旦其实至少都是一种“中学经验”，杜甫诗歌如《赠卫八处士》是“十七八岁”时就“喜读它”，“陶渊明”也是被明确列入了南开中学语文教材之中[①]——在一些重要的人生阶段，“陶渊明”也多次浮现：20世纪50年代初期留学美国时，曾与穆旦有较多交往的罗又伦来芝加哥访问，穆旦与他“谈得最多的是中外诗歌，并建议他多看些古诗，如陶渊明、李白、杜甫等”。有意味的是，据称当时罗又伦因打了败仗情绪不高——正处于人生困厄之际（至少在穆旦看来是如此），穆旦的指点则有“对症下药”的意味。及到20世纪70年代初落实政策后，穆旦又常常与友人去文庙旧书店，买了大量旧书，其中就有陶渊明、李白、杜甫的诗歌。[②] 之所以到1976年左右才凝结为一个问题，一方面与材料限制而造成的某种遮蔽有关——直到此时，穆旦晚年的书信才得以存留下来；另一方面也与时代语境本身的激发以及个人境遇的恶化有着直接关联——残酷的时代语境使得穆旦更加清醒地察知了个人的生命境遇，“赠卫八处士”与“归园田居”成为了穆旦内心图景的真切浮现。

而就形象本身而言，穆旦精神世界所透现出来的“奥登”与“陶渊明”也并非决然分裂，相反，在某些时刻也曾合二为一。与晚年穆旦有较多交往的孙志鸣曾经追忆过这样一个细节：

> ……（1976年3月19日信）先生还抄下一首《归园田居》其二，当读到“我麻日已长，我土日已广，常恐霜霰至，零落同草莽”时，我

---

① 《天津南开中学高二国文教本（上册）》（1929）在“探讨人生观问题，侧重论述人生与创造的关系”单元，选入陶渊明的《劳作诗》（三首），见闫苹、段建宏主编《中国现代中学语文教材研究》，第120—123页。

② 周与良：《永恒的思念》，杜运燮等编《丰富和丰富的痛苦》，第155、160—161页。

忽然记起了有一次先生把奥登的《悼念叶芝》交给我时，顺便说了一句："你是它的第一位读者，但愿不是最后一位读者。"

现在回想起来，先生当时也许已怀着一种敏感的知识分子担心自己终将经不起"霜霰"打击的不安心情。[①]

在隐秘的内心境遇层面，"陶渊明"与"奥登"相遇了——在《悼念叶芝》中，奥登写道：

他在严寒的冬天消失了：
小溪已冻结，飞机场几无人迹，
积雪模糊了露天的塑像；
水银柱跌进垂死一天的口腔。
呵，所有的仪表都同意
他死的那天是寒冷而又阴暗。[②]

穆旦死去的那一天，也正是"寒冷而又阴暗"的一天——是"死亡"，而不是别的东西，诱合了这样一种"相遇"，这与1976年间穆旦的写作之中所弥散着的挥之不去的死亡图景之间，正构成了异常深挚的对应。

三　中国知识分子的质询与"非中国化"的表达

杜甫和陶渊明既是潜藏于穆旦内心之中的两大人物，那么大致可以说，古典诗学资源进入到穆旦身上，更多的是一种内心精神机制使然。以"内心"称之，自然是少了具体指陈的便利，却也从另一个角度表明了传承机制的强度。

杜甫和陶渊明乃是中国古代知识分子中的两位典范。杜甫堪称集中了中国文化传统（儒家传统）里一些最重要的品质，如仁民爱物、忧国忧民的情怀。陶渊明则是中国古代知识分子精神上的一个归宿，"久在樊笼里，复得返自然"（《归园田居·五首之一》），但凡仕途失意（或厌倦官场）、人生遭遇挫败的人，往往会回归到陶渊明，寻求精神的慰藉（"返自然"）。也可以说，杜甫和陶渊明代表了中国古代知识分子的两种精神路向：儒家的兼济与

① 孙志鸣：《诗田里的一位辛勤耕耘者——我所了解的查良铮先生》，杜运燮等编《一个民族已经起来》，第190—191页。

② 据查良铮译《英国现代诗选》，湖南人民出版社1985年版，第158页。

道家的逍遥。这两者又并非决然分裂，中国古代知识分子在不同人生阶段、不同境遇之中，往往也会实现精神的转换。陶渊明本人即是例证：辞去彭泽县令乃是他的人生分水岭，在此之前，他束缚于仕途（“樊笼”），生活颇多不顺，内心也很是矛盾；在此之后，隐居躬耕于“自然”之中，怡然自乐，逍遥自在。杜甫呢，虽然一生忧国忧民，生活颠沛流离，多作慷慨悲歌；却也有安定之时，有潇散自然之作（如“留连戏蝶时时舞，自在娇莺恰恰啼”，《江畔独步寻花七绝句之七》）；当然，也包括“人生不相见，动如参与商”一类人生虚无的慨叹。

作为中国诗人，陶渊明与杜甫的写作非常突出地体现了中国诗歌的特点，叶嘉莹在评价陶渊明诗歌时说过：“中国真正伟大的诗人，他们是用自己的全部生命去写诗，用自己的整个一生去实践他的诗的。这是中国诗的一个很重要的特色。这也是西方人很不容易接受的，他们认为诗歌的文本才是重要的，至于作者的人格品质对于作品的艺术创作是不很重要的。可是中国的诗一定不是如此的，它们从《诗经》开始，就有一个传统，‘情动于中而形于言’（《毛诗·大序》），你内心之中要有真正的感动，你才会通过诗句把它表现出来。所以真正好的诗人，你不能只读他一首诗，就想读懂他，知道他的好处在哪里。你必须要看他的全部创作，他们的每一首诗都可以相互注释，相互印证。这就要从他整个的人生和他全部的诗篇来看，才能知道他真正要说的是什么。”①

穆旦对于《毛诗·大序》中“情动于中而形于言”一类文字显然熟稔在心，不仅借此探讨了“文学何以发生”的命题（《诗经六十篇之文学评鉴》），之后，又将自己的写作立场概括为“心中有物，良心所迫，不得不写”。② 可以说，这类理念既导致了穆旦的写作总量始终较小，更规约了穆旦诗歌的总体精神姿态——以穆旦一生的写作来衡量，中国诗歌的这些特点有着非常恰切的浮现，其写作正是“情动于中而形于言”的写作。

综观20世纪40年代穆旦的写作，精神姿态非常突出，对于土地、祖国，始终怀有非常深挚的情感，“他对祖国的赞歌，不是轻飘飘的，而是伴随着深沉的痛苦的，是‘带血’的歌”。③ 在《赞美》、《出发》、《原野上走路》、《在寒冷的腊月的夜里》、《中国在哪里》、《荒村》、《饥饿的中国》等诗

① 叶嘉莹：《叶嘉莹说陶渊明饮酒及拟古诗》，中华书局2007年版，第50—51页。

② 穆旦：《致唐振湘》（1944年11月16日），《穆旦诗文集》（2），人民文学出版社2006年版，第127页。

③ 袁可嘉：《序》，《九叶集》，江苏人民出版社1981年版，第6页。

篇中，穆旦反复书写了对于现实中国的感受，其中一些笔法甚至与杜甫也有相似之处，在《出发》一类记载迁徙经历的诗篇里，穆旦“像古代的杜甫李白一样数述着中国的地名，入微地感受着中国每一个地点复杂而深厚的意义”。[①] 其感受既不乏欢快的一面（杜甫有“快诗”《闻官军收河南河北》）；更多地乃是情感异常深厚强炽的悲愤之作。

对于苦难民族所怀有的这样一种异常强炽的情感往往使得穆旦内心充满了强大的精神压力；他也有寻求闲适的冲动，《云》（1945 年 11 月）即是极少的一例——也可说是一个隐喻，这首诗前后诗作的主题与穆旦的实际境况共同表明一点：与其说《云》是生活闲适的表现，不如说是诗人内心对于闲适的渴求。生活本身却屡屡吝惜于将“闲适”给予诗人。1942 年从军、1943 年年初从军归来直到 1949 年 8 月赴美留学，穆旦的实际生活多不顺畅；新中国成立之初，诗人夫妇满怀热情地拒绝多所国外大学的邀请执意回国，任教于南开大学外文系；短短数年内，以极大热情翻译出版了二十余部著作，但仍被列入“肃反对象”，并被打为“历史反革命”分子。即便如此，他仍不甘俯就，仍拿起笔改译或新译了为数巨众的作品，意欲拯救处于沉沦期的中国文艺（腿伤之后，翻译强度甚至更大）。可以说，从 20 世纪 40 年代直至去世，穆旦一直处于一种有形的和无形的“迁徙”状态，一如杜甫一生的颠沛流离。言说穆旦与“杜甫”之间有着血性关联，或者“杜甫”沉潜为穆旦的背景，这即是最为基本的表现。

具体到穆旦的写作，需特别指出的是，如前述，20 世纪 40 年代穆旦对于中国古典诗歌传统既采取了有意规避的姿态，那么，与其到诗歌中去找寻与中国古典诗歌的直接关联，还不如从其中拎出那些看似不经意之间流现出来的因子——不经意流现出来的与中国古典传统的秘密汇合。穆旦 20 世纪 40 年代的诗歌情感热烈而滞重，这类诗歌往往给人的印象非常深刻，但也往往有“涩”的一面。[②] 从中性角度看，“涩”可理解为表达不够流畅；从比较坏的角度看，即是刻意为之，“理”胜于“情”。因此，这里将避开那些情感非常强炽、读起来又有“涩”感的诗篇，而从一些表达相对顺滑、情感相对柔弱的诗篇来看取。首先进入视野的是《玫瑰之歌》的开篇 4 行：

---

① 李书磊：《1942：走向民间》，山东教育出版社 1998 年版，第 113 页。按：《出发》一诗中的沅江、军山铺、太子庙、石门桥、桃源、郑家驿、毛家溪等均为湖南地名和河流之名。

② 王佐良指出：“有时他的诗不能一读就懂，那只是因为他所表达不是思想的结果，而是思想的过程。有时他显得不那么流畅，那也只是反映了他内心的苦涩”，见《论穆旦的诗》，《穆旦诗全集》，中国文学出版社 1996 年版，第 6 页。

我已经疲倦了，我要去寻找异方的梦。
那儿有碧绿的大野，有成熟的果子，有晴朗的天空，
大野里永远散发着日炙的气息，使季节滋长，
那时候我得以自由，我要在蔚蓝的天空下酣睡。

所要“寻找”的，是充满自然情致的场所；“自由”，是回归自然的自由。“在蔚蓝的天空下酣睡”，是一种逍遥。而“大野”、“日炙”这些词汇，乃是古典诗学法则生成出来的，即通过词的浓缩来形成简约的效果（“炙”，曝晒，“日炙”即太阳的曝晒）。词汇的浓缩带来了整体表达的简约，“大野里永远散发着日炙的气息，使季节滋长”，一行诗，却是涵括了大自然的生息图景，如同一股“气”的回旋；句式看起来很长，读起来却无累赘之感。可见，中国古典诗学准则发生了它的效力。

非常有意味的是，这首诗的后半段，又有这样的四行：

我长大在古诗词的山水里，我们的太阳也是太古老了，
没有气流的激变，没有山海的倒转，人在单调疲倦中死去。
突进！因为我看见一片新绿从大地的旧根里熊熊燃烧，
我要赶到车站搭一九四〇年的车开向最炽热的熔炉里。

研究者常常援引这些诗句以表明穆旦对于“古诗词”的弃绝态度，看似不错；也有研究做了更细致的分析，认为不过是一种“年少的轻狂”，“‘大地的旧根’乃是指传统的生活方式，尤其是指那塑造着我们的感受和经验方式的汉语古诗词传统。‘新绿’乃是新鲜的感受力，它是埋藏在地底的火焰，是生命与活力的象征。穆旦在此显得很像《地狱的一季》中的兰波，‘突进’的呼喊和‘搭一九四〇年的车开向最炽热的熔炉’的想法与‘必须绝对摩登’简直如出一辙”。穆旦表达了“对汉语古典传统的厌倦和背叛”，“可是，他在这里真的就经验到了‘大地的旧根’吗？虽然根是旧的，但它难道不是仍然持存在我们的生命和血液中，并构成我们每个人身体里最深处的宁静？只要走出年少的轻狂，真正凝视一回这片土地的深稳辽远，便能油然而生一种同情与敬意。而这正是对民族生活方式产生真切经验的前提。穆旦在抑制了身上的青春期血气之后，写出了《在寒冷的腊月的夜里》，这首诗真正触及到了某种古老悠远的宁静”。[①]《在

① 一行：《穆旦的“根”》，《词的伦理》，上海书店出版社2007年版，第111页。

寒冷的腊月的夜里》确实有一种“古老悠远的宁静”——正因为这些后续作品的存在，穆旦对于“古诗词”的“厌倦”情绪背后那种不经意之间流现出来的逍遥姿态与古典诗学法则就显得更加别有深意。

还不妨通过《他们死去了》（1947年2月）来看。这首诗蕴涵了20世纪40年代穆旦诗歌的一些核心主题，“死亡”、“遗忘”、“上帝无忧”等等。但是，一经将这些主题词汇剔除，剩下的将是一幅别样的场景：

可怜的人们！他们是死去了，
我们却活着享有现在和春天。
他们躺在苏醒的泥土下面，茫然的，
毫无感觉，而我们有温暖的血，
明亮的眼，敏锐的鼻子，和
耳朵听见上帝在原野上
在树林和小鸟的喉咙里情话绵绵。

死去，在一个紧张的冬天，
像旋风，忽然在墙外停住——
他们再也看不见这树的美丽，
山的美丽，早晨的美丽，绿色的美丽，和一切
小小的生命，含着甜蜜的安宁，
到处茁生；而可怜的他们是死去了，
等不及投进上帝的痛切的孤独。

呵听！呵看！坐在窗前，
鸟飞，云流，和煦的风吹拂，
梦着梦，迎接自己的诞生在每一刻
清晨，日斜，和轻轻掠过的黄昏——
这一切是属于上帝的；但可怜
他们是为无忧的上帝死去了，
他们死在那被遗忘的腐烂之中。

着重号标记的诗句是一幅幅充满自然情态、亲昵可感的场景——中国古典诗歌中最惯常的情境：世间万物，一片安宁→时光（时序）在不知不觉中

流徙、更迭（“轻轻掠过”）→人生如梦（“梦着梦”——梦中有梦，或者，一个梦接着一个梦）。“苗生”、“鸟飞”、“云流”、“日斜”一类简约的词汇，更加强化了场景的生发。这样的场景，其想象性远远大于现实性，与“可怜他们死去了”这一愤慨主题形成了微妙的对峙。这一对峙并不同于《五月》，《五月》是着意追求反讽效果[①]，这里则可视为中国古典诗歌血脉在不经意间的流现——无意之间，诗歌生成了它的补偿机制，一种虚拟而充满自然情趣的场景补偿了现实的缺失（“死亡”无疑是最大的缺失）。以虚拟想象之境来缝合现实，这恰恰是中国古典诗歌的一个基本法则。

回到诗歌主题，“他们死去了”，对中国知识分子而言，这是一种不可回避的现实。作为知识分子，必须表达民生疾苦，屈原《离骚》有：“长太息以掩涕兮，哀民生之多艰。”杜甫《自京赴奉先县咏怀五百字》中也有：“朱门酒肉臭，路有冻死骨。荣枯咫尺异，惆怅难再述。”在汉语语境之中，这样一种情感是“最知识分子化”的，而表达本身则是“最中国化”的。

穆旦目睹了苦难中国的现实，并且怀着悲愤的心情写下了感慨“他们死去了”的诗篇：“可怜的人们！他们是死去了，/我们却活着享有现在和春天。”这是一种非常典型的中国知识分子的心情，现实真是令人“惆怅难再述”啊！通过这一表达，穆旦将自己的形象嵌入到感时忧国的中国知识分子形象谱系当中。但是，另一个现象也非常触目，即随着诗行推进，穆旦显然渐渐背离了“中国”的道路——融入了从根本上说是“非中国化”的因子：“可怜的他们是死去了，/等不及投进上帝的痛切的孤独。”“他们死去了”，是因为“上帝”“无忧”，“上帝”没有给予关切。穆旦的写作之中，“上帝”（信仰命题）其实多有浮现，他热切地希望“上帝”拯救处于“不幸”之中的民众，情感固然非常强炽，忧切固然非常深重，却大大地背离了中国的传统。

“非中国化”的表达方式还在于语汇与观念，比如，写于《他们死去了》同期的《荒村》：

> 他们哪里去了？那稳固的根
> 为泥土固定着，为贫穷侮辱着，
> 为恶意压变了形，却从不破裂的，

---

① 王毅特别强调背叛也是关联所在，见《几位现代中国诗人的文学史意义》，《中国现代文学研究丛刊》2001 年第 2 期。

像多年的问题被切割，他们仍旧滋生。
他们哪里去了？离开了最后一线，
那默默无言的父母妻儿和牧童？
当最熟悉的隅落也充满危险，看见
像一个广大的坟墓世界在等候

王佐良赞誉穆旦“在别的中国诗人是模糊而像羽毛般轻的地方，他确实，而且几乎是拍着桌子说话”。[①] 这样一个“拍着桌子说话”的穆旦并不做抽象说教，视线紧紧地贴附于荒凉、颓败的中国现实——一种个人化的视阈，笔端铺展开来的就是近在身旁的现实景象，那深挚而沉痛的、中国知识分子式的质询也是基于现实。一如杜甫把“一生的实际生活都写进诗里去”[②]，穆旦也将自己写进现实之中。这样一种强烈的精神痛苦在诗歌之中反复浮现、纠结，写作行为本身无疑即是一种“受折磨”（自我折磨）；而由此所获具的写作效果，对于那些习惯于线性思维或者固定意象的读者而言，无疑也是一种“折磨”，所谓“在普遍的单薄之中，他的组织和联想的丰富有点近乎冒犯别人了”。套用穆旦当时评介台·路易士诗歌的一个观点，则是“新鲜如露珠，有一种力量，使读者永远受着它们的折磨。这是用熟见的死的形象无论如何所不能达到的效果”。[③]

这即是所谓“最善于表达中国智识分子的受折磨而又折磨人的心情”——穆旦“最善于”表达中国知识分子的心情或者中国现实（当然，在现代中国的语境之中，所谓“最”，可理解为一种修辞，而未必是一种最高级别的必然事实）；但是，他有意用一种“非中国化”的方式表达出来：他的提问方式乃至问题本身，看起来大大地背离了“汉语”的表达方式与思维方式。

四　古典血液的复活与艺术化人生的追寻

从诗艺表达层面来看，杜甫可谓极为苛求，“文章千古事，得失寸心知”（《偶题》），“为人性僻耽佳句，语不惊人死不休”（《江上值水如海势短述》），这些自述均凸显了这一点；后人更是以“少陵炼神”赞之（刘熙

① 王佐良：《一个中国新诗人》。
② 钱穆：《谈诗》，《中国文学论丛》，生活·读书·新知三联书店 2002 年版，第 116 页。
③ 穆旦：《对死的密语·译后记》，《文学报》第 3 期，1942 年 7 月 5 日。

载《艺概》)。可以说，杜甫不仅为古代诗人，也为所有的诗人树立了写作典范。

对于写作行为，穆旦也可谓极为苛求——这种姿态在所有现代新诗人中显得非常突出：穆旦对20世纪40年代的写作（大至整首诗，小至诗段、诗行、字词乃至标点）进行了反复修改，但修改本身基本上与政治情势的转变无关，而是多依据个人艺术经验或现实态度的变化，即诗艺的推敲与斟酌。正如杜甫“炼神”，穆旦诗歌的这种“精致的打磨、锻炼的功夫”也被认为是“中国古典艺术精神”使然，即“以认真到近乎痴的努力”来写作。新诗人之中，卞之琳是如此，穆旦也是如此。[①] 在穆旦的所有作品之中，《诗八首》被认为是最为精妙的（“新诗中最为优秀的组诗之一”），不仅在词汇施用（包括修改）上“斤斤计较、字字必争”，而且，其结构安排也非常精当——与杜甫《秋兴八首》有着精妙的应和：

> 我们完全可以套用叶嘉莹对杜甫《秋兴八首》的章法大旨的评法，那么，穆旦《诗八首》正是《秋兴八首》那样的“自一本化为万殊，而万殊又复归一本”的优秀之作：穆旦的《诗八首》是以爱情为一本，为八诗之骨干，而以此一本，发为爱情的终极原因、过程、时间、方法、生死，种种矛盾痛苦。小至某人某次的爱情经历，大至所有爱情的演绎。其实还远不止于此，爱情的燃烧不过是生命的一种最蓬勃最有活力的表现，所以，《诗八首》大至对全部文化文明，生命宇宙，从第一推动到最终归宿的思考，而此百感万端之中，明写暗点，处处扣合于爱情。它写爱情，但又远不止于爱情。最终，一切的哭泣和欢欣，变应和新生，拥抱与游离，相同和差别，无论是最初的还是最终的，西方的或东方的，都将在合一处归根化为平静。[②]

从20世纪40年代穆旦的写作来看，《诗八首》这般精微的作品并不在多数，这样一种状况似乎更能符合现代诗的特征，所谓一个中国“新”诗人。及到20世纪50年代的作品，特别是1976年的作品，其形式感虽未臻完美，但的确大大地加强了；换言之，更加着意于向古典诗学传统皈依，套用杜甫的做法，也不妨说是“晚节渐于诗律细”（《遣闷

---

① 王毅：《几位现代中国诗人的文学史意义》，《中国现代文学研究丛刊》2001年第2期。

② 王毅：《细读穆旦〈诗八首〉》，《名作欣赏》1998年第2期。

呈路十九曹长》)。

穆旦晚年的诗歌形式问题已是公开的秘密，这里仅仅想提出一点：穆旦晚年写作对他的形象形成了极好的补救，它表明穆旦早年的写作并不是无根的——古典文学之“根”，如同血液，一直在他的周身流淌。而这又从另一个角度说明“非中国化”命题之于穆旦的偏颇性，同时，它也可表明，将穆旦20世纪40年代写作与晚期写作割裂开来讨论，归根结底，乃是对于穆旦形象——特别是其诗歌艺术精神——的割裂。

顺着前述思路来看也是别有意味的：在经历了漫长的精神和肉体的双重磨难之后所写的诗歌，20世纪40年代穆旦内心柔弱的那一面被无限放大——从20世纪40年代的穆旦到70年代的穆旦，内在的血性关联并未断裂，只是人生“疲倦”，终到尽头；穆旦的个人精神世界最终发生了重要的转变：对于“陶渊明”的热切认可（事实上，穆旦这一时期所明确体认的“杜甫”，也是一个在社会大乱未定的时代，处于人生困厄时期、感叹人生无常、与“陶渊明”相重叠的“杜甫”）。对于艰难世事，穆旦似乎再也无力像年轻时代那般宣泄忧愤悲慨的情感，而不得不回到脆弱的内心世界。前文提到写作对于“旧诗”态度的修正，所谓“修正”，也不妨说是古典血液的复活，它一直潜压着，跨过漫长的岁月，经历了漫长的磨难，再一次复活了。

陶渊明写下了“我麻日已长，我土日已广，常恐霜霰至，零落同草莽”；杜甫写下了“明日隔山岳，世事两茫茫”；穆旦也写下了《听说我老了》(1976年4月)，其中，“穿着一件破衣衫出门”与“化装舞会”可谓一种巧妙的经验化用，暗合了中西文学传统中关于死亡的隐喻，但这首死亡之诗却透现出一种骄傲而超脱的语气：

我穿着一件破衣衫出门，
这么丑，我看着都觉得好笑，
因为我原有许多好的衣衫
都已让它在岁月里烂掉。

人们对我说：你老了，你老了，
但谁也没有看见赤裸的我，
只有在我深心的旷野中
才高唱出真正的自我之歌。

它唱着，“时间愚弄不了我，
我没有卖给青春，也不卖给老年，
我只不过随时序换一换装，
参加这场化装舞会的表演。”

“但我常常和大雁在碧空翱翔，
或者和蛟龙在海里翻腾，
凝神的山峦也时常邀请我
到它那辽阔的静穆里做梦。”

世人所看到的只是表象，而看不见“赤裸的我”，听不到“我深心的旷野中”所“高唱”的“真正的自我之歌”；反过来即是，“我”翱翔于“深心的旷野”——一个没有时间束缚的所在（“时间愚弄不了我”），“高唱出真正的自我之歌”，不再理会世人的眼光。“山岳”（“山峦”/“山阿”）对于“我”，也不再是一种阻隔，甚至也不是一种依托或归化（陶渊明《挽歌·其三》中有句：“死去何所道，托体同山阿”），而是一种精神所在，恰如大地上一切高贵的所在。“常常和”与“邀请我”表明了一种双向性（而不是一种一相情愿的行为），与“我”为伍的乃是大地上的通灵之物（大雁、蛟龙）与崇高永恒之物（天宇、山川），“我”也就成为了其中的一分子。

“到它那辽阔的静穆里做梦”，最末一行回应了早年的“酣睡”梦想①，更回应了那些古代的伟大心灵（如陶渊明）。因此，这样一首诗，最终沉结为对于一种艺术化人生的追寻。就这样，在生命的最后阶段，穆旦为自己画了一幅肖像：忧愤悲慨的“杜甫”最终置换成为“静穆”的“陶渊明”。

① 且不说穆旦的晚年诗歌对早年诗歌所存在着的大面积回应，仅举一例，《冬》与《玫瑰之歌》：《冬》第1章第3节为：“我爱在冬晚围着温暖的炉火，/和两三昔日的好友会心闲谈，/听着北风吹得门窗沙沙地响，/而我们回忆着快乐无忧的往年。/人生的乐趣也在严酷的冬天。”《玫瑰之歌》第2章第3节中有：“而我已经渐渐老了，你可以看见我整日整夜地围着炉火，/梦寐似地喃喃着，像孤立在浪潮里的一块石头，/当我想着回忆将是一片空白，对着炉火，感不到一点温热。”“温暖”/“感不到一点温热”，“和两三昔日的好友会心闲谈”/“孤立”、“回忆将是一片空白”，可见精神姿态上的差别。

结　语

叶公超声称"新诗人""必须明了他本国的心灵"，以一生的写作来衡量，穆旦看似违背了这一训诫，实则在精神层面作出了独特的回应，显示了中国新诗写作发展到这一时期，在古典诗学资源传承命题上的新局势，恰如他的老师卞之琳所言（20世纪40年代）："保持传统，主要是精神上的问题。"[①] 即随着时代生活的新变，个人成长的总体背景的潜移，古典文学资源之于写作的效应不再是直接的施予，而是沉潜为某种精神性的背景。

由此，结合前一章和本章的讨论来看，穆旦的写作可谓既接洽了中国古典诗歌传统，更是着意丰富了这一传统——所谓"非中国化"或"背离传统"，看起来是一种姿态，实际上也意味着某种"模仿"，艾略特称任何艺术家"也不能单独的具有他完全的意义"；钱锺书在《中国诗与中国画》里更是指出，那些"抗拒或背离"传统风气的艺术家"也受到它负面的支配，因为他不得不另出手眼来逃避或矫正他所厌恶的风气。正像列许登堡所说，模仿有正有负，'反其道而行也是一种模仿'"。[②]

实际上，新诗的实际发展过程，归根结底乃是异质因素不断加入的过程，一个"异质"不断丰富乃至改造"同质"的过程，不管是有意的反叛，还是无意的流现，穆旦最终都为这一传统提供了新质，赋予了这一传统以新的活力。而穆旦这一个案，也将为理解新诗与传统的关系提供一个新的视角，论者所谓"穆旦：反传统与中国新诗的新传统"的命题即是据此立论。[③]

当然，一如王佐良的命题所引起的争议，穆旦及其同代人的历史境遇也非常特殊：在理智层面上，年轻的穆旦对于传统进行了有意规避；但在情感层面、无意识层面，传统却依然不时流现出来，隐隐地规范着穆旦的写作。其理智与情感（无意识）之间，呈现出一种矛盾的状况。这样的精神状况，既从"五四"一代开始一直往下蔓延，那么，也可以说，在中国

---

① 转引自张曼仪《卞之琳著译研究》，香港大学出版社1989年版，第71页。

② 钱锺书：《中国诗与中国画》，《七缀集》（修订本），上海古籍出版社1994年版，第1—2页。

③ 李怡：《穆旦：反传统与中国新诗的新传统》，《中国现代新诗与古典诗歌传统》（增订版），北京大学出版社2008年版，第331—334页。按：此文曾以《论穆旦与中国新诗的现代特征》为题刊载于《文学评论》1997年第5期。

现代文学领域，它乃是一个核心性的精神命题。从这个意义上看，今日研究者将王佐良的命题坐实，指出“彻底的无知”一类判断不当[①]；或者，指责穆旦在阅读“旧诗”时的“功利心态”[②]，这固然有其合理性，却也削平了王佐良、穆旦那一代人的历史境遇与诗学冲动，多少也可算是一种“历史的误会”。

① 王毅：《细读穆旦〈诗八首〉》，《名作欣赏》1998年第2期。

② 有研究针对前引穆旦关于“旧诗”的观点提出：“想从旧诗获得点什么”本身就是一种“功利性阅读方式”，“一心想‘获得点什么’，结果会一无所获；急于为自己所‘利用’，终将一并无用”，见江弱水《伪奥登风与非中国性：重估穆旦》，《外国文学评论》2002年第3期。

第三章　杂文精神、黑暗鬼影与死火世界

——鲁迅与穆旦的比较并兼及新文学传统的话题

引言　新文学的精神谱系建构

在中国现代文学研究中，鲁迅精神谱系的建构一直是一个热门话题，“通过鲁迅研究所获得的思想资源，一直都是我们建构现代文学史和思想史的核心知识之一”。[①] 换言之，即新文学传统的核心要素之一。穆旦即被认为是这一谱系的重要传承者。早在 20 世纪 40 年代，王佐良即指出了穆旦与鲁迅的接近。[②] 20 世纪 90 年代以来，这一话题得到了多方位的展开。一是强调“生命意识”：穆旦诗歌“对人生苦难的敏锐多思和对人生意义的执著追寻”和《野草》中的生命意识是一致的；在穆旦身上有“鲁迅的影子”。[③] 一是强调思维方式，“穆旦对绝对的否定，他与众不同的怀疑、内省式思维是对鲁迅思维的真正的继承，是对中国现代知识分子中最缺乏的‘直面人生’勇气的真正发扬”。[④] 一是从“现代性”角度切入，“在中国现代作家当中，鲁迅是最清醒而深刻地体验到了中国的现代性冲突的，而穆旦则是将这一冲突体验得最为充分的”。[⑤]

经由这般描摹勾勒，“鲁迅—穆旦”之间的精神传承关系变得清晰，穆旦成为了鲁迅视阈中的“摩罗诗人”或“精神界战士”。“中国的大多数知识

---

① 段从学：《跋涉在荒野中的灵魂——穆旦与鲁迅之比较兼及新文学的现代性问题》，《鲁迅研究月刊》2000 年第 6 期。

② 王佐良：《一个中国新诗人》，《文学杂志》1947 年 7 月第 2 卷第 2 期。

③ 李怡：《中国现代新诗的进程》，《文学评论》1990 年第 1 期；《黄昏里那道夺目的闪电——论穆旦对中国新诗的贡献》，《中国现代文学研究丛刊》1989 年第 4 期。

④ 钱理群：《丰富的痛苦：“堂吉诃德”与“哈姆雷特”的东移》，时代文艺出版社 1993 年版。

⑤ 段从学：《跋涉在荒野中的灵魂——穆旦与鲁迅之比较兼及新文学的现代性问题》。

分子尽管声称是鲁迅的‘学生’，而事实上却根本不能理解（接受）鲁迅，穆旦是少数经过自己的独特体验与独立思考，真正接近了鲁迅的作家”[①]；这样一种“接近”并不是单向的，而是双向的，“鲁迅也在寻找穆旦——期待着他的出现”。[②]

如上视角及相关讨论，因为关切着现代中国的诸多问题与意识，同时又与当下知识界某些急峻的意识——比如“现代性”——有着直接关联，所以这些话题一经阐释就引起了较大反响。

一 “鲁迅的杂文”：历史的动力

穆旦“接近”鲁迅的事实是确凿的。早年诗歌《五月》（1940 年 11 月）是一个广被征引的例子：

从历史的扭转的弹道里，
我是得到了二次的诞生。
无尽的阴谋；生产的痛楚是你们的，
是你们教了我鲁迅的杂文。

想强调指出的是，前文已经指出，《五月》透现的是个人与历史之间的一种含混关系，内蕴的是一个带有形而上意味的文化命题。在这一命题之下，正如“杂文”本身可视为一种现实性的文体，“鲁迅的杂文”含义大致可意指为一种“控诉”，其主旨在《玫瑰之歌》（1940 年 3 月）、《控诉》（1941 年 11 月）、《被围者》（1945 年 2 月）等诗歌中得到了丰富的展开。这些诗歌深受学界推崇，但落实到《五月》的整体情境中，“鲁迅的杂文”却并非一个单一（独立）的价值命题，而是年轻的诗人认识“历史”、厘清自身历史境遇的动力之一。因此，“二次的诞生”——某种精神的蜕变，虽然可称得上是一个时代性命题，穆旦的体验也有其独特性[③]；但在早年穆旦的

① 钱理群：《丰富的痛苦：“堂吉诃德”与“哈姆雷特”的东移》。

② 钱理群：《鲁迅与穆旦》（上、下），《中华读书报》1997 年 10 月 15 日、22 日。

③ 可以对照其与曾在抗日战争中负伤（被打落牙齿）的诗人阿垅的《再生的日子》（1941）：“从母亲/从天、地间的大的爱/从母亲体现的大的爱我第一次诞生了/……//从敌人/从生、死间的大的战斗，/从一团风暴那样猛烈的/灾蝗那样厚密的/那日本法西斯主义底火和铁，/我/第二次诞生了”（据《白色花》，人民文学出版社 1981 年版，第 5—7 页）。“第二次诞生”的路径显然并不相同。

视阈中，“鲁迅的杂文”并非最为核心的价值命题，这一点，以往的研究者基本上都有意无意地忽略了。

而这乃是早年穆旦对于鲁迅唯一的直接指涉，对于鲁迅更多的也更为明确的指涉出现在晚年。1973年，鲁迅著作获得重印，其时生活已稍为安定的穆旦买了不少（按：穆旦遗留下来的藏书之中，有不少鲁迅的著作）。1975年，国内政治形势一度好转，穆旦在《热风》扉页写下：“有一分热，发一分光，就像萤火虫一般，也可以在黑暗里发一点光，不必等候炬火。”及到1976年12月，又新购了《且介亭杂文》三册，并在《且介亭杂文》扉页写道：“于四人帮揪出后，文学事业有望，购且介亭杂文三册为纪。”事业有“希望”而购买鲁迅著作，可见对晚年穆旦而言，“鲁迅”具有精神支柱的效应。

在去世前数月（1976年10月—1977年2月）给朋友们的书信中，穆旦也多次提及鲁迅，大致区格，有四种：一是通过鲁迅学习写作；[①] 一是“文艺与政治”的话题；[②] 一是“作官”与说真话，鲁迅是“性格决定人能否当官”的“另一个范例”；[③] 一是“闰土”与人生世故的话题。[④] 这些话题都有着明确的现实指向，其中第二类话题尤其明显，穆旦不仅告诫对方对于当前形势“也不要太介入，现在言论纷纷，有点像五七年。要看一看再讲话”，而后甚至大段抄录鲁迅《集外集·文艺与政治的歧途》（1927）的原话，并结合现实问题发出了“文艺家的敏感哪里去了呢”的疑问。可注意的是，其时穆旦已经了解“四人帮”倒台的相关信息，这在一定程度上也可说正是“革命成功以后”，穆旦透过鲁迅对于“文艺与政治”关系的省察来看取现实，也正是一种“文艺家的敏感”。

从购买鲁迅著作到题词再到与友人的较多谈论，“鲁迅”可谓贯穿于穆旦生命的最后几年，可见晚年穆旦惯于透过鲁迅的眼光来看待现实问题——惯于以鲁迅为“范例”来寻求精神资源；但总体而言，落诸纸面的文字里，穆旦所谈论的鲁迅基本上都是作为思想家的一面——话题仍然集中于“鲁迅的杂文”。进一步看还可发现在与不同年龄层的友人通信时，穆旦的话头其实有所区格：对尚未经历太多磨难的年轻友人，穆旦只是提出训诫；而对与

---

① 穆旦：《致郭保卫》（1976年10月16日），《穆旦诗文集》（2），第210页。按：这是穆旦最早一封提及鲁迅的信。

② 穆旦：《致郭保卫》（1976年10月30日），《穆旦诗文集》（2），第211页。

③ 穆旦：《致巫宁坤》（1977年1月5日），《穆旦诗文集》（2），第178—179页。按：信中相关背景不详。

④ 穆旦：《致董言声》（1977年2月19日），《穆旦诗文集》（2），第175页。

他一样经历了较多磨难的同龄友人则多谈人生经验。这可视为穆旦对于"鲁迅"的多重理解。

穆旦的这种个人经验参与构成了特定年代鲁迅传播与接受的图景。"文革后期，正是最容易接近鲁迅的时刻"。机遇有二：其一，大批知识分子下放到农村，"当人们在现实的中国农村重新发现了未庄、鲁镇，发现闰土、祥林嫂、阿Q时，他们就会发现：原来鲁迅的灵魂，他的艺术生命的根是深扎在中国这块土地上的，他与中国的底层人民有着血肉的联系"；其二，"更重要的是1971年的林彪事件所引起的心灵的震撼与由此开始的苦闷，思索与觉醒"。借此，"鲁迅开始从被强制纳入的毛泽东思想体系中剥离出来，开始摆脱'党的鲁迅'、'毛泽东的鲁迅'的外加形象，恢复了他的独立的、自由的、批判的、怀疑的、创造的本性，并且参与到了文革后期的全民性的民间独立思考中，成为了新的探索的重要的思想资源"。[①] 穆旦对于鲁迅的接受在相当程度上也是因为一种特殊历史情境的激发；但需指出的是，这些话题多半集中出现于20世纪70年代中期这一重要的历史转折关头：对于中国而言，是政治局面行将发生大变更的时刻，黎明前的黑暗已经逐渐消散，曙光正逐渐亮现；对穆旦而言，黑暗期却仍在持续——感觉"文学事业有望"而购买、阅读鲁迅书籍，穆旦的确曾感受到曙光在前，最终占据上风的却仍然是政治迫压，以及对于死亡的强烈预感。[②]

从另一个角度看，晚年穆旦遗留下来的文字对于现实话题虽然多有讨论，但对于自己内心的境遇则有更多的关注、更深的哀婉。因此，"鲁迅"固然成为了晚年穆旦心头的一个结，穆旦又一次借助鲁迅窥见了自身的历史处境，但这并不能统摄穆旦的全部精神问题——因为关涉到内心，有理由相信在这些语调铿锵的词句背后，在某些隐秘的空间，"穆旦"与"鲁迅"仍将相遇。

---

① 钱理群：《鲁迅：远行以后（1949—2001）》（二），《文艺争鸣》2002年第2期。按："恢复"一词过于夸饰。

② 可从一个细节看，1976年12月9日，穆旦收到郭保卫的信，得悉《唐璜》译稿在出版社，可用。这一信息让穆旦"很受鼓舞"，他不仅将这一信息写进了日记，而且在给友人的信中多次谈及，随后的翻译工作"又加一点劲"（《致巫宁坤》，1977年1月5日），这是晚年穆旦生活中的一个亮点，与"文学事业有望"的判断大致相当。但1977年2月12日（去世前两星期），在致巫宁坤的信中他又谈道："别替我高兴太早"，"现在还不见出版物有何更新之处"。及至入院动手术之前，也即临终之前，他对译稿何时可以出版的判断也非常悲观，他对小女儿查平说："你最小，希望你好好保存这些译稿。也可能要等到你老了，这些书才有出版的机会。"可见个人的"欣慰"和"鼓舞"最终还是被悲观的情绪所覆盖——还是湮没于混沌的政治之中。相关材料参见周与良《后记》，查良铮《拜伦诗选》，上海译文出版社1982年版，第464页。

二　“破落户子弟”：原初经验的分途

通览鲁迅与穆旦的写作可以发现，其作品基本上都有较为确切的时间，可以用来系年。系年是中国文学研究的一个重要的传统方法，它所强调的是作家写作与外在社会事件之间的内在关联，通过写作，既可见出作者的心志，也可见出时代的风貌。以此来看，两位作者都秉承或暗合了中国文学的内在经脉。但进一步看则可以发现一个症结：鲁迅本人存留有太多自我阐释类文字，学界不仅熟知而且衍生了大量再阐释文字，这意味着所有关于鲁迅的知识（认识），尽管不同作者间的阐释存在着差异，但几乎都有“原点”可循。所谓“原点”，即问题生发最原初的文本语境。穆旦却是重要作家中的一个特例，他早年极少自我阐释类文字，晚年书信倒是较多谈到了自己的日常生活、心境、文艺观点、翻译与写作情况——但只是在很偶尔的情况下才谈到自己的创作；通过这些文字固然可以较深入地了解穆旦，但总体上说来，关于写作与个人经历的自我阐释类文字仍然非常稀少。[①] 据此可以说，穆旦根本无意于自我形象乃至思想理论体系的建构，他的“原点”不在别处，几乎全部都在他的写作之中。

这样一来，在“鲁迅—穆旦”这一命题的阐释中，所循“原点”并不相称，其间有着非常微妙的差异：一个切入到精神命题层面，另一个伸向了一个更为纯粹的文学世界。换言之，一个是大致确切的，另一个却并不那么可靠——诗歌中的“我”与诗人显然并非同一，考虑到穆旦经受过良好的文学教育，对欧美现代主义文学有着深切感受，这一点更不可忽视。问题还在于，无论是鲁迅对于自我阐释的热衷，还是穆旦对于自我阐释的漠然，两者都是相当自觉的。

还不妨借助另一个“原点”来理解这一状况，那就是各自对于身世经历的表达，这一点也构成了别有深意的比照。考量现代中国作家的身世，一层不可忽视的背景因素是，近代以来，中国社会发生了一系列重大变革，旧式封建家族的逐渐没落、解散即是其中非常突出的一种。这一蜕变给现代中国的子民带来了强烈的阵痛——鲁迅和穆旦都分享了这种阵痛，程度不同，实

① 晚年穆旦对于早年作品的阐释仅限于《还原作用》1首；对于晚期作品的阐释涉及《退稿信》、《黑笔杆颂》、《冬》、《友谊》等篇，但需注意的是，部分作品的阐释是因为友人误解在先，参见《致郭保卫》（1976年11月22日）、《致杜运燮》（1976年12月29日），《穆旦诗文集》（2），第147、218页。

际反应也很不一样。

鲁迅是周家的长房长子，家世破败的阵痛尤为剧烈。《呐喊·自序》中那个“出入于质铺和药店里”的、“药店的柜台正和我一样高，质铺的是比我高一倍”的孩子形象得到了广泛流传——这个孩子的生命图景也同时被勾勒，“有谁从小康之家而坠入困顿的么，我以为在这途路中，大概可以看见世人的真面目”。[1] 另一处谈论中，人生“困顿”之感又潜移为对于“破落”的“感谢”：

> 我的祖父是做官的，到父亲才穷下来，所以我其实是“破落户子弟”，不过我很感谢我父亲的穷下来（他不会赚钱），使我因此明白了许多事情。因为我自己是这样的出身，明白底细，所以别的破落户子弟的装腔作势，和暴发户子弟自鸣风雅，给我一解剖，他们便弄得一败涂地，我好像一个“战士”了。使我自己说，我大约也还是一个破落户，不过思想较新，也时常想到别人和将来，因此也比较的不十分自私自利而已。[2]

感谢“破落”，正如强调“苦难”所具有的特殊诗学意义，鲁迅为自己勾勒了这样的图景：困顿的人生、无能的父亲不仅使他“明白了许多事情”，而且还给了他“解剖”人心的能力，使他成为一个“战士”。很显然，家族破败所带来的阵痛被鲁迅有意识地纳入到现代社会进程的叙述当中，鲁迅也把自己的形象深深地嵌进了历史的厚墙。

穆旦也是“破落户子弟”，其祖上也曾经非常荣光，他原名查良铮，祖籍浙江海宁，查家乃海宁名门望族。穆旦所属一支约在清代晚期迁至天津，其家族破败得更早，至祖父时家道即已中落。[3] 和鲁迅一样，穆旦的父亲也“不会赚钱”。不同的是，他健康长寿（1977年10月方才去世），只是因为行四且能力较差，“一生任小职员，工作断断续续，薪俸微薄，生活拮据，常靠变卖旧物维持”，这使得他这一房在大家庭里地位卑微，没有话份。[4] 似乎

---

① 鲁迅：《呐喊·自序》（1922年12月3日），《鲁迅全集》（1），人民文学出版社1981年版，第415页。

② 鲁迅：《书信·350824·致萧军》，《鲁迅全集》（13），第196页。

③ 参见陈伯良《穆旦传》，世界知识出版社2006年版，第3—6页。按：在目前所能查到的重要资料，包括西南联大时期的学生名册，南开大学所藏穆旦档案中所有材料表格的籍贯一栏，所填均为浙江海宁。可见尽管穆旦本人从未回过海宁，却一直自视为海宁后人。

④ 查良铃：《怀念良铮哥哥》，杜运燮等编《一个民族已经起来》，第145—146页。

可以猜测，小穆旦在大家庭中可能受过冷嘲热讽，生命是一个残酷而不幸的事实，他或许从小就已领知——再进一步设想，正如鲁迅所勾勒的那样，穆旦的家世变迁也带有某种现代性，他也“可以看见世人的真面目”。

但这终究只是一种猜测。长大成人的穆旦几乎没有任何后续文字来叙述家世与童年[①]，现今学界对于幼年穆旦的些许了解均出自穆旦家人与亲戚的追忆文章，断片勾勒，大致可浮现出一个好学、有才气、爱国的孩子形象，更多信息则无从察知。[②] 或可一提的是，穆旦6岁时在天津本地的《妇女日报·儿童花园》发表过一篇习作《不是这样的讲》（1924年3月16日），写一个小女孩与母亲在大街上看见一辆汽车驰过后，将汽车排放的气味比为“屁”，并说“这汽车的臭味，正是他主人家内最喜爱的气味呢”！其中略略隐含着对能坐汽车的有钱人家的讥讽。从常理角度看，即使在一个物质水平相对贫乏的年代，能坐汽车的有钱人家也不应该是“讥讽”的对象。这种心理的出现，可能和家世有些许关系。毕竟，设若家世并不曾没落，那么到了20世纪20年代，“祖上阔过”的穆旦也可能是能坐汽车的有钱人家的公子哥了。据此，《不是这样的讲》似乎浮现了穆旦家世败落的阴影，“破落户子弟”穆旦对于自身处境也有某种反弹。

但这仅仅是一个6岁孩子一篇幼稚的习作，这除了表明这个孩子较早就具备运用语言文字的能力外，其他的其实均不足为据。而这也意味着就算“讥讽”意念真的存在，也只是偶有出现，幼小的心灵并没有偏执于先在的身世因素，没落颓废一类气质无从浸染他。当然，穆旦比鲁迅晚出近40年，历史阶段不同，所承受的历史负压也大不相同。历史复杂，这里仅从一个小的切面来看：穆旦有姐妹各一个，他是唯一的男性子嗣。据说到了1941年之后，家里变卖了天津的房子移居北平，生活逐渐拮据。20世纪40年代后期，穆旦需要赚更多的钱以赡养家庭。比照作为“大哥”的鲁迅对于家庭的态度，特别是对于元配夫人朱安以及弟弟周作人的情感，穆旦的赡养更多地乃是一个物质命题，而鲁迅的行为与情感，却是深深地浸染了中国传统文化的血脉。

---

① 可能只是唯一的但并不正式的一份材料，穆旦于1955年10月写的《历史思想自传》（藏南开大学档案馆），其中简略地提到了家庭的状况：“大家庭的生活方式是封建式的，敬神，尊长，重男轻女，这一切都使我不满，但还有更深刻的原因使我不快乐。父母经常吵架，生活不宁，父亲的粗暴使我对他愤恨，母亲经常受压迫，啜泣度日。还有，在大家庭中，我们这一房经济最微寒，被人看不起，这给我留下深刻的印象，我当时即立志要强，好长大了养活母亲，为她增光吐气。”

② 参见查良铃《怀念良铮哥哥》（杜运燮等编《一个民族已经起来》，第145—146页）；查良锐《忆铮兄》，杜运燮编《丰富和丰富的痛苦》，第217—219页。

总之，具有一定相似性的身世，最终却分途而行：《呐喊·自序》所描绘的家道中落的“孩子”最终成长为“毁坏”“铁屋子”的启蒙者，同样“没落”的穆旦却并没有以类似方式“长大成人”——成年穆旦对于自我阐释的漠然，对于现代诗歌写作的多重尝试，表明他更自觉于“诗人”这一身份。正因为从“原点”处即出现了重要分途，这里无意于纠缠于“原点”，而将主要从“诗”的层面切入，以期寻求到一条别有深意的路径：从鲁迅到穆旦，又从穆旦反观鲁迅，并且力图在这个过程中获得一些对于新文学传统的新认识。

三 “梦境”与“时感”

从“诗”的层面切入，意味着从一个秘密的文学通道切入。在鲁迅的全部作品中，最具诗性气质的无疑是《野草》。在《野草》所开创的文学通道中，有一条尤为知识界周知并且躬行之，那就是时时解剖自己——已过不惑之年的鲁迅将个人心灵放置到一个深邃、黑暗的窄门之内，门口悬贴着一张令人惊悚的《墓碣文》(1925 年 6 月)：

> 我在疑惧中不及回身，然而已看见墓碣阴面的残存的文句——
>
> ……抉心自食，欲知本味。创痛酷烈，本味何能知？……
>
> ……痛定之后，徐徐食之。然其心已陈旧，本味又何由知？……
>
> ……答我。否则，离开！……
>
> 我就要离开。而死尸已在坟中坐起，口唇不动，然而说——
>
> “待我成尘时，你将见我的微笑！”
>
> 我疾走，不敢反顾，生怕看见他的追随。[①]

不难察知，这一幅阴森诡异的画面中浮荡着两重魅影。一重是“抉心自食”的“游魂”(已殒颠为“死尸”)：不仅“酷烈”的“创痛”影响了抉食的行为，而“心”本身又已“陈旧”——食“心”是艰难的，“本味”甚至还无从真正察知。另一重是怀有“疑惧”与退缩(“疾走”)心境的梦游者。

吊诡的是，如果将前一重魅影“抉心自食”的行为视作是自我的解剖，后一重魅影恰恰与之形成了抵触：他不仅无意于解剖，而且还视其为一种危

① 见《鲁迅全集》(2)，第 202 页。

险的行为，唯恐（“生怕”）逃之不及。两重魅影既如此错叠，与其将某一重魅影贴附于鲁迅，以强作判断；还不如视其为一种复调——将“游魂”（“死尸”）看做是另一个“我”（穆旦《诗八首》中有：“我制造自己在那上面旅行”）。两个“我”，一个决绝的“我”，一个疑惧的“我”，彼此都将自身置于一种背反的境遇之中：决绝的，已殒颠为“死尸”，蛰伏于世界的“阴面”；而那个能够穿行于世间的，却又是疑惧的。两个“我”都无法“完成”自己（穆旦《诗八首》中有：“在无数的可能里一个变形的生命/永远不能完成他自己”），但却借助对方而清晰地窥见了自己的真实形象——两个“我”，共同传达了鲁迅对于“自我解剖”这一命题的省思：要解剖自己，真正省察自己的历史处境，需要挣脱各式各样的历史压力，这不仅是艰难的、痛苦的，而且，更是虚无的，如《墓碣文》所写：“……于浩歌狂热之际中寒；于天上看见深渊。于一切眼中看见无所有；于无所希望中得救。……”

就总体而言，《野草》呈现为一种形而上的哲思，如《墓碣文》所示，这样一个哲学世界的全部基点，乃是一个不确定的、混沌的自我：起因于对于自我的怀疑与不确定，进而生发为一个大的世界。这与其说是一个现代主义的命题，倒不如说是一种认识论：唯有察知了自我的内心境遇，才能真正建立起与这个世界的实有联系。

穆旦在20世纪40年代的写作中也一直保持着自我省思的姿态。在那些明显带有个人内省意味的作品中，比如“残缺”主题的反复表达，“我歌颂肉体”（1947年10月）、“我想要走”（1947年10月）等多少令人惊骇的声音的发出，以及在“三十诞辰”时对于“虚无”和“黑暗”的窥见（《三十诞辰有感》，1947年3月），均可见出内省的强度；而如《五月》等诗歌所示，即便是表达时代性的命题，他也是首先将自己投入现实，将自身境遇熔铸其中，这不仅获具了坚实的经验，也保持了某种自我的立场——也正因为如此，在穆旦20世纪40年代的诗歌中，始终悬浮着一个对自身处境极度敏感的“我”，“自我”从来都没有成为一个稳定的点。[①] 由此而来的一个近乎必然性的结果是，这个年轻的诗人将不得不承受强大的精神压力——“希望”与“绝望”，如同一对孪生兄弟紧紧地黏附于穆旦的诗句之中：

我要回去，回到我已迷失的故乡，

① 参见梁秉钧《穆旦与现代的“我”》，杜运燮等编《一个民族已经起来》，第43—54页。

趁这次绝望给我引路，在泥淖里，

摸索那为时间遗落的一块精美的宝藏。

——《阻滞的路》(1942年8月22日发表)

以“绝望”引路，可见现实生活给予年轻的穆旦以异常逼仄的感受——《阻滞的路》的现实背景应是跟穆旦1942年的“野人山经历”有关，这一生死经历不仅从根本上改变了穆旦的心性，更改变了他的生活。在《活下去》(1944年9月)中，“希望”与“幻灭”共同交织成一个艰涩的“活下去”的命题——《时感四首》(1947年1月)中的“希望”命题更为艰涩：

我们希望我们能有一个希望

然后再受辱，痛苦，挣扎，死亡，

因为在我们明亮的血里奔流着勇敢，

可是在勇敢的中心：茫然。

我们希望我们能有一个希望

它说：我并不美丽，但我不再欺骗，

因为我们看见那么多死去人的眼睛

在我们的绝望里闪着泪的火焰。

当多年的苦难以沉默的死结束，

我们期待的只是一句诺言，

然而只有虚空，我们才知道我们仍旧不过是

幸福到来前的人类的祖先，

还要在无名的黑暗里开辟起点，

而在这起点里却积压着多年的耻辱：

冷刺着死人的骨头，就要毁灭我们一生，

我们只希望有一个希望当做报复。

诗歌传达了渺小的个体（虽然诗中所施用的是“我们”）在一个充斥着“苦难”与“死亡”的现实世界里所领受到的“虚空”与“耻辱”的情绪，

对于黑暗、对于行将被毁灭的自我的敏锐感知，以及对于幸福的遥遥企盼。从表象词汇看，诗歌从多个层面回应了《野草》："沉默"/"虚空"与"沉默"/"空虚"（《题辞》[①]；"死人的骨头"与"死尸"（《墓碣文》）；"希望"、"绝望"的交错与"绝望之为虚妄，正与希望相同"（《希望》，1925年1月）；而安放在最末位置的"报复"这一醒目的字眼，可关联起《复仇》（1924年12月）；"火焰"可关联到《死火》（1925年4月），"无名的黑暗"更是浸染到"野草"丛生的"黑夜"中。大致可以说，无论从写作姿态、诗歌情绪，还是从实际展开的写作图景来看，穆旦都在"接近"鲁迅。

换个角度看，穆旦较早的诗歌，如《防空洞里的抒情诗》、《漫漫长夜》等，多有虚拟之处，带有某种梦幻色彩；但现实的背景还是不时透现出来。越往后，"时感"越发成为穆旦诗歌的核心来源；与之相关，他对于诗歌容量也有所考虑，《时感》共4节，而它的后3节甚至被收入更长的《饥饿的中国》（共7节，1947年8月）——诗题本身即蕴涵着强烈的现实性，篇幅较长的实际文本则表明穆旦有意借助较大容量来容纳更多的现实内容：

> 饥饿是这些孩子的灵魂。
> 从他们迟钝的目光里，古老的
> 土地向着年轻的远方搜寻，
> 伸出无力的小手向现在求乞。
>
> ——《饥饿的中国》

如"向现在求乞"所隐喻，"现在"成为了20世纪40年代后期的穆旦视阈之中最为急峻的问题。在将现实经验提萃为诗歌的过程中，年轻的穆旦虽愤慨但并不急躁：他一直努力避免在情绪高涨时写作，在个人经历了重要事件之后，或者在重要历史关头，往往多有酝酿，所谓"内中有物，良心所迫，不得不写"[②]；对写作量也始终有所控制，这有效地避免了情绪的泛滥（鲁迅也曾有言："感情正烈的时候，不宜做诗，否则锋芒太露，能将'诗美'杀掉"[③]）。在实际写作中，穆旦又并不作直接反映式的写作，前引《饥

① 《野草·题辞》开篇即写道："当我沉默的时候，我觉得充实；我将开口，同时感到空虚"，见《鲁迅全集》（2），第159页。

② 穆旦：《致唐振湘》（1944年11月16日），《穆旦诗文集》（2），第127页。

③ 鲁迅：《两地书·二三》，《鲁迅全集》（11），第97页。

饿的中国》是一个惯常的主题，诗歌开篇写到了“这些孩子”，不难设想，现实情境是孩子们因为饥饿而不得不“伸出无力的小手”向人求乞。但诗歌越过了这一惯常写法，经由“古老”与“年青”、“现在”与“远方”这两组对峙，诗歌从现实情境出发，最终又超脱了具体现实的拘囿而提升到一种普遍的层面，写出了“饥饿”的实质：饥饿的，不仅仅是孩子们，更是衰老无力的大地本身。

《野草》的品质似乎并不在于现实，即如《野草》最惯常的句式“我梦见了……”所示，现实背景在相当程度上被抽离；不过据鲁迅自己追加的阐释，这些篇什往往都有其本事，多半跟 1924—1926 年间的社会（特别是北平——鲁迅当时的生活地）政治的变幻以及文人、青年的思想状况有关——借助自我阐释，鲁迅有意将这些抽象命题落实于现实之中，比如“因为惊异于青年之消沉，作《希望》”[①] ——这么说的时候，鲁迅或许曾回想起自己 26 岁时写下的《摩罗诗力说》(1907)；当他写下《希望》时，无疑也写下了对于“青年”——“精神界战士”——的期待。而《一觉》(1926 年 4 月 10 日）正是对于“青年”的热切期待。也正因为这些本事关联着政治时局，它又反过来规约了《野草》的文风，“那时难于直说，所以有时措辞就很含糊了”。而短短几年之后，鲁迅又不得不面对新的境况：“日在变化的时代，已不许这样的文章，甚而至于这样的感想存在。”[②] 鲁迅将“时代”看做是自己写作的内在动因（这应是他强调《野草》篇什有着现实本事的原因所在），“变化的时代”意味着语境的潜移变化，语境一经变化，不仅《野草》不再被允许，连这一类感想也被泯灭，取而代之的是日趋粗粝的杂文。这意味着鲁迅所倚重的也是“现在”——被“现在”这一命题紧紧纠缠：“现在”既促生了《野草》文体，也泯灭了这一文体。

从这个意义上说，从“梦境”到“时感”，与其说是写作策略使然，毋宁说是“中国语境”发生了大的变化，鲁迅意识到了这一变化，穆旦也深深地体察了这一变化。

四 “鬼影”与“黑暗”

尽管从“梦境”到“时感”其间多有歧异，但在“中国语境”变化尤为

① 鲁迅：《〈野草〉英文译本序》(1931 年 11 月)，《鲁迅全集》(4)，第 356—357 页。

② 鲁迅：《两地书·二三》，《鲁迅全集》(11)，第 97 页。

急遽的20世纪40年代后期，仍可从穆旦诗歌中抽出“黑暗”的一面——《时感四首》中以“无名的黑暗”称之，“无名”作为修辞，既暗合了穆旦诗歌中屡屡出现的关于“历史”的话题，更使得“黑暗”成为了一个不断蔓延的主词，具有了异常生动的诗学效果。而《三十诞辰有感》更是将“黑暗”镶嵌于一个人的“诞辰”之中——一种更为深挚的内省：

在过去和未来两大黑暗间，以不断熄灭的
现在，举起了泥土，思想和荣耀，
你和我，和这可憎的一切的分野。

“黑暗”不仅悖逆于以前所未有的兴奋之情奔向光明的时代话语，而且与诗人年轻的生命也构成了难以抹却的张力——强调穆旦的“年轻”，并且将其写作与《野草》并举，意欲强调两者之间所存在着的一种微妙的、无从填补的歧异：到20世纪40年代末期为止，已过而立之年的穆旦的成长虽有波折，但总体上说来是顺畅的：无论是南开中学还是清华大学（西南联大）都是名校，这使得他获得了良好的教育以及可靠的谋生技能（英文知识），写作道路也相对顺畅，尽管当时发表不多，也并未获得广泛的诗名。1942年初离开学校之后（穆旦毕业后留校任助教1年半左右），虽然从军途中的生死经历（“野人山经历”）对他的精神世界产生了非常深远的影响，但是细究起来，物质因素始终非常突出：当时的自然环境极其恶劣，肉体的承受能力极为重要，肉体若无法抵御饥饿的折磨、蚊虫的叮噬、疾病的侵扰，注定将无法身（生）还。再往后，生活虽颇多波折，其中如《新报》被查封的遭遇（1947年8月）虽加深了他对于政党政治的认识，但现实社会的问题，特别是物质生存困境最终还是占据了上风——1948年年初，穆旦从北平到上海、南京等地谋生，物质生活问题变得尤为突出（赚取学费以留学）。统言之，20世纪40年代的穆旦所遇更多的是“时感”一类命题，精神危机虽无从避免，但基本上并未遭遇无法迈越的精神道坎，也即，年轻的穆旦所遭遇的都是实有的问题，是带有青春期特征的、单纯的问题。借用鲁迅的观念，穆旦并未陷入虚无的“无物之阵”[①] ——虽然黑影重重，却并不会于回身之际撞见鬼影！

鲁迅显然不同，其成长历程多有受阻乃至挫败，青年期——特别是“还

① 鲁迅：《野草·这样的战士》（1925年12月），《鲁迅全集》（2），第214页。

没有开始文学生活”的“S会馆时期”——成为了一种“蛰伏”。[①]《野草》的写作，借用一个批评术语，可称之为“中年写作”，是一个中年人复杂人生经验的呈现。相较于年轻的穆旦，鲁迅有着更为深邃的内心体验，《野草》也堪称浮现了鲁迅的全部“哲学”。[②]

鲁迅与穆旦所出现的分途，还可从前面屡屡谈到的一个词汇获得解释——“时代”，两者的差异可视为一种“时代”性差异：“时代”不同，写作者所面临的价值命题与实际境遇也相殊异。

穆旦的家庭本就是一个类似于小职员的家庭，20世纪40年代后期的他也近于一名小职员，远离文化中心，生计问题占据最为突出的位置——实际所找的工作也是技术性的，工作就是“为了谋生，有口饭吃”[③]，即使这样，也还是经常失业。在这样的情状下，写作不过是一种副业而已。总之，为了生活，穆旦不得不将自己投身到现实生活的内部，这倒印证了鲁迅传人胡风的观点：“文艺创造，是从对于血肉的现实人生的搏斗开始的”[④]；却也从另一个角度证明20世纪40年代这样一个时代，已容不得“慢”与“闲”——容不得一个年轻人去“临摹古帖”。“临摹古帖”自然是从鲁迅早期经历之中抽取出的一个隐喻说法，它大致表明：随着传统生活方式的逐渐消退，个人生活图景乃至人生轨迹也发生了非常重要的变化——朝着物质化的方向大大发展。

而经历了青年期的挫败与苦闷的鲁迅呢，从“五四”新文化运动开始，鲁迅爆发出异常强大的文学创造力与思想震撼力，这种经历，也可套用一个常用的说法：“他经过十年的沉默，工作而等待，/直到缪佐显出了全部的魄力，/一举而让什么都有了交代。”[⑤]之后，鲁迅逐渐占据了文化的中心位置；20世纪20年代后期开始，他甚至已逐渐成为职业文化人，写作成为了一种职业，稿费、版税支撑起了他的生活。[⑥]其生活方式，在主要层面上，或可

---

① ［日］竹内好（1944）认为这段时期在鲁迅一生中最为重要：“在那沉默中，鲁迅不是抓住了对于他一生可以说是具有决定意义的回心的东西了吗？”“回心”，按竹内好的解释，意指“对于信仰的回心转意；或指由于悔悟而皈依”。见［日］竹内好著，李心峰译《鲁迅》，浙江文艺出版社1986年版，第46—47页。

② 参见许寿裳《我所认识的鲁迅》；章衣萍《古庙杂谈（五）》等。

③ 易彬：《“他非常渴望安定的生活”——同学四人谈穆旦》（访谈），《新诗评论》2006年第2辑。

④ 胡风：《置身在为民主的斗争里面》，《胡风全集》（3），湖北人民出版社1999年版，第186页。

⑤ 奥登在《“当所有用以报告消息的工具……”》中由“战时”转到“里尔克”的这几行诗常被加之于20世纪40年代写作《十四行集》的冯至身上，事实上，对鲁迅而言也恰是一个隐喻。

⑥ 参见陈明远《鲁迅生活的经济背景》，《文化人的经济生活》，文汇出版社2005年版。

称之为一种“书斋生活”。他所依凭的更多的是一种经验式的观察与思辨——现实往往如他所估量的那般险恶，这又进一步加深了他对于经验的看重（由此所产生的误会也不在少数）。由此，他身上有更多思想家的精神风范——更多精神的搏斗，而较少有“现实人生的搏斗”。

但尽管存在分途，穆旦诗歌中的“黑暗”还是不断袭来并且蔓延开去，那些关于黑暗的诗篇尤其让我想起《野草·影的告别》（1924年9月24日）：

> 我不过是一个影，要别你而沉没在黑暗里了。然而黑暗又会吞并我，然而光明又会使我消失。
>
> 然而我不愿彷徨于明暗之间，我不如在黑暗里沉没。

共同的语汇呈示了两位写作者之间的精神关联，但一个是“影”，一个是“诞辰”，两位写作者的切入角度并不同——归根结底，是对于现实的担当方式不同。窥见“在黑暗里沉没”的“影”是一种历阅世事的虚无；而言说在“过去和未来两大黑暗间”的“诞辰”，更多地带有一种青春激愤的色彩。

穆旦的写作中既没有一个虚无的“影”，穆旦如何消抵“黑暗”——处理“精神危机”——也就成为了一个饶有意味的话题。纵览穆旦写作，玄机在于：一方面，穆旦有意控制写作速度和写作量，写作情绪往往得到了内心的蕴积，这是穆旦写作充满精神张力的由来；但较少写作，“黑暗”也将较少流现。另一方面，信仰诉求时时“隐现”，这本身即是黑暗心境的浮现，如《祈神二章》所写（1943年3月）——它本身即是长诗《隐现》的一部分（该诗初作于1943年3月，重订于1947年8月）：

> 在我们的前面有一条道路
> 在这路的前面有一个目标
> 这条道路引导我们又隔离我们
> 走向那个目标，
> 在我们黑暗的孤独里有一线微光
> 这一线微光使我们留恋黑暗
> 这一线微光给我们幻象的骚扰
> 在黎明确定我们的虚无以前

在穆旦的所有作品中，《隐现》无疑是信仰命题最为突出的，但从发生学的角度说，这依然是一个被现实所“鞭打”出来的命题。大约从1942年年初开始，如《出发》（1942年2月）所示，穆旦诗歌中的信仰命题变得更为密集。一直到穆旦在旧中国所写下的最后一首诗《诗四首》（1948年8月）中，他仍在慨叹“他们太需要信仰”。

这最后的吁求也表明所谓信仰，与其说是一种祈求，倒不如说是对于现实的一种极端强烈的忧愤，这在《他们死去了》（1947年2月）一类诗歌中体现得尤为明显。也即，在穆旦的观念中，“现实”始终是一个占据核心位置的命题：投入现实→体察到了深切的“不幸”（《不幸的人们》，1940年9月）→体察到了自身作为知识者的“罪”→寻求信仰→更为严峻的现实→最终的救赎并没有出现，“丰富，和丰富的痛苦”（《出发》）因此成为一个非常突出的精神命题[①]——“黑暗”，乃是一块愤慨情绪的结晶体。

这样一来，个人的内心境遇发生了重要的颠倒：穆旦虽成长顺畅，但既怀有强烈的内省，又在逼仄社会现实的挤压之下，最终陷入了无从遣除的“痛苦”与“绝望”之中。而经历了“回心时期”的鲁迅见惯了现实的惨状，在一种“颓唐”的心境之下写出《野草》[②]，却又同时流现出了对于“过去的生命”的死亡与朽腐的“大欢喜”。[③]

换言之，尽管一直面临着强炽的精神冲突，但穆旦一直以一种激昂的姿态进行写作，正是这种姿态使得年轻的穆旦迈越了精神的道坎，却也使得精神压力不断累积，终于在20世纪40年代后期作品中达到顶点——年轻的穆旦一直未能获得内心调解的机制，以致不得不最终选择了“出走”：1949年8月，年轻的穆旦奔赴美国，并非一次简单的留学事件，“其时，矗立在穆旦面前的，并非新的体制即将成立的‘新中国’的美好图景，而是充满了‘欺骗’、‘罪恶’的旧的社会制度下的恶劣图景，他既不愿意成为旧的社会制度的牺牲品，也不愿意被‘欺骗’、‘罪恶’所‘冤枉’而成为旧的制度的同谋者，‘出走’乃是唯一的决策”。[④] 鲁迅则如《过客》所写，是一个孑然前行

---

① 《出发》最末一节写道：“就把我们囚进现在，呵上帝！/在犬牙的甬道中让我们反复/行进，让我们相信你句句的紊乱/是一个真理。而我们是皈依的，/你给我们丰富，和丰富的痛苦。”“皈依”与“痛苦”构成了一种因果关系：因为“皈依”，所以不得不承受“丰富，和丰富的痛苦”。这意味着从一开始，穆旦对于自身的境遇就有着清醒的认识。

② 比如，在给萧军的信中，鲁迅提到写《野草》时“心情太颓唐了，因为那是我碰了许多钉子之后写出来的”，见《书信·341009·致萧军》，《鲁迅全集》（12），第531页。

③ 鲁迅：《野草·题辞》，《鲁迅全集》（2），第159页。该文注释将“大欢喜”解释为“佛家语，指达到目的而感到极度满足的一种境界”。

④ 参见易彬《穆旦的迁徙之途》，《长城》2006年第3期。“冤枉”语出《我想要走》（1947年10月）；“欺骗”、“罪恶”在这一时期诗歌中的出现频率非常高。

的形象：不知道从哪里来，也不知道要往哪里去——“我就在这么走，要走到一个地方去，这地方就在前面”——“脚早经走破了，有许多伤，流了许多血”，仍不停地往前走——“向野地里跄踉地闯进去，夜色跟在他后面”。这样一个形象，在相当程度上即是鲁迅自我形象的写照。复杂的人生经验、深邃的传统文化修为，最终使他获得了自我调解的机能。他最终“肩住了黑暗的闸门”。[①]

五　“敬奠”与“默念”

故事——精神的传承——仍将持续。忧愤出走的年轻诗人在几年之后不仅重新回到中国，而且以极大的热情投入到新中国的文化建设之中，可见当初的绝望情绪并没有击垮他——也或者说，所谓“绝望”，只是那一时情绪的顶点，恰如郑敏在评价《三十诞辰有感》时曾指出：“不断熄灭”（“以不断熄灭的，/现在，举起了泥土，思想和荣耀”）是关键性的，“包含着不断再燃，否则，怎么能不断举起？这就是诗人的道路，走在熄灭和再燃的钢索上。绝望是深沉的……然而诗人毕竟走了下去，在这条充满危险和不安的钢索上，直到颓然倒下”。[②]

磨难却又暗暗开始——回国不多久，穆旦即开始遭受精神磨难：被列为“肃反对象”；被政治话语口诛笔伐；被宣布为“历史反革命分子”，下放到图书馆（打扫厕所或干编目一类单调枯燥的工作），“文化大革命”中，有较长一段时间的劳动改造和下放经历，及到 1976 年 1 月，更是骑车摔伤，一直未能治愈……

非常微妙的是，在经历了漫长的精神磨难之后，穆旦也写下了一篇“墓碣文”：

> 但如今，突然面对着坟墓，
> 我冷眼向过去稍稍回顾，
> 只见它曲折灌溉的悲喜
> 都消失在一片亘古的荒漠，
> 这才知道我的全部努力

---

① 语出鲁迅《坟·我们现在怎样做父亲》（1919 年 10 月），《鲁迅全集》（1），第 140 页。

② 郑敏：《诗人与矛盾》，杜运燮等编《一个民族已经起来》，第 31 页。

不过完成了普通的生活。

——《冥想》(1976 年 5 月)

"不过完成了普通的生活"，穆旦并没有将传奇文字刻上"墓碑"。诗歌使用的是一种完成时态，"完成了"，这意味着"普通"乃是穆旦对于自我人生角色的最终体认。穆旦并非没有传奇经历（比如从军、留学归来等等），也并非没有经历风云际会的时代，但他将这一切最终归结为"普通"，这种角色体认与穆旦几乎始终都没有自我阐释类文字的做法是一致的。这个"从幻想底航线卸下的乘客"，不仅"永远走上了错误的一站"（《幻想底乘客》，1942 年 12 月），而且终于走到了"幻想底尽头"（《智慧之歌》，1976 年 3 月）：

我已走到了幻想底尽头，
这是一片落叶飘零的树林，
每一片叶子标记着一种欢喜，
现在都枯黄地堆积在内心。

《智慧之歌》被认为是穆旦 1976 年写下的第一首诗，一句"我已走到了幻想底尽头"可谓写出了人生的全部酸楚——也开启了穆旦最后的写作。这里的"欢喜"并不是《野草》中频频出现的"大欢喜"，而是内心"枯黄"图景的比照，"欢喜"已"枯黄"——已不复存在。在这个"幻想底尽头"，年轻时的激愤消退，人生沧桑静穆之感浮现——尽管也有《神的变形》(1976) 一类省察历史乖谬的诗作：

权力

而我，不见的幽灵，躲在他身后，
不管是神，是魔，是人，登上宝座，
我有种种幻术越过他的誓言，
以我的腐蚀剂伸入各个角落；
不管是多么美丽的形象，
最后……人已多次体会了那苦果。

从表象上看，《神的变形》，也包括《退稿信》、《黑笔杆颂》一类作品或许会让人想起晚年穆旦所谈论的那个作为“杂文干将”的鲁迅，《神的变形》看起来也回荡着《神魔之争》（1941年6月）的声音，但非常微妙的是，与早年同类型诗作相比，这首诗的情绪明显变得缓和，现实指向性也大大加强，不再如《神魔之争》那般充满文化的隐喻——事实上，最末一句“最后……人已多次体会了那苦果”更是穆旦内心景状的隐喻：一个“……”似乎表明，诗人已无力再铺陈推衍“神”、“魔”与“权力”的话题，“人已多次体会了那苦果”，这处于最末位置的10个字，连语言方式都变了，10个最通俗浅白的字，其含义恰如“我已走到了幻想底尽头”或“多少人的痛苦都随身而没”（《诗》，1976年4月）。这又一次寓示了穆旦晚年诗歌确是哀伤而凄厉的生命挽歌，弥散着一种冷彻的寒意，挥之不去的死亡气息——扑面而来的更多的是《野草》式语汇，比如《理想》（1976年4月，其中有：“像追鬼火不知扑到哪一头”）、《听说我老了》（1976年4月）等等，都会让读者产生相关联想——其中的精神勾连，不妨从《停电之后》（1976年10月）切入。

《停电之后》写作之时，穆旦因腿伤已卧床半年多——“腿伤”是晚年穆旦生活中的核心事件；而“停电”是当时较常出现的一种情境。“停电”意味着“黑暗”再次来袭：原本“太阳”下沉，“黑暗”就已袭来，但“文明”之物“电灯”“从此驱走夜”。“停电”可谓重复了“太阳下沉”的景象：“突然，黑暗击败一切，/美好的世界从此消失灭踪。”至此，“黑暗”这个词已不如20世纪40年代的诗作中那么富有张力——正如穆旦对于“普通”的体认，“黑暗”一词也洗尽铅华，返归它的本色：有光亮的世界是“美好”的，与之相对，“黑暗”的世界是丑陋的（或者邪恶的、无聊的、死寂的——但凡与“美好”相对的词汇都可用来修饰）。

“小小的蜡烛”燃起，“黑暗”的第二次袭击被击退：“把我的室内又照得通明：/继续工作也毫不气馁，/只是对太阳加倍地憧憬。”“加倍地”泄露了此前对于“太阳”（光明）的憧憬（只是程度略小而已）。而蜡烛的故事则留待次日——一个辉煌的白日——来呈现：经由“辉煌”的映照，昨夜那帧“黑暗”图景重新清晰，“我细看它，不但耗尽了油，/而且残留的泪挂在两旁”。

“耗尽了油”，“油”（烛油）尽即烛已完全燃尽——又一次，“黑暗击败一切”；烛灭之时，工作应还在进行，否则，烛应是被吹熄而有所存留（应不会出现听任蜡烛燃烧直至熄灭的情形）；工作未毕而烛已燃尽，诗人不得不摸着黑（经常停电，摸黑也可能成为了一种习惯）、带着小小的遗憾入睡（或许，睡得并不算安稳）。这种仓促表明了此前工作（多半是翻译——一种包含着复兴中国文艺这一特殊使命的行为）的紧张与投入，以致连蜡烛快要熄灭都不曾发觉——甚至连风一阵阵地吹来也不曾发觉：

> 这时我才想起，原来一夜间，
> 有许多阵风都要它抵挡。
> 于是我感激地把它拿开，
> 默念这可敬的小小坟场。

夜里起风，意味着寒意来袭——何况是“许多阵风”。[①] 但“抵挡”一词实在是别有深意，烛台不过是一个小小的物设，它何以“抵挡”得住那“许多阵风”呢？何以“抵挡”得住生命寒意的阵阵侵袭呢？

但它终究“抵挡”了，且令“我”心生“感激”，这最末两行自然会让读者勾连起鲁迅的《野草·秋夜》（1924 年 9 月。按：这里有意将一段散文分行排列）：

> 我打一个呵欠，点起
> 一支纸烟，喷出烟来，
> 对着灯默默地敬奠
> 这些苍翠精致的英雄们。

“默念”——“敬奠”，“这可敬的小小坟场”——“这些苍翠精致的英雄们”。两个作品有着精微的对应——更微妙的是，《停电之后》的背景也正是一个“秋夜”。鲁迅笔下的“秋夜”是躁动的：天空“非常之蓝，闪闪地睒着几十个星星的眼”，“夜游的恶鸟”飞来飞去，“夜半的笑声，吃吃地”，“后窗的玻璃上丁丁地响，还有许多小飞虫乱撞”。这番情状，既表征了守夜人（“我”）内心的躁动不安，却也实证了内心与外界的交流。穆旦的“秋夜”却是一个安静的世界，窗外一切动静全都被屏蔽在外，安静得仿佛令他忘掉世界似的——仿佛世界不复存在似的。

---

① 1976 年 7 月 28 日凌晨，唐山大地震发生，严重波及天津；之后几个月，穆旦一家人和南开大学其他人一样住在房子外面的地震棚里，直到冬天来临。“许多阵风”袭来显然和这样一种非常简陋的生存局面有关。

在《秋夜》里，“烟”抚慰了心灵，在烟雾缭绕之中，“我”即时性地获具了对于生灵的敬意（“敬奠”）。为什么有“敬意”？因为它们是夜晚的精灵，它们实证了夜晚的存在，更实证了内心的力量。而在穆旦这里，世界图景或意义空间乃是通过次日的追忆来完成的：夜晚虽然已经消停，但只有借助夜晚的残留之物，方才意识到原来夜里“有许多阵风”——有“寒意”袭来自己却并未察知。因此，通过追忆，诗人看到了一帧在微弱的火焰下工作的图像，看到了自己那微弱的生命之火在“烛台”上摇晃——看到了那个已经退缩得比小小的烛台更小的自己。“感激”什么？感激小小的烛台，这反衬了心灵的脆弱——感激黑暗和寒冷为自己留下了一个“小小坟场”。这个“坟”，已不仅仅是“生活的一部分的痕迹”[①]，更是脆弱心灵的投影。

六 “死火”与“死的火”

同样是“秋夜”，不同的心灵却呈现出异样的景象。放置到“鲁迅—穆旦”的对照谱册中，其实并不突兀。鲁迅的全部哲学都在《野草》里。《野草》的情绪，用“死火”（《死火》，1925 年 4 月）来概括是再恰当不过的：

> 上下四旁无不冰冷，青白。而一切青白冰上，却有红影无数，纠结如珊瑚网。我俯看脚下，有火焰在。
>
> 这是死火。有炎炎的形，但毫不摇动，全体冰结，像珊瑚枝；尖端还有凝固的黑烟，疑这才从火宅[②]中出，所以枯焦。这样，映在冰的四壁，而且相互反映，化为无量数影，使这冰谷，成红珊瑚色。

“死火”——“死的火焰”，初看之下就是这般冰冷情状，仿佛绝无热情，冷彻至骨；但它的内里是温暖的——“火”在它的内里燃烧。它可以“燃烧”并且“烧完”，其情状或如《野草·题辞》所写：“地火在底下运行，奔突；熔岩一旦喷出，将烧尽一切野草，以及乔木，于是并且无可朽腐”；

① 在《坟·题记》（1926 年 12 月）中，鲁迅写道：“在我自己，还有一点小意义，就是这算是生活的一部分的痕迹。所以虽然明知道过去已经过去，神魂是无法追蹑的，但总不能那么决绝，还想将糟粕收敛起来，造成一座小小的新坟，一面是埋藏，一面也是留恋。”见《鲁迅全集》（1），第 4 页。

② “火宅”，“佛家语，《法华经·譬喻品》中说：‘三界（按：这里指欲界、色界、无色界，泛指世界）无安，犹如火宅，众苦充满，甚可怖畏，常有生老病死忧患，如是等火，炽然不息’”，见《鲁迅全集》（2），第 197 页注释。

也可能永藏冰谷以致“冻灭”，其情状则如《复仇》（1924 年 12 月）所写：“以死人似的眼光，鉴赏这路人们的干枯，无血的大戮，而永远沉浸于生命的飞扬的极致的大欢喜中”。[①] 无论“烧完”与“冻灭”，首先是因为有“火”在——也就有“体温”在，在《写在〈坟〉后面》（1926 年 11 月）中，鲁迅写道：“一个学生来买我的书，从衣袋里掏出钱来放在我手里，那钱上还带着体温。这体温便烙印了我的心，至今要写文字时，还常使我怕毒害了这类的青年，迟疑不敢下笔。我毫无顾忌地说话的日子，恐怕要未必有了吧。但也偶尔想，其实倒还是毫无顾忌地说话，对得起这样的青年。”[②] 在我看来，这样一段文字以最通俗的方式诠释了《野草》的由来，也诠释了鲁迅何以最终会选择一种向外张扬的精神姿态与言说立场。

穆旦年轻的时候也曾有过类似于“死火”的说法——“尚未灰灭的火焰”。1945 年，穆旦第一部诗集《探险队》出版，据说宣传广告由他本人所写：“最大的悲哀在于无悲哀。以今视昔，我倒要庆幸那一点虚妄的自信。使我写下过去这些东西，使我能保留一点过去生命的痕迹的，还不是那颗不甘变冷的心么？所以，当我翻阅这本书时，我仿佛看见了那尚未灰灭的火焰，斑斑点点的灼炭，闪闪的、散播在吞蚀一切的黑暗中。我不能不感到一点喜。”[③]“火焰”照亮“黑暗”，对于内在的精神自我，穆旦显然有着强烈的体认。对照穆旦早年写作，确实有一股“火”在燃烧，但这股“火”往往是在内里燃烧，表面上却呈现出“冷”的态势，这既因为理性与内省；也与所选择的表达方式有关，即王佐良所谓“非中国化”的方式给汉语读者带来了某种障碍。这样一种诗歌风格，虽不致用“死火”来涵括，“外冷内热”却是恰当。[④]

但在晚年穆旦的诗歌世界里，那曾经熊熊燃烧的“火”似乎从一开始就熄灭了。前引所作第一首诗《智慧之歌》即以冰冷的笔调写下了“我已走到了幻想底尽头”；之后的诗作中，异常冰冷的诗句频频出现：

多少人的痛苦都随身而没，

---

① 见《鲁迅全集》(2)，第 173 页。

② 见《鲁迅全集》(1)，第 285 页。

③ 此广告刊昆明《文聚》杂志第 2 卷第 2 期（1945 年 1 月 1 日）封三，现收入《穆旦诗文集》(2)，第 59 页。按：姚丹认为，此广告出自穆旦本人之手，但并未指明此观点从何而来。见《大事记》，《西南联大历史情境中的文学活动》，广西师范大学出版社 2000 年版，第 428 页。

④ 唐振湘语，见唐振湘、易彬《由穆旦的一封信想起……》，《新文学史料》2005 年第 2 期。

从未开花、结实、变为诗歌。

——《诗》(1976年4月)

呵，永远关闭了，叹息也不能打开它，

我的心灵投资的银行已经关闭，

留下贫穷的我，面对严厉的岁月，

独自回顾那已丧失的财富和自己。

——《友谊》(1976年6月)

因为它是从历史的谬误中生长，

我们由于恨，才对它滋生感情，

但被现实所铸成的它的形象

只不过是谬误底另一个幻影：

　让我们哭泣好梦不长。

——《好梦》

如果说《野草》里有“死火”：有“火”在内里燃烧，只是火焰看不见；那么对晚年的穆旦而言，“火”已死去。年轻的穆旦一直保持着一种昂扬的姿态，他的内心并没有一个调解机制，在愤慨、绝望情绪达到顶点的时候，他不得不选择“出走”。现在看来，即便是到了晚年，情形依然没有发生改变（王佐良所谓“穆旦懂得受难，却不知至善之乐”的观点到这时依然有效），只不过情绪变了，这一次不是绝望——绝望证明仍有力量在，而是一种死亡的情绪——情绪不断叠加，终至无可挽回，“那颗不甘变冷的心”不知什么时候已经变得冰冷，“我的心灵投资的银行已经关闭”——“永远关闭了”，“回顾”的，不过是“已丧失的”。而一句“多少人的痛苦都随身而没”更是“严厉的岁月”里心灵境遇最残酷的写照——若再一次比照《神魔之争》与《神的变形》，则可以说，20世纪40年代穆旦的写作充满青春激情，年轻的心灵能够担当得起长篇的磨炼——一种精神的炼狱；而1976年的穆旦，激情已逝，心灵之火已渐渐熄灭——所能发出的，只能是短促的、细若游丝的喃喃自语，而无力再铺开宏大的写作图景。

穆旦晚年的作品已是挽歌，令人讶异的是“火焰”看起来还在——有时候似乎还很旺盛，却让人感觉不到温暖，如《停电之后》。而最能说明问题的还是绝笔之作《冬》。这是一首被广泛讨论的诗，这里仅仅从它的第一节来看。第一节有两个非常突出的表达：一个是“人生本来是一个严酷的冬天”式的复沓写法，这在《好梦》中即曾有过，这首诗共5节，每一节均以“让我们哭泣好梦不长”收结。一个是“我爱在……”句式，姑且认为第一句“我爱在淡淡的太阳短命的日子”是实写，但“太阳短命”显然是一个阴冷的说法（想想《停电之后》中的“太阳”）。之后3句：“我爱在枯草的山坡，死寂的原野”、“我爱在冬晚围着温暖的炉火”、“我爱在雪花飘飞的不眠之夜”无一不是用虚拟的语气写成，这种语气在《智慧之歌》中也有：“另一种欢喜是迷人的理想，/他使我在荆棘之途走得够远，/为理想而痛苦并不可怕，/可怕的是看它终于成笑谈。”“理想”是“欢喜”，不过“终于成笑谈”（还可想想《停电之后》的起句：“太阳最好，但是它下沉了”）。这样一来，通过这些重复或关联，《冬》最终将穆旦晚年的作品像结网一样结了起来——它不仅仅是最后一首诗，更是涵盖穆旦全部人生的一首诗。这首诗写于1976年12月初，这一时间距离穆旦去世仍有两个月，穆旦再也没有留下诗作，1976年穆旦的写作频率极高，骤然停止写作，唯一的解释似乎只能是：人生太过寒冷，生命行将终结，再也无意——也无力拿起诗笔……

回到《停电之夜》，相较于精神主体向外投射的《秋夜》，这样一个晚年，穆旦是不断向内收缩的。这种“外”与“内”之别固然再次浮现了穆旦与鲁迅精神气质的差异，但晚年穆旦的这些诗作却依旧是那个时代里最动人的声音——无论是“死火”还是“死的火”，都有着穿越那个时代的独特魅力。

七 新文学传统：那隐秘的一面

鲁迅与穆旦，两人的写作既有内在的精神勾连，也不乏歧异之处，勾连透现了两位写作者在写作路径与精神气质上的神似；歧异则彰显了彼此对于现实人生、个体心灵以及文学命题所采取的不同的担当方式——意味着彼此的写作承负着不同的时代内涵。

现今学界在鲁迅评价（特别是《野草》）与穆旦评价中，不乏“超前”的说法，大致意思是他们太寂寞，他们的思想太不为同时代所理解：“鲁迅在中国是寂寞的——他太超前了”；“《野草》于1927年出版，在鲁迅生前与死后的十数年间，竟是毫无回应，几成绝唱”。而穆旦所发出的“冷峻的警告，具有现实的尖锐性，而且是可悲的大大超前了，以至成为了以后历史发展的一个惊人的预言，因此而获得了思想史的特殊价值，一如当年鲁迅的

《野草》”。①

这样的看法很有力，两颗伟大的心灵在他们的时代确是承受着孤独的命运，但我的看法是，孤独感不是因为他们“超前”，而是因为他们深深地领受了写作的意义：所谓“写作”，乃是孤独的个体所完成的精神（心灵）劳作。各个时代都有各个时代的孤独心灵，鲁迅和穆旦不过是其中比较突出的两位而已，他们在各种时代因素的激发下形塑了独特的个人生命图景，创造出了精深的文学实绩；而他们的“相遇”，固然受到了一些社会历史因素的触发，比如某些具体的历史条件，某种相似的社会文化语境；但更多地、也更为持久地，乃是一种精神（心灵）的遇合。

与本章最初所提及的切入方式不同，这里更主要从文学的方式切入，将这样的“鲁迅—穆旦”谱系放到中国现代文学的发展进程之中——特别是“新文学传统”这一命题之上，也会有特殊的效力：它没有所谓的师承关系（鲁迅写作《狂人日记》的同一月，穆旦出生；及到鲁迅逝世，穆旦为大学二年级的学生），也不是循着一条线性路线向前发展，它甚至不是清晰的，而是混沌的，需要把笔伸进那些细微、狭窄的文字缝隙——一条隐秘的文学隧道，一个精微的文学世界，才能穿过黑暗、拨云见日。

这是什么样的“传统”啊？是关于文学的、精神的传统。现今学界在强调“新文学传统”的时候，多强调宏大的、社会性、谱系性的一面，也即清晰的一面；那些隐秘的、不那么清晰的一面则往往被有意无意地压制下去。这固然容易取得一时之效，但往往也容易陷入“语境迁移”的尴尬境地——语境一经变化，问题则容易失去效应。因此，由“鲁迅—穆旦”这一命题而提升到“新文学传统”，我更愿意强调那隐秘的一面，强调那些细微的、富于精神内涵与个人品性的因素，惟其如此，所谓“传统”，也才是一个富有精神张力、充满精神活力的传统。惟其如此，那些具有个人兴味的写作才能得到更为广阔的生长空间——“个人兴味”，也才能成为新文学自身的“传统”。

① 钱理群：《鲁迅与穆旦》（上、下）。另，孙玉石先生在看取“中国新诗派”时也持“超前”的观点，参见《“中国新诗派”诗人群的超前意识》，《中国现代诗歌艺术》，人民文学出版社 1992 年版；《中国现代主义诗潮史论》，北京大学出版社 1999 年版。

第四章　新诗的散文化与语言质感

——以冯至、穆旦、昌耀为中心的讨论

引言　“诗的散文美”：一个历史问题

新近出版的一种新诗研究著作提出了这样的问题：“新诗研究不仅要进行新诗的‘身份’的确认，而且要找寻新诗之生存‘合法性’依据。这可以归结为同一个问题：新诗何以成为可能？即新诗之为新诗的内在依据是什么？”在这一点上，以往研究“主要是从不同方面解决了新诗之‘怎样’的问题”，近年来学界所讨论的新诗问题主要包括：“对某些新诗史现象的重新发掘和确定”，即对被“掩盖”了的新诗现象和个体的发掘；“新诗研究观念的转换”，如对“现代性”观念的强调；“一些接近新诗‘本体’的、有价值的概念和方法”的提出，如新诗的“本文结构”，等等。这些讨论均不乏意义，但“新诗研究趋近于新诗本身的关键所在”却一直“被悬搁”，这个“关键”不是新诗应该“怎样”，而“恰恰是它是‘这样’的”。

由此而来的设问是：“中国新诗在20世纪为何‘这样’而不‘那样’？这个‘这样’里面是否以及有着什么样的内在机制和堪与这一世纪相称的‘现代性’质素？”确认新诗“身份”的一个关键性问题在于：新诗所使用的乃是现代汉语，现代汉语为新诗提供了语言基础，与古典汉语相比较，现代汉语“从语汇到表达方式”均发生了“质变”，口语化和散文化不可避免，这使得诗歌美感方式的获得，乃至诗人的思维方式，均发生了根本性的变化。因此，对于新诗历史的考察最终可落实为这样的命题：“处于‘现代性’境遇中的中国诗人，如何运用给定的语言材料——现代汉语——和言说空间，将自身的（现代）经验付诸（现代）表达？或者说，现代汉语如何被中国诗人用来将自己的经验转化为诗？语言和经验如何在诗人的倾力熔铸下而

获具现代的诗形？如此，对新诗之‘这样’的追问，便转换成对新诗‘话语’即‘经验与表达’过程的探寻。”[①]

研究思路转变的一个积极效应在于：即便是在面对同样灰暗的历史材料时，也往往能凸显出新的问题，激发起新的历史意识。“新诗散文化”早已是一个陈旧的历史命题，此前研究既多责难，也多辩护。而其背后则横亘着中国古典诗歌传统这一大的背景——事实上，稍后将看到，在富有创造力的新诗人这里，古典传统是一个尤其富有意味的话题。也可以说，无论是新诗的写作者还是研究者，都（曾经）深深地陷入一个复杂的历史语境之中，复杂的语境创生了前所未有的诗歌局面，这也直接使得某些表达充满了难以抹去的历史张力。艾青所写的《诗的散文美》（1939）[②] 既是依据历史情势所发出的一种大胆预言，也是一种辩护：

> 由欣赏韵文到欣赏散文是一种进步；而一个诗人写一首诗，用韵文写比用散文写要容易得多。但是一般人，却只能用韵文来当做诗，甚至喜欢用这种见解来鉴别诗与散文。这种见解只能由那些诗歌作法的作者用来满足那些天真的中学生而已。
>
> ……
>
> 以如何最能表达形象的语言，就是诗的语言。称为“诗”的那文学样式，韵脚不能作为决定的因素，最主要的是在它是否有丰富的形象——任何好诗都是由于它所含有的形象而永垂不朽，却绝不会由于它有好的音韵。
>
> 散文的自由性，给文学的形象以表现的便利；而那种洗练的散文，崇高的散文，健康的或是柔美的散文之被用于诗人者，就因为它们是形象之表达的最完善的工具。

艾青以“进步”称之，在今日看来，多少带有进化论色彩，放到新文学的历史发展脉络中，这一论调，连同其独断式的论说方式本身，可谓非常常见，一点也不突兀。正因为语气如此独断（一种二元对立的思维方式），以

① 张桃洲：《现代汉语的诗性空间——新诗话语研究》，北京大学出版社 2005 年版，第 1—13 页。

② 此文原刊《广西日报》1939 年 4 月 29 日，见艾青《诗论》，新新出版社 1947 年版，第 71—73 页。按：艾青本人后来似乎有所犹豫，1980 年《诗论》重版《前言》指出，该文“最后的版本原已抽去，现在经一些朋友的建议，又补充进去了”。这似乎表明了艾青的一种不确信，见《诗论》，人民文学出版社 1980 年版，1983 年 3 印，第 1 页。

致后人多认为“散文美”就是“散文化”；而且，尽管并非艾青首创，功劳却主要归于他。[①] 从另一个角度看，这种语气虽加强了论说气势，却也透现了写作背后的秘密：作为笔伐对象的“韵文”传统[②]依然十分强大；惟其强大，“为诗辩护”是必要的。

除了“韵文传统”这一面之外，大量“实际是分行的语体散文”以“诗”的名义刊布也是历史语境的重要组成部分。“胡适”以降，经由写作和翻译所共同树立起来的“新诗”形象远不令人信服——更或者说，在某种程度上，新诗乃是在一种“历史误会”中成长起来的，卞之琳晚年（1987）曾有明确省思：自从胡适用现代白话翻译《关不住了》而自认为建立了新诗的“纪元”——以为打开了“白话新诗的门路”之后，他的同道或追随者，“更进一步，不论用韵还是不用韵，有些写出了实际是分行的语体散文。一般译诗也就据此随意处理西方传统的格律诗和现代自由诗，不加区别，在中国诗界造成了广泛而久远的错觉，误以为西方从古至今写诗都不拘形式，以此借鉴而分行写所谓‘诗’，结果并不利于巩固和提高白话‘新诗’真正成为中国现代诗主体的地位”。[③]

从这样的意义上说，“诗的散文美”命题事实上承受着双重历史重压。因此，尽管可以从宽泛的层面说，这一命题导源于一种新的历史意识；但是依据历史惯性与审美惯性，沉迷于传统美学（如韵文），不理会甚至是否定新生事物的诞生；还是依据新的历史情势，认可新的语言形态，并进行积极的创造，成为了艰难的历史选择。对于那些处在具体的历史境遇当中、承受着历史重负的写作者而言，总是难逃选择，而又难以选择。也即，“诗的散文美”，并非一个单向度的问题，而是处于“进攻”与“防御”之间的位置：面对“韵文”，需要“进攻”；而那种简单“分行”的写作模式，却又是需要“防御”的。

但历史逻辑的复杂性还在于“现代生活”本身。新诗所依凭的语言基础不再是古典“韵文”，而是现代汉语——它所依凭的恰恰是现代生活，在艾青崛起的20世纪30年代，“现代生活”并不是一个日常用语，而是与诗学的生长息息相关。“格式（一个人工的技巧或者拘束）”“和现代的生活扞

① 在《与青年诗人谈诗》中，艾青写道：“我说过诗的散文美，这句话常常引起误解，以为我是提倡诗要散文化，就是用散文来代替诗。我说的诗的散文美，说的就是口语美。这个主张并不是我的发明，戴望舒写《我的记忆》时就这样做了”，见《诗刊》1980年第8期。

② 艾青并未对“韵文”做出明确界定，从其讨论看，除了一般意义上的韵文外，有“韵脚”或“音韵”的诗歌可能也被包括其中。

③ 卞之琳：《翻译对于中国现代诗的功与过》，《卞之琳文集》（中），安徽教育出版社2002年版，第535—536页。

格”；“内在的繁复要求繁复的表现”。这意味着，随着“诗的散文美”的倡扬，创造一种与“现代生活”相符的、“不受外在音节支配的形式”[①]的诗歌，已不仅仅是一种学理假设，更是一项重要的诗学实践。

艾青曾这样追忆解释自己诗歌的生成机制：“我用口语写诗，没有为押韵而拼凑诗。我写诗服从自己的构思，具有内在的节奏，念起来顺口，听起来和谐就完了。”[②]对于艾青的写作实践，卞之琳晚年曾指出：废名、艾青“推崇新诗散文化”，并不同于胡适称赞周作人《小河》，“他们以不同内容、不同风格所写的一些新诗是有散文节奏的，但并非‘分行散文’，并不平板、絮聒，相反，另有突兀效果”。[③]从这个意义上说，“诗的散文美”并非借重或重复诗坛前辈，如新诗创始者胡适的声音，而是确有其划时代的意义：艾青不仅积极体认了“新诗”这一历史命题，更进一步塑造了新诗“散文化”——也即新诗“之这样”——的命题。

前文特别强调，“现代生活”也是穆旦积极体认的一个命题。事实上，“诗的散文美”观点一出，年轻的穆旦就给予了热情赞誉，不仅认为文中的观点可以在艾青本人的诗句中“找到明证”，并且从诗歌发展道路的高度做出了肯定：

> ……光就作者在诗里所采用的这种语言来说，他已经值得我们注意了。因为我们终于在枯涩呆板的标语口号，和贫血的堆砌的词藻当中，看到了第三条路创试的成功，而这是此后新诗唯一可以凭藉的路子。让我们像平日说话一样地念出他的诗来吧，有谁不感到那里面单纯的，生动的，自然的节奏美的么？
>
> 而这就比一切理论都更雄辩地说明了诗的语言所应采取的路线。[④]

这样一个穆旦，口气坚定，充满热情，仿佛就是一个历史的预言家。

但难题的种子从一开始就埋下了。所谓“另有突兀效果”或“内在的节奏”，始终是一个无法准确概括的命题，李健吾当年没有给出明确界定，在经

① 语出李健吾《新诗的演变》，《李健吾批评文集》，珠海出版社 1997 年版，第 20 页。按：他曾这样缕析到 20 世纪 30 年代中期为止新诗的“演变轨迹”：“从音律的破坏，到形式的试验，到形式的打散（不是没有形式：一种不受外在音节支配的形式……）”。

② 艾青：《与青年诗人谈诗》，《诗刊》1980 年第 8 期。

③ 卞之琳：《翻译对于中国现代诗的功与过》，《卞之琳文集》（中），第 535 页。按：在《现代汉语的诗性空间——新诗话语研究》中，张桃洲对于废名的诗学观点有极好的讨论，可参。

④ 穆旦：《〈他死在第二次〉》，香港版《大公报·文艺》第 794 期，1940 年 3 月 3 日。

历了漫长的历史年代之后，卞之琳也仍然只给出一个模棱两可的说法，更多的新诗研究者在面对这一话题时，也多语焉不详。或许可以套用李健吾的一段批评文字，“一个真正的事实是：唯其用‘散文’来写诗，诗也越发难写了”。[①]

更大的问题可能还在于写作本身。艾青的写作，虽然一时之间超拔于“枯涩呆板的标语口号，和贫血的堆砌的词藻”之上，但仅仅数年之间，他自己却深深地陷入其中。《吴满有》（1943）、《欢迎三位劳动英雄》（1944）等诗歌，所运用的语言变得更白、更易懂，“单纯的，生动的，自然的节奏美”却荡然无存。原因也并不复杂，“现代生活”具有特殊的诗学实践意义，艾青诗歌语言的失效，最根本原因即在于脱离了“现代生活”——其实，无须强调“现代生活”，艾青所脱离的是“生活”本身（更多讨论参见下一章）。脱离生活将使得诗歌语言失去血肉质感，而一种缺乏血肉质感的语言，即便是再口语化，也是孱弱的、没有生命力的，无法激起诗学的效果。

艾青的蜕变意味着穆旦“预言”的落空。数十年之后，晚年穆旦对于新诗的发展状况提出了反省：

> 中文白话诗有什么可读的呢？历来不多，白话诗找不到祖先，也许它自己该作未来的祖先，所以一片空白。[②]

“中文白话诗”自然是相对穆旦当时正在翻译的西方诗歌而言的，而以“白话诗”称之，在某种程度上也可能蕴涵了对于新诗之中的“白话”因子的极度不满乃至失望。

穆旦所采用的诗歌语言形式，自然是“散文化”了的；而他对于“现代生活”的深刻体认，又强化了他的诗歌语言的质感。而基于如上判断，如下将从两个层面展开讨论：一是，从两个（组）形式相对整齐、有确切形式可循的作品，冯至的《十四行集》和穆旦的《诗八首》，以深入辨析“散”的命题；一是，将穆旦与另一位语言质感非常强的诗人昌耀进行比较，以进一步凸显“散”之美如何在新诗实践中呈现。这两个层面大致对应于上面提到的两个问题。而由艾青所激发的“诗的散文美”的命题，则不妨视为所有讨论无法抹去的大背景。

---

① 语出李健吾《新诗的演变》，《李健吾批评文集》，第 27 页。按：原文为“一个真正的事实是：唯其人人写诗，诗也越发难写了”。

② 穆旦：《致郭保卫》（1975 年 9 月 6 日），李方编选《穆旦诗文集》（2），人民文学出版社 2006 年版，第 183 页。

上篇 “十四行集”与“诗八首”:“散”的辩证

在那些充分体认新诗的“散文美”的作者那里，所谓“散”，并非散漫无形。事实上，只有在相反情况下，即在那些否认新诗美学的研究者眼中，散漫无形才是新诗之障。至于那些对于新诗美学缺乏足够深切体认的作者——套用卞之琳的话，即写“实际是分行的语体散文”的作者，又不断地为世人否定新诗提供借口。换言之，新诗之“散”，在那些看似散漫无形的诗篇当中固然存在，在那些看起来形式相对齐整的诗篇中也同样存在，比如已得到学界公认的冯至的《十四行集》——在“齐整”的背景之下来看“散”，无疑更可见出新诗人在挣脱传统诗歌美学时的匠心。

一

在写作《十四行集》之前，冯至有着较长一段时间的蛰伏期——这种蛰伏状态被认为恰如他所心仪的德语诗人里尔克，“他经过十年的沉默，工作而等待，/直到缪佐显出了全部的魄力，/一举而让什么都有了交代”。[①] 1941年年初一天，因为一个偶然机缘，他的诗情一下子被激发，“一举”写下了27首“十四行诗”。

冯至所采用的是“十四行”这样一种舶来的诗歌体式。这一体式，现代中国诗人，如闻一多、孙大雨、朱湘、柳无忌等等，多有尝试[②]，对此，冯至无疑了然于心。《十四行集》再版序言（1948年2月5日）中有一段屡被引用的文字：采用“十四行”这一诗歌体式，“并没有想把这个形式移植到中国来的用意，纯然是为了自己的方便。我用这形式，只因为这形式帮助了我”；“它正宜于表现我所要表现的事物；它不曾限制了我活动的思想，只是把我的思想接过来，给一个适当的安排”。[③]

---

① 语出奥登《“当所有用以报告消息的工具……”》，见查良铮译《英国现代诗选》，湖南人民出版社1985年版。

② 研究者较早注意到这个事实，且较早即进行了资料整理工作，见钱光培选编评说《中国十四行诗选》，中国文联出版公司1990年版，1991年2印。钱光培作长篇序言《中国十四行诗的昨天与今天》。

③ 冯至：《序》，《十四行集》，文化生活出版社1949年版，第2—3页。

冯至的饶舌（强调无意于“移植”它）表明，在20世纪40年代的新诗语境中，（集中）用“十四行”这样一个格律谨严的诗体来写作是一个需要解释（辩解）的事实。其潜性背景可能是双重的：其一，“十四行”曾被认为是“限制”诗人“思想”的一种诗歌体式，作为一种舶来诗体，“十四行”在当时并不具备足够的合法性——序言作于1948年年初，话语空间仍相对宽松，因此，“当时”也可扩展为整个现代中国。其二，如前述，“诗的散文美”成为时代性的大命题，写作“十四行诗”多少可算作是一种逆历史潮流而动的行为，饶舌辩护也是必要的。当然，这两个方面，实际上也就是一个问题的两面。

尽管如此，《十四行集》一经诞生，就被称之为“沉思的诗”——“沉思”是诗性之维，更是整体结构的精妙呈现，“由于它的层层上升而又下降，渐渐集中而又解开，以及它的错综而又整齐，它的韵法之穿来而又插去”，[①]又被认为是新诗进入“中年”的标志。[②] 这些解读指明了《十四行集》特殊艺术魅力的来源：精妙的结构与成熟的意识。后世对于《十四行集》的解读，基本上循这两个层面展开。

想进一步提出的是，《十四行集》结构虽精妙，与结构谨严的古典诗歌有相近之处，“这个严格而容许有规则变化的诗体妙在最能恰配思路的起承转合，有点像中国文言旧诗的‘近体律绝’运用得当就可以恰切表达圆融而回环往复的情调”[③]；却终究已然是一种“散化”了的诗歌形式，其结构特点建立在“散”的基础之上——相对整齐的形式也是为了矫正“散”的流弊。因此，需要质询的一个核心问题是：其语言美感究竟是如何通过已呈散文化的现代汉语“散发”出来的？

《十四行集》共收27首诗，现今学界普遍认为它们具有一种完整的内在序列。[④] 先来看第2首（“什么能从我们身上脱落”）[⑤]：

---

① 李广田：《沉思的诗——论冯至的〈十四行集〉》，《明日文艺》1943年第1期。按：冯至显然满意这种解读，再版序言中引述了这段话。

② 朱自清：《诗与哲理》，收入《新诗杂话》，作家书屋1947年版，第40页。

③ 卞之琳：《翻译对于中国现代诗的功与过》，《卞之琳文集》（中），第544页。

④ 参见张桃洲《存在之思：非永恒性及其魅力——发掘冯至〈十四行集〉的内蕴》，《现代汉语的诗性空间——新诗话语研究》。事实上，冯至本人对诗集的排列也可能对研究者产生了影响，《序》指明了第8首为因偶然机缘创作下的第1首，这暗示了诗集的编排是有内在序列的。

⑤ 本文所引冯至《十四行集》据文化生活出版社1949年版。按：从个人经验的角度来说，这首是本人最初接触到的冯至诗歌。1992年冯至去世，当时一份中学作文杂志在封一或封底（这一点，已不能确切记忆）刊登了它，当时在一个乡村中学念高中的我读到了它，感觉很惊讶，但并不能领会其中的奥妙。

什么能从我们身上脱落，
我们都让它化作尘埃：
我们安排我们在这时代，
像秋日的树木，一棵棵

把树叶和些过迟的花朵
都交给秋风，好舒开树身
伸入严冬；我们安排我们
在自然里，像蜕化的蝉蛾

把残壳都丢在泥里土里；
我们把我们安排给那个
未来的死亡，像一段歌曲，

歌声从音乐的身上脱落，
归终剩下了音乐的身躯
化做一脉的青山默默。

不难发现冯至所施用的一些能够激起诗美效果的手段：

一是，复沓。“我们安排我们在……”（“我们把我们安排给……”），在诗中共出现三次；三次分别指向“这时代”、“自然”与“未来的死亡”，其中蕴涵着一种逐渐提升的内在序列，从现时（世）到“未来”，从“生”到“死”，诗歌通过复沓而逐步加深了对于人生的哲意观照。

二是，修辞。紧随着三次复沓的是三个并不复杂的比喻句。借此，那些看似抽象的人生哲理得到了形象化呈现。比喻作为修辞，是非常常见的，也可说是非常表层化的。不过，修辞在诗歌的深层仍有体现，比如，最后四行可简化为“死亡”与“青山”的对应，这暗合了古典诗歌情境中的一种惯常写法：“死去何所道，托体同山阿”（陶渊明：《挽歌》其三）。“用典”作为批评术语在新诗研究中几近绝迹，但这里的应和，与“用典”并无多大差异。

三是，分行与标点。现代汉语的结构变得松散，一句话的意思往往难以容纳于一行之内，“分行”或“跨行”成为一个突出问题。如何分行自无定论，但有一个合理与否的问题，那些带有强制色彩的分行，比如打乱语法结构，甚至将一个词拆分开来的做法，难免会显得过于突兀而遭人诟病。冯至这里的分行问题倒不是特别突出，他有意借助标点来划分——标点也是伴随着现代汉语而产生的，中国古典诗歌的规则当中并没有标点。使用还是不使用标点，如何使用标点，是新诗所面对的新问题。与当下诗歌写作行末普遍不使用标点的做法不尽相同，冯至不仅使用了标点，而且，还很有讲究。第2行行末为冒号，表明冯至有意让这两行诗来统领全诗。从第4行到第6行，“像秋日的树木，一棵棵/把树叶和些过迟的花朵/都交给秋风，好舒开树身”，第4、5两行行末并没有标点，是因为从第4行到第6行的前半截实为一句话。冯至将它们排列成大致均齐的形式——因为后半截用别的诗句补上，第6行也并未形成不“齐”的局面。同样的情形也出现在后面的诗行当中。可见，冯至并非借助形式的参差、语意的跳跃等看起来非常突兀的手段，而是采取了一种非常温和的策略，即完全通过语意本身来构造诗歌。

四是，押韵。“十四行诗”的格律要求非常谨严。而这种谨严与中国古典诗歌虽有相通之处，但并非同一概念。这首诗的韵式为：abba，acca，dad，ada，看起来韵律整严，相对于意体“十四行”而言，却只能算是变体，因为严格说来，第二诗段的韵式应与第一诗段相同，为abba。但不管怎么样，冯至找到了一个相对圆通的韵式。

因为这样一些手段的存在，可以说，冯至为自己的写作做出了明显的标识，稍有经验的读者都可以较为清晰地理清诗歌的内在线索，把捉诗歌的基本寓意——个人与时代、生与死一类原本严肃的、抽象的命题均得到了形象化的呈现。而且，由于复沓的使用，韵律的注重，以及诗行本身的大致均齐，整首诗给人一种相当舒缓、悠远的效果——诗末古典诗歌声音的浮现，无疑更加强了这一点。

《十四行集》第2首的这些特点浮现了整部诗集的基本特点。当然，全部诗歌合并在一起，还可强调的是它的包容性——一种特殊的“经验”，冯至自陈诗集的取材范围“从历史上不朽的精神到无名的村童农妇，从远方的千古的名城到山坡上的飞虫小草，从个人的一小段生活到许多人共同的遭遇”。这意味着冯至的写作并非取自那些一般意义上的能够激起诗学效果的题材，而是多有“非诗化”的一面，比如将小狗、鼠曲草这些平凡不起眼的事物都容纳进来，且将它们提升到崇高的境界当中，所谓与他本人的生命“发生深切的关连的”①；而他的内心深处，涌动着里尔克的声音：“‘选择和

① 冯至：《序》，《十四行集》，第2页。

拒绝'是许多诗人的态度，我们常听人说，这不是诗的材料，这不能入诗，但是里尔克回答，没有一事一物不能入诗，只要它是真实的存在者；一般人说，诗需要的是情感，但是里尔克说，情感是我们早已有了的，我们需要的是经验：这样的经验，像是佛家弟子，化身万物，尝遍众生的苦恼一般。"[①]正因为保有这样的"经验"，诗歌获得了一种崇高感——一种古典诗学的美感。

不过，尽管冯至有意通过一些具体可循的手段来避免诗行"散化"，但仅仅从技术层面看，《十四行集》还是存在着若干瑕疵。仍以第2首的第4行到第6行为例，"像秋日的树木一棵棵/把树叶和些过迟的花朵/都交给秋风，好舒开树身"。"像秋日的树木一棵棵"显然并不符合汉语语法，按照正常语序，应该为"像一棵棵秋日的树木"。为什么会有调整呢？出于押韵的需要。"一棵棵"移至行末即是为了与第1行相押。由此而来的一个有意味的问题是：如果不调整，第4行到第6行前半截的语意非常贯通；但调整之后，语意多少有些受阻。而冯至又并没有通过标点等方式表现出来。因此可以说，为了符合"十四行"的诗歌体式，达到押韵的目的，冯至采取了牺牲语意的策略。

如果说这一策略尚未违背诗的特殊原则，即在某些特殊的情况之下，倒装句式等特殊句式的使用是被允许的。[②]那么，第6首当中押韵词汇的选用则不能不说是失误了：

> 我时常看见在原野里
> 一个村童，或一个农妇
> 向着无语的晴空啼哭
> 是为了一个惩罚，可是
>
> 为了一个玩具的毁弃？
> 是为了丈夫的死亡，
> 可是为了儿子的病创？
> 啼哭得那样没有停息，

---

① 冯至：《里尔克——为十周年祭日作》，《冯至全集》(4)，第86页。

② 在古典诗歌中，杜甫的例子（《秋兴八首》之八中的"香稻啄余鹦鹉粒，碧梧栖老凤凰枝"）屡屡被后世学者论及。

在第一诗段的最末，处于押韵位置的不是实词，而是虚词“可是”。这样一个韵，极像是勉强“凑”上去的。可见，对于“十四行”诗体严格的押韵要求，即便是像冯至这样优秀的写作者也难完全合辙。

这等情形，废名等人早就有过严厉的批评[①]，想进一步指出的是，这种毛病与中国古代诗人在运用律诗时的某种操作失败可能相类。律诗格律要求谨严，对颔联和颈联的要求尤其严格，若处理不当会出现“合掌”的情形。所谓“合掌”，指的是一联之内两行诗其实是同义重复，这多半是为了形式上的整齐而造成——不要以为这是平庸诗人的专利，伟大如杜甫也会出现这种情形。早在新诗发轫之初，胡适即曾以杜甫诗歌《滟滪》为例谈道：“‘江天漠漠鸟飞去’，何尝不好？但他为律诗所限，必须对上一句‘风雨时时龙一吟’，就坏了。”[②] 虽然相比较于杜甫的写法，冯至的处理不似那么严重，但同样也凸显了严整的形式对于诗歌写作的某种负面影响。

二

穆旦与冯至分享着同样的写作境遇——同样有力的创造，以及微小的失误。这里无意于强调《十四行集》对于穆旦的某种影响，而纯粹是着眼于如何处理“散”这一问题。

如前述，在大学阶段，穆旦领受了系统的经典教育与训练。落实到写作，则是对于诗歌形式始终都有较多讲究，但总体上说来，并不够精细。这里取《诗八首》，在穆旦的诗歌当中，它属于形式非常整齐的一首，也是被讨论频率最高的几首诗之一。其诗行建构不同于《十四行集》，可粗略地称之为“八行体”。诗分为 8 章，各章均分 2 节，每节 4 行。更大的不同还在于诗的传达。不妨就从冯至所涉及的诗学策略的角度切入：

一是，分行与标点。《诗八首》诗行的参差程度略高于《十四行集》，但并没有逾越出“八行”这一更大的齐整。也即，这里的参差始终有其限度。与冯至一样，穆旦也并未摈弃使用标点。那些诗末没有标点的均表明句意不

① 废名指出：“十四行体也不过是分行之一体罢了，你采用十四行体确乎是看你的方便，或者更不如说由于你的好奇，但它不能掩你的短处”；“不必问十四行体好不好，因为十四行体不能保护一切”；“冯至是有诗的，但他的诗情并不充足，想借形式的巧而成其新诗”；“他诗的力量不够，‘智譬则巧也，圣譬则力也’，因为力不够故求助于巧。新诗本不必致力于形式，新诗自然会有形式的”，见《十四行集》，《论新诗及其他》，辽宁教育出版社 1998 年版，第 187—188 页。

② 胡适：《谈新诗——八年来一件大事》，《中国新文学大系·建设理论集》（影印本），上海文艺出版社 2003 年版，第 294—311 页。

完整，存在着跨行现象。这一做法也与冯至无异——虽然这首诗里至多跨一行，不像《十四行集》第2首那般跨上两行，但穆旦的其他诗歌中也有跨两行的例子。[①] 在另一面，穆旦对于标点的使用要更为密集，诗行内部往往多用标点断开（不妨称之为"句中断点"）。诗行内部（不含诗末）中有一个标点的情形可谓俯拾即是，置有两个标点的情形也不少：

① 你底，我底。我们相隔如重山！（第1章）
② 即使我哭泣，变灰，变灰又新生，（第1章）
③ 我和你谈话，相信你，爱你，（第2章）
④ 它带来你底颜色，芳香，丰满，（第3章）
⑤ 风暴，远路，寂寞的夜晚，（第7章）
⑥ 丢失，记忆，永续的时间，（第7章）

由于标点的存在，诗行往往被切割成二到三截，这构成了一种相对短促的语气。在不同的情形下，效果又并不一样，前引6例中，前3例语气更为急促，后3例则相对舒缓。这既暗示了不同的心理活动，又使得诗行内部具有了不同的节奏。

二是，修辞。具有阅读经验的读者都会知晓，有的修辞并不增加理解的难度，相反，还会降低难度，正如《十四行集》第2首中的比喻句式所示，喻体均为读者所熟知（可称之为通约型修辞），理解难度甚至由此而降低。有的则不然，因为私性经验的融入，修辞并不必然具备通约性，或者说，通约程度较低，这自然就会增加理解难度。《诗八首》中多有这等情形。比如"火灾"，初看之下并不明就里，读过数行之后，方才知晓"火"是爱情之火，而"灾"则暗示了爱情的悲剧色调。事实上，整首诗中，修辞密度非常大，"火灾"不过是一个浅显的例子。

与《十四行集》第2首相同的是，《诗八首》也回荡着古典诗学的声音，"不仁"、"老根"、"平静"等等，都关涉着"东方文化"的背景。[②]

三是，押韵。《诗八首》各章基本上都押韵，诵读效果不错。

---

① 比如作于1944年的《活下去》第3节中有："谁知道时间的沉重的呻吟就要坠落在/于诅咒里成形的/日光闪耀的岸沿上。"不过，从理解的角度看，跨行过大，往往会造成阅读上的障碍。相较之下，冯至的跨行要温和得多。

② 此一例子已多次引述，兹不赘述，参见王毅《细读穆旦〈诗八首〉》，《名作欣赏》1998年第2期。

四是，复沓。虽然《诗八首》中并没有复沓现象，但在穆旦的诗歌写作之中，早年的《赞美》，晚年的《好梦》、《冬》等等，都是恰好的例子。

以上四项对应于冯至的讨论，兹不详述。可待归结的是《诗八首》的词汇运用。在《十四行集》当中，读者很难找到“陌生”的词汇，各首基本上可算得上是诗境清澄之作，少有晦涩难懂之处；穆旦诗歌不然，在各个时代都背负着“晦涩”的名声。《诗八首》的词汇选用显然违背了一般性的阅读规则，多给人以陌生之感，即便是一些惯常使用的词汇，也具有难以琢磨的深层意义。大致说来，穆旦对于词汇的特殊处理有如下几种情形：

之一是，压缩词汇，创造新词。其动因可能与诗行的建构有关，相对均齐的诗行意味着某一位置所存在的词汇空间（字数）是相对有限的，如何在适当的位置使用准确（不仅仅指语义，也指字数）的词汇也就成为了一个需要审慎思量的问题；也可能是古典诗学的构词法则使然。“重山”（第1节）、“永续”（第7节）等词汇即是在这种背景之下被创造出来。以“重山”为例，“我们相隔如重山”，“山”虽是隔膜的表征，但这一修辞本身并不新颖；“重山”则不仅加大了隔膜的程度，作为一个新颖的组合，也能给读者意外的效果。当然，这些都只是表象，“相隔如重山”其实是一个非常古典的语式，5个字，恰似五言诗的一行，年轻的穆旦虽极力规避传统，古典诗学法则或“传统的牵引力”[①] 却不时流现而出。总之，新词较多施用的一个直接后果是，词汇本身的容量增大，词汇所内蕴的主观力度也将增强，相应的，晦涩的程度也可能随之增加。

之二是，“对举法则”普遍施用。所谓“对举”，意指并非在单一性的层面使用词汇，一个词汇往往和处于其他位置的词汇（当然，也可从短语乃至整个诗行来衡定）构成某种对应：既可能是意义相悖的对峙，也可能是意义相近的呼应，如：

暂时（第1节）/偶然（第8节）—永存（第5节）/永续（第7节）/永青（第8节）

相隔如重山（第1节）—再没有更近的接近（第8节）

疯狂在温暖的黑暗里（第3节）—那未成形的黑暗是可怕的（第4节）

黑暗（第3节）/（第4节）—照明（第4节）

---

① 语出一行《穆旦的“根”》，《词的伦理》，上海书店出版社2007年版，第117页。

火灾（第 1 节）/疯狂（第 3 节）—静静地（第 4 节）/平静（第 8 节）
惊喜（第 3 节）—痛苦（第 6 节）
拥抱（第 4 节）/合一（第 8 节）—孤独（第 6 节）/（第 7 节）
夕阳（第 5 节）—阳光（第 8 节）
寻求/求得了（第 6 节）—背离（第 6 节）
相同（第 6 节）—差别（第 6 节）
恐惧（第 7 节）—安憩（第 7 节）

（我的主）暗笑（第 2 节）—（不仁的）嘲弄（第 8 节）
不断地他添来另外的你我（第 2 节）—我制造自己在那上旅行（第 6 节）
树木（第 5 节）—老根（第 8 节）

通过这般罗列不难看出，《诗八首》的词汇施用具有某种网络效应，既“呼应”又“对峙”，借此，不仅词汇本身的力度倍增，诗歌更是形成了一个可堪层层剥索的、缜密的内在序列，有助于传递一种复杂而又微妙的心理，经得起反复的研读。

之三是，在词汇使用上敢于突破禁忌，如使用“子宫”这个“在英文诗里虽然常见，中文诗里却不大有人用过”① 的词汇。这一点，学界已多有讨论，兹不赘述。

总之，通过这样一些手段，现代汉语的潜能得到了很大程度的掘发，而《诗八首》也借此将爱情这一最为常见的题材提升到了一个崭新的层面——缜密思路所对应的，是关于爱情的理性思辨。

但《诗八首》也并非完美无缺，它被认为在押韵方面存在失误：“其中六首都是偶行押韵（xaxa），可是第二首后四行忽然不押而脱韵，第七首第六行又给押成了随韵（aabb）。一个对诗的声音稍具敏感的读者，到此也会有一脚踏空的感觉。”② 换言之，《诗八首》虽经得起“新批评”一类现代诗学批评法则的“细读”，用古典诗歌的法则（强调“声音”，更多的是参照古典诗歌的标准）严加审视，却也存在着小的或并不算小的瑕疵。

---

① 王佐良：《一个中国新诗人》，《文学杂志》第 2 卷第 2 期，1947 年 7 月。
② 江弱水：《伪奥登风与非中国性：重估穆旦》，《外国文学评论》2002 年第 3 期。

小　结

无论是冯至还是穆旦，尽管无可避免地置身于“散化”的诗歌语境当中，但在具体处理中，都注意收拢诗形，同时有意采取若干手段以避免诗行散化，这意味着，在他们的视阈之中，诗歌首先是作为一门艺术而存在。作为一门艺术，新诗也有它的内在理路，诗歌也需要经营，而不致沦落为“实际是分行的语体散文”。在这样的过程之中，两位诗人都或多或少有意识地利用了“韵文”的规则——富有深意的地方正在这里，两者都存在着微小的瑕疵。这种瑕疵，与其说是失误，还不如说是为了逃逸诗歌成规（早已铸型的古典诗歌），趋向一个尚未定型（或许永远都无法定型）的诗歌世界时所留下的痕迹。

而这样的诗篇，对于艾青而言，可能仍然是“韵文”，1942 年，他对生活“在云南或是四川的小城里”的“有些教授与绅士”提出批评，认为“他们的审美力早已在成见与对于新的事物的胆怯与戒备里衰退到几乎没有的程度了；他们早已失去了理解中国新诗的公正态度与评论新诗的为公众所承认的权利”。[①] 触发这一批评的，除了现实态度或政治立场的差异外，语言的差异可能也是一个潜性因素。

下篇　新诗的语言质感——从穆旦到昌耀

上篇主要讨论“齐整”之中的“散”，“口语”的问题被悬置。这在相当程度上是时代使然。1977 年年初穆旦去世，他离世前所存留的近 30 首诗，形式（特别是韵律）多有讲究，诗意又非常充沛，属于那个时代最优秀的作品之列。但从一个更大的视阈来看，在这一时间点上，新的诗歌美学“崛起”尚未成为一个事实[②]，而稍后，艾青（1980 年 4 月 18 日）曾特别强调

① 艾青：《论抗战以来的中国新诗——〈朴素的歌〉序》，《文艺阵地》第 6 卷第 4 期，1942 年 4 月。

② “崛起”是新时期诗歌批评的一个重要术语。以“朦胧”为诗歌命名的现象充分彰显了一点：关于“朦胧诗”的争议，从根本上说是经由数十年“新民歌体”诗歌美学（从形式上说，“新民歌体”所遵循的即是非常浅陋的“韵文规则”）的恶性熏染，民众的诗歌认知水平降到非常低的程度，对于少数蕴涵了“新的美学原则”的新诗不仅非常隔膜，而且非常容易被一种新的语言风格所激怒；以谢冕《在新的崛起面前》（《光明日报》，1980 年 5 月 7 日）为发端，出现了一批为新诗辩护的声音（实际上，新诗发生以降，“为诗辩护”的冲动总在持续，不同时代，都有不同的辩护声音）。

“散文美”所具有的矫枉作用：“强调‘散文美’，就是为了把诗从矫揉造作、华而不实的风气中摆脱出来，主张以现代的日常所用的鲜活的口语，表达自己所生活的时代——赋予诗以新的生机。”[①] 可见，在穆旦生活的时代，尽管新诗之名已经确立，但“韵文的规则”仍然在相当大的程度上支配着读者的阅读惯性。

也即，从最根本的意义上说，在穆旦生活的时代，虽然诗歌写作中多有创新、实验，但就普遍意义而言，古典诗歌美学规范始终是横亘在诗人心头上的一个结，或显或微地支配着诗人的写作。[②] 就穆旦本人而言，他并没有经历一个更为宽广的诗歌时代。所谓“宽广”，意指诗歌美学的广度。尽管当代诗人的若干诗歌实验在现代也曾出现[③]，尽管不同历史阶段的诗歌写作存在着“对应性特征”[④]，但近 20 年来的诗歌写作，的确出现了新的局面——出现了更多的可待归结的诗歌美学特征。因此，衡定穆旦写作之于新诗历史建构的效应，也需要放置到一个更大范围当中，特别是“后穆旦时代”，来探究“穆旦与当代诗歌写作”的命题。时代不同，比照效果肯定将大不一样。

一

“齐整”与否，主要是就诗歌形式而言的；如下将更多地针对诗歌语言，如何用散文化的语言来凝结诗意，如何赋予语言以更大的能量，是不同时代的“新诗人”都必须面对的问题。

对于穆旦所运用的诗歌语言，有一类观点始终未能得到较多认可，那就是“口语”的问题。这实际上意味着穆旦诗歌的语言“质感”绝非一个自明的话题。早在 1947 年，周珏良即标举 1945 年穆旦的几首诗歌中一种“特别可注意的”成就：《农民兵》的文字“十分平易”、“老妪能解”，“然而句句

① 艾青：《前言》，《诗论》，人民文学出版社 1980 年版，第 1 页。就艾青本人新时期以来的写作而言，如《光的赞歌》，虽比此前那些“矫揉造作、华而不实”的诗歌以及他自己 20 世纪 40 年代中期以来大部分诗歌更好，但严格说来，“散文美”远未呈现，诗学探索也相当有限。

② 也可从另一个角度来看，当时一批优秀的“地下诗人”，如食指、北岛、多多等等，尽管在思想上多有叛逆（可视为“异端”），其诗歌形式却是非常整齐。

③ 比如说，在诗中设置不同字体的大小变化，以造成某种新奇的效果，鸥外鸥在 1942 年所写“桂林的裸体画”系列之中（包括《被开垦的处女地》、《传染病乘了急列车》等等）已有过实验，而当代诗人对于历史似乎并不知情。

④ 张桃洲：《论新诗在 40 年代和 90 年代的对应性特征》，《现代汉语的诗性空间——新诗话语研究》，北京大学出版社 2005 年版。

清新，它深刻锐利的地方尤其使人感觉到搔到痒处的痛快”；《甘地》则是“用极近口语的文字写出了庄严的诗，在白话文已被提倡了二十多年的今日，而每有大制作还是觉得此种文字不够典雅非用文言不可的时候，这种成就是特别可注意的”。[①] 这一话题几乎从未引起注意。不妨来看看《甘地》中“极近口语的文字”：

行动是中心，于是投进错误的火焰中，
在此时此地的屈辱里，要教真理成形，
一个巨大的良心承受四方的风暴，因爱
而遍受伤痕，受伤而自忏悔，
甘地，骄傲的灵魂，他站得很低。

在《穆旦诗集（1939—1945）》之中（周珏良是依据这一诗集展开），比这近于“口语”的并不算少，如《小镇一日》、《在寒冷的腊月的夜里》、《赞美》等诗的大部分段落也很口语化——相比之下，还多了几分生活气息。不过，周珏良仅仅将1945年的这些诗歌举出，自是事出有因，这即是后半句话的含义所在：“写出了庄严的诗。”再往下的意思，“每有大制作”，应该并非指篇幅之“大”（长），而是所涉事件之“大”，即事件具有某种重大性，抗日战争、重要人物如甘地，都是如此。在周珏良看来，这类用语庄严的诗篇，此前“非用文言”不可，现在，穆旦运用一种“极近口语”的现代汉语同样能实现。[②]

如上所引诗句，词汇本身并无晦涩之处；其中固然有一些主观性词汇，如“错误”、“屈辱”、“巨大”、“伤痕”、“忏悔”、“骄傲”、“低”等等，单独来看，意义也并不复杂，在一般诗歌中的出现频率也并不低。但诗歌读来明显能感觉到语言的质感与力度——能感觉到一个有力的形象站在那里，这即是“庄严”所在。

近于口语而能传达出“庄严”效果，原因显然并不在于语言（口语）本身，而需从诗人的角度来看取。不妨以艾青所写《马雅可夫斯基》（1940年

---

① 周珏良：《读穆旦的诗》，《益世报·文学周刊》第48期，1947年7月12日。

② 若更细致地分辨，周珏良所谓“口语”与艾青所谓“口语”并不尽相同。艾青在《诗的散文美》中以“安明！/你记着那车子！”为例来说明“口语是美的”，“口语是最散文的”。当下“口语诗”的概念也近于此；相比之下，周珏良关于“口语”的概念基本上可说是在“文言”还占有主导性地位的现代中国的文学语境之中产生的。

3月30日）为参照：

马雅可夫斯基
永远是
不可比拟的
新人类的代言人，
站立在
智慧的高峰
向全世界
播送
革命的语言，
钢铁的语言；
不灭的
辉煌的篇章，
带来了
世纪的骚音。

甘地与马雅可夫斯基，都是极富精神内涵的人物。艾青诗歌是用更为口语化的语言写成，读起来很有激情，朗诵效果极佳；但仔细推敲，诗歌所使用的乃是一种程式化语言，形式本身又是可以不断推衍下去的，缺乏必要的内在序列；而诗行之中，看不到马雅可夫斯基的精神形象，而只能看到一连串的符号（口号），它可以用于马雅可夫斯基，也可用于其他富有精神力量的人物。[①] 这从另一个角度表明，相比于“口语”，诗人自身（“主观精神”）才是更具决定性的因素。在诗人和对象之间，是止于一种表面化的涵括，还是深入对象之中，所形成的效果显然并不一样。《马雅可夫斯基》最终成为观念的演绎，而《甘地》却写出了甘地的境遇和他所属的时代。

从《甘地》扩展到穆旦的写作之中，问题变得更为清晰：诗人与对象的

① 其实也可比较艾青笔下和戴望舒笔下的“马雅可夫斯基”。在散文《诗人玛耶阔夫司斯的死》（1930年5月，其时，马雅可夫斯基刚刚去世）中，戴望舒看到了作为诗人的马雅可夫斯基“和这现实的无产阶级的革命，在根本上已不互相投合”，看到了他“幻灭的苦痛”——“在这位诗人和其社会环境间”，发生了“一种悲剧的不调和”（刊《小说月报》1930年12月第21卷第12期）。而艾青所写已是近10年之后了，可见不同“诗人”的精神世界与价值理念之间存在着重要差别。

命题，所透现的其实就是个人与现实的关系问题。前文已有讨论，简略地说，一方面，强调了穆旦对于现实生活的突入；另一方面，又论及了“反省的距离”，两者看似矛盾，实则合成了穆旦的诗人形象：前者使得穆旦从现实生活之中获得了非常坚实的经验，后者则使得穆旦不致被现实湮没而保持独特的个性。换言之，前者是后者的前提：首先是对于现实有着热切的投合，是在深入现实之后所形成的距离；惟其如此，才能容纳更深广的现实因素，而又不仅仅与现实建立一种简单的对应关系。落实到语言层面，最表象的说法即是主观性的凸显，如《甘地》等诗所示，语言呈现出灵魂的冲突，充满了血肉质感。

在“现实生活”与语言创生这一命题上，也有研究针对穆旦诗歌的“口语”问题指出：“穆旦的诗歌全面清除了那些古色古香的诗歌语汇，换之以充满现代生活气息的现代语言，勃朗宁、毛瑟枪、Henry 王、咖啡店、通货膨胀、工业污染、电话机、奖章……它们就是普普通通的口耳相传的日常用语，正是这些日常用语为我们编织起了一处处崭新的现代生活场景，迅捷而有效地捕捉了生存变迁的真切感受。”[①] 这大致不错，穆旦诗歌中“古色古香的”的语汇确实几近于无，“充满现代生活气息的现代语言”与“捕捉了生存变迁的真切感受”的说法也是恰当的。但如若仅仅强调这一点（从该文的论述逻辑看，也可以说是强调“现代性”）却并不恰当。仍以《甘地》为例，“骄傲的灵魂”一类语言，所凸显的并不是现代气息，而是诗人的主观兴味；而在一些省思个人生存境遇的作品之中，比如《我》（1940）、《我歌颂肉体》（1947）等等，其诗歌语汇也是同样如此。

换个角度说，穆旦诗歌中的“现代”词汇固然显得很突出，但基本上没有构成场景；与其说它是要提示场景的存在，倒不如说是传达穆旦对于现代生活及其场景的主观感受。因此，在穆旦诗歌语言创生这一命题上，这里更愿意强调“生活”的概念，或者胡风所谓“与生活的搏斗”。脱离“生活”，艾青诗歌最终陷入“枯涩呆板的标语口号，和贫血的堆砌的词藻”的泥淖之中；而正因为深深地植根于个人生活、内心与经验，穆旦诗歌最终获得了一种独特的“口语性”（语感）——即便是在一些带有玄思色彩的作品里（并不日常化的情境之中），仍能感觉到语言的血肉质感。

---

① 李怡：《论穆旦与中国新诗的现代特征》，《文学评论》1997 年第 5 期。按：该文第 2 节以“白话、口语与散文化”为题展开讨论，但作者显然并没有注意到周珏良的判断——并不是从周珏良所提出的问题生发开来的。

二

穆旦之下，昌耀（1936—2000）也是一位语言质感非常突出的诗人。从表象事实看，穆旦与昌耀有共同之处：战场经历：穆旦入缅甸参加了抗日战争，昌耀则参加了抗美援朝战争，穆旦几乎死去，昌耀也负了伤；20世纪50年代，两人均因诗歌写作而受批判或遭罪，20世纪60年代之后，在被剥夺正常的写作权利也无处发表作品的情况下，仍执拗地写下若干诗篇——均可归入“潜在写作”精神谱系。不同之处也很明显：文学教养大不一样，穆旦接受了非常正规的大学教育（包括系统的文学教育），昌耀所接受的教育则非常零散、很不正规。[①] 写作境遇也大不一样，穆旦早年写作相对顺畅，但进入中年之后，因外在环境的拘囿而少有写作和发表；昌耀则是写作几乎刚刚开始就遭遇了政治打击，及到“复出”的时候，已是40岁出头的中年人了。此外，虽然穆旦和昌耀的生活年代有较长一段时间交叉（1936—1977），但没有资料表明两者有相互阅读，更没有交往。不过，这些表象的相同与差异，并不能促进或妨碍话题的展开。

如下所展开“穆旦—昌耀”命题的讨论，首先是基于诗歌的语言质感。前面分析穆旦的时候从诗歌语言而落实到个人生活，这里不妨反过来看。

昌耀（1988）曾用一句话来概括自己的生活态度：“独爱正面迎取生活而不习于从旁‘敲击’。”[②] “正面迎取”也可视为个人对于现实生活的突入。昌耀1936年出生于湖南，1950年即离开故土，1951年春踏入朝鲜战场，1953年身负重伤，1958年因诗遭罪，被打成“右派”，“以一‘赎罪者’身份辗转于青海西部荒原从事农垦”，直到1979年“解放”。这里罗列昌耀的生平事迹，并非要作传记式批评，而是想提出一点：生命的流徙使得昌耀获得了坚实的现实（“土地”）经验——所谓“突入”，具备了坚实的基础，而这在这位并未经历过正规教育的诗人身上发生了令人难以置信的效应，如《凶年逸稿（在饥馑的年代）》（1961—1962）所示：

---

① 昌耀中学读了一年不到便加入了文工团；1951—1953年间，两度参加文化培训；从朝鲜战场负伤归国后至1955年6月，完成两年的高中学业。据《后记》，《昌耀的诗》，人民文学出版社2000年版，第419—421页。下引昌耀生平同此。

② 昌耀：《致非马》（1988年9月19日），《昌耀诗文总集》，青海人民出版社2000年版，第868页。本文所引昌耀诗歌均出自该总集，它由昌耀临终前自行编订。

我以极好的兴致观察一撮春天的泥土。
看春天的泥土如何跟阳光角力。
看它们如何僵持不下，看它们喘息。
看它们摩擦，痛苦地分泌出黄体脂。
看阳光晶体如何刺入泥土润湿的毛孔。
看泥土如何附着松针般锐利的阳光挛缩抽搐。
看它们相互吞噬又相互吐出。
看它们如何相互威胁、挖苦、嘲讽。
看它们又如何挤眉弄眼紧紧地拥抱。

啊，美的泥土。
啊，美的阳光。
生活当然不朽。①

诗歌使用的是一种带有新鲜的泥土气息的口语——又不完全是口语，从单一的词本身看，都是平常词汇，但“痛苦”、“挛缩”、“威胁”、“挖苦”、“嘲讽”，这一类带有主观意味的词汇写出了大地的复杂物性与生命潜能；而一连用了8个“看……”来摹写“泥土”和“阳光”的“角力”尤其醒目。其他的，如《夜行在西部高原》(1961)、《峨日朵雪峰之侧》(1962年8月2日）等诗篇，艺术气韵也是相当充沛。这样的诗篇表明了昌耀的写作深深地植根于“土地”（生活）之中——反过来说即是，只有深深植根于“土地”（生活）的诗人，才能写出如此美妙的诗篇。

从成年期的写作风格来看，昌耀可说是一名“激情”型诗人，“无论以何种方式写作，我还是渴望激情——永不衰竭的激情，此于诗人不只意味着色彩、线条、旋律与主动投入，亦是精力、活力、青春健美的象征”。② 这多半不是一种气势恢弘磅礴的激情，而是一种有着内在强度的激情：

① 严格说来，这首诗并不能算是20世纪60年代的创作，20世纪80年代以来，昌耀对“旧作”多有改写或重写，《凶年逸稿》也是其中之一，见燎原《昌耀评传》，人民文学出版社2008年版，第255—270页。

② 昌耀接着写道：“而‘了悟’或是‘世事洞明’既可能是智性成熟的果实，也有可能是意志蜕变的前因，导向冷漠、惰性、无可无不可。我希望自己尚未走到这样的一个岔道口。”这应可表明他对于“智性”的排斥。据《后记》，《昌耀的诗》，第423页。

请看街头一对追戏的小男孩
他们手持鲜嫩的热苞谷大步跃过一片一片太阳
像跃过一片一片湖水。
像跃过母亲的弹簧床。

——《热苞谷》(1988 年 7 月 27 日)

时间啊，令人困惑的魔道，
我觉得儿时的一天漫长如绵绵几个世纪。
我觉得成人的暮秋似一次未尽快意的聚饮。
我仿佛觉得遥远的一切尚在昨日。
而生命脆薄本在转瞬即逝。
我每攀登一级山梯都要重历一次失落。

——《哈拉库图》(1989 年 10 月 9—24 日)

以上所举两例，前一例完全是一个日常生活情境的推衍；而后一例则带有较多的思索品质（对于“时间”这一亘古不变主题的思索）；所运用的语汇本身，既不神秘，也不晦涩，也可称之为一种“极近口语的文字”。但从整体上看，却又能很明显地感觉到个人激情与现实所发生的强烈交集，感觉到语言本身所具有的力量。

在前一例中，昌耀显然着意于将个人投射到小男孩身上，以感受在那个“手持鲜嫩的热苞谷”的瞬间，孩子们身上所体现出来的纯真的生命喜悦，“大步跃过一片一片太阳”，这本已是修辞，之后又接连两个修辞句，修辞叠用加大了投射的强度，仿佛他自己就是那小男孩中的一个——这已不仅仅是修辞的递进，更是生命情愫本身的跃动。而后一例，虽是抽象命题的推衍，却同样跃动着诗人的主观情愫。

昌耀的写作既深深地植根于现实，又不断地将自我投射出去，其诗歌语言，也就和穆旦一样，具有了一种独特的质感。

还不妨从语言创制的角度来看取。对那些充满主观创造精神的诗人而言，写作过程往往也就是一个语言的创制过程，即创造一种更能体现自己写作个性的语言词汇。尽管穆旦与昌耀生活的时代不同，情感也有差异，却也分享类似的语言创生机制——分享了某种独特的历史意识。

为了不使话题太散漫，这里仅仅从较小的语言单位——词汇和短语——切入。穆旦的诗歌里，词汇或短语往往是比较突出的，如前文提到的“日炙”和“重山”（“相隔如重山”），它们可谓是从古典诗学法则中生成出来的，即通过词的浓缩来形成简约效果。

这些自然是非常贴切的例子，即符合汉语（特别是古代汉语）的习惯。但在更多情况下，对于古典化“词藻”（“辞句”），穆旦却是采取有意规避的策略，王佐良在《一个中国新诗人》中曾赞誉穆旦的成就“也是属于文字的。现代中国作家所遭遇的困难主要是表达方式的选择。旧的文体是废弃了，但是它的词藻却逃了过来压在新的作品之上”。穆旦晚年也有总结，早年故意“用了‘非诗意的’辞句写成诗。这种诗的难处，就是它没有现成的材料使用，每一首诗的思想，都得要作者去现找一种形象来表达：这样表达出的思想，比较新鲜而刺人……是一种冲破旧套的新表现方式”。[①] 既有意规避，又发出自己的声音，创造“辞句”也就在所难免。创造词汇的例子非常多，不妨以《荒村》（1947 年 3 月）的起首 4 行为例：

荒草，颓墙，空洞的茅屋，
无言倒下的树，凌乱的死寂……
流云在高空无意停伫，春归的乌鸦
用力的聒噪，绕着空场子飞翔，

这里施用了一批双音节词汇，“荒草”、“颓墙”、“无言”、“停伫”、“聒噪”，既具有浓缩性，比如“颓墙”显然是一个生造的词，是由“颓败的墙”压缩而来，在别的语言环境之下，这会显得很生硬；但放在这一整体序列之中，读来却很自然。“空洞的茅屋”、“无言倒下的树”、“凌乱的死寂”一类搭配也不符合汉语习惯，但都非常生动地传达出了“荒凉”的效果——“无言”作为修饰语，“死寂”作为被修饰对象，其效果尤其明显。此外，这里的词汇本身还具有内在的对比效果，如“无言”—“聒噪”，“停伫”—“飞翔”，这一对比无疑加深了“荒凉”的程度。“流云”的出现也显得别有意味，从表面看，这是旧的文体词藻“扑压”使然，因为“流云”是一个非常典型的“诗意的词藻”，使用不当，很容易流于轻浮；但放在这里，却别有意味地构设了一重对比，即“流云”之“轻”与现实之“重”的对比。可见，穆旦在词汇以及词汇搭配上，确是多有创造性，即便是所谓“生造”，也并非随意而为之——恰恰相反，是一种非常严肃、讲究的诗学行为。通过

① 穆旦：《致郭保卫》（1975 年 9 月 19 日），《穆旦诗文集》（2），第 189—190 页。

"生造"，语言获得了新的生命力。而这又可以反过来证明"生造"所具有的正面的诗学价值意义。

别有意味的是，在昌耀《内陆高迴》（1988年12月12日）中，也有一个和"日炙"的构成法完全相同的词——"火曜"。在现代汉语里，"曜"是一个出现频率很低的词。"曜，光也。"[①] 按照现代汉语的解释，曜就是光，明亮的意思。昌耀不用更为普遍的"火光"，而是使用（创造出）"火曜"这个词，应是有所考虑。先看看出现了这个词的几行诗（第2节）：

孤独的内陆高迴沉寂空旷恒大
使一切可能的蠢动自肇始就将潮解而失去弹性。
而永远渺小。
孤独的内陆。
无声的火曜。
无声的崩毁。

一如《荒村》，这里也出现了一连串的双音节词汇，"垂立"、"同享"、"肇始"、"潮解"、"崩毁"等等。从《内陆高迴》整首诗看，它要传达的是一种孤独的情绪，这种孤独不完全是通过内省获得，而是将个人置于一个"高迴沉寂空旷恒大"的内陆之中，通过自然的更迭、场景与人物的移换（仿佛一个镜头在全景—特写—全景之间拉伸），而最终将"我"嵌入"内陆"之中，仿佛"一地碎片"之中的一片[②]——"我"与外在的物、人最终同构为一体，外在世界成为了"我"内心的图景，成为了衡量"孤独"的基石。

诗歌将"火曜"与"崩毁"这两种恒见的"内陆"场景并置在一起："火曜"，是一种肉眼能及的表象，是生命所在（有"火"，即有人的活动）；"崩毁"则可能更多的是一种陆地内部的裂变景象。"火曜"之下是一片光亮，之外则是漠大无边的黑影；"崩毁"之上是一片庄严坚实的景象，殊不知"潮解"正在内部不断发生。两种景象，一外一内，凸显于"内陆"之上、之内，令诗人的心灵深深为之震撼——所谓"崩毁"也可视为心灵的裂变。而那一连串双音节词汇，短促庄严有力，不仅勾出了

① 出自《集韵·笑韵》。按：《诗经·桧风·羔裘》中有："羔裘如膏，日出有曜。"

② "碎片"出自第5节："河源/一群旅行者手执酒瓶伫立望天豪饮，随后/将空瓶猛力抛掷在脚底高迴的路。/一次准宗教祭仪。/一地碎片如同鳞甲而令男儿动容。/内陆漂起。"

"内陆"的场景，更成倍地加强了"孤寂"的情绪。这样一来，不难体会不用"火光"而用"火曜"的意图所在："火光"是白话的说法，"火曜"更有力度，更有语言质感。即为了寻求一种语言的力度，昌耀有意进行了一些语言的创制。

事实上，在昌耀的写作中，"火曜"不过是众多例子中的一个。昌耀诗歌往往会蹦出一些看起来不大为现代汉语写作者所使用的、很古奥的词汇，有些可能的确是古汉语词汇[①]，也可能是昌耀的生造。据《内陆高迥》，这种生造乃是一种诗学策略使然。这种策略所要达到的是"重"，是一种力量和强度。这种"重"，不妨以当代诗人古马诗歌为参照，古马的有些诗歌，如《青海的草》，很轻易地就借重了"捣衣声"一类从古典诗歌里流逸而出的语汇（"二月呵，马蹄轻些再轻些/别让积雪下的白骨误作千里之外的捣衣声"）；昌耀却是完全无意，轻易地建立新诗与古典诗歌的关联，也不愿意如此轻易地将这种联想或承诺给予读者：

无声的火曜。
无声的崩毁。

"无声"，既加重了场景的庄严感，也加深了孤独的程度。不嫌夸张，昌耀赋予了当代汉语诗歌一种"重"的品质。

再回到"穆旦—昌耀"的视阈中来，昌耀的时代是一个白话已经确立的时代，穆旦的时代则仍是一个"古典诗意"泛滥的时代。穆旦有意规避"古典"词汇而着意创造一种富有主观意味的词汇，乃是基于一种特定的历史意识；昌耀有意掘用朴拙的古汉语词汇或生造词汇，其实也是基于自身特定的写作境遇，白话不足以承载他的情感，不足以传达一种滞重的诗学效果，因此，不得不有意借助古奥的汉语，以改变语言的性质，增强语言的力度。问题由此显得意味深长：尽管两人所处的历史语境与自身境遇大不相同，诗学动机大不一致，却获得了相似的诗学效果：词汇本身充满力度，诗歌语言获具一种独特的质感。

这样一来，两人的语言创制可谓殊途而同归——对于他们的指责也相

---

① 实际情形比较笼统，《峨日朵雪峰之侧》中有："在锈蚀的岩壁但有一只小得可怜的蜘蛛/与我一同默想着这大自然赐予的/快慰"。"但"不是指"但是"，而是指"只有"，这完全是古代汉语的用法；昌耀用"但"而不用"只"，可能是为了避免与后面的"只"重复。在这样的情形中，无论字义还是使用动机都可清晰辨别，更多时候就难以区分了。

似，穆旦的写作被指认为欧化，昌耀的写作对于当代的白话汉语而言，也被认为是一种异质——是一种“病”：“中国新诗大都不可吟、诵、歌，连‘读’也很困难，得用啃、啮、咬、嗑、嚼诸如此类凶狠的动词方可勉强对付！而费了许多力气之后，能否咂出一点儿诗味，还是很难说的事儿。典型的例证是昌耀的诗。”[①] 这样的指责再一次表明，所谓“语言的质感”，不仅并不自明，相反，还正面临着磨砺。

在“穆旦—昌耀”这一视阈之中，势必要谈到诗歌形式的问题。总体而言，穆旦对于诗歌形式有较多讲究。但纵观昌耀一生的创作，不仅极少均齐之作，更不用说固定的诗歌形式，甚至连行也不分——但这却并非无视形式，而是另一种讲究，与昌耀的诗歌观念有关，昌耀自称“是一个‘大诗歌观’的主张者与实行者”，“我并不强调诗的分行……也不认为诗定要分行，没有诗性的文字即便分行也终难称作诗。相反，某些有意味的文字即便不分行也未尝不配称作诗。诗之与否，我以心性去体味而不以貌取”。[②] 昌耀诗歌的分行问题，不妨仍以《内陆高迥》来看取。刚才提到第 2 节中非常参差的 6 行，它终究还是分行排列的，第 3 节则是没有分行：

一个蓬头垢面的旅行者西行在旷远的公路，一只燎黑了
　　的铝制饭锅倒扣在他的背囊，一根充作手杖的棍棒横
　　抱在腰际。他的鬓角扎起。兔毛似的灰白有如霉变。
　　他的颈弯前翘如牛负轭。他睁大的瞳仁也似因窒息而
　　在喘息。我直觉他的饥渴也是我的饥渴。我直觉组成
　　他的肉体的一部分也曾是组成我的肉体的一部分。使
　　他苦闷的原因也是使我同样苦闷的原因，而我感受到
　　的欢乐却未必是他的欢乐。
而愈益沉重的却只是灵魂的寂寞。
谁与我同享暮色的金黄然后一起退入月亮宝石？

---

① 刘家魁：《缺失四分之三的新诗》，《星星》2001 年第 12 期。

② 昌耀：《后记》，《昌耀的诗》，第 422—423 页。燎原认为：昌耀诗歌形式上的这种变化（结合 20 世纪 90 年代一批近于《野草》风格的诗作）是“写作风格上的巨大转折”，“是他从人生和艺术上同步进入归真返朴的重大标志——由文人性写作之雅，而入大街众生题材之俗；由在艺术构成元素上‘语不惊人死不休’的紧张、刻意，到大众化流行的松弛，而进入随心所欲，大道独步之境”，见《昌耀评传》，第 414 页。

这是整首诗中最有意味的一节，诗歌形式本已足够“散化”，这一节更是直接取用了散文诗形式。在一片“高迴沉寂空旷恒大”的内陆之上，“我”看到了“一个蓬头垢面的旅行者”，他那样远（“在旷远的公路”），但他的每一个细节都打动着“我”——他仿佛嵌入了“我”的“肉体”，或者，又仿佛是“我”在那“旷远的公路”上行走，不知道走了多久，走得饥渴难耐，走得行将窒息——又仿佛这一切全是幻景，不过是一刻之间灵魂的出窍……总之，“一个蓬头垢面的旅行者”让“我”更深地“嵌入”内陆之中——一种强烈的情感令“我”晕眩，诗歌形式也服从了这种“晕眩”。

事实上，前引此诗的第2节，前两行句式非常长，后4行骤然缩短为整齐的5字句，所强化的也是“无声的火曜。/无声的崩毁。”之于心灵的冲击，诗歌形式本身也呈示了心灵的图景。强调形式与心灵的对应，可见昌耀并非无视于诗歌形式。《内陆高迴》一类写作所传达的诗学经验在于：诗人并没有套用某种既定的诗歌形式，而是努力去捕捉外在世界的节奏并将之呈现出来，外在世界应对着内在的“孤独”主题，个体自我、外在的物、外在的人、外在的宇宙世界，这些不同品性、不同序列的存在最终共同构成了作品的形式——诗歌形式上的错乱看起来泛滥无形，恰是基于诗歌主题表达的需要。如果套用卞之琳的评语，《内陆高迴》自然也可以说是“另有突兀效果”。(但是，如果卞之琳看到这样的诗，他真会这么说吗?)

从另一个角度看，昌耀既努力寻求“内在节奏”，也正是沿着李健吾等前辈所指引的道路前进——“难题的种子”长成了一棵苍天大树，昌耀的创造看起来大大地违背了诗歌“常规”，而他所运用的诗歌语言本身，无疑又加强了这一点。

如果说在语言质感和语言创制上，昌耀与穆旦分享了某些类似经验，那么，昌耀对于诗歌形式的尝试，其诗歌经验显然已经在穆旦基础之上向前迈进了一大步。而两人的“诗学经验”，不管是类似的，还是差异较大的，都熔铸了各自特定的历史意识与写作境遇，因此，其“经验”已不仅仅是个人性的，更可凝结为对于“新诗”这一命题本身的思考。

结　语

在对《十四行集》—《诗八首》、“穆旦”—“昌耀”两个命题进行了大致缕析之后，再回到本文最初的话题——“诗的散文美”。正如冯至、穆旦、昌耀以及艾青这些非常有力的现代汉语诗人写作所昭示：一方面，如何协调“散化”与“齐整”之间的关系，避免使诗歌沦为“实际是分行的语体散文”，一直是萦绕于诗人心头的一个结。可以想象，昌耀强调“大诗歌观”，强调“不分行”的特殊意义，显然是针对当时诗歌整体语境而言的，“齐整”并不是一个轻易就能抹去的背景。另一方面，如何赋予诗歌语言以更大强度，如何创制出更加符合自己写作个性的语言——换言之，如何使语言更加能够彰显自己的个性，这样的冲动也一直未曾停止。

这样的“心结”与“冲动”，凝结成为“经验与表达”的问题。一如“现代汉语”是一个发展中的概念，“新诗”势必也将是一个不断发展的概念，未来的汉语诗歌如何创造，又将如何体认，可能更加难以估量。

第五章　新诗中的“土地”叙述主题

——以艾青、穆旦为中心的讨论

引言　“雪”与“寒冷”弥散的“土地”

在 20 世纪 30—40 年代的中国新诗发展图景当中，“土地”并非一个单一性的词汇或概念，它有浓厚的“地域性”，属于局部性或全称性的地域，如“北方的”、“中国的”；它也有不少内涵大致相当的替代性指称，如“大地”、“原野”或“旷野”[①]；它还会被另外一些附加词汇所修饰，如“忧郁”、“痛苦”；在某些时刻，“土地”会被赋予形容词性，会成为喻体；而在最终的意义上，“土地”成为了一种超出所有事物之上的终极信仰。

在这样的新诗发展格局中，如果说有一位真正具有非常强势而广泛影响的诗人，那么，他必然是塑造了“诗的‘现代中国’的整体形象”[②] 的艾青。这里无意全面复现历史的宏大图景，而是想通过一些具体文本——包括那些

---

① 钱理群指出：“如果说，每一个时代的文学都有自己的‘中心意象’与‘中心人物’；那么，四十年代战争中的中国文学的‘中心意象’无疑是这气象博大而又意蕴丰富的‘旷野’，而‘旷野’中的‘流亡者’则是当然的‘中心人物’”，见《“流亡者文学”的心理指归——抗战时期知识分子精神史的一个侧面》，王晓明主编《批评空间的开创：二十世纪中国文学研究》，东方出版中心 1998 年版，第 242 页。

② 解志熙指出：艾青“那些关联着现代中国方方面面、形形色色的丰富诗篇虽不具有完整统一的形式，却不期然而然地交绘成了一个连续而宏大的诗歌长卷，成功地塑造出了诗的‘现代中国’的总体形象——现代中国饱经苦难的广大众民、民族抗战的悲壮历程、人民革命的滚滚洪流，以及社会各阶层的精神面貌和祖国丰富多彩的自然风光，都在其中得到了真切的反映和动人的表现，并且各篇各集的确既有其自身的独立性，而又交织互文、相互辉映、经脉贯通、血肉相连，蔚然形成一个更为宏大的整体，所以才能共同塑造出一个丰富博大、形神兼备的‘现代中国’形象”。见《精深的冯至和博大的艾青——中国现代诗两大家叙论》，《摩登与现代——中国现代文学的实存分析》，清华大学出版社 2006 年版，第 130 页。

已被学界屡屡谈及的文本，来对“土地”在成为一种诗学资源的过程中（当然，最主要的是在艾青和穆旦两位诗人的笔下）所产生的效应，包括不同诗人的不同处理背后的心理机制，同一诗人在对象乃至词汇选择中所浮现的观念潜移，进行适度分析，以期呈现不同写作者的精神向度与诗学历程，同时也适度厘清新诗发展的某些主题线索。

1937 年 12 月 28 日夜间，已是知名诗人的艾青怀着异常沉郁的心情写下了《雪落在中国的土地上》（以下简称《雪》），1938 年 1 月发表于后来被反复论及的刊物《七月》（第 2 卷第 1 期），1939 年 2 月，收入诗集《北方》。这是一首情绪非常激昂的诗歌：

雪落在中国的土地上，
寒冷在封锁着中国呀……

透过雪夜的草原
那些被烽火所啮啃着的地域，
无数的，土地的垦殖者
失去了他们所饲养的家畜
失去了他们肥沃的田地
拥挤在
生活的绝望的污巷里：
饥馑的大地
朝向阴暗的天
伸出乞援的
颤抖着的两臂。

中国的痛苦与灾难
像这雪夜一样广阔而又漫长呀！

雪落在中国的土地上
寒冷在封锁着中国呀……①

① 本文所引艾青诗歌均据《艾青诗全编》（上、中、下），人民文学出版社 2003 年版。

在艾青所刻绘的“中国面影”上，多有主观感情色彩极强的语汇或短语，如“太悲哀了”、“破烂的”、“蓬发垢面的”、“绝望的”、“饥馑的”、“阴暗的”、“乞援的/颤抖着的”等等，可见“忧郁”的确“浸透了诗人灵魂”！

4年以后，1941年2月，一个乍暖还寒的南国的日子里，籍籍无名的年轻诗人穆旦写下了《在寒冷的腊月的夜里》（以下简称《寒冷》）。这样一位无名诗人的作品的遭遇显然无法与艾青相比，它最初出现在《贵州日报·革命军诗刊》（1941年6月9日）上，当时的影响非常有限。[①]

这样一首诗，学界普遍认为受到了艾青的影响。[②] 这应是无所疑义的。穆旦较早即阅读过艾青的诗歌并有过热切评论。如上所列两诗，尽管两者在长度上有所差异（《雪》12节83行，《寒冷》仅3节21行），但场景与形象之间却多有类同（前者为《雪》，后者为《寒冷》）：

风：草原—平原

场景：“饥馑的大地”—大麦、谷子

夜：小油灯—炭火

人物（声音）：少妇/老妇—儿郎/祖先

脸：“刻满了痛苦的皱纹的脸”—“一副厚重的，多纹的脸”

类似场景和形象表明了两位诗人所面对的是大致相似的生活场景：苦难中国的乡村场景；而且，正如前面论及《赞美》时所言，即便在《赞美》这样呼告“一个民族已经起来”的诗篇中，词汇表也基本是“荒凉”、“坎坷”、“枯槁”、“踟蹰”、“耻辱”、“忧郁”、“干枯”、“灰色”、“饥饿”、“呻吟”、“寒冷”（第1节）一类非明朗型或“赞美型”的词。可见两位诗人都没有在旧中国的苦难面前闭上眼睛，两位诗人所写下的都是“带血的赞歌”——“赞歌人人能唱，但会唱带血的赞歌者却不多，在前辈诗人中艾青是难得的一个”。[③] 言说穆旦受到了艾青的影响，这应是最为核心的成分。

不过，相比于艾青异常强烈的主观情感的宣泄，年轻的穆旦看起来相当沉静，《赞美》式的热切呼告似乎消隐，诗歌以异常朴素的笔法刻绘下了一

① 事实上，研究者关注这个诗刊已到20世纪90年代末期，见姚丹《“第三条抒情的路”——新发现的几篇穆旦诗文》，《中国现代文学研究丛刊》1999年第3期。

② 如孙玉石认为此诗“显然”受到《雪》的启示，“但却做了更为富于历史性和朦胧性的处理”，见《中国现代主义诗潮史论》，第339页。

③ 袁可嘉：《诗人穆旦的位置》，杜运燮等编《一个民族已经起来》，第13页。

幅静谧、广袤、悠久的乡村场景：

火熄了么？红的炭火拨灭了么？一个声音说，
我们的祖先是已经睡了，睡在离我们不远的地方，
所有的故事已经讲完了，只剩下了灰烬的遗留，
在我们没有安慰的梦里，在他们走来又走去以后。
　　　　在门口，那些用旧了的镰刀，
　　　　锄头，牛轭，石磨，大车，
　　静静地，正承接着雪花的飘落。

一个情绪激昂，一个笔法冷静，可见其间还是存在着重要的差别，不妨称其为“我们”与“一个”的差别——即便是面对《赞美》这样的诗歌，一位当年与艾青亲近的历史当事人也并不大认可“一个民族已经起来”式的写法，如果换作他们，那一定是“我们民族已经起来”。① 既有差别，回溯历史语境，对某些重要文本及写作行为提出辩诘是必要的，而文本细节始终是一切话题的基础。

一　躁动的“雪”与静止的“寒冷”

为了使话题更为集中，也更为透析，这里首先仍从前述两个文本着手。对《雪》做进一步剖析可以发现，尽管抒情姿态非常突出，但《雪》其实交织着两个声音。一个声音指向“土地”，如下关于“土地”的比喻已是经典：

风，
像一个太悲哀了的老妇
紧紧地跟随着
伸出寒冷的指爪
拉扯着行人的衣襟，
用着像土地一样古老的话
一刻也不停地絮聒着……

① 已故诗人彭燕郊先生的观点，据笔者访问整理的《诗人彭燕郊谈话录》（未刊稿）。

“风”、“话”（语言），一个是自然界最惯常的风物，一个是人类最基本的行为能力，分别对应着颓败的生命（“老妇”）和土地——与其说是对应，还不如说是贴伏。“用着像土地一样古老的话”，“土地”直接成为喻体，可见“土地”乃是超于一切之上的所在。而从“风”到“话”，经由两个比喻的传递转换，苦难的土地以及贴伏在土地之上的苦难生命获得了异常深挚的显现。这样一个异常深情的声音，不妨称之为“土地的声音”。

除此之外，“我”的声音也非常扎眼；可以这么说，并非意指“土地的声音”不是由“我”发出，而是说贯穿于“土地的声音”之中，“我”在不断絮叨着“我”的痛苦：

告诉你
我也是农人的后裔——
由于你们的
刻满了痛苦的皱纹的脸
我能如此深深地
知道了
生活在草原上的人们的
岁月的艰辛。

而我
也并不比你们快乐啊
……
我的生命
也像你们的生命
一样的憔悴呀

在“我”的声音中，有一个字非常扎眼，这就是“也”，它共出现了3次：在第一例中，“我”强调了自己的身份，“也是农人的后裔”（当然，这是一个可疑的说法），而不是别的，比如说知识分子、小资产阶级或地主阶级。因为这一身份，“我”能够深深地体察“岁月的艰辛”；后两例基本同义，强调的是“我”和“你们”（农人）“一样的憔悴”，不“快乐”。通过一个“也”字，不仅“农人”身份被当做一个认识世界、体察民生的逻辑前提，而且，“农人”本身成为了一种价值体：“我”的生命价值唯有通过“农人”的衡量才有意义。尽管以现代诗歌的写作经验来衡量，诗歌中的“我”未必就是诗人本身，即便是像艾青这样主观抒情气质非常浓烈的诗人，也不能简单等同，但至少，它传达了一种非常强烈的自我认同感或依附感、归属感。

不难理解两个声音之间所存在的微妙的指向歧异：前一个声音朝着土地深处掘进，忧郁成为一种力量，成为诗歌写作的原动力（生成法则），或如艾青本人所说（1942）：“把忧郁与悲哀，看成一种力！把弥漫在广大的土地上的渴望，不平，愤懑……集合拢来，浓密如乌云，沉重地在移行的地面上。”① 后一个声音也仍然是忧郁的，但它是向外拉伸的，“我”一再地自我提示，也就是要把“我”的形象超拔而出——似乎唯恐世人不曾领会这种情感。如果说，前一个声音确是深挚的忧郁，那么，后一个声音则更多的是一种喟叹，其中多少包含了一种肤浅的自怜，它不仅妨碍了对于“中国人民”境遇的摹写的更深掘进，也反过来消解了对于土地的“深情”，稀释了情感的真挚度和浓度。

出人意料的是，对于“土地”的深情遭到了“我”的抵抗——看起来不可思议，事实却的确如此。

不同于《雪》的躁动，《寒冷》是静止的，正如全诗最末一行所写，“静静地，正承受着雪花的飘落”——儿郎被吓哭的声音深深地沉入到了一片广袤的土地的沉寂之中。更大的不同，不妨通过两首诗之中的疑问句式的比照来看取。句式如同身体之骨架，骨架坚实与否决定了身体或健壮或虚弱。《雪》中有五处疑问，最典型的一处为：

——啊，你！
蓬发垢面的少妇
是不是
你的家
——那幸福与温暖的巢穴——
已被暴戾的敌人
烧毁了么？
是不是

① 艾青：《诗论·服役》，《诗论》，新新出版社1947年版，第62—63页。

也像这样的夜间，
失去了男人的保护，
在死亡的恐怖里
你已经受尽了敌人刺刀的戏弄？

《寒冷》的篇幅虽小，但也有两处：

一副厚重的，多纹的脸，
他想什么？他做什么？

火熄了么？红的炭火拨灭了么？一个声音说。

从语法角度看，“疑问句”之存在，有的确是有“疑”要“问”，即发问者对于世事、社会、人生、命运、宇宙等，存在着或大或小的困惑，困惑纠缠于心而生疑问；有的则不过是借助发问来表达某种肯定性立场，“疑问”不过是强化发问者主体情感或立场的一种写作策略。以此来看，《雪》中的五处疑问，更多地属于后者。[①]

《寒冷》正相反，它所要疑问的是未明的事物。艾青诗歌中发出疑问的是“我”，这里是“一个声音”，声音主体被有意悬置——声音被交付给了身外那个广袤、静穆的世界。但这种“未明”之事看起来又是如此之琐屑、卑微，远不如《雪》那么情感充沛：诗人并不知道有着“一副厚重的，多纹的脸”的农夫想的是什么，是收成，还是年关？是衰败的泥草屋（战争或许还没来得及光临他的村庄），还是年幼的儿郎未来的命运？诗人似乎无意寻求答案，而只是静观着这发生在大地上的一切。

全诗共三节，第一节除了“古老的”、“厚重的”等个别修饰词语，并不包含主观感情色彩，诗行非常静止，意象以自然状态出现，疑问也很纯粹。前文对这一节有过简略讨论，“岁月尽竭了，牲口憩息了，村外的小河冻结了”这一诗句与《赞美》相通：不仅仅是铺陈手法，还在于内在层递模式：《赞美》为宏大场景→个人（一个农夫）；这里则是“岁月”→“牲口”→

① 这一写法（修辞法）在当时可谓非常普遍，比如1943年4月27日，魏巍于某地反“扫荡”中看到一对惨死于敌人之手的夫妻尸体之后所写下的《好夫妻歌》也是用这样的疑问句式开头：“朋友呵，你死了怎么还睁着眼，/大嫂呵，怎么掉了一半头发在污泥里！/大嫂呵，你的衣裳怎么撕得这样烂！/朋友呵，你手里怎么还握着荆条子！”见魏巍《黎明风景》，人民文学出版社1955年版。

“小河”，从一个宏大的指称（在某种程度上，“岁月”与“土地”具有同义性）到两种贴伏于土地之上的具体的自然物。从这个角度说，《寒冷》也是有意在为“中国”画一幅像。

第二节则随着风的吹动慢慢发生变化——《雪》中也有“风”，那是非常暴戾的，是暴戾的自然或险恶的现实的化身；而这里的“风”却仿佛是亘古以来就一直在吹着：

> 风向东吹，风向南吹，风在低矮的小街上旋转，
> 木格的窗纸堆着沙土，我们在泥草的屋顶下安眠，
> 谁家的儿郎吓哭了，哇——呜——呜——从屋顶传过屋顶，
> 他就要长大了渐渐和我们一样地躺下，一样地打鼾，
> 　　　　从屋顶传过屋顶，风
> 　　　　这样大岁月这样悠久，
> 　　　我们不能够听见，我们不能够听见。

前文曾多次援引并分析指出，这首诗其实有着两种看似相反的路向：占据突出位置的自然是对于某种悠远的乡土中国的图景摹写，从第一节的乡土场景，到这里的风吹，再到第三节中一连串的乡村物设之后的收束之句“静静地，正承接着雪花的飘落”，都让人产生这样的联想。而其中在声音上的虚实相生的写法也促成了这种理解。

但穆旦又打破了这种宁静悠远之境——从上面的诗句一行行看下来，“风”加强了寒冷，且引发了声音：“谁家的儿郎吓哭了”。儿郎夜哭本也常见，随后一行却骤然改变了它的性质：“他就要长大了渐渐地和我们一样地躺下，一样地打鼾”——矗立着的是泥草屋这样衰败的事物，躺下的是庸庸碌碌的生命，这似乎暗示了儿郎的生命就是和他的父辈、祖辈那样打鼾，艰苦并且碌碌地生存。

是什么打破了宁静？是一种对于生命形态的质问：“风”还在吹，但引向了“岁月这样悠久”一类的感叹。“祖先—儿郎”，与其说是对比，不如说是庸碌生命形态的承续！“儿郎的哭声”乃是诗人苦闷甚至沉痛心境的表征：事物在衰败，而生命不过是一种无尽循环重复的事实。当诗人以重复句式写到“我们不能够听见，我们不能够听见”时，“我们”是在渴望听见一些来自生命深处的声音，渴望寻求一些实存的“安慰的梦”！但是没有，躺在衰败的泥草的屋檐下的，耳边响起的，不过是琐屑得不能再琐屑的、卑微得不

能再卑微的、古老得不能再古老的、来自祖先的声音："火熄了么？红的炭火拨灭了么？"

"寒冷"不断地蔓延开来以致成为对于生命形态的审视，"雪"却在层级的区格中被内缩的自怜不断地稀释，诗歌品质由此有了重要的分野。

二　土地：一种超乎所有之上的终极信仰

如上大致缕析了《雪》和《寒冷》的某种分野，但一首诗显然并不足以涵盖两位诗人的写作，不妨再在时间的跨度里略略审视它们的由来与归宿。一首诗并非静止、封闭或孤立之物，审视一首诗的由来或归宿，正如审视一个人的成长。

先来看艾青。当他在《雪》中一再地以"我也是农人的后裔"进行自我比附时，很容易将其和艾青本人的身世经历联系起来。据艾青回忆，他是在一位叫做"大叶荷"的乳母怀里长大的，她是一个极度不幸而贫苦的女人，艾青深受其感染："（因奶水不够，她）只得把自己的女孩溺死，专来哺育我。我觉得自己的生命，是从另外的一个孩子那里抢夺来的，一直总是十分愧疚和痛苦。这也使我很早就感染了农民的忧郁，成了个人道主义者。"① 由此，应相信艾青最初的忧郁是深切而真挚的，尽管他的生命是用别人的生命换来的，这是一个充满了罪感的生命事实，但这罪感并非由他本人所造设。"大叶荷"衍生了"名诗"《大堰河——我的保姆》（1934年5月发表），其间流现着无比强烈的怀念与忏悔之情，也蕴涵着对于自身生命罪感的省察。由此，1934年艾青笔下的"农人"是一种单纯的、朴素的个体形象，其间有着内在的生命情愫在跃动，此时的忧郁非常本真，惟其本真，这首作于艾青早期的诗作未必是他最成功的作品，却是最痛苦的作品。

其时或稍后的诗歌如《老人》（1933）、《雨的街》（1933—1935）等不大

① 骆寒超：《艾青论》，浙江人民出版社1982年版，第5页。另在《赎罪的话——为儿童节写》里，艾青也说过类似的话，见《艾青全集》（5），北岳文艺出版社1991年版，第47—49页。按：可指出的是，关于艾青本人所回忆的大叶荷淹死自己女儿的细节，《不灭的诗魂·艾青》（吴洪浩，山东画报出版社1996年版）一书第1章以《吃"大堰河"的奶长大》为题有非常生动的记述，但资料来源不明。其他的艾青传记，包括骆著及程光炜《艾青传》（十月文艺出版社1999年版）均只引述了艾青本人的回忆而未做引申，这可能表明了部分论者对于这则材料（一个听来的故事）的真实性持谨慎态度。

为人注意的作品[①]，其实蕴涵了一种相当重要的美学品质，即里尔克式静观和艾青式比喻的融合，如《老人》：

在那条垂直线的右面
半件褴褛的黑制服
三颗铜纽扣沿着直线
晃着三盏淡黄的油灯
——油已快干了
紫铜的面色有古旧的光
弯着的皱裂的手掌的
皮肤里蜷伏着衰老的根须
他在紧握着痉挛的生活的尾巴
——滑进了污泥里的鳅
他摇摆着古铜的前额
白沫里溅出诅咒的花
饥饿的颜色
染上了他一切的言语

诗歌所呈现的是一个极具艺术兴味的老人形象，但这样冷静的品质及由此而来的内敛、精练而沉郁的诗美效果在艾青笔下并没有得到持续发展。这倒未必是一种有意摈弃，可能更多的是性情使然，“叫一个生活在这年代的忠实的灵魂不忧郁，这有如叫一个辗转在泥色的梦里的农夫不忧郁，是一样的属于天真的一种奢望”。[②]

总之，在度过了一段并不算长的探索期之后，艾青找到了一种更为根本的对象、更为基本的叙述方式——更相信也更依赖《我爱这土地》（1938 年 11 月 17 日）式表述：

假如我是一只鸟，
我也应该用嘶哑的喉咙歌唱：
这被暴风雨所打击的土地，

① 同一时期的诗歌，得到学界更多讨论的是《透明的夜》（1932）、《芦笛》、《巴黎》、《马赛》（1933—1935）等等。

② 艾青：《诗论·服役》，《诗论》，新新出版社 1947 年版，第 62 页。

这永远汹涌着我们的悲愤的河流，
这无止息地吹刮着的激怒的风，
和那来自林间的无比温柔的黎明……
——然后我死了，
连羽毛也腐烂在土地里面。

为什么我的眼里常含泪水？
因为我对这土地爱得深沉……

10行诗歌，总用了3个“土地”，词频并不算低，但相对艾青本人的写作而言，却远非最高，写作时间稍后、知名度也并不那么高的《农夫》（1940年4月）里，几乎每一行都出现了“土地”：

你们是从土地里钻出来的么？——
脸是土地的颜色
身上发出土地的气息
手像木桩一样粗壮
两脚踏在土地里
像树根一样难于移动啊

你们阴郁如土地
不说话也像土地
你们的愚蠢，固执与不驯服
更像土地啊

你们活着开垦土地，耕犁土地
死了带着痛苦埋在土地里
也只有你们
才能真正地爱着土地

全诗3节，细细区格，各节“土地”的用法与含义并不尽相同：第1节中，“土地”被作为形容词，“土地”的“颜色”与“气息”，大致可理解为灰暗的颜色和泥土气，再加上“木桩”与“树根”的比喻，共同呈寓了农夫生命的卑微，且深深地植根于“土地”。第2节中，“土地”直接成为“喻体”，且用了一连串语调低沉的修饰词汇，“阴郁”、“不说话”、“愚蠢”、“固执”、“不驯服”。何以会施用这些词汇，诗人并没有任何提示——放到艾青的写作中，这实在是非常常见的现象。而它也能贯联起同时代的其他写作①，同时暗示了“土地”本身乃是一个复杂的所在。

第3节的句法再次发生变异，且与前两节的单一结构不同，它内蕴着双重层次：前两句实现了两组对应，“活着”对应着“死了”，“埋”呼应着第1节第1行中的“钻”，而“痛苦”这个非常扎眼的词和第2节中的几个形容词同样缺乏提示。后两句则可视为整首诗的一种提升，将农夫的心灵提升而出，贴伏于土地的农夫成为了“真正地爱着土地”的人类种群——在“只有……才……”这样一个条件句式的限定之下，不仅仅是“真正地”，而且是唯一地。那些远离土地的人——那些“远离了烽火，看不见全国人民的流离之苦与抗争的英勇，在小天井的下面抚弄着菊花，或者凝视着老婆的背影而感到人民无限幸福地过日子”② 的人是不够资格言说“爱着土地”的。

经由这些诗篇（当然，还可列举一些重要诗篇，包括《北方》、《乞丐》、《手推车》等等），“土地”最终成为一种超出所有事物之上的终极信仰。信仰支配着诗学视阈与写作法则，很显然，在艾青当时（大致涵盖从20世纪30年代后期到40年代前期）的视阈中，“土地”乃是一个不言自明的对象，艾青的诗歌往往多用形容词来修饰却又少加提示的原因也即在于此。艾青的诗名与深远影响，无疑就是建立在这类诗篇之上的。

三 沿着历史的歧路向下坠落：20世纪40年代艾青的土地诗篇

即如《雪》当中所浮泛的两个声音，将《我爱这土地》和《农夫》并置，也可发现其中的歧异，《我爱这土地》的抒情主体为第一人称，为“我

---

① 以“愚蠢”为例，穆旦、杜运燮等人屡屡以这类词汇来指称士兵，这一点学界已多有讨论。冯至作于1941年间的《十四行集》中的第9首（“给一个战士”）和第11首（“鲁迅”）中，也施用了“愚蠢”这一词汇。如果说在第11首，“愚蠢的人们”应和了鲁迅的国民性批判；那么，第9首中以“堕落的城中”、“市上的愚蠢的歌唱”来反衬战士（“象是一个古代的英雄”），其用法、用意与前面提到的则恰好相反。

② 借用艾青本人在《论抗战以来的中国新诗——〈朴素的歌〉序》（《文艺阵地》第6卷第4期，1942年4月）中的原话。

对这土地爱得深沉”；《农夫》为第二人称，为“也只有你们/才能真正地爱着土地”。很显然，“我”→“土地”（“我……腐烂在土地里面”）的表述具有更为强炽的精神力量与更为突出的抒情效果，如前述，尽管这个“我”未必就是诗人本身，它传达了一种强烈的自我认同感或归属感却是无所疑义的。但是，在《农夫》中，“农夫”已是凌驾于“我”之上的另一种形象——“只有……才……”的句式不仅把“远离”土地的人排除在外，也把“我”降低为次一级的位置。也即，随着时间的徙进（从写作时间看，《农夫》晚一年半左右），艾青对于“土地”的态度发生了某种潜移：“我”与“土地”不再是简单的情感对应关系，在“我”之上已然树立了新的神像——“土地信仰”不再单纯。

这一态度潜移发生在1940年前后，其实在《雪》中已有苗头，《雪》固然有着非常深挚的一面，但同时也暗含着一种情绪泛滥、情感稀释的写作因子，也即，艾青的写作行为本身即内蕴着某种矛盾。事实上，《雪》之后的数年内，正如艾青实际生活的波折动荡（包括婚姻等多个方面），他的艺术立场也同样处于流徙状态，其间充满了矛盾性：一方面，他著文《诗与宣传》等，反对写作中粗制滥造的现象；但另一方面，《马雅可夫斯基》（1940年3月30日）、《仇恨的歌》（1940年4月5日）一类实际写作却又正是粗糙的标语口号式作品。这一写作情状的出现可能和诗人的写作情绪有关：正如《仇恨的歌》开头两句诗所隐喻：“我不知道用什么话来唾骂他们/愤怒已淹满了我的心……”艾青的早年诗歌往往是在激情勃发的状态下写成的，即在情绪很“满”的状态之下写成，这虽容易将个人情绪与民族苦难结合起来，形成一种高远、宏阔的抒情格局，但也会因缺乏更多磨炼而出现粗糙的情状。事实上，出版于同一时期、收录了包括作于湖南新宁时期的较多诗歌在内的诗集《旷野》（1940年9月），却又堪称艾青作品中最好的。①

当然，矛盾的公开激化还是在抵达延安之后——1941年年初，艾青抵达延安，对于新的环境、新的身份以及新的话语规范，艾青其实多有不适，“忧郁”声音一度时有响起，有时甚至会非常响亮，如《了解作家，尊重作家》、《坪上散文》（1942）等文所示。这一忧郁、痛苦的声音无疑具有强烈的正面意义，呈现了艾青作为知识者的矜持，作为诗人的独立美学思考，以及在加入集体大合唱时所发出的不和谐声音。而这一时期所写的一批诗歌，

① 1940年9月，该集由生活书店出版，其中包括《土地》、《太阳》等名篇。

如《野火》(1942)、《风的歌》(1942年9月6日)、《献给乡村的诗》(1942年9月7日) 等等，所呈现的“土地图景”仍然非常深挚。

但艾青在延安居留日久，一些重要的乃至根本性的变化逐渐发生：一是，写作行为所发生的某种变化。以《吴满有》(1943年2月) 写作为例，《附记》中有这种记载：

> 我把我写的《吴满有》拿出来念给他听——这是我找他的目的。我坐在他身边，慢慢地，一句一句，向着他的耳朵念下去，一边从他的表情来观察他接受的程度，以便随时记下来加以修改。吴满有的感受力，是超过一般普通农民的。他随时给我补充或改正。①

这一细节透现了这首诗的大致写作过程：先据吴满有的故事写成草稿，后念给文化程度极低的吴满有本人听，再根据他的反应作进一步修改。很显然，“他随时给我补充或改正”意味着吴满有的确参与了修改——参与到写作当中来了。② 先前，在《雪》的写作时刻，艾青的情绪非常饱满、激昂，写作乃是这个忧郁诗人的个人行为；但《吴满有》的写作已然成为一种有计划的行为、一项组织任务：不仅与情绪基本无关，而且连写作对象也直接参与到写作中来了。“观察他接受的程度”所表明的是对于接受对象的实际欣赏水平的顺应——实际上，在《吴满有》及另外几个例子中，接受对象（读者）与写作对象之间有着直接对应关系。《附记》中也记载了艾青通过《吴满有》写作所获得的体会：“一般地说，农民欢喜具体，欢喜与他直接相关的事，欢喜明快简短的句子，欢喜实实在在的内容。”

随着新的写作实践的“磨炼”，更随着新的语言环境的规训，艾青的写作词汇表被不断窜改，那些充满强烈主观兴味的、忧郁的、苦难的词汇——打上了强烈的艾青烙印的词汇，被逐渐剔除掉。写作情绪很“满”的时候，诗行虽难免粗糙，激情却在；而《吴满有》一类的诗歌，多有琢磨、修改，诗歌精神却退降到了非常低劣的程度。一般读者显然很难将这等分行的句子和那个写《我爱这土地》、《雪落在中国的土地上》的“土地诗

① 见《艾青诗全编》(中)，第611—612页。

② 比如，吴满有“非常不欢喜”“老来红”这一称呼，要改为“劳动英雄”，理由在于：“当劳动英雄是光荣的，这是他好多年受苦换来的；老来红是暴发户，是侥幸的结果”，艾青也就将原稿中的“老来红”三个字“涂掉”。这一细节也暗示了作为“诗人”的艾青与“农民”之间的某种精神隔膜。

人”联系起来：

吴满有同志新年好！
赵占魁同志新年好！
黄立德同志新年好！
你们的工作勤劳，
你们的成绩刮刮叫；
你们的事情人人在说，
你们的名字报上发表。

——《欢迎三位劳动英雄》(1944)

《雪》中所出现的人物都是无名者，且多用“中国”、“我们”一类带有全称意味的词汇来限定，如“赶着马车的”“中国的农夫”、“我们的年老的母亲”，出现在艾青视阈之中的更多的是苦难中国人民的群像（虽然也有个体，如《吹号者》所写）。而如《吴满有》、《欢迎三位劳动英雄》等诗歌所示，人物已置换为政治化的、新型的人，具体的人，“土地”上的新主人，“新的农民典型”[①] 或“英雄”——随后几年更是置换为对于“土地”领导者的歌颂，如对于彭德怀、毛泽东等领袖的歌颂。

写作时态也发生了别有深意的变化，《大堰河——我的保姆》以回忆笔调写成，《雪》以及大批诗歌所写均着眼于苦难的现时，其间，时态本身不成其为问题；但从《吴满有》、《欢迎三位劳动英雄》等诗歌来看，时态显然已被有意识地放到了突出的位置，《吴满有》是翻身史式的写法，“过去”受苦，“如今”翻身，“时间”成为了政治变化以及农民地位变化的标尺。《欢迎三位劳动英雄》中的时态虽不如《吴满有》突出，但同样明显，被放到“过去”（去年）的是“文化人”（“我们”），农活不会做，播种没收成；摆在现在时态的（今年）是“三位劳动英雄”。经由这样一种对照，不仅凸显了“我们这些‘文化人’真不顶事”的尴尬处境，更使得“让我们向你们学习”——文化人（知识分子）向工农群众学习——这一新的历史命题的出现变得水到渠成。

这样一来，随着写作行为、词汇表、人物设置以及写作时态等多个方面

① 艾青在《吴满有·附记》中写道：“这里，正在萌长着新的农民典型，这些有幸接触民主的阳光和革命的雨水的农民，集体精神已在不断地增长着……”吴满有即是这样的“典型”，见《艾青诗全编》(中)，第612页。

的变化，到了20世纪40年代前期，艾青诗歌中的“土地”图景已发生非常重要的变化：对于“土地”本身的深挚情感蜕化为对于“土地”的主人及其领导者的热烈歌颂。

这样一种变化，其实也可从另外的角度获得解释，即艾青对于归属感的寻求，或者说身份认同感的危机。这在《雪》中已初露苗头，随着时间徙进也变得越来越明显：如果说《大堰河——我的保姆》所内蕴的忏悔语调是源自切实的生命之罪的话，那么，在更为漫长的岁月里，源自血统的出身差异在不断敦促艾青清洗自身作为知识者的原罪，长诗《我的父亲》（1941年8月）即是一个非常典型的文本，它呈现了一个知识者如何为了“一个神圣的信仰”而放弃罪恶的家庭[①]——很显然，“罪”的含义已经发生大的转变；进而，敦促他去寻求一个更为本质性的概念：人民。前述诗歌写作中新型人民的出现即可从这个角度获得解释；而日趋强烈的“身份认同感”并不仅仅体现在文字之中，更是一种直接的、确凿的行动：抵达延安，从此走上了一条新的成长道路。

这里无意于纠缠艾青的历史选择，无意于站在后设的历史角度对于历史做出轻率的评判，而是仍想回到前面所提及的《雪》中的两个声音。这两个交织在一起的最初的声音已经做出提示：较早的时候——在尚未承受大的历史压力的情形之下，艾青的写作就已内蕴了两条歧路；既有歧路，在不同历史情势之下，哪一种声音最终占据上风都是有其合理性的，也即，艾青所选择的历史道路，固然是强大的历史旋涡卷入的结果，但并不缺乏内在的合理性。

《雪》之中的两个声音尽管出现了歧异，但“土地的声音”非常强势，足以压低乃至消抵“‘我’的声音”（或者说“身份认同”意识）所带来的负面效应；而随着时间推进，随着词汇表的窜改与写作图景的置换，两个声音的歧异越拉越大，冲突越来越明显，后一个声音最终占据了上风，以致从根

① 1941年5月，艾青的父亲去世。《我的父亲》这首长诗之中交织着叛逆（乃至仇恨）与忏悔的情绪：在理智上，害怕作为地主的父亲，害怕家庭（“我害怕一个家庭交给我的责任，/会毁坏我年轻的生命”），不断批判、清算父亲的行为（从自己小时候记事起一直到父亲去世），即便父亲死了也不回去（“不愿意埋葬我自己”）——“在这世界上有更好的理想，/我要效忠的不是我自己的家，/而是那属于万人的/一个神圣的信仰”；但在个人情感上，忏悔情绪却又占据了上风，可怜已死去的父亲，怀念他，为不曾为他送终而忏悔（“在他出殡的时候，/我没有为他举过魂幡/也没有为他穿过粗麻布的衣裳”——而这样的诗句，也会令人想起《大堰河——我的保姆》中的诗句：“她死时，轻轻地唤着她的乳儿的名字，/大堰河，已死了，/她死时，乳儿不在她的旁侧”）。这样一个带有强烈自传色彩的文本，既极好地呈现了艾青当时的矛盾心态，也最终见证了他何以与“家庭”最终决裂：为了“一个神圣的信仰”而放弃罪恶的家庭。

本上压低乃至窜改了前一个声音。在这样的“削足适履”的过程中（这么说的时候，很显然，是将前一种声音视为更加属于艾青的[①]），“痛苦”也是有的，但更多的，已不再是对于苦难的“忧郁”体认，而是自身作为知识者无法融入到“人民”怀抱中的“痛苦”。当然，更多的时候，也不能流露痛苦，痛苦已经被判定为一种小资产阶级情调。

吊诡的是，“‘我’的声音”不断扩大（“身份认同意识”不断加强）的表征却恰好是“我”的消失——最大限度地消灭“我”的声音，最大限度地认同“人民”的声音，在这样的规训之下，写作一步一步地陷入到无可自拔、无从解除的语言牢笼和政治牢笼之中：前者体现为粗糙的、大白话式的、标语口号式的语言，后者则意味着对于政治的简单图解[②]——在“万岁”的欢呼声中，“土地”变得愈加渺小，而那些历史英雄人物则被无限放大：

> 伟大的毛泽东在我们的前面
> 伟大的党在我们的前面
> 我们前进
> 人民前进
> 胜利伴随着我们
> 光荣伴随我们
>
> ——《欢呼》(1946 年 6 月 26 日)

> 光荣属于斯大林！
> 胜利属于斯大林！
> 斯大林万岁！
> 斯大林万岁！
>
> ——《献给斯大林》(1949 年 12 月)

---

① 本文将关于“土地”的诗篇作为艾青最初的气质，实际上并不确切，在《大堰河——我的保姆》之前，艾青已经开始了写作，其中如《透明的夜》所透现的诗人气质，又有很大不同。

② 在论及 1943—1949 年艾青的创作时，需要注意的一个问题是，创作量大为减少，各年诗歌数量依次为：6、0、7、4、0、8、5，这些数据对于艾青而言，可谓锐减，这表明艾青确实处于矛盾之中，其写作面临困境。数据资料据《艾青诗全编》。

四 “土地”的不同风貌：20世纪40年代其他诗人的土地诗篇

“土地”成为一个时代性的主题，但在不同诗人的笔下，风貌各有不同。这与其说是对艾青的直接回应，倒不如说是时代现实本身的激发。

在身陷囹圄之际，诗人戴望舒曾写下过《我用残损的手掌》（1942年7月3日）：

我用残损的手掌
摸索着广大的土地①

经由“残损”和“广大”的对照，渺小个体将个人的小苦难写进了风云变幻的大时代——同时写进的，还包括一种乌托邦式的梦想冲动：

无形的手掌掠过无限的江山，
手指沾了血和灰，手掌沾了阴暗，
只有那辽远的一角依然完整，
温暖，明朗，坚固而蓬勃生春。
在那上面，我用残损的手掌轻抚，
像恋人的柔发，婴孩手中乳。
我把全部的力量运在手掌
贴在上面，寄与爱和一切希望，
因为只有那里是太阳，是春，
将驱逐阴暗，带来苏生，
因为只有那里我们不像牲口一样活，
蝼蚁一样死……那里，永恒的中国！

“那辽远的一角”未必直接对应于某个现实场所。这么说，并非意指诗人不具备明确的政治意识（当然，这一点也是可以细究的），而是出于

① 本文所录戴望舒诗歌据王文彬、金石主编《戴望舒全集》（诗歌卷），中国青年出版社1999年版。

对诗歌作为艺术作品的价值肯定，从诗人的抒情手法以及诗歌的内在理路来看，与其说将“那辽远的一角”坐实（比如说，艾青当时的生活地延安），倒不如说是诗人的情感与希望之所在，是一个象征性的、“超现实”的、乌托邦式的场所。人类总是困囿于某些现实的因素，也总怀有打破这一困囿的乌托邦冲动，《我用残损的手掌》不过揭寓了其中一种境况而已。而从实际诗歌写作及评介来看，唯有超越某些具体的现实因素的束缚，诗歌的内蕴才能得到更为充分地挖掘，才能不断地回应某些具体的场景并且不断地得到续写。

在《示长女》（1944 年 6 月 27 日）里，“土地”仍带有某种乌托邦色彩，但似乎已还原为一派田园风光，时代性因素几乎消遁得无影无踪：

我们曾有一个安乐的家，
环绕着淙淙的泉水声，
冬天曝着太阳，夏天笼着清荫，
白天有朋友，晚上有恬静，
岁月在窗外流，不来打搅
屋里终年长驻的欢欣，
如果人家窥见我们在灯下谈笑，
就会觉得单为了这也值得过一生。

我们曾有一个临海的园子，
它给我们滋养的番茄和金笋，
你爸爸读倦了书去垦地，
你妈妈在太阳阴里缝纫，
你呢，你在草地上追彩蝶，
然后在温柔的怀里寻温柔的梦境。

“读倦了书去垦地”，诗人戴望舒似乎将自己装扮成了一位隐逸文人；但一个“曾”字泄露了全部秘密，诗人不过是以有写无，“土地”更多地成为了一块心灵领地；事实上，20 世纪 40 年代的戴望舒乃是时局中人而非隐逸之人，也曾深深地卷入时代旋涡之中，深受磨难，因此，“土地”的失去，也跟动荡时局有着或显或微的关联，戴望舒对于失去的土地的咏叹，也就成为了动荡时局之下微渺生命的一帧缩影——而由于关涉到爱情、家庭，更是平添了几分沧桑与哀婉。

在被普遍认为继承了艾青风格的“七月派”诗人群那里，有沿袭艾青的一面，在某些时候，甚至非常明显；但也有新的局势，比如，同样是写旷野或原野，彭燕郊就与艾青的取向有所不同。20 世纪 40 年代的原野或“旷野”型诗歌写作，经由艾青的强力塑形，被普遍赋予了一种悲哀、忧郁的特性，成为了时代的核心意象，是时代现实最为根本的表征。但在彭燕郊笔下，悲哀或忧郁虽有其特点，却远不如艾青浓烈；清新一面则更为突出——在某种程度上，“清新”被提升为一种精神准则，“原野”成为了一处能够消抵现世压力与邪恶、能够给诗人带来深刻慰藉的精神性场所，即如《宽阔的蔚蓝》(1942) 所示：

> 现今原野是浸沉到更冷峻的，更严明的静默里了——所有的小丘、树棵、峰峦、草叶和谷实，所有一切的全灵魂，都进入到一种隆重的仪式里了。让我的痛苦的灵魂，也在这样美好的，有奇异的力量的日子里，受一次洗礼吧！看那宽阔的、蔚蓝的天空吧！[①]

在“七月派”诗人群中单独提及彭燕郊的意义还在于，之后很长一段时间，特别是 20 世纪 80 年代之后，已过花甲之龄的彭燕郊仍然对“原野”有着无限的兴趣，有更复杂的探索，“土地”图景得到了极好的复现。而后文将呈示，到了那个时候，艾青诗歌中的“土地图景”早已消逝殆尽。

五　强炽的省思与愤慨：20 世纪 40 年代穆旦的土地诗篇

年轻的诗人穆旦显然也深深地领受了艾青“土地诗篇”的感染。1940 年 3 月，在写作《寒冷》之前，生活在“大后方”的穆旦针对艾青于 1939 年春末所作长诗《他死在第二次》而写了《〈他死在第二次〉》。两者相隔约一年，可算是一篇时评。穆旦对于这位诗名远扬的前辈诗人以热切肯定，赞其为“抗战以后新兴的诗坛上”的“珍贵的收获”，这种“收获”不仅仅是“中国的”内容，也在于其“形式”上的“创试”。尽管此前已经专门涉及它，为了呈现穆旦的土地观念，这里仍适当引述：

---

① 刊《现代文艺》第 6 卷第 2 期，1942 年 11 月。

> 做为一个土地的爱好者，诗人艾青所着意的，全是茁生于我们本土上的一切呻吟，痛苦，斗争，和希望……这些诗行正是我们本土上的，而没有一个新诗人是比诗人艾青更“中国的”了。
>
> 读着艾青的诗有和读着惠特曼的诗一样的愉快。他的诗里充满着辽阔的阳光，和温暖，和生命的诱惑。如同惠特曼歌颂着新兴的美国一样，他在歌颂新生的中国……这里，我们可以窥见那是怎样一种博大深厚的情感，怎样一颗火热的心在消熔着牺牲和痛苦的经验，而维系着诗人的向上的力量……
>
> ……光就作者在诗里所采用的这种语言来说，他已经值得我们注意了。因为我们终于在枯涩呆板的标语口号，和贫血的堆砌的词藻当中，看到了第三条路创试的成功，而这是此后新诗唯一可以凭藉的路子……[①]

穆旦着意强调了当时艾青诗歌的“土地”情怀，并指出它与标语口号诗歌之间的美学差距。所用赞辞是如此之热切，不难见出艾青诗歌给予他的震动。而“这是此后新诗唯一可以凭藉的路子”这一断语也应蕴涵了穆旦对于中国新诗发展路径的希冀。

但是，穆旦显然并没有很好地厘清到那时为止艾青诗歌本身所内蕴的歧异，更无法预见艾青写作将在较短的时间内发生蜕变——也会陷入“枯涩呆板的标语口号，和贫血的堆砌的词藻”的泥淖之中。预判需要卓特的历史眼光，对年轻的穆旦而言自然是难题，其时，穆旦尚处于一种写作探索期，几乎还没有写出真正成熟的作品来——一个后来被穆旦自己有意掩埋的作品有助于说明这一问题，即《一九三九年火炬行列在昆明》（1939年5月）。诗中充斥着一种“泛滥虚幻的情绪”，包括“整体诗情的混乱芜杂，写作方式的简单直白，诗行的参差冗长”，穆旦从未将它收入任何一部诗集。[②]

没有预判到艾青的写作前景是一回事，穆旦本人的写作又是另一回事。穆旦以评论自况，同时写下的是一种自我期待与自我规约。不妨设想，当他写下《〈他死在第二次〉》的时候，脑海里一定浮现过那一次失败的写作经历，如何更为深挚地呈现出苦难的中国现实，如何将滞重的情感

① 穆旦：《〈他死在第二次〉》，香港《大公报·文艺》第794期，1940年3月3日。

② 参见姚丹《“第三条抒情的路”——新发现的几篇穆旦诗文》，《中国现代文学研究丛刊》1999年第3期。

有效地熔铸在紧凑的诗行之中，如何超越对于社会现实的浮浅把握而传达出真正属于个人的声音和体验，也就成为他所不得不面对的诗学命题。《出发——三千里步行之一》、《原野上走路——三千里步行之二》（1940 年 10 日发表）、《五月》（1940 年 11 月）、《在寒冷的腊月的夜里》、《中国在哪里》（1941 年 4 月 15 日发表）、《小镇一日》（1941 年 7 月）乃至《赞美》（1941 年 12 月）等诗篇的出现，即可称为穆旦写作探索之途中的重要路标。

前面曾以《在寒冷的腊月的夜里》为例简单地说明了穆旦所受艾青的影响以及实际写作图景的歧异。背景大致相同，写作却发生了重要的差异与分途，简言之，即“一个民族”和“我们民族”的写作分途。这一分途意味着什么呢？换言之，在不同的“土地图景”内部，到底蕴藏着怎样的具有差异性的抒情机制呢？

艾青诗歌中“我”的消失，“我”最大限度地融入到集体的怀抱，认同“人民”的声音，这一话题并不新鲜，但以艾青实际创作为凭借，并非泛泛之谈。在穆旦的这些“土地”诗篇中，“我”的声音也一直存在着，但内涵不尽相同，穆旦所炫示的不是身份，而是不断地对大众的命运与历史提出省思。

前文谈及《赞美》时曾指出，所谓“赞美”，乃是以一种宣谕式语气写成，即“试图通过宣谕和强调而给世人一种‘朝向光明的激动’——与其说诗人在‘歌颂着新生的中国’，不如说他在表达一种对于‘新生的中国’的强炽希望：唯有人们（包括知识者）不断地‘扶助’深陷苦难之中的民族，‘耻辱的历史’局面才能改观，‘无言的痛苦’才能获得解除，这一民族才能真正‘起来’，大众也才能真正从‘不幸’的牢笼中解救过来”（见本书第一编第二章）。可进一步指出的是，这样一个发出宣谕的“我”，与那个不断省思的“我”并不矛盾：既不存在一个凌驾于“土地”之上的“我”，也不存在一个被“土地”所压低的“我”，两个“我”其实就是一个“我”，所谓省思，既指向大众，也指向诗人自身。在穆旦笔下，“现实”与“个人”被处理成同一性的命题，那些向外投射的（现实愤慨的情绪）诗篇同时也是向内收缩的（个人境遇的省思），这即所谓与现实之间保持着“省思的距离”。[1]

① 一直到晚年，穆旦都在思考“距离”的话题，“总之一和生活有距离，作品就毁了”话题的由来是当时“文化大革命”中的一些写作，以及苏联文学，“尽管非常正确合格，但不动人……被西方评为‘穿制服的文学’”，见穆旦《致郭保卫》（1975 年 9 月 6 日），《穆旦诗文集》（2），第 184—185 页。

穆旦不断对自我提出省思，也有意控制自己的写作行为，其内在动力即在于此。

穆旦也察觉到了自身作为知识者的原罪——在“赞美”之声发出的时候：

> 为了他我要拥抱每一个人，
> 为了他我失去了拥抱的安慰，
> 因为他，我们是不能给以幸福的，
> 痛哭吧，让我们在他的身上痛哭吧，
> 因为一个民族已经起来。

艾青急欲洗去自身的知识者色彩而投入到“农人”（“人民”）的怀抱；穆旦“原罪”意识的产生，则是因为作为知识者不仅不能给予大众以“幸福”，相反，还可能正是知识者造成或加剧了他们的“不幸”。这在某种程度上乃是一个带有启蒙主义的价值命题（即由鲁迅所开创的“铁屋子寓言”）。两人的境遇与价值诉求可谓存在着非常大的差别：艾青的“罪”是向内收缩的，从《雪落在中国的土地上》开始就不断收缩，最终压低乃至消灭了“我”；穆旦的“罪”则是向外投射的，是不断地把“我”对象化，“痛哭吧，让我们在他的身上痛哭吧”，“我”也成为了“他们”中的一分子。

不妨从一个更长的历史语境来考量穆旦诗歌中的这个“我”。1942 年的时候，当身居延安的艾青批判当时生活在“云南或是四川的小城里”的“有些教授与绅士”的言辞发表之时，穆旦做出了一个勇敢的决定，放弃西南联大教席而踏上了战争前线——当艾青的文章在纸面已有若干流传的时候，穆旦可能正在缅甸丛林的死亡线上穿行。

居住在延安的艾青虽初有不适，但最终消灭了“不适”——最终使得他超拔于“土地”之上。20 世纪 40 年代，穆旦主要生活在“后方”（所谓“国统区”）：前期在大西南，中期在沈阳、北平等地；之后直至赴美留学前则在上海、南京以及泰国曼谷等地。除了战场上的生死经历之外，其他时段的生活也多有波折——生活使得他始终紧紧地贴伏于“土地”之上：不仅仅个人生活被挤压到现实底层，而借此，对于那些底层人们的生活与命运，他也有了深切的体察和省思。

现实经验加深，穆旦笔下的“土地诗篇”也发生了形变；而这与此前的写作又构成了别有深意的对照，比如《荒村》(1947 年 3 月)：

荒草，颓墙，空洞的茅屋，
无言倒下的树，凌乱的死寂……
流云在高空无意停伫[1]，春归的乌鸦
用力的聒噪，绕着空场子飞翔，
像发见而满足于倔强的人间的
沉默的溃败。被遗弃的大地
是唯一的一句话，吐露给
春风和夕阳——
干燥的风，吹吧，当伤痕切进了你的心，
再没有一声叹息，再没有袅袅的炊烟，
再没有走来走去的脚步贯穿起
善良和忠实的辛劳终于枉然。

这首诗可谓《寒冷》一诗的后续之作，场景虽多相似，差异却也显明。6 年时间的差距使得诗歌的主观意味大大加强，对于村庄荒凉和颓败的摹写不再是不动声色的意象铺陈与叠加，“再没有一声叹息”和《寒冷》中儿郎的哭声、“火熄了么？红的炭火拨灭了么”等声音跨过漫长时空，形成了强烈比照：再也没有比没有人声的地方更为衰败的了。先前，发出疑问的诗人对于生命形态尚怀有某种渴望，6 年之后，渴望变成了无比强烈的愤慨——它指向衰败的场景，更指向“历史”：“历史已把他们用完”——“善良和忠实的辛劳终于枉然”。

20 世纪 40 年代中后期，艾青诗歌中的时态发生了重要变化，对于“苦难的现时”的书写逐渐被今昔对比模式所取代；穆旦诗中的时态也有重要变化，即现在时（“现在”）占据了核心位置。《寒冷》之中几乎不存在时态问题，场景非常舒缓，诗句完全可以穿越任何时代。《荒村》一类诗歌则不同，“现实”的“溃败”（“被遗弃的大地”）成为了一个非常突出的事实，而所谓“历史”，与其说是一个跨时段的概念，倒不如说是现实概念——大众的现实命运被提升为“历史”。

与之相关，穆旦的词汇表也发生了重要更迭：摹写苦难的词汇固然还

---

① 《穆旦诗文集》此处作“停贮”，应为印刷误。

在，但已不再占据核心位置——苦难已经被荒凉与颓败，以及由此滋生的愤慨情绪所代替；“土地图景”也随之发生重要形变：蕴藏在“土地”深处的滞重希望被眼前“一片土地的灰烬”彻底击溃：

从一个民族的勃起
到一片土地的灰烬，
从历史的不公平的开始
到它反复无终的终极：
每一步都是你的火焰。

——《暴力》(1947 年 10 月)

一如《荒村》回应着《在寒冷的腊月的夜里》，有理由相信，穆旦写下这样的诗句时，耳边肯定也曾回响起“一个民族已经起来”这样非常高亢的声音。视线依然是紧紧地黏附着“土地”，情感姿态也依然非常强炽。此种景状，与其说是穆旦个人的情感发生变化，倒不如说是“土地”现实本身发生了重要变化：“土地”不再单纯。

艾青笔下的“土地图景”不再“单纯”是因为悬置了一个完全凌驾于“我”之上的“人民”神像；穆旦则是发现了“历史”(“现实”)对于“土地”本身的“遗弃”与毁压。这样的现实没有消灭“我”的声音，相反，使得“我”的声音更为强炽：“赞美”最终退居次席，原本糅杂在“赞美”之中的省思因子被放大。省思所指，不是个人，而是“历史的不公平”这样一个大的命题。“历史”最终成为了一个核心词汇（所谓“暴力”，乃是历史的实现手段）：

因为历史不肯饶恕他们，推出
这小小的空虚的躯壳，向着空虚的
四方挣扎。是谁的债要他们偿付：
他们于是履行它最终的错误。

在街头的一隅，一个孩子勇敢的
向路人求乞，而另一个倒下了
在他弱小的，绝望的身上，
缩短了你的，我的未来。

——《饥饿的中国》(1947年8月)[①]

大众除了死亡之外，还要“偿付”“历史”的“债”：在历史长河之中，大众不过是被“历史”所利用和使用的对象。饿死的孩子“弱小的，绝望的”身体，不仅关切，而且“缩短了你的，我的未来”——穆旦依然将“我”置于被省思的对象之中，怀有这样的历史观念，穆旦显然不会以虚幻的“人民”信念来安慰自己。

比照艾青，不难发现，个人经历不同，所看到的历史图景、所承受的历史负压以及最终发出的声音也不同。穆旦亲历了苦难、衰败的现实图景而发出愤慨的声音；艾青则在“解放区”“明朗的”天空下，发出了热烈颂辞，从各自经历与实际处境（现实身份）来看，都是具有相当的合理性。

这一话题，反过来说也是一样，1942年之后，艾青之所以发出无节制的阿谀之辞，写下滥俗不堪的标语口号之作，最根本症因即在于脱离了“土地”——脱离了写作所凭借的现实根基与精神资源；穆旦之所以变得愤慨，则正是惨烈程度不断加剧的现实使然——现实的历练以及穆旦本人惯有的诗思方式共同促成了一种内省式写作。

后续写作表明，“一个民族”与“我们民族”的分途，并无所谓真诚或情感浓度的区分（尽管看起来由“我们”所引导的句式更为真诚，情感浓度更强；而“一个民族”的表达似乎情感浓度不够，无法激起更热烈的效果)；也不仅仅是一个人称设置上的简单区分，而是关涉到个人写作与现实的关系这类根本性的命题，即个人写作如何进入现实、抒情（位置）机制如何确立的命题。

艾青没有沿着穆旦所希冀的路径前进，穆旦却逐渐背离了那充满“泛滥虚幻的情绪”的诗歌道路——同样是“带血的歌”，穆旦不断加重它的浓度，艾青则不断将之稀释。这是两位诗人的重要分野，夸大一点说，也是20世纪40年代中国新诗的一种重要分野：一种是不断深入到“土地”深层，探索内在自我的生命境遇，不断追求自我情感的滞重化和表达风格的凝练效果；另一种则是不断超拔于“土地”之上，朝向一个无我的集体怀抱飞奔。从实际效果看，后一支队伍远为壮大，但穆旦也并非孤例，郑敏的《金黄的

① 这首诗的开头写道：“饥饿是这些孩子的灵魂。/从他们迟钝的目光里，古老的/土地向着年青的远方搜寻，/伸出无力的小手向现在求乞。”“土地”的面孔已大大不同于以前了，而“向现在求乞”在某种程度上也可视为一种隐喻，即“现在”所占据的突出位置。

稻束》，所写也是土地（“割过的秋天的田里”）和矗立在土地之上的母亲形象——“母亲”没有成为苦难的化身，而是站立成“人类的一个思想”：

> 肩荷着那伟大的疲倦，你们
> 在这伸向远远的一片
> 秋天的田里低首沉思，
> 静默。静默。历史也不过是
> 脚下一条流去的小河，
> 而你们，站在那儿，
> 将成为人类的一个思想。

郑敏更多地承继了冯至、沈从文的写作路数。这两人的写作所呈现出的“中年气质”，对于同时代那些充斥着“泛滥虚幻的情绪”的写作多少具有纠偏的效应——穆旦的写作也可作如是观。

六　乐观的历史预言家与敏感的时代心灵

艾青带着三呼“万岁”的兴奋进入到了新中国；1953 年年初，留学美国 3 年有余的穆旦也历经波折回到了祖国。两者的写作图景再次呈现出差异。

著名诗人艾青成为了新中国经济建设的歌者、世界和平事业的使者，他的足迹遍布大江南北、世界各地，写下了大批作品，出版了多部诗集、诗论集——“土地”图景却是进一步形变，在某些时候，“原野”成为了政治风景：

> 雨后原野上，
> 一切都这样新鲜！
> 火车激动着，
> 朝向远方的城市飞奔……

“新鲜”、“激动”，这些惯常的形容词在诗中都内蕴着政治情绪，它随着一个革命圣地名字的出现而达到高潮：“‘莫斯科！’/‘莫斯科！’/像婴孩看见了母亲，/大家的眼睛里/闪着狂喜的光，/于是，拥抱和欢呼/突然扰乱了整个车厢……”（《呼喊》，1950 年）

当然，“土地”图景的形变，并非一种个人行为，而是一种集体狂欢。比如，歌颂“新中国”蓬勃开展水利工程建设——一项在贫瘠、落后的土地上所矗立起来的建设，成为了一项政治任务，知名诗人，艾青之外，卞之琳[①]、冯至[②]等等，以及一批不知名诗人都投入到“水利工程”诗篇的写作当中。[③]

这些写作往往采取“今昔对比”的视角——这种在艾青《吴满有》等诗歌中就曾娴熟施用的视角已是一种时代性视角，所谓“新旧社会两重天”。一般诗篇多为短章，艾青的《官厅水库》（1956）则用了3节81行，基本上是“过去”、“现在”与“将来”各占一节，一种具有时代典型性的结构安排：“过去”被描摹成“可怕”的、邪恶的，“将来”被想象成美好的、充满希望的，而“现在”是欣欣向荣的。总之，现实正在发生着“翻天覆地”的变化，诗人成为了乐观的历史预言家：

那边出现了一个大湖！
打开最新的地图
也找不见它的名字。
人们就这样地
创造着翻天覆地的事业。
……
——这无尽的电力的源泉啊，
使成千工厂都充满了血液，
为北方古老的区域
创造工业化的春天。

---

① 卞之琳《十三陵水库工地杂诗》共有6首，《向水库工程献礼》、《动土问答》、《大水》、《防风镜和望远镜》、《十三陵远景》、《和洪水赛跑》，除末一首外，均收入《卞之琳文集》（上）。

② 冯至：《三门峡杂诗》，《人民日报》1955年8月2日（计有：《三门峡》、《中流砥柱》、《黄河两岸》）；《刘家峡之歌》，《诗刊》1957年第1期（创刊号）。

③ 以《诗刊》为例，自1958年第2期开始，刊载了大量“水利工程”诗篇及批评文字：第2期有丁力《十三陵水库开工了》、蔡其矫《长江水利工作者的愿望》；第3期有德崇等《十三陵工地歌谣》、卞之琳《十三陵水库工地杂诗》、丁力《在十三陵水库工地上》；第4期有戈茅《在十三陵工地上》；第5期有贺敬之《三门峡歌》、邹荻帆《扬水站工地即景》，该期有批判“对卞之琳‘十三陵水库工地杂诗’”小辑，有刘浪《我们不喜欢这种诗风》、徐桑榆《奥秘越少越好》；第6期有巴牧《十三陵水库工地诗抄》；第8期有骆文《三峡歌》、朱子奇《十三陵工地赞歌》；第9期有丁风《欢迎朱子奇改变诗风》、罗生丹《一首令人喜爱的好诗》；第12期有廖公弦《阿哈水库的诗》。

不妨设想，艾青写作时可能浮现过写作《吴满有》的情形，一个是“人”的新变，一个是“物”的改造。尽管“使成千工厂都充满了血液”的说法显示了一定的创意，但总体而言，也恰如《吴满有》，诗歌成为了政治话语的分行排列——分行这样一个充满诗性张力的写作行为已失去重要性，而《官厅水库》可以由艾青写下，也可以由冯至或者某个无名诗人写出，彼此之间并没有差别。

从美国留学归来的穆旦并没有马上写作并发表，这是并不知名的一个表征，他无须像艾青那样承受大批写作任务。境遇不同，所承受的历史重负也大有差异——即便是不断书写对于新中国的印象和感受，艾青却仍被质疑“能不能为社会主义歌唱”[①]，这样的历史压力，处于文化位置的边缘地带的穆旦自然也没有承担。事实上，凡涉及穆旦的批判都发生在他的写作行为停止之后。

穆旦开始发表诗歌已是 1957 年，从 5 月到 7 月，共 9 首，数量并不算多，对穆旦而言却已是全部。非常有意味的是，其中一篇也是以“水利工程”为主题，《三门峡水利工程有感》——多半是由于诗题的原因，它随后即被“三门峡”这一时代性话语所接纳：本年 12 月，诗合集《三门峡短歌》出版，共录相关诗歌 38 首，《三门峡水利工程有感》即是其中之一[②]：

想起那携带泥沙的滚滚河水，
也必曾明媚，像我门前的小溪，
原来有花草生在它的两岸，
人来人往，谁都赞叹它的美丽。

只因为几千年受到了郁积，
它愤怒，咆哮，波浪朝天空澎湃，
但也终于没有出头，于是它
溢出两岸，给自己带来了灾害。

又像这古国的广阔的智慧，
几千年来受到了压抑、挫折，

① 此话题由周扬在 1956 年春召开的中国作协第二次理事扩大会上的报告中提出，见《建设社会主义文学的任务》，《文艺报》1956 年第 5、6 合期。

② 吴烟痕、青勃等：《三门峡短歌》，山西人民出版社 1957 年版。

于是泛滥为荒凉、忍耐和叹息，
有多少生之呼唤都被淹没！

虽然也给勇者生长了食粮，
死亡和毒草却暗藏在里面；
谁走过它，不为它的险恶惊惧？
泥沙滚滚，已不见昔日的欢颜！

呵，我欢呼你，“科学”加上“仁爱”！
如今，这长远的浊流由你引导，
将化为晴朗的笑，而它那心窝
还要迸出多少热电向生活祝祷！

全诗共5节，前4节写“过去”，最后一节才发出“欢呼”、“晴朗的笑”和“祝祷”。这样的结构似乎不合时代之道，而作为对象的“河水”本身——穆旦所构想的“土地”图景，也迥异于艾青的想象。艾青将“山洪”想象为敌人（第1节中有：“这儿的山洪/像溃败的千军万马”）——战争模式被移植到诗歌写作之中。穆旦笔下的“河水”虽然也被人格化了，但仍然保留着复杂的物性，它“也必曾明媚，像我门前的小溪”——“我门前的”这一具有亲和力的定语无疑更加强了这一点。

“河水”“因为几千年受到了郁积”而“愤怒，咆哮”，以致“给自己带来了灾害”，“几千年来受到了压抑、挫折”的“这古国的广阔的智慧”也是一样。但从“河水”到“智慧”，并非一种简单比附，“智慧”是一个在穆旦各阶段写作中均出现过的词汇①，一句“有多少生之呼唤都被淹没”，不仅仅嵌入了穆旦本人的境遇（想想他满怀热情地回到祖国，却很快被“肃反”），更是一个时代里那些“智慧”心灵悲惨境遇的画像。②

诗歌最末一节以一种“欢呼”的姿态回到了现实，这算是回应了时代——但“心窝”与“生活”对峙，无疑又别有深意地标识出了一颗敏感的

① 所涉诗歌包括《蛇的诱惑》、《不幸的人们》、《智慧的来临》、《神魔之争》、《小镇一日》、《控诉》、《自然底梦》、《赠别》、《隐现》、《城市的舞》、《诗四首》、《智慧之歌》、《理想》、《春》、《老年的梦呓》等。

② 在1976年的《诗》中，也有类似的一行：“多少人的痛苦都随身而没。”可见这一句式已在穆旦心中留下了深刻的印痕。

心灵在时代话语面前的不安感受。

新中国成立后，艾青的写作生涯中还有一个非常重要的事件，与智利著名诗人巴勃罗·聂鲁达的相遇[①]，这一相遇令艾青异常兴奋、激动，也促使他爆发了久违的诗情，所写《在智利的海岬上》显然也给了那个时代的读者以鼓舞，有评论即用较大篇幅赞誉了艾青所创造的“新手法”与“新的风格”。[②] 这一事件也不妨说是一个隐喻，即艾青内在诗情的释放，以及他对于诗艺的寻求——对于那个丢失了的自我的寻求。[③] 但严格说来，这样诗情迸发，只是针对20世纪40年代以来的艾青而言的，而不是更早时候那样一位情感真挚的“土地诗人”。在《给巴勃罗·聂鲁达——为他的五十诞辰而作》(1954年7月28日）中，艾青别有深意地在聂鲁达的肖像上镶嵌了“农民”这个字眼：

> 你生活在人群里，
> 行走在大街上，
> 和劳动者打着招呼，
> 你笑着像农民一样……
>
> 风浪与阳光的朋友，
> 歌唱斗争，歌唱自由，
> 你的诗篇像无数花束，
> 散遍了整个地球。

“歌唱斗争，歌唱自由”的诗人，艾青在为聂鲁达画像的同时，脑海中应该浮现过先前的那个自己，曾经有过的异常激昂的诗情，以及曾经为苦难的中国农民所画下的群像。不过，“你笑着像农民一样”终究只是一种非常表象的表达，它能够浮现艾青的内心波动乃至精神困境，却并没有在诗的层面上完成一个新的形象。

---

① 对中国新诗的发展来说，这是一个很好的比照点，目前在提及这一问题时，多强调艾青和聂鲁达两人的精神契合（相互欣赏），实际上，在我看来，比较两者的差异将更有意味。否则，无法理解何以聂鲁达会成为一个被持续关注的世界性诗人，而艾青最终被认定为一名“现代中国”诗人。

② 艾青诗歌刊于1957年1月《诗刊》创刊号；所引赞誉出自沙鸥《艾青近年来的几首诗》,《诗刊》1957年第4期。

③ 后来的文学史家也更看重艾青的这几篇诗作，如洪子诚《中国当代文学史》，北京大学出版社1999年版，第61页。

新中国成立之后，穆旦的写作生涯很短，但也遭遇到了令他兴奋而激动的对象，这就是普希金、雪莱、拜伦、布莱克等等——他深深地沉下去，通过那些百年以上甚至数百年的文字，而不是实际交往，他的心灵也获得了慰藉，那为数巨众的翻译则将慰藉也给予了那个时代的读者。

当然，在“1957—1958年”这一时间点上，历史给予艾青和穆旦的压制终究是相似的：被批判，之后则是被扫进历史的角落（一个是“右派”，一个是“历史反革命”）。作为名诗人，艾青批判发生得更早，批判者的范围更为广泛，措辞也更为猛烈；穆旦批判则火力小得多。艾青离他自己越来越远，而穆旦也只是在一定程度上回到了20世纪40年代而已，但他们都遭遇了批判——别有意味的是，多数穆旦批判都是附着在艾青之后。批判本身彰显了艾青、穆旦的写作与时代话语之间的“不适”，更表征了那样一个禁锢的政治时代及其浮浅的诗歌美学。

七 持续呈现的历史差异

“历史”的差异仍在持续。

在漫长的“右派”生涯中，艾青的生活多有波折与流徙，在某种程度上，与“土地”可谓重新有了直接关联，对于“土地”苦难也应有了更为深切的感知，但即便如此，“土地”并没有激发出特殊的想象力，“人民”依然是摆在艾青面前的一尊神像，在《互相被发现》、《鱼化石》（1978）等诗歌里，艾青演绎了一种关于“鱼化石”的想象，讲述了一个“掩埋与发现”的神话：

> 不幸遇到火山爆发，
> 也可能是地震，
> 你失去了自由，
> 被埋进了灰尘；
>
> 过了多少亿年，
> 地质勘探队员，
> 在岩层里发现你，
> 依然栩栩如生。
>
> ——《鱼化石》

“鱼化石”神话的构设，乃是对于个人被抛弃这样一种历史境遇的隐喻。一如带着“万岁”的呼声走进了“新中国”，艾青带着“归来”的喜悦走进了“新时期”。历史却又一次将他置于一种复杂而尴尬的处境之中：一方面，他重新开始写作并发表不少作品①，在非常短的时间内出版诗集，读者对于他也有非常高的期待；但在另一方面，对于新兴的“朦胧诗潮”，却又怀着“对于新的事物的胆怯与戒备”，著文批判，呈现出保守姿态。② 关于这种“保守”，学界给予了很多解释③，我的看法是，它在相当程度上源自“人民”这一概念：在这批新兴诗人身上，“自我意识”兴起，“人民”不再是一个稳定、统一的概念，这在审美标准、历史理念诸层面，均对“人民”构成了冒犯。总体上说来，艾青在新时期之后所写的作品并不为学界所看重，究其原因，“自我”的消失，观念的保守，以及美学探索上的懈惰④，应该是最主要的几个——“人民”还常在，“土地的诗人”和“土地诗篇”却消逝在历史的深处不再回来。

如前述，“1976年3月”这一私人性的时间起点乃是认识穆旦晚期写作的逻辑起点，被历史所抛弃的穆旦也省察了历史的乖谬，所谓“权力”乃是一块无所不能的“腐蚀剂”（《神的变形》，1976）——漫长的受难历程加深了他对于现实权力机制的认识，他仍然保持着一名独立知识者的品性；但在更根本的意义上，他所塑造的乃是一个深陷历史泥淖之中的渺小的、普通的、生命即将逝去的自我。在这样一种生命境况之中，穆旦反省了“白话诗”，没有“什么可读的”（1975年9月6日），曾经热

---

① 1978—1980年的3年间，艾青创作尤多，分别为23首、65首、68首，1981年之后则逐渐减少，数据资料据《艾青诗全编》。

② 在《与青年诗人谈诗》中，艾青对北岛《生活》提出了批评，认为“很难理解”；出现这种情况，“怪诗人，不能怪别人”，见《诗刊》1980年第10期。

③ 可参见李润霞《以艾青与青年诗人的关系为例重评“朦胧诗论争”》，《中国现代文学研究丛刊》2005年第3期。

④ 可以将艾青《小泽征尔》（1978年6月16日）和彭燕郊所写的同题诗（1983年1月）相比照来看待这一问题，艾青写道：“把所有的乐器/组织起来，/像千军万马/向统一的目标行进”，诗歌所用的基本上是现成的语句，与前引《马雅可夫斯基》可谓如出一辙，可以见出艾青在诗艺探索上的懈惰。彭燕郊却写出了遭受过长期精神荒漠的人们在美好的音乐面前的强烈震颤，那拿着指挥棒的小泽征尔的手得到了极为传神的摹写；事实上，彭燕郊这一类型的写作非常多，《钢琴演奏》、《陈爱莲》、《东山魁夷》、《德彪西〈月光〉语译》等，它们既见证了一位老诗人的精神力量，也见证了他不懈的诗艺探索。此外，也可参阅洪子诚对于《鱼化石》的结尾（“凝视着一片化石，/傻瓜也得到教训：/离开了运动，/就没有生命。”）的批评：“不夸张地说，真的‘非常失望’！人的生活的具体性和经验的复杂性，被我们的常常按捺不住的概括肢解、简化了”，见《问题与方法——中国当代文学史研究讲稿》，生活·读书·新知三联书店2002年版。

烈颂扬过的艾青未被提及；在另一处，穆旦则明确表示对于艾青已无“兴致”：

> 在缅甸和日本人作战的那些年月里，特别喜欢艾青的《手推车》，常常诵读。现在无此兴趣了，也许是情随境迁，感慨系之吧。[①]

作于1938年年初的《手推车》也是艾青笔下“土地情怀”非常浓厚的诗篇[②]，“兴趣”转移暗示着“土地”在穆旦视阈之中的潜移。很显然，晚年的穆旦已经非常清楚地看到了艾青与自己之间的歧异。

这样一来，在“穆旦→艾青”视阈中，经历了一种从热切颂扬到冷静反思的过程。放到一个较长的历史语境中来看，这一变化过程内蕴了作为历史亲历者的穆旦对于历史——特别是自我历史——的省思。如前述，晚年穆旦无意于对外在权力社会发言，因此，这样一种省思基本上并不包含政治文化因素，而是穆旦本人艺术观点深化的结果——换个角度，也可以说正是基于对外在政治文化因素的窥破。那么，是什么力量驱动穆旦不断省思呢？是穆旦诗歌艺术精神之中那种一以贯之的因素，即对于诗艺的追求，对于内在的精神自我的追求。在经历了漫长的精神磨难之后——在虚伪的时代话语盛行的年代里，“人民”概念没有给予穆旦以慰安，未来社会也没有出现在穆旦的诗学视阈之中，个人心灵成为了写作的唯一依凭——他走进了深深的、黑暗的历史隧道，没有“归来”[③] ——“他并没有走近未来，未来对于他将永远是迷人的‘黑暗’”。[④]

---

① 孙志鸣：《诗田里的一位辛勤耕耘者——我所了解的查良铮先生》，杜运燮等编《一个民族已经起来》，第187页。值得注意的是，穆旦晚年多次谈及想借助“外国作品”来实现中国文艺的“复兴”，以此来看，对于艾青的“兴致”移变，既跟他个人的境遇有关，也可能是将他放到“外国作品”的天平上来衡量。

② 《手推车》分两节，形式非常对称，这在艾青的诗歌中非常少见：“在黄河流过的地域/在无数的枯干了的河底/手推车/以唯一的轮子/发出使阴暗的天穹痉挛的尖音/穿过寒冷与静寂/从这一个山脚/到那一个山脚/彻响着/北国人民的悲哀//在冰雪凝冻的日子/在贫穷的小村与小村之间/手推车/以单独的轮子/刻画在灰黄土层上的深深的辙迹/穿过广阔与荒漠/从这一条路/到那一条路/交织着/北国人民的悲哀。”这首诗的形式和某些句式（比如“从……到……”）对《在寒冷的腊月的夜里》可能有某种影响。

③ 将穆旦列入“归来者”作者群，可谓对穆旦最大的误解。此一话题在本书第三编第五章仍有讨论。

④ 郑敏：《诗人与矛盾》，杜运燮等编《一个民族已经起来》，第31页。

结 语

如上主要以艾青和穆旦为对象，同时兼及其他一些重要诗人的同类写作现象，对"土地图景"这一新诗最为重要的主题进行了讨论。作为苦难的现代中国里成长起来的诗人，他们写了一批最为深挚的土地诗篇。历史仿佛已消逝在无穷远处，足可令在物质丰足的年代里成长起来的年轻人感到隔膜或难以理解，有时，这些诗篇会令我想起苏联文艺评论家康·帕乌斯托夫斯基对于著名诗人勃洛克（1880—1921）笔下所描绘的已经"消逝"的俄罗斯的理解：

> 儿孙辈不理解也不愿理解歌谣中涕泗横流地痛诉的那种贫困，不理解也不愿理解由迷信的传说、神话、不敢吱声的胆怯的儿童们的眼睛和吓破了胆的姑娘们低垂的睫毛所点缀着的那种贫困，不理解也不愿理解被香客们和精神不健全的人们的故事吓得毛骨悚然的那种贫困，不理解也不愿理解因为时时都觉得可怖的神秘就近在咫尺——就在森林中、湖泊中、朽烂的枯树中、老太婆的哭声中、用木板钉死了的弃屋中——时时都觉得奇迹就将出现而惶惶不可终日的那种贫困。"我睡眼迷离，迷离中藏匿着神秘，而你，罗斯，就沉睡在神秘里。"

诗人的情感并不为"儿孙辈"所理解。需要什么才能引致理解呢？"需要有恢弘、坚韧的心灵和对本国人民的伟大的爱，才能眷恋这些阴忧的农舍、哀歌以及灰烬和莠草的气息，并透过这种极度的匮乏看到被森林和荒山所包围的俄罗斯那种病恹恹的美。"① 在我看来，（早年的）艾青、穆旦、戴望舒等一批写作者也具有"恢弘、坚韧的心灵和对本国人民的伟大的爱"，他们"眷恋"这种郁积的词语和意象，并且"透过这种极度的匮乏"的现实看到了一个民族生命力之所在。这是苦难年代里最为丰足的诗歌。

但情感的蜕变却如被污染的江水（它的源头是多么清澈啊）流向了更广大的领域——透过"土地"这一新诗史上最为重要的主题，透过漫长的人生

① ［苏］康·帕乌斯托夫斯基著，戴骢译：《早就打算写的一本书：亚历山大·勃洛克》，《金玫瑰》，百花文艺出版社 1987 年版，第 274 页。

写作历程，透过诗人所存留下来的大量文本细节，不同诗人的精神世界的差异终将得到非常清晰的呈现——艾青与穆旦的所谓差异或分途，最终即可视为新诗自身内在图景的层级与区格。

但我同时也想指出，我无意于强化所谓“‘时间上’的优势”[①]，无意抹去艾青所承受的强大的历史压力，也无意于颠覆艾青的“痛苦”与“忧郁”，以及他的诗篇之于苦难时代异常深挚的意义，但对于那些浮于文字表层的东西，对于那些承载着虚幻的观念的文字，更多的警觉与省思在任何时候都是必要的。

① 洪子诚先生在谈到《1956：百花时代》一书的写作时曾说：“本书的作者在写作过程中，不仅对自己究竟是否有能力、而且是否有资格对同时代人和前辈人作出评判，越来越失去信心。当时的‘悲剧’在现在已有的描述中自然依故悲壮，而那些带有‘喜剧’色彩的种种（现在看起来有些天真的想象，理论和创作的‘叛逆’的有限性，在动荡的环境压迫下的各种紧张的思虑），如今也散发出悲剧的意味。虽说在过了许多年之后，现在的评述者已拥有了‘时间上’的优势，但我们不见得就一定有情感上的、品格上的、精神高度上的优势。历史过程、包括人的心灵状况，并不一定呈现为发展、进步的形态”，见《简短的前言》，《1956：百花时代》，山东教育出版社 1998 年版，第 3—4 页。

第三编

穆旦的传播历程

概　述

本编为“传播史”，将详细考察20世纪40年代以来穆旦传播的图景。当下中国现代文学研究界已形成一种自觉意识，即对于传播媒介多有看重，各种被沉埋的史料得以大量发掘。具体到穆旦，资料的打捞、发掘与整理工作也在持续进行。本书从期刊报纸、相关出版机制与出版行为、文学选本、各类传记资料（校史、年谱、回忆录等）、相关研究以及各种显性和隐性的时代因素切入，要呈现的不仅仅是穆旦历史形象的演变，更要彰显穆旦所激起的复杂效应，落实到“文学史”的叙写之中，“穆旦”见证了一些文学史观念、文学史书写原则的萌发、生长与确立。由此，“历史如何呈现穆旦”的过程同时也是考量穆旦诗歌艺术精神之于新诗历史建构的另一条路径。

具体讨论据穆旦的实际生活年代分两个层面展开，前一个层面为20世纪40年代与20世纪50年代，其时，穆旦还健在，而文学史机制尚未生成。这是穆旦批评空间初步生成又迅即湮息的时代，即穆旦诗歌艺术精神的初步生长与压低的时代。

1946年之前，穆旦缺乏反响，1947—1948年两年是对穆旦批评相对集中的时期。这与穆旦本人的诗歌发表和诗集出版直接相关，即发表、出版与批评之间有着一种互动关系。在这一批评空间里，基本形态为赞誉，也有对其缺点的指陈，还有措辞严厉的批判。这样的批评空间本身即表明了穆旦当时影响的限度。赞誉者的观点多有共通与应和之处，“现代化”、“综合性”、“晦涩”（“艰深”）为核心话题；其间也有一些异质因素，呈现为理论的交叉性，较为复杂的人事纠葛以及一种相对复杂的阐释空间。进一步看，批评文字多阐释性而少文学史的问题意识，表明文学史叙述在当时尚处于无序状态。那些严厉的批评则是20世纪40年代末期文化语境二元对立格局的一个表征，穆旦成为了窥见时代复杂语境的一扇小小窗口。再进一步辨析，“20世纪40年代后期时代语境的效应”与后世研究者的判断也有着不小的歧异，这又一次提示了文学史写作的一个基本原则，后世读者虽然有着时间上的优势，但时人更加切近于历史现场，他们对于问题的感知，无疑值得好好梳理与辩驳。对于批评，穆旦没有任何公开的回应，但私底下的言论及自行编订诗集的行为还是表明他着意坚持自己的风格。

20世纪50年代，穆旦诗歌的传播受到了政治的强力干扰。从穆旦回国到发表诗歌有着四年左右的时间差，对于新的时代环境的陌生感与警惕心理是关键性的。但时代，如1956年的自由风气，等等，也在鼓励久未写作的穆旦加入其中。缕析多种批判之辞表明：穆旦并非主要批判对象，20世纪40年代后期形成的穆旦批评空间并未展开。从文学史角度看，“新中国”的到来使得“中国新文学史”获得制度性保障，但穆旦及一大批写作者均未“入史”，也未被总结新文学的选本提及或选入，从中可以一些拥有话语权的个人或组织，其个人倾向对于时代话语的臣服。而比照“穆旦”与当时热切参与新中国文化建设、翻译出版了大量著作的“查良铮”可发现：“穆旦”与时代之间多半是紧张的，“查良铮”与时代之间则多是一种良性关系。当“穆旦”犹疑、受批判的时候，“查良铮”却自如地游走于时代之中，“穆旦”与“查良铮”，几乎是对立着的两张脸孔同时为一个人所享有。就这样，在更广的读者群、更大的时代空间里，“穆旦”与“查良铮”被分离为两个形象，这种分离成为了时代语境的复杂性的重要表征。

第二个层面为新时期以来的“后穆旦时代”。其时，文学史机制逐渐生成，被历史湮没的穆旦逐渐生长为一个非常重要的诗人，批评空间变得扩大而庞杂，复杂的文学史反应被激起——呈现出不同的面目。进一步区格，本书基本上以十年这一历史短时段为基础展开，即以1986—1988年、1997年为界分为三段，讨论无意止于综述，而是着力从庞杂的局势中析出若干问题。问题太多，这里仅略述二三：一是友人在穆旦形象塑造上所起的重要作用，新时期以来，友人塑造穆旦的局面得到持续地加强。一是从文学史角度看，较早的如唐弢版文学史，主要由历史当事人完成；其中并没有穆旦，但历史当事人唐弢却在个人研究文字中对穆旦表达了赞誉，这可视为个人研究文字对于文学史著的修正，反过来即是个人意志对于文学史意志的屈从。这与20世纪50年代臧克家的做法有类似之处，类似情况后来也有复现，如修订版《中国现代文学三十年》的实际篇幅与作者之一钱理群的相关文字表述之间也存在级差。一是1994年的“排座次事件”，穆旦被置于诗人之首。这样一个在一时之间极大地提升了穆旦知名度的事件并非单一性的，它既有“前因”，也有“后果”。“前因”即是“重写文学史”的实践，重新“排座次”意味着对于陈旧的文学史格局的强烈不满，其中内蕴着强烈的文学史焦虑。学界中人对于作家座次排定的热衷则是“后果”所在，不少推崇穆旦的理由与“排座次事件”如出一辙。当然，穆旦诗歌本身获得更多认可，才是更大的“后果”所在。一是选本对于穆旦的呈现。这一话题学界亦较少关注。繁杂的选本被区格为五个序列：穆旦个人诗集选本、九叶类选本（专门类选本）、文学史作品选、文学教育类选本、其他类型选本（非专门类选本），并对选目进行了统计分析，对选家谢冕进行了个案分析。选本统计分析表明，在不同层面、不同时间段，《赞美》始终占据最高位，中期和晚期写作都得到了一定程度的经典化，但在非专门类选本中，早期和后期诗作被看低的程度比专门类选本要严重得多；现今某些影响很大的、文学史给予很高地位的作品，入选频率非常低，非常具有或然性，这在一定程度上表明文学史所讨论的“穆旦”与选家所选出的“穆旦”之间存在着较大差异。选家谢冕共涉选本约 11 个，这既使穆旦诗歌得到更为广泛的传播，却也造成了某些误导。这一个案既呈现了“穆旦”由被忽视到广泛选入的发展轨迹，也呈现了“穆旦”的奇异面目，由此折射出一种暧昧的“选家眼光”。这样一个个案，在中国现代诗学的发展过程中，具有某种典型性。

统言之，由于研究者个人观点的歧异，所呈现的穆旦形象丰富而庞杂，这正是历史的效力所在。

第一章 20世纪40年代穆旦批评空间的生成

引 言

种种迹象表明1946年之前的穆旦缺乏反响。在此之前，公开发表的评介穆旦的文字几近于无。《中央日报》《平明》副刊（第225期，1940年5月29日）、《柳州日报》《布谷》副刊（创刊号，1942年1月3日）等处曾刊出穆旦同学赵瑞蕻、学弟杜运燮所作赠诗[①]，《文聚》杂志曾两次（第2卷第2期，1945年1月；第2卷第3期，1945年6月）刊出一份据说是由穆旦本人撰写的、关于诗集《探险队》的广告，这些文字在一定层面上表明了穆旦在当时的影响力，但均不能算作严格意义上的批评。穆旦本人于1940年上半年在《大公报》所发表的评论文章，《〈他死在第二次〉》和《〈慰劳信集〉——从〈鱼目集〉说起》，至少在表面上看来并未激起多大反响——并没有见到相关回应文字。从常理推断，穆旦于1935年入清华大学外文系，1940年夏毕业留校任教至1942年年初；1943年从军回来后虽然没有重新回到联大教席，但在昆明等地仍多有滞留，他与联大教师之间应该有较多交往，在相关老师的日记、书信乃至评论类文字里，也应有或多或少的记载，但是并不多，闻一多的书信有过一次提及，新诗选本《现代诗钞》选入穆旦4首诗歌；吴宓日记对于“查良铮”有较多记载，但“新诗人”“穆旦”的一

① 分别为《昆明底一个画像——赠新诗人穆旦》、《拘留所——赠穆旦》。按：段从学认为：“杜运燮和赵瑞蕻这种公开表达对穆旦的钦佩和敬重之情，承认穆旦对自己的感染和影响的行为，不仅仅表达了穆旦在当时已经获得了一定声望和影响的事实，更重要的是反过来强化和提升了穆旦的声望和影响。”见《穆旦与〈布谷〉副刊》，《诗探索》2010年第1期。这不错，但也需注意“赠诗”在这群诗人中可能是一种风气，在杜运燮赠诗之前，穆旦已先有《潮汐——给运燮》（《贵州日报·革命军诗刊》第6期，1941年11月27日）；其他的则有《摇篮歌——赠阿咪》，《神魔之争——呈董庶兄》，诗集《探险队》扉页还题有“献给友人董庶”，这些“赠”诗更关乎友谊。

面在他的日记里没有任何呈现。[①]

1946年之后，关于穆旦的批评文字较多出现，其中多热切颂扬之辞，也不乏严厉批判之语；有专论，也有将他放入某一种整体性视角当中的；其作者，有年长一辈的，如沈从文、朱光潜，他们当时是有着重要影响力的文化人，大学教授及重要期刊、副刊主编，穆旦作品的发表多得益于他们的襄助；同辈人较多，有陈敬容、王佐良、周珏良、袁可嘉、唐湜、李瑛、吴小如等，他们多是穆旦的同学与友人，也有些是陌生人，当时是年轻的大学讲师或助教，新创的刊物编辑，以及在校大学生。至于批判者的身份，暂不得其详。年长者所作均是粗略勾勒。同辈人所作多长篇大论。这些表明了穆旦诗歌激起了不同的读者反应。作为批评重要形式的选本也陆续正式出现，这也是穆旦反响得到加强的一个辅证。

由于学界对此已多有引述，这里将更关注各人背景与观点的形成过程，即更关注他们所指涉的现象、问题及相关语境；在部分时候，也将适当提及这些批评与穆旦本人的写作状况（包括批评活动）之间的关联。

一　新文学史序列：沈、朱的批评

沈从文、朱光潜二位用非常粗略的笔法将穆旦诗歌放置到了新诗发展脉络当中。沈从文（1947年7月）曾将新诗发展分作五个阶段："五四时代"；"新月时代"；从1931年开始以戴望舒、臧克家、何其芳、卞之琳为代表的第三期；抗战后以高兰、王亚平、彭燕郊、艾青为代表在朗诵诗上"各有贡献"；最近，冯至、杜运燮、穆旦等人新印诗集，"若为古典现代有所综合，提出一种较复杂的要求"。[②] 另一次（1947年10月），沈从文针对读者"责备"而做出辩解，有"一二读者"责备他"不懂诗"，在他主编发稿的50期《益世报·文学周刊》中"专登载和编者一样宜于入博物院的老腐败诗作!"沈从文认为这种责备是"错误"的，而他反倒因为作者"年轻"而觉得"光荣"，"最年青的还只十六七岁！即对读者保留一崭新印象的两位作家，一个穆旦，年纪也还只有二十五六岁，一个郑敏女士，还不到廿五。作新诗论特有见地的袁可嘉，年纪且更轻。写穆旦及郑敏诗评文章极好的李瑛，还在大

① 参见易彬《〈吴宓日记〉关于查良铮（穆旦）的记载》，《新文学史料》2006年第1期。

② 沈从文：《新废邮存底 二五八》，《平明日报·星期艺文》第13期，1947年7月20日。按：此文后改题《谈新诗五个阶段》，意图更为凸显，见《沈从文全集》（17），北岳文艺出版社2002年版。

二读书”。①

朱光潜是在“现代中国文学”的框架中提及穆旦的（1948年1月）。同题文章较多谈及了新文学发展的背景性因素，新文学“确是在朝一个崭新的方向走”；但他认为新诗“对于西诗的不完全不正确的认识产生了一些畸形的发展”：早期新诗、新月派诗人“功夫都不够”；“卞之琳、穆旦诸人转了方向，学法国象征派和英美近代派，用心最苦而不免僻窄。冯至学德国近代诗，融情于理，时有胜境，可惜孤掌难鸣。臧克家早年走中国民歌的朴直的路，近年来却未见多大的发展”。由此得出的结论是“新诗似尚未踏上康庄大道，旧形式破坏了，新形式还未成立”。②

能够进入两位在文坛具有重要影响力的前辈的批评视野，并被镶嵌到新文学史的序列之中，与一些重要诗人并称，这表明在两位的视野中，穆旦诗歌具有超出一般写作者的价值；但非常微妙，尽管沈、朱二人被认为是有着共同旨趣的“自由主义作家”，但在两种勾勒中，穆旦诗歌呈现出近乎相反的诗学效果：既是“综合”的、“复杂”的，却又是“僻窄”的。这样一个局面的形成，可能与沈、朱二位评判新文学的基本价值准则有关。沈从文是新文学作家，对于新文学一直保持积极阐释态度，对具体文本也常有细致分析，其结论往往也就从具有分析中得出。朱光潜则是更多理论家本色，其文艺批评所举实例基本上为西方文学和中国古典文学，少有新文学方面的内容，这多少表明其价值准则多从古典与西方中来——放眼新诗评论文章，一直到20世纪40年代，例证和资料援引方面都有这种倾向，朱自清《新诗杂话》系列论文、阿垅的评论文字，多以古典诗歌为证，袁可嘉也往往苦于找不到“细致复杂的作品可充例证”③；这些多少表明“新诗”自身存在较大问题，虽有较为高远的理论视阈，却缺乏可资例证的重要文本。不妨说，沈从文对于穆旦等年轻作者的肯定即是对于新文学发展本身的肯定，以“年轻”为“光荣”透现了他对于新文学发展前途的乐观。朱光潜则操持来自古典文学和西方文学的、带有某种普遍性的诗学标准，对于新文学的前景保持乐观；对于现状则多焦虑，目前新文学“距离理想还很远”；而且随着“西方影响的输入”，“传统”面临着“极严重”的问

① 沈从文：《新废邮存底 三二四》，《益世报·文学周刊》第63期，1947年10月25日。

② 此文是朱光潜应张晓峰之约为《现代中国文化》一书所写的一章，刊《文学杂志》第2卷第8期。

③ 袁可嘉：《新诗现代化的再分析——技术诸平面的透视》，天津版《大公报·星期文艺》1947年5月18日。

题。沈、朱二人的分歧倒不是一个新话题，而是一个自新文学“发生”就衍生而出的命题。[①] 到了20世纪90年代之后，这一分歧被成倍地放大[②]——穆旦也从一个简略例证而成为一个非常重要的文学史个案，这是后话，留待另叙。

二　“一个中国新诗人”：王、周的批评

同辈人士所作穆旦批评多有观点发明，其中流传最广、引用频率最高的无疑是王佐良的《一个中国新诗人》，这是最早出现的、引起争议最大的一篇。该文初题 *A Chinese Poet*，刊伦敦 *Life and Letters* 杂志（1946年6月）；产生实质性影响应是附录于《穆旦诗集（1939—1945）》（题为《一个中国诗人》），特别是在《文学杂志》刊出之后（题为《一个中国新诗人》，1947年7月）。从多个方面看，这都是一次富有开创性意义的批评。

王佐良是穆旦的大学同学、联大外文系同事，对穆旦的经历与成长背景了解甚多。王佐良称当时联大的一群年轻写作者“毫不有名”，穆旦“很少读者，而且无人赞誉”——重要的原因即传播不够（“那些印在薄薄土纸上的小书从来就无法走远”）。他所描述的穆旦从军途中的生死经历，对穆旦研究而言，是一份重要的传记资料。这确立了穆旦的基本形象：性格坚韧内敛，对于自身英雄传奇经历“觉得淡漠而又随便”。可提出的是，这一为后世读者所周知的形象与吴宓稍早的记载不尽相同，从军归来之初，穆旦曾给包括吴宓、李赋宁等在内的为数不多的人讲过战场经历，吴宓在日记里记到：“铮述从军所见闻经历之详情，惊心动魄，可泣可歌。”[③] 可见，归来之初的穆旦是兴奋的。最初的兴奋最终止于“淡漠而又随便”，这与穆旦3年之后才在《森林之魅》里指涉这一经历的做法，可谓相映成趣——兴奋最终止于“恐惧”。因此，与其说两个形象相互矛盾，倒不如说呈现了不同时期穆旦对于从军经历的不同感受。

---

① 胡适与“学衡派”的冲突大致即是如此，参见姜涛《“新诗集”与中国新诗的发生》，北京大学出版社2005年版，第184—192页。

② 如穆旦同时代诗人、中国新诗发展的重要亲历者郑敏即以《世纪末的回顾：汉语语言变革与中国新诗创作》（《文学评论》1993年第3期）为发端，对新诗提出了严厉反思。

③ 吴宓（吴学昭整理）：《吴宓日记》（9），生活·读书·新知三联书店1998年版，第16页。按：其时为1943年1月25日晚，穆旦回国不久或刚刚回国，当晚，吴、李到穆旦的同学吕泳、张允宜夫妇家参加晚宴，宴会从晚上6点一直持续到12点，主要是为了“陪查良铮”。不过，对于穆旦的历险故事，吴宓并“不及记述”。

具体到写作，文章既强调了穆旦作为一个写作者在抒情、文字、风格等方面的创造，也强调了他作为现代中国知识分子的精神诉求与痛苦。这两方面在他看来都具有“新”的意义。这些观点奠定了穆旦研究的基本格局，同时也造设了穆旦研究的根本歧义——最主要的是如何衡定穆旦写作的“非中国”化问题，即穆旦“一方面最善于表达中国智识分子的受折磨而又折磨人的心情，另一方面他的最好的品质却全然是非中国的”。

争论焦点之一是“非中国化”到底是不是一种“最好的品质”。这自然值得好好辩诘，但首先需注意的应是王佐良这一强调的话语逻辑及其与时代语境之间的关联，王佐良多次将穆旦与“中国智识分子”对举，以突出穆旦之“新”，这种带有夸饰色彩的文体，“五四”新文学以后使用非常广泛，现代读者非常熟悉——换言之，王佐良的夸饰文风并非无所由来，而是受自身隶属的一种急峻的历史意识所激发，在一种“中国式极为平衡的”、“缺乏大的精神上的起伏”的现实（“心”）气候之中，在新诗尚未有效地确立自身传统的时刻，唯有“新”（文中类似词汇还有“奇幻”、“好奇”等）才能彰显他们这一代人独特的历史处境——或者说，才能寻求到一种独特的历史境遇。

随着时间徙进，语境潜移——至少发生了双重蜕变：一是，20 世纪 80 年代初期，王佐良用“中国品质”取代了“非中国化”的判断，同一个“中国”被赋予了不同的价值。所谓“胜利”，既是因为对古典“中国”的“无知”，又是因为“中国品质”占了上风。[①] 至少到目前为止，王佐良关于“中国”的两个命题并没有得到有效整合。一是，王佐良所施用的文体已被今人弃置不用，由此而来的情形是，20 世纪 40 年代后期，王佐良的观点并未引起多少争议，现今学界却有大的争议。这番变化，起到关键作用的无疑也是“语境”——事实上，较长一段时间之内，“非中国化”的观点一直统摄着穆旦研究，以致穆旦写作与中国古典诗学之间的关联被有意无意地排除在外，避（略）而不谈，同时却又将他置于新诗写作的高位，无疑与学界对于“新”（“现代化”）的信仰有着莫大关联。学术研究中以一个时期占据主导地位的知识信仰为价值准绳，虽能取得一时之效，却势必会造成某些盲点。

相比于王佐良，周珏良与穆旦的关系还要多两层：中学同学，姻亲——《读穆旦的诗》（1947 年 7 月）[②] 发表时，穆旦与周珏良的妹妹周与良已经确立恋爱关系。

---

① 王佐良：《中国新诗中的现代主义——一个回顾》，《文艺研究》1983 年第 3 期。

② 刊《益世报·文学周刊》第 48 期，1947 年 7 月 12 日。

《读穆旦的诗》开头部分简略提到艾略特、叶芝、邓（Donne）、马威尔（Andrew Marvell）、奥登等人对于穆旦的影响。相较于王佐良，这一指陈稍显详细，但这一与王佐良相近的切入方式表明，"外来影响"在两位非常熟悉穆旦的教育、文学背景的评论者那里是一个需要解释的问题，从这个意义上说，两者都是从辩解开始——其结论也相近，周珏良主要也是讨论属于"穆旦自己的"东西，即"情思的深度、敏感的广度，同表现的饱满的综合"。文章中段转向了"现代中国知识阶级"的精神问题，即"受苦"——"在精神上却情不自禁地踏进了现代文化的'荒原'"；而它最终的结果是一种"悲剧"："反复追求不过使悲剧更加庄严"（出自《甘地》一诗）。这一从写作者与知识分子两个向度深入到穆旦诗歌的方式也与王佐良相近。

文章还标举穆旦诗中有一种"特别可注意的"成就：《农民兵》文字"十分平易"、"老媪能解"，"然而句句清新，它深刻锐利的地方尤其使人感觉到搔到痒处的痛快"；《甘地》则是"用极近口语的文字写出了庄严的诗，在白话文已被提倡了二十多年的今日，而每有大制作还是觉得此种文字不够典雅非用文言不可的时候，这种成就是特别可注意的"。周珏良从20多年的白话文历史的角度强调了穆旦的诗歌语言（口语）本身所具有的诗学力量。今人多以"欧化"来批评穆旦的诗歌语言及其他现代文学作品，周珏良却不仅不认为它是个问题；相反，从"平易"与"庄严"相融汇的层面肯定了它之于20多年的白话文历史所具有的独特的诗学价值。可见，随着时间的潜移，问题本身也发生潜移。

三　"新诗现代化"：袁、陈的批评

比穆旦略小的袁可嘉和唐湜在穆旦批评上可谓倾力最多。袁可嘉是西南联大外文系后期学生（1941—1946），1946年冬到1948年年底任北京大学西语系助教，其间他在平、津、沪等地报刊发表了较多新诗批评文字，其核心话语为"新诗现代化"。[①] 这一话语和前辈学者朱自清对于新诗的讨论有所关联，但朱自清标举的"现代化"更多地偏向于题材，即"迫切地需要建国的歌手"，所谓"建国"主要指现代化的生活；新诗现代化（"使新诗更富厚

① 袁可嘉后来将这些文字结集为《论新诗现代化》，生活·读书·新知三联书店1988年版。按：文字基本保持原貌，个别处有改动和删节。

些”）也是由此引申而出的。[①] 袁可嘉则着眼于新诗的现代品质——换言之，袁可嘉有更强的文学史意识，穆旦成为了他非常倚重的阐释对象。

《新诗现代化——新传统的寻求》（1947 年 3 月）是其中较早的一篇[②]，其核心观点后来被广泛引述，即“现代诗歌是现实、象征、玄学的新的综合传统”。袁可嘉将“‘现代化’的新诗”作者称为“感性改革者”，他们并非陡然产生，其“先例”可在戴望舒、冯至、卞之琳、艾青等诗人那里找到。这一话语逻辑表明：穆旦乃是接洽了前辈诗人所开创的传统。与王佐良的夸饰观点相比，袁可嘉对于新诗品质有着更为精确的分析，对于新诗实际进程与新诗成就有着更为切实的体认。

袁可嘉的这批论文多为宏观立论，少有例证，穆旦稍早（1947 年 2 月 8 日）发表的《时感》（之四）是《新诗现代化》中所举唯一实例，《时感》所表达的是“最现实不过”的内容，即“有良心良知的今日中国人民的沉痛心情，但作者并没有采取痛哭怒号的流行形式，发而为伤感的抒泄；他却很有把握地把思想感觉糅合为一个诚挚的控诉”。“这样的诗不仅使我们有情绪上的感染震动，更刺激思想活力；在文字节奏上的弹性与韧性（Toughness）更不用说是现代诗的一大特色。”

基本话语确立之后，袁可嘉又分四次阐释了“新诗现代化”的命题，《诗与民主——五论新诗现代化》[③] 是最后一篇，其时已是 1948 年 10 月。此文与“文学界的宗派倾轧”直接相关，民主是“全面的一种文化模式或内在的一种意识形态”，它所要求的“辩证性、包容性、戏剧性、复杂性、创造性、有机性、现代性”，与那种仅仅将民主视为“狭隘的一种政治制度”的“狭隘性、排斥性、简化性、感伤性、机械性”，“构成尖锐的对照”。袁可嘉通过比较来彰显诗歌“如何从原始走向现代”。其中分论之一是“从抒情底‘运动’到戏剧底‘行动’”，徐志摩的抒情诗和穆旦的戏剧诗被认为是“两个先后时代诗底本质底不同”：徐诗“是浪漫的好诗”，“明朗而不免单薄”；穆旦的诗“是现代化了诗”，“晦涩而异常丰富”。价值如何区分呢？“不同时代的诗虽然都有相对的价值，但作为现代人，我们也自然不无理由对穆旦底诗表示一点偏爱。”不同时代的诗有“相对的价值”，“偏爱”是基于“现代人”的立场。这般标举“现代性”的视阈与

① 朱自清：《诗与建国》，收入《新诗杂话》，作家书屋 1947 年版，第 65—66 页。按：一部《新诗杂话》，论及了西南联大的冯至、杜运燮等人，穆旦似未进入其视野。

② 刊天津版《大公报·星期文艺》第 25 期，1947 年 3 月 30 日。

③ 刊天津版《大公报·星期文艺》第 101 期，1948 年 10 月 3 日。

王佐良是相通的。

可特别提及的是，当年轻的袁可嘉以“宗派倾轧”来界定1948年的文坛现象时，他显然还没有来得及理会那其实是一场政治博弈，也就没有意识到它那异常强大的威慑力，这使得其论文保留着一股天真的热情。稍早，他作《诗的新方向》（1948年9月）[①] 也是为“近十余年来南北文坛的相互排斥的情形”感到“惋惜”。文章将新出的《中国新诗》视为“新方向”，它的出现“具体化了，象征化了，南北青年诗人的破例的合作”；而刊物所登诗歌“极不相同的风格”证明了诗的发展具有“多种可能性”。青年诗人的合作是因为“有想在艺术和现实间求得平衡的一致心愿”，他们的创作是“艺术与人生，诗与现实间正确关系的肯定与坚持”！郑敏、穆旦、唐祈、杜运燮等为他所倚重，“穆旦的搏斗的雄姿，拼命地思索，拼命地感觉，而又不顾一切要诉之表现的镜头是北方读者所熟悉的，他的《世界》《手》《我想要走》仍保有一贯的dynamic的特质，我个人觉得他是这一代的诗人中最有动量的可能走得最远的才人之一”。“我个人觉得”、“可能”、“之一”等等限定性词汇透现了袁可嘉批评时的某种谨慎。“拼命”应和了周珏良的说法，“搏斗”关联起唐湜的观点（见后引），“艺术与人生”的说法则与陈敬容相通。

陈敬容（1917年生）所强调的也是“诗的现代性”命题。与袁可嘉相似，署名默弓的《真诚的声音——略论郑敏、穆旦、杜运燮》（1948年6月）[②] 也对新诗传统提出了批评，即“尽唱的是‘梦呀、玫瑰呀、眼泪呀……’”与“尽吼的是‘愤怒呀、热血呀、光明呀……’”的“传统”。具体展开也有应合之处，陈敬容也强调了“综合”的意义，现代诗所要求的是“一切的综合”；所谓“诗的现代性”，即“强调对于现代诸般现象的深刻而实在的感受，无论是诉诸听觉的、视觉的，内在的或者外在生活的”。具体评论时，指明了穆旦诗歌从“浪漫派”到“现代”诗的过程，“偶然有些地方，因字句过于欧化而稍嫌生硬，但大体说来，还是完整纯熟的”。穆旦诗歌“比较强烈，突出，读他的诗往往使人顿时感到紧迫，仿佛有一种什么力压缩在字里行间，把你吸住。他用深入——深入到剥皮见血的笔法，处理着他随处碰到的现实题材。无论写报贩，洗衣妇，战士，神或魔鬼，他都能掘出那灵魂深处的痛苦或欢欣”。不难看出，袁可嘉、陈敬容等人，既对新诗传统提出

① 刊《新路》第17期，1948年9月15日。

② 刊《诗创造》丛刊第12辑《严肃的星辰们》。

批评，又对“新诗现代化”命题进行了大力阐释，其中显然包含了对于新诗实际境遇的强烈省思。

四 “搏求者穆旦”：唐湜的批评

与前述诸人的主动阐释不同，唐湜的批评是1947年秋，受与穆旦同出自西南联大的小说家汪曾祺推荐之后写成的，带有一定偶然性。[①]

从教育背景看，唐湜和前述批评者有相似之处，20世纪40年代中后期，他曾先后在浙江大学、暨南大学外文系就读，熟稔西方文学；而且他也标举“现代化”（可见当时“现代化”作为批评话语在一定范围内的效应）。不过，当时生活在沪、杭等地的唐湜与他们有着不同的文化交往圈子，他是新创刊的《诗创造》丛刊和《中国新诗》丛刊的编辑之一（陈敬容也是两刊的编辑），与臧克家、胡风等有较多交往；当时他的批评范围较广，涉及小说、诗歌以及艺术问题（如意象）；批评理念、批评视野等方面也与他们有着微妙歧异。譬如，与更重学理分析的袁可嘉相比，唐湜更强调批评主体的精神投入，即“将生活与批评联结起来”。他曾追忆第一次阅读穆旦诗歌的感受：“是这么阔大、丰富、雄健、有力，有我从来没有读到的陌生感或新鲜感”[②]；也曾追叙写作批评文字的景状：“我那时甚至带了肌肉官能的感觉与欲望来写作。我想作一种跳跃式的欣赏的解说，作一些能动的思想的展开与情感生活的再现，一种在作者的精神风格里的沉潜，总之，一种再创造。”这里回响着胡风的声音，具体行文则不乏李健吾的影响。[③]

唐湜的穆旦批评主要意在强调诗人的精神气质。稍早指涉到穆旦的《诗的新生代》（1948年2月）[④]，措辞即有胡风“主观战斗精神”理论话语的痕迹；其批评对象也包括受胡风影响的年轻诗人，将他们与穆旦并称为“新生代”的“两个高高的浪峰”，“辛勤工作”的穆旦、杜运燮等人是“自觉的现代主义者”，私淑于“艾略特与奥登、史班德们”，“气质是内敛又凝重的”；“果敢的进击”的绿原等人“不自觉地走向了诗的现代化道路”，“私淑着鲁

① 见唐湜《忆诗人穆旦》，杜运燮等编《一个民族已经起来》，第151—157页。

② 同上。

③ 唐湜称刘西渭与梁宗岱、胡风与吕荧、钱锺书与袁可嘉是到20世纪40年代后期为止中国的新文学批评的“三个可以相互充实的方向”，“我那时企慕着刘西渭先生的翩然风度，胡风先生的沉雄气魄与钱锺书先生的修养，但我更企望着在他们之间有一次浑然的合流”。见《前记》，《新意度集》，生活·读书·新知三联书店1990年版，第3页。

④ 刊《诗创造》丛刊第8辑《祝寿歌》，1948年2月。

迅先生的尼采主义的精神风格，崇高、勇敢、孤傲，在生活里自觉地走向了战斗”，“由生活到诗，一种自然的升华”。并且，“这两个浪峰渐渐该交互起着作用了”。强调“自觉”和“不自觉”，包含了对不同诗人群体的写作风格与人生态度的区格；希冀他们“交互作用”则是对于诗歌发展趋势的归结或者说对于前景的希冀。从具体行文看，不论是引述（两次引述穆旦诗歌）还是结论，穆旦都比其他对象（如杜运燮、绿原）更受倚重，对穆旦诗歌所作的“多么丰富，甚至‘丰富得痛苦’”一类概括则可视为《穆旦论》的引论。

《穆旦论》（1948 年 8—9 月）[①] 是早期穆旦研究中最长的一篇，唐湜作为“外文系学生”的阅读经验是关键性的，他将穆旦诗歌与希腊悲剧、哈代小说、歌德《浮士德》、老庄文字等并列，认为能激起同样的阅读感受，其诗歌文字与他们相比“也不会太逊色”。他又引述 D. H. 劳伦斯和 T. S. 艾略特的观点与诗句，对王佐良“穆旦懂得受难，却不知至善之乐”的观点提出了疑义和补充，这在早期穆旦批评中并不多见。在更主要的层面上，该文突入穆旦诗歌内部——穆旦的内心，强调穆旦诗歌的精神给人“一种无比的丰富，丰富到痛苦的印象”。文章最终将穆旦的“精神历程”提升到“历史过程”当中，穆旦“没有惠特曼那样的天真乐观，他该是更成熟更爱受折磨的，他的受难的精神历程与中国布尔乔亚时代的受难的历史过程正可以心心相印”；穆旦“忠诚于自己的生活感受，自然地反映了这一历史时代的‘精神风格’”；穆旦所具有的“布尔乔亚的进步精神”，“正可以与那些自命进步却实在是虚伪的甚至发扬了人民的落后趣味的‘人民诗人’作一个强烈的对比”。最末的说法具有特殊的时代指向性，带有某种辩护的意味。

作为后起的批评，唐湜的文字里有王佐良、袁可嘉乃至李瑛等人批评话语的痕迹。而可提及的是，20 世纪 80 年代之后，唐湜对这篇长文的行文措辞进行了较多改动，标题也加入了“搏求者”字眼——更彰显了胡风话语的痕迹。[②]

五　还“不能收到更大的完美的诗的效果”：吴、李的批评

作穆旦批评的吴小如和李瑛年龄更小——或许正因为如此，两位作者在

---

① 刊《中国新诗》丛刊第 3 集《收获期》和第 4 集《生命被审判》，1948 年 8 月、9 月。

② 收入《新意度集》（生活·读书·新知三联书店 1990 年版）时，标题改为《搏求者穆旦》；收入《九叶诗人：“中国新诗”的中兴》（上海教育出版社 2003 年版）时，又改为《笔然的搏求者——穆旦论》。

褒扬之后，都明确指陈了穆旦诗歌的缺点。

吴小如与穆旦兼有南开中学和清华大学的双重校友身份。[①]《读〈穆旦诗集〉》(1947年8月21日)[②] 透现了一些背景材料，吴小如先是听到老师沈从文赞誉穆旦；之后又得友人举荐并借给《穆旦诗集》，感到“自有新诗以来，还没有读过写说理诗写得这么好的”；再之后，期待“寻找旁人对穆旦诗的批评与估价”——他的文章即读了周、王二人文章之后写成。文章从缺点谈起，这在当时穆旦批评中是一个别有意味的起点：其一，形式（“O”字诗句）与内容不够和谐；其二，诗集所收诗篇如《甘地》“真是无可再精的精品”；但也有些“选择得不够”，“锤炼得不够”，“显得累赘、烦琐、重复、枝蔓，成了白圭之玷”。文章还以《甘地》为例谈到了穆旦“说理诗”的“好处”：“真是远迈前人，是那么自然而警策，而且丝毫不带‘载道’气息和‘说教’声口。这是学问和功力再加上运用纯熟技巧的成绩，单靠天才，不会写得这么浑厚而扎实。”之后，吴小如提出劝勉：“作者果能认真珍惜自己，在现有的基础之上加上阅世的炉锤，至性的火花，与夫学问的压力，思想的喷泉，十年二十年从事于兹，不特作者自己，就连新诗本身也会因之而走出一条新路来的！”以这个标准来衡量，穆旦的说理诗还须改进：“照传统的说法”，“有其不足处”，“不是最好的境界”，即在抒发情感处“不妨多打磨一下”，“使情感熔冶得更柔一些”，“韧一些”。而从“传统”着眼，这可能并不隐含对于王佐良批评的不满，但“传统”与“现代”思路的分歧也表明了批评的不同指向。

李瑛1945年考入北京大学中文系，正如沈从文骄傲地强调，1947年9月发表《读〈穆旦诗集〉》[③] 时，李瑛还是“大二学生”。与其他批评文字相比，此文至少有两点突出之处：一是穆旦思想有一个由“消极”到“积极”的过程：《穆旦诗集》“不但明晰地记录了穆旦自己多方面的感受，记录了他情绪的波动，生命的发展，而且他足以代表了整个中国小知识分子在苦闷的时代普遍感到伤害，冷酷”；诗集前半部分“完全是一个小知识者，在动摇中感到的焦虑”；后半部分则“似乎完全划出了个人的生活”，“已经由狭小的愁苦的感伤，开始渐渐的蜕变，由愤怒的控诉，而走入了明朗的宽阔的圈子里去”。另一突出之处是对于穆旦诗歌“晦涩”风格的解释。“晦涩”（“不

---

① 1936年秋至1937年7月，吴小如就读于南开中学，后来又就读于清华大学（1946—1947）、北京大学（1947—1949）。

② 刊天津《民国日报·文艺》第93期，1947年9月8日。

③ 刊《益世报·文学周刊》第59期，1947年9月27日。

懂”）问题周珏良、陈敬容、袁可嘉等人也曾提到，但并未给出更多解释。李瑛指出了其中的奥秘：穆旦“接受了很多现代人现代思想对事物观察的同样的角度”。“现代的读者，很容易因为了解力与经验的关系，或是采用了错误的方式”，会认为穆旦诗歌“晦涩”、“艰深”而“责难”或“批判”，产生审美的“距离和隔膜”，这“完全由于风格传统的问题”；“假如你能站在一个适当的角度慎重的思索，同你的经验，教训，洞察它们所有的秘密和相互的关系，你便会了解，接受”。李瑛所秉持的这类开放的观点固然有助于理解穆旦诗歌的“晦涩”，但“晦涩”问题频频产生，无疑表明在当时读者眼中这是一个突出的问题。李瑛还谈到，“穆旦完全是以一个新姿态来从事诗坛的开垦，他的诗歌装下了哲理新意识的内容，不能不说是崭新的尝试”，难免优缺点并存：优点是会“因他的内容而多方的改变”诗歌形式；缺点是有的句子“冗长，读起来觉得累赘，破坏了诗的境界，尤其是节拍的美”；有的因为“要表现他的象征的意识”，“在词藻上，显得还生涩牵强”，因此，穆旦诗歌还“不能收到更大的完美的诗的效果”。这里对于穆旦诗歌缺点的指陈，与吴小如有相通之处。

吴小如和李瑛既发出热切赞誉——其口气多少有点类似于他们的老师沈从文；同时又直言不讳地指陈穆旦诗歌的缺点。这种赞誉与批评可能会令人想起1940年穆旦对于前辈诗人艾青和卞之琳的评价。1947年，穆旦也已到了当年卞之琳的那个年龄，30岁；而批评者如李瑛，正如穆旦当年一样是20岁出头的新锐力量。不妨将此视为不同历史阶段与不同历史人物之间所形成的微妙对应。不过，其间还是有着不小差别，穆旦当年作批评，更近于自我写作的一种自况，他所赞誉的品质可以在他的作品中找到，而他所批评的要素又会在写作中极力规避。相比之下，吴、李二人的批评更多评介意味，与他们的实际写作较少直接关联。[①] 这似乎可以区格为：穆旦的批评更接近于一种渗透了个人经验的“诗人批评”，而吴、李二人则更多批评家本色。

六　“选本”：未知的或被夸大的批评事件

当穆旦批评文章较多出现的时候，作为批评另一种形式的选本也出现了多种，稍早的有两种英文选本，一种是*Contemporary Chinese Poetry*，为曾

① “20世纪40年代的李瑛”有着较大的讨论余地，部分讨论可参见段美乔《论40年代的李瑛》，《中国现代文学研究丛刊》2008年第4期，第25—36页。

任教于西南联大外文系的英籍教授罗伯特·白英（Robert Payne）与闻一多合作选译。闻一多的工作约始自1943年9月，至1945年前期大致结束。1947年由英国伦敦George Routledge&Sons公司出版发行，其中收入穆旦诗歌4首；书中有“导论”，“概述了中国新诗发展的道路，主要评价了徐志摩、闻一多、艾青、田间等人的诗歌创作”。[①] 另一种是诗人方宇晨所译，据称，选入穆旦诗歌9首。[②] 不过汉语知识界对这两个英文选本所知甚少[③]，目前还无法展开评述，也无从估量其影响。

在汉语知识界产生实质性影响的选本是《现代诗钞》。它可说是*Contemporary Chinese Poetry*的中文母本[④]，于1948年8月随开明书店印行的《闻一多全集》而第一次面世，之前一直作为手稿而存在。这可能是20世纪40年代唯一选入穆旦诗歌的中文选本；从1943年这一编选时间看，也很可能是最早选入穆旦诗歌的选本。所选穆旦的4首诗歌依次为《诗八首》、《出发》、《还原作用》与《幻想底乘客》。当时媒体称，该集所选为“从五四以来到抗战时期的作品”，“因为新诗的选本极少”，因此“尤其受人注目”。[⑤]

相关选本既少，此一选本又是由闻一多这样一位富有影响力的学者编选完成，可以设想穆旦的知名度将获得一定程度的提升。但需注意的是这一选本及相关背景的复杂性：一是《现代诗钞》目录在穆旦名下标识为11首，这是将《诗八首》视为8首。将诗的一章视为一首诗的做法在现代中国非常普遍，但严格说来，《诗八首》既是由结构完整而考究的8章构成，章与章之间不可拆分，视为8首并不恰当。《现代诗钞》共有17位作者为4首或4首之上，穆旦的“地位”并不超群——当然，还有48位作者在4首之下，可见年轻的穆旦在闻一多心目中的地位还是较高的。一是，种种迹象表明20

① 葛桂录：《中英文学关系编年史》，上海三联书店2004年版，第253页。

② 1948年5月出版的《诗创造》丛刊第11辑《灯市》的“诗人与书”一栏中有此消息。按：穆旦诗歌选自《旗》、《穆旦诗集》等集，但实际篇目不详。又，该集共选译了150余首：戴望舒15首、金克木7首、臧克家17首、卞之琳8首、冯至10首、何其芳17首、陈敬容17首、辛笛8首、杜运燮7首、郑敏6首、艾青6首、田间10首、绿原5首、胡风1首、丁耶2首。

③ 1948年2月出版的《诗创造》第8辑《祝寿歌》“诗人与书”栏目摘译了一份《现代中国诗选》（*Contemporary Chinese Poetry*）的书评，称“这些诗篇都反映着近二十年来中国人的生活，中国社会的变革。从那份感伤主义的徐志摩，‘民众的诗人’何其芳，在过去简洁的形式里表达成现代的感情，得到了成功的臧克家，一直到反法西斯的艾青和‘时代的歌手’田间，遍及各种流派的中国新诗”。

④ 两者在入选诗人及实际选目上还是有所出入，*Contemporary Chinese Poetry*选入了被《现代诗钞》所遗漏的冯至诗歌15首，卞之琳16首，徐志摩等人的入选也有差别，资料据张错《批评的约会》，上海三联书店1999年版，第41页。

⑤ 见天津版《大公报·图书评论》第63期（1948年8月23日）“新书解说”《闻一多全集》。

世纪40年代闻一多对于新诗已有较大隔膜；《现代诗钞》的编选本意是一部“作为二千五百年全部文学名著选中一部分”[①] 的诗选，选入过多联大学生作品的事实表明身为联大教师的闻一多对于学生有着并不合理的偏爱，也即，因为阅读视野局限等原因，闻一多过多地借助于切近的资料而没能在一个更宽广的范围内进行取舍，这妨碍了该选本的公正性。因此，“4”的意义宜适度缩小，而不是过分夸大。一是，该选本虽较早编就，但在多大程度上流传过尚不得而知，而它在汉语世界中第一次公开面世时已是1948年8月这样一个政局纷乱的年代，这使得其影响面与影响力要打上几分折扣——事实上，如上及稍后所涉批评文字，均未提及它。因此，所谓“实质性影响”毋宁说是针对一个更长历史语境而言的，而不是即时性的。[②] 后来的研究忽视了这种复杂性，强调选入穆旦诗作11首，“数量之多仅次于徐志摩”，进而推断穆旦“早在40年代就成为当时最受欢迎的青年诗人”。[③] 正如这一表述所包含的夸张与误会，《现代诗钞》多少成为了一个被夸大的批评事件。

七　“人民之敌”：批判者的声音

当多位批评者勉力将穆旦从同时代诗人中提升而出的时候，也有批判之辞将他列入“反动文化集团”当中。初犊的《文艺骗子沈从文和他的集团》(1947年9月)[④] 即是一种，文章矛头直指主编或代编“北方几个较大报纸的文艺副刊”的沈从文，袁可嘉等人则被称为沈从文的“小喽啰们”——其中在“由同行估价”下提及到袁可嘉《新诗现代化》对于穆旦《时感》的评析，文章主要是针对袁可嘉的评论，而不是穆旦本人，即认为袁可嘉所作出的所谓“‘诚挚的’‘沉痛哀婉’的‘控诉’”不仅仅是“无知”，更是“分明要存心欺骗读者愚弄读者”，因为诗歌里面“不但没有一点真实的人生的活

① 闻一多：《致臧克家》(1943年11月25日)，《闻一多全集》(12)，第380—382页。

② 1979年12月，北京大学等校中文系中国现代文学教研室编选的《新诗选》作为“中国现代文学史参考资料”由上海教育出版社出版，其中第三卷所录《诗八首》、《出发》两首即选自《闻一多全集·现代诗钞》。这是新中国成立之后穆旦诗歌的第一个选本。之后不少选本也是以《现代诗钞》为依据。

③ 语出陈林《穆旦研究综述》，《中国现代文学研究丛刊》2001年第2期。事实上，李怡《黄昏里那道夺目的闪电》(《中国现代文学研究丛刊》1989年第4期)，方长安、纪海龙的《穆旦被经典化的话语历程》(《南开学报》2007年第3期）等文，均是以“11首”立论。

④ 此文作于1947年4月9日，刊《泥土》第4辑，1947年9月17日。

的气息，而那‘希望’也微弱得连死人的喘息和呻吟都不如了”。

《中国新诗》创刊之后又有了新的批判文章，如张羽在《南北方才子才女的大会串——评〈中国新诗〉》（1948年7月）[①] 中称《中国新诗》“集中国新诗中一种歪曲倾向的大成”，“实在是中国新诗的恶流”。其作者“神经错乱”，对生活“感到惶惑”，而只能向上帝作“最后的晚祷”（郑敏）、“向甘地的在天之灵求救”。循此，穆旦《我想要走》是作者感到“绝望”，“简直想离开这个世界”的象征，从诗中“可以看出这一个悲哀彷徨犹疑贪婪自私的嘴脸，和一个为旧社会所豢养的和有毒的血液所滋育的腐烂的知识分子的消极堕落悲观失望动摇不定的可怜相”。杭约赫《严肃的游戏》、陈敬容《个体的完全》、唐湜《论风格》以及《中国新诗》发刊辞《我们呼唤》也被批判。

前引袁可嘉《诗的新方向》乃是此一批判的回应之作——其他回应文字则有唐湜的《论〈中国新诗〉》、《论乡愿式的诗人与批评家》等文[②]，以及《诗创造》、《中国新诗》等刊物的一些编辑后记或按语。需指出的是，随着1948年的到来，文化语境发生重要变化，“左翼”文化话语强势出击，沈从文、朱光潜这些对穆旦襄助颇多的文化人被定性为有色作家、“反动文艺”。[③] 这种大批判语境对于文艺队伍产生了巨大影响，促成了文艺队伍的分化与重新站队，刊载张羽文章的《新诗潮》丛刊的变脸即是一例。该刊于1948年1月出版第1辑，其作者与《诗创造》有重叠，如羊翚、吴越、戴望舒（译诗）等，《编者·读者·作者》强调办刊目标是发表“现实性和艺术性都要同样重视的”“好诗”，其中甚至援引瑞恰慈的观点，可见其趣味与袁可嘉等人有相似之处；1948年3月出版的第2辑也以刊登诗歌为主。同月出版的《诗创造》第9辑《丰饶的平原》“诗人与书”栏目还对它进行了介绍。但之后，《新诗潮》脸孔大变，延迟到7月出版的第3辑将辑名定为《新诗底方向问题》，《编后记》直接操持“有色”话语：“今天的上海诗坛，确是太混乱了，‘红黄蓝白黑，无所不备’的。大有理源清流，一扫这种恶劣作风及歪曲倾向的必要。”

及到12月出版的第4辑《理论与批评》，划清道路、重新站队的意图更加明显，头两篇即是措辞更为严厉的批判文章，舒波《评〈中国新诗〉》和晋军《踢去这些绊脚石》。前者将活跃在《大公报·文艺》、《文汇报》、《诗

① 刊《新诗潮》丛刊第3辑《新诗底方向问题》，1948年7月。

② 刊《华美晚报》1948年8月13日、16日。

③ 见郭沫若《斥反动文艺》，《大众文艺丛刊》第1辑《文艺的新方向》，1948年3月1日。

创造》、《中国新诗》等报刊的诗人称为“白相诗人”。在诗歌“已经担起了民主与反民主的积极的战斗的任务”的时代，《中国新诗》是“一股逆流”，如《创刊号》上穆旦的《世界》。文章随后集中批判了《中国新诗》第2、3辑：其中，唐湜《穆旦论》称赞穆旦的诗歌“没有虚妄的情感，只有更深的坚韧”，“是与穆旦的节操不恰当的，一个震惊于暴力的人，被暴力所威服的人，更不会是‘永不甘心的英雄’与‘理想主义者’”。后者是在一次十多人的文艺座谈会之后“以大家的意见为原则而写下的”，批判之辞兼及《诗创造》和《中国新诗》：《诗创造》刊载的是“一些自由主义，第三条路线的诗作品”，“充分的表现了小资产阶级在这个暴风雨的时代里的彷徨和苦闷”，穆旦是其中“比较觉醒的”，“然而他越是觉醒就越是恐惧”，《控诉》“正表现了他们的困惑和不安，一方面了解反对压迫者，而另一方面却反对大众日益增长的攻击力量”。《中国新诗》“大泼其‘为了人民’的烟雾弹”，被陈敬容誉为“真诚的声音”的穆旦即是代表之一。诗集《旗》表明穆旦是“怎样的一种货色”，《赞美》、《控诉》等诗表明他“仍旧停留在否认人民的立场，只是看见了人民的盲目，驯服，愚昧，而抹杀了人民的革命可能性，而抹杀了人民背后隐藏着的革命价值”，“在广大的人民已经觉醒了时代里”，这样的“到人民的搏斗里去”的诗人是不允许“存在”的。“诗创造派”和“中国新诗派”“有意的阻碍了大众的前进，有意的浑乱了诗的阵营”，“以人民之友自居，而实在却是人民之敌”，这样的“绊脚石”应该“踢了开去”。

这一次，自然是没有人敢站出来还击了——尽管在11月的时候，沈从文诸人仍在强调“今日文学的方向”①；但到1948年年底前后，沈从文等人在平、津、沪等地主编的文艺副刊全部停刊，可见批判之辞最终歼灭了沈从文诸人的声音——穆旦被湮没的时间更早，他最后一次在沈从文主编的报纸副刊上露面是1948年10月10日的《诗四首》（天津版《大公报・星期文艺》第102期），这同时也是他在“旧社会”里最后一次发表作品。

八　从相对复杂的刊物空间纯化为圈子化程度较高的批评空间

将上述批评信息具体到年份，可得出一组数据：1946年，批评1篇（英

① 同题文章11月14日刊载于天津版《大公报・星期文艺》，为朱光潜、沈从文、冯至、废名、陈占元、袁可嘉等人举行的“今日文学的方向”座谈的记录。

文版)；1947年、1948年，批评（包括选本）均为10篇（种）左右。尽管这并非完全的数据，但已不难看出，1947年、1948年是穆旦批评相对集中的时期。

为什么会出现这种差别呢？这就有必要适当回顾一下穆旦写作的发表与出版情况。纵观穆旦诗歌的发表情况，先是1939—1942年间发表较多，其中香港版和桂林版《大公报》副刊发表尤多，影响也较大；其他的如《贵州日报·革命军诗刊》、《文聚》等，影响面相当有限。1942年下半年至1946年上半年，穆旦先后在桂林、重庆等地刊物上发表一些作品，如《柳州日报·布谷》、《中南报·中南文艺》、《青年文艺》、《文哨》、《文学报》、《诗文学》、《诗地》等，总体说来，尽管发表的面扩大了，但基本上是零散刊登一两首，可见发表依然并不稳定。不过这也从另外一个角度表明其时穆旦发表作品的刊物空间相对复杂，不仅刊物风格相异，而且与穆旦同一期杂志发表作品的作者的身份往往也各不相同。有理由相信：这表明当时不同群体的诗人共同分享了某些发表空间——分享了某些共通的诗学冲动与经验。

1946年下半年至1948年间，也就是批评集中出现的两年多内，穆旦的作品发表很频繁，发表刊物包括《文艺复兴》、《文学杂志》、《大公报·星期文艺》、《益世报·文学周刊》、《中国新诗》、《新诗歌》、《民歌》、《诗星火》等。其中，尽管有些刊物非常短命，如现今学界所倚重的《中国新诗》仅出5期，《民歌》、《诗星火》甚至仅出版1期；但多种副刊与刊物都产生了较大影响，它们所依托的均是重要报纸或出版机构，具有相对稳定的经济支撑；实存时间较长，发行量较大，发行面较广；主事者多是在文坛上具有重要影响力的人士，具有丰富的编辑经验及相对成熟的编辑理念；此外，还具有较完善的宣传策略，一些刊物甫一出版，批评界就有较多介绍与评述——即便是那几种短命刊物，也有较为发达的宣传网络①，它们所遭受的批判也是影响之所在。

从实际发表情况来看，与此前明显不同的是，穆旦的发表变得集中且富有连续性，一份刊物往往集中推出穆旦的多篇作品，且多次发表，可见穆旦已经具备稳定的发表渠道。

刊物空间也与此前大有不同：发表批评文字的刊物与穆旦发表诗歌的刊物多有重叠，有多篇批评文字甚至和穆旦诗歌同期刊出，如《森林之歌》与

---

① 《新诗歌》、《民歌》、《中国新诗》等出版后，《大公报》等报刊都即时刊发了介绍文字。知名批评家如李健吾还撰文即时评价了《民歌》、《新诗歌》等刊物，见《〈诗丛〉和〈诗刊〉》，《文艺复兴》1947年3月。

王佐良《一个中国新诗人》、《饥饿的中国》与朱光潜《现代中国文学》、《暴力》与唐湜《穆旦论》。这意味着穆旦诗歌及其批评多在同一空间展开。而主持这些刊物的往往也就是穆旦诗歌的批评者，如沈从文、朱光潜以及陈敬容、唐湜等人，以及与这些刊物有着密切关系的人——倒并不必然都与穆旦有着密切关系，穆旦与王佐良、周珏良是同学，与沈从文、冯至、陈敬容、袁可嘉有较多交往[①]，但至少在当时，唐湜还不能算作穆旦友人[②]；李瑛、吴小如等人也未必与穆旦有直接交往。

不过，穆旦与刊物之间具有较为密切的关系是可以想见的，他甚至可能短期辅助过沈从文编辑天津《益世报·文学周刊》。[③] 批判者将从《大公报》文艺副刊到《中国新诗》的核心人物都指认为沈从文，虽有其偏颇处，但也道出了时人对于20世纪40年代后期文坛氛围与格局的感知。至于相关选本，穆旦与相关作者（如闻一多、方宇晨[④]）也有着较为密切的关系。据此，大致上可以认为，与穆旦作品发表稳定相映衬的，是一个圈子化程度较高的批评空间——换言之，批评的展开过程在相当程度上即是一个"纯化"的历程，这未必是穆旦有意而为之，却使得穆旦从一个富有才华的校园诗人成长为一个有着一定影响力的年轻诗人。

穆旦之于杂志或副刊的效应也得到了较多关注。稍早的一篇为1947年3月的《杂志，副刊，中国的新写作》，谈到杂志、文艺副刊各两份，即李健吾、郑振铎编辑的《文艺复兴》，朱光潜编辑的《现代文录》，杨振声、萧乾任编委的《大公报·星期文艺》，沈从文编辑的《益世报·文艺周刊》，"这四种是目下文艺沙漠里的绿洲"。在谈到诗歌时，仅举郑敏、穆旦为例，郑敏"很引人注意"，但穆旦是"一个更为重要的诗人"，"穆旦更丰富，方面更广。他有一种灵魂上的痛苦，而这使他最普通的观念都得了一种深厚和庄严。这样的诗中国以前还不大多见。最不可企及的，是他的句法"。援引证据是3月12日《大公报·星期文艺》刊载的《春》中的诗句：

---

① 尽管穆旦并未在《诗创造》发表作品，但该刊"诗人与书"栏目多次发布穆旦的信息，包括南下、诗集出版等，可见穆旦与编者的交往，以及编者对于穆旦的看重。

② 据唐湜《忆诗人穆旦》，新中国成立前，仅在1949年元旦与穆旦有过一次见面；20世纪50年代中期，与穆旦有一定交往。

③ 参见吴小如《我又见到了沈从文先生》、《我和废名师的最后一面》、《读萧乾先生的〈梦之谷〉·附记》等文，这些文章均收入《书廊信步》，辽宁教育出版社1995年版。

④ 1948年前期，穆旦在南京、上海等地生活时，即与方宇晨有交往；后同在美国新闻处任职；但不能断定两人的交往与选本成书时间孰先孰后。

"有谁曾用过这些简单然而美丽得使人不敢逼视的句子?"① 稍后则有莎生(吴小如)的《〈文学杂志〉的去来今》,认为在《文学杂志》上,穆旦已经取代更为年长、资格更老的诗人——"丰满遒劲的穆旦已代替了神清骨秀倜傥不群的卞之琳"。② 这些观点将穆旦看做是刊物风格的代表,无疑可视为作为影响力的一种表征。

再从诗集出版情况看,穆旦当时共出版3部诗集,即1945年1月昆明文聚社的《探险队》,1947年5月自印于沈阳的《穆旦诗集(1939—1945)》,1948年2月文化生活出版社的《旗》。其中,反响最大的是《穆旦诗集》,不少批评文章直接标明为"读《穆旦诗集》"。这可能和它的篇幅有关,它收入诗歌58首,几乎囊括了1945年之前穆旦的全部重要作品;也可能和它的宣传策略有关——出版之后,天津版《大公报·星期文艺》(第34期,1947年6月1日)旋即刊发了一则介绍性小广告,《诗创造》丛刊第6辑《岁暮的祝福》(1948年12月)"诗人与书"栏目也发表了出版信息;友人(读者)的传播也起到了良性的作用。③ 被收入巴金主编"文学丛刊"第9集《旗》的影响则在稍后体现,亦门(阿垅)迅即作长文《〈旗〉片论》(1948年3月23日)④,陈敬容读到了《旗》,晋军明确标出只看到了《旗》,远在青岛的《文艺》甚至也有以《从〈旗〉看穆旦和一些穆旦们》为题的评论。⑤《探险队》在任何批评文章中都没有被引述,这倒是可以想见的,印行诗集的文聚社只是一个校园文学社,昆明之外的人士少有人知道,熟知穆旦的王佐良在《一个中国新诗人》中虽提起了,却连诗集名字都不曾提起。

综合考量之,穆旦作品的发表、出版与穆旦批评空间的生成之间具有一种互动关系:20世纪40年代中期之前,穆旦发表空间零散、芜杂,诗集出版也不力,穆旦作品缺乏反响;1946年之后,随着两部诗集出版,特别是《大公报·星期文艺》、《益世报·文学周刊》、《文学杂志》、《文艺复兴》、《中国新诗》等刊物较多刊发穆旦作品,甚至包括穆旦本人参与报纸副刊编

① 刊《平明日报·读书界》第18期,1947年3月22日,未署作者名字。

② 刊《民国日报·文艺》第111期,1948年2月19日。

③ 唐湜受汪曾祺举荐,吴小如受梁诚瑞举荐,陈敬容也是在友人处看到《穆旦诗集》。

④ 载亦门(阿垅):《诗与现实 第三分册 论现象》,五十年代出版社1951年版。

⑤ 作者诸葛疯,刊《文艺》(原为《青岛文艺》)第5号,1948年9月。按:笔者尚未找到该刊,故无法展开论述,可初步提出的看法是:本文所提到的穆旦批评基本上出现在平、津、沪等地报刊上,青岛刊物的批评则可视为一种地方性知识,它表明了穆旦批评的广度。资料据刘锡山、王义宾、马述祯主编《山东省文化艺术志资料汇编 第十辑(青岛〈文化志〉资料专辑)》(非正式出版物)1986年版,第66—80页。据称,该刊由刘燕及主编,当时在山东大学任教的王统照多有帮助,李瑛等人为埠外同仁。

辑活动的事实，一个穆旦批评空间逐渐生成。

九　20世纪40年代后期时代语境的效应

需要注意穆旦批评空间与20世纪40年代后期时代语境之间的内在关联，周、王二人的观点与文风自不待说，晚年唐湜对于早年复杂的历史冲动的忽视——明显附和了新兴的"九叶"话语，"九叶"几乎成为了唯一被强调的事实[①]，这种对于文学史图景的简化反证了当初文化语境的效力。《甘地》成为批评的焦点之一，也与时代有关，这一点，可从1948年1月30日甘地遇刺身亡之后在中国所激起的反响见出。以《大公报》为例，该报从2月1日开始即在主要版面（第2版）连续发表社评和新闻，可谓一时之谈，如社评《哭甘地！悲人世！》（2月1日，第2版）等。及到3月6日，又有《南京公祭甘地 蒋主席亲临励志社主祭 中外各界代表千人参加》的消息，可见关注"甘地"俨然是一种国家行为，而并不仅仅是文化人的事业。在这样的语境之中，穆旦两次写下关于甘地的诗篇，《甘地》（1945年9月）、《甘地之死》（1948年2月4日），论者或赞誉或批判，均可视为对"甘地"这样一个时代性人物的感知。[②]《赞美》被批判也是一例，与现今读者普遍给予高度评价不同，当时赞誉穆旦者基本上没有提及它，而批判者却又非常严厉地引向"人民之敌"的结论。这些都与各自所隶属的历史意识与价值观念直接相关，赞誉者们的忽视应和他们强调"人的文学"有关[③]；而当时"左翼"文化界所发出的判词虽多有激进之处，但强调《赞美》并没有写出"人民"的"革命"与"觉醒"，却也道出了部分事实。[④]对于《控诉》的评价也明显呈现出时代反差。此外，今人着力强调"中国新诗派"[⑤]，时人却将它与"诗创造派"并举；今人多关注《大公报》文艺副刊、《益世报·文学周刊》、《诗创造》、《中国新诗》等报刊，却忽略了批判者在此之外

---

① 在当事人之中，长期偏居温州的唐湜的"九叶意识"可谓最为强烈，他有两部著作直接以"叶"命名：《一叶诗谈》（广西教育出版社2000年版）与《九叶诗人："中国新诗"的中兴》。前者是个人著述行为，而被列入"中国现代知识群体研究丛书"的后者多少强加了文学史构设意图。

② "甘地"在20世纪40年代中后期中国文学及各类话题中频频出现，实可进行专题讨论。

③ 袁可嘉的《"人的文学"与"人民的文学"》（天津版《大公报·星期文艺》，1947年7月6日）即是代表。

④ 现今研究者显然误用了"一个民族已经起来"这一结句。部分讨论可参易彬《赞美：在命运和历史的慨叹中——论穆旦写作（1938—1941）的一个侧面》，《中国现代文学研究丛刊》2006年第5期。

⑤ 可参钱理群《1948：天地玄黄》，山东教育出版社1998年版，第98—126页。

还曾提及《文汇报》，这些都可视为时代语境的异动所带来的认识差异。而《诗创造》同仁[①]及袁可嘉等人强调“宗派主义”，“左翼”文化界却进行了措辞严厉的政治定性——还可包括他们对于“沈从文”的核心感知，都与当时的文化语境直接相关。这些因素又一次提示了文学史写作的一个基本原则，后世读者虽然有着时间上的优势，但时人更加切近于历史现场，他们对于问题的感知，无疑值得好好梳理与辩驳。

如上所勾勒的穆旦批评空间，赞誉为多，也有对于其缺点的指陈，还有批判。赞誉非常热切，批判措辞却也异常严厉，两者呈现出截然对立的态势，这固然可说是穆旦批评空间具有较大程度的复杂性，但严格说来，即如《新诗潮》一类刊物的“变脸”所隐喻，这乃是20世纪40年代末期文化语境二元对立格局的一个表征，穆旦成为了窥见时代复杂语境的一扇小小的窗口。具体而言，随着批判升级，穆旦作为批判对象所具有的政治文化意义进一步得到了加强。不过，对于穆旦的批判始终是附带性的，穆旦并没有单独成为被批判对象——被批判的是一个以沈从文为核心（至少批判者这么认定）的文人群体，而穆旦乃是其中比较突出的代表。穆旦既被归入某个“群体”，表明批判之辞虽见证了穆旦诗歌所激起的反响，却也见证了反响本身的限度，穆旦并没有成为20世纪40年代的突出诗人。

在这一总体状况之下，赞誉之辞还可进一步辩诘。发出赞誉之辞的批评者，特别是与穆旦有较深交往的友人，其观点多有共通与应和之处，“现代化”、“综合性”、“晦涩”（“艰深”）可谓核心话题。相比较而言，除了沈、朱二人外，袁可嘉有着强烈的文学史意识，其讨论内蕴了对于新诗发展状况的看法；其他诸位也提出了一些文学史问题，但总体上说来，阐释性更强。这样一种状况，应与20世纪40年代的整体语境有关，即中国现代文学史的实际发展历程过短，文学史叙述尚未凝结成为一个有效的问题。

相比之下，唐湜多少带有一种异质性，激发了一种更为复杂的阐释空间——塑造了一个更为丰富的穆旦形象，也呈现了理论的交叉性与较为复杂的人事纠葛。但如前述，20世纪40年代后期，穆旦的发表与穆旦批评多在一个圈子化程度较高的空间展开，这无疑将放大并强化穆旦的影响，却也再一次提示后世读者注意反响本身的限度，它并不具备完全意义上的普适

① 前引《文艺骗子沈从文和他的集团》一文的批判矛头也指向了《诗创造》。两个月之后，《诗创造》丛刊第5辑《箭在弦上》（1947年11月）在《编余小记》中做出了回应，强调“批评决不是谩骂”：“那种扮着一付尊严到近于狰狞的革命的进步的姿态论客们”身上的宗派主义的“恶劣的风气”，“是大家应该来克服的”。

性——从某种意义上说，前述闻一多对于穆旦的看重也可在同一层面上来看待。这样一个刊物空间与批评空间对于穆旦的写作及传播与影响事实上是一把双刃剑：它固然能极好地提升穆旦在此一圈子内部的知名度，但一旦这一圈子受到外界强力的侵扰，穆旦也会受到牵连。1948 年末期，朱光潜、沈从文等人以及诸多刊物纷纷“倒下”，穆旦也停止了写作及发表作品。而之后较长一段时间内，朱光潜、沈从文等人一直处于“去势”状态，穆旦也一直处于埋没状态。这一状况的较大改变，已是 20 世纪 80 年代中后期的事情了。

除了批评文字之外，其他一些信息也可透现穆旦当时的影响问题。一类可表明穆旦影响的扩大化，比如，与穆旦年龄相当的唐湜①、年龄较小的邵燕祥②，当时的创作中都有穆旦的某种影响。而亚珍也出于个人情谊在《新报》被查封、穆旦离开沈阳之际写下了《送穆旦离沈》。③ 诸位人士中，唐湜至少已在小范围内有所影响，其他两位尚属无名之辈，他们的文字共同彰显了穆旦对于更年轻的写作者所产生的影响力。

另一类则可见出穆旦影响的限度，比如，1948 年 10 月，被誉为当时“首都唯一纯诗刊”的《诗星火》丛刊第 1 辑《魔术师的自白》出版，其中刊载了穆旦《诗两首》（即 1948 年《诗四首》的前两章）。当月 25 日，天津版《大公报》“图书评论”副刊“出版界杂讯”栏目发布该刊的出版消息并列出包括 8 位作者的要目，为汪铭竹、霍焕明、黄河柳、孙用、吕叔湘、施蛰存、周煦良、商章孙，其中没有穆旦。《诗星火》不过是一本仅仅刊载 13 位作者的作品（包括创作、译诗和论文）的薄薄诗刊，穆旦未进入“要目”，这无疑从一个侧面提示了 20 世纪 40 年代末期穆旦的知名度与影响力依然有

---

① 迪文（唐湜）的《手——敬悼朱自清先生》（《中国新诗》丛刊第 4 集《生命被审判》1948 年 9 月），不仅结句“因为人们已经醒来/因为人们已经起来……”，明显有《赞美》中有名的诗句“因为一个民族已经起来”的影响痕迹；其中词汇、意象也多受《赞美》影响。

② 1947 年 9 月 28 日，邵燕祥诗歌《失去譬喻的人们》等刊载于北平《平明日报·星期艺文》第 23 期，邵燕祥（1933 年生于北平）后来回忆：当年还是一个中学生，第一次读到穆旦的诗是在天津《益世报》，“《时感四首》给我影响很大”。穆旦的诗“以它从内容到形式经过挖掘、浓缩、凝聚、组合所达到的沉雄厚重，特别吸引了我；好像把弹簧纠结盘曲紧紧攥在手心里似的。我最初在 1947 年发表的几首诗的习作，就有穆旦的作品的影响”。见《重新发现穆旦》，《瞭望》1988 年第 3 期。又称，自己的诗歌《失去譬喻的人们》，“写的就是我们下边的人们，老百姓，都被上边的人在干杯、在觥筹交错之间就决定了我们的命运”；“太受他的影响了。当时我有很多诗受他的影响，这首诗连思想都受他的影响”。按：此诗后收入《找灵魂——邵燕祥私人卷宗：1945—1976》，广西师范大学出版社 2004 年版。

③ 刊天津《益世报·文学周刊》第 67 期，1947 年 11 月 22 日。

限。另外的角度，比如下一章将呈示，从20世纪50年代的穆旦批评来看，论者几乎从未将“20世纪40年代”的穆旦与“20世纪50年代”的穆旦贯连起来，这也表明了20世纪40年代穆旦影响的限度。

当然，并非所有“反响”都会形诸文字——形诸文字的不过是所谓“反响”中最清晰可见的那部分，那么，不妨将1946年之前视为穆旦批评的蛰伏期；而王佐良使得穆旦批评具有很高的起点；数量较多，也较为复杂的反响，则是从1947年开始的。这一反响，随着1948年年底前后沈从文诸人的声音被堵压而逐渐湮息，为期约两年时间。

十 自我的态度：沉默且决绝的回应

对于穆旦的批评既关联着一个时代内部的诸种因素，穆旦本人对于批评的态度又如何呢？据说，穆旦最喜欢王佐良和周珏良的批评[①]——将《一个中国诗人》附录收入自印诗集，既可见出穆旦的喜好，也可说是一种宣传策略；对于闻一多编选的《现代诗钞》也应是满意的[②]；至于其他批评，穆旦的态度就不甚明了。[③] 公开的回应文字从未直接出现——私底下则是充满怨气，当时，在给友人梁再冰的信中，穆旦谈到了对那些谩骂式的批判文字的看法，“从那些骂我的话看来，只要他们有一天得势，我是一定要受他们‘训练’的。我实在想写一些鲁迅杂文式的诗，把他们也反扫荡一下，我实在看不惯这种‘文化法西斯’的逐渐兴起”。[④]

“鲁迅杂文式的诗”自然会令人想起《五月》中那句有名的诗“是你们教了我鲁迅的杂文”，但时局日紧，它们最终应该并没有写成。[⑤] 而可以视为间接回应的是1948年年底前后赴泰国前夕穆旦自行编定但并未付梓的《穆

---

① 周珏良：《穆旦的诗和译诗》，杜运燮等编《一个民族已经起来》，第20页。

② 在《致郭保卫》（1975年11月14日）和《致董言声》（1976年4月29日）中，穆旦都以肯定的语气提到了《现代诗钞》。

③ 据穆旦友人称，穆旦对唐湜的批评并不赞同。后来穆旦家属与多位穆旦同学、友人保持了良好的联系，唐湜则似乎是一个例外；唐湜《九叶诗人：“中国新诗”的中兴》一书附有十余张照片，但“九叶”之中唯独没有穆旦的照片。这可能暗示了唐湜与穆旦家属缺乏联系。

④ 据南开大学档案馆所藏穆旦档案，其中一类为“检举材料”，有一篇梁再冰的《关于我所了解的查良铮的一部分历史情况以及查良铮和杜运燮解放后来往的情况》，写于1955年11月26日。从这份材料的相关信息来看，穆旦的这封信约写于1949年前期在曼谷生活期间。

⑤ 作于1948年4月的《绅士和淑女》（刊《中国新诗》第4集，1948年9月）以反语的形式写道：“呵呵，绅士和淑女，敬祝你们一代一代往下传，/千万小心伤风，和那无法无天的共产党，/中国住着太危险，还可以搬出到外洋！”此中应蕴涵了某种政治态度。

旦诗集》。[①] 穆旦在“旧中国”写下的最后一首诗是1948年8月，此前，三部诗集的收录下限均为1945年，并不足以呈现20世纪40年代穆旦创作的全貌。此时编订从1937年到1948年的“穆旦诗集”，应是对于此前创作一个有意识的总结。

诗集的编排即别有意味。有《序》，由于此前三部诗集均没有序言，它应表明穆旦对于过去的创作有话要说（因尚未见到具体序文，其中是不是包含对于当时批评的回应，不得而知）。诗歌被编为四部分：“第一部：探险队（一九三七——九四一）”、“第二部：隐现（一九四一——九四五）”、“第三部：旗（一九四一——九四五）”、“第四部：苦果（一九四七——九四八）”。四部分有两个取用此前诗集的名称，表明诗人对于此前写作和诗集出版行为的肯定，“探险”与“旗”仍然具有风格指向性。而1947—1948年间从未结集的诗歌被取了一个主观意味非常明显的名字——“苦果”。由此，穆旦的“创作历程”被划为四种形态：从“探险”的激情张扬，到“隐现”式的精神诉求，到“旗”式的主观投射，最终则是生命“苦果”的品尝，通过对四个创作主题的自我归结，穆旦似乎有意识地勾勒出一幅个体在现代社会里成长与毁灭的图景。

更有意味的是，穆旦不仅重新编订了诗歌，还对诗歌进行了不同程度的修改。编订与修改行为发生于20世纪40年代的写作、发表行为结束之后，可见穆旦对于自己的诗歌写作以及诗歌所勾画的形象仍念兹在心——对穆旦而言，写作与生活之间未必有着足够清晰的界限，诗歌形象在相当程度上即是自我形象的投射，最明显的证明是，在品尝了生命“苦果”之后，“我想要走”（诗题，1947年10月）最终成为现实；但停止写作后，诗集又包含着明显的总结意图，可见他已然意识到那些措辞严厉的批判文字所具有的特殊威力，意识到在一个风云突变的时刻，他的诗歌写作所具有的政治风险性——诗集未出版，本人更是在新中国即将成立之际“离开”，穆旦以一种沉默且决绝的方式回应了时代的批评。

袁可嘉、唐湜甚至包括李瑛、郑敏等人可称得上是带有某种职业性的诗人兼批评家，他们都非常积极地参与到文学历史的建构当中。但整整20世纪40年代，穆旦虽也从事了若干文化事业，但他更主要的身份乃是一名借助英语谋生的小职员，始终游离于主流文化圈之外。在相当程度上，穆旦对

① 该诗集现署穆旦著，查明传等编，以《穆旦自选诗集》为名，由天津人民出版社于2010年出版。

于自我写作的关注乃是封闭性的，是一种自我完成；而他对于批评的回应，又是相当内敛的。因此，可以说，在批评空间逐渐构筑起来而又逐渐湮息的过程中，穆旦始终只是通过作品来发言，而无意于通过公开的回应，包括自我陈述、自我阐释以及辩解等，来强化自身的文学形象。现今文学史之于穆旦的高度评价，更多的是由穆旦诗歌本身所激起的。这既见证了穆旦当初沉默所内蕴的效力，与当初某些占据高位的文学界人士在今日地位的骤降又形成了不无强烈的反差。

第二章 “查良铮”与“穆旦”在20世纪50年代的浮沉

引言 “私底下”的穆旦形象

1950年3月，唐湜所著《意度集》由平原社出版，熟悉20世纪40年代后期文坛的读者对此不会感到陌生，其中多篇以赞誉的口气论及或提及了穆旦。次年11月，亦门（阿垅）所著《诗与现实 第三分册 论现象》由五十年代出版社出版，其中也有一篇文章论及穆旦，那就是作于1948年3月23日的《〈旗〉片论》，语气（论调）中贬抑明显多于褒扬：穆旦诗集表露了“无可奈何的悲观主义”、“冰冷的虚无主义”；“他是根本缺乏孙钿（按：有同名诗集《旗》）底那种坚实的行动性和坚毅的乐观主义的”。①

赞誉或贬抑，在相当程度上均是20世纪40年代末期文化语境的延续。而此时，穆旦可能没有及时获知相关信息。他正在太平洋的另一边——美国的芝加哥大学英文系攻读硕士学位，1949年8月，新中国即将成立之际，穆旦选择了赴美留学，时隔4年之后方才历经波折于1953年年初回到祖国——被隔离的已不仅仅是4年时间，时代语境、个人境况与写作事实均已发生重要变化：穆旦诗歌写作量大大减少，写作本身却承受了严厉的批评；翻译骤然大量出现，“查良铮”的一面凸显；身份则由一个以英语技能谋生且工作不断变换的小职员变成新中国大学的副教授，讲授英语专业和文学专业课程（包括“词汇”、“翻译”、“（英）文学选读”、“英译中”、“中译英”、“文艺学引论”等）。② 在这样的情势之下，穆旦形象会发生怎样的变化呢？

---

① 研究者注意到阿垅这篇评论的复杂性，即如何“以个案的形式生动地展示了批评家敏锐不凡的感悟怎样转化为头足倒置的偏见与成见”。参见张岩泉《诗人的聚合与诗坛的分化——40年代与九叶诗派有关的三次论辩述评》，《湖北三峡学院学报》2000年第3期。

② 据穆旦档案之《高等学校教师调查表》（1953年6月）、《履历表》（1955年10月）。

先看些小场合与私底下的情形。据说，对于新中国，穆旦“看什么都很新鲜，也太陌生，议论诗时，静心地听，很少开腔”；“深沉，偶尔说诗，语惊四座，洋溢着他对生活的热情，对诗的真诚”。[①] 文化官员，比如当时主管天津文艺的方纪，既“热忱地欢迎”穆旦“为自己有些作品是奥登的仿制品和距离读者太远的欧化语言所作的自我批评”，又“充分肯定”穆旦的“艺术探索的精神”，“他对穆旦40年代诗创作总体情况的把握，说得穆旦都有些吃惊”。[②] 诗人徐迟在《诗刊》创刊之前曾托方纪之便在天津见了包括穆旦在内的几位诗人，说“要‘百花齐放’地放他一朵，鼓励穆旦多写；‘从外国回来，总得调整、适应新的环境，写得不合时宜的，我们改造自己嘛，一时不被理解、接受的，要人家接受，怕也得有个过程——’”这实际上是“为《诗刊》约稿”。[③] 而穆旦曾不止一次拿着自己过去的诗，请南开大学年轻的、“学外语，且喜爱文学，爱读诗”的学生看，那些学生却表示“读得头疼，读不懂，不知所云”，他们喜爱的“恰恰是现在有的评家用以和穆旦相比而看做不入流的作品。这对穆旦的震动太大了”。[④] 而在一个更广大也更复杂的时代语境之中，穆旦的遭遇又将如何，他的形象又会有怎样的变化呢？这无疑值得细细估量。

一 警惕、放松与鼓励

从1953年年底开始，查译著作大量出版，“查良铮”无疑很快就给了读者印象；“穆旦”则一直未能出现。这可归因于穆旦对于新时代的陌生——不少作家进入新中国后都因不知所从而有写作停滞现象。而从穆旦成为“肃反对象”的经历来推断，对于新时代的警惕心理也在起作用。1955年5月，不仅《人民日报》一类国家喉舌大肆宣扬“提高警惕，批判胡风”、“坚决肃清胡风集团和一切暗藏的反革命分子”；南开大学校报《人民南开》上的报道也是连篇累牍，持续数月——天津是“反胡风运动”的重灾区，南开校园之内无疑也是急风急雨；9月，穆旦被直接卷入，历时18天，主要内容为

① 周良沛：《穆旦漫议》，《文艺理论与批评》2001年第1期。按：周良沛因方纪介绍而认识穆旦，由于相关资料匮乏，这里较多依凭他的回忆材料，这近乎一种孤证，但也暂无他法。

② 周良沛：《近思方纪——极不规范的悼念之文》，《神鬼之间》，山东画报出版社1999年版，第42页。

③ 周良沛：《又是飞雪兆丰年——忆徐迟于〈诗刊〉创刊前后》、《想徐迟》，《神鬼之间》，第143—151、172—173页。

④ 周良沛：《穆旦漫议》。按：文章未对“不入流的作品”做出说明。

“肃清反革命，思想改造”。

到1956年中期，警惕心理应已逐渐放松。其时，穆旦以“良铮”为名发表《不应有的标准》。这是《文艺报》组织的“怎样使用讽刺的武器？——关于相声《买猴儿》的讨论”中的一篇。从第10期到第15期（1956年5月30日—8月15日），《文艺报》总共发表讨论近20篇，参与者范围很广泛，除作者何迟外①，还有相声界人士、漫画界人士、知名作家和一般读者。据称，《买猴儿》自1954年11月初次发表后，影响很大，群众的肯定与批评意见很多，《文艺报》组织专栏的目的是要通过“这个争议很多的作品，联系到如何创作和评价讽刺作品的问题，来展开自由讨论”。② 从实际参与程度看，这确是一次自由而成功的讨论。

穆旦较早即参与，其文章刊于第12期，直接起因于第10期上几篇“使用了一些对相声来说成为疑问的标准”的文章。“由于反映的对象、方法和媒介（或材料）的不同，而有艺术的不同类型。”相声本质在于“以荒诞及夸张的材料获得生动、活泼、鲜明性的可能”，但“在严格的生活逻辑方面，在全面、细致而现实地反映生活方面作出一定的让步”。以此衡量，《买猴儿》是“有意”夸张，它没有糟蹋、诬蔑现实社会，所尖锐讽刺的是“官僚主义和马大哈”。而这几篇文章，要么不了解“相声的艺术的特点”；要么不知道相声如何处理“特有的‘真实性’和‘严肃性’”；要么“把生活的真实与艺术的真实等同起来”，取消了“艺术的真实”。这样的“标准”是“不应有的”。值得注意的是，从篇名到对讽刺艺术的强调再到对几篇文章的批评，穆旦都没有施用任何曲笔，这透现了他对于时代语境的理解：这样一种直接的表达方式能被时代所接纳——一如《文艺报》号召“展开自由讨论”，时代已经是自由的；参与讨论的较多作者的自由文风无疑也能加深他对于时代的理解。③

很显然，因1956年上半年“双百方针”的提出，《文艺报》的自由文风隶属于大的时代语境。而一如前一年的“反胡风运动”，大语境在南开大学这个小环境中也有直接体现。6月2日《人民南开》有报道《教授们谈“百

① 1949年天津解放后，何迟先后担任天津市戏曲（剧）部门领导，并曾任南开大学中文系兼职教授。据此，穆旦当时可能与何迟有过交往。

② 记者：《关于相声〈买猴儿〉的争论》，《文艺报》1956年第10期。

③ 可提出的是，中国现代文学馆存有《不应有的标准》一文的手稿，上面多有用红色符号标识的删节之处，这应是《文艺报》编辑所作出的。对照“原稿”与经编辑删改过的“发表稿”，这其实也是考察穆旦与时代语境之间关联的一个切入点。

家争鸣”》，《不应有的标准》作于11日，这应可视为当时南开校园之内所热衷的百家争鸣谈风给予穆旦直接的影响——小环境给予了穆旦鼓励，解除了穆旦的警惕心理，这也是一层重要的背景因素。

文艺界内部调整自然更不可忽视。“双百方针”并不是当局“根据特殊的国内、国际形势实施的思想统治‘策略’，在文艺界内部也是左翼文艺对规范化过程中出现的一些问题尝试着进行自我改善的结果，非主流的文学力量对规范的质疑和文艺领导者对规范化步骤的适度放松（这被有些研究者称为‘窄化主流’之后的‘退却’）同时并存，其标志不仅是左翼内部诸种歧见之间的讨论、争鸣得以展开，更表现在新刊物的大量创办与老刊物的改版上，这导致一部分被遗忘者开始在刊物上‘重现’，强化了对当代文学写作惯例、文学史编撰和文学批评的质疑”。具体到穆旦，“并不是穆旦完全放弃写作个性以屈就主流，而是‘主流’因内部的变异主动要求容纳穆旦这样的另类因素”。[①]《诗刊》除前引徐迟非正式的约稿外，主编臧克家也曾来信约稿[②]；《人民日报》文艺部负责人袁水拍也曾约稿。[③] 如果说刊物的自由风格是一种宽泛的鼓励，那么约稿的鼓励无疑更为切实。可以说，在专业读者眼中，20世纪40年代后期生成的、具有一定复杂性的穆旦批评空间并未完全消失，相反，它促成穆旦加入到20世纪50年代的文学语境当中来。当然，这种鼓励往往也是一种组织行为，从属于时代大语境。其他的，如1957年2月号《诗刊》有吴腾《五四以来的诗刊掠影》，提到了徐志摩、戴望舒等人办的新诗刊物，20世纪40年代的《诗文学》、《诗创造》、《中国新诗》等，这也传达了松动的信息——其中几种更是曾经刊载过穆旦诗歌，这也应会对穆旦形成鼓励。

总之，在多重鼓励之下，久未发表诗作的“穆旦”出现了。5月7日《人民日报》刊出《九十九家争鸣记》，这是“穆旦”第一次正式出现在新中国普通读者面前。紧接着，25日《诗刊》第5期刊出《葬歌》；7月8日《人民文学》第7期诗歌栏更是在头条位置刊出“诗七首”：《问》、《我的叔父死了》、《去学习会》、《三门峡水利工程有感》、《“也许”和“一定”》、《美国怎样教育下一代》、《感恩节——可耻的债》。如前述，穆旦“重现”显示

---

① 胡续冬：《1957年穆旦的短暂“重现”》，《新诗评论》2006年第1辑。

② 1957年4月28日，臧克家致信周扬谈及《诗刊》：“各种流派的诗人（如穆旦、杜运燮、方令孺、王统照、冰心……），我们都写信约稿。”据徐庆全《从一封未刊信跋看臧克家与〈诗刊〉初创》，《中华读书报》2005年5月25日。

③ 李方：《穆旦（查良铮）年谱》，《穆旦诗文集》(2)，人民文学出版社2006年版，第370页。

了文艺界内部调整的成效，却也抵达了调整所能容许的顶点。以《人民文学》为例，该期是有着190个页码的特大号，《编后记》称："关于革新，我们是决不动摇的……我们有信心在文学界及广大读者的推动和帮助下，逐步把刊物的革新工作做好，使得它在新的起点上前进。"[1] 这种革新姿态自然是受1956年"双百方针"的鼓噪，革新冲动所带来的某种狂热也使得主事者忽略了时代语境正在悄悄发生变化——主事者显然并未理解1957年5月左右毛泽东发出的"事情正在起变化"一类话语的真实意图，没有意识到形势可能发生剧变[2]，而是继续革新主张以达到"面目一新"的效果。随着"反右运动"全面展开，革新主张遭受挫折，各种批判文章铺天盖地而来，因此这一期的《人民文学》也被文学史家称为"既是探索和革新成果的多彩显示，也是这个'时代'的夭亡和总结的宣告"。[3]

二　"穆旦"批判（一）

一如穆旦所感受到的鼓励，对穆旦的批判也是时代语境的组成部分。刊载过穆旦诗歌的刊物无一例外地发出了批判之辞——对"错误"进行了自我检讨。占得先机的依然是《诗刊》，7月号即"反右派斗争特辑"。9月号刊出的黎之《反对诗歌创作的不良倾向及反党逆流》的批判矛头触及到了穆旦。该文首先批判"有声望的"诗人艾青"极其消沉的情绪"，流沙河"那些攻击党攻击社会主义的毒草"；又以《问》、《葬歌》、《九十九家争鸣记》为例指出穆旦诗歌"流露了比较严重的灰暗情绪，而这种情绪又表现得那样晦涩费解"。《葬歌》"几乎是一个没有改造的知识分子对知识分子改造的诬蔑"；"从这种阴暗的情绪出发，他的诗必然会歪曲甚至会诬蔑现实生活攻击新的社会"。值得注意的是，此文涵盖了此后的批判路数："不良倾向及反党逆流"一类的政治帽子，"诬蔑"、"阴暗"一类的称语被肆意使用；文章展开思路也多有袭用：先批判艾青一类大诗人，再触及包括穆旦在内的其他诗人——批判有主次之分，措辞也有"极其"和"比较"之别。

10月号的《人民文学》也进行了自我清算，其中"本刊编辑部"整理的《这是什么样的"革新"？——读者对本刊七月号的批评》一文末尾提到"一

---

① 承接约稿话题，《人民文学》方面虽没有证据，但"革新号"显然是一次有准备的组稿行为使然，穆旦被约稿的可能性还是很大的。

② 参见朱正《1957年的夏季：从百家争鸣到两家争鸣》，河南人民出版社1998年版。

③ 洪子诚：《1956：百花时代》，山东教育出版社1998年版，第142页。

些不大好的诗，特别是穆旦的‘诗七首’中，有的‘令人不知所云’。”姑且不论“读者”是实有，还是“虚构读者”这样一种政治策略使然，“晦涩费解”、“不知所云”表明了读者的共同读感：穆旦诗歌难以理解。这一问题随后得到“甄别”，12月号《诗刊》刊出安旗《关于诗的含蓄》，称“必须严格地区别真正的艺术含蓄和朦胧晦涩，故弄玄虚”。诗的含蓄“不仅仅是技巧问题”，更是“丰富的生活积累和高度的艺术概括的结果”。以艾青、公刘、穆旦和吴兴华为代表，诗歌创作中“确有一些朦胧晦涩的倾向在抬头”，他们在诗中“取消了真正的思想内容”，“是资产阶级文艺趣味的复活，是百花园中的莠草”，是社会主义时代所不能容忍的。文章具体提到了穆旦《我的叔父死了》、《“也许”和“一定”》。不难体会这一逻辑推断里饱含的政治兴味，细细推敲，也可见出批判者与批判对象之间的微妙关系：这里关于含蓄的观点很可能与艾青本人的诗论有关[①]，但艾青既已是被批判对象，很显然并不便再引述其观点。

12月25日《人民日报》第8版刊出戴伯健《一首歪曲“百家争鸣”的诗——对〈九十九家争鸣记〉的批评》。这是一篇单独批判穆旦的文章。在穆旦批判中，这首诗可谓一个焦点，尽管有的文艺界领导人如袁水拍认为它“没有什么政治问题”[②]；但一般批判者显然并不这么认为。戴文即充斥着“难道”、“为什么”、“究竟”式的反诘句式：“作者尽管用了隐晦的笔法，但是也不能掩饰它所流露出来的对党的‘百家争鸣、百花齐放’的方针和整风运动的不信任和不满”；该诗“发表的时候，正是右派分子在鸣放的幌子下向党大肆进攻的时候，这就不能不令人怀疑作者的真实动机了”。

10天之后，1958年1月4日，穆旦《我上了一课》也刊载于《人民文学》的同一版面。这可理解为穆旦迫于压力写下了检讨。戴文的诸种反诘最终指向作者的写作动机，暗示了反党意图，解释与检讨是必要的。这一做法在穆旦经历中多少有些醒目：20世纪40年代末期穆旦也曾遭遇措辞严厉的批判，但并没有做出回应；在新中国的这一举措表明他已经感受到新时代语境强大的威慑力。不过，尽管批判已涉及多篇作品，穆旦所检讨的仅是《九十九家争鸣记》一篇。检讨书前半段称戴的批评“给自己上了深刻的一课”，并解释写作动机是响应党“解除顾虑、大鸣大放”的号召，讽刺“个别不敢

---

① 在《诗论·美学》中，艾青写道：“不能把混沌与朦胧指为含蓄；含蓄是一种饱满的蕴藏。”艾青诗论在新中国成立后多次出版，如1952年天下出版社的《新诗论》，1953年人民文学出版社的《诗论》。由于艾青的影响力，这些观点应是有着广泛流传。

② 据李方《穆旦（查良铮）年谱》，《穆旦诗文集》（2），第370页。

鸣放"的"落后现象"。但由于"思想水平不高","对鸣放政策体会有错误,模糊了立场","诗中对很多反面细节只有轻松的诙谐而无批判,这构成那篇诗的致命伤。就这点说,我该好好检查自己的思想"。

请注意,是"就这点说",而不是从完全意义上来说,穆旦设置了"该好好检查"的范围——检讨也由此潜移为谈论讽刺方法,而不是继续深挖思想病根。讽刺方法有二:一是直叙,即"用正确而夹有讥讽的口吻"展开批评,"这比较直截,目的性明确,不易被'误解'";一是把"所要批评的几点深化在虚构的故事中。这比较曲折,但生动;也有可能被'误解'"——故事可能会"模糊"作者的批评意图,使读者将"个别"看做"一般",认为作品"歪曲了现实"。至此,检讨已然移换为辩解:出发点并没有错,是理解讽刺手法的歧异以及实际手法操作的不当。可见,作检讨的穆旦依然在隐隐坚持自己的诗学原则,反对"不应有的标准"——当时的批判并没有将那篇署名"良铮"的文章与"穆旦"联系起来,否则,对这等一贯有错误观点的人士的批判力度无疑会加强——即便如戴文,也只是用"不能不令人怀疑"一类推揣性的语气,而不是直接定罪定性;那曾经作为"自由讨论"对象的相声《买猴儿》到1957年则已是"右派"何迟"攻击党的领导"、"丑化社会主义制度"的罪证[①]——所操持的多半即是穆旦当初所认定的"不应有的标准"。穆旦作检讨时应回想过当初洋洋洒洒数千字的畅快,而这只会使如今隐晦为文的滋味更加苦涩。

当然,《我上了一课》终究是一份检讨,它遵循着检讨的格式:先承认错误,然后分析与检讨,最后是理论提升:"艺术结构的一切问题,必依赖于一个更基本的问题,即作者必须很好地掌握人民内部的批评原则……关于这,毛主席'在延安文艺座谈会上的讲话'已经给了最明确的指示,我一定要好好学习它以便以后能学习写出较好的东西来。"

三 "穆旦"批判(二)

1958年,新中国文学发展进入一个新阶段。正如周扬在《文艺战线上的一场大辩论》中称:"一九五七年才在全国范围内举行一次最彻底的思想战线上和政治战线上的社会主义大革命,给资产阶级反动思想以致命打击……

---

① 参见侯宝林等《论何迟的相声创作》,《何迟相声创作集》,中国戏剧出版社1982年版,第264页。

替无产阶级文学艺术开辟了一条广泛发展的道路。"[①] 这既是总结，也是新的号召。穆旦批判并未随着他本人的检讨而结束，而是在新的号召下发生了一些新变。作者方面，老同志如邵荃麟、徐迟等人出马；工人、战士一类"门外之人"也纷纷发言。这些文章均未提及穆旦的检讨，是并不认可，还是这类检讨在当时太过常见？不得而知。可确知的是，时代、作者与批判之辞都在发生变化。

文艺界领导邵荃麟虽标举诗歌"门外汉"身份，但依然发表了长篇大论。文章以"进步"与"反动"的对立模式重构了新诗史，并在"大跃进"背景下谈了"开一代诗风"的问题。文章第 2 节的讨论中心是"普及与提高问题"，两者是"对立的统一"，群众读不懂有些诗，有"文化水平的问题"，但更多的是"诗人们在写诗时，并没有考虑是为什么人服务"。穆旦《我的叔父死了》、《"也许"和"一定"》即是采用"沙龙式的语言"——作者思想感情也是"沙龙式的"。"普及与提高"是毛泽东《在延安文艺座谈会上的讲话》的要点之一，邵荃麟援引领袖观点无疑是一种正确做法，不过他的穆旦批评，无论宏观立论还是具体措辞基本上没有超出此前几篇批判的讨论范围。稍后，曾经"大胆、热情地鼓励"穆旦写作的徐迟也有《南水泉诗会发言》，他将诗风分为"东风"与"西风"。"西风派"有着"资产阶级的现代主义风格"，穆旦、艾青等人都是"很典型的西风派"。穆旦"平衡把我变成了一棵树"一类诗句"写得很晦涩，很糟糕"。"东风派"则是"有中国气派、中国风格的，民歌和古典诗歌传统的诗歌"。"现在在诗歌上也是东风压倒西风。中国人民自己的民族的风格，要把西方驱逐出去。"循此，徐迟最终呼应了一个时代性的大命题：新诗发展道路就是民歌，民歌就是"新时代的人民的诗歌"。[②] 与一般论者不同，徐迟非常了解穆旦的成长背景，他明确提及穆旦是普希金诗歌译者，但并未指明"穆旦"就是"查良铮"；也即，尽管徐迟的行文逻辑与其他论者相类，但并未将穆旦的成长纳入政治轨道之中，这似乎表明徐迟还是有所保留。这样一种保留——也包括邵荃麟的套话，多少都有种应景色彩，透现了两位文艺界领导者身上所承负的历史压力。

与徐迟发言同期的还有《诗刊》第 8 期李树尔《穆旦的"葬歌"埋葬了什么?》。这也是一篇单独批判穆旦的文章，称穆旦对思想改造抱有"修正主义的态度"，《葬歌》"好像是'旧我'的葬歌，实际上却是资产阶级个人主

---

① 刊《人民日报》1958 年 2 月 28 日。

② 刊《蜜蜂》1958 年第 7 期。

义的颂歌"。据说《葬歌》引发"议论"之后，徐迟曾私下里说过："没有什么大不了的事吧？说这'葬'旧之情是与'旧'情难断之情，那毛主席都说，改造的过程，甚至是痛苦的嘛——"[①] 但一如不同层面的读者对《九十九家争鸣记》的认识分歧，徐迟私下里虽认为"没有什么大不了的"，在公开场合却将"新民歌"视为唯一准则，并循此展开批判，这样一种"公"、"私"之别，生动地诠释了批判者对于时代话语的臣服，却也隐喻了那个时代知识分子的尴尬境遇。

以时代语境观之，知识分子既要为工农兵服务，人民群众自然也有着重要的发言权，《诗刊》1958 年第 4 期和第 7 期即分别推出"工人谈诗"和"战士谈诗"专辑。一位工人称一些作者"对生活并没有深切的感受"，"求救于技巧，在语言上故意雕琢"，读后"像吃苦药一般"，艾青《在智利的海岬上》、穆旦《诗七首》就是代表。另一位工人称"诗是为广大工农兵服务的"，穆旦《诗七首》"写得很深奥，工人看不懂"，可见其"服务态度有问题"。一位战士称工农业"大跃进"改变了祖国经济的面貌，给诗歌创作带来了繁荣气象，但也存在"诗风不正"现象："以写洋诗为荣"，"晦涩难懂"，"调子低沉情绪灰暗，听不到我们时代的声音，摸不到我们时代的脉搏，不知道抒发的是什么感情。像穆旦的诗"。

这些文学素养较差的"群众"不过重复了那些素养较高的读者的观点，但两者却分享了共同感受："晦涩难懂"、"情绪灰暗"。"情绪灰暗"对应于积极向上的时代语境，"晦涩难懂"则是一个时代读者感受力的外化。20 世纪 40 年代也有批评认为穆旦诗歌"晦涩"，但作者进行了积极阐释，"晦涩"与"风格传统"有关，经过"慎重的思索"可以"了解，接受"。[②] 20 世纪 50 年代中后期，"晦涩"首先被视为一种危险可憎的风格，一种时代性的错误：诗风"晦涩"的作者思想意识、为人民服务的态度有问题；其崇尚资产阶级现代主义文艺思想，在政治上是难以容忍的。"晦涩"不仅得不到阐释——缺乏阐释的事实似可表明，随着政治话语愈加严密，这个时代的读者已逐渐丧失了阐释能力。

比照 1957 年的批判，新的批判者笔下都融入了新民歌、新经济建设一类新的时代背景，批判之辞也有了升级——所操持话语的语言逻辑愈加简单赤裸，政治化程度愈加强炽，这无疑是时代话语愈加严厉的表征。而比照 20

① 周良沛：《想徐迟》，《神鬼之间》，第 172 页。

② 李瑛：《读〈穆旦诗集〉》，天津《益世报》1947 年 9 月 27 日。

世纪40年代后期的相关批判文章，其时穆旦诗歌也被认为显示了“知识分子的消极堕落悲观失望动摇不定的可怜相”，缺乏人民立场，是“人民之敌”。十年过去了，话语虽有所变化，比如“资产阶级”属性被强化，但最终旨向都是“人民”，可见两个时代还是具有相当程度的延续性——这也可视为穆旦风格的延续，尽管其时穆旦诗歌的个人兴味已经大大减弱。

到1958年中期，穆旦批判基本终止。综合视之，相关批判文字共约10份，其中2份为单独批判穆旦，大致可以说，在批判者眼中，穆旦并不是主要批判对象——并不是亟须批判的主要诗人。关于这些批判文字，还不得不提的是：1957年穆旦共发表诗歌9首，有两首所有批判都不曾明确提及，即《美国怎样教育下一代》和《感恩节——可耻的债》。与“情绪灰暗”的其他7首诗不同，这两首处理的是“美帝”题材，前者写出了美国社会的“堕落和奸诈”，在“不讲究良心”的社会机制里，“下一代”的“血肉”将“涂满”“正在描绘战争的蓝图”；后一首将感恩节政治化，从“美国资产阶级”的历史罪恶（即“白种人屠杀红种‘土人’的历史”）上升到今日“也在向世界的各民族开刀”的高度。放到当时的文化语境里，它们可谓潜在地应和了沉浸在社会主义国家成立喜悦当中的中国人民对于“可耻”的“美帝国主义”的想象：那是一个物质文明发达、精神文明却低劣的社会。批判者在这等诗篇面前保持沉默，似可理解成一种价值默认，一种微妙的犹豫与矛盾，虽然并不足以消抵他们对于穆旦其他诗歌的反感与厌恶。而将这一看似偶然的细节放到新诗史进程之中，也可说是某种程度上的现象重复：20世纪40年代末期，袁可嘉、唐祈等人，以及穆旦本人的一些诗歌，尽管对于现实有着强烈的批判性，但仍然被视为异己的力量而受到“左翼”（现实主义）阵营的批判，可见写作者的艺术诉求、政治意识与时代语境之间始终存在着一些纠结不清的难题。

而既关涉到文学史话题，在谈论20世纪50年代穆旦的传播时，还可适度提及文学史著及相关选本。新中国成立之后，“中国新文学史”很快被列为大学中文系必修课程，这种制度规定使得新文学史教材编写成为一项紧迫的（政治）任务。纵观这一时期的新文学史著作，基本发展趋势是个人撰述逐渐被集体编写替代，（有限的）文学话语逐渐被政治话语与革命史叙述所代替。穆旦没有进入这一文学史序列，自然是受制于文学史的写作环境，也可见出他在政治上的灰色以及名声的微薄。20世纪50年代出版的诗歌选本，有年度诗选如《1956年诗选》、《1957年诗选》等；也有“五四”以来的新诗选本，如新中国第一部“五四”以来的新诗选集《中国新诗选（1919—

1949)》(1956)。选本及相关序言均由臧克家（主编）完成。穆旦诗歌均没有入选。臧克家在《中国新诗选》代序文章《“五四”以来新诗发展的一个轮廓》(1954) 里对于“国统区”诗歌几乎是完全漠视，对于20世纪40年代后期曾在他显然知情或直接参与的诗歌丛刊发表过作品、甚至可能有过交往的若干非“左翼”诗人，如穆旦、杜运燮等，既不提及其名字，更不选入其作品——尽管他在《诗刊》创办过程中明确向他们约稿，表达了肯定或赞誉意向；最终事实却是：这些掌控了话语权的个人、组织在情感上或许认定穆旦一类诗人的诗作具有更好的艺术价值，但这种带有个人倾向的意志最终还是屈服于时代话语，而无法提升为文学史话语。[①] 这样的景状生动地呈现了文学史权力的施展与时代语境之间的紧密关联。

当然，并非所有的选本都关涉到文学史，比如1957年12月出版的《三门峡短歌》这类明显应和时代经济建设潮流的当下性的诗歌集，即将包括穆旦的《三门峡水利工程有感》在内的38首诗歌收入其中[②]，尽管其时对穆旦一类诗人的批判已经展开，但三门峡水利工程建设这一时代主题显然还是展现了它的特殊效应。

四　“查良铮”与“穆旦”的分离局面

1953—1958年间的穆旦形象还有或许是更为重要的一面——查良铮。这一时期查译著作累计达20多种（包括出版体制转轨之后新印的）。有两种署名“梁真”，用的是“良铮”的谐音。《译文》、《文艺学习》、《文学研究》等刊物零星刊布的论文与译文署名也是查良铮。很显然，穆旦有意将诗人“穆旦”的一面与翻译家“查良铮”的一面分离开来。因此，“查良铮”的一面将有助于强化穆旦与时代之间的关联，丰富穆旦的整体形象。

从“查良铮”切入，首先要涉及20世纪50年代的出版机制。穆旦无权势、无学术地位，能在短时间内出版大量译著，勤奋固然重要，出版机构或某些个人所提供的便利也非常关键[③]：深入前者，将涉及出版由私营向公营

① 一个现象：这一时期新文学史的作者，王瑶（《中国新文学史稿》，上部，开明书店1951年版；下部，上海新文艺出版社1953年版）、刘绶松（《中国新文学史初稿》，上下卷，作家出版社1956年版）等，在读大学期间，与穆旦均有较多交往。

② 吴烟痕、青勃等：《三门峡短歌》，山西人民出版社1957年版。

③ 事实上，阅看了南开大学档案馆所藏穆旦档案（主要是1954年“外文系事件”发生之后，一些人对于外文系英文组教师所提的意见）之后可发现一个事实：在当时的南开大学外文系内部，埋头翻译的举措（措辞如“用很大一部分时间翻译书”等）被认为是不务正业。

转轨等一系列制度问题；深入后者，则可引出一些人事因素。从表面上看，两者似可统归为一个事实，即巴金、萧珊夫妇所起的关键作用，但前者终究是一个时代性的大命题，后者是人事方面的小问题，还是应分而视之。不过，这方面所能寻访到的材料并不多，这里暂且从穆旦致萧珊的信（1954年6月19日）提出一点看法。穆旦写道："你提到平明要归并到公营里去，也很出乎我的意外，因为我想也许可以经过公私合营的阶段，这自然不是一件很愉快的事……但这既然是大势所趋，也只好任由它去了。好在我们并不是没有工作能力，也有了些表现……就在这样的基础上往下走，也是走得通的，并不是没有路。"[①]"并不是没有工作能力"表明一种自信；"你提到"表明信息由萧珊告知；"出乎我的意外"则表明他原本并没有准确地判断时代情势。可见时代虽在发生转折，穆旦对于这一和自己工作切实相关的信息的把握却是被动的——所谓"被动"，也可理解为一个没有权势的知识分子在变幻莫测的时代面前无法自立又无可摆脱的命运状态。事实上，至少从表象看，出版机制转轨的确非常切实地影响了查译著作的出版：从1953年年底到1955年年底的出版机制转轨[②]，查译著作有一个出版高峰；1956—1957年中期基本上没有出版；之后到1958年年底才又是一个高峰。

进一步说，将"穆旦"与"查良铮"放置在一起，在材料并不充裕的情形下可提出的预设是："穆旦"与时代之间大致是紧张→放松、投入→新的紧张；"查良铮"与时代之间则从一开始就具有一种良性关系：热切投入→为时代所接纳，出版机制转轨虽一度中断出版，但最终还是顺利接上。当"穆旦"犹疑、受批判的时候，"查良铮"却自如地游走于时代之中——积极地参与到新中国的文化建设之中，"穆旦"与"查良铮"，境遇相对立的两张脸孔，却为同一个人所享有——与他共患难的妻子、一些熟悉他的友人和文化界人士自然也是知晓的[③]，但在更广的读者群、更大的时代空间里，形象分离已不可避免。前述批判者均未提及"查良铮"的事实只是一个重要的表征而已。

问题还在于，新中国的"穆旦"与"查良铮"虽被有意剥裂，更早的情形却并非如此——前文已提到的多种尚未为学界充分关注的穆旦早年译作，

① 见《穆旦诗文集》(2)，第132页。

② 早期查译著作均由私营的平明出版社出版，平明出版社并入新文艺出版社的时间在1955年年底。

③ 非常有意味的一个现象是，穆旦回国之后，袁水拍曾向穆旦赠送了不少著作，所写题签也有区分：译作题为"良铮同志指正"，诗集则题为"穆旦同志指正"。

包括翻译路易·麦克尼斯的《诗的晦涩》、麦可·罗勃兹的《一个古典主义的死去》、台·路易士的《对死的密语》（有《译后记》）等，署名都是“穆旦”，可见当时“穆旦”兼有诗人与翻译者的双重角色。以此观之，新中国的这一截然分离局面应是明确包含了穆旦对于时代语境的感知，必须将这一事实放到时代的大语境之中来理解。进一步的追问是，对穆旦整体形象而言，这两张脸孔到底有着怎样的交互机制？是不是后者给予了前者以精神慰藉，而前者是不是也影响到了后者的选择？

从一些表象事实看，穆旦这一时期的诗歌形式变得整齐，这可视为查译诗歌对于创作的影响。而从翻译对象、翻译语汇的选择等方面来看，则可发现翻译工作的体制化或者意识形态层面的问题。比如，1957年为美国诗人亨利·瓦兹渥斯·朗费罗诞辰150周年，穆旦响应世界和平理事会发出的该年度全世界纪念这位诗人的号召，翻译朗费罗诗歌10首，这可视为20世纪50年代中期以来，文学翻译工作逐渐循入一种“有计划、有组织、有领导”的体制的表征。[①] 而翻译时兴的苏联文学理论教材季摩菲耶夫的《文学原理》，翻译雪莱过程中“对时代熟语的接纳”、“革命话语的介入”、“宗教因素的过滤”等等，则体现了意识形态的影响。[②]

综合视之，与其说是“穆旦”在规约“查良铮”，倒不如说是“穆旦”与“查良铮”对于时代——一个复杂的政治文化语境的综合反应；反过来说即是，一个风云变幻的大时代对于一个渺小的个体产生了复杂的压力，造成了个体形象乃至人格的分裂。而这种分裂所指向的显然不仅仅是穆旦，更可包括那些批判者，尤其是徐迟一类的敏感诗人。

此外，1953—1958年间读者、专家对于查译作品的看法也可堪考察。据说，1953年10月左右，卞之琳认为查译普希金诗歌“比得过一般译诗”。[③] 之后查译著作大量出版，相关评价倒并不多，如《西方语文》、《译文》等刊物都没有相关评介文章，这种被冷落的状况与查译著作的大量刊布显然并不

① 1954年8月，中国作协在北京召开了“全国文学翻译工作会议”，它被认为是取得多重“重大突破”的一次会议：“是我国自有文学翻译以来第一次全国性的盛会，在文学翻译的地位建设了取得了重大突破”；“促成我国第一次建立了有计划、有组织、有领导的文学翻译工作者队伍，在文学翻译的组织建设上取得了重大突破”；“把文学翻译工作提高到了艺术创造的水平的高度，在文学翻译的理论建设上取得了重大突破”。见孟昭毅、李载道主编《中国翻译文学史》，北京大学出版社2005年版，第287—294页。

② 参见高秀芹、徐立钱《穆旦 苦难与忧思铸就的诗魂》，文津出版社2007年版，第148页。

③ 据萧珊致巴金的信（1953年10月5日），见李小林编《家书——巴金、萧珊书信集》，浙江文艺出版社1994年版，第137、140页。

相称，却也使得对于“查良铮”更为全面的观照还只能暂时悬置。

结 语

纵观之，1953—1958年间穆旦写作与新中国时代语境之间的关联较为清晰：穆旦不仅参与了时代话题的讨论，而且以检讨这一特殊形式建构了自身形象。尽管一些读者如徐迟、臧克家、袁水拍等人都知道穆旦早年的诗名，但两个时代的批评作者完全相异，新中国所有批判文章均未提及20世纪40年代的穆旦，也未引述、附和当时的观点，这既表明不同时代之间的相互隔绝，新中国读者对于新诗历史非常陌生①；也反过来表明20世纪40年代穆旦诗名的限度。时代既已隔绝——穆旦与过去的联系既被切断，除了约稿和一些私下场合里的谈论等少数情形外，20世纪40年代后期生成的穆旦批评空间根本未及展开：从诗歌初次发表到批判之辞全面出现之间仅有数月，穆旦诗歌根本来不及得到正常批评就被粗暴的批判之辞裹挟而去，新中国给予穆旦的只是一个狭小、单一的空间，一个单面的形象，这与其说是传播，倒不如说是一种限制——由于批判话语多有共通，即从情绪阴暗、晦涩难解而上升到思想意识与政治觉悟，非常明显地附和了时代话语，因此，这种限制同时也指向时代和批判者本身。

这一阶段“查良铮”对于新中国文化建设的热切参与，以及时代对于“查良铮”的积极接纳，丰富了穆旦的整体形象，强化了穆旦形象的复杂性，却也历史性地造设了“查良铮”与“穆旦”形象的分离局面。直到现在，如何将诗人“穆旦”与翻译家“查良铮”合并为同一个人，以在整个新诗发展进程之中来考量其成就与影响，仍然是一个有待解决的问题。

而1958年年底穆旦被宣布为“历史反革命分子”——被扫进历史的角落之后，也还有可说之处。其时，查译名著的影响仍在持续（几种译著在1959年重印，更多的则是此前译著在读者间流传），微妙的是，“查良铮”还又一次与时代建立了关联：1962年11月，郑州大学教师丁一英发表《关于查译〈普希金抒情诗〉、翟译莱蒙托夫的〈贝拉〉和鲁迅译果戈理的〈死魂灵〉》，对1955年版查译《普希金抒情诗》提出了批评。1963年2月，刚刚

① 事实上，唐湜于1950年3月出版的《意度集》，不管是较早成集的事实（《前记》称：1948年10月即已编订，预备交森林出版社出版，但没有实现），还是实际的文风，都可视为20世纪40年代的延续，而不是两个时代的联结。

被天津市公安局批准撤销管制的穆旦就写下回应长文《谈译诗问题——并答丁一英先生》，于4月刊出；11月，丁一英又有回应《读查良铮先生〈谈译诗问题〉的来信》。① 如穆旦本人承认，他的译本确有错误；但分歧主要是翻译应"讲本分"还是允许"创造性"行为上的不同。相较之下，丁认为应"讲本分"，查译更讲究艺术性创造。

但这里无意纠缠于翻译原则的问题，而是想强调这一回应行为本身着实富有意味：在并不算短暂的写作生涯中，《我上了一课》只能算是一种被动的回应行为，而这是唯一的一次，穆旦主动做出了公开回应。回应发生在一个微妙的时机，其时，管制虽被解除，工作仍是在南开大学图书馆，从事整理图书、抄录卡片、清洁卫生等杂务。而"历史反革命分子"这一罪名显然仍是一个重重的阴影施加于穆旦的全部形象之上，但是，"穆旦"虽已无法动弹，"查良铮"却依然有机缘发表长篇大论，历史的效力真是奇妙。

① 分别刊于《郑州大学学报》，1962年第1期（总第1期）、1963年第1期、第3期。

第三章　新时期以来穆旦传播的考察(一)

——以 1979—1987 年间穆旦研究状况为对象

通过对 20 世纪 40 年代和 50 年代的穆旦批评的考察可以发现，由于处于研究初创阶段，并且缺乏相应的文学史生成机制，对于穆旦的讨论要么是零散的，要么是褊狭的。穆旦的传播受到了很大限制——更大的限制还在后头，“穆旦”和一大批中国知识分子一起，被以一种最粗暴的方式赶到了历史的墙角。从穆旦的个人境遇来看，确实多有不平；但若放到当时中国知识分子的群体受难这一整体视阈来看，其遭遇终究并不特别突出：被赶下讲台、扫厕所、做图书编目一类技术性的劳动确是耻辱，但图书馆的工作仍在学校；之后，被劳动改造和下放，但距离天津并不算太远，且可以经常回家；肉体的伤害也不算大；而他的全家基本上也是平安的。[①] 穆旦的独特之处在于对“诗人”身份的明确体认：不甘于沉沦，翻译了大量诗歌作品，并且留下了 30 余首诗作。

但“穆旦”确实是消失了，时间范域大致从 1958 年年末到 1979 年年末，共 20 余年，这可视为又一次“断裂”。在此期间，查译著作仍在秘密流传，且曾深深地慰藉了那个时代的读者。或可一提的是，尽管从 20 世纪 50 年代到 70 年代，30—40 年代文学在香港是“云封雾锁”[②]，但穆旦（查良

---

① 穆旦妻子和子女的回忆中浮现的穆旦形象在精神上是非常痛苦的，肉体方面所受到的折磨则较少记载。又，穆旦于 1976 年骑车摔伤，之后因耽误治疗，以致心脏病发作而死在手术台上，罪魁祸首自然也是那个非正常的年代，但起因本身则可视为一个意外。

② 语出黄俊东《云封雾锁的三四十年代文学》，《中国学生周报》第 992 期，1971 年 7 月 23 日。按：可特别提出的是，该文还附有 8 张书影，包括封面、有签名的扉页、目录、第 1—4 页、版权页。黄文介绍了 20 世纪 30—40 年代的一批作家（主要是诗人），着重介绍了《文艺复兴》、《诗创造》等刊物，诗人方面，“第一位就是穆旦”，“他可算是中国现代诗中第一流的人物”，并结合《合唱》有所论述。其论述框架，主要是基于唐湜的《诗的新生代》一文。不过，作者将穆旦误认为是王佐良的笔名（此事后经读者指出，见第 996 期所载读者来信）。

铮）的作品在香港地区还是有一定程度的传播，1971 年 8 月 20 日，穆旦诗歌《城市的舞（外二章）》（即《绅士和淑女》、《诗》）刊载于《中国学生周报》第 996 期。[①] 穆旦的 3 部诗集均有影印（所谓“翻印书”）。[②] 其译作，除了部分 20 世纪 50 年代出版的译著的传入外[③]，也有新的影印。[④]

“文化大革命”之后，“查良铮”这一名字的出现也较“穆旦”早，1978 年 12 月，一本题为《美国南北战争资料选辑》[⑤] 出版，译者名单共列 9 人，第 2 位为查良铮。事情起因于 1963 年前后，历史系请穆旦帮忙工作约三个月，起初是想利用他的俄文，当时正批判历史学领域中的修正主义观点。后来“顺带”请他做了些美国史方面的翻译。前一类工作只是形成了一些材料；后一类则正式出版。[⑥] 这也意味着，新时期之初，“查良铮”最初出现并非在文学作品之中，这不妨视为一种特殊的历史图景。约 1 年之后出版的《新诗选》收入穆旦诗歌 4 首。以此为发端，穆旦开始进入批评者的视野；再过大半年，厚厚的两大卷译著《唐璜》出版。

一些标志性事件有助于划分穆旦研究的大致阶段：一是，1986—1988 年前后，先是 1986 年出版了新时期以来第一部穆旦诗集，“穆旦”第一次以较完整的姿态亮相；1987 年为穆旦逝世 10 周年，出版了纪念文集；1988 年，召开了有 150 余人参加的“穆旦（查良铮）学术讨论会”。一是，20 世纪 90 年代中期，1996 年出版了《穆旦诗全集》，次年为穆旦逝世 20 周年，又一次出版了纪念文集，之后，相关穆旦出版物较多，文学史地位也获得了很大的提升。据此，这里基本上以十年这一历史短时段为基础展开，将穆旦研究大致划分为 3 个阶段：1979 年到 20 世纪 80 年代中后期；20 世纪 80 年代后期到 90 年代中期；20 世纪 90 年代中期之后。

---

① 穆旦对此可能并不知情。作品由当时远在美国爱奥华作家工作室的诗人温健骝寄来。

② 据香港中文大学图书馆馆藏信息，影印（“翻印”）穆旦诗集分别为《旗》，创作书社 1970 年版；《穆旦诗集（1939—1945）》，出版者不详，1974 年版；并标明附录《一个中国诗人》，附插勘误表。《探险队》，创作书社 1974 年版。

③ 包括平明出版社 1953 年版《文学概论》，平明出版社年 1955 年版《拜伦抒情诗选》，人民文学出版社 1958 年版《雪莱抒情诗选》，人民文学出版社 1959 年版《云雀》等。

④ 有梁真译《拜伦诗选》，上海书局 1959 年版；梁真译《拜伦抒情诗选》，万里书店 1959 年版；杨熙龄、查良铮译《雪莱诗选》，上海书局 1960 年版；查良铮《普希金诗选》，上海书局 1977 年版等等。

⑤ 杨生茂主编，上海人民出版社 1978 年版。

⑥ 据 2006 年 4 月 11 日，笔者与南开大学历史系教授冯承柏先生的谈话。按：穆旦可能还参加了《美利坚共和国的成长》一书的翻译（塞缪尔·埃利奥特·莫里森等著，南开大学历史系美国史研究室译，第 1 卷 1、2 分册，于 1975 年由天津人民出版社出版），但目前并没有非常确切的材料。

大致而言，新时期以来较早的穆旦研究较为缓慢而僵化，这不难理解，较长时间的历史湮没与遮蔽势必会产生视阈隔绝、观念褊狭的情状，相关研究势必更少学术层面的探究，而更多观念层面的纠葛。而随着对于穆旦的逐渐深入了解，研究势必将进入加速期，强烈的文学史焦虑将挣脱而出（1994年的“20世纪中国文学大师”排座次事件即是最典型的体现）。再之后则是更多学理化的探讨，穆旦研究的学术意味得到全面加强。本章和如下三章将从研究文字及选本两个层面展开讨论。需要说明的是，新时期以来，文学史观念所发生的变化可谓翻天覆地，实际研究状况非常庞杂，所涉内容必定较多。而由于穆旦已是近年来的研究热点，坊间所传穆旦研究综述类文字已有多种[①]，因此，将在一定程度上略化处理前两个阶段的研究内容，而更多地突出一些未能引起注意的问题，甚至是错误。在章节划分上，则是前三章考察穆旦传播状况，末一章对相关选本作一专门讨论。

一 历史当事人的回忆（一）

尽管1979年出版的《新诗选》选入穆旦的4首诗，一下子将一个被埋没的诗人推向了前台，但实际效果如何，似乎并不太明朗。因此，批评展开的起点将适度延迟至1980年。这一年，一些历史亲历者在文字中提及了穆旦，稍早的有袁可嘉《〈九叶集〉序》。[②] 稍迟的则有艾青《中国新诗六十年》。[③] 由于研究者的实际身份，这些文字无疑均带有恢复历史原貌的冲动；但其中所透现的穆旦形象却是大有差异。

前者在某种程度上可视为一种集体意志的个人化表达。称为“集体意志”，在于若干友人（均是被埋没的诗人）会聚在一起，准备将各自早年的诗作结集出版，由于一些偶然因素，最后定为9人，书名则为《九叶集》。也即，“九叶”框架乃至实际入选篇目的选定可说是一个集体行为。序言则

---

① 主要有李怡《穆旦研究评述》，《诗探索》1996年第4期；陈林《穆旦研究综述》，《中国现代文学研究丛刊》2001年第2期；刘继业《新时期穆旦研究述评》，《云梦学刊》2002年第1期；邱景华《“穆旦研究”漫议》（2005），据“诗生活网站·诗观点文库”（http：//www. poem-life. com：9001/Wenku）；易彬、李方《穆旦研究十年（1996—2005）评述》，《诗探索》2006年第3期。

② 《九叶集》出版于1981年7月，袁可嘉的序言1980年1月即已完成，曾刊载于《读书》1980年第7期。

③ 刊《文艺研究》1980年第5期。

可能更多的是个人意志的体现。[①] 袁可嘉是一位具有良好理论修为和强烈理论自觉的学者，序言给予了9位诗人的创作以很高评价。称“穆旦在反映现实上有着深厚凝重而自觉的特点”；“他对祖国的赞歌，不是轻飘飘的，而是伴随着深沉的痛苦的，是‘带血’的歌”。不过，《九叶集》（1981年7月）实际选入穆旦诗歌10首（因将《诗八首》视为8首，目录页标为17首），在9位诗人中，数量最少。这至少意味着，在友人们当时的视阈之中，穆旦并不特别突出。

相比之下，艾青记忆中的穆旦形象非常简略，《中国新诗六十年》时间不短，文章本身也在万字以上，但穆旦只是作为一个名字被提及，是20世纪40年代后期活跃在上海诗坛的、以《诗创造》和《中国新诗》为中心的诗人群中的一个。

不妨对同为历史亲历者所产生的歧异略作缕析。可以说，歧异本身在相当程度上呈现了不同作者所经历的不同历史场域与文学经验。艾青从20世纪40年代初期开始就生活在延安，远离昆明和上海，对这一场域之中的活动显然所知不多；而且，还对居住在昆明的教授们发出过批判之辞（1942，已如前引），以简略笔法来处理这段历史，多少表明艾青认为这段历史在中国新诗的发展中并不具备较多的重要性。可见，个人的历史拘囿在某种程度上即规约了艾青的观点。但反过来说，艾青终究是非常重要的历史当事人，他的观点也可能在一定程度上证明当年穆旦及上海诗人群的确缺乏影响。

袁可嘉及友人出版《九叶集》的举动，细究起来，有两重动因应是关键性的，一是寻求精神慰藉或补偿，在经历了漫长的磨难之后，8位友人将自己和友人的作品结集出版，既可抚平自己心灵的创伤，也可告慰死于磨难的“当年的战友”穆旦。[②] 另一个则是，寻求某种名声，即如袁可嘉序言所写：“他们先是各自在上海、北平、天津等地发表作品，由于在诗与现实的关系和诗歌艺术的风格、表现手法等方面有相当一致的看法，后来便围绕着在当时国统区颇有影响的而终于被国民党反动派查禁了的诗刊《诗创造》和《中国新诗》，在风格上形成了一个流派。”尽管只是强调“在风格上”，但毕竟明确提到“形成了一个流派”，因此，不仅“流派”的说法并非完全是学界

---

① 据说有“九叶诗人”对袁可嘉所撰序言“不满，说‘他只知道他的西南联大同学’”，转引自蓝棣之《辛之先生：不只是才子与名士》，《艺术之子——曹辛之——曹辛之（杭约赫）纪念文集》，天津教育出版社1998年版，第321页。

② 这一称谓出自《九叶集》扉页献辞。

发明，《九叶集》结集出版这一行为本身即或多或少地包含了对于湮没30余年的名声的追求——强调了自身的某种历史意识。据此，尽管有些当事人如郑敏等，后来对于“九叶诗派”的说法并不以为然，认为并不存在这一流派①，但如果认为当初是完全无意的，也并不恰当。事实上，对于“九叶诗派”，曹辛之（1983）稍后也曾公开表达认可。②

艾青的笔法虽简略，但指出了一个最基本的事实：《九叶集》诸作者为一个以《诗创造》和《中国新诗》为中心的“诗人群”③；《九叶集》同人则有意要将自身的历史从被压制的状态中拔擢而出，可见，不仅不同的历史活动场域沉结为不同的经验，不同的经验也又进一步促生了不同的文学史冲动。

二　“九叶”：一个追加的整体视角

《九叶集》以“叶”命名，难免会让读者产生某种政治联想，即由“叶”而想到“花”——《白色花》，一部由人民文学出版社出版的“七月派”诗选。④ 而且，当事人也坦陈以“叶”命名本身所包含的某种政治动因：“我们似乎不能以花自居，因为当时关于诗的‘主流’‘正统’等观念还很强，我们不过是一批刚刚走出封条的一群。”⑤“花”与“叶”，国家级出版社和地方出版社的对照，似乎喻示了所谓“七月派”和“九叶派”在当时不同文化处境与文化心态（后来的文学史所构设的两派对峙的格局无疑加强了这一点）。不过，实际历史语境或许并不如此明显，从正式出版看，《白色花》比《九叶集》晚一个月；而从《九叶集》扉页献辞看，至少1980年1月之前，诸位友人就已会聚在一起；从寻求出版到最终面世之际存在不小的时间距离，证明该书的出版过程存在波折——从这个意义上看，袁可嘉所作《序》的发

① 如郑敏认为，“没有什么‘九叶派’，就是因为我们出了一本《九叶集》”，“当时我们互相几乎都不认识”，见郑敏、李润霞《诗与哲学的起点——郑敏访谈》，《新诗评论》2005年第1辑。按：诸位“战友”当年的认识及交往程度有差异，郑敏可能与其他人结识较晚，但多位自20世纪40年代后期即多有交往。

② 曹辛之谈道：“在《中国新诗》这块园地里，逐渐形成一个具有鲜明特色的新诗流派”。见《面对严肃的时辰——忆〈诗创造〉和〈中国新诗〉》，《读书》1983年第11期。

③ 两篇文章的发表时间约有一年的差距，艾青应是因袭了袁可嘉的说法，否则难以理解为什么艾青所列诗人与《九叶集》诸位会完全重叠。

④ 绿原、牛汉编选：《白色花》，人民文学出版社1981年版。

⑤ 辛笛观点，《九叶集》由辛笛“拍板定名”，见郑敏《辛之与〈九叶集〉》，《艺术之子——曹辛之——曹辛之（杭约赫）纪念文集》，第285页。

表比诗集出版早了一年，可视为寻求某种支援。

《九叶集》一经出版，即引来较多评介文章。《八叶集》（1984）的出版，也可视为“反响”之一。[①] 这些文章基本上都是读后感式写法，所传达的多为阅读《九叶集》之后的喜悦感受。其中有两点可特别提起：

一是，巫宁坤在《绿色的希望的旗帜——读〈九叶集〉》[②] 中附和了袁可嘉序文中的流派观点，但同时特别强调了“时代性”，“《九叶集》仿佛是一面小小的明镜，它映照出一个伟大的时代的风貌”。这可视为一种辩护：一方面，作为与“九叶”诗人非常亲近的历史当事人，试图寻求自身应有的合法地位；但另一方面，却又并不能确信自身的历史——当时的文化语境并没有给予他们这种确信。

二是，诗人公刘在《〈九叶集〉的启示》[③] 一文中的观点：“基本上是倾向于现实主义，虽然他们中间有不少人受了西方现代主义的浓重影响，而在自己的笔下自不自觉地出现了印象派、象征派的余韵，这当然也是事实。”这种观点在当时具有代表性。公刘的阅读感受也别有意味，他的评论文章很长，分 3 期连载，给予穆旦的文字却仅有数行，不妨照录：“我不怎么喜欢穆旦的诗。他的诗太冷。”“不过，我也发现，他总是在同自己辩论——没有任何结论的辩论。”“过多的内省，过多的理性，消耗了他的诗思。相对而言，明朗一些的是那首《旗》，然而我又怀疑，诗人由于历史的局限，他未必看清了人民的旗。”“作为诗歌翻译家——另一种意义上的诗人——穆旦是不朽的。他的许多译诗是第一流的，是诗。不同语言的山阻水隔，竟没有能够困扰诗的跋涉。人们将铭记他的功勋。”整体篇幅较大，却只给予穆旦相当小的篇幅，这倒并不具有代表性。但作为诗人，公刘的阅读感受是准确的，其中虽有对于穆旦的批评，却非常准确地把握了穆旦诗歌的特点。这样的观点，在穆旦研究中极少得到回应。

《九叶集》的出版对于整个中国现代文学研究的推动效果显而易见；但在最初阶段，相关评论与研究，几乎无一例外地取一种整体视角，穆旦也就被限定在这一整体思路之中。一如《九叶集》中穆旦的入选篇目最少，在最初阶段，穆旦也基本上没有超出“九叶”而成为一个突出的形象。[④]

---

① 木令耆编选，香港三联书店、美国《秋水》杂志社 1984 年版。按：该集所收为曹辛之（杭约赫）之外的其他 8 位诗人新中国成立之后的作品。

② 刊《读书》1982 年第 4 期。

③ 刊《花溪》1984 年第 6—8 期。

④ 笔者并不赞同“九叶派”一类说法，这里纯然是为了使用的方便而采用的一种权宜之计。

三 历史当事人的回忆（二）

稍后，一些历史当事人也纷纷表达了自己的观点，如唐弢《四十年代中期的上海文学》(1982)、王佐良《新诗中的现代主义——一个回顾》(1983)、袁可嘉《西方现代派诗与九叶诗人》(1983) 等。[①] 有意味的是，这些文章的部分观点与此前文章之间有着一些微妙的对应。

与艾青简笔略过大不相同，唐弢称穆旦是“当时最受欢迎的青年诗人”，其作品因为刊登在《文学杂志》上而“在上海诗人中产生强烈的反响”。这一观点应和了吴小如在1948年的观点，不过，“最受欢迎”的说法，唐文并没有给出充分的理由。

王佐良的观点则与早年文章《一个中国新诗人》构成了对照，早年文章称穆旦“最好品质却全然是非中国的”；时过境迁，他又提出了一个新词汇：“中国品质”。后来论及穆旦的文章如《穆旦：由来与归宿》、《论穆旦的诗》等，王佐良都强调了中国古典文学传统之于穆旦创作的效应。可以说，晚年王佐良对早年观点做出了修正。

纪念穆旦的文章首先是出现在大陆地区之外，如杜运燮《忆穆旦（查良铮)》、樊帆《茅棚下的樵夫——一个青年了解的穆旦（查良铮）晚年（上、下)》等[②]，它们后来基本上以大致内容刊载于国内的刊物，标题则变为《怀穆旦》(杜运燮，1981)、《忆穆旦晚年二、三事》(樊帆，1981) 等。[③]

《怀穆旦》透露了不少信息，比较突出的一点是将“穆旦”与“查良铮”放在一起来讨论，穆旦“不但是翻译了大量外国诗歌的勤奋的翻译工作者，而且本身就是一位有成就的诗人”。这一表述在今天看起来已不算什么，放到当时语境之中，实是别有所怀。此前，王佐良为查译《唐璜》所写长篇序文[④]、周珏良所写《读查译本〈唐璜〉》[⑤]，都没有透露“穆旦”的任何信息，译者晚年如何翻译《唐璜》的过程，全无一词说明。事实上，在此《唐璜》版本中，晚年穆旦倾注极大心血而搜集撰写的大量注释被弃置，取而代之的是王佐良所作的简单注释。联系20世纪50年代“查良铮”与“穆旦”的分

---

① 分别刊于《文学评论》1982年第2期；《文艺研究》1983年第4期（两篇)。
② 分别刊于（香港)《新晚报·星海》1979年2月27日，11月13日、20日。
③ 分别刊于《读书》1981年第8期；《新港》1981年第12期。
④ ［英］拜伦著，查良铮译，王佐良注释：《唐璜》，人民文学出版社1980年版。
⑤ 刊《读书》1981年第6期。

离局面，可以说，这一事实直到20世纪80年代初期仍在延续；在相当程度上，曾经被划为“历史反革命分子”的穆旦仍是话语禁忌，即便是最熟悉的朋友，即便是相当学术化的出版物，所透现的也还只是“查良铮”的一面，“穆旦”的一面则被有意掩盖了。

回到杜运燮的讨论，还可特别值得提及的是，在评价诗歌之前，文章提及了当年西南联大的情况，包括校园文艺活动、《文聚》杂志、香港《大公报》《文艺》副刊对联大学生写作的“积极支持和鼓励”，以及对于“解放区”诗人（艾青、何其芳、田间等）以及英国“粉红色三十年代”诗人（如奥登、斯本德、台·路易士等）的热烈讨论等等，这较早地揭示了穆旦的成长背景，为研究留下了重要的线索；只是实际研究滞后不前。

后一篇文章则主要是对晚年穆旦的回忆。樊帆即穆旦晚年所结交的朋友郭保卫。文章的具体内容后来扩充为《书信今犹在，诗人何处寻》，收入10周年纪念文集《一个民族已经起来》，兹不另述。

四　明确带有文学史意识的最初研究

前面所涉，要么为历史当事人的观点，要么为读后感（随感）式写法，带有更为明确的文学史自觉意识的研究，展开对于穆旦的讨论的只在少数，比如《中国现代诗人论》（1986）[①]，其中论及郭沫若、闻一多、徐志摩、戴望舒、何其芳等诗人，并没有提及穆旦。而在这少数研究中，可特别提及的是蓝棣之《论四十年代的“现代诗”派》（1983）[②] 和骆寒超《论晋察冀、七月、九叶三诗派及其交错关系》（1984），后者为论文集《中国现代诗歌论》中最长的一篇。[③]

蓝棣之、骆寒超的主要学术精力都集中于新诗研究，在当时中国现代诗歌研究局势尚不明朗的情势之下，两文各有观点发明。前文强调了以“‘现代诗’派”命名的由来，该派诗人没有组成社团，拿刊物作名称“既累赘，也不能反映内部的实际情况”；而“‘现代诗’这个名称在他们重要的理论文章中一再地出现，而且，他们整个诗歌活动的目标，就是要创作四十年代的

① 谢冕著：《中国现代诗人论》，重庆出版社1986年版。

② 刊《中国现代文学研究丛刊》1983年第1期。

③ 江苏人民出版社1984年版，第205—345页。按：在笔者从华东师范大学图书馆借阅的这本书上，但凡涉及穆旦的篇幅，基本上都被一位读者用铅笔画出，这应是表明了这位读者在阅读“穆旦”时感受最深。

‘现代诗’”。不过，“‘现代诗’派”命名的使用时间并不长，蓝棣之本人后来做出了修正，顺应了“九叶诗派”这一命名（1992）。[①] 命名的演变在中国现代文学史研究中实属常见现象，站在后设角度看，这在一定程度上彰显了最初命名时的急切（这一点，后文将有继续讨论）。

后者不仅首次将“九叶”派作为一个概念运用到文学史著的书写当中，而且是与“晋察冀”、“七月”一起镶嵌到20世纪40年代的诗歌发展格局之中，20世纪40年代诗歌并不只有“李季等的民歌体诗和马凡陀等的讽刺诗”，而是“呈现了一片波澜壮阔的发展趋势”。三个诗派“贯穿本时期始终”、“齐头并进”，“尤其值得重视”，它们“诗美观点并不一致，抒情风格也颇有差异”，但“时代”“迫使它们在忠于现实的基础上交错式的平衡在一起：互相渗透、互为补充，组合成了一支交响乐队”。在“抒情风格”上，“晋察冀诗人质实而明朗的写实风格，七月诗人郁勃而奔放的主情风格，九叶诗人婉约而朦胧的沉思风格”，构成了“一代诗艺风貌”。

如果说前者的文学史意图更多地体现在命名的急切以及阐释的大胆上；那么，后者的意图则更多地体现在文学史格局的构设上。有意味的是，后者对前者的观点提出了异议，认为不应将“九叶”归入“新现代派”，其中部分成员如穆旦、郑敏、杜运燮、袁可嘉等，有“现代风”，其他成员则是“从新诗传统的现实主义起步的”，但在时代的“感动”、“教育”和“鼓舞”之下，他们“看清了中国人民的前途”，最终“走上了现实主义的广阔道路”，与其他两派“殊途同归”。

在具体讨论中，穆旦被给予了最多篇幅，穆旦的想象“也许最开阔”，气质“最属热血型”，其诗有“一种阳刚美”，但受制于“理智”和“沉思”。其诗如《赞美》“典型地显示了九叶诗人对这场战争兴奋与痛苦交织在一起的复杂情绪”。文章将魏巍的《塞北晚歌》、绿原的《终点，又是一个起点》和穆旦的《森林之魅》并论，强调“三个诗派在民族解放战争向人民解放战争过渡的关键时刻，确都以基本一致的立场楔入了政治，并从自己特定的角度出发，为时代付出了诗情”。在明确了“九叶诗派”走上“现实主义艺术的康庄大道”之后，又对穆旦提出了批评，“他本是个抒情素质和艺术修养都相当高、生活视野较开阔、构思的魄力也较大的诗人。但到了解放战争时期，他出色的诗作却不多了”，其中有“两点不良倾向”：“玄虚的哲理味加

① 蓝棣之编选：《九叶诗派诗选》，人民文学出版社1992年版。

浓了”，“把诗弄得越来越晦涩”；《神魔之争》“模糊了那个时代的阶级斗争的实质”（按：该诗实写于 1941 年）。此外，文章还有对穆旦诗歌艺术的分析。

这样一篇充满“学术激情”的长文，从写作动因看，显然带有“恢复历史原貌”的冲动，而现实主义化的处理方式，则又显示了当时主流文艺观念的影响。今日的研究者多半已不屑于读这样的文章，但它却是窥见那个时代的一个很好的窗口。反观当下研究，尽管总体上而言，由于时代语境开明、资料愈加充沛，研究往往更加充分，观点也往往更加到位，但是，“学术激情”在哪里？而其中是不是也同样潜藏着某种并不恰当的“当下意识”呢？这无疑值得反思与警惕。

五　文学史著的最初讨论

“中国现代文学”（“新文学”）作为一门学科在新中国成立之后即已确立，在较短时间内，即出现了一批史著。新时期以来，学科自身的发展需要、教学的需要都使得新的文学史著作的写作成为必要。所谓“新”，最基本的要义即是剥去 20 世纪 50 年代产生的诸多史著中的政治教条色彩，更多地还原于历史的本来面目。基于这些理念，“九叶诗人”以及一大批被历史所湮没的作家作品逐渐进入到文学史序列之中，当然，这是一个缓慢而艰难的过程。

新时期之初，产生重要影响的中国现代文学史著有唐弢、严家炎主编《中国现代文学史》卷 3（1980）、王瑶《中国新文学史稿》（修订重版，1982)。[①] 粗略地说，两部著作所讨论的都是“革命文艺”，不革命、不进步的基本上被排斥在外。讨论 20 世纪 40 年代文学发展的时候，两者都将《讲话》置于最高位置，文学格局为“沿着《讲话》指引的方向”或“沿着工农兵方向文学前进”。以前者为例，《讲话》及其后“革命文艺的新阶段”，“沿着工农兵方向文学前进的文学创作”被分设 3 章来讨论，即“解放区”文学被置于非常突出的位置。“国统区”文学创作仅有 1 章，诗歌与杂文、散文合为 1 节。“在国统区民主运动中发挥了突出的作用”的诗歌（“政治讽刺诗”），如以“诗歌为武器向法西斯宣战”的郭沫若诗歌、袁水拍《马凡陀山

---

① 这两部文学史著分别由人民文学出版社和上海文艺出版社出版，后者明确标明为“高教文科教材”。

歌》、臧克家《生命的零度》等得到了较多讨论，绿原、邹荻帆等“以创作政治抒情诗见长”的诗人，因“运用不同风格的诗歌语言，抒写人民深重的苦难及对解放的强烈愿望”，也得到了讨论。被讨论的还有黄宁婴、玉杲等人的诗歌，任钧、方敬、金近、徐迟、苏金伞等名字也被提及（第458—475页）。不难发现，“解放区”对于“国统区”形成了相当大的挤压——具体到作家作品，则是“进步”作家对其他作家的挤压。

比照前面提及的唐弢《四十年代中期的上海文学》，不妨将这篇在学术期刊上发表的文章视为唐弢对于文学史著的观点的修正；从另一个角度看，也可说是个人的研究文字对于文学史著的修正。作为历史亲历者，唐弢显然明了当初历史的发展格局，且做出了比较公允的评价；但这些观点并没有同步地落实到文学史著的写作之中——“个人眼光”并没有提升为“史家眼光”，也即，个人意志对于文学史意志的屈从。这样一种屈从，与20世纪50年代文学史的叙述格局实有某种程度的延续，唐弢的行为与20世纪50年代臧克家等人的行为多少有几分相似之处。

其他影响较大的，如田仲济、孙昌熙主编《中国现代文学史》（修订本，1985）[①] 等，对于“国统区文学”也只是给予很小的篇幅。或可一提的是，新时期之初出版的一些中国现代文学史著的作者，如王瑶、唐弢、田仲济等，都是历史亲历者。“九叶诗派”没有成为一个概念——更不用说专门的章节讨论，其实自有其“历史合理性”，即在他们所实际经历的时代里，并不存在这样一个诗歌流派。当然，政治话语的制约，却又进一步消解了这种可能性。

给予“九叶”与穆旦最大篇幅的是《中国现代文学三十年》（钱理群等，1987）。[②] 该书《第三编 第三个十年（一九三七年七月——九四九年九月）》分两章讨论了诗歌的发展，《第二十四章 艾青：根植在土地上的民族诗人》、《第二十五章 新诗走向历史的综合》。不难发现，艾青被突出于所有诗人之上。对艾青之外一大批诗人的讨论则按时间进展分为3段，初期（1937年7月—1938年10月）、中期（1938年10月—1944年9月）、后期及解放战争时期（1944年10月—1949年9月）。其中，第一节《抗战时期的“开端”》主要讨论抗战后诗歌观念的变化、对诗歌形式的探索和改造的重视以及诗歌朗诵运动等等。第二节《抗战中期的“深入”》提出新诗“开始进入了‘艾

---

① 山东文艺出版社，初印18600册。该书1979年4月第1版，1983年4月5印，累计印数77930册。

② 钱理群、吴福辉、温儒敏、王超冰著，上海文艺出版社1987年版。

青的时代'"，对“七月诗派”进行了较多讨论；也提到了昆明是“另一个诗的中心”。第三节《抗战后期及解放战争时期诗的“发展”》讨论讽刺诗及袁水拍的创作，重点则是“这一时期最重要的诗歌流派”——“《九叶集》派”，他们“处于新民主主义和社会主义两个伟大时代交替的历史转折点”，创作“具有某种总结、过渡的历史特点，汲取新诗三十年发展中各个流派的历史经验，在一个更高的基础进行综合，为新诗的更大发展开辟道路”。所谓“综合”被落实为：对于自身在中国新诗发展中的“历史使命与历史地位有着高度的自觉性”；表现内容上，“强调反映现实与挖掘内心的统一性”；诗与现实的关系问题上，“强调主观感受‘深入’现实”；艺术表现上，“自觉地追求现实主义与现代派的结合”。穆旦被认为是“最具特色、成就也最高的”。作者援引唐湜当年的评论，穆旦是“自觉的现代主义者”，“但穆旦的痛苦和忧愤比西方现代派诗人要深广得多”，穆旦“是我们中国民族的诗人：不管在外在形式多么逼似西方现代派，骨子里的思想、情感，以至思维方式、情感表达方式和诗的意象都是东方式的。最能显示穆旦‘这一个’的，是他的《诗八首》”（第525—530页）。

从文学史著层面看，这是到当时为止关于“九叶”及穆旦最为充分大胆的讨论。新一代文学史家呈现了新的创造力（还应考虑到当时穆旦出版资料很不充分，研究几乎完全没有展开）。与前文已经涉及的“急于命名”情形相似，“《九叶集》派”这样一个非常忠实于《九叶集》的命名，无疑也透现了一种急切心理（同样的，可以用后设立场来看，修订版的《中国现代文学三十年》也对命名做出了修正）；同时，也有一种犹疑，有强烈的命名冲动，却又找不到最为合理的命名依据（事实上，该书有意对此一问题进行了模糊处理，并不提供依据）。这种既急切又犹疑的心理，也不妨说是文学史转型过程中的一个重要表征。

落实到“穆旦”，还可一提的是，文中主要强调他的精神痛苦，所提供的逻辑却很不充分：何以穆旦的痛苦比西方现代派诗人要深广得多？《诗八首》“在死尸般冰冷的深层仍然有炽热的爱的火”，何以“这依旧是东方式的爱情”？至于“中国民族的”与“东方式的”被视为同一概念，也是可以推敲的。简言之，这样一种看似内蕴着激情却缺乏足够逻辑支撑的叙述，也不妨说是当时在处理穆旦这样一位风格突出而又少有定论的诗人时所遭遇的“文学史难题”。

同样是学科发展需要，一批中国当代文学史著也在较短时间之内出版，《中国当代文学史初稿》（上、下）（郭志刚等主编，1980，1981）在提及

1957 年《诗刊》时出现了穆旦的名字，深入论述则没有。[①] 其他的如《中国当代文学史·1》（二十二院校编写组，1980）、《中国当代文学讲稿》（张炯等，1983）、《中国当代文学·1》（华中师院《中国当代文学》编写组、王庆生主编，1983）[②] 等等，都没有提及。

或可一提的是，很显然由于观念尚未澄清，出现了简化或偏误情状。以《新时期文学六年（1976 年 10 月—1982 年 9 月）》（1985）[③] 为例。该书归结了当时若干新兴的文学现象，在诗歌领域，较早（也可能是最早）为“朦胧诗”开设专章，体现了较强的学术眼光。该书在论及“‘归来’的诗人群”时（第 117 页），提到了“九叶”，可注意它的措辞，“一派诗人称作‘九叶’”，这应表明了作者在命名上的犹疑。将“九叶”派作为概念运用到当代文学研究（著作）之中，这里应是较早的，穆旦既为“九叶”诗人之一，也在被提及之列（按：穆旦并不在“归来”之列，关于这一点，后文将继续讨论）。

之所以如此，原因并不难理解：在讨论 20 世纪 50 年代的诗歌创作时，所突出是郭小川、贺敬之一类颂歌诗人，艾青一类在过去产生很大影响的诗人以及一批新兴的歌颂新中国建设的诗人。穆旦既写作不多，又全无歌颂姿态，自然难以进入文学史序列之中。而穆旦在 20 世纪 70 年代所写的诗歌，显然过于切近，还来不及沉结为文学史的对象，事实上，穆旦的数首诗歌在 1980 年《诗刊》发表，并未引起多少注意。

六 友人的再塑造与穆旦诗歌艺术的讨论

穆旦研究局面未能很快打开，除了谨慎的研究心态之外，阅读的限制可能也是一个重要原因。数年之内，仅有《九叶集》录入 10 首（《八叶集》也录入 10 首，不过为海外发行），《诗刊》发表数首晚年作品，部分选本零散地选过几首，这意味着，新时期之后的一段时间内，并没有较多穆旦作品可供阅读。

这一情状到 1986 年得到了很大改观，这一年 1 月，《穆旦诗选》出版，

① 郭志刚、董健、曲本陆等主编，人民文学出版社。按：该书这样叙述：“不仅发表了毛泽东旧体诗词，而且发表了搁笔多年的老诗人如汪静之、饶孟侃、陈梦家、穆旦等的作品。”

② 这三部著作分别由福建人民出版社、中央广播电视大学出版社、上海文艺出版社出版。第 3 种初印数非常大，达到了 255000 册。

③ 中国社会科学院当代文学研究室编，中国社会科学出版社。

选入穆旦各时期诗歌 59 首，杜运燮作《后记》。[①]《后记》开头部分援引了艾青《中国新诗六十年》中的观点，这应是包含了从诗坛泰斗那里寻求话语资源的意图；具体话题包括：大学教育、诗歌观念（通过晚年的几封书信来看）、诗歌风格等等。

以 1987 年纪念文集《一个民族已经起来》[②] 的出版来看，穆旦家属和友人应是有意借助穆旦逝世 10 周年的机缘来扩大影响，这种出版策略或许也意味着，在穆旦最亲近的人心目之中，穆旦诗歌的地位正在逐渐提升。文章所录文章后人多有引述，这里仅提出几个问题：

一是，作者构成。文集由 3 部分组成：评论文章、追念文章与附录（包括穆旦小传、著译目录及诗歌 7 首——均为《穆旦诗选》所录）。后两部分非研究文章，暂不论及。第一部分文章本书此前已有较多引述，这里换个角度来看，即作者的构成。共列 13 篇文章，其中，两篇谈及早年穆旦写作的基本上是资料性的，姑且不论。余下的 11 位作者，7 位为穆旦友人或其亲属：王佐良、袁可嘉、周珏良、郑敏、唐祈、杜运燮及辛笛女儿王圣思；4 位作者与穆旦没有关联：蓝棣之、马文通、梁秉钧、孙剑平。11 篇文章，从引述率看，王、袁、周、郑、杜、梁 6 位的引述率尤其高，马文通的引述率也较高。落实到身份，则是友人身份占大多数，这意味着到 1987 年为止，关于穆旦的重要阐释大部分仍是由穆旦友人完成的——事实上，还可加上袁、王二人此前的文章，也即，在穆旦形象的塑造上，穆旦友人起到了至关重要的作用。

在 20 世纪 40 年代穆旦批评空间的生成过程中，友人起到了关键性作用。但有一个因素需要注意：政治时局很不稳定，研究文字传播范围有限，对当时读者的影响也就有限。新时期以来，政治时局稳定，而穆旦属于长期被湮没而重新发掘出来的一类诗人，友人阐释的权威性毋庸置疑。这意味着，到 1987 年前后，友人塑造穆旦的局面不仅没有减弱，反而获得了加强。当然，新兴研究力量的加入，1983 年以来逐渐起步的、具有明确的文学史意识的研究，都提示了研究格局行将发生改变。

一是，从研究内容看，13 篇文章中，有 2 篇专论翻译，3 篇较多地涉及了翻译，这意味着诗人“穆旦”一面被更多讨论，翻译家“查良铮”一面也有较多提及，这应和了文集所置副题“怀念诗人翻译家穆旦”。不过，两者

---

① 该《后记》作于 1982 年 6 月，从那时到 1986 年 1 月，超过了 3 年半，这应是表明穆旦作品的出版阻碍较大。

② 江苏人民出版社 1987 年版。

基本上是分离的，马文通《谈查良铮的诗歌翻译》与孙剑平《查良铮译〈欧根·奥涅金〉的艺术成就》完全没有指涉到“穆旦”的一面。即如王佐良《穆旦：由来与归宿》同时指涉到了“穆旦”与“查良铮”这两面，也多随感式写法，翻译之于穆旦的意义并没有从学理层面得到强调，而只是强调了翻译的出色：“似乎在翻译《唐璜》的过程中，查良铮变成了一个更老练更能干的诗人，他的诗歌语言也更流畅了，这两大卷译诗几乎可以一读到底，就像拜伦的原作一样。”

一是，从研究“穆旦”的文章看，都是在个体范域之内展开的，即从各个角度展开对穆旦诗歌艺术的讨论，引述率非常高的郑敏对于《诗八首》的精湛细读与梁秉钧对于穆旦诗歌中“我”的深入剖析，都是批评法则使然，而较少文学史的全局意识。这批文章也很少提及“九叶”，提及时也只是称其为“九叶诗人”，而全无流派的说法。这些现象或可表明，尽管家属和友人有提升穆旦影响的意图，但并无意通过文学史意识的强化来实现，而是旨在凸显穆旦诗歌和翻译的艺术成就，以及穆旦丰富的精神世界，这无疑确保了讨论的有效性，较高引述率的产生，也自是有其内在依据。

此外，还有一点也可指出，在论及《穆旦诗选》和《一个民族已经起来》将发生重要影响的时候，其中可能蕴涵了某种预设，这两部书的印数其实都非常少，前者为3000册，后者更少，2240册，且都没有再版的信息。印数少，自然规约了流传的限度。难怪在稍后举行的“穆旦（查良铮）学术讨论会”上，一位历史当事人发出了“重新发现穆旦”的呼声，《穆旦诗选》印数太少，穆旦研究“任务还很艰巨”。

第四章　新时期以来穆旦传播的考察(二)

——以 1987—1997 年间穆旦研究状况为对象

从文学史角度看，1988 年“重写文学史”口号的提出及其实践无疑是一个关键性的事件。① 一时之间，引起强烈反响和积极呼应。穆旦研究领域的呼应即是其中一种。1988 年，在北京召开的“穆旦（查良铮）学术讨论会”上，历史当事人——早年创作受到穆旦影响的邵燕祥发出了“重新发现穆旦”的呼声。② 之后研究的实际进展也确实非常明显地带有“重写穆旦”的意味。

一　“九叶”研究的新视野

如果说在《九叶集》刚刚出版数年之内，研究者在命名和具体讨论中还有所犹疑和谨慎的话，那么，从 20 世纪 80 年代后期开始，“九叶诗派”的研究路数取得了非常强势的地位，一时之间，关于“九叶诗派”的讨论文章非常之多，且新出了两本“九叶派”诗选，《九叶诗派诗选》（蓝棣之编，1992)、《九叶之树长青——“九叶诗人”作品选》（王圣思编，1994)；评论集 1 部，《“九叶诗人”评论资料选》（王圣思编，1996)。各种研究著作也对“九叶诗派”展开了较多讨论；“九叶诗派”的第一部研究著作《九叶诗派研究》（游友基，1997）则可视为集大成之作；至于《九叶诗派综论》（余峥，2000)③，出版时间虽稍后，却是这一时期所完成的。这里无意于详细甄别众

---

① 由陈思和、王晓明先生提出，《上海文论》从 1988 年第 4 期开始设立了“重写文学史”的专栏，意图“冲击那些似乎已成定论的文学史结论”（开栏语），探讨多元化的文学史研究局面。一年多的时间内，专栏共出 9 期，发表了 16 篇重新解读文章。

② 《重新发现穆旦》一文后刊载于《瞭望》1988 年第 23 期。

③ 五部书的出版机构分别为人民文学出版社、华东师范大学出版社（两种）、福建教育出版社、海峡文艺出版社。

多论著，想特别指出三点：

一是，在“九叶诗派”的构成因素上，一些基本问题依然纠缠不清，比如流派成员，是仅仅局限于“九”，还是将当时更多诗风相近的诗人也纳入其中？活动时限，是仅仅局限于20世纪40年代，还是将20世纪80年代的“重要发展”（蓝棣之语）也纳入其中？这样的问题，直到下一个阶段仍然没有解决，不过，已有了更多辨析。

二是，对“流派特征”或“诗学价值”的指认，一度在“现实主义”与“现代主义”两个命题之间摇摆。所以产生这种局面，至少有两重原因：其一，在中国现代文学史诸概念的生成演变过程中，“现代主义”并非一个自明性的概念；在相当长一段时间内，“现实主义”显然更具理论合法性：将复杂的对象“现实主义化”，既可能是研究拘囿的体现，也可能是一种策略。其二，9位诗人事实上存在着诗学品质分歧，一部分更为写实，而一部分则是更多“现代色彩”；在“现实主义”话语更加盛行的年代里，正是“写实”一面首先使得这批诗人获得了合法的阐释性，夸大“写实”的一面，尽量抹小乃至忽视“现代”一面，成为了一时之选。

三是，尽管在一些重要问题上还存在分歧，但随着研究不断展开，“九叶诗派”与西方诗学资源之间的关联，各位诗人的重要特征等更为本质性的内容，都得到了较多讨论，“九叶诗派”已然沉结为一个文学史概念，成为了20世纪40年代新诗发展格局中非常重要的一支。

总体而言，在这样的叙述框架之中，穆旦被较多简化。其讨论模式大致可从蓝棣之《九叶派诗选·序言》见出，先是形成过程，接着是对于各位诗人的分论（与一般讨论不同的是，这里认为“九叶”有“四十年代”和“八十年代”两个阶段；这种提法可待辩诘），最后是合论，即流派特征。如前述，蓝棣之早就曾很敏锐地提出了“新现代派”的概念，这篇序言及其选本既是修正，也是拓展。

二 占主导地位的思想阐释类研究

尽管一时之间，“九叶”话语非常强势，但以穆旦为主题或“穆旦论”式写法也开始较多出现，如《荒街上的沉思者：析穆旦的〈裂纹〉》（吴晓东，1989）、《黄昏里那道夺目的闪电——论穆旦对中国新诗的贡献》（李怡，1989）、《欲望的美丽花朵：穆旦的〈春〉》（唐晓渡，1993）、《穆旦：用身体思考》（蓝棣之，1994）、《谈穆旦的诗》（王佐良，1995）、《悲怆的“受难的品格"——穆旦诗歌的审美特质》(李方，1995)、《抹去诗与生命之界——诗人穆旦由来的再审视》(李方，1997) 等。[①] 也有不少研究将穆旦置于新诗发展脉络之中加以考察，如《中国现代新诗的进程》(李怡，1990)。[②] 此外，第一种穆旦研究述评《穆旦研究评述》(李怡，1996) 出现，这表明穆旦研究成为了一个突出的现象，且已有了较多可供归结的内涵。

总体而言，《黄昏里那道夺目的闪电》尽管出现时间较早，却是这一时期穆旦研究中最为突出的几种之一。文章有着出色的诗学意识与想象力，以及颇具时代意味的叙述风格，以"早晨"、"中午"和"黄昏"来比喻新诗的三个十年，在穆旦之前，"中国现代诗的金太阳已经升到了它的最高点，40年代是日薄西山的时段。沿着固有的诗路，已再难作出更大的贡献"；而"就在这个黄昏，中国诗坛阴霾的天空中却跃出了一道炫目的闪电，这就是穆旦"。穆旦与郭沫若、李金发、戴望舒、何其芳等前辈诗人的比较被展开，穆旦对于中国新诗的独立贡献被确认："在中国现代诗歌史上第一次全面而彻底地引入了西方诗歌、西方文化中难能可贵的多元刚性意识"；创作体现了"世界性和民族性的完美结合"；在诗歌抒情方式、结构和语言上，也多有革新。

而从一个普遍状况来看，如前述，此时能够依凭的相关史料并不多，这一时期的穆旦研究呈现出一个非常突出的特点，即多着眼于思想的阐释；更确切地说，又多半集中于一点："现代性"或"非中国化"。如果说前一阶段穆旦研究与"九叶诗派"研究多拘囿于"现实主义"话语，尚有某种谨慎和畏缩的话，那么，这一时期的研究在运用"现代主义"话语时显得非常"理直气壮"，王佐良《一个中国新诗人》中提出的命题得到了相当程度的复现。

与此一思维相关，实际论述多依据穆旦的中期写作，极少涉及穆旦的后期与晚期写作。若仍以《一个民族已经起来》为参照，可发现研究者多引述其中观点，非常明显地体现了纪念文集对于研究的促进，但已在郑敏、王佐良、蓝棣之等人的讨论中提及的穆旦晚年诗作，并未引起研究者的足够注意。如《黄昏里那道夺目的闪电》，即引述了郑敏、王佐良、蓝棣之以及郭保卫、孙志鸣等人的观点，引述密度很大，但几乎无一例外，都指向"20世

---

① 分别刊载于《中国现代文学研究丛刊》1989年第1期；《中国现代文学研究丛刊》1989年第4期；《名作欣赏》1993年第3期；蓝棣之《现代诗的情感与形式》，华夏出版社1994年版；《读书》1995年第4期；《天府新论》1995年第3期；《雁北师范学院学报》1997年第3期；《天府新论》1997年第5期。

② 刊载于《文学评论》1990年第1期。

纪40年代的穆旦”。为何说是“几乎”呢？文章其实也提及了“晚年穆旦”，但全是“现代主义”话语的延伸：“穆旦，可说是‘前无古人，后无来者’的，不仅他40年代的创作严格区别前人，而且在1976年创作的堪称新时期最早的现代主义诗歌，也迥然不同于后来浪潮叠起的朦胧诗、新生代诗和五花八门的所谓后现代主义。”措辞虽然强硬，但全无实际讨论，似乎表明作者未必有足够确信。总之，在这一时期，“晚年穆旦”基本上还没有沉结为一个命题。

需特别提出的是，受“现代性”所鼓噪，过于强调思想的阐释，直接形成一些研究盲点。其中有两点可能是最为突出的：一是，穆旦写作与中国古典诗学之间的关联被有意无意地排除在外，避（略）而不谈。可举《中国现代新诗与古典诗歌传统》（李怡，1994）[①] 为例，其中，穆旦几乎是被忽视的，论及穆旦之处寥寥可数（而且，往往以“九叶派”称之），可见在“传统”这一命题之下，穆旦并未进入其视阈。考虑到此前作者对于新诗问题已有较多思考，这样一种状况也就具有某种普遍性。

二是，研究历史性的欠缺。仍以《黄昏里那道夺目的闪电》为例，文章开头即强调“闪电”穆旦“在当时的中国诗坛产生了很大的影响”，依据是闻一多的《现代诗钞》，“竟然一口气选入了他的诗作十一首，数量之多仅次于徐志摩一首！”对照此前的讨论可发现，这段明显带有主观情绪的论断其实多有想象色彩，与历史景状之间有一定的差距。考虑到后来一些文字在描述穆旦的历史形象时也不少正是使用了类似语气（包括袭用“11首”的说法），指出这一点也就并非没有必要。

稍后的穆旦研究，历史性得到了一定程度的加强。这一方面是因为“九叶诗派”研究的促进，资料得到了一定的整理出版；《九叶诗派研究》更是对当时复杂的历史局面进行了较多勾勒。另一方面，穆旦研究者，特别是李方，历八年之功编选出版了《穆旦诗全集》(1996年6月)。穆旦生平材料整理上，也先后出现了《穆旦年表试稿》(［日］秋吉久纪夫，1994)[②] 和《穆旦（查良铮）年谱简编》(李方，1996)，后者作为附录收入《穆旦诗全集》。这些材料出版之后，引述率极高，穆旦生平经历的清晰度大大加强，穆旦研究的进一步展开也获具了坚实的基础。当然，仅有年谱类材料还远远不足，穆旦的写作与具体历史语境之间的关联，以及由此而来的穆旦更为丰富的内

① 西南师范大学出版社。按：1999年，该书出版修订再版。

② 荀春生译，《中国文化研究》1994年夏之卷。

心世界、穆旦写作的历史评价等命题，都未能得到有效的讨论。

还可提及的是，由于当时穆旦研究尚未充分展开，具体讨论之中多有观点发明。如《荒街上的沉思者：析穆旦的〈裂纹〉》指出穆旦诗歌多是“沉思冥想的结果”，“在总体上呈现着一种思辨的色彩”。文章强调了“裂纹”意象，似乎与具体文本“没有直接关联”，而是“以意象性暗示着诗歌的某些更本质的内涵，象征着诗人对世界的总体感受和把握”，“在总体上象征着一个异化的现实，而且同时也流露着诗人的具有现代主义色彩的焦虑情绪”。《穆旦·波特莱尔比并零谈：〈控诉〉与〈大敌〉、〈自惩者〉之比较观》（吴凌，1994）[①] 与《穆旦诗歌的守夜老人》（曹元勇，1997）[②] 一类研究也别有意味。它们看起来比较随意，却也不乏可取之处。它们并非要以欧洲重要作家（如波特莱尔、卡夫卡）来衡量中国作家的创作，而是寻找处于不同地域、不同境遇之中的作家精神世界的相通，也即，它所强调的并非文学史意义，而是写作作为一种隐秘的内心活动所特有的精神内涵——所彰显的并非学术眼光，而是一种独特的感悟力。

另外，精神谱系建构也逐渐展开。“九叶诗派”自然是其中一种；“西南联大诗人群”也有展开（见后引）；另一类比较突出的则是“鲁迅→穆旦”命题的建构。此一问题并非新命题。因本书此前已有专门讨论，这里仅指出一点，《丰富的痛苦：“堂吉诃德”与“哈姆雷特”的东移》（钱理群，1993）中强调“穆旦是少数经过自己的独特体验与独立思考，真正接近了鲁迅的作家”；其观点，已落实到了产生很大影响的文学史著《中国现代文学三十年》之中，可见相关思考的持续性。而后文的考察将会进一步呈现他的思考。

三　文学史著：“九叶诗派”框架与简化处理

从这一时期的文学史著来看，随着“九叶”话语的强势发展，“九叶诗派”成为一个文学史概念，穆旦基本上都是被放置到此一框架之中来讨论的。如下选择 3 部文学史来说明：

稍早的《中国现代文学发展史》（黄修己，修订版，1988），《第十七章　皖南事变以后的国统区文艺（二）》的第一节为《胡风与七月派》，第二节为

① 刊《贵阳师专学报》1994 年第 1 期。

② 刊《雁北师范学院学报》1997 年第 3 期。

《迎新送旧的诗和散文》，认为“新诗艺术的多元化，已成定局”。对“被称为新现代派的‘九叶’诗人”进行了讨论，认为“他们的影响自不及七月诗派，但在思想上艺术上都有自己的长处”；“在吸收、运用西方现代派艺术，使之逐渐具有中国的性格”。未对个体诗人进行讨论（第633—638页）。处于中期的《中国现当代文学》（王嘉良、金汉主编，1995），在1937—1949年部分，《第十五章 新诗走向“历史的综合”》共分4节，“田间等诗人的战争鼓动诗”、“艾青：卓越的民族诗人”、“《向太阳》、《火把》的艺术成就”、“‘七月诗派’与‘九叶诗人’”。处于末端的《二十世纪中国文学史》（孔范今主编，1997）[①]，中编一（1917—1976）第24章所讨论的为“国统区文学”，共分6节：“多元并存的文坛”、“胡风与‘七月派’”、“路翎”、“剧坛新潮与夏衍”、“徐訏与无名氏”、“九叶诗人及其创作”。其中关于“九叶派”的划分可能受到了蓝棣之《九叶派诗选》编选观念的影响，即认为他们“经过了40年代的崛起与成熟时期、80年代的重新发展两个阶段”（第923页）。

大致可以说，这一时期中国现代文学史著在叙述20世纪40年代新诗发展时的趋势是：先是“七月派”叙述占有更大篇幅，之后则是“九叶诗派”比重加大，最后则是“七月派”与“九叶诗派”成为了势均力敌的诗坛流派。

在中国当代文学史的叙述格局中，穆旦所处位置成为了一个有意味的问题。按照《中国当代新诗史》（洪子诚、刘登翰，1993）的说法，一个是20世纪50年代的“隐失”，一个是20世纪80年代初期的“复出”。该著虽为诗歌专门史著，穆旦也是被置于“‘中国新诗’派”（即“九叶诗派”）的讨论框架之中。而尽管穆旦1977年即已去世，但仍统归到“‘中国新诗’诗人群”的复出这一大的视阈之中：穆旦50到70年代诗歌贯穿着“自我反省的主题”，其晚年诗歌“是一个正直的知识分子在身处逆境时对社会、人生和自己生活道路的心灵解剖记录”。“穆旦的诗的热情，是一种‘冷静的热情’。他常常由自然而反射人生，由人生而介入社会，追求知性与感情的融合，官能感觉与抽象观念的‘嫁接’，把思想知觉化。”[②]

对于穆旦诗歌的概括很有见地，但从文学史叙述的角度看，如何为“1976年的穆旦”安放一个位置，一时之间显然并无恰当的办法。诗歌史著的这一写法也反映了一般中国当代文学史的状况——事实上，在这一时期的

---

① 分别由中国青年出版社、杭州出版社和山东文艺出版社出版。按：第三部著作第924页称，“穆旦曾在复旦听过英国新批评理论家理查兹和燕卜荪的课”，这一说法可谓错得莫名其妙。

② 洪子诚、刘登翰：《中国当代新诗史》，人民文学出版社1993年版，第323—341、327—330页。

中国当代文学史著，基本上并不提及穆旦，稍后的如《新中国文学史略》（刘锡庆主编，1996）[①] 所示，往往只是在提及1956—1957年间的文学状况时，以简略笔法提到穆旦所发表的作品，1976年的作品则不被提及，这似乎说明一点：到这一时期，“1976年的穆旦”尚未凝结为一个文学史命题。

四 “大师事件”及其前因后果

可以想见的是，随着时间演进，穆旦研究将逐渐深入，穆旦形象也将愈加丰富。这原本是一个缓慢的、渐进的过程，但一个“事件”以一股强力将穆旦推向了更突出的位置，这就是4卷8册《20世纪中国文学大师文库》（王一川、张同道，1994）出版，穆旦被置于所有诗人之上，位列诗歌卷第1名，下列11人，为：北岛、冯至、徐志摩、戴望舒、艾青、闻一多、郭沫若、舒婷、纪弦、海子、何其芳。[②]

“大师文库”的推举理由是：“穆旦是中国现代诗最遥远的探险者、最杰出的实验者与最有力的推动者”；“穆旦并不广为人知——这正是中国的悲哀。穆旦呈现了开创与总结的集合，他以西方现代诗学为参照，吸收现代生活语汇，建构了独立的意象符号系统，为20世纪中国现代诗学带来了革命性震荡。穆旦潜入现代人类灵与肉的搏斗的内部，他诗的力度、深度与强度抵达了空前的水准，构成中国现代知识分子的一部心灵史”。[③] 毫无疑问，一时之间，这一事件极大地提升了穆旦的知名度——“并不广为人知”的断语表明到此时为止，穆旦的知名度还很有限。站在今日立场往回看，这一“事件”虽然看起来非常突兀，却并非一个单一性事件，它既有“前因”，也有“后果”。

“前因”中，“重写文学史”这一口号及其实践显然是一个大的背景（语境）。主事者如张同道，即是中国新诗与穆旦诗歌的重要阐释者，《文库》出版前后，他曾发表《中西文化的宁馨儿——中国现代主义诗的特质研究》、《中国现代诗与西南联大诗歌群》[④] 等颇有学术创见的文章。后一篇较早明确地将“西南联大诗歌群”植入“中国现代诗”的发展谱系。可以想见他在阅

① 北京师范大学出版社。

② 海南出版社。按：4卷即惯常意义上的小说、诗歌、散文、戏剧。其中，诗歌卷由张同道、戴定南负责编选。

③ 见《带电的肉体与搏斗的灵魂》（穆旦卷卷首语）、《纯洁诗歌》（诗歌卷卷首语）。

④ 分别刊载于《文学评论》1994年第4期；《中国社会科学》1994年第6期。

读和阐释穆旦时的兴奋与激动，以及对于陈旧的文学史格局的强烈不满——强烈的文学史焦虑：对于中国现代文学史研究缺失、对新诗艺术创新成就漠视的强烈焦虑。

而从“后果”看，“排座次”风潮远未结束。稍后，钱理群与吴晓东即在《“分离”与“回归”——绘图本〈中国文学史〉（20世纪）的写作构想》中排定了7位中国现代作家的座次：“在鲁迅之下，我们给下列六位作家以更高的评价与更为重要的文学史地位，即老舍、沈从文、曹禺、张爱玲、冯至、穆旦。”尽管在穆旦之前，另有一位诗人冯至，但冯至被置于高位，因为“三绝”：《十四行集》、散文集《山水》、中篇小说《伍子胥》“都达到了四十年代，以至整个现代散文、小说创作的艺术高峰”；冯至“以极其精粹的三部作品，同时占领诗歌、小说、散文三个领域的艺术制高点，树立起三块艺术的里程碑，在中国现代文学作家中是仅见的，在世界文学中也是罕见的”（请注意这里的措辞）。因此，穆旦可谓在事实上被“视为中国最重要的现代诗人”。文章显然已经意识到这一观点“也许会引起更多的争议”，但其理由却与“大师文库”如出一辙：“我们所看重的是穆旦诗歌中的‘现代性’……在思维方式，感受与把握世界的方式上，直接承接了鲁迅，并由此而建立了自己的智性化的，近于抽象的隐喻似的抒情方式，从根本上突破了中国传统诗学规范。而穆旦的诗歌语言又最无旧诗词味道，他用纯粹的现代白话文曲折而有深度地传达了唯有现代中国人才能产生的现代意识与现代诗绪。”[①] 据此，不难看出它与“大师文库”不仅分享了同一历史语境，也分享了几乎完全相同的文学史冲动。

再往下到“世纪末时刻”，“排座次事件”更是一再地发生，不仅有学者专家高屋建瓴地概括与点评，更有一些全民参与的狂欢。[②] 当然，穆旦诗歌本身所获得的较多认可，才是更大的“后果”所在；而这又反过来彰显了《大师文库》的眼光。

关于“大师事件”，有一点一直被忽略，即此前并未占据突出地位，但被推上最前台的其实并不止穆旦，还有另一人，武侠小说家金庸，列小说家第4位。表面上看，两人可谓差别迥异：一个写小说，一个写诗；金庸小说

① 刊《文艺理论研究》1995年第1期。

② 2007年年底，在新诗诞生90周年之际，《南都周刊》以电子邮件的方式约请国内外最活跃的92位诗人、批评家发放评选表，评选“新诗九十年十大诗人”，有46位做出了回复，在这次由专业人士进行的评选中，穆旦又一次被置于首位，余下9位为：北岛、卞之琳、多多、艾青、冯至、海子、昌耀、肖开愚、郭沫若。

拥有非常庞大的读者群，穆旦的读者群则微小得多——金庸在民众中已有广泛的基础，穆旦则还只被少数目光锐利的人士所关注；但两人却是同出自海宁查家——原名查良铮和查良镛，“查氏兄弟”被同时推到了最前台。

忽略了这一点，势必也将忽略另一个相关话题：即“家族文化”之于新文学的影响。晚清以后，家族制度逐渐崩散解体，家族之于文学的意义也就成为一个隐性话题。查家在明清两代出现了一大批颇有影响的文人士子，查氏家族也成为江南望族，号称“唐宋以来巨族，江南有数人家”。这样的家族对于后世子孙无疑将会产生或显或微的文化熏染力，甚至塑造其性格与心灵。[①] 但更为重要的事实是：“查氏兄弟”并非“周氏兄弟”这样风格相近的作家，而恰恰相反，是风格迥异的作家——相比于写作形式差别，语言风格的差别显然更为突出：一个看起来远远地背离了中国文学传统，一个却是看起来与中国文化（汉语）有着莫大关联，却在同一事件中成为了“大师”，主事者强调了各自意义，却无意于将两者放在同一平台上进行比照。可见，在急切的文学史意识鼓动之下，更为学理的探讨还来不及呈现。

或许正是因为学理性不够，“大师事件”也被视为“一次武断的排名”，穆旦从不为人知到被置于最高位，实际处境也被认为是微妙的，“可以肯定，穆旦的长期被埋没受到了集体意向的影响。另一方面，也许令人困惑的是，穆旦被忽然推到所有中国新诗人的最前面，又是不是受到‘反复无常的个人爱好’的影响？在目前穆旦的微妙处境中，也许告诉我们穆旦究竟是怎么回事，比一次武断的排名更为重要”。[②]“告诉我们穆旦究竟是怎么回事”这类遗留“问题”现在看来已逐渐得到解决，却也正是处于风潮之中的研究者所必须面对的。就张同道个人而言，随后几年，先是协同杜运燮先生整理出版了《西南联大现代诗钞》（1997 年 10 月），后又出版了著作《探险的风旗：论 20 世纪中国现代主义诗潮》（1998 年 1 月）[③]，这在资料整理和学术研究两个层面推进了中国现代诗歌研究的发展，也不妨视为“大师”事件的后续工作。

---

① 可参见洪永铿、贾文胜、赖燕波《海宁查氏家族文化研究》，浙江大学出版社 2006 年版。按：该书对海宁查氏家族的历史发展过程、其家族文化的特点等进行了较为深入的探讨；不过，对于穆旦、金庸文学成就的讨论不够深入。其中，关于穆旦早年诗歌的部分，约 3000—4000 字，居然直接照抄笔者的《“小人物之歌”——穆旦早期写作考察及其他》（《新文学史料》2004 年第 4 期），不知其他材料的来源如何。

② 王毅：《围困与突围：关于穆旦诗歌的文化阐释》，《文艺研究》1998 年第 3 期。

③ 分别由中国文学出版社、安徽教育出版社出版。

五 全集、诗文集与纪念文集的出版

不妨设想，“大师事件”刺激了正埋头编选穆旦诗歌、撰写穆旦年谱的李方先生，他从故纸堆里抬起头来，站起身来，在屋子里走了几圈，然后，下定决心，加快工作，加快工作！约一年之后，工作终于完成；又一年有余，诗集和年谱终于出版。[①] 这类材料可能是所有穆旦研究者正期待的资料——是穆旦研究的必然要求；也可以说是穆旦研究行将进入新阶段的表征。

《穆旦诗全集》被列入“20 世纪桂冠诗丛”，该诗丛列有 4 人，另 3 人为里尔克、瓦雷里和特朗斯特罗姆[②]，这无疑泄露了编者对于穆旦的期待——将穆旦置于“20 世纪”世界著名诗人的行列（高度）。家属与友人则又一次借助了穆旦逝世 20 周年的机缘，出版了《蛇的诱惑》（曹元勇编，1997 年）、《丰富和丰富的痛苦：穆旦逝世二十周年纪念文集》（杜运燮等编，1997）等。[③] 从“一个民族已经起来”（取自《赞美》，1941）到“丰富和丰富的痛苦”（取自《出发》，1943），从一种外在的抒情姿态到内在的精神世界，书名本身就彰显了穆旦研究的深化。

《蛇的诱惑》为诗文集，特殊之处在于首次披露的穆旦晚年书信 29 封，收信人为穆旦晚年所结交的两位年轻朋友。信中有一些穆旦日常生活的图景，不过所占篇幅不大；更多篇幅是在谈论他的文艺观点，对于现实问题的态度。借此，穆旦形象得到了更多、更丰富的呈现。不过，从《穆旦诗文集》（2006）所收录的晚年书信看，穆旦形象事实上在一定程度上也被窄化。如前述，穆旦内心脆弱的一面（如致中学时期的友人董言声的信中所示）并没有很好地表现出来。因此，不管是有意还是无意（即，当时穆旦家属肯定已经掌握了更多的书信材料，但可能也有部分是后来搜集到的），由于穆旦形象的遮蔽，穆旦晚年的写作图景，包括一些写作（修改）动因[④]，都暂时

---

① 该书的《后记》作于 1995 年 6 月，1996 年 9 月由中国文学出版社出版。

② 臧棣编：《里尔克诗选》，中国文学出版社 1996 年版；葛雷、梁栋译：《瓦雷里诗歌全集》，中国文学出版社 1996 年版；李笠译：《特朗斯特罗姆诗全集》，南海出版公司 2001 年版。

③ 分别由珠海出版社、北京师范大学出版社出版。

④ 巫宁坤即曾经谈道：“《冬》共四章，每章四节，最引人瞩目的是第一章……每一节最后的迭句，宛如教堂晚祷的钟声，唤起了多少受难灵魂的共鸣。奇怪的是，《冬》收入 1986 年出版的《穆旦诗选》时，这个迭句却不见了，为四个不同的句子所代替，使整章和全诗的意境都发生了变化。多年来我一直感到困惑，直到近来才明白了其中的来龙去脉。”见巫宁坤《人生本来是一个严酷的冬天——穆旦逝世二十八周年祭》，《文汇读书周报》2005 年 2 月 25 日。

被搁置了起来。从资料整理角度，还有一种，即穆旦1947年自印《穆旦诗集（1939—1945）》被列入“中国现代诗歌名家名作原版库”于1992年出版，该套书共有26种。[①] 不过，学界对此极少提及。

据相关材料，《丰富和丰富的痛苦》的出版较为艰难[②]，实际印数比《一个民族已经起来》更少，仅为1000册，两部重印的《穆旦诗集》的印数则分别为9000册、10000册，印数不算少，但都没有再版。总体而言，这部文集的观点不比前一部那么突出，引述率相对较低。与讨论《一个民族已经起来》类似，这里仍无意于复述其中的观点，而是试图拎出一些观点来呈现研究的实际进展及其限度。

其一，具体内容。“评论篇”共录13篇文章及“穆旦研究论著编目”一种（多少令人感到讶异的是，这一编目相当简单，遗漏太多）。其中，孙玉石的《解读穆旦的〈诗八首〉》与此前郑敏对于《诗八首》的解读直接形成了对应，但解读方式并不同，所得结论也很不相同。孙玉石所遵循的是朱自清式“解诗学”，其结论为：“《诗八首》是一篇爱情的启示录，也是一首生命的赞美诗”，“这一组诗是不可分割的整体。它以十分严密的结构，用初恋、热恋、宁静、赞美这样四个乐章（每个乐章两首诗），完整地抒写和礼赞了人类生命的爱情，也包括他自己的爱情的复杂而丰富的历程，礼赞了它的美，力量和永恒”。郑敏则参照德里达提出的关于无形的“踪迹”的理论（以反对结构主义完全依赖有形的符号系统来分析作品），结果“由‘神’（整体感）到有‘形’的结构，然后再回到‘神’。最后这组诗留给我的影响不再是那枝节的精美，而是它的哲学高度，个人爱情经历与宇宙运转的联系，这个层次是不能单纯从对有形结构的分析中得到的，只有重新回到‘神’（或踪迹）的高度时才能进入这一层的欣赏和理解，这是一层本质而无形的最高结构”。[③] 可以设想的是，两篇评论带来读者的阅读感受多半是大相径庭的，编者先后录入它们，所要彰显的可能正是穆旦诗歌的丰富性。

其二，所有评论，无一例外地都是讨论穆旦诗歌，几乎完全没有涉及他的翻译；也即，所强调完全是诗人“穆旦”的一面，完全忽略了翻译家“查良铮”的一面。比照《一个民族已经起来》，随着时间的演进，穆旦研究令人难以置信地产生了新的研究盲点——将其归结为编者的某种“盲视”更为

---

① 王彬主编，中国文联出版公司。按：辛笛《手掌集》、陈敬容《交响集》、郑敏《诗集一九四二——一九四七》等均被列入。

② 参见李方《相识在秋天——记与诗人杜运燮的不泯诗缘》，香港《诗双月刊》1998年第4期。

③ 郑敏：《诗人与矛盾》，杜运燮等编《一个民族已经起来》，第39—40页。

恰当，其时并不乏关于“查良铮”的研究，如《〈荒原〉六种中译本比较》（傅浩，1996）、《查良铮译英国浪漫主义诗歌》（孙致礼，1996）等。[①]

六 友人、家属的“穆旦塑造”再辨析

与前一纪念文集相比，友人塑造的比重明显减少，所录“评论篇”仅有王佐良、唐湜两位穆旦同时代人，而事实上，王佐良当时已经过世，实际文字也没有超出此前讨论的框架；唐湜所作也并非评论，而是一首献诗。同时代友人的塑造大幅减少，这无疑也是穆旦研究进入新局面的一个重要表征。不过，“怀念篇”中穆旦同时代人倒是有赵瑞蕻、刘兆吉、赵清华、邵寄平、巫宁坤、傅乐淑多位，这一比重超过了前一部纪念文集，其中除巫宁坤外，诸位此前都不曾露面。诸位友人谈到了不同年龄阶段的穆旦，中学时期、大学时期、“《新报》时期”以及留学美国时期，这无疑更加丰富了穆旦的形象。

当然，在纪念文集之外，之前此后的一些事实依然表明“友人塑造”具有一定的理论阐释可能性和文学史图景的构设能力。如下就唐湜和郑敏的情况略略说一说。

前文曾谈到20世纪40年代唐湜所作批评，其中容纳了相对复杂的历史图景。这些文字当时曾结集为《新意度集》（1950），后来收入《新意度集》（1990）。[②] 但从唐湜所作《九叶在闪光》（1989）一类回忆文字来看，他显然在有意识地附和“九叶”话语，而似乎忽视了历史的复杂景状——希冀“两个浪峰”（“自觉的现代主义者”，如穆旦、杜运燮；“不自觉地走向了诗的现代化道路”的，如绿原）发生“交互作用”的历史冲动不复出现。事实上，“九”位诗人之中，唐湜可能是“九叶意识”最为强烈的[③]，他后来有两部著作直接以“叶”命名：《一叶诗谈》（2000）与《九叶诗人：“中国新诗”的中兴》（2003）。[④] 前一种为个人著述行为，但其中篇目不少已录入《新意度集》，从“意度集”这样一个富有兴味的书名到朴拙的“一叶诗谈”，无论视

---

① 分别刊《外国文学研究》1996年第2期；孙致礼：《1949—1966：中国英美文学翻译概论》，译林出版社1996年版。

② 分别由平原社和三联书店出版。

③ 以笔者对穆旦及《九叶集》所涉诸位诗友的相关人事的了解来看，唐湜对于“九叶”的强调，可能和他长期生活在温州这一文化位置相对偏僻的地方有关。

④ 分别由广西教育出版社、上海教育出版社出版。

阈还是精神世界，都大大地窄化。后一种则明显包含了文学史的构设意图，它被列入“中国现代知识群体研究丛书”。[①]

唐湜的其他举措也别有意味，如前述，他所作《穆旦论》是早期穆旦研究中最长的一篇，激情四溢，很好地勾摹了穆旦的精神世界。但此文后来结集出版时，文章框架虽没什么改动，具体行文却有了非常多的改动，标题也有改动，收入《新意度集》时改为《搏求者穆旦》；收入《九叶诗人：“中国新诗”的中兴》时又改为《笔然的搏求者——穆旦论》，在时间流徙变化中，穆旦似乎成为了一个不确定的所在。

另一位“九叶诗人”郑敏，耄耋之年仍保有理论激情，《世纪末的回顾：汉语语言变革与中国新诗创作》(1993)[②] 等文章对“五四”以来新诗过于西化的做法提出了强烈不满和质疑，引起了很大反响。有赞誉，也有质疑。质疑之一如是：“进入 90 年代以后，随着西方一系列‘反现代化’思想的引入，中国学术界对‘现代化’与‘现代性’的质疑、重估之声日渐高涨，中国现代作家所具有的‘现代特征’（即‘现代性’）连同我们对它的阐释一起都似乎变得有点尴尬了。正是在这个时候，一部分学者的质疑和另外一部分学者的勉力回应重新唤起了人们对于‘现代’、‘现代性’以及‘现代化’的思考。而且看来这种思考将不得不经常地触及到中国新诗史，触及到开启中国文学‘现代性’追求的‘五四’白话新诗，触及到中国新诗全面成熟的 40 年代。其中，穆旦诗歌也被引入这种‘现代性’质疑似乎是一件十分有趣的事：一方面，众所周知的事实是，作为 40 年代‘新诗现代化’最积极的实践者，穆旦所体现出来的对‘现代性’的追求和对传统诗歌的背弃都十分的醒目，但另一方面，也是这位穆旦，在某些‘现代性’质疑者那里，却也照样成了现代诗的成功的典范！”[③] 这里的“某些”，指的就是郑敏；“典范”，指的应是郑敏在《诗人与矛盾》一文中对于穆旦诗歌的解读。

友人之外，家属的塑造也是别有意味的。由于穆旦本人极少自述，很难设想，如果没有穆旦家属所撰写的各类追忆文字（新时期出版的部分查译著作《后记》也是由周与良所写），学界所获得的穆旦形象将更加残缺。但问题在于，结合相关材料来看，家属的回忆文字，有一些与其他的材料之间有歧异；有些甚至看起来并不那么可靠。不过，受制于材料，有些可以确断，

① 共列 4 部，其他 3 部为：杨扬：《商务印书馆：民间出版业的兴衰》，高恒文：《京派文人：学院派的风采》，赵新林、张国龙：《西南联大：战火的洗礼》。

② 刊《文学评论》1993 年第 3 期。

③ 李怡：《论穆旦与中国新诗的现代特征》，《文学评论》1997 年第 5 期。

有些则只能止于怀疑。如下提出一例。

周与良在回忆穆旦晚年的时候写道："'四人帮'打倒后，他高兴地对我说'希望不久又能写诗了'，还说'相信手中这支笔，还会重新恢复青春。'我意识到他又要开始写诗，就说'咱们过些平安的日子吧，你不要再写了'。他无可奈何地点头。我后来愧恨当时不理解他，阻止他写诗，使他的夙愿不能成为现实，最后留下的 20 多首绝笔诗，都是背着我写下的……当时只要他谈到写诗，我总加以阻止。"[①] 这段文字引述率非常之高，但凡论及到晚年穆旦的，基本上均有引述。但它也不乏可深究之处：一是，"'四人帮'打倒后"这一时间。穆旦在《热风》扉页题字是在 1975 年，而从 1976 年 3 月开始，穆旦开始了新的写作高潮，"四人帮"倒台是在 1976 年 10 月，其时穆旦已写下了较多诗歌，因此，穆旦说"希望不久又能写诗"一类的话以及周与良的"阻止"发生的时间要更早一些。一是，"只要他谈到写诗，我总加以阻止"。这可以得到当时到过穆旦家里的年轻人如孙志鸣、柳士同的佐证。[②] 问题在于，穆旦晚年写下了那么多的书信，周与良显然应该知晓；对于书信所涉及的话题，她也是应该有所知晓的（事实上，所有来信都被她毁弃，只是具体时间不能确定）。[③] 在当时的情势之下，通信本身即是危险的，并不能确保书信不被检查；何况信中还经常夹杂着一些批判现实的话题，其危险性又要加上一层。按照同样的逻辑推断，书信写作也应"总加以阻止"。

当然，这只能是推测。但因为存在这样一些错隙，我倾向于认为：因为一种强烈的思念与忏悔的情绪，周与良的这段文字不仅回忆的时间点发生了误差，而且也多少夸大了自己的形象——即通过贬低自己而提升丈夫的形象。果真如此，那么，穆旦当时写作境遇的严峻程度将有所缓解。

而正因为有了一些不确定性，回忆性材料及其他材料的处理成为了一个难题：当然要信，但又不可全信。这个难题，归根结底是一个"文学史难题"。洪子诚先生在考察"文化大革命"期间的写作的时候，曾提到当时研究者利用的材料往往都是"孤证"；"文革期间，还有文革前的那条'异端'的，秘密的文学线索，这方面的材料，我们只有某些当事人的陈述，这些陈

① 周与良：《永恒的思念》，杜运燮等编《丰富和丰富的痛苦》，第 161 页。

② 参见孙志鸣《我所了解的诗人穆旦》，《黄河》1997 年第 5 期；柳士同《一面之师》，杜运燮等编《一个民族已经起来》，第 165—167 页。按：文章将拜访时间写成 1975 年，但从穆旦摔伤了腿这一细节看，应为 1976 年。

③ 据郭保卫《再忆穆旦》，《新文学史料》2007 年第 2 期。按：由于 1977 年之后政治局势已较为明朗，所以大致推断，来信被毁可能是随时进行的，即收到来信不多久即毁去。

述有时又含糊不清，或有矛盾，没有别的旁证，别的方面的材料来作为印证。这使我们陷入尴尬之中。你不能不信，但又放心不下，事情就是这样。如果材料比较脆弱，经不起经验，这个文学史就很可疑”。①

最末，还可提及孙志鸣的回忆。两次纪念文集都收有他的文字，这里所针对却是另外一篇——《我所了解的诗人穆旦》(1997)。② 它与纪念文集所录文章有较多重叠，但也有不少新内容。比如，“随着我们相互间的日渐深入，先生又把自己刚写的诗也拿给我看。我记得有《秋》、《冬》和赞美友谊的诗。这些诗都是写在被裁成两半的16开白纸上。每次看完，他都忘不了叮嘱一句：可千万别说出去。现在回想起来，他用小纸条写诗，恐怕是为了随时销毁方便些的缘故吧”。又如，“先生也常对我谈起诗坛上的人物”，艾青之外，还有徐志摩的诗“华丽有余而深刻不足，不喜欢”；“还谈过对七月派诗的看法，特别是创作方法上的分歧”。对于苏联诗人帕斯捷尔纳克也有评价“虽然他极口称赞帕氏的诗歌，但对其获诺贝尔奖轰动一时的小说《日瓦戈医生》却不以为然。说只读过前半部分，觉得太枯燥无味，就没再读下去”。关于翻译，也有：“先生在诗歌翻译上主张神似，他表示在以后的翻译中要更‘破格’。他不满意当时已经出版的《唐璜》中译本，认为没有把原著的俏皮译出来，所以读了感受不到原著的美”；“他译完了艾略特的《荒原》后，借给我的却是一册解放前出版的赵萝蕤的译本。他解释说：‘你还看看这个吧，我译不过她。’”很难解释为什么在时间差别并不大的情况下，内容上会出现一些重要差异？而多少令人讶异的是，这篇文章几乎从来都不被提起。如果皆可信的话，那是不是意味着穆旦形象传播上的某种歧异？如果有不可信之处，那又是在什么地方呢？

结　语

透过如上较为细致的考察，不难发现近20年之内穆旦研究的大致轨迹：非常零散的状况→进入一种流派研究的格局→逐渐成为一类比较突出的个体研究。在观点展开上，轨迹则大致为：“现实主义”为主导→“现实主义”与“现代主义”相纠葛→“现代主义”（“现代性”）为主导。“现代性”自然

---

① 洪子诚：《问题与方法：中国当代文学史研究讲稿》，生活·读书·新知三联书店2002年版，第78页。

② 刊《黄河》1997年第5期。

未必就是一种必然的价值准则，但正是在一种强烈的“问题意识”驱动之下，研究观念不断蜕变，局面不断打开，深度也在不断加强，因此，这一过程，也不妨说即是现代诗学艰难的确立过程。小心谨慎、简化处理→大胆探索、想象性构建→强烈焦虑、大力鼓噪，则外化了穆旦诗歌所引起的复杂的文学史效应，穆旦最终成为一类突出的个体研究，乃是自身作为个案的丰富性和重要性使然，是一种坚卓的诗歌艺术精神使然。

而从本书着意剖析的“友人塑造”问题来看，至少在20世纪80年代，友人塑造起到了非常重要的作用，这与20世纪40年代的情形很是相似；20世纪90年代之后，直接性的作用虽然减小，但一些基本问题讨论框架，依然受制于穆旦友人的建构，特别是王佐良所提出的命题。这一现象，其实也不妨这样看待：随着20世纪80年代中后期以来“重写文学史”的理论与实践的推进，中国现代文学研究发生了重要改变，表征之一即是重新回溯现代文学历史进程，重新检视历史文献（原始史料的发掘与整理），名文《一个中国新诗人》得到前所未有的重视，被反复引述，在一定程度上正是重新回到历史语境的观念使然，内蕴着一种切实的研究动机。它应和了当时在研究者视阈中占据主导地位的“现代性”观念，它们一道构成了研究者特定的历史意识。

第五章　新时期以来穆旦传播的考察(三)

——以 1997 年以来穆旦研究状况为对象

纵观 20 世纪 90 年代中期以来的中国新诗研究，穆旦研究可谓一个持续发展的研究热点。一时之间，"大师事件"余温尚热；稍后接连出版的几种穆旦资料无疑又为新研究的展开提供了坚实基础。现在看来，穆旦作为中国现代诗人的重要性已得到普遍认同，研究视阈也已"由单纯的'文学史追认'转入角度更为宽广的学理探索之中"[①]，穆旦资料得到了越来越深入细致的整理，研究视角日趋多元化，被纳入"导读"视野[②]，成为"中国现当代文学学科概要"的"重要作家"之一[③]，穆旦的文学史意义与学术地位得到了更为充分的体认。

需要归结的问题则是：这样一种"更为宽广的学理探索"在何种程度上触及新诗的哪些主要命题？为中国现当代文学绘设了怎样的图景，提供了怎样的话语方式和想象空间？当然，也需追问有哪些命题被遮蔽？又有哪些命题被误用？

此前传播图景的绘设，时间距离较远，且已有多种评述，因此，多从问题出发，实际研究内容关注较少。本章所面对的图景尚较为切近，研究论著又非常之多，将主要从研究主题出发，以更好地显示穆旦研究局面的丰富性。

---

① 胡续冬：《1957 年穆旦的短暂"重现"》，《新诗评论》2006 年第 1 辑。按：该文早在 2001 年即写成，在网络流传几年之后，才在纸刊发表。

② 见孙玉石主编《中国现代诗导读（穆旦卷）》，北京大学出版社 2007 年版。

③ 见温儒敏、李宪瑜、贺桂梅等《中国现当代文学学科概要》，北京大学出版社 2005 年版。按：该书有 3 章为作家研究的历史与现状分析，其中鲁迅研究单列 1 章，"重要作家"分列上、下两章，上章包括郭沫若、茅盾、巴金、老舍、曹禺的研究，下章包括沈从文、张爱玲、艾青、穆旦、胡适、周作人、胡风的研究，共 13 种。

一 资料整理状况考察

资料整理工作近年来得到中国现代文学研究界前所未有的重视。具体到穆旦研究，《穆旦诗全集》之后，新的资料整理工作还在不断展开：一是多种穆旦选集出版，包括《穆旦代表作》(1999)、《穆旦诗选》(2000)、《穆旦精选集》(2006)（相关情况详见下一章）；穆旦当年自印《穆旦诗集(1939—1945)》作为“新文学碑林”和“百年百种优秀中国文学图书”而两度重印。[①] 重印可视为对于穆旦的一种褒奖。几乎囊括全部穆旦作品、译作的《穆旦译文集》（8卷本）与《穆旦诗文集》（2卷本）也相继出版。[②] 二是穆旦研究著作的面世，除了《中国现代诗导读（穆旦卷)》外，还有《穆旦诗英译与解析》[③]、《穆旦传》[④]、《穆旦 苦难与忧思铸就的诗魂》[⑤]与《诗魂的再生：查良铮英诗汉译研究》[⑥] 等。其中，《穆旦传》和《穆旦诗文集》在较短时间内都得以再版或加印，表明穆旦受欢迎的程度在提高。三是穆旦研究网站的开通，较早的一个创立于1998年4月，不过目前已停止运行[⑦]；2007年1月1日，一个新的网站“穆旦纪念网”(www.mdjnw.com)，在试运行一段时间之后正式开通。此外，“穆旦诗歌创作学术研讨会”等学术会议也得以召开[⑧]，有理由相信，这对穆旦研究也将产生良性推动作用。

关于这些材料，有几点尤其值得提出：一是有两种资料是通过评选方式选出的，一种是作为“百年百种优秀中国文学图书”而重印的《穆旦诗集(1939—1945)》。评选者均为专家，100种图书中，实际选入诗歌23种（《九叶集》也被选入其中)。另一种是《穆旦精选集》，被列入“世纪文学60家”。与前一种不尽相同的是，“精选”工作由25位专家和网络评选两部分

① 分别于2000年7月、2001年1月由人民文学出版社出版。

② 分别于2005年10月、2006年4月由人民文学出版社出版，后者于2006年12月重印。

③ 王宏印著译，河北教育出版社2004年版。

④ 陈伯良著，浙江人民出版社2004年版；世界知识出版社修订2006年12月再版。

⑤ 高秀芹、徐立钱著，文津出版社2007年版。按：该书主体应是徐立钱的博士学位论文《穆旦与英国现代主义诗歌》(北京语言文化大学2006年版)。

⑥ 商瑞芹著，南开大学出版社2007年版。

⑦ 信息据陈林《穆旦研究综述》，创立者为广西学者、诗人韦政峰，网址为 http: www. poet-mudan. yeah. net。

⑧ 举办方为南开大学文学院，时间为2006年4月8—9日，出席会议的包括穆旦的中学同学申泮文、诗人郑敏、穆旦子女以及国内穆旦研究学者共计约60余人。

组成，是专家意志和“全民”意志的共同体现。[①] 当然所谓“全民”只是相对而言的，“100位作家及其代表作”并非由“全民”决定。“精选集”编者避开了世纪之交所出现的、以“世纪”为名的出版热潮，应是抱有一种在一个更大时间范域内来重新检视20世纪中国文学的意图。所得出的看法与当年“大师”座次表大不一样：在所有60位作家中，穆旦评选结果为65分，位列第38位，其中专家评分78分，读者评分52分。78分在专家评分中列第23位（共有8人为78分）；52分的读者评分，则不仅位列前38位作家之末，在所有作家中，更是低至第46位。60位作家中，共列12位诗人（或者说，世人多看重其诗人身份），穆旦位列第9位。比照“大师”座次表，穆旦的位置大大降低；而“专家”和“读者”评价歧异的局面，也在相当程度上昭示了一个事实：在“专家”和“读者”眼中，穆旦并未占据同样重要的地位——更确切地说，穆旦并未足够深彻地进入到一般读者心中。[②]

一是《穆旦译文集》和《穆旦诗文集》的出版。有几点值得一提：其一，这是到目前为止搜集穆旦作品最为齐全的；特别是诗文集，第一次披露了穆旦日记，并新增一批晚年书信。借此，穆旦的形象变得丰富化、立体化。其二，这是诗人“穆旦”与翻译家“查良铮”第一次出现在同一套书籍之中。前文曾提及“查良铮”被遗忘的事实，这无疑为新的研究提供了契机。[③] 其三，遗漏。不在于无意的遗漏，即沉埋于故纸堆之中不及发现的材料，所谓佚作[④]；而在于有意的遗漏：《穆旦译文集》中，最先出版的季摩菲耶夫《文学发展过程》及较后的《别林斯基论文学》被弃置；《穆旦诗文集》

① 据《穆旦作品精选》一书所附相关说明，操作模式为：先拟定100位作家及其代表作作为候选名单。后约请25位中国现当代文学专家组成评选委员会，进行书面记名投票；同时在“新浪网·读书频道”展开为期两个月的“华文‘世纪文学60家’全民网络大评选”活动。2005年12月16日公布结果。

② 12位依次为：徐志摩、戴望舒、北岛、艾青、余光中、闻一多、郭沫若、冰心、穆旦、顾城、舒婷、郭小川。按：艾青的情形与穆旦相似，尽管总体排名在穆旦之前，但也存在“专家”和“读者”不对等的情形：位列第24位，其中专家评分94分，读者评分60分，评选结果为77分。

③ 有意味的是，就在这次出版前后，因推出“现当代诗学研究”专栏而被研究界看重的《江汉大学学报》2005年第6期推出了“关于新诗的翻译”的专题讨论，作者包括梁秉钧、王笑、张子清、黄灿然等人，“编者按”称：“诗歌翻译本质上是一种现代汉语写作的实践。在对外国诗歌的挪用、取舍和转化的过程中，新诗获得了新的感性和表达方式；同时，借助于多种诗体形式的翻译，新诗丰富了自身的典藏，并大胆地创造属于自己的诗体形式。显然，对此有必要做出历史的梳理和学理的探讨。这仍然是一个相当开放、亟待深掘的讨论领地。”这自然不过是巧合，却也反映了到此时为止，“关于新诗的翻译”已引起学界关注。相信这能推进对查译著作的讨论。

④ 《新报》期间的文字不算在内，共约20种（类），详见易彬《穆旦年谱》附录一《穆旦佚作举列》。

中，晚年所写的叙事长诗《父与女》未录，曾被收入《穆旦诗全集》的《绅士与淑女》也难以理解地被弃置在外。如果说叙事长诗一直未正式刊布，绝大多数读者尚不知情的话，那么，穆旦所译文学理论著作则是公开的事实，抹去这一块，似乎传达了一个观念：翻译这些著作并不符合穆旦的形象。当然，以"文集"而非"全集"的名义刊布，家属及相关编者无须承担"求全"之责，但可以确定的是，这种有意弃置对穆旦形象造成了一定的遮蔽——或者说，相关人士有意对穆旦形象进行了一定程度的塑造，而不是全方位的展现。

二 "生平与写作"研究的考察

之所以将穆旦"生平与写作"命题关系的探究列为专题，是要强调这样一个观念：穆旦的人生观念与艺术观念相互融合，人生经历与人生态度深深地影响到写作，其诗学观念也反过来影响到他的人生态度与人生抉择。即如郑敏《诗人与矛盾》所赞誉，穆旦是"抹去诗与生命之界"的诗人。换言之，研究界的自觉意识不断加强，强调"生平与写作"命题，实际上也是为了强调穆旦研究的历史性。此前，穆旦研究的历史性相当欠缺；而在这一阶段，既有年谱、传记一类研究，对于各个阶段的研究也有较多出现。

穆旦生平经历多有晦暗不明之处。稍早出版的《穆旦（查良铮）年谱简编》（作为附录收入《穆旦诗文集》第 2 卷时，改题为《穆旦（查良铮）年谱》），梳理了穆旦一生的基本线索。《穆旦传》（附《穆旦（查良铮）年表》）则起因于海宁老人陈伯良先生对于家乡人的热爱①，历时十年之功而成。传记侧重对穆旦生平的梳理，它运用海宁查氏家族的史料，第一次理清了穆旦的家族谱系；也提供了不少新史料，比如，利用了一份穆旦档案，发掘出穆旦在《新报》期间与一位读者的交往材料。但是，总体而言，年谱或年表所述之事均较为简略，基本上止于个人线索的勾勒，即个人年表，而不能借此窥见时代的面貌。《穆旦传》虽然对搜集到的材料进行了详细勾勒，但基本上止于生平而没有涉及穆旦的诗歌写作。② 这样一来，穆旦丰富的内心世界

① 陈伯良称："对照同为海宁籍的两位名人——王国维和徐志摩，他们都已有了好多位作者写的传记问世……而穆旦却至今还有待人们'重新发现'……作为一名地方文史工作者，多年以来，我不能不有一种失责和负疚的感觉"，见《后记》，《穆旦传》，浙江人民出版社 2004 年版，第 217 页。

② 《穆旦传》面世之后，不少读者撰文推介，其中多有对穆旦坎坷经历的感叹，这与该书少有诗歌评介的做法倒是一致的，也可见出作者和一般读者（评介者）所关注的，更多的是"精神"问题（即个人的坎坷遭遇），而不是"诗歌"问题。

未能得到很好的揭示，而实际所塑造的穆旦形象，正如《丰富和丰富的痛苦》所录陈伯良先生的文章所示，为“不朽的爱国诗人”。这是一种相对简单化的处理方式。也即，在这些研究中，穆旦的生平与创作之间缺乏有效整合，所呈现的生活图景也就是平面的、粗线条的。

年谱和传记之外，这一时期较多地出现了考察穆旦各个阶段的写作状况与精神世界的文章，不仅与年谱、传记构成了补充，且在相当程度上彰显了研究者的一种自觉意识，即将穆旦放置到具体的历史语境之中进行考察，以突出穆旦写作与时代之间的深刻关联。

可先说说穆旦创作的阶段性划分问题，学界对此存有小小分歧。这一命题也并非此时才出现，《穆旦：用身体思考》（蓝棣之，1994）① 分为三个阶段：1937—1948 年、1957 年、1975 年；《蛇的诱惑·编后记》（曹元勇，1997）将穆旦创作分为 4 个阶段：从早年开始—1937 年 10 月随清华大学南迁止；1937 年 11 月写下《野兽》到 1948 年止；从留学美国到 1975 年，“这个阶段，穆旦虽然诗写得很少，但他数量可观的、优秀精美的译诗在一定程度上也是他的创作”；1976 年再次提笔直到去世。分歧倒不在于 1937 年之前是不是应该划开，蓝棣之从 1937 年开始划分，是因为在当时穆旦最初创作尚未披露，即研究受材料所拘囿。一般研究直接将 1957 年划开，曹元勇则将翻译纳入到穆旦写作中，这才是分歧所在，即 20 世纪 50 年代的穆旦该如何看待？应不应该把译诗也纳入其中？一般研究均不纳入。曹元勇的理由在于：毕竟译诗花费了穆旦极大心力，但这又面临一个问题，1975 年之前的翻译和 1975 年之后的翻译，是不是存在差别呢？如果有，划分自然是合理的。如果没有，仅仅是因为 1976 年穆旦重新开始了创作，那么，1975 年就不是一个合理的划分点了。综合考虑，基于阐述方便，这里还是依照前文所提出的，按早期、中期、后期、晚期四个阶段分而述之。

1. 早期

指从中学阶段的写作到 1937 年 10 月抗日战争爆发后，穆旦随清华大学南迁长沙为止。这一阶段的研究成果相对较少，原因大致有二：一是资料匮乏，研究者很难在年谱传记类资料范围之外再有所突破；一是写作尚“不成熟”，穆旦前两本诗集《探险队》和《穆旦诗集》均未收录早期作品即表明了诗人本身的态度。

---

① 收入《现代诗的情感与形式》，华夏出版社 1994 年版。

不过，仍有研究强调这一阶段写作之于穆旦乃至中国新诗的重要意义。《论穆旦的早期诗歌创作》① 指出，尽管并不成熟，“但对研究者探讨穆旦诗歌中的自我形象来说，这些为数不多的作品却是极其重要的：它们展示了诗人最初的自我形态和对世界的基本感受方式。同时，这些作品还表明了穆旦与中国现代主义诗歌传统之间的有机联系，有助于研究者从中国新诗内部来理解其现代主义特征的形成及其发展”。《“小人物之歌”——穆旦早期写作考察及其他》② 则突出了其生平与早期写作的关系，指出身世体验（家世的没落）促成了穆旦写作上的“早熟”，较早即把住了艺术表现的方向，对未来的写作道路做出了初步自觉的选择。

2. 中期

指从 20 世纪 30 年代末期到 1949 年穆旦赴美留学为止。学界对这一阶段始终给予了大量关注。所关涉的一个基本观念是：学界普遍认为穆旦写作的成就主要在这一时期。目前关注较多的是迁徙经历、大学背景和从军经历对于穆旦写作的影响，即 20 世纪 40 年代前期穆旦生活与写作之间的关联；后期则关注较少。

《赞美：在命运和历史的慨叹中——论穆旦写作（1938—1941）的一个侧面》③ 结合穆旦随学校从长沙步行到昆明的迁徙经历，指明了穆旦所获得的坚实的底层经验，并强调穆旦在加入民族大合唱、发出“一个民族已经起来”的吁求时，保留了自己的声音。

大学生活及其对穆旦写作的影响，基本情形由王佐良的《一个中国新诗人》所绘设；另一位同学赵瑞蕻所写《南岳山中，蒙自湖畔——记穆旦，并忆西南联大》也提供了一些新的图景（1997）。更为翔实的大学生活图景出现在《西南联大历史情境中的文学活动》④ 中，由于是细致的实地考察和翔实的资料援引之后写作而成，这为后续研究提供了确切的材料。相关研究还包括《西南联大与汪曾祺、穆旦的文学道路》⑤ 等等。

不少研究关注到了战争对于穆旦创作的影响。《穆旦对抗日战争的认同及其诗风的转变》⑥ 指出，穆旦有着“强烈的个体性生命意识。以个体性原

---

① 段从学著，刊《海南师范学院学报》2004 年第 1 期。

② 易彬著，刊《新文学史料》2004 年第 4 期。

③ 易彬著，刊《中国现代文学研究丛刊》2006 年第 5 期。

④ 姚丹：《西南联大历史情境中的文学活动》，广西师范大学出版社 2000 年版。

⑤ 谢泳著，刊《文艺争鸣》1997 年第 4 期。

⑥ 段从学著，刊《社会科学战线》2005 年第 4 期。

则为基础，穆旦对抗日战争的认同，变成了个人对外在的社会历史事件的同化。抗日战争给中国社会带来的新旧冲突和变化，因此内化成为穆旦精神世界中的自我分裂和冲突。这种自我分裂的体验，在艾略特的影响下，发展成了穆旦诗歌的现代主义特征。穆旦对抗日战争的独特的认同方式，不仅影响了他抗战初期的诗歌创作，而且对他后来的精神发展起到了决定性的作用”。《从“野人山”到“森林之魅”——穆旦精神历程（1942—1945）考察》[①] 则援引相关抗战史料，特别强调了 1942 年作为随军翻译出征缅甸抗日战场的生死经历对于穆旦写作所产生的深远意义，并指明抗日战争胜利“是一个非常重要的表达诱因”，催生了穆旦的写作激情。

相较之下，学界对于 20 世纪 40 年代后期穆旦的生活经历、精神状况与写作之间的关系缺乏有效讨论。材料拘囿无疑是一个重要原因。《新报》经历这一对穆旦来说非常重要的事件，长期因缺乏实地考察及材料说明，多有晦暗不明之处。不过目前已有所改观，《穆旦传》有细节披露，《穆旦诗文集》首次收入穆旦此一期间发表的文字，《穆旦主持〈新报〉始末》[②] 则详细地缕析了《新报》的创办与查封、栏目设置情况以及穆旦作为《新报》总编辑的相关人与事等等。其他经历，历史当事人吴小如多次指出，穆旦协助沈从文负责过天津《益世报·文学周刊》；不过，具体时限未有说明，目前学界也没有其他材料附证。《“他非常渴望安定的生活”——同学四人谈穆旦》[③] 这篇对于杜运燮、杨苡、江瑞熙、郑敏这 4 位穆旦友人的访谈，涉及了穆旦 1947—1948 年间在上海、南京等地的工作、生活情况。这些都表明史料积累的有效进展。从相关研究看，将穆旦单独放置到这一语境之中，以透析其写作与时代之间的关联的讨论很少见，多是在讨论当时整体语境时涉及了穆旦，如《诗人的分化——1948 年 6、7 月》。[④] “九叶诗派”的研究一般对此也会有所涉及，但多为大而化之的论说。

可特别提出的是研究者对于“具体的历史文化语境”的回溯，对于所谓

---

① 易彬著，刊《中国现代文学研究丛刊》2005 年第 3 期。

② 李方著，刊《新文学史料》2007 年第 2 期。

③ 采访者为易彬，该访谈最初刊载于《文汇读书周报》2002 年 9 月 27 日；后经增订，刊载于《新诗评论》2006 年第 2 期。

④ 为钱理群所著《1948：天地玄黄》一书的第 4 章，山东教育出版社 1998 年版。按：其中所设置的“对立”话题，即 20 世纪 40 年代后期诗坛的对立（在某种程度上即被简化为“七月派”与“九叶”的对立），在此前钱著《丰富的痛苦》一书中也有出现，“七月派”诗人绿原对此有质疑，见绿原《答王伟明问》，《书屋》2001 年第 7—8 期。

“旁证材料”的看重，《回到穆旦的丰富性和复杂性》[①] 指出，“由于直接的传记材料之缺乏，借助于旁证材料建构并尽可能还原穆旦置身其中的历史文化境遇，对穆旦研究来说尤为重要”，“借助于同时期大量表达相同主题的文学作品构建起来的历史文化氛围，我们很容易发现穆旦的《野兽》对复仇的渴望，《合唱二章》对毁灭的歌颂等等，在抗战初期的特殊历史语境中，这实际上是一种普遍性的时代主题。而40年代中后期的沈从文等自由主义知识分子对国内战争的基本观点乃至具体言论，显然也对我们理解穆旦这个时期的创作具有相当重要的参考意义。反过来，穆旦的独特位置和艺术创造，也只有在确立了这种普遍性的历史文化氛围之后才能得到清晰的呈现。诗人与时代，更多的通过这种非实体性的文化氛围关联在一起，而不是具体清晰的事实”。这样的认识无疑更有助于抵达穆旦的“丰富性与复杂性”。

3. 后期

后期讨论往往集中于穆旦发表数首诗歌的1957年前后，且会放置到20世纪50年代这一特殊语境之中来处理，它与此前穆旦生活及写作之间的勾连基本上没有被涉及。仅有少数的研究，如《穆旦漫议》[②] 描绘了从美国回到新中国之后穆旦的最初形象与心态：对新体制、新环境的感觉是既“新鲜”又“陌生”，又怀有警惕，“很少开腔”；同时，对写作有反思。尽管相关细节并不充分，但所描绘的图景值得思考。《穆旦的迁徙之途》[③] 则强调了穆旦留学归来的意义，认为应与他的出走联系起来看：“出走—归来”是一对整体命题，学界多以“爱国主义”来解释“归来”，这无所疑义，但无法合理解释为什么此前穆旦会在新中国即将成立之际选择离开？仅仅强调“爱国主义”势必将遮蔽穆旦背后的动机。文章认为，1949年8月底，穆旦离开中国并非一次简单的留学事件，究其根本，乃是一次忧愤出走，即对于“旧中国”社会现实的绝望；而执意“归来”的举措则彰显了“出走”的深切意味：“出走”并非弃国而去，强烈的忧愤是基于对民族国家的强烈关切，以及对“个人自由”信仰的强烈追求。有了“出走”，“归来”也就超越了简单的“爱国主义”层面而成为一种具有强烈个人兴味的举动。执意“归来”背后蕴涵了一种重新寻求“个人自由”的意图，最终占上风的既可说是民族信仰，更是对于新型现代国家的希望。借助这一解释，新中国成立前后穆旦的行为也就具备了某种连贯性。

① 段从学著，刊《新诗评论》2006年第1期。

② 周良沛著，刊《文艺理论与批评》2001年第1期。

③ 易彬著，刊《长城》2006年第3期。

讨论穆旦后期写作的看法并不尽相同，较多观点是看低这一阶段，如《穆旦：赞美之后的失望》[①] 所示：理想的《穆旦全集》应只有1949年以前和20世纪70年代的诗作，以及译作；20世纪50年代穆旦“完全加入了当时口号诗和教条诗的大合唱”中；“一个杰出作家的劣质部分”被“无情地凸显了出来”。“怯懦”，“缺乏知识分子应有的勇气”，“缺乏诗人应有的独立精神”等诘难随之而来。

也有研究充分考虑了当时历史语境的复杂性。《新中国的穆旦》[②] 指出了穆旦在面对这一语境时的复杂心态。《1957年穆旦的短暂“重现”》[③] 则从1957年《人民日报》、《诗刊》等杂志向穆旦“约稿”这一事实引申，穆旦此时突然刊发一批作品和1957年前后文艺界内部“对规范化过程中出现的一些问题尝试着进行自我改善”这一文化语境有关，并非“完全放弃写作个性以屈就主流，而是‘主流’因内部的变异主动要求容纳穆旦这样的另类因素”；因此，在看待1957年的穆旦时，不能简单以当下相对宽松的思想和文化环境来衡量。由于关涉到具体的历史语境，穆旦个人写作和时代语境之间的关联得到了更深入的辨驳。《论穆旦50年代的诗歌创作》[④] 的讨论也相当细致，涉及穆旦写作与主流意识形态的关系，诗歌中的“身份”（人称）、“张力结构”等进行了讨论，最后从《我的叔父死了》中引申出“树的形象”，“被迫沉默的，是一个时代。因而树的形象，不约而同地进入当代诗歌，化为一代人的身份标志：扭曲、异化”。

其他讨论文章，如《论20世纪50年代中国现代主义诗人的身份焦虑——以卞之琳、冯至、穆旦为例》[⑤]，以三位重要诗人为例，分析了他们进入20世纪50年代后所面临的身份困境问题。尽管表现出“与时俱进”的热情以及“蜕变”新生的愿望。但并没有获得精神的自足与安慰，反倒陷入了焦虑与不安中。其诗人身份受到了时代/社会与个人自身的双重质疑。在尴尬处境中，文学翻译成为了缓解身份压力的唯一有效途径。

4. 晚期

20世纪50年代后期之后穆旦的遭遇，学界基本依据年谱一类传记资料；而由于1975—1977年间存留了近30首诗歌，学界普遍认为它是可堪与20

---

① 黄灿然著，收入《必要的角度》，辽宁教育出版社2001年版。

② 宋炳辉著，刊《当代作家评论》2000年第2期。

③ 胡续冬著，刊《新诗评论》2006年第1辑。

④ 段从学著，刊《涪陵师范学院学报》2002年第3期。

⑤ 胡辉杰、汪云霞著，刊《社会科学家》2004年第2期。

世纪40年代相比的另一个创作高峰。它们均是穆旦逝世之后才发表，也被称为“潜在写作”。

学界的研究充分考虑到了穆旦当时的实际处境，外在的政治文化环境，以及他本人的遭遇——特别是1976年年初骑车摔伤这一事件对其心态和创作的影响；而由于1958年之后穆旦被剥夺了创作权利，学界也注意到了穆旦的翻译“策略”，翻译本身对于创作的影响，以及“诗人与翻译者角色的颠倒”。①

从实际处境到对穆旦心态的把握，学界看法倒不尽相同，大致区格，有两种，一种强调穆旦的“死亡意识”，是一种“悲观的终结”。另一种则称之为“一个复杂的心灵”，即除了严酷的一面外，像《冬》里也有“温暖的东西”，“使得他们可以勇敢地面对冬天的北风与寒冷，直面世界的挑战”。②

具体到诗歌分析，学界也是循着两个不同的角度展开：一个偏重于强调时代性因素，即强调个人（“主体”）与时代的抗争，个体写作是对于时代的反应，个体写作的意义最终在“个人—时代”之中来衡定。从这一视角出发，穆旦诗歌的特点“在于以冷静的反思与观照突显复杂与两难，由此揭破时代与主体的荒谬，但又不放弃抗争的勇气”。③

另一类则偏重于强调对于穆旦内在心灵世界的挖掘，写作是心灵之声。其写作成为了“一场回光返照式的激烈而凄婉的最后演奏”，“弥漫着一种挥之不去的死亡意识”。④“穆旦晚年诗歌中最有价值的地方之一，就在于诗人拒绝了社会成规所指认的身份、意义和价值尺度，在当下性的、普通而细微的个人生活中，建立了真正个人真实性。”“而反抗僵死的传统和过去，拒绝现在则一直是他最基本的时间价值结构。但穆旦最终却发现生存的真实性就在当下性的日常境域之中，在自己的身体之内建立了灵魂归宿。对二十世纪的中国知识分子来说，这是一个意味深长的精神历程。”⑤

可特别指出的是，由于《穆旦诗文集》新近方才出版，还来不及沉结到研究之中。如上讨论是在材料相对缺乏的情形下展开的。若比照新公布的材料，一些解读分析也就未必完全是穆旦本人意志与情感的体现，这是遗憾，

① 相关研究有宋炳辉《新中国的穆旦》；易彬《悲观的终结——一种对诗人穆旦晚年的理解》，《书屋》2002年第3期。

② 刘志荣：《生命最后的智慧之歌：穆旦在一九七六》，《文学评论》2004年第3期。

③ 同上。

④ 如邓集田《穆旦1976年诗歌中的死亡意识》，《温州师范学院学报》2001年第1期。

⑤ 段从学：《在冬天的旷野唱出自我之歌——论穆旦晚年的诗歌创作》，《涪陵师范学院学报》2005年第2期。

却也激发了一种特殊的想象力，以《穆旦晚年处境与荒原意识——以〈冬〉为中心的考察》[①] 为例，文章主要是通过《冬》的修改展开，由于成文较早，来不及阅读新近材料，致使具体解读与穆旦本人的修改动因以及实际心境不大相符；但文章本身却体现了非常出色的解诗能力，层层推进，很好地推衍出了《冬》修改之中所浮现着的穆旦形象。而这也从另一个角度提示了穆旦诗歌所具有的特殊的丰富性——研究者自可结合有限的材料与实际的诗歌文本（还包括文学历史长河中累积下来的其他经验资源），展开多向度的研究。

以“丰富性”视之，《一只并不简单的“苍蝇”》[②] 一文的切入点虽小，也别见心思，文章在缕析了关于《苍蝇》一诗的不同评价，并对其进行细读之后提出：穆旦对苍蝇所持的是“同情与厌恶”的二重性态度，“这种以诗意的、二重性的而非一维单向、非此即彼的眼光关注世间万物，在人的功利性立场之外认识到‘生命不因人的好恶而存在’的态度，对当今许多中国人乃至批评家来说，似乎已经久违了（按：作者认为，正因为如此，学界多过于简单化地看待它），但在上世纪二三十年代的中国自由知识分子中，却是并不陌生的”。比如周作人在《雨天的书·山中杂信之二》（1921）对于苍蝇的态度即是如此。

小结

总体而言，通过年谱式的生平梳理以及对各阶段的细致考察，“生平与写作”命题得到了有效的辩驳，穆旦研究的历史性得到了加强。但可推进之处也不少。比如一些核心命题仍被忽视，这尤其明显地体现在不同阶段之间穆旦形象的贯通与整合中。《穆旦的迁徙之途》用“迁徙之途”来统摄，认为穆旦一生处于不断迁徙状态之中，其中既有时代与社会对于个人的放逐，也有穆旦个人的自我放逐——不安分于现实，1958年之后所翻译的为数巨众的作品尤其明显地体现了这一点：“公开发表和出版的权利被剥夺，身体又被持续性的政治流放中的各种繁重、肮脏的体力活所侵蚀，执拗的迁徙欲念却如同地下熔岩般涌动。”但由于对于穆旦的宏观透视还不够，一个完整的穆旦形象并没有确立。当然，随着《穆旦诗文集》出版，新材料披露，诗人晚年心境得以更丰富的呈现，对这一命题的研究应该可以大大推进。

---

① 王攸欣著，刊《中国现代文学研究丛刊》2007年第1期。按：笔者与王攸欣先生曾就此文有过交流，成文时间应在发表前两三年。

② 张宜雷著，刊《名作欣赏（鉴赏专刊）》2007年第9期。按：此文曾提交给2006年4月南开大学文学院举办的“穆旦诗歌学术研讨会”。

三 诗学命题探讨

更多讨论还是集中于诗学命题层面。此前，“现代主义”或“现代性”命题占据了上风。这种研究固然不乏理论激情，却也容易失之于学理化不足，容易陷入唯“现代性”是尊的局势。由此，不难理解此前一则穆旦研究综述的慨叹：“从1945年到1994年，穆旦研究的发展是缓慢的。这种缓慢折射出的是整个现代中国诗学的艰难发展过程。”① 此时，不仅穆旦研究提速，研究格局也已有了大的改观：此前，学界多将穆旦纳入“九叶诗派”的研究思路当中；现在，流派研究思路正逐渐被打破，流派本身的合理性已被较多质疑②；相应的，穆旦研究的个体化特征体现得更为突出，研究的学理性大大加强，诗学命题的探讨触及到了更多层面。

1.“传统诗学资源与西方诗学资源的影响”命题研究

《一个中国新诗人》中“非中国化”的命题仍被研究者反复援引；王佐良本人所做出的“修正”则一直未能引起足够注意。总体而言，对于穆旦与西方诗学资源的关系研究远远大于与传统诗学资源关系的研究。而且，饶有意味的是，不同研究者在讨论西方诗学资源时，均会列出雪莱、拜伦等浪漫主义诗人或叶芝、艾略特、奥登、燕卜荪等现代主义诗人、学者，结果却出现了相互对峙的局面——两种近乎截然相反的评价。

《论穆旦与中国新诗的现代特征》③ 指出，“比起穆旦本人对中国诗歌传统与中国新诗现状的真切体察和深刻思考来，他对西方诗歌新动向的学习分明要外在得多、次要得多”。不过文章突出了穆旦“体察”和“思考”“中国新诗现状”的一面，对古典“传统”的一面并没有给予足够关注。这种处理关涉到作者提出的如何理解“传统”的命题：“在长期以来形成的原道宗经的观念中，中国人似乎更注意对传统的维护而忽略了对它的激发和再造”；这使得穆旦的价值“并未获得准确的肯定”，“穆旦的全部工作的价值亦在于对传统生命的再激活”，“穆旦的全新的创造”构成了“中国新诗的新传统”。这与“五四”新诗在“现代性”的追求具有“一致性”。此文后以《穆旦：反传统与中国新诗的新传统》为题收入《中国现代新诗与古典诗歌传统》一书的增订版，为“文化传统中的个体”一章新设的一节。这一

---

① 李怡：《穆旦研究述评》，《诗探索》1996年第4期。

② 如王毅《中国现代主义诗歌史论》，西南师范大学出版社1998年版。

③ 李怡著，刊《文学评论》1997年第5期。以下凡引不另注。

做法自然会让读者与此书的初版联系起来，据作者自述，从“古典诗歌传统”到“反传统”，是一种“重新重视”的过程，此书初版面世之后，一些读者的“错爱”——所谓“‘弘扬传统文化’的赞许”——提醒他“不得不重新重视现代与传统关系的另外一面的事实，即漫长的传统流变过程中现代本身的价值或意义”；“同时把握中国新诗的‘两种传统’”，彰显“传统的繁复与流动”。①

也有不少研究对穆旦与中国古典诗歌传统的命题有了更深入的探究。前文多次引述的王毅的《细读穆旦〈诗八首〉》指出这一组诗“极隐秘而巧妙地暗藏着中西方文化的巨大背景”，穆旦并非如王佐良所言对于中国古典传统“彻底的无知”，相反，他有着“巧妙的吸收和借用”。《几位现代中国诗人的文学史意义》② 进一步指出，“就与诗歌传统的关系方面而言”，穆旦“尤其值得一提”。文章援引列许登堡的观点，“模仿有正有负，‘反其道以行也是一种模仿’”；穆旦诗歌有着明显的反叛性，“反叛的不仅仅是当下中国诗歌，而是以现代派新诗对整个传统旧诗进行挑战和反叛。而其反叛和反驳赖以进行的方式，又与中国传统诗歌艺术的古典精神恰恰极为吻合——虽然其最初和最直接的动力明显地来自西方诗歌”。这在一定程度上回应了《论穆旦与中国新诗的现代特征》一文。《穆旦诗与中国传统文化》③ 指出，穆旦虽然努力保持着与传统的距离，但仍在“不自觉间”与传统发生着种种联系，这种联系既见之于观念，也见之于诗艺层面：在语言运用和意象营造上，仍可见出传统文学的印记。《对抗“古典”的背后——论穆旦诗歌的“传统性”》④ 则指出穆旦对抗“古典”的背后依然有着传统因子的强劲渗透和内在传承。

西方诗学资源之于穆旦的命题，探讨非常之多，如下这些尤为扎实：《伪奥登风与非中国性：重估穆旦》⑤、《穆旦诗歌中的 T. S. 艾略特传统》⑥、《奥登在中国：文学影响与文化斡旋》⑦、《穆旦与英国现代主义诗歌》⑧、《中

① 李怡：《中国现代新诗与古典诗歌传统》（增订版），北京大学出版社 2008 年版，第 331—334 页。按：“文化传统中的个体”由 7 人增至 13 人，原有 7 人为：胡适、郭沫若、闻一多、徐志摩、戴望舒、何其芳和卞之琳；所增加的其他 5 人为：李金发、梁宗岱、艾青、任洪渊、鲁迅。

② 王毅著，刊《中国现代文学研究丛刊》2001 年第 2 期，以下凡引不另注。

③ 夏元明著，刊《海南师范学院学报》2004 年第 4 期。

④ 罗振亚著，刊《南开学报》2007 年第 3 期。

⑤ 江弱水著，刊《外国文学评论》2002 年第 3 期。

⑥ 刘燕著，刊《外国文学评论》2003 年第 2 期。

⑦ 张松建著，原刊《当代》（台北）2005 年 8 月号，现据学术中国网（http：//www. xschina. org）。

⑧ 徐立钱著，博士学位论文，北京语言大学比较文学与世界文学专业，2006 年。

国式的普鲁弗洛克——穆旦对艾略特诗歌词汇、意象与抒情主人公形象的接受》。[①]“扎实”意指：它们并没有仅仅停留于模糊指认层面，而是采取了类似于实证分析式方法，详细剥缕了穆旦之于西方诗学资源间的关系，或一些重要的文化传播现象。这里提出几个问题：

其一，研究者的“文化资源”问题。《回到穆旦的丰富性与复杂性》[②]指出，“西方诗歌文化对穆旦的影响既是一个基本的事实，也是穆旦丰富复杂的艺术个性的基本组成要素之一。穆旦接受和借鉴的西方诗歌文化资源其实相当丰富……我们之所以把穆旦诗歌的种种外来影响和品质归结于奥登和艾略特等少数几个现代主义诗人的影响，并不是因为穆旦接受和借鉴的文化资源有限，而是因为研究者的视野不够开阔”。《穆旦对抗日战争的认同及其诗风的转变》[③]也曾指出研究者“谈论得最多的是艾略特、叶芝、奥登、里尔克等现代主义诗人的影响，而不太注意诗人与浪漫主义诗歌文化之间的密切关系”；“大量的事实表明，浪漫主义诗歌文化的影响，不仅‘是穆旦后来进一步接受西方20世纪诗风的重要基础’，而且对穆旦之创作个性和生命意识的形成，起到了根本性的作用”。前20世纪西方诗学资源之于穆旦的关系的研究相对较少，进一步区格，又可分为英语文学和俄语文学两块。英语文学方面，前引穆旦同学赵瑞蕻的《南岳山中，蒙自湖畔——记穆旦，并忆西南联大》勾画了一条穆旦的成长线索：布莱克—惠特曼—叶芝—艾略特—穆旦，但这种看似较为感性的线索并未引起足够重视。俄语文学方面，《普希金与查良铮》[④]不仅指出20世纪40年代穆旦“在诗的内在气质上有许多地方与普希金的精神息息相通”；且指出穆旦晚年创作如《听说我老了》与普希金《囚徒》之间的精神关联。更多的研究则如后述，多从“文学翻译”角度入手。至于20世纪西方诗学资源的研究，也有研究指出存在着泛化态势，如“里尔克—穆旦”之间并不具备对应关系。[⑤]

其二，“重估”穆旦的问题。“重估”由《伪奥登风与非中国性：重估穆旦》引起。该文显然并不同意长期统摄着穆旦研究的王佐良的观点，它着意强调了“明显地来自西方诗歌”的问题，穆旦“过于倚重奥登的写法”，“过于仰赖外来的资源”，“未能借助本民族的文化传统以构筑起自身的主体”。

---

① 陈林著，见穆旦纪念网（http：//www.mdjnw.com）。

② 段从学著，刊《新诗评论》2006年第1期。

③ 段从学著，刊《社会科学战线》2005年第4期。

④ 谷羽著，刊《俄罗斯文艺》1999年第2期。

⑤ 段从学：《穆旦对抗日战争的认同及其诗风的转变》。

此文一出，可谓向穆旦研究投掷了一枚重型炸弹。其效果在相当程度上恰如1994年的“大师事件”，又一次让学界“认识”了穆旦。在为数并不算多的直接回应文章中，《穆旦与“去中国化”》[①] 可能是最到位的，改用“去中国化”，而不再沿用“非中国化”，是“因为‘非中国化’带有某种断然的否定色彩，而‘去中国化’则指向一种具体历史语境下的诗学实践和写作策略”。《重估》的“许多看法看上去剑走偏锋，但却触及到了中国新诗最为敏感、脆弱的一根神经”；“学习和模仿大体上属实”，但穆旦“去中国化”的诗学实践，“不仅使诗重新获得了对现实‘发言’的能力，还由此给中国新诗带来了一种敏锐的思辨性，一种诗与思的前所未有的融合”，在“语言形式和文体上”也“带来了一种新的更富有生机的诗歌语言”。“去中国化”的诗学实践“并非只是穆旦一个人的努力，它一直伴随着中国现代新诗的历史，这甚至是新诗诞生和向前发展的前提和动力”，“这说明了艺术是永远需要‘陌生化’以获得自身的发展变化和再生的”，“去中国化”即穆旦“实现艺术陌生化的基本策略”，在评价这种实践时，应注意摆脱一种“二元对立的逻辑”。此外，《回到穆旦的丰富性与复杂性》也认为，穆旦诗歌中那种“把抽象观念或者品质人格化的修辞手法”并非源自奥登，而是18世纪英国古典主义诗歌中习见的技巧；穆旦诗歌的“工业化意象和比喻”，也可能和玄学诗人有关，在重估这些现象时，需要考虑其“丰富性与复杂性”。

其三，不论是“重估”话题出现之前还是之后，都有不少研究强调中国诗人如穆旦在接受西方诗学资源时，中国现实机制起到了重要作用，如《西南联大历史情境中的文学活动》中的相关研究。具体到奥登，《奥登在中国：文学影响与文化斡旋》[②] 也并不认为“以穆旦为首的中国诗人借鉴奥登诗学而建构文学现代性，结果是以丧失‘中国性’为惨痛代价的”；“面对奥登诗学，中国诗人主动地选择几个方面：重视艺术与人生关联的美学原则，反讽和反仿策略，大跨度的比拟，轻松诗体式，日常口语化的语言实践，变换的叙述视点，源于自然科学的诗歌意象”。“我们无法把这些作品化约为单纯的‘西方冲击—中国回应’的产物，也不能从本质主义的思维出发，指责它们丧失了宝贵的主体性与中国性；相反，穆旦、杜运燮、王佐良等人的诗作，创造性地转化了奥登诗学资源，用以表达现代中国人的情感、思想、态度与经验，既是‘现代的’，也是‘中国的’。”

---

① 王家新著，刊《诗探索》（理论卷）2006年第3辑。

② 张松建著，原刊《当代》（台北）2005年8月号，现据学术中国网（http：//www.xschina.org）。

其四，一个相关的观点："世界诗歌"。

"世界诗歌"的说法最初出自著名汉学家宇文所安（Stephen Owen）质疑北岛诗歌的文章《什么是世界诗歌?》。[①] 据王家新的观察，虽然"各自的出发点很不相同"，但它与20世纪末期诗歌论争中"民间"一方对于"知识分子写作"的责难，以及江弱水的《重估》，都指向了同一个问题，即"以'现代性'为主要目标的中国新诗所一再面临的挑战"。《何谓世界诗歌》中译稿发表后，立即引起了汉语知识界的关注[②]，也有研究借助这一新的视阈展开对穆旦诗歌的讨论，如《"世界诗歌"视野中的穆旦》[③]，认为"从《一个中国诗人》到《饥饿的中国》，穆旦提供了一种'世界诗歌'，'可译性'是这种'世界诗歌'的重要特点"。

2. 诗歌语言艺术层面

作为诗人，穆旦为汉语诗歌提供了怎样的诗性空间呢？这无疑是讨论穆旦诗歌价值的核心所在。《论穆旦与中国新诗的现代特征》指出穆旦"在一个新的高度重新肯定了口语和散文化，也赋予了书面语新的形态"；"穆旦的诗歌全面清除了那些古香古色的诗歌语汇，换之以充满现代生活气息的现代语言……普普通通的口耳相传的日常用语，正是这些日常用语为我们编织起了一处处崭新的现代生活场景，迅捷而有效地捕捉了生存变迁的真切感受"；"散文化的句式也取代了'纯诗'式的并呈语句，文法的逻辑性取代了超逻辑语法的'雅言'"。而且，穆旦"同样开掘着现代汉语的书面语魅力，使之与鲜活的口语，与明晰的散文化句式相互配合，以完成最佳的表达……大量抽象的书面语汇涌动在穆旦的诗歌文本中，连词、介词、副词，修饰与被修饰，限定与被限定，虚记号的广泛使用连同词汇意义的抽象化一起，将我们带入到一重思辨的空间，从而真正地显示了属于现代汉语的书面语的诗学魅力"。

与语言艺术相关，讨论还涉及艺术手法、人称分析以及抒情观念等多个层面，对其修改行为也有细致考察。

艺术手法被讨论较多的是"戏剧化"、"反讽"等。具体讨论主要针对穆

---

① 原刊美国《新共和》（*The New Republic*）1990年11月号；后经洪越译，田晓菲校，刊《新诗评论》2006年第1辑；同时刊出的还有洪越译，田晓菲校《进与退："世界诗歌"的问题和可能性》。

② 如吴晓东等《从"世界诗歌"到"诗歌的世界"——关于宇文所安"世界诗歌"问题的讨论》，《新诗评论》2007年第1辑。

③ 程振兴著，刊《天府新论》2008年第1期。按：此文曾以《"景观诗歌"视野中的穆旦》刊《江汉大学学报》2008年第1期。

旦的三部诗剧,《神魔之争》、《森林之魅》和《隐现》。《中国现代主义诗潮史论》指出,在“一些并非戏剧形式的诗中”,如《蛇的诱惑》、《夜晚的告别》、《华参先生的疲倦》等,也有意“增加人物对话和情节穿插的成分”。这种手法的较多使用“清楚地显示了他追求新诗现代化的审美意识对现代诗艺的一种拓展”。[①]“与新诗‘戏剧化’紧密相连的是‘反讽’的运用。”《五月》被视为“一个关于‘反讽’的经典文本”,“伸缩自如的长短句”和“自拟的旧体诗句”的并置,“形成了诗歌文本的一种‘结构性反讽’”,诗人“以这种突兀的方式”强调了自身的生存焦虑以及对于传统(诗学)的反叛态度。[②]

对于穆旦诗歌的人称的细致研究可见于《冯至、穆旦四十年代诗歌写作的人称分析》[③],“诗歌写作中的人称意识与叙事性作品一样,不仅构成写作者观物方式转换的中轴点,而且与文本中主体性的生成有关”。20世纪40年代,穆旦“以一种主动的姿态”投身到时代洪流之中,表现在写作上即是第一人称复数“我们”的“激增”,但“我们”一再“遭到来自自身和外部的强烈颠覆”。由此,穆旦成为了“时代主流话语自身产生的一个异己形象”,“对民族解放、社会进步等目的论集体性主流话语的高度怀疑”。该文还分析了穆旦和冯至这样两位写作者在人称处理及其实际意义上的不同,进而揭示两者共同构成了对“中国现代‘写作型’知识分子”“自我主体无法整合的焦灼”这样一种命运的“深层隐喻”。

在指出穆旦诗歌复杂的艺术手法的基础之上,有研究进一步探讨了穆旦对于“新的抒情”观念的理解,如《“新的抒情”与穆旦抗战时期的诗学主张》[④]、《论穆旦创制“新的抒情”的历程》[⑤]、《论穆旦“新的抒情”与“中国性”》。[⑥]它同样被视为一个复杂的命题,《从“抒情的放逐”谈起》[⑦]指出,此观点写于徐迟《抒情的放逐》(1939)数月之后,具有明确的针对性。但它们尽管表面相异,本质上却“存在着许多一致性”,其理论支撑都是“某种反映论意义上的对诗歌经验与现代生活间一致性的强调”。“抒情”或“对时代、历史的强调”成为了“一种特殊的话语策略”,即便是到了当代,

---

① 孙玉石:《中国现代主义诗潮史论》,北京大学出版社1999年版,第436—443页。

② 张桃洲:《现代汉语的诗性空间》,第53—54页。

③ 姜涛著,刊《中国现代文学研究丛刊》1997年第4期。

④ 子张著,刊《山东师范大学学报》2003年第6期。

⑤ 杨四平著,刊《海南师范学院学报》2005年第2期。

⑥ 张桃洲著,刊《首都师范大学学报》2008年第4期。

⑦ 姜涛著,刊《扬子江诗刊》2005年第2期。

“仍然潜在地受制于这种逻辑”。其中“暗藏的决定论”是“需要质疑”的。

诗歌文本的修改也得到了较多讨论。《几位现代中国诗人的文学史意义》指出，穆旦对语言“高度敏感”，其“精致的打磨、锻炼的功夫”，“与卞之琳所谓的中国诗歌艺术的古典精神有关”，也有来自英美新批评派“细读文本批评方法的影响”。修改，即可视为“打磨、锻炼”的表征。《穆旦诗歌修改情况举陈》[①] 细致地列举了穆旦诗歌中的部分修改情况。《细读穆旦〈诗八首〉》指出穆旦对该诗结构的修改，即将第二章与第三章顺序置换，突出了“基督教色彩”。《“第三条抒情的路”》[②] 则通过多篇穆旦佚诗、佚文指出，“很难说被保留下来的就绝对是好诗，而被改动和删去的是不好的，但穆旦的确是沿着自己设计的‘第三条抒情的路’在努力，他的取舍的标准、修改的意图，显示着他对锋利、明晰、准确的意象的苦心追求，对泛滥虚幻的情绪的竭力控制，对强烈对立情感、多重复杂思想的得心应手或者力不从心的驾驭、整合”。这些讨论都大致表明穆旦主要基于自身艺术视阈和现实态度的变化而对作品做出修改。不过，外在生存环境及政治迫压对穆旦写作有没有、或者有怎样的影响？与那些根据政治观念的变化而做出修改的写作者相比，穆旦的修改行为究竟蕴涵了怎样的艺术个性与精神状况？这既折射出穆旦的精神历程，也关涉到重要的文学史命题，以及它所包含的文学版本学意义，这些都有待进一步深入。

简言之，经由上述细致分析，穆旦诗歌复杂的艺术特点以及与时代之间的关联得到了有效展现，“诗歌的语言艺术”得到有效讨论，这对新诗研究而言应是具有启发意义的。检索相当长一段时间内穆旦诗歌及新诗研究，被广泛施用的是“现实主义”、“现代主义”（“中国式的现代主义”）这样舶自西方文学理论的术语，由于语境差异以及概念内涵的不尽对应，结果往往不能最为确切地抵达诗歌创作的内核，更难以真正揭示写作者的艺术个性并透视其精神状况。套用此前多次引述的《论穆旦与中国新诗的现代特征》里的判断，从 20 世纪 90 年代中期至今，穆旦研究的十年历程，也正昭示了“整个现代中国诗学的艰难发展过程”——而以“现代特征”取代“现代性”一类说法，也并不仅仅是一个词的更迭，它内蕴着研究意识的某种深化。

3. “精神谱系”的建构

所谓“精神谱系”的建构，自然是为了凸显新文学的某种传统。近年

① 易彬著，刊《北京教育学院学报》2004 年第 2 期。

② 姚丹著，刊《中国现代文学研究丛刊》1999 年第 3 期。

来，“鲁迅—穆旦”这一精神谱系的建构进一步得到了强化，同时也出现了一些新的谱系，如“西南联大诗人群”、“潜在写作群”等等。

(1)“鲁迅—穆旦”谱系

探寻鲁迅与穆旦之间的精神继承关系是“精神谱系”建构中最基本的一种，此一话题前文已有较多谈及，总体而言，此前讨论多零散，而这一阶段则被大大地强化。其中最突出的仍是钱理群先生的探讨，在多种情形之下，“丰富的痛苦”、“鲁迅—穆旦”作为价值命题一再地得到了加强。可指出的是，就基本讨论而言，王佐良的“非中国化”命题始终回荡其中，即如《鲁迅与穆旦》[①] 所示，文章特别辨析了“非中国”这一术语，“所说的‘中国’只能理解为中国的古代传统”。而穆旦植根于人们“不愿意承认新文化已经形成了传统”——“更不愿意承认”的“鲁迅的传统”。“穆旦从鲁迅的血液里接受了作为新文化本质的反叛性与异质性。”“鲁迅—穆旦”不是一个单向的命题，而是双向的，“鲁迅也在寻找穆旦——期待着他的出现”。而特别值得提出的是，这样的命题，通过文学史著如《中国现代文学三十年》(修订本)[②] 得到了更为广泛的传播：“最能体现中国新诗派的这种反叛性与异质性的，无疑是它的主要诗人代表穆旦。”穆旦建立了“以‘残缺’为中心的现代哲学和诗学”，“出现了中国诗歌史上从未有过的‘残缺’的世界里的‘残缺’的‘自我’”；其精神资源“在鲁迅为代表的现代新文化传统”。

《跋涉在荒野中的灵魂》回应了此前的命题，而其重点在于对“现代性”命题的强调，现代中国有着双重现代性诉求：“谋求社会制度的现代化”与“为现代中国人寻找安身立命之基础”。但深重的民族危机使得现代民族国家的建构始终横亘于个人生存之上。由此，个人生存基础的丧失和个人“始终没有停止过”的“对压抑和否定的反抗”构成了中国的现代性冲突。这是鲁迅和穆旦所面临的共同问题。鲁迅时代的冲突主要体现为“思想领域之内的对抗”，穆旦时代的冲突则“逾出了思想领域，变成了物质现实对个人的无情挤压，而在穆旦身上则体现为个人时间的有限性与社会历史时间的无限性之间的冲突，其基本形态是个人与外在的社会现实之间直接的坚实的冲突。穆旦因之而突入了中国的现代性问题的核心”。由此，“在中国现代作家当中，鲁迅是最清醒而深刻地体验到了中国的现代性冲突的，而穆旦则是将这

---

① 该文分上、下两篇刊载于《中华读书报》1997 年 10 月 15 日、23 日。

② 钱理群、温儒敏、吴福辉著，北京大学出版社 1998 年版。

一冲突体验得最为充分的”。

如上讨论多为整体视角，也有一些讨论着眼于局部问题，如《鲁迅〈野草〉的怀疑精神对穆旦诗的影响》[①] 等。

(2)“西南联大诗人群”

早在20世纪40年代后期，“西南联大”诗歌群落就已经进入了论者的视野，1948年6月，《诗创造》丛刊第12辑《严肃的星辰们》的《编余小记》（杭约赫）指出，默弓（陈敬容）的《真诚的声音——略论郑敏、穆旦、杜运燮》所论三人为“战时西南联大的诗人中的三星”。但相当长的一段时间内，“西南联大诗人群”的说法并没有得到确认，更不用说深入研究了。而尽管1994年《中国现代诗与西南联大诗歌群》（张同道）明确将“西南联大诗歌群”置于“中国现代诗”的发展谱系之中，但也没有马上得到有效回应。现在看来，这篇文章虽从时代背景、文化语境、诗型特点、美学贡献等方面进行了论析，认为它代表了中国现代主义诗潮的一个高峰，但总体而言，是在一种简化思路下展开的，仅仅涉及几位主要诗人，其他诗人被弃置，却又未做任何说明。

而缺乏回应，应和西南联大研究一直未能凸显有着直接关系。这一局面到20世纪90年代后期大为改观，包括校史和文学创作在内的一批相关史料先后出版[②]；《西南联大历史情境中的文学活动》更是将“西南联大的文学活动”提升到了非常突出的位置。该书强调了这一群体与特定“历史情境”之间的紧密关系，这一情境涉及抗战背景下国民党政府的文化政策、云南省的文化环境、校园文化氛围、日常物质生活、大学课程设置与教学及文学社团活动、外来文化资源、战争现实的体验与社会政治文化的变异等等。依凭如此纷繁复杂的背景，这群“新生代”诗人产生了新的诗歌观念：“不再以抒情为鹄的，而以书写经验为根本”。落实到创作中，有如下几类共同趋向：表现个人与现实的紧张关系，“农民兵”问题，爱情的全新经历与体验，对战争的审视，对人性的考问，以及对“平凡”事物的“哲学的观照”。穆旦则是其中最富有个人兴味的一个。[③] 也有研究称这一群体的写作构成了“新

---

① 金红著，刊《东疆学刊》2006年第4期。

② 主要包括西南联合大学北京校友会编《国立西南联合大学校史》，北京大学出版社1996年版；杜运燮、张同道《西南联大现代诗钞》，中国文学出版社1997年版；北京大学、清华大学、南开大学、云南师范大学编《国立西南联合大学史料》（六卷本），云南教育出版社1998年版；张寄谦编《中国教育史上的一次创举——西南联合大学湘黔滇旅行团记实》，北京大学出版社1999年版等。

③ 姚丹：《西南联大历史情境中的文学活动》，第252—284页。

诗现代性的特殊生态"[①]，它们构成了新文学发展过程中的"新现象"，即"学院讲授的文学——主要是近现代的西洋文学——对创作界产生了相当大的影响，推动新文学发生了深刻的变化"。[②] 此外，李光荣等人对于西南联大文艺社团的细致梳理，也很好地呈现了穆旦与联大校园文学环境之间的关联。[③]

需指出的是，"西南联大"概念的蓬生，既是史料积累的结果，在一定程度上，也是出于对"九叶诗派"（或称"中国新诗派"）研究的反驳。《探险的风旗》即有意区格了"西南联大诗人群"与"上海诗人群"。[④] 尽管"九叶诗派"作为流派的合理性已被较多质疑，但相关研究仍然具备文学史的合法性——用"惯性"可能更为确切，即这样一个概念，为文学史格局的建构，文学史图景叙述的展开，提供了非常大的便利。当然，这是一个复杂的问题，只有留待他文再论了。

（3）"潜在写作"谱系

"潜在写作"是新兴话题，它随着陈思和主编的《中国当代文学教程》（1999）的出版而正式进入文学史序列，主要讨论1949—1976年间那些没有公开发表的作品。穆旦与沈从文、无名氏、陈寅恪、丰子恺以及贵州诗人群、白洋淀诗人群等一起，因其写作"具有超越主流规范的自成一体的精神资源与艺术感受、想像、表现方式"而成为了"公共空间"萎缩的年代里"最值得珍视"文字，具有重要的文学史意义。[⑤]

如上简略地提到了几种精神谱系，有必要指出的是，目前的谱系建构，基本上着眼于前穆旦时代与穆旦的同时代，后穆旦时代，即20世纪70年代后期以来汉语诗歌写作者与穆旦之间具有怎样的精神关联与艺术传承关系，仅有零散讨论，如张桃洲提出昌耀"诗中血肉丰满的语言质感和充满激烈冲

---

① 程波：《新诗现代性的特殊生态——西南联大诗人群研究》，《南京师范大学文学院学报》2002年第4期。

② 张新颖：《20世纪上半叶中国文学的现代意识》，生活·读书·新知三联书店2001年版，第194页。

③ 主要包括李光荣、宣淑君《穆旦在南荒文艺社的创作》，《西南民族大学学报》2007年第11期；《冬青文艺社及其史事辨正》，《中国现代文学研究丛刊》2007年第6期；《试论南湖诗社的组织与活动》，《红河学院学报》2008年第1期等。

④ 张同道：《探险的风旗》，安徽教育出版社1998年版。

⑤ 刘志荣：《关于1949—1976年中国文学中的"潜在写作"》，王晓明主编《二十世纪中国文学史论·下卷》（修订版），东方出版中心2003年版，第282—301页。另见刘志荣《潜在写作：1949—1976》，复旦大学出版社2007年版。

突的灵魂吁求”是对穆旦的“精神回应”[①]，《论批判性个人化与穆旦对当下诗歌的意义》[②] 则注意到一个事实：尽管“穆旦诗歌的复活与研究界的日趋重视，也正好发生在当代诗歌‘前、后崛起’的这一时期”，但“当代诗歌对新诗自身传统的不重视，几乎是全面性”；因此，这篇文章的核心要义其实是三个疑问：即“(1) 20世纪汉语诗歌的写作经验为什么不能引起当代诗歌的应有重视，‘鄙视继往、迷信将来’（张奚若语），一切从头开始，是否一种健康的写作意识？(2) 穆旦诗歌的学术研究是否正在忽略他的当下性质？(3) 假定我们并不单以研究界或创作界对穆旦诗歌已形成的定见为是，而努力形成一种‘对话’，穆旦诗歌能为我们提供一种怎样的经验呢？”从后续研究看，类似疑问并没有落实，穆旦诗歌与当代诗歌，特别是与当下写作之间的关联，总体而言是较为匮乏的。

4. 宗教意识的梳理与解读

关于穆旦诗歌中的宗教，《论穆旦诗歌中的宗教意识》[③] 称：“迄今为止的研究实际上并没有突破王佐良的断言。”王佐良在《一个中国新诗人》中称：穆旦对新诗“最大的贡献”是“创造了一个上帝……诗人的皮肉和精神有着那样的一种饥饿，以至喊叫着要求一点人身以外的东西来支持和安慰”。

关于穆旦诗歌中的宗教精神，学界有一个基本共识：《出发》、《隐现》等往往被视为最主要的标志性文本，和基督教祈神诗的文本之间有着重要关联。显然，基督教颂诗的样式与“形而上”的灵魂搏求为穆旦的写作提供了某种“叙事原型”，《以圣经为源泉的中国现代诗歌：从周作人到海子》[④] 即进行了专题梳理，穆旦被置于一种整体性的视角当中，将《蛇的诱惑》、《出发》、《诗二章》、《我》、《隐现》、《神的变形》等诗篇与《圣经》（《创世纪》、《约伯记》、《传道书》）的具体章节或者意象、语词进行比较，并与陈梦家等人的同类写作进行了简单比较，最后的结论是：“无论如何，我们都认为穆旦是与《圣经》遗产相关的中国人中最具哲理性的诗人。”

在展开比较时，该文隐约地提到了现代中国的一些现实背景因素，特别是政治文化的影响，但着笔不多。另一部分研究对此则有更多讨论，即认为穆旦诗歌中宗教意识的呈现带有强烈的现实性，是植根于现代中国的问题而生发，《论穆旦诗歌中的宗教意识》认为，“穆旦诗歌中的宗教意识，应该放

---

① 张桃洲：《现代汉语的诗性空间》，第170页。

② 赵寻著，刊《诗探索》2000年第1—2辑。

③ 段从学著，刊《内江师范学院学报》2005年第3期。

④ ［斯洛伐克］马利安·高立克著，胡宗锋、艾福旗译，刊《人文杂志》2007年第5期。

在40年代中国的本土语境中来看待，它是一个中国诗人在战争带来的残酷生存困境中生成的反应”。但从穆旦的整个精神历程看，“祈神实际上是失败的，他最终未能走进《隐现》中所昭示的神性的和谐”。而这“失败”又进一步引发了诗人灵与肉的搏求，只有在20世纪40年代的现代性冲突的语境中，“穆旦诗歌中宗教意识的意义才能充分被揭示出来：从期待历史中的解放转向祈求神恩，否定历史之于个人生存的真实性，指向的神化历史的现实压力；要求个人的生存意义，实际上是要求个人在历史中的自由”。

也有不少研究将穆旦诗歌的思想置于现代文明的背景之下（所谓“在传统价值信仰崩溃之后，在‘现实的倾覆’的废墟上”），如《围困与突围：关于穆旦诗歌的文化阐释》① 认为“穆旦的突围自救方式，或者说对现代文明现实的超越之路，简单地说，就是他在作品中创造一个上帝这样一种信仰重构的过程”，但“并未真正皈依和顺从”，相反，“超越痛苦变得更加痛苦”。《穆旦与〈圣经〉——兼论穆旦的三部诗剧》② 也认为“穆旦所关注的现代文明的文化危机与救赎企图和《圣经》的基本语境是相通的，因此《圣经》作为文化原型在穆旦诗歌中起着重要作用”。《穆旦的诗歌想象与基督教话语》③ 则指出，身处时代转型期，“基督教个性话语比较适合于表达新的生存焦虑及存在的困惑。但它语境经过了穆旦所处时代语境与他个人独特的审美倾向的过滤，而这种过滤、转换应显于具体的文本结构和修辞方式中”。

5. 经典意象的梳理及其多角度审美

随着时间的打磨，穆旦诗歌中的某些核心意象或词汇已然经典化了。学界对于穆旦诗歌意象的关注与开掘，显示了中国古典诗学的某种影响。《穆旦的“根”》④ 即富有洞见地通过对“根”这一意象的梳理，指出穆旦诗歌具有“双重根系”：“第一重根系乃是民族性和传统，扎根于这片历史性的土地之上，并视其为自身的历史感和情感的基本来源。穆旦从这一根系中获得了那种沉稳、结实而深情的语调。另一重根系乃是欲望与虚无，它与历史无关，而只是扎根于每一个体的灵性之中，或者说，扎根于肉体或肉体所隐现的自然之幽暗中。这一根系乃是想象力和灵魂的变形力量之来源，穆旦从中

---

① 王毅著，刊《文艺研究》1998年第3期。

② 鲍昌宝著，刊《中国比较文学》2001年第4期。

③ ［韩］吴允淑著，刊《中国现代文学研究丛刊》2000年第1期。

④ 一行：《穆旦的“根”》，朱大可、张闳主编《21世纪中国文化地图 二》，广西师范大学出版社2004年版，第65页。按：此文后收入一行《词的伦理》，上海书店出版社2007年版。

获得了语言的柔韧、肉感和冥思气质。”此外，对“黑夜”与守夜人意象[①]的梳理，以及将穆旦诗歌中的“蛇”的隐喻与新诗史上的相关诗歌进行比较分析[②]，也都独具匠心。

其他如讨论穆旦诗歌的“异化”主题[③]，探讨穆旦诗歌写作和现代爱情诗写作之间的关系[④]，穆旦前后期写作的对比，穆旦与卞之琳、冯至等诗人的比较等等，也都很好地呈示了穆旦研究的广度和深度。另外，围绕穆旦诗歌细读与鉴赏性的文字也非常多，其中出现频率最多的是《赞美》、《诗八首》、《冬》这几首，反映出穆旦诗歌的艺术成就得到了多维度的审美评价。

四　文学史著考察

随着穆旦研究的深入，有一点已经毋庸置疑：穆旦的文学史地位获得了很大的提升。具体表现为：不仅在史著中所占据篇幅有增加之势，而且，如前述，被《中国现当代文学学科概要》一类着眼于现代以来整个学科进展的著作列为“重要作家”，穆旦研究的历史与现状作为一种概要性的知识得到传播。

1. 现代文学视阈

中国现代文学史著繁多，不妨首先将《中国现代文学三十年》的初版本（1987）与修订本（1998）对照来看，其变化见之于篇幅、概念等方面。

初版本中，艾青被置于所有诗人之上，单列一章，即“第二十四章 植根于土地上的民族诗人”。同时期其他新诗共列一章，“第二十五章 新诗走向历史的综合”，按时间进展分为 3 段：初期（1937 年 7 月—1938 年 10 月）、中期（1938 年 10 月—1944 年 9 月）、后期及解放战争时期（1944 年 10 月—1949 年 9 月）。穆旦在第 3 节中被讨论。修订本沿袭了初版本模式，即将艾青专列一章，即“第二十五章 艾青”；同时期其他新诗共列一章，“第二十六章（新诗三）”，也是分为 3 节，但换为按照地域来叙述，即“一 从同声歌唱到七月派诗人群的出现”、“二 从冯至等校园诗人群到以穆旦为代表的‘中国新诗派’”、“三 战后根据地的诗歌创作：诗的民间资源的新的吸取和创造”。穆旦的地位获得了提升：原先是湮没于节之中，现在被提升

---

① 分别参见段从学《论穆旦早期诗歌创作》；曹元勇《穆旦诗中的守夜人》。

② 臧明华：《“蛇”隐喻在现实语境中的转化》，《海南师范学院学报》2003 年第 1 期。

③ 如李荣明《穆旦诗歌中的“异化”主题》，《中国现代文学研究丛刊》2001 年第 3 期。

④ 如李方《穆旦与现代爱情诗》，《东北师大学报》1998 年第 4 期。

到节的高度；不过，还并不是单列一节，而是与其他的诗人群享有一节。从具体篇幅看，穆旦讨论占用了 3 页篇幅（第 585—588 页）。

实际运用的相关文学史概念则从"《九叶集》派"衍化为"中国新诗派"。这倒并不是编者的发明，不少研究提出"九叶诗派"这一命名并不恰当，但实际指称却并无多大差别。从《中国现代文学三十年》的作者之一钱理群在《诗人的分化》中所做出的细致辨析看，对于《中国新诗》这份刊物的倚重是命名依据所在。[①] 命名本身应是蕴涵了回到具体历史语境的动机，放置到《诗人的分化》中，也很恰当。但放置到整个文学史的叙述中，则遇到了某种尴尬：穆旦享有"西南联大"和"中国新诗"两个概念，如何处理是一个不小的问题。"从冯至等校园诗人群到以穆旦为代表的'中国新诗派'"其实是一个别扭的标题，作为"校园诗人"，穆旦无疑比冯至更有代表性；但又因为要强调"中国新诗派"这一概念，又不得不让位于冯至。

此外，还别有尴尬存在。前引钱理群与吴晓东的《"分离"与"回归"——绘图本〈中国文学史〉（20 世纪）的写作构想》提出："在鲁迅之下，我们给下列六位作家以更高的评价与更为重要的文学史地位，即老舍、沈从文、曹禺、张爱玲、冯至、穆旦。"请注意，其中并没有被列入专章讨论的艾青；但在这部文学史之中，尽管比照过去，冯至、穆旦已经享有较高评价，也仅仅是和两个群体的诗人共同占有一节的篇幅，"更高的评价与更为重要的文学史地位"的呼声并没有落实。这样的歧异令我想起前文所论唐弢先生的做法，他"记忆"中的穆旦是"最受欢迎的青年诗人"，但这种个人意识却臣服于文学史写作的意志。20 世纪 90 年代后期，文学史的压力远比唐弢所经历的时代宽松，但不妨设想一下，如果用专章来讨论冯至、穆旦，是不是也会遇到相当大的压力呢？这样一个问题，在某种程度上，既表明了穆旦在整个文学史序列中的尴尬，也表明了文学史写作本身的尴尬。

也有少数文学史著，如程光炜等主编的《中国现代文学史》[②]，切实给予了穆旦"更为重要的文学史地位"，该著"第十八章 艾青与七月派"与"第十九章 穆旦与西南联大诗人群"并列，穆旦被提升到了"章"的高度。从著作的整体思路来看，与以往的文学史著不尽相同的是，各章节标题多用"重要作家＋流派、群体或写作潮流"的写法（按：仅鲁迅、曹禺单独列章），即以重要作家来引领其他写作潮流或现象，其实际效果是双向的：在

① 钱理群：《1948：天地玄黄》，山东教育出版社 1998 年版，第 98—126 页。

② 程光炜等主编《中国现代文学史》，中国人民大学出版社 2000 年版，2004 年 11 月 5 印。

压缩某些“大家”的叙述篇幅的同时，也接纳了更多原本被“压制”的因子——一部分被纳入概述的范围，少数如穆旦，则从“节”提升到“章”的高度。

比照前文的讨论，尽管“引领”的实际内涵及效用尚可进一步挖掘，但这种提升可谓解决了20世纪90年代以来困扰着研究者的一个问题，即如何处理重要性日益彰显的穆旦在文学史实际叙述中的篇幅问题。

2. 当代文学视阈

这一时期的中国当代文学史教材，有两部影响尤其大，即洪子诚《中国当代文学史》（1999年8月）与陈思和主编《中国当代文学史教程》（1999年9月）。①

《中国当代文学史》非常富有个人识见，但基本上是正统（常规）的写法，严谨的章节，现象的叙述，人物的逐一评述。与穆旦有关的章节为：第4章“隐失的诗人和诗派”（这一措辞显然来自《中国当代新诗史》，1993），讨论20世纪50年代遭受打击的诗人，其中第3节为“‘九叶’诗人的命运”。这一流派的诗人和作品“被有意的忘却所掩埋”。而第15章为“分裂的文学世界”，讨论1976年前后的文学状况，第3节为“穆旦最后的诗”。将穆旦单独作为1节来处理，显示了晚年穆旦受重视程度的提升；从文学史写作本身来看，则解决了“1976年的穆旦”在叙述时的位置问题。

《中国当代文学史教程》则改变了一般文学史的模式，是一部“以文学作品为主型的文学史”，旨在通过对具体作品的理解来进行文学史概念的引导，传递出文学史的信息（见《内容提要》）。其中和穆旦相关的一个文学史概念即“潜在写作”，具体讨论被放置在第9章《“文化革命时期的文学”》之第3节《压抑中的生命喷发与现代智慧：〈半棵树〉与〈神的变形〉》，基于对唐湜观点并不恰当的运用②，“七月派”与“中国新诗派”又一次被有意识地放置在一起进行合论。

可注意的是，这两部文学史虽然写作风格大有差异，对穆旦在“当代文学”的位置的看法却是一致的：1957年被略写；1976年则被突出，这即是这一阶段当代文学史对于穆旦的基本看法；专门设小节来讨论，也可见穆旦地位的提升。此外，还可指出的是，前书第19章为“80年代的诗”，在说明

---

① 分别由北京大学出版社和复旦大学出版社出版。

② 如本编第一章所述，在《诗的新生代》中，唐湜将两拨人并称为“新生代”的“两个高高的浪峰”，一拨是穆旦、杜运燮等人，一拨是绿原等人，但在这部文学史中，两拨人被简化对应为“七月派”与“中国新诗派”。

“归来”诗人时（对应于“隐失”），注释（第289页）提到：穆旦于1977年去世，“并未参与‘归来’主题的写作”。在此之前，如《中国当代新诗史》中，作者对“归来”（当时称之为“复出”）没有做细致区分，这一条注释，可看做是作者对于先前看法的修正。

3. 其他视阈

穆旦也被纳入其他一些史著视阈——特别是地域性史著。地域主要包括天津、浙江、云南、上海等地：分别为穆旦的出生地、祖籍地、大学时期及毕业后工作的初期，可分别称之为“天津视阈”[①]、“浙江视阈”[②]、“云南视阈”。[③] 严格说来，这一类文学史并不具备充分的自足性，且由于篇幅所限，这里略而不述。

五 穆旦“翻译与写作”命题的考察

如上所涉基本上全是诗人“穆旦”的一面，翻译家“查良铮”的一面完全没有被提起。自1980年以来，“查译名著”得到了较多出版，主要有：《唐璜》（1980）、《普希金抒情持选集》（上、下）（1982）、《拜伦诗选》（1982）、《雪莱抒情诗选》（1982）、《欧根·奥涅金》（改订本，1983）、《英国现代诗选》（1985）、《丘特切夫诗选》（1985）、《普希金叙事诗选》（1985）、《爱的故事》（1987）、《T.S. 艾略特诗选》（与人合译，1988）、《普希金叙事诗》（1996）、《罗宾汉传奇》（1998）、《普希金诗选》（2001）[④]，以及《穆旦译文集》（2005）等。

从目前研究看，讨论查良铮翻译的文章多出自外国语学院师生之手，

---

① 王之望主编：《天津作家论》，天津社会科学院出版社2002年版。全书共23章，第13章为《爱国忧民的现代派诗人——穆旦论》。

② “浙江视阈”并非自动获得，1981年出版的《浙江现代作家创作选》（张颂南、陈坚、王荣初等编，浙江人民出版社），选入43位作家的70多篇作品，其中并没有穆旦；2004年的《20世纪世界文学与浙江作家》（王福和主编，浙江大学出版社）中也没有穆旦。论文《浙籍作家与中国现代主义诗潮》（汪亚明）对穆旦进行了讨论，刊《浙江师范大学学报》2000年第5期，第7—10页；罗昌智《新诗的碑纪：浙江诗人群与中国新诗的现代化》（浙江大学出版社2008年版）对穆旦进行了专章讨论。

③ 蒙树宏：《云南抗战时期文学史》，云南教育出版社1998年版。其中，第2章第2节讨论了“冯至等西南联大诗作者群”，简略地讨论了穆旦诗歌及其特点。

④ 分别由人民文学出版社、江苏人民出版社、上海译文出版社、人民文学出版社（第3次印刷，为新时期之后首印）、四川人民出版社、湖南人民出版社、外国文学出版社、四川文艺出版社、四川文艺出版社、安徽文艺出版社、中国文学出版社、译林出版社出版。

“文学翻译”的角度最为常见，其中最重要的当属前面已经提及的两部著作，即高秀芹与徐立钱合著的《穆旦 苦难与忧思铸就的诗魂》与商瑞芹的《诗魂的再生：查良铮英诗汉译研究》。两者均是年轻学人在博士学位论文基础之上修订出版的，应和了《穆旦译文集》出版之际，研究者和出版者所发出的“应重新评价穆旦‘诗人译诗’的成就”[①] 的感叹，显示出穆旦（查译著作）研究的新态势。

前者被列入“跨文化沟通个案研究丛书”，“跨文化沟通”可视为一个关键词，穆旦的创作与翻译首次被放在同一部书中进行讨论，创作部分，用“穆旦与……”的方式，展开了穆旦与雪莱、拜伦、惠特曼、意象派、艾略特、奥登等人或流派的比较研究；翻译部分，则针对雪莱、拜伦和艾略特的翻译展开，可特别注意的是，其中考察了时代语境对于翻译的介入作用，比如，20 世纪 50 年代在翻译雪莱等人的作品时，“对时代熟语的接纳”、“革命话语的介入”、“宗教因素的过滤”等方面即被认为是体现了意识形态的影响。相较而言，后者的论说背景相对单纯，即将穆旦的多种英诗译本（浪漫主义英语抒情诗、《唐璜》、英语现代派诗歌）当做文本展开研究，讨论其“创造性翻译原则”在句法、句式、语体诸多层面的体现，主要方法是比较法，即将查译本与其他译本对照，以考察其优劣得失。

总体而言，两书都显示了相当的深度，但有两个重要的命题有待进一步深入：一是，“穆旦”与“查良铮”的结合仍然不够，即如《诗魂的再生：查良铮英诗汉译研究》结语部分的“进一步研究设想”所言，“把查良铮的诗歌翻译与穆旦的诗歌创作相结合，或许能够取得某些突破性的成果”。一是，由于语种限制，俄诗汉译的详细而系统的研究还没有出现。

这两个命题实际上也就是到目前为止查译研究中普遍存在的，前一个命题，有一些可统称为外部研究的零散讨论，如《时代文学语境与穆旦译介择取的特点》[②]、《论穆旦诗歌翻译对其后期创作的影响》[③]、《新中国的穆旦》等，或分析穆旦译介对象的变化及其心理，或探究翻译—写作之间的某种关联，《“穆旦”与“查良铮”在 1950 年代的沉浮》[④] 则明确从“穆旦”与“查良铮”相分离的历史事实指明了穆旦在 20 世纪 50 年代的特殊境遇。后一个

① 据《穆旦译文诗文首次系统出版》，《新京报》2005 年 11 月 6 日。
② 张曼著，刊《中国比较文学》2001 年第 4 期。
③ 龙泉明、汪云霞著，刊《中山大学学报》2003 年第 4 期。
④ 易彬著，刊《中国现代文学研究丛刊》2008 年第 2 期。

命题，可见于《从译诗技巧的角度探讨〈叶甫盖尼·奥涅金〉中译本的语言锤炼》[①]、《查良铮先生的诗歌翻译艺术——纪念查良铮先生逝世三十周年》[②]、《形神兼备 精益求精——评查良铮译普希金抒情诗》[③] 等文，对查译普希金诗歌的“翻译艺术”进行了分析和品评——一种鉴赏式的研究。由此而来的问题是，它们虽然触及了查译著作的不同层面，却往往缺少必要的提升，即没有更深入地探究查译著作所运用的——最终定型的语言与20世纪50年代以来汉语写作之间的关联，更不用说探究翻译语言之于汉语写作的某种建构作用。结果呢，问题最终仍停留于王小波式的喟叹层面：看了他们的译笔，“就算知道什么是现代中国的文学语言了”。[④]

总体上而言，尽管出现了可喜的新态势，但对诗人“穆旦”一面广泛讨论与对翻译家“查良铮”一面讨论较为不足之间，仍然形成了一种“不对称”现象。放在本书的讨论框架之中，可说到目前为止，穆旦的形象仍然是残缺的。不过，包括《赞美》、《森林之魅》等数十首穆旦诗歌在内的《穆旦诗英译与解析》的出版，虽不足以弥补这一缺陷，却也可能实现另一个目标：“更多的英语世界的读者能够借助译文了解这位杰出诗人的作品概貌。”[⑤]

结　语

如上评述虽不足以涵盖20世纪90年代中后期以来穆旦研究的主要观点，但为数巨众的研究事实足可表明，对于穆旦这样一位有着丰富精神内涵的诗人而言，随着研究的深入展开，可堪研究的课题不仅没有缩小，相反，伴随许多久被遮蔽的问题得以揭示、讨论成为可能而有了进一步扩大。

在本章结尾，还想提及一个细节，穆旦友人王自勉曾著文称穆旦遗稿中有一首“因其观点的鲜明和言词的犀利，至今未能公开发表”的长篇叙事诗，为此研究者有过这般推论：“长篇叙事诗在中国20世纪文学史上是少有的，因此可以预见，随着这篇叙事诗的重见天日，人们对穆旦的诗歌艺术和

① 剑平著，刊《国外文学》1999年第2期。
② 剑平著，刊《国外文学》2007年第1期。
③ 谷羽著，刊《诗探索》（理论卷）2008年第1辑。
④ 王小波：《我的师承》，《沉默的大多数》，中国青年出版社1997年版，第314—317页。
⑤ 王宏印：《前言》，《穆旦诗英译与解析》，河北教育出版社2004年版，第5页。

思想历程必将有更深入的了解与更全面的评价。”[①] 这首叙事诗即未收入《穆旦诗文集》的《父与女》，曾以打印稿形式在极小的范围内流传。提出这一点，并非要讨论是否应该收录，而是意在说明一点，即学界对于穆旦的某种臆想：基于穆旦在“文化大革命”期间的受难遭遇，以及他当时写下的一批依然极具个人兴味的诗作，这样一部传言中的长篇叙事诗虽未面世却足以赋予某种对抗品性——对抗那一特殊时代的诗歌美学乃至意识形态。而这正应和了一种“文学史冲动”，“对 50—70 年代，我们总有寻找‘异端’声音的冲动，来支持我们关于这段并不单一、苍白的想象”。[②]

穆旦是一个以诗歌本身的成就与“丰富和丰富的痛苦”的精神而被读者热爱、为研究者看重的杰出诗人，有理由相信，关于他的“想象”仍会不断涌现，而一个更为丰足的研究局面的出现，无疑也是可以期待的。

① 陈林：《穆旦研究综述》，《中国现代文学研究丛刊》2001 年第 2 期。按：所引王自勉的文章为《艰辛的人生·彻悟的诗歌 诗人穆旦》，刊（美）《世界周刊》第 804 期，1999 年 8 月 15 日。

② 洪子诚：《问题与方法：中国当代文学史研究讲稿》，生活·读书·新知三联书店 2002 年版。引文印在该书封面上。

第六章　新时期以来穆旦传播的考察(四)

——以 1979 年以来相关选本为对象

“凡选本，往往能比所选各家的全集或选家自己的文集更流行，更有作用。册数不多，而包罗诸作，固然也是一种原因，但还在近则由选者的名位，远则凭古人之威灵，读者想从一个有名的选家，窥见许多有名作家的作品”；“评选的本子，影响于后来的文章的力量是不小的，恐怕还远在名家的专集之上”。[①]“选本所显示的，往往并非作者的特色，倒是选者的眼光。眼光愈锐利，见识愈深广，选本固然愈准确，但可惜的是大抵眼光如豆，抹杀了作者真相的居多，这才是一个‘文人浩劫’。”[②] 鲁迅先生对于“选本”意义的察知，以及对于“选者的眼光”所作“锐利”与“如豆”的二度区分，在今天看来仍然是一个非常有意义的话题。

具体到穆旦诗歌，以 1979 年 11—12 月出版的 3 卷本《新诗选》为发端，穆旦开始进入选本视阈。随着中国现当代文学史研究格局的变革，穆旦的影响力逐渐提升，选本日趋繁众。据不完全统计，至 2009 年，各类选本总数在 325 个以上。大致区格，可为两类：专门类选本，包括穆旦个人诗集（作品集）选本与“九叶”选本；非专门类选本，包括文学教育类选本，配合中国现当代文学教学用的作品选，以及各种无法准确归类的选本。大致而言，文学教育类选本之中的教材（特别是中学）类选本，印刷量往往非常之大，“作品选”也有较大发行量；专门类选本以及其他选本的发行量则相对较小。

由于穆旦本人已于 1977 年去世，这些选本均是由当代选家完成，而非穆旦本人的意志。选本繁杂，有的眼光“锐利”，有的眼光则难免“如豆”。

---

① 鲁迅：《选本》(1933)，《鲁迅全集》(7)，人民文学出版社 1981 年版，第 136—137 页。

② 鲁迅：《“题未定”草（六至九）》(1935 年 12 月 18 日)，《鲁迅全集》(6)，第 421—422 页。

可以预想，它们必将呈现出一个多面的穆旦形象。如下将顺着不同选家的“眼光”，详细举陈各类选本，探究其中所呈现的穆旦形象的衍变——探究其间复杂的历史纠葛。

一 个人诗集选本

粗略统计一下，穆旦去世之后的第9个年头，1986年，出版了第1部穆旦个人诗选集，至2010年1月，共约有9种11次出版，其中1种3次为穆旦原有诗集的重排（即竖排改为直排）再版，7种为当代学人编订的选集和全集，另1种则为穆旦早年编订，但因故未能出版，而由家属新近整理出版。

1种3次重排再版的为穆旦于1947年自印《穆旦诗集（1939—1945）》，新版本诗集名照旧，分别为1992年、2000年和2001年。完全由当代学人编订的7种中，有3种为单一性选本，并不包含复杂动因，即《穆旦诗选》（1986年1月）、《穆旦诗全集》（1996年9月）和《穆旦诗文集》（两卷本，2006年4月）。它们出版之时，都是当时资料最为齐全的选本。其中，《穆旦诗选》选入穆旦诗歌共59首，没有早期作品，中期46首，后期2首，晚期11首。至于其他几个选本，此前均有提及，不再赘述。

有4个选本明确有着总结“20世纪”中国文学的动机，穆旦选集被列为众多选集当中的一种——穆旦被有意识地镶嵌于文学史序列之中，即《蛇的诱惑》①、《穆旦代表作》②、《穆旦诗选》③和《穆旦精选集》。④若再区分，第1、2、4种可称为集体意志的产物，第3种则主要是个人行为。

第1种为“世纪的回响·作品卷”第1辑，选入诗歌62首（早期作品2首，中期53首，晚期7首），文论5篇，书信29封。该丛书是为了“反映二十世纪以来中国文学的历史全貌”，但收录对象有限制，数量也较小，为“一些在中国新文学史上产生过影响或别具一格的作家或作品，由于种种原

---

① 曹元勇编，珠海出版社1997年版，初印10000册，未再版。

② 中国现代文学馆编（梦晨编选），华夏出版社1999年版，初印4100册。按：2000年，此书以《穆旦文集》为名，2009年，以《野兽——穆旦代表作》为名，由同一出版社出版。

③ 周良沛编选，列为“中国新诗库”第8集，长江文艺出版社2000年版，印数不详。同列为第8集的有11人：阿垅、鲁藜、曾卓、邹荻帆、彭燕郊、郭小川、李白凤、穆旦、公木、阮章竞、袁水拍。2003年，《穆旦诗选》出版单行本，初印6000册。

④ 北京燕山出版社2006年版，初印4100册。

因，或未被发掘，或作品虽经重印，但仍未得到应有的重视”。①

第 2 种为“中国现代文学百家”系列丛书之一，选入各时期诗歌 60 首（中期 47 首，后期 2 首，晚期 11 首），文论 9 篇，并附有《穆旦小传》、《穆旦主要著译要目》。

第 4 种为“世纪文学 60 家”之一，选入诗歌 58 首（中期 45 首，后期 2 首，晚期 11 首），文论 15 篇，书信 50 封，并附有《创作要目》。刘淑玲选定目录并作序言《“丰富而又丰富的痛苦”》。如前述，与其他选本不同的是，在操作方面，该套书利用了网络平台。

第 3 种为周良沛编选“中国新诗库”第 8 集中的一种，选入诗歌 55 首（中期 45 首，后期 1 首，晚期 9 首），周良沛作《穆旦其人其诗》。自 20 世纪 80 年代中期始，周即编选“中国新诗库”，第 1 集出版于 1988 年。穆旦作品迟至第 8 集出版，出版时间已较迟，不过倒并不能完全如实反映编者对于穆旦的态度，因为“新诗库”主要是按时代先后顺序编选。

纵观之，第 1、4 两种的“总结”效果更为突出。第 1 种所列图书共 20 余种，所选对象的艺术品质得到了保证，且在资料方面也有优势，披露了一些当时从未面世的新材料，引用率非常高。第 4 种为新出，效果如何一时还难以察知，具体篇目上，选入了穆旦晚年给中学时期的友人董言声的信，这虽不占资料优势（此前已选入《穆旦诗文集》），但这些信是穆旦晚年书信中最有文学意味的，也是最能反映其心境的，很有“精选”效果。第 2 种在资料方面也有所突破，选入了长期被湮没的两篇评论文章，即《〈他死在第二次〉》和《〈慰劳信集〉——从〈鱼目集〉说起》；第 3 种则毫无资料优势，不过，取“口袋本”形式，也见用心。

至于新近出版的《穆旦自选诗集》，它是穆旦本人自行编订的，时间约在 1948 年年底前后，收入 1939—1948 年间的诗歌 80 首，原题《穆旦诗集》。现由穆旦子女查明传等人整理出版，书名也改为《穆旦自选诗集》。此一选本，其基本效应与穆旦新中国成立前所出版的三部诗集相同，即体现了穆旦本人的意志。穆旦当年对所选诗歌进行了不同程度的修改，而穆旦家属的编辑原则是，“除明显排字错误和笔误，字句及编排尽可能依照手稿原样，尊重当时用字（词）习惯，力图保留 60 年前父亲编写此诗集时的原貌”；同时，“参考 1949 年前出版的三本诗集及其他初印诗稿，将父亲有手迹修改的

① 《编辑说明》，见《蛇的诱惑》。同列为第一辑的有 10 位：许地山、凌叔华、丽尼、冯至、穆旦、废名、辛劳、吴组缃、芦焚、卞之琳。另，第二辑为“批评卷”，共出 10 种，1998 年版，之后未见新的出版。

地方标注出来，并录上修改前的字句作为对照”。“为求版本可靠”，“审校极其缜密，单字及标点均不放过”。[①] 应该说，这是此一选集最大的卖点。

从出版时间看，20世纪90年代中期之前仅有1个选本，之后有8个选本。这表明20世纪90年代中期之前穆旦诗歌传播的限度；而这与到那时为止的穆旦研究状况本身基本相应。从编选本身来看，“选者的眼光”很不一致。如下想从相关错漏来看看“选者的眼光”。所谓“错漏”，可区格为三个层面：史实错漏，选本编排体例的乱，选本所附相关文字所包含的歧误。

史实方面。《穆旦诗全集》和《穆旦诗文集》均出现了不少错漏，《蛇的诱惑》、《穆旦诗集》(2000)、《穆旦代表作》等选本也有史实错漏。[②] 学界关注更多的自然是旨在尽可能地将穆旦的文字搜集齐全的《穆旦诗文集》，甫一出版即引发了讨论。[③] 史实错漏的产生，可能起因于资料匮乏，史实难辨；也可能是人为造成的。前者在所难免，后者则可能和编者的主观懈惰有关。这里以《穆旦诗集》(2000) 为例略作说明，该书扉页有穆旦介绍，短短几行文字居然出现了两个错误：穆旦祖籍浙江海宁被误成浙江宁海；诗集《探险队》误为《探险者》。这样一本诗集是为了弘扬新文学的影响、作为“百年百种优秀中国文学图书（1900—1999）”之一而重新出版，且印行机构为国家级出版社，这不能不说是一种草率。[④]

体例方面。一般而言，作品编辑应体现某种原则，或依写作时间之先后，或依作者生前作品结集之先后，或依作品本身的美学重要性之强弱。以穆旦绝笔之作《冬》的编排为例，《冬》作为“绝笔”既是时间序列的（诗歌末尾均注有写作时间，12月仅有《冬》一首作品）；对于晚年穆旦的内心

① 穆旦著，查明传等编：《穆旦自选诗集》，天津人民出版社2010年版。按：严格说来，穆旦家属在《后记》中所提及这些辑校原则并没有完全贯彻。

② 因实际情况较为繁琐，不一一列举，可参阅笔者的《近年来主要穆旦出版物的错漏考订及分析》(《淮南师范学院学报》2005年第4期，第1—3页)，它涵括了《穆旦诗文集》之前的主要选本。

③ 如李章斌《关于〈穆旦诗文集〉的纰缪和疏漏》，《博览群书》2007年第12期；曹学峰《〈法律像爱情〉是译作——谈〈穆旦诗文集〉的一个纰漏》，《中国现代文学研究丛刊》2008年第6期。

④ 按：和这一出版物配套出版的、“主要介绍人选图书的作者简历、写作背景、主要内容以及版本情况”的《百年百种优秀中国文学图书》一书，相关段落也有多处错漏：除了上述两个错误外，《反攻基地》被误为《反攻墓地》，原诗集出版时间误为1945年版，可见编选者（结合诸多因素看，相关内容的编者应为同一人）并没有对资料进行严格考订。见多人《百年百种优秀中国文学图书》，人民文学出版社1999年版，第103—104页。

而言，也是归结性的（诗中反复咏叹“人生本来是一个严酷的冬天”），这样一首诗理应放在所有作品的末尾处——“绝笔”应有的终点位置，但《穆旦精选集》、《穆旦诗选》（2001）都没有如此处理，《冬》之后还另有三四首诗作。这可见出编者在具体编排上的随意性——严格说来，即是仅仅是把作品“编”起来而已，对于穆旦的写作事实，特别是晚年写作境遇缺乏最基本的把握和理解。

文字方面。这里仅指几类篇幅并不长的介绍性文字。学术讲究严谨，资料大致准确应是最起码的要求；如果能在较小篇幅里融入更多信息，比如对诗人写作阶段、写作境遇的大致准确把握，对作品丰富性的适当解读，效果自然更好。但是，从《穆旦代表作》等选本的相关介绍文字来看，不仅资料不够准确，所传达信息也有褊狭之处。在这份数百字的介绍文字中，穆旦早期诗被指认为“深受现代派影响”。这一指认存在几方面问题：一是何谓“早期诗”？穆旦在中学阶段即发表过不少诗歌，大学初期也有不少作品。以阶段看，从中学到大学初期诗歌，具有“雪莱式的浪漫派”色彩（王佐良语），和 1939 年之后的诗歌风格有着明显区分，将它们指认为“早期诗”应更为合理。二是，即便忽视这种阶段性而将整个新中国成立前的写作统归为“早期诗”，那足以“代表”穆旦诗歌“深受现代派影响”的应不是《内容简介》所提及的《野兽》、《合唱》，而是《我》、《诗八首》等。三是，即便连这一点也忽视，问题依然存在，仅仅以“深受现代派影响”来指认穆旦诗歌，其写作强烈的现实动因会遭到遮蔽：穆旦的确深谙欧美现代派写作，但并非简单受其影响，而是结合中国的具体现实以及个人的切身体验进行了有意的取舍和创造。四是，假设这些都忽视，对于穆旦诗歌的严重简化仍然非常刺眼，《在寒冷的腊月的夜里》即被简单指认为“具有爱国思想”的作品，编者美学意识的肤浅可见一斑——同样的简化与肤浅也出现在《百年百种优秀中国文学图书》之中。[①] 似乎表明，在某些空间里，相当长一段时间内统治着中国文学史的革命话语与思维模式在开放时代依然茁壮成长，被这样一个“百年”文学史所接纳的穆旦依然不过是一个“优秀”的“爱国主义诗人”而已（反过来似乎也可以说，只有这样的穆旦才能被接纳）。因此，在

① 相关文字这样介绍：“诗人关注现实，从生活的各个侧面表现了那个伟大而艰辛的时代。《不幸的人们》、《控诉》、《哀悼》等篇，表现了对日寇铁蹄下百姓苦难生活的深切同情；《打出去》、《反攻墓地》（按：应为《反攻基地》）等，反映了人民群众的抗日斗争生活；《给战士》等篇是写给抗日英雄的颂歌。这些作品……充满爱国主义的热情。”凡此种种，某种时代主旋律得到了强调，穆旦却被庸俗社会化了——穆旦对于个体生命的丰富体验被粗暴地取消。

当下文学语境中，内蕴丰富的新文学作品如穆旦诗歌，在解读与传播过程中，依然面临着被肤浅的美学原则简化甚至扼杀的危险。

此外，还须提及穆旦诗歌不同版本的处理问题。如前引，《穆旦诗全集》和《穆旦诗文集》既是全集或准全集，自然应对版本有细致、全面而科学的关注，可惜的是，做得并不够。至于其他选本，版本问题就更为严重了。对此，学界已有所指陈。[①]

从反响看，《穆旦诗选》是1996年之前最为权威的版本，在一段时间之内，也成为了新选本的依据；1996年之后则是《穆旦诗全集》占据了权威位置，除了极高的引述率外，它甚至在8年之后被归入“名著”之列。[②] 稍后出版的《蛇的诱惑》因为选入穆旦晚年书信，也为学界所看重。而随着几乎囊括了穆旦全部作品的《穆旦诗文集》出版，可以想见，它将涵盖此前所有的穆旦作品集而成为今后很长一段时间内穆旦研究最为重要的资料。相较之下，其他几种选本的重要性要小得多，这和“选者的眼光”倒恰相对应，虽然这可能也只是一种巧合。

二 “九叶诗派”类选本

所谓“九叶”，按照惯常理解即指九位诗人，辛笛、陈敬容、杜运燮、杭约赫、郑敏、唐祈、唐湜、袁可嘉和穆旦。从1981年开始，先后出版了3种：《九叶集：四十年代九人诗选》[③]、《九叶派诗选》[④]、《九叶之树长青——“九叶诗人”作品选》。[⑤] 此外，还有几个选本显然和这一思路有着直接关系，如《八叶集》[⑥]、《中国现代十大流派诗选》[⑦] 等。

《九叶集》实际选入穆旦诗歌10首：《在寒冷的腊月的夜里》、《控诉》、《赞美》、《诗八首》、《春》、《自然的梦》、《裂纹》、《赠别》、《海恋》、《旗》。因将《诗八首》视为8首，目录页标明为17首。在9位诗人中，数量最少。

① 见李章斌《现行几种穆旦作品集的出处与版本问题》，《中山大学学报》2009年第4期。

② 见李军、黄开发、史礼心主编《中国文学名著速读》，华夏出版社2004年版。

③ 辛笛等，江苏人民出版社1981年版，初印9000册。

④ 蓝棣之编选，人民文学出版社1992年版，初印2170册。

⑤ 王圣思选编，华东师范大学出版社1994年版，初印1500册。该书为“中国新文学社团、流派”丛书之一；和这一作品选配套出版的还有一本《“九叶诗人”评论资料选》，华东师范大学出版社1996年版。

⑥ 木令耆编选，三联书店香港分店、美国《秋水》杂志社1984年版。

⑦ 吴欢章主编，上海文艺出版社1989年版。

因相关情况此前已有较多讨论，不再赘述。可强调的是，《九叶集》出版不久，"九叶诗派"作为一个流派命名逐渐推广开来，较长一段时间内，穆旦研究即主要困囿于"九叶诗派"研究格局当中。因此，《九叶集》可谓以一种最为直接的方式参与到了文学史的建构当中：直接影响到文学史的叙述，并在相当程度上决定了文学格局的划分。这无疑使得它突出于所有选本之上。很难想象，如果没有《九叶集》的出版，也没有"九叶诗派"命名，20世纪40年代后半期的诗坛格局到底会如何划分？仅仅出版了5期的薄薄的《中国新诗》丛刊是否还会被学界所特别倚重？当然，这也只是一个假设而已。"九叶"之名尽管并不十分稳固，学界也多有辩诘，但大多数研究，特别是教材，均取用"九叶诗派"这一命名。2000年，《九叶集》作为"百年百种优秀中国文学图书（1900—1999）"之一重新出版，这种出版不到20年即被经典化的现象，背后的动因，文学史效应不能不说是非常重要的一种。而这无疑又将反过来强化"九叶"的文学史效力。

因为其时"九叶诗派"作为一个流派命名已逐渐推广开来，《九叶派诗选》和《九叶之树长青——"九叶诗人"作品选》这两种以"九叶诗派"命名的选本的编订，即有着明确的"流派"思路。编选者在前言中都表达了对于"九"的理解，除了具体"九"位诗人外，也包括"四十年代那些也写现代主义或接近现代主义诗风的年轻诗人们"。《九叶派诗选·前言》曾提到这样一些诗人：活跃在20世纪40年代后期上海诗坛的马逢华、方宇晨、莫洛、羊翚、李瑛、杨禾等；40年代初期西南联大校园诗人王佐良、汪曾祺、林蒲等。但在具体收录上，两者还是有着重要分野：作者方面，前者虽也意识到"九"为虚数，但实际收录还是仅局限于"九"；后者则以"九"为主，也收录了当时一些在《诗创造》和《中国新诗》上发表作品的诗人，包括：青勃、康定、郝天航、方平、方敬、臧克家、沈明、吴视、林宏、穆歌、金克木、方宇晨、野曼、圣野、孙跃冬、李白凤、吕亮耕、吴越、陈侣白、马逢华、扬禾、徐迟、羊翚、邵燕祥、袁鹰、李瑛、孙落、叶汝琏；入选作品为1—3首不等。时限上，前者在《前言》中声称，诗派经历了"四十年代的崛起与成熟"与"八十年代的重要发展"两个阶段，两个不同时代的作品都有收录；后者所收作品则定为新中国成立之前，其中，"九"位诗人作品的时间跨度较大，其他诗人作品则集中于两个诗刊。这样的差异，在一定程度上体现了不同编者对于"九叶"的不同理解。大致说来，前者进一步强化了"九"的色彩，给人一种"九叶诗派"即由"九"位诗人构成的错觉；而活动时限的扩展，合理性并不充分。[1] 后者则更多具体历史情境的效果。

还不妨略略举陈一下两个选本所录“九”位诗人的情况。前者遵照《九叶集》排序：辛笛 21 首、陈敬容 26 首、杜运燮 25 首、杭约赫 5 首、郑敏 11 首、唐祈 6 首、唐湜 20 首、袁可嘉 22 首、穆旦 29 首（其中，中期 20 首，后期 1 首，晚期 8 首）；后者对应为：31、25、18、10、24、17、16、11、28。各位诗人在两位选家心目中的轻重地位非常明显[2]，穆旦则受到了两位选家的共同看重——比照《九叶集》，在两部由新一代学人编选的“九叶”选本中，穆旦的地位得到了显著提升。

其他选本，《八叶集》与《九叶集》有互补之意，所收诗歌时限为新中国成立后，因曹辛之没有创作，故为“八叶”，依序为：辛笛 20 首、杜运燮 20 首、袁可嘉 8 首、唐祈 23 首、唐湜 18 首、陈敬容 20 首、郑敏 22 首、穆旦 10 首。穆旦诗歌均选自 1976 年，依次为：《智慧之歌》、《城市的街心》、《春》、《夏》、《友谊》、《有别》、《自己》、《秋》、《停电之后》、《冬》。《中国现代十大流派诗选》在“九叶派”的名目下选入穆旦诗歌 3 首，《海恋》、《旗》、《森林之魅》。

三 文学史作品选类选本

作为文学史的副本，文学史作品选在作家作品的传播过程中起着非常重要的作用。这里共涉选本 52 个。

穆旦第一次进入中国现代文学史作品选视阈的时间其实是比较早的。1979 年 11—12 月间，3 卷本《新诗选》作为“中国现代文学史参考资料”出版，第 3 卷选入穆旦诗歌 4 首：《洗衣妇》、《春天和蜜蜂》、《诗八首》和《出发》（分别选自 1947 年穆旦自印诗集《穆旦诗集（1939—1945）》和 1948 年版《闻一多全集·现代诗钞》）。[3] 这乃是穆旦逝世之后其诗歌第一次正式面世。《新诗选》初印 57000 册，这一印数不仅比一般选本的印数要大得多，

---

① 20 世纪 80 年代以来，杜运燮、郑敏、辛笛、陈敬容、唐祈、唐湜等人在写作上的“重要发展”，只能说是个人发展，无关乎整体；而严格说来，杜运燮、郑敏、唐湜等人的探索具有更突出的诗学意义，其他几位诗人的写作则次要得多。

② 一个并不十分严谨的话题：袁可嘉在蓝棣之选本中、辛笛在王圣思选本中的地位突出，均可见出“私人”因素在其中所起到的作用。

③ 北京大学、北京师范大学、北京师范学院中文系中国现代文学教研室主编，上海教育出版社 1979 年版。按：该资料丛书还包括《文学运动史料选》、《短篇小说选》、《散文选》、《独幕剧选》等等。

比诸一般文学史作品选的印数，也略大一些；据此，可以认为穆旦进入文学史作品选的起点其实是较高的。

不过，随后数年内所出现的多种直接配套于中国现代文学教学用的选本表明，穆旦进入文学史（作品选）的过程要缓慢得多，《阅读和欣赏·现代文学部分》（共 6 卷）[①]、《中国新文学作品选》（7 卷本）[②] 等选本均未选入穆旦诗歌。到 20 世纪 80 年代中期，仅有《中国现代文学史参考资料》（下）[③]、《中国现代文学作品选》[④] 等少数几部选入了穆旦的单篇作品。

20 世纪 80 年代末期之后，情形有了大的改变，不仅被选中的几率大大增加，数量也逐渐由单篇扩展为多篇。中国当代文学作品选也会逐渐选入穆旦作品。到了 21 世纪，可以说，但凡是中国现代文学作品选，都会选入穆旦诗歌，只是篇目和数量上有所差异而已。中国当代文学作品选则仍有相当一部分并不选入穆旦作品。

粗略地说，前述选本的读者往往是专业人士或诗歌爱好者，文学史作品选的阅读对象多半是大学中文系的青年学子。前者的印数往往在万册左右，如《九叶集》印 9000 册，《中国现代十大流派诗选》印 8000 册；后者的印刷数量和传播范围要大得多，前述《中国现代文学史参考资料》，上卷初印达 445000 册，下卷初印数为 242000 册，作为“高等学校文科教材”的钱谷融主编的《中国现代文学作品选》的累计印数也达到十数万。[⑤]

若进一步区格，则可以说，较早的文学史作品选，印数普遍较多；20 世纪 90 年代中期之后的作品选，印数则较少[⑥]，如《新编中国现代文学作品选》[⑦] 初印 6000 册，《中国当代文学史·作品选 1949—1976》[⑧] 初印 5000 册，《中国当代文学作品选》[⑨] 初印数更少，为 3000 册。

这样一来，可以发现，伴随着文学史编写的区域化、省份化，作品选印数的减少，文学史的权力也逐渐分散。因此，从表象看，早期选本选入穆旦

① 这是中央人广播电台广播稿选，中央人民广播电台文艺部、北京出版社编，北京出版社 1980 年 1 月至 1985 年 11 月间陆续出版。

② 李润新、阎纯德编选，北京语言学院出版社 1980 年版。

③ 黄修己、方谦、李平编选，中央广播电视大学出版社 1984 年版，选入《春》。

④ 屈文泽、叶雪芬、凌宇选编，湖南文艺出版社 1986 年版，选入《赞美》。

⑤ 钱谷融主编，华东师范大学出版社 1989 年版，选入《赞美》。至 1997 年 1 月，该书 10 印，累计印数 158000 册。

⑥ 可待说明的是，当前，书的印数往往已是“商业秘密”，一般的读者无从知晓。

⑦ 朱文华、许道明主编，复旦大学出版社 1996 年版，选入《诗八章》。

⑧ 洪子诚主编，长江文艺出版社 2002 年版，选入《葬歌》、《秋》、《冬》。

⑨ 张健主编，北京师范大学出版社 2008 年版，选入《停电之后》。

作品较少，但印数较多，读者相对集中；逐渐地，相关选本增加，印数变少，读者也随之分散。从另一个层面看，地方性因素对于文学史传播的影响其实非常明显，因为即便在较早的时候，如前述屈文泽等主编的《中国现代文学作品选》由湖南文艺出版社这一地方性出版社出版，印数为17000册，仅为《中国现代文学史参考资料》的百分之几。这样的文学史格局显然使得穆旦传播中呈现出"地方性"的特色。

四 文学教育类选本

随着中学语文教材的革新，以及"大学语文"教学观念的改变，语文教材及配合"语文"课程教学用的选本近年来也成为了相当突出的一类。而穆旦诗歌也逐渐选入，成为了"文学教育"的对象。

1. 中学语文类

所涉相关选本49个，入选时间自20世纪末期开始。最初选入的是作为辅助材料的"阅读文选"，如《阅读文选 第3册》[①]、《20世纪中国文学名作中学生导读本 诗歌卷》[②] 等。《全日制普通高级中学教科书（试验修订本·必修）语文第三册》[③]、《普通高中课程标准实验教科书 高中语文必修第一册》[④] 等书则意味着穆旦作品正式进入中学语文教材序列之中。相关书籍的出版名目也非常丰富，如"新课标语文高效阅读"、"发散思维大课堂"、"智慧阅读"、"语文周计划"、"同步大参考"、"新概念阅读"等等。

总体而言，中学语文教材及配套读本的印数往往非常之高，特别是人民教育出版社、语文出版社一类权威出版社，印数动辄在数万以上，多次印刷之后，则可累计到数十万，前印两种教材的单次印数即均为250000册。"穆旦"被阅读的范围可谓非常之广。各类名目繁多的"读本"，开印数量则要小得多，往往在1万册左右。教材所选基本上为单篇作品，其他读本有的则会选入多篇作品。

教材系列，这里想就人民教育出版社的教材略作展开。人教社教材最初

---

① 该书为"中等师范学校语文教科书（试用本）"，人民教育出版社中学语文室编著，人民教育出版社1999年版，选入《春》。

② 钱理群主编，广西教育出版社1999年版，选入《在寒冷的腊月的夜里》、《赞美》、《春》、《森林之魅》、《智慧之歌》、《冬》。

③ 人民教育出版社中学语文室编著，人民教育出版社2000年第2版，选入《赞美》。

④ 语文出版社语文室编著，语文出版社2000年第2版，印数250000册。

是将穆旦作品选入第3册，前述《全日制普通高级中学教科书（试验修订本·必修）语文第三册》的第1单元《中国现代诗四首》，选入了《赞美》。前3首为闻一多《死水》、徐志摩《再别康桥》和艾青《我爱这土地》。3年后，同为《赞美》，选入第1册，《全日制普通高级中学教科书（必修）语文第一册》(2003)，同为第1单元，但缩减为《中国现代诗三首》，前2首为徐志摩《再别康桥》、闻一多《死水》。

由于中学语文教材仅选入单篇作品，这多半是中学生们关于穆旦的最初阅读。考虑到中学阶段乃是学生审美能力培养的基础阶段，这里想来谈谈作品背后的要素，比如"课后练习题"及其解答。

2003年人教社版教材中相关习题为："《赞美》一诗中的'我'指代什么？诗人究竟'赞美'什么？诗中每一节都以'一个民族已经起来'作结，有怎样的意味？"相关《教师用书》给出的答案是："此问主要是让学生把握诗中表达的思想感情。《赞美》一诗中的'我'指的应该是抒情主人公自己，赞美的是中华民族忍辱负重、吃苦耐劳、坚忍不拔的性格，以及生生不息的雄健的生命力。诗歌每一节都以'一个民族已经起来'作结，使这个声音成为全诗的主旋律，凝聚着诗人对中华民族顽强生存力的赞美，充满了一种鼓舞人心的力量，而且使悲痛没有沦为伤感，显得悲中有壮，有一种内在的力量。"从习题及解答中不难发现，所列问题都是主题学方面的——更确切地说，是思想教育方面的，诗歌之为诗歌的艺术品质基本上没有触及。似乎可以说，《赞美》之所以被选入，乃是因为"中华民族"这一大的命题，它是一个思想的文本，而与"诗"本身无关。或可一提的是，2000年版相关习题为："《赞美》中的'我'可以指代什么？农夫是一个怎样的形象？他象征了什么？诗中每节都以'一个民族已经起来'作结，有怎样的意味？"比照2003年版，关于"农夫"的问题被删去了，可能是学生和老师对于这一问题莫衷一是吧。

"读本"系列，有一些非常有特色，如《新语文读本（高中卷4）》。[①]"新"的旗帜一直是研究者手里的一把锐利的武器。在这里，三个"新"被强调："新理念——语文活动就是人的生命运动"；"新视阈——阅读经典就是与大师对话"；"新思路——自主阅读就是开拓精神空间"。全书共列14章，第10章为校园诗人的写作实验，选入冯至《我们站立在高高的山巅》、《我们天天走着一条熟路》，郑敏《金黄的稻束》、《树》和穆旦《赞美》、《在

① 钱理群、王尚文、吴福辉等主编，广西教育出版社2004年版。

寒冷的腊月的夜里》。又如旨在“拓展学生的眼界、提高学生综合素质、引导学生自己进行时间管理和研究性学习、增强学生对阅读考试变化的应对能力”的《课外阅读周计划·高一上》[①]，穆旦阅读被安排在第二周“人群中的人”，星期一至星期五的内容依次为：星期一 结识一位诗人、翻译家——穆旦，战时的中国诗人；星期二《城市的舞》（外二首）；星期三《树》；星期四《人群中的人》；星期五《山村的墓碣》。从这些“读本”中不难看出，“专题”色彩或属性比教材更为明显，不再是一种非常笼统的介绍；而且，很显然，“穆旦”被赋予了更大的阅读容量，而在这样的阅读中，穆旦的个性或者说穆旦诗歌的文学性无疑能得到更多的呈现。

2. “大学语文”类

大学语文课程近年来的改革趋势比较明显。文学教育或者素质教育被视为一个重要目标，新近出版的大学语文教材或读本多半都选入了穆旦作品。

这里所涉相关选本 57 种，其入选时间略迟于中学语文系列。影响最大的徐中玉版《大学语文》（教育部高教司组编 全日制高校通用教材）或能说明这种状况，该书 1981 年 7 月初版，至 2007 年 7 月，出第 9 版。但一直到 2001 年 7 月版，方才选入穆旦的《赞美》。[②]

和中学语文教材相似，“大学语文”类选本所选均为单篇作品——当然，也有差别，前者有多册，后者往往仅有 1 册；前者发行量大，而后者除少数外，往往是一种分散的行为。上面从“习题及其解答”切入前者，这里想从“体例”切入后者。所谓“体例”，即编排方式。与文学史作品选、中学语文教育类选本都不同的是，目前，“大学语文”类选本的编排方式相当繁复，全无定势。这既反映了编选者思维的活跃程度，也反映出至少到目前为止，“大学语文”课程还缺乏一种基本的“课程标准”，彼此之间缺乏足够多的共识。举几例来看：

《大学文学》[③] 声称是作为《大学语文》的一种改良方案而编写的，目的在于“抵抗那些不断向他们涌来的非文学的往往可以不读而竟然不得不读的东西”，以提高大学生的文学修养。全书以“文学经典”为中心，实际体例分“中国古代文学”、“中国现代文学”、“中国当代文学”、“外国文学”四

① 石恢主编，龙门书局 2003 年版。按：其他阅读周专门介绍的诗人还有徐志摩、卞之琳、海子等。

② 均为华东师范大学出版社出版，各版初印数量分别为 120000 册、50000 册和 30000 册。这一数量远远大于一般的大学语文教材。

③ 钱理群、李庆西、郜元宝编撰，上海教育出版社 2005 年版。

编。第二编共列9位作家，为胡适、鲁迅、周作人、老舍、沈从文、张爱玲、艾青、穆旦、曹禺。其中，穆旦部分选入《诗八首》。《大学新语文》[①]在第二章"青春在呼号"中选入穆旦《玫瑰之歌》，同选入的另有7位作家作品。《大学语文新编》[②]在上篇"阅读能力培养"之第三章"爱国文选"单元的"阅读作品"中选入《赞美》。"以重新发现和认识母语为出发点"的《大学语文实验教程》[③]则是在"汉语文学长河（三）"中选入《诗八首》。

不难发现当前大学语文教材体例之繁复（混乱）。既缺乏一种共通的基本标准，"穆旦"之于非中文类大学生而言，更多的是一种趣味分散、权力分化之后的、带有较强地方主义色彩的接受行为，不同区域（实际上也包括同一区域内的不同大学）之内，"穆旦"呈现出来的意义往往有很大的差别。这实在是穆旦传播过程中的奇特景象。

"缺乏共通"也表现在与中学语文教育阶段的连贯上，《赞美》已选入中学语文教材，不少大学类教材或读本仍将其选入，实际上是一种不必要的重复，造成了资源的浪费。[④]

3. 小学语文类

在个别情形之下，"穆旦"也进入到了小学语文读本之中，如《新语文读本 小学卷4》[⑤]一书的第一单元"散文如行路 诗歌是舞蹈"，节录了《春天和蜜蜂》一诗的第一节，题为《春天》，它所展现的是一个语言生动活泼的穆旦形象。

五　其他类型选本

除了上面这些可以明确归类的选本外，还有大量的选本选入了穆旦作

---

① 夏中义主编，北京大学出版社2005年版。按：第二章具体目录为：余华《十八岁出门远行》、艾芜《人生哲学的一课》、莫拉维亚《发现》、穆旦《玫瑰之歌》、曹雪芹《葬花吟》、苏雪林《青春》、龙应台《十八岁那一年》、培根《论青年与老年》。

② 魏饴主编，高等教育出版社2006年版，为普通高等教育"十一五"国家级规划教材。该书分上篇、中篇（日常书面表达能力培养）、下篇（口头表达能力培养），其中，上篇又分七个单元：人·交往·阅读、阅读方法、爱国文选、人本文选、修身文选、养性文选、科普文选。

③ 张新颖主编，复旦大学出版社2007年版，分12个单元：重新发现母语、汉语文学的长河（一）、汉语文学的长河（二）、汉语文学的长河（三）、汉语中的译文（一）、汉语中的译文（二）、立意与构思、组织与结构、修辞与风格、说话的艺术、日常生活与写作、语文常谈。

④ 这一话题学界已有专题讨论，见何二元《大中衔接：大学语文比较研究》，收入王步高主编《大学母语教育的现状及其对策研究——全国大学语文研究会第十一届年会论文集》，南京大学出版社2007年版。

⑤ 王尚文、方卫平主编，广西教育出版社2002年版。

品，笔者即统计了172种。不过，选本名目可谓五花八门，难以归类。先来看看一些相对集中的视阈中的“穆旦”：

1. “爱情诗”视阈

所涉选本约有7种，所选诗歌包括《诗八首》、《赠别》和《春》。如《中国现代爱情诗》①、《诗人与爱情——中国现代名家爱情诗赏析》②、《爱与爱的诉说——古今爱情诗对照鉴赏》③、《中国现当代爱情诗300首》④、《爱情韵语——中外情诗三百首》⑤ 等。其中，《爱与爱的诉说》一书别有意味地将《诗经》中的《野有蔓草》与穆旦的《春》对照。

2. “年代视阈”

先是“四十年代”的选本，之后则逐渐扩大到“现代”、“20世纪”、“百年”。一些重要的选本有《黎明的呼唤》⑥、《中国四十年代诗选》⑦、《二十世纪中国文学大师文库·诗歌卷》（上、下）⑧、《百年中国文学经典》（1996，详后）、《新中国50年诗选》（第2卷）⑨、《中华人民共和国五十年文学名作文库：新诗卷》⑩、《百年百首经典诗歌》⑪、《中华诗歌百年精华》⑫、《中国新诗选1916—2000》⑬ 等。

3. “大系”视阈

“大系”选本显然是仿照《中国新文学大系（1917—1927）》而来的。所

① 王家新、张天明、徐业安等编，长江文艺出版社1981年版，选入《春天和蜜蜂》。

② 张以英、完颜戎编，宝文堂书店1990年版，选入《诗八首》。

③ 李掖平编，山东画报出版社2002年版。

④ 潘自强编，珠海出版社2004年版，选入《赠别》。

⑤ 李克和、张唯嘉编注，岳麓书社2006年版，选入《诗八首》。

⑥ 圣野、曹辛之、鲁兵选编，四川人民出版社1982年版，选入《农民兵》、《云》、《手》。

⑦ 中国四十年代诗选编委会编，重庆出版社1985年版，选入《赞美》、《出发》、《幻想底乘客》。

⑧ 张同道、戴定南主编，海南出版社1994年版，选入《诗八首》、《春》、《在寒冷的腊月的夜里》、《赞美》、《控诉》、《五月》、《防空洞里的抒情诗》、《我》、《赠别》、《从空虚到充实》、《冬》、《友谊》、《森林之魅》、《合唱》、《还原作用》、《夜晚的告别》、《出发》、《自然底梦》、《幻想底乘客》、《诗（一）》、《诗（二）》（1943）、《成熟（一）》、《活下去》、《流吧，长江的水》、《甘地》、《给战士》、《野外演习》、《先导》、《一个战士需要温柔的时候》、《野兽》。

⑨ 吕进、毛翰主编，重庆出版社1999年版，选入《葬歌》、《演出》、《冥想》。

⑩ 卞之琳主编，作家出版社1999年版，选入《智慧之歌》、《冬》、《停电之后》。

⑪ 杨晓民编，长江文艺出版社2003年版，选入《赞美》。

⑫ 《诗刊》编辑部选编，人民文学出版社2004年版，选入《春》、《在寒冷的腊月的夜里》、《赞美》。

⑬ 张新颖编选，复旦大学出版社2004年版，选入《防空洞里的抒情诗》、《还原作用》、《五月》、《赞美》、《诗八首》、《活下去》、《发现》、《智慧之歌》、《老年的梦呓》、《冬》。

涉选本有《中国新文学大系（1937—1949）》（第14卷）[①]、《中国新文艺大系（1937—1949）》[②]、《中国新文学大系（1949—1976）》（第14卷）（详后）等。

4．“三百首”视阈

“三百首”显然也是一种仿照。所涉选本有《中国现代新诗三百首》[③]、《中国新诗300首》[④]、《新诗三百首》（2000，详后）、《中国现代名诗三百首》[⑤]，以及《新诗三百首鉴赏辞典》[⑥]等。与“三百首”怀有相似冲动的有《现代诗经》[⑦]，以及《现代汉诗100首》。[⑧]

可特别提及的是，1995年，台湾选家也辑录有厚厚两册《新诗三百首（1917—1995）》（300 *Poems*），选入《森林之魅》。[⑨]可以说，期待新诗产生“三百首”的冲动，为汉语诗歌界的人士所共享。

5．“名篇/鉴赏”视阈

与“三百首”视阈大致相当的，还有“名篇/鉴赏”视阈。一部分作品已是“名篇”，值得“鉴赏”。所涉选本为《现代诗歌名篇选读》[⑩]、《新诗鉴赏辞典》[⑪]、《20世纪中国新诗分类鉴赏大系》[⑫]、《20世纪中国探索诗鉴赏》[⑬]、《中国历代诗词精品鉴赏》[⑭]、《袖珍新诗鉴赏辞典》[⑮]、《中国现代文学经典选读》[⑯]等。

6．爱国、抗战/红色视阈

所涉选本有：《中国现代爱国诗歌精品》[⑰]、《世界反法西斯文学书系50

---

① 本书编辑委员会编，上海文艺出版社1990年版，选入《在寒冷的腊月的夜里》、《诗八首》、《自然底梦》、《赞美》、《旗》。

② 公木主编，中国文联出版公司1996年版，选入《园》、《旗》、《云》。

③ 张永健、张芳彦主编，长江文艺出版社1992年版，选入《春天和蜜蜂》、《洗衣妇》。

④ 谭五昌主编，北京出版社1999年版。选入《赞美》、《春》、《诗八首》、《旗》、《森林之魅》、《冬》。

⑤ 文鹏、姜凌主编，北京出版社2000年版，选入《智慧之歌》。

⑥ 上海辞书出版社文学鉴赏辞典编纂中心编，上海辞书出版社2008年版，选入《赞美》、《旗》、《演出》、《冬（之一）》。

⑦ 伊沙编选，漓江出版社2004年版，选入《旗》。

⑧ 蔡天新主编，生活·读书·新知三联书店2007年版，选入《春》，张曙光注解。

⑨ 张默、萧萧编，九歌出版社有限公司1995年版。

⑩ 莫文征、李黎、岳洪治编著，作家出版社1986年版，选入《赞美》。

⑪ 公木主编，上海辞书出版社1991年版，选入《诗八首》。

⑫ 毛翰主编，广东教育出版社1998年版，选入《友谊》（友情诗）、《森林之魅》（叙事诗）。

⑬ 陈超编著，河北人民出版社1999年版，选入《春》、《在寒冷的腊月的夜里》、《旗》、《赞美》。

⑭ 褚斌杰主编，青海人民出版社2001年版，选入《在旷野上》、《在寒冷的腊月的夜里》、《赞美》、《隐现》、《流吧，长江的水》。

⑮ 丁国成等撰，上海辞书出版社2003年版，选入《诗八首》。

⑯ 钱虹主编，同济大学出版社2008年版，选入《春》。

⑰ 陆耀东编，武汉大学出版社1994年版，选入《赞美》。

中国卷（10）》[①]、《抗战名诗名文赏析》[②]、《红色诗抄》[③]、《中国诗歌的红色经典》[④]、《抗战诗歌》[⑤] 等。所选诗歌包括《赞美》、《旗》、《在寒冷的腊月的夜里》。

7. 大学视阈

“大学”包括西南联大、北京大学、清华大学。所涉选本有《西南联大现代诗钞》[⑥]、《北大风 北京大学学生刊物百年作品选》[⑦]、《清华九十年美文选》[⑧]、《诗歌北大》[⑨] 等。

8. 地域视阈

地域包括天津、云南等地。所涉选本有《天津诗选 1949—1994》[⑩]、《诗篇中的云南》[⑪] 等。

9. 其他难以归类的选本

◇“自由诗篇”视阈——所涉选本为《自由诗篇（1967—2001）》，选入《苍蝇》、《智慧之歌》、《自己》、《好梦》、《问》。[⑫]

◇“新年新诗会”：从2005年至今，中央电视台已连续多年主办“新年新诗会”，现在看来，中央媒体与诗歌的结合，已产生了良好的品牌效应，扩大了新诗在公众中的影响，其中，先后选入《赞美》（2005）、《在寒冷的腊月的夜里》（2006）和《春》（2009）。

---

① 李辉凡主编，重庆出版社1994年版，选入《赞美》、《在寒冷的腊月的夜里》。

② 段茂南、郭仁怀主编，江苏教育出版社1995年版，选入《赞美》。

③ 本社编，人民文学出版社2001年版，选入《赞美》。

④ 吉狄马加主编，中国诗歌学会编，云南人民出版社2002年版，选入《旗》。

⑤ 刘增杰选释，河南大学出版社2005年版。该选本为纪念抗日战争胜利60周年而出版的。

⑥ 杜运燮、张同道编选，中国文学出版社1997年版，选入45首：《合唱二章》、《防空洞里的抒情诗》、《从空虚到充实》、《蛇的诱惑》、《玫瑰之歌》、《在旷野上》、《窗》、《出发——三千里步行之一》、《原野上行走》、《还原作用》、《我》、《五月》、《在寒冷的腊月的夜里》、《中国在哪里》、《神魔之争》、《控诉》、《赞美》、《春》、《诗八首》、《出发》、《阻滞的路》、《自然底梦》、《幻想底乘客》、《赠别》、《裂纹》、《寄——》、《活下去》、《旗》、《甘地》、《给战士——欧战胜利日》、《野外演习》、《一个战士需要温柔的时候》、《良心颂》、《苦闷的象征》、《轰炸东京》、《森林之魅——祭胡康河上的白骨》、《云》、《荒村》、《三十诞辰有感》、《饥饿的中国》、《隐现》、《我想要走》、《城市的舞》、《诗》、《绅士和淑女》。

⑦ 温儒敏、李宪瑜编，北京大学出版社1998年版，选入《赞美》。

⑧ 丹好编，清华大学出版社2001年版，选入《春》、《冬》、《在寒冷的腊月的夜里》。

⑨ 陈均编选，长江文艺出版社2004年版，选入《玫瑰之歌》、《还原作用》、《五月》。

⑩ 陈茂欣、白金主编，百花文艺出版社1994年版，选入《野兽》、《在寒冷的腊月的夜里》、《自然的梦》、《洗衣妇》、《裂纹》、《赠别》、《夏》。

⑪ 周良沛主编，云南教育出版社1999年版，选入《防空洞里的抒情诗》、《赞美》。

⑫ 林贤治编选，中国工人出版社2002年版。

从上面所列各类选本所透现的视阈看，有的视阈由来已久，如“大系”视阈。又如“诗三百”视阈，这是一个更为古老的视阈，源头是《诗经》，前例有《唐诗三百首》等等，今人用之，不能不说其中内蕴着某种欲比肩甚至是超越辉煌的古典诗歌的信念或焦虑。1985 年 11 月，《中国新诗萃》（50 年代—80 年代）[①] 出版，该书责任编辑杨匡满先生在《跋：诗歌和诗人都与自卑无关》中提到了清代蘅塘退士编选的《唐诗三百首》，并称，“或许，编辑一本类似《新诗三百首》的选本的时机尚未成熟”。但从 20 世纪 90 年代初期开始，以“三百首”命名的新诗选即开始出现；《中国新诗萃》的编者则在 2001 年直接参与到“三百首”的编选之中；似乎可以说，“三百首”的编选之风促成了“时机成熟”，其间间距 15 年。

相较之下，另一些视阈则带有很大的随意性与偶然性，这在某种程度上表明穆旦诗歌具有较强的普适性，适合不同类型的选本。不过《全国中学生最喜欢的精妙小小说》[②] 选入散文《神秘》，《跨越：纪念中国改革开放三十年诗选 1978—2008》[③] 选入写于 1976 年的《老年的梦呓》等情形，却只能说是误植或误用现象了。

六　个案分析：作为选家的谢冕

如上罗列并适当归结了相关选本的大致情况，粗略地展现了穆旦进入选本的复杂姿态。如下将选择一个个案，以更具体地呈现这种复杂的情境。

在所有穆旦作品的编选者和研究者之中，谢冕是非常富有深意的一位：作为众多选本的主要责任人，谢冕作为选家的重要地位已经确定，这显然与他在学术界所享有的地位和声誉直接相关；而因为《一颗星亮在天边》的流传与较多引述[④]，他又确立了穆旦的权威阐释者的地位。从 1985 年开始，20 余年来，谢冕主编（第二主编）的一些重要作品选本计有：

1. 1985 年 11 月出版的《中国新诗萃》（20 世纪 50 年代—80 年代）。

2. 1988 年 10 月出版的《中国新诗萃》（20 世纪 20 年代初叶—40 年代）。[⑤]

① 谢冕、杨匡汉主编，人民文学出版社 1985 年版。

② 张健主编，文心出版社 2007 年版。

③ 中国作家协会编，作家出版社 2008 年版。

④ 作为代序选入《穆旦诗全集》；曾刊《名作欣赏》1997 年第 3 期；后作为附录收入《穆旦诗文集》。

⑤ 谢冕、杨匡汉主编，人民文学出版社 1988 年版。

3. 1993年10月出版的《鱼化石或悬崖边的树——归来者诗卷》。[①]

4. 1995年7月出版的《中国当代文学作品精选：1949—1989》。[②]

5. 1996年4月出版的《百年中国文学经典》（8卷本）。[③]

6. 1996年10月出版的《中国百年文学经典文库》（10卷本）。[④]

7. 1997年11月出版的《中国新文学大系（1949—1976）》（第14卷为诗集）。[⑤]

8. 1997年12月出版的《中国百年诗歌选》。[⑥]

9. 1999年9月出版的《中国当代文学作品精选（1949—1999）》（诗歌卷）。[⑦]

10. 2000年1月出版的《新诗三百首》。[⑧]

11. 2002年1月出版的《百年百篇文学精选读本·诗歌卷：相信未来》。[⑨]

不难发现，20世纪90年代中期之前，谢冕参与的选本并不多；临近世纪末，选本则非常频密。进一步区格选本，有的基本上是个人意志，有的则是集体意志，如第10种[⑩]；有的是一般性选本，有的则是文学史课程的配套教学用书，如第4种。如下为穆旦作品的入选情况：

1. 没有选入穆旦作品。有序，《从春天到秋天》。

2. 选入4首：《野兽》、《智慧的来临》、《在寒冷的腊月的夜里》、《时感》（按：实为《时感四首》之三、四）。

3. 选入11首：《智慧之歌》、《演出》、《城市的街心》、《春》、《夏》、《友谊》、《有别》、《秋》、《冬》、《沉没》、《停电之后》。有序，《转型期的情绪记忆》。

4. 第2卷（1958—1978），选入2首：《冬》、《停电之后》。

5. 第4卷（1947—1949），选入5首：《赞美》、《诗八首》、《在寒冷的腊月

---

① 谢冕编选，北京师范大学出版社，为谢冕、唐晓渡主编“当代诗歌潮流回顾写作艺术鉴赏丛书”之一。

② 谢冕、洪子诚主编，北京大学出版社。

③ 谢冕、钱理群主编，北京大学出版社。

④ 谢冕、孟繁华编，海天出版社。按：《内容简介》称其为“国内第一部将20世纪中国文学作为一个整体把握的集百年中国文学经典之作于一体的大型丛书”，与谢冕主编的《中国百年文学》（文学史丛书，山东教育出版社1998年版）相呼应。

⑤ 邹荻帆、谢冕主编，人民文学出版社。

⑥ 谢冕主编，山东文艺出版社。

⑦ 谢冕主编，北京十月文艺出版社。

⑧ 牛汉、谢冕主编，中国青年出版社。

⑨ 谢冕主编，天津教育出版社。

⑩ 该诗集共选入210位诗人的作品300首，据《内容简介》：“入选的篇目是由诗歌界公认的海内外诗歌学者、评论家、诗人30人提供一份自己的‘新诗三百首’篇目，再由7—9人组成的常务编委会投票选定，主编和任何一位编委都没有个人的决定权。”

的夜里》、《被围者》、《森林之歌》；第6卷（1958—1978）选入2首：《冬》、《停电之后》。

6.“上编 1895—1949”选入4首：《在旷野上》、《在寒冷的腊月的夜里》、《赞美》、《自然底梦》；“下编 1949—1995”选入2首：《冬》、《停电之后》。有序，《回望百年文学》。

7. 选入8首：《智慧之歌》、《秋》、《冬》、《春》、《夏》、《沉没》、《有别》、《停电之后》。

8. 选入《在旷野上》。

9. 1958—1977年段，选入7首：《智慧之歌》、《秋》、《冬》、《春》、《夏》、《有别》、《停电之后》。

10. 选入4首：《赞美》、《野兽》、《诗八首》、《春》。

11. 选入2首：《赞美》、《诗八首》。

纵观之，可提出如下一些问题：

其一，第1个选本未选入穆旦诗歌，这与谢冕先生所撰《中国现代诗人论》（1986）对于穆旦的忽略具有一致性。也可表明到这时为止，穆旦的传播仍相当有限，“晚年穆旦”还未进入研究视阈。

其二，第3个选本在“归来”的名义下选入了11首。“归来”或“复出”，是中国当代文学史叙写中的一个重要的特定概念，尽管学界对这一概念有不同认定，但“大多认可下面的这种说法：指在‘文革’发生以前（特别是50年代）就受到各种打击而停止写作和发表作品的那一部分”。时隔二十多年之后重新出现，“在一个相对集中的时间里（大约是1978到80年代初），他们纷纷把自己生活道路的坎坷和获取的感受，投射到‘归来’之后的诗篇中。最初的创作，普遍带有某种‘自叙传’的性质：把个体的‘复出’，与‘新时期’的到来联系在一起。他们把这种‘复出’，看做是原有生活、艺术位置的‘归来’：从被‘遗弃’到回归文化秩序的中心”。艾青、流沙河、梁南等人的诗或诗集直接以“归来”命名。“几乎所有‘复出’的诗人，都有有关‘归来’主题的作品。”[①] 以此衡量，从时间上看，穆旦已于1977年年初去世；而从诗歌文本、晚年心态看，1976年诗歌中弥漫着强烈的死亡情绪也表明穆旦并没有期待被重新“发现”。将这样一位诗人纳入“归来”主题意绪之中，并且入选数量高居第3位[②]，实在是蕴涵了对于晚年

① 洪子诚、刘登翰：《中国当代新诗史》（修订版），北京大学出版社2005年版，第129页。

② 前两位为：牛汉18首，流沙河14首。而“归来”意识非常强烈的艾青仅选入7首。

穆旦最深刻的误解。考虑到这一话题从新时期开始就有出现，因此，选本显然俯就了这样一种带有普遍意味的观念而没有进行更为严谨的学术甄辨。

其三，第5、6两个选本均以“经典”名之，在非常短的时间内推出两套“经典”，当时引起了若干非议——非议的核心在于所选“经典”居然大不一样，20世纪40年代的“穆旦”即是一例，一个为5首，一个为4首，但仅有《赞美》、《在寒冷的腊月的夜里》2首相同，可见，编者在使用“经典”一词时，未必足够审慎；对于可能形成的“经典滥用”的局面未必有足够的警惕。据此适度引申，在大致相当的编选视阈与原则之下，出现了较多选本，除了造成资源浪费外，也将造成观念层面的若干冲突。

其四，从第1个选本到第3个选本——从未选1首到错位性的高度评价，其间为8年；再到《一颗星亮在天边》的热烈颂扬，其间为2年有余，时间并不算长，研究观念却发生了重要的、乃至根本性的变化。这种变化，其中的某些因子既建立在一些可疑的观念与原则之上，适度省思是必要的。

限于篇幅，至于其他几个选本这里不再一一评述。总之，由于谢冕先生的选入，穆旦诗歌得到了更为广泛的传播；同时，也造成了某些误导，换言之，在谢冕这一个案之中，既可见出“穆旦传播”由被忽视到广泛选入的发展轨迹；也可见出“穆旦”的奇异面目——由此所折射的“选家眼光”也变得暧昧。从这个意义上说，这样一个个案，在中国现代诗学的发展过程中，的确具有某种典型性。①

七　经典的生成：对于入选篇目的分析

前面从几个类别展开，如下将对各类选本的入选篇目进行统计、分析。

（一）穆旦个人诗选

这里不含全集、诗文集与旧集重版，因此，实为5种诗集的统计，具体情况如下：

1. 早期

1次：《更夫》、《古墙》，共2首。

2. 中期

5次：《野兽》、《合唱二章》、《从空虚到充实》、《玫瑰之歌》、《在旷野

① 其实，将第4种与第9种对照也很有意味：前者的下限为1989年，出版时间为1995年；后者下限为1999年，出版时间为1999年9月。出版心态似大不一样：前者有数年的时间沉淀，后者则是过于急切。

上》、《在寒冷的腊月的夜里》、《黄昏》、《春》、《诗八首》（《诗八章》）、《一个战士需要温柔的时候》、《森林之魅》、《旗》、《三十诞辰有感》、《荒村》、《城市的舞》、《活下去》，共16首。

4次：《童年》、《还原作用》、《五月》、《智慧的来临》、《夜晚的告别》、《小镇一日》、《控诉》、《赞美》、《被围者》、《通货膨胀》、《世界》、《寄——》、《先导》、《赠别》、《忆》、《时感》、《裂纹》、《诗》，共18首。

3次：《防空洞里的抒情诗》、《我看》、《园》、《不幸的人们》、《鼠穴》、《摇篮歌》、《洗衣妇》、《漫漫长夜》、《出发》（1942）、《自然底梦》、《幻想底乘客》、《春天和蜜蜂》、《线上》，共13首。

2次：《蛇的诱惑》、《我》、《潮汐》、《神魔之争》、《野外演习》、《海恋》、《他们死去了》、《问》、《奉献》，共9首。

1次：《劝友人》、《华参先生的疲倦》、《成熟》、《哀悼》、《祈神二章》、《流吧，长江的水》、《风沙行》、《打出去》、《良心颂》、《苦闷的象征》、《我向自己说》、《甘地》、《农民兵》、《饥饿的中国》、《发现》、《我歌颂肉体》、《牺牲》、《隐现》，共18首。

3. 后期

4次：《葬歌》；

3次：《三门峡水利工程有感》；

1次：《九十九家争鸣记》。

4. 晚期

5次：《冬》、《智慧之歌》、《友谊》；

4次：《停电之后》、《演出》、《有别》、《秋》、《沉没》；

3次：《春》、《夏》；

2次：《老年的梦呓》、《城市的街心》；

1次：《听说我老了》、《冥想》、《自己》。

5. 统计

其一，累计选入穆旦诗歌94首，约占全部诗作153首的61%。其中，早期2首，中期74首，后期3首，晚期15首，占全部入选数量的比例分别约为：2%、79%、3%、16%。表明早期和后期的写作被看低或被忽略；中期和晚期则是主体。

其二，累加如上统计：5次，19首；4次，24首；3次，16首；2次，11首；1次，24首，占全部入选比例分别约为：20%、26%、17%、12%、26%。仅有1次入选，表明完全是或然性的。若再按3次以上为多数，则不足63%的诗作得到了多数认可，占穆旦诗歌全部总数则约为36%，可见分歧还是较多。

（二）“九叶”选本

由于4个选本（含《八叶集》）所录范围不尽相同，这里也略作区格。

1. 新中国成立前选目，所涉选本为《九叶集》（10首）、《九叶派诗选》（20首）、《九叶之树常青》（28首）。相关数据如下：

3次：《在寒冷的腊月的夜里》、《控诉》、《赞美》、《诗八首》、《春》、《自然底梦》、《海恋》、《旗》，共8首。

2次：《赠别》、《还原作用》、《世界》、《诗》、《先导》、《野兽》、《在旷野上》，共7首。

1次：《合唱》、《玫瑰之歌》、《不幸的人们》、《我》、《鼠穴》、《成熟》、《活下去》、《裂纹》、《被围者》、《森林之歌》、《时感》、《手》、《暴力》、《城市的舞》、《一个战士需要温柔的时候》、《三十诞辰有感》、《世界》、《夜晚的告别》、《童年》、《漫漫长夜》，共20首。

换个角度看，《九叶集》所选10首，有8首选入了《九叶派诗选》，9首选入了《九叶之树常青》。后两个选本有14首相同。

2. 新中国成立后选目，所涉选本为《八叶集》和《九叶派诗选》。

7首相同，为《智慧之歌》、《春》、《夏》、《友谊》、《有别》、《秋》、《冬》。

3首不同，为《城市的街心》、《演出》、《停电之后》。

尽管两个选本的大多数篇目相同，但由于实际选目较少，实际选本也偏少，因此，并不能反映更多的问题。

（三）非专门类选本情况统计

如上所涉两种均为专门类选本，如下几种统称为非专门类选本。尽管笔者已勉力搜集各类选本，但所见资料仍是有限，只能说是不完全统计。

1. 文学史作品选序列

共涉及选本51个，选入诗歌共24首，最高入选频次为20次：

20次：《诗八首》；

14次：《冬》；

13次：《赞美》；

12次：《春》；

3次：《智慧之歌》；

2次（3首）：《葬歌》、《停电之后》、《旗》；

1次（16首）：《我》、《被围者》、《野兽》、《隐现》、《在寒冷的腊月的夜里》、《神的变形》、《裂纹（之二）》、《五月》、《秋》、《自然底梦》、《智慧的来临》、《黄昏》、《洗衣妇》、《春天和蜜蜂》、《出发》、《摇篮歌——赠阿咪》。

不难发现，数据相当集中，《诗八首》、《冬》、《赞美》、《春》这4首可说已获得较为广泛的认可，其他的入选频次明显偏低，均具有很强的或然性。

2. 文学教育类序列

(1) 中学语文系列

共涉及选本49个，累计选入诗歌20首，最高入选频次为19次：

19次：《赞美》；

9次：《春》；

5次：《冬》；

4次（3首）：《旗》、《智慧之歌》、《在寒冷的腊月的夜里》；

2次（4首）：《园》、《停电之后》、《春》（晚年）、《诗八首》；

1次（11首）：《苍蝇》、《野兽》、《夏》、《秋》、《一个老木匠》、《友谊》、《摇篮曲》、《活下去》、《奉献》、《森林之魅》、《城市的舞》。

(2) 大学语文系列

共涉及选本56个，累计选入诗歌9首，最高入选频次为24次：

24次：《赞美》；

14次：《诗八首》；

9次：《春》；

3次：《智慧之歌》；

2次：《冬》；

1次（4首）：《在寒冷的腊月的夜里》、《我》、《出发》、《自然底梦》。

(3) 小学语文系列

共涉及1个选本，选入1首。

(4) 小结

比照大学和中学文学教育类的选本数据，数据集中的仍然《赞美》、《春》、《诗八首》等少数几首，其他的则均可说是或然性的。这无疑彰显了文学教育界人士在穆旦诗歌理解方面的共通之处，却也表明了不同时期的文学教育资源设置方面的重复。而《诗八首》这样的书写爱情体验的诗篇更多地出现在大学语文而不是中学语文的选本序列之中，则可揭示穆旦诗歌的适应面的问题。

3. 其他类型的选本

共涉及选本 171 种，累计选入 95 首，最高人选频次为 47 次：

47 次：《赞美》；

37 次：《诗八首》；

36 次：《春》；

24 次：《冬》；

21 次：《在寒冷的腊月的夜里》；

16 次：《旗》；

14 次：《野兽》；

12 次：《智慧之歌》、《停电之后》；

10 次：《自然的梦》；

9 次：《赠别》、《森林之魅》；

8 次：《五月》；

6 次：《秋》、《云》；

5 次（7 首）：《春天和蜜蜂》、《夏》、《演出》、《合唱二章》、《我》、《还原作用》、《隐现》；

4 次（7 首）：《葬歌》、《有别》、《友谊》、《防空洞里的抒情诗》、《在旷野上》、《出发》、《裂纹》；

3 次（12 首）：《老年的梦呓》、《活下去》、《野兽》、《智慧的来临》、《春》（晚年）、《沉没》、《海恋》、《流吧，长江的水》、《自己》、《控诉》、《幻想底乘客》、《活下去》；

2 次（共 12 首）：《时感四首》、《玫瑰之歌》、《手》、《出发》、《洗衣妇》、《从空虚到充实》、《玫瑰之歌》、《窗》、《还原作用》、《甘地》、《给战士》、《一个战士需要温柔的时候》；

1 次（共 42 首）：《梦》、《我看》、《神秘》、《夏夜》、《理智和感情》、《苍蝇》、《好梦》、《问》、《发现》、《更夫》、《古墙》、《祭》、《听说我老了》、《流浪人》、《被围者》、《园》、《城市的街心》、《摇篮歌》、《三门峡水利工程有感》、《劝友人》、《农民兵》、《夜晚的告别》、《先导》、《蛇的诱惑》、《出发——三千里步行之一》、《原野上行走》、《中国在哪里》、《神魔之争》、《阻滞的路》、《寄——》、《良心颂》、《苦闷的象征》、《轰炸东京》、《荒村》、《三十诞辰有感》、《饥饿的中国》、《我想要走》、《城市的舞》、《绅士和淑女》、《诗》（1948）、《诗》（1976）、《诗》（1943）（为《诗（一）》、《诗（二）》）。

不妨以“5 次”为标线来看取。5 次占全部 171 种选本的比例不足 3%，

5次以下的篇目共80首，占总入选数95首的比例为84%。可以认为，大多数穆旦诗歌选入各类选本都是或然性的。这固然可说明除了少数诗歌外，选家对于穆旦诗歌尚缺乏较为统一的标准，却也说明穆旦诗歌具有较强的适用面，适合不同类型的选本。

4. 进一步的透析

还可对所有的非专门性选本作进一步透析：

其一，在不同层面，《赞美》基本上都是占据着最高位置，其经典性显然已经确立。《诗八首》、《冬》、《春》（1942）、《智慧之歌》等，也得到了相当程度的认可。也即，穆旦中期和晚期写作都得到了一定程度的经典化，但早期和后期诗作始终被看低，这一倾向比专门类选本要严重得多。这种歧异似可这般理解：专门类选本更加照顾某种全面性或者说更多历史的维度，而非专门类选本则更偏重于审美。

其二，现今文学史给予很高地位的不少作品，入选频率并不高——非常具有或然性。不妨以影响较大的修订版《中国现代文学三十年》为例来说明，书中先后明确提及这些诗歌：《被围者》、《打出去》、《我向自己说》、《玫瑰之歌》、《出发》、《先导》、《五月》、《还原作用》、《诗八首》、《鼠穴》、《赞美》，共计11首。而参照上面的数据，这些被倚重的诗篇并非选家所看重的。《诗八首》、《赞美》这些公认的“经典”之作几乎出现在最后，表明该著讨论穆旦的逻辑起点并不在《诗八首》或《赞美》。据此，可以认为，这部文学史所讨论的“穆旦”① 与选家所选出的“穆旦”之间，存在着较大的差异。

结　语

个人所见有限，如上所得不过是一些非常粗略的数据，《中国现代文学三十年》也只是众多文学史中影响较大的一部，并不能由此而进一步推导文学史与选本之间必然存在着大的差异。但这种或大或小的差异，所有文学史的作者，不妨视其为一种参照。选本不仅仅能够呈现“穆旦形象”的衍变，也是认识文学史进程的一个重要窗口——对于文学史作者的审美动机、特殊

① 一个设想：在不同时间段，各选择10余部有较大影响的文学史，集中考察其中讨论穆旦的段落，内容可包括所引述的诗文、具体观点等方面，这样可以更为清晰地呈现文学史中的穆旦形象。但限于资料，目前还无法展开。

偏好乃至精神历程，无疑也能有所触及。

其实，还有一个考察角度，即对未选入穆旦作品的一些重要选本进行分析。从传播角度看，“选”或“不选”，其实是一个问题的两面；不同选本的更迭过程即穆旦形象衍变的过程，其背后则涉及文学史观念的衍变，文学史权力的展开，以及文学教育、文学审美能力的培养等层面的命题。“选”或“不选”，归根结底就是一个“选什么”的问题，“选”见证了观念衍变的历史，“不选”同样也能从另外的角度对这段历史做出说明，也将呈现这一时期文学审美观念的其他层面。如果能够同时也将这种考察纳入其中，那么，“穆旦”形象的衍变及其背后的因素，将得到更为丰富的呈现。但由于篇幅和搜集资料的限制[①]，这一话题只能暂时搁置。这是遗憾，却也是新的动力。

① 一些重要的选本，如柯岩、胡笳主编《与史同在——当代中国新诗选》（上、下两卷，作家出版社 2005 年版）即未收入穆旦诗歌。初看之下，似乎难以理解，但显然并不能以表面事实简单论处。

余论 关于“穆旦”叙述的其他路径

前文从三个层面讨论“穆旦与中国新诗”这一命题，大致而言，第一编所标举的是穆旦诗歌艺术精神，后两编则强化了这一“艺术精神”之于中国新诗的历史效应。三编意味着三个不同的“历史角度”，单一性的历史角度可能会形成褊狭，多个角度则可以增加问题的有效性。

导论以《从“历史”中寻求新诗研究的动力》为题，自然是希冀通过穆旦这一有力的个案来推动新诗的研究。就本文实际展开的图景而言，可以说，不仅勾勒出了一个比以往任何研究都更为丰富、更有历史内涵的“穆旦形象”，而且，新诗史的若干核心话题也得到了讨论。无论是材料的运用，实际的讨论本身，还是所展开的形象与话题，无疑都具有某种程度的自足性。这种“自足”即是正文要义所在。但我同时想指出的是，“正文”背后还隐藏着别样的线索。不妨从“话题来源”的角度略作讨论。

本书所涉全部话题，从作者来看，几乎全都是专业研究者；从领域看，基本上都来自大学或相关研究机构中的相关文学专业；从地域看，都来自中国大陆。在这等范围之内，尽管穆旦也曾遭到一些质疑——有时甚至非常严厉，但这并不妨碍“穆旦研究”作为一个自足的系统而存在。如果将它比作一个圈的话，“穆旦”就是在这个圈之内，问题的提出者在这个圈子之内，不同的提问者所分享的共同经验与差异也是在这个圈子之内，仿佛一股气流，总在一个圈子之内循环。

“圈子”之外是不是有别的风景呢？自然是有的。在为本书写作而翻阅资料的过程中，我也触及了一些“圈子”之外的材料。由于种种原因未能全力搜寻，所见自是非常零散，不成体系，因此，如下所提出的，与其说是穆旦叙述的路径，倒不如说是问题，其中，部分基于材料，部分完全还只是一种假设。

路径之一，诗人或作家的看法。粗略地说，专业研究者往往更多理性，而诗人或作家往往更多感性。在感性的、隐秘的实际经验与理性的、程式化的理论框架之间，往往会有着或大或小的罅隙，所看到的“穆旦”侧面往往不同，所激发的问题也有差异。比如，诗人西川曾谈到一个敏感的话题，“抄袭”：穆旦《赠别》（1944）与叶芝名作《当你老了》（1893）之间的“抄袭”关系，但在列举相关“证据”并有所评价之后，他接着从写作经验的角度视其为一种“文本互动现象”：

> 我无意指责穆旦的抄袭，我只是想说明一个问题，即如果说穆旦抄袭了叶芝，那么，我们可否说叶芝在运用时间假设时便是首创。很多人强调诗歌的真实情感，认为诗歌应该，而且只能从直接经验中来，却并不了解诗歌写作中的文本互动现象。生活固然为诗人提供了写作素材和情感源泉，但诗人们仍然不免从已有的作品中获得启发。好的诗歌总是诱引着诗人们的写作欲望。事实上，除了古埃及的《亡灵书》、古巴比伦的《吉尔伽美什》、《圣经》中的《雅歌》、古希腊的荷马史诗、古印度的《摩诃婆罗多》和《罗摩衍那》这些作品我们姑且称之为原创之作外，人类进入文明社会以来的大多数文学作品在文本上都是渊源有自……有一种谬见，以为书本对于写作会形成打扰，以为来自诗句的诗句是不真诚的，没有才气的。但文学史上众多的“抄袭”和“模仿”似乎要逼着我们给“真诚”和“才气”重下定义。①

在前文已经提及的《穆旦与“去中国化”》中，诗人王家新还有这样的判断：

> 他（按，指穆旦）的诗的出现，再一次刷新了中国新诗的语言。如果说他的语言在某些方面尚不成熟，那也是一种充满了生机的不成熟。他的不成熟，那是因为他在经历着一种语言降临时的剧痛和混乱。无论怎样，他在大半个世纪前形成的语言文体，不仅具有文学史的意义，在今天仍有可能成为诗歌写作的起点——而这正是诗的生命力所在。②

由“抄袭”而至“原创性”的话题，诗人西川所走显然并非文学史的路径。从语言文体出发，越过“文学史”的层面，看到它“仍有可能成为诗歌

---

① 西川：《在抄袭之间》，《让蒙面人说话》，东方出版中心1997年版，第54页。当然，西川也并非“原创”，周珏良在《穆旦的诗和译诗》（1987）中已经勾勒出了这一线索。

② 刊《诗探索》（理论卷）2006年第3辑。

写作的起点"，王家新这种对于"诗的生命力"的关注，也是更多诗人本色。事实上，当代很多诗人都曾提及穆旦，作为同行，当代诗人显然有话要说。

路径之二，中学语文界的声音。从目前情况来看，仅在少数情况之下，当下中学语文界与大学研究界才会发生良好的关联。即在大多数情况下，大学专业研究者的观点都没有融入到中学语文教育界。两者似乎自成体系，各自为阵。

近年来，穆旦诗歌逐渐被选入中学语文课本及各类语文读本；对于新诗的选入则更早已开始。中学是一个人审美能力培养的基础阶段，它所塑造的穆旦形象与新诗形象，对一个人的审美力与心智的成长是关键性的。由于"中学生"始终是一个庞大群体，"中学生"心目中的穆旦形象无疑会非常庞杂。适度聆听这一领域的声音，无疑有其必要性。

路径之三，当下期刊、网络的声音。粗略地说，文学批评与文学史研究是一门专门性的工作，作者和读者更多专业化色彩，相关文字流传面往往较为有限；期刊、网络所面对的是大众，所制造的声音往往也是大众化的、普及性的。比如，《诗选刊》杂志与搜狐网曾联合主办"中国首次诗歌读者普查活动"，出发点非常明确，不是专门化，而是"普查"。据《诗选刊》杂志负责人、有着20多年编辑经历的郁葱的《诗歌：因为爱，所以爱——2005年的中国诗歌》（请注意，这个标题本身就不是专业性的）所称，到2004年9月底活动结束，参与者高达68万人次之多。"读者对于什么是好诗分歧相当大，对'20世纪以来最有影响力的诗人'入选名单分歧也相当大。根据读者投票结果，我们评选出了'20世纪以来最有影响力的十位诗人'，他们是：胡适、郭沫若、艾青、臧克家、穆旦、徐志摩、田间、牛汉、舒婷、北岛。"文章还谈到了"公众诗歌与圈子诗歌更为脱节"的话题："在大量的普通读者中，他们理解的诗歌和我们正在写作的诗歌根本就不是一码事，公众诗歌与圈子诗歌严重脱节。我们可以不趋同，但是我们必须懂得和了解这一点。"[①] 当然，期刊和相关活动的组织者仍然是带有较多专业色彩的人士（文章对"公众"所理解的"诗歌概念"提出批评这一事实所流现的即是专业立场），他们的工作最终在于如何平衡"专业"和"普及"这两个看似矛盾的因素。

近年来，一些刊物重新刊载了穆旦诗歌，《诗选刊》2005年第2期"细读·之人物篇"栏目下选入《一个老木匠》，《诗歌月刊》2007年第2期"隧

① 郁葱：《诗歌：因为爱，所以爱——2005年的中国诗歌》，《诗选刊》2006年第2期。

道”栏目重新刊发了长诗《隐现》。在这样的情境之中，穆旦被纳入某个话题，具有某种特殊的趣味，而不是文学史的塑造。这些活动、出版行为以及实际所塑造的“穆旦形象”，也值得注意。

路径之四，非专业化的无名读者的声音。之所以这将这一话题单独列出，意在强调一个事实，即随着穆旦普及程度的提高，一般读者对于穆旦的阅读明显增多。以近年来兴起的博客文字为例，其中越来越多地出现了穆旦，而相当一部分乃是无名的作者，其声音往往更多个人色彩，是“一个读者”在阅读“一个诗人”。以“果汁挂枝头的 Blog”（http：//blog. sina. com. cn/52gz）为例，其中有一篇《一个 80 后眼中的诗人穆旦》（2007 年 2 月 26 日），开头这样描述：

> 最初听到穆旦这个名字，是大二上《大学语文》这门课的时候。我们的语文老师在讲解穆旦的诗作《春》的时候，颇富感情色彩地给我们朗诵了整首诗，特别是最后两句“呵，光影声色，都已经赤裸，痛苦着，等待伸入新的组合”，反复强调它的意味。当时对这首诗仅仅抱着新鲜的阅读态度，也不是很理解这首诗的含义。只是听着老师说这位诗人的伟大，说他在近年被学者们推认为二十世纪中国诗人之首，觉得有点诧异。因为一直以来，在我们小学到高中的教育里，我们一直接触的是艾青，是徐志摩，还有闻一多等等。在教育之外，也是以朦胧诗所闻居多。这样一位鲜为人知的诗人，真的具有如此的才质吗？

我所看重的乃是疑问的“发生”：“在我们小学到高中的教育里”以及一般讨论之中，从来没有听说过“穆旦”这个名字，从发生学角度看，这既可归结为一个理科学生的阅读面有限，也可反过来看，即所谓拘囿于文学范围之内的讨论，其普及程度还并不高。总之，新的“教育”（大学二年级，其时已是 20 岁左右了）令他产生了疑惑，疑惑纠结于心而自觉地去找寻，结果发现了一个丰富的精神世界。我相信，还有更为隐秘的精神沟通方式，它们最终也可能将会汇成一部“穆旦阅读史”；而其背后起作用的机制，不是“文学史”，而是“文学”本身。

路径之五，大陆以来的汉语文学研究界。与上面提及的几条路径不同，这仍是一条专门化的路径，只是地域发生了改变。前文曾简略地勾勒了 20 世纪 70 年代前后穆旦在香港的传播情况。其他的，选本方面，如皇皇两大册《现代中国诗选（1917—1949）》[①]，选入穆旦诗歌9首；《现代中国诗选》选入5首[②]；《中国新诗选：从五四运动到抗战胜利》选入4首[③]；《新诗三百首（1917—1995）》选入1首。[④] 论文也有不少，前引梁秉钧的《穆旦与现代的"我"》（1987）即是产生广泛影响的一篇。文学史著方面，司马长风的3卷本《中国新文学史》多被提及，下部"第五编 凋零期（一九三八——一九四九）"的诗歌章节提及了穆旦和他当时所出版的三部诗集，与陈敬容、杜运燮、李白凤并称为"战时战后跻入诗坛、值得注目的新诗人"，穆旦诗歌"散文化的气味也很重，有些诗如《在寒冷的腊月的夜里》，简直就是散文诗。但是，他的意境清新，想象活泼，又善于用韵，因此累赘的散文外衣，阻不住他的情意飞翔"。《诗八首》之一、二被作为例子，"这是一首情诗，但是风格独异，把热爱浓情都化作迷离的形象，诗句虽飘渺幻奇，但却可意会，使你感到回肠荡气"。[⑤] 这样的观点，与大陆地区学者的观点并无二致。但更多的著作信息，更驳杂的观点，还有待进一步搜集。

路径之六，汉语之外的人士。文化语境完全不同，所得的看法肯定多有歧异。据周与良回忆说，穆旦在美国期间所写的一些英文诗（按：从《穆旦诗文集》收录来看，实际上是穆旦将自己的诗歌直接翻译成英文诗）"已在刊物上发表。有位外国友人和我说'你丈夫的诗写得非常好，他会成为大诗人'"。[⑥] 从目前所能查证的穆旦诗歌英译的资料看，大陆读者较易找到的穆旦诗歌英译有《大道上的光与影：现代中国诗选》（1984），收入1首[⑦]；英汉对照本《穆旦诗英译与解析》收入65首。[⑧] 大陆以外的出版物则有《世界诗选》[⑨]，《世界诗歌小库》选入2首。[⑩] 20世纪80年代以来，则有《百花齐

---

① 张曼仪、黄继持、黄俊东等合编，香港大学出版社、香港中文大学出版部1974年版。9首为：《赞美》、《诗八首》、《裂纹》、《旗》、《先导》、《三十诞辰有感》、《我想要走》、《手》、《世界》。

② 杨牧、郑树森编，洪范书店有限公司1989年版，5首为：《诗八首》、《野外演出》、《劝友人》、《我》、《赠别》。

③ 尹肇池编，香港公开进修学院1995年版，7首为：《在寒冷的腊月的夜里》、《赞美》、《报贩》、《被围者》、《旗》、《先导》和《手》。

④ 张默、萧萧编，九歌出版社有限公司1995年版，1首为《森林之魅》。

⑤ 司马长风：《中国新文学史》（下），香港昭明出版社有限公司1978年版，第227—228页。

⑥ 周与良：《永恒的思念》，杜运燮等编《丰富和丰富的痛苦》，第156页。

⑦ 路易·艾黎选译，新世界出版社1984年版。如下部分信息据北塔《述论穆旦诗的英文翻译》，"'中国现代文学新史料的发掘与研究'国际学术研讨会"会议论文。

⑧ 王宏印著译，河北教育出版社2004年版。

⑨ 奥斯卡·威廉斯编选，1950年版。相关背景不详，信息据杜运燮《怀穆旦》，《读书》1981年第8期。

⑩ 赫伯特·克里可摩尔编选，查尔斯斯库里内尔之子出版公司1952年版。

放文集》收入4首[1]，《译丛》收入11首[2]，英汉对照本《中国现代诗一百首》收入5首[3]，《火种——中国良知的声音》收入1首[4]，《防空洞里的抒情诗：中国现代诗歌1930—1950》收入7首[5]，《中国现代诗歌选集》收入5首[6]，《中国文学》杂志1992年冬季号选入7首，《穆旦短诗选》收入20首。[7]

形象点说，如上所述还只是一些杂草丛生的路，但很显然，这些由不同的问题意识、思维模式、精神境遇乃至不同的地域、不同的文学传统所延展开来的"穆旦形象"，势必将会与由（中国大陆地区的）专业人士所构建起来的"穆旦形象"大不一样。

路径越多，研究空间也就越扩大，但这同时也意味着研究本身所受到的"限制"越多——李健吾在作批评时，曾特别标识"限制"的存在："我们欣赏一件作品，应当先行接受它的存在，也就是说，它带来的限制。"[8] 我倒觉得不妨扩大视之，"作品"/"作者"有其"限制"，研究者也都有自身的"限制"。

以如上所提及的"路径"（"限制"）来观照，事实上，不仅仅是穆旦研究，20世纪中国文学研究之中同样存在着一些重要的乃至根本性的"限制"，所谓"新文学"、"新诗"、"现代文学"等这些最为基本也最为核心的概念的提炼与塑造，所遵循的几乎完全是一个"专业化"操作模式，即由专业研究者不断提取专门性的刊物与论著上的观点；与之相应，则是压低乃至摈弃那些非专门化的材料，以致最终塑造成为今日这样一副非常专业化的模样。专业人士如我本人，自然是分享了这一"模样"。

当然，当下中国现代文学的研究局势正发生着一些重要变化，那些原本处于历史故纸堆里的材料，甚至一些非常边缘化的材料（比如说小报[9]）正受到越来越多的重视，这表明文学史观念正在逐步发生变更——关于"中国

---

① 聂华苓编译，哥伦比亚大学出版社1981年版。

② 庞秉钧选译，香港中文大学出版社1984年版。

③ 庞秉钧、闵福德、高尔登编译，商务印书馆香港分馆1987年版。1993年，中国对外翻译出版公司再版。

④ 白杰明、闵福德编译，科林斯出版社1988年版。

⑤ 叶维廉编译，加兰出版社1992年版。

⑥ 奚密编译，耶鲁大学出版社1992年版。

⑦ 北塔选编，银河出版社2006年版。

⑧ 刘西渭（李健吾）：《答〈鱼目集〉的作者》，《大公报·文艺》第158期，1936年6月7日。

⑨ 李楠：《晚清、民国时期上海小报研究——一种综合的文化、文学考察》，人民文学出版社2005年版。

现代文学”的知识谱系的边界正在不断扩展。作为个案，穆旦的“历史形象”及其所激起的“历史反应”自然是还可进一步深究；比如，是不是还可以进一步勾勒出一条“反穆旦”的线索呢？20世纪40—50年代的线索已如本书所呈现，但新时期以来，因为资料实在太过繁杂，暂时也就还无力展开。同样的，就“新诗”而言，是不是也可以勾勒出一条“反新诗”的线索？举一个最近的例子，百岁老人季羡林和“80后”韩寒都发表了对于新诗的否定，所谓“新诗是一场失败”或者“新诗不是诗”，观点一出，即引来无数看热闹的人士，也有若干专业人士（诗人、诗歌批评家）公开进行了反批评，这样的情形，放到新诗发展近百年的历史来看，不过是某种现象的重复而已——不对称的、近乎滑稽的场面也就时常发生：一方很严肃，也很愤慨，但另一方，很可能不过是玩玩而已——实际的驳斥理由根本就无法说服他。但这有意义吗？还是有的，所谓“反批评”其实一直是新诗发展的某种内在的动力，诗歌界与批评界如何将“反批评”转化为动力，又如何为公众呈现一种可信的诗歌形象，无疑也是值得大家适度考虑的。

在本书结束之际提及这样的话题，自然不是要用它们来颠覆已经大致构建起来的“穆旦形象”，而是希冀能不断地突破“限制”，将研究最终引向一个更“不自足”的世界——一个更为丰富的世界。

主要参考文献

A　穆旦作品集

穆旦：《探险队》，文聚社 1945 年版。

穆旦：《穆旦诗集（1939—1945）》，自印，1947 年。

穆旦：《旗》，文化生活出版社 1948 年版。

穆旦（曹元勇编）：《蛇的诱惑》，珠海出版社 1997 年版。

穆旦（杜运燮编）：《穆旦诗选》，人民文学出版社 1986 年版。

穆旦（李方编）：《穆旦诗全集》，中国文学出版社 1996 年版。

穆旦：《穆旦译文集》，人民文学出版社 2005 年版。

穆旦（李方编选）：《穆旦诗文集》，人民文学出版社 2006 年版。

穆旦（查明传等编）：《穆旦自选诗集》，天津人民出版社 2010 年版。

［苏］季摩菲耶夫著，查良铮译：《文学概论》，平明出版社 1953 年版。

［苏］季摩菲耶夫著，查良铮译：《怎样分析文学作品》，平明出版社 1953 年版。

［苏］季摩菲耶夫著，查良铮译：《文学发展过程》，平明出版社 1954 年版。

［俄］普希金著，查良铮译：《波尔塔瓦》，平明出版社 1954 年版；新文艺出版社 1957 年版。

［俄］普希金著，查良铮译：《青铜骑士》，平明出版社 1954 年版；新文艺出版社 1957 年版。

［俄］普希金著，查良铮译：《高加索的俘虏》，平明出版社 1954 年版；新文艺出版社出版 1958 年版。

［俄］普希金著，查良铮译：《欧根·奥涅金》，平明出版社 1954 年版；文化生活出版社 1956 年版；新文艺出版社 1957 年版。

［俄］普希金著，查良铮译：《普希金抒情诗集》，平明出版社 1955 年版；新文艺出版社出版 1957 年版。

［苏］季摩菲耶夫著，查良铮译：《文学原理》，平明出版社 1955 年版。

［俄］普希金著，查良铮译：《加甫利颂》，平明出版社 1955 年版。

［英］拜伦著，梁真译：《拜伦抒情诗选》，平明出版社 1955 年版。

［英］布莱克著，袁可嘉、查良铮、黄雨石、宋雪亭译：《布莱克诗选》，人民文学出版社 1957 年版。

［俄］普希金著，查良铮译：《普希金抒情诗集一集》，新文艺出版社 1957 年版。

［俄］希金著，查良铮译：《普希金抒情诗二集》，新文艺出版社 1957 年版。

［英］拜伦著，梁真译：《拜伦抒情诗选》，新文艺出版社出版 1957 年版。

［英］济慈著，查良铮译：《济慈诗选》，人民文学出版社 1958 年版。

［俄］别林斯基著，梁真译：《别林斯基论文学》，新文艺出版社出版 1958 年版。

［英］雪莱著，查良铮译：《云雀》，人民文学出版社 1958 年版。

［英］雪莱著，查良铮译：《雪莱抒情诗选》，人民文学出版社 1958 年版，1982 年版。

［英］拜伦著，查良铮译，王佐良注：《唐璜》，人民文学出版社 1980 年版。

［俄］普希金著，查良铮译：《普希金抒情持选集》（上、下），江苏人民出版社 1982 年版。

［英］拜伦著，查良铮译：《拜伦诗选》，上海译文出版社 1982 年版。

［俄］普希金著，查良铮译：《欧根·奥涅金》，四川人民出版社 1983 年版。

［英］T. S. 艾略特等著，查良铮译：《英国现代诗选》，湖南人民出版社 1985 年版。

［俄］丘特切夫著，查良铮译：《丘特切夫诗选》，外国文学出版社 1985 年版。

［俄］普希金著，查良铮译：《普希金叙事诗选》，四川文艺出版社 1985 年版。

慕旦：《山道上的夜——九月十日记游》，《清华副刊》第 45 卷第 3 期，

1936 年 11 月 2 日。

慕旦:《我们肃立，向国旗致敬》,《清华副刊》第 45 卷第 1 期，1936 年 11 月 16 日。

慕旦:《生活的一页》,《清华副刊》第 45 卷第 10 期，1936 年 12 月。

穆旦:《祭》,《益世周报》第 2 卷第 3 期，1939 年 1 月 27 日。

良铮:《失去的乐声》、《X 光》,《今日评论》第 3 卷第 24 期，1940 年 6 月 16 日。

查良铮:《抗战以来的西南联大》,《教育杂志》第 31 卷第 1 号，1941 年 1 月。

[英] 路易·麦克尼斯著，穆旦译:《诗的晦涩》，香港版《大公报》"文艺"副刊、"学生界"副刊，1941 年 2 月 8 日、10—15 日、17—20 日。

[英] Michael Roberts 著，穆旦译:《一个古典主义的死去》，香港版《大公报·文艺》，第 1230—31 期、第 1233 期，1941 年 11 月 20 日、22 日、24 日；亦见于桂林版《大公报·文艺》第 112 期、第 113 期，1941 年 12 月 12 日、15 日。

[英] 台·路易士著，穆旦译:《对死的密语》（含《译后记》),《文学报》第 3 号，1942 年 7 月 5 日。

查良铮:《从昆明到长沙——还乡记》,《独立周报》第 5 期，1945 年 12 月 24 日。

查良铮:《岁暮的武汉》、《从汉口到北平》,《独立周报》第 7 期，1946 年 1 月 24 日。

查良铮:《回到北平，正是"冒险家的乐园"》,《独立周报》第 8 期，1946 年 2 月 1 日。

[匈牙利] 班雅敏·拉斯罗著，查良铮译:《匈牙利的春天》（含《后记》),《译文》1955 年 4 月号；亦刊于香港版《文汇报·文艺》1956 年 11 月 12 日。

[印度] 阿里·沙尔特·霞弗利著，查良铮译:《恰赫鲁队长》（含《后记》),《译文》1955 年 4 月号。

穆旦:《父与女》(未刊长诗)。

B 著作类

艾青:《诗论》，新新出版社 1947 年版；人民文学出版社 1980 年版。

艾青:《艾青全集》,花山文艺出版社1991年版。

艾青:《艾青诗全编》,人民文学出版社2003年版。

巴金等:《长河不尽流——怀念沈从文先生》,湖南文艺出版社1988年版。

北京大学等编:《国立西南联合大学史料》(六卷本),云南教育出版社1998年版。

卞之琳:《卞之琳译文集》,安徽教育出版社2000年版。

卞之琳:《卞之琳文集》,安徽教育出版社2002年版。

昌耀:《昌耀的诗》,人民文学出版社2000年版。

昌耀:《昌耀诗文总集》,青海人民出版社2000年版。

陈伯良:《穆旦传》,浙江人民出版社2004年版;世界知识出版社2006年版。

陈思和主编:《中国当代文学史教程》,复旦大学出版社1999年版。

程光炜:《艾青传》,北京十月文艺出版社1999年版。

戴望舒(王文彬等主编):《戴望舒全集》(诗歌卷,散文卷),中国青年出版社1999年版。

戴燕:《文学史的权力》,北京大学出版社2002年版。

董洪川:《"荒原"之风:T.S. 艾略特在中国》,北京大学出版社2004年版。

杜运燮:《海城路上的求索:杜运燮诗文选》,中国文学出版社1998年版。

杜运燮等编:《一个民族已经起来》,江苏人民出版社1987年版。

杜运燮等编:《丰富和丰富的痛苦》,北京师范大学出版社1997年版。

杜运燮、张同道编:《西南联大现代诗钞》,中国文学出版社1997年版。

废名(陈子善编):《论新诗及其他》,辽宁教育出版社1998年版。

冯至:《冯至全集》,河北教育出版社1999年版。

冯至:《十四行集》,文化生活出版社1949年版。

高秀芹、徐立钱:《穆旦 苦难与忧思铸就的诗魂》,文津出版社2007年版。

葛桂录:《中英文学关系编年史》,上海三联书店2004年版。

黄灿然:《必要的角度》,辽宁教育出版社2001年版。

黄维梁:《新诗的艺术》,江西高校出版社2006年版。

何炳棣:《读史阅世六十年》,广西师范大学出版社2005年版。

何迟：《何迟相声创作集》，中国戏剧出版社1982年版。

贺桂梅：《转折的时代——40—50年代作家研究》，山东教育出版社2003年版。

洪子诚：《1956：百花时代》，山东教育出版社1998年版。

洪子诚：《问题与方法：中国当代文学史研究讲稿》，三联书店2002年版。

洪子诚：《中国当代文学史》，北京大学出版社1999年版。

洪子诚、刘登翰：《中国当代新诗史》（修订版），北京大学出版社2005年版。

洪永铿、贾文胜、赖燕波：《海宁查氏家族文化研究》，浙江大学出版社2006年版。

胡风：《胡风全集》，湖北人民出版社1999年版。

季羡林等著：《外语教育往事谈——教授们的回忆》，上海外语教育出版社1988年版。

江弱水：《卞之琳诗艺研究》，安徽教育出版社2000年版。

江弱水：《中西同步与位移——现代诗人丛论》，安徽教育出版社2003年版。

姜涛：《"新诗集"与中国新诗的发生》，北京大学出版社2005年版。

蓝棣之：《现代诗的情感与形式》，华夏出版社1994年版。

李广田：《中国现代作家选集·李广田》，人民文学出版社1984年版。

李广田：《李广田文集》，山东文艺出版社1986年版。

李健吾（郭宏安编）：《李健吾批评文集》，珠海出版社1998年版。

李楠：《晚清、民国时期上海小报研究——一种综合的文化、文学考察》，人民文学出版社2005年版。

李书磊：《1942：走向民间》，山东教育出版社1998年版。

李小林编：《家书——巴金、萧珊书信集》，浙江文艺出版社1994年版。

李杏保、顾黄初：《中国现代语文教育史》，四川教育出版社1997年版。

李怡：《中国现代新诗与古典诗歌传统》，西南师范大学出版社1994年版；1999年修订再版；北京大学出版社2008年增订版。

廖亦武主编：《沉沦的圣殿——20世纪70年代中国地下诗歌遗照》，新疆青少年出版社1999年版。

燎原：《昌耀评传》，人民文学出版社2008年版。

刘福春：《新诗纪事》，学苑出版社2004年版。

刘福春：《中国当代诗歌编年史：1966—1976》，河南大学出版社 2005 年版。

刘俊等编著：《中国现当代文学研究导引》，南京大学出版社 2006 年版。

刘淑玲：《〈大公报〉与中国现代文学》，河北教育出版社 2004 年版。

刘志荣：《潜在写作：1949—1976》，复旦大学出版社 2007 年版。

龙泉明：《中国新诗流变论》（修订版），人民文学出版社 2003 年版。

鲁迅：《鲁迅全集》，人民文学出版社 1981 年版。

孟昭毅、李载道主编：《中国翻译文学史》，北京大学出版社 2005 年版。

钱理群：《1948：天地玄黄》，山东教育出版社 1998 年版。

钱理群：《丰富的痛苦："堂吉诃德"与"哈姆雷特"的东移》，时代文艺出版社 1993 年版。

钱理群、吴福辉、温儒敏：《中国现代文学三十年》（修订本），北京大学出版社 1998 年版。

钱穆：《中国文学论丛》，生活·读书·新知三联书店 2002 年版。

钱锺书：《七缀集》（修订本），上海古籍出版社 1994 年版。

清华大学校史室编：《清华大学史料选编（二）》（上、下），清华大学出版社 1991 年版。

商瑞芹：《诗魂的再生：查良铮英诗汉译研究》，南开大学出版社 2007 年版。

邵燕祥：《找灵魂——邵燕祥私人卷宗：1945—1976》，广西师范大学出版社 2004 年版。

沈从文：《沈从文全集》，北岳文艺出版社 2002 年版。

食指：《食指的诗》，人民文学出版社 2000 年版。

孙玉石：《中国现代诗歌艺术》，人民文学出版社 1992 年版。

孙玉石：《中国现代主义诗潮史论》，北京大学出版社 1999 年版。

孙玉石主编：《中国现代诗导读（穆旦卷）》，北京大学出版社 2007 年版。

孙致礼：《1949—1966：我国英美文学翻译概论》，译林出版社 1996 年版。

谭桂林：《本土语境与西方资源——现代中西诗学关系研究》，人民文学出版社 2008 年版。

唐湜：《新意度集》，生活·读书·新知三联书店 1990 年版。

唐湜：《九叶诗人："中国新诗"的中兴》，上海教育出版社 2003 年版。

王光明：《现代汉诗的百年演变》，河北人民出版社 2003 年版。

王宏印：《穆旦诗英译与解析》，河北教育出版社 2004 年版。

王泉根主编：《多维视野中的吴宓》，重庆出版社 2001 年版。

王圣思编：《九叶之树长青——“九叶诗人”作品选》，华东师范大学出版社 1994 年版。

王圣思编：《“九叶诗人”评论资料选》，华东师范大学出版社 1996 年版。

王小波：《沉默的大多数》，中国青年出版社 1997 年版。

王晓明主编：《批评空间的开创：二十世纪中国文学研究》，东方出版中心 1998 年版。

王毅：《中国现代主义诗歌史论（1925—1949）》，西南师范大学出版社 1998 年版。

王佐良：《王佐良文集》，外语教学与研究出版社 1997 年版。

王佐良：《语言之间的恩怨》，天津人民出版社 1998 年版。

魏宏运：《魏宏运自订年谱》，社会科学文献出版社 2004 年版。

闻黎明、侯菊坤：《闻一多年谱长编》，湖北人民出版社 1994 年版。

闻一多：《闻一多全集》，湖北人民出版社 1993 年版。

吴宓：《文学与人生》，清华大学出版社 1993 年版。

吴宓（吴学昭整理）：《吴宓日记》，生活·读书·新知三联书店 1998 年版。

吴小如：《书廊信步》，辽宁教育出版社 1995 年版。

吴小如：《心影萍踪》，上海教育出版社 1998 年版。

吴俊：《暗夜里的过客——一个你所不知道的鲁迅》，东方出版中心 2006 年版。

吴世勇编：《沈从文年谱》，天津人民出版社 2006 年版。

巫宁坤：《一滴泪》，远景出版事业有限公司 2002 年版。

西南联合大学北京校友会编：《国立西南联合大学校史》（修订版），北京大学出版社 2006 年版。

解志熙：《摩登与现代——中国现代文学的实存分析》，清华大学出版社 2006 年版。

解志熙：《考文叙事录——中国现代文学文献校读论丛》，中华书局 2009 年版。

辛笛等：《九叶集》，江苏人民出版社 1981 年版。

杨匡汉、刘福春编：《中国现代诗论》（上编），花城出版社1985年版。

杨志行等编：《解放前南开中学的教育》，天津教育出版社1989年版。

姚丹：《西南联大历史情境中的文学活动》，广西师范大学出版社2000年版。

叶公超（陈子善编）：《叶公超批评文集》，珠海出版社1998年版。

叶嘉莹：《杜甫秋兴八首集说》，河北教育出版社1997年版。

叶嘉莹：《叶嘉莹说陶渊明饮酒及拟古诗》，中华书局2007年版。

叶维廉：《中国诗学》，生活·读书·新知三联书店1992年版。

一行：《词的伦理》，上海书店出版社2007年版。

游友基：《九叶诗派研究》，福建教育出版社1997年版。

袁可嘉：《半个世纪的脚印——袁可嘉诗文选》，人民文学出版社1994年版。

袁可嘉：《论新诗现代化》，生活·读书·新知三联书店1988年版。

张错：《批评的约会》，上海三联书店1999年版。

张寄谦编：《中国教育史上的一次创举——西南联合大学湘黔滇旅行团记实》，北京大学出版社1999年版。

张洁宇：《荒原上的丁香——20世纪30年代北平“前线诗人”诗歌研究》，中国人民大学出版社2003年版。

张曼仪：《卞之琳著译研究》，香港大学出版社1989年版。

张松建：《现代诗的再出发——中国四十年代现代主义诗潮新探》，北京大学出版社2009年版。

张桃洲：《现代汉语的诗性空间——新诗话语研究》，北京大学出版社2005年版。

张同道：《探险的风旗：论二十世纪中国现代主义诗潮》，安徽教育出版社1998年版。

张同道、戴定南主编：《20世纪中国文学大师文库》（诗歌卷），海南出版社1994年版。

张新颖：《20世纪上半叶中国文学的现代意识》，生活·读书·新知三联书店2001年版。

赵瑞蕻：《离乱弦歌忆旧游》，文汇出版社2000年版。

赵毅衡编选：《新批评文集》，百花文艺出版社2001年版。

郑敏：《诗集1942—1947》，文化生活出版社1949年版。

周良沛：《神鬼之间》，山东画报出版社1999年版。

朱正：《1957年的夏季：从百家争鸣到两家争鸣》，河南人民出版社1998年版。

朱自清：《新诗杂话》，作家书屋1947年版。

朱自清：《朱自清全集》，江苏教育出版社（1988—1996年间陆续出版）。

［英］艾略特著，李赋宁译：《艾略特文学论文集》，百花洲文艺出版社1994年版。

［英］狄兰·托马斯著，海岸、傅浩、鲁萌译：《狄兰·托马斯诗选》，河北教育出版社2002年版。

［美］哈罗德·布鲁姆著，徐文博译：《影响的焦虑》，生活·读书·新知三联书店1989年版。

［美］哈罗德·布鲁姆著，江宁康译：《西方正典》，译林出版社2005年版。

［苏］康·帕乌斯托夫斯基著，戴骢译：《金玫瑰》，百花文艺出版社1987年版。

［美］勒内·韦勒克、奥斯汀·沃伦著，刘象愚等译：《文学理论》（修订版），江苏教育出版社2005年版。

［瑞典］马悦然：《另一种乡愁》，生活·读书·新知三联书店2004年版。

［英］马·布雷德伯里、詹·麦克法兰编，胡家峦等译：《现代主义》，上海外语教育出版社1992年版。

［捷克］米兰·昆德拉著，孟湄译：《被背叛的遗嘱》，牛津大学出版社、上海人民出版社1995年版。

［日］木山英雄著，赵京华编译：《文学复古与文学革命——木山英雄中国现代文学思想论集》，北京大学出版社2004年版。

［英］瑞恰兹著，杨自伍译：《文学批评原理》，百花洲文艺出版社1992年版。

［英］威廉·燕卜荪著，周邦宪等译：《朦胧的七种类型》，中国美术学院出版社1996年版。

［日］竹内好著，李心峰译：《鲁迅》，浙江文艺出版社1986年版。

C　论文类

陈彦：《“迷人的抒情”与“泥土的根”——西南联大时期王佐良的诗歌实践》，《江汉大学学报》2008年第1期。

陈越、解志熙：《人与诗的成长——穆旦集外诗文校读札记》，《励耘学刊》（文学卷）第7辑，学苑出版社2008年版。

段从学：《跋涉在荒野中的灵魂——穆旦与鲁迅之比较兼及新文学的现代性问题》，《鲁迅研究月刊》2000年第6期。

段从学：《回到穆旦的丰富性和复杂性》，《新诗评论》2006年第1辑。

段从学：《穆旦与〈布谷〉副刊》，《诗探索》2010年第1期。

郭保卫：《再忆穆旦》，《新文学史料》2007年第2期。

胡续冬：《1957年穆旦的短暂"重现"》，《新诗评论》2006年第1辑。

江弱水：《伪奥登风与非中国性：重估穆旦》，《外国文学评论》2002年第3期。

姜涛：《开放问题空间之后：从"新诗"到"现代汉诗"——评王光明〈现代汉诗的百年演变〉》，《文艺研究》2005年第3期。

李方：《穆旦主持〈新报〉始末》，《新文学史料》2007年第2期。

李怡：《黄昏里那道夺目的闪电——论穆旦对中国新诗的贡献》，《中国现代文学研究丛刊》1989年第4期。

李怡：《论穆旦与中国新诗的现代特征》，《文学评论》1997年第5期。

钱理群：《鲁迅与穆旦》（上、下），《中华读书报》1997年10月15日、22日。

钱理群：《鲁迅：远行以后（1949—2001）》（一—四），《文艺争鸣》2002年第1—4期。

唐振湘、易彬：《由穆旦的一封信想起……》，《新文学史料》2005年第2期。

王家新：《穆旦与"去中国化"》，《诗探索》（理论卷）2006年第3辑。

王毅：《细读穆旦〈诗八首〉》，《名作欣赏》1998年第2期。

伍明春：《现代汉诗的合法性研究（1917—1926）》，博士学位论文，首都师范大学，2005年。

巫宁坤：《人生本来是一个严酷的冬天——穆旦逝世二十八周年祭》，《文汇读书周报》2005年2月25日。

徐立钱：《穆旦与英国现代主义诗歌》，博士学位论文，北京语言大学，2006年。

徐庆全：《从一封未刊信跋看臧克家与〈诗刊〉初创》，《中华读书报》2005年5月25日。

姚丹：《"第三条抒情的路"，新发现的几篇穆旦诗文》，《中国现代文学研究丛刊》1999年第3期。

易彬：《“城堡，宿命永恒不变的感伤主题”——长诗〈哈拉库图〉与诗人昌耀的精神历程》，《新诗评论》2006 年第 1 辑。

易彬：《从“野人山”到“森林之魅”——穆旦精神历程（1942—1945）考察》，《中国现代文学研究丛刊》2005 年第 3 期。

易彬：《近年来主要穆旦出版物的错漏考订及分析》，《淮南师范学院学报》2005 年第 4 期。

易彬：《略论西南联大的精神传统》，《上海文化》2006 年第 2 期。

易彬：《“穆旦”与“查良铮”在 1950 年代的沉浮》，《中国现代文学研究丛刊》2008 年第 2 期。

易彬：《穆旦的迁徙之途》，《长城》2006 年第 3 期。

易彬：《“他非常渴望安定的生活”——同学四人谈穆旦》（访谈），《新诗评论》2006 年第 2 辑。

易彬：《新诗的“发生”与“诗性空间”的拓展——对于两部新诗研究著作的评介》，《新诗评论》2007 年第 1 辑。

易彬：《〈吴宓日记〉关于查良铮（穆旦）的记载》，《新文学史料》2006 年第 1 期。

易彬：《赞美：在命运和历史的慨叹中——论穆旦写作（1938—1941）的一个侧面》，《中国现代文学研究丛刊》2006 年第 5 期。

张新颖：《穆旦在芝加哥大学——成绩单隐含的信息及其他》，《书城》2007 年第 3 期。

张岩泉：《诗人的聚合与诗坛的分化——40 年代与九叶诗派有关的三次论辩述评》，《湖北三峡学院学报》2000 年第 3 期。

郑敏：《世纪末的回顾：汉语语言变革与中国新诗创作》，《文学评论》1993 年第 3 期。

周良沛：《穆旦漫议》，《文艺理论与批评》2001 年第 1 期。

[美] 宇文所安著，洪越译，田晓菲校：《什么是世界诗歌？》，《新诗评论》2006 年第 1 辑。

D 未刊稿

冯承柏的谈话，易彬采访记录，2006 年 4 月 11 日。

邵燕祥的谈话，易彬采访记录，2006 年 4 月 9 日。

易彬：《穆旦年谱》，中国社会科学出版社，即将出版。

易彬：《诗人彭燕郊系列访谈》（未刊稿，约 15 万字）。

E　网站

穆旦纪念网，http：//www. mdjnw. com。

诗生活，http：//www. poemlife. com。

学术中国网，http：//www. xschina. org。

后 记

坦白地说，这本书的厚度超出了我的预想。最初的预想是20万字左右，现在却翻了一番，可见我是一个啰唆的人，一个拘泥于细节的人——或许也可以说，是一个守旧的人。

感谢我的硕士导师刘俊教授和博士导师吴俊教授，两位仁者从不限制我的想法和想象，但会在宏观上给出规划，也会在具体方法上加以点拨——正是吴老师提出不妨“不厌其细”地深入下去，我对于细节也就有了加倍地搜寻与缕析。

感谢丁帆、王彬彬、陈子善、张新颖、蔡翔、殷国明、马以鑫诸位教授在求学过程中、论文答辩过程中给过我的帮助和指导。

感谢读博期间的同屋邓集田兄。在生活中，他是最好的、最可信赖的朋友。在学问上，他是一个阅读精深、眼光卓特的人，本书的一些观点直接受到他的启发。

感谢解志熙教授、陈越君在资料上的无私馈赠。

本书的部分章节曾刊发于《中国现代文学研究丛刊》、《新文学史料》、《读书》、《新诗评论》、《诗探索》、《书屋》、《中国现代文学论丛》、《长城》、《现代中文学刊》等刊物，感谢你们的支持。

感谢我的妻子陈璐，她总为我的每一点成绩而开心，也从不“鼓励”我违背自己的性情——还要写几句话给我的女儿瑾希，本书初稿写就时，她还没有出生，如今，她已快三岁了，活蹦乱跳。每每我坐在电脑前敲字的时候，她就会跑过来要看PPLIVE上的喜羊羊与灰太狼，或者拉扯着我的手，爸爸，走，不看电脑了……愿她永葆天真。

因为女儿的到来，还要特别感谢我的母亲，两三年来，她为我们照看女儿，实在是辛劳有加。她不看、也看不懂这些密密麻麻的文字，但一本厚厚的书出来了，总可安慰她的期盼。

本书为湖南省第十三届优秀社会科学学术著作出版资助项目、长沙理工大学2009年度学术著作出版资助项目。申请时候的书名与现在有所不同，在余三定、成松柳两位教授及出版社郭晓鸿博士的建议下，改为现名。感谢余、成两位教授的建议和指导，也感谢至今尚未谋面的郭晓鸿博士以及中国社会科学出版社诸位工作人员为本书所付出的辛苦工作。

2010年9月5日